回歸五四：苦難的歷程

姜弘——著

▲姜弘近影，梅村攝。

▲1953年姜弘張焱結婚留影

▲2013年姜弘張焱結婚六十週年留影

序

謝泳

　　1998年前後，我以副主編身份主持過一段《黃河》筆政。當時的設想是將這本地方文學雜誌辦成一本大型知識份子讀物，主要刊發有史料、有思想又可讀的長文。其時廣東林賢治先生先後給我幾篇長文，我都一次發出，印象中最長一篇講中國當代散文的文章，約有十萬字，我也是一次刊出。林賢治之外，我印象最深的就是武漢姜弘先生，他是我的長輩，先後給我兩篇文章，一篇是〈回歸五四：苦難的歷程〉；一篇〈姚雪垠與毛澤東〉，都是兩三萬字的長文。這後一篇還給我們雜誌帶來一點小麻煩，因為在文章中講了一點姚雪垠投毛澤東所好的小細節，引起姚家不滿，姚公子在北京將我們雜誌告上了法庭，我平生第一次以被告身份出庭，算是見識了在中國如何打官司。姜先生這兩篇文章反映極好，當時網路尚不如今天發達，一時間向我們雜誌社郵購這兩期雜誌的人非常多，後來聽說複印此文在友朋間傳閱者也不少。

　　姜先生文章並不很多，但每出一篇均極有份量，都是深思熟慮後的成果。姜先生早年即參與中國當代文學活動，在上世紀五十年代初期，他是中南地區文學重鎮《長江文藝》的理論編輯，可以說青年時代即與聞中國當代文壇內幕。他1957年被打成右派，但在逆境中並沒有放棄思考，所以重回文壇以後，思想鋒芒依然尖銳。

　　姜先生文章有幾個思考方向，一是對五四啟蒙作用始終持堅決肯定態度，這個態度並沒有因近年有對五四運動不同的反省而改變。當然姜先生

將五四運動作了清晰分析，他肯定的是五四新文化運動，而對作為學生運動的五四運動卻有所保留。在這個意義上，我們可以將姜先生看成一個堅定的啟蒙者，他總是由啟蒙立場出發，觀察中國當代文學史的變化。再一個思考方向是左翼文學和延安之間的關係，他由此分析中國近六十年來的文學理論和文學創作的得失，清晰清理出了中國當代文學史的發展線索，特別是對《講話》的產生與影響進行了細密而令人信服的梳理，在此基礎上姜先生對《講話》給中國文學史帶來的負面影響和惡劣結果有痛心的反思。我個人認為姜先生的思考達到了相當高度，是目前中國當代文學史研究中最深入、也最有說服力的解釋。中國當代文學史研究中，要麼是沒有勇氣面對這份歷史遺產，要麼是刻意迴避，更多的則是阿諛奉承，盲目吹捧，而姜先生的文章不僅有歷史感受更有理論分析，有理有據，結論令人信服。

　　1942年延安整風以後，毛澤東確立了自己在黨內的地位，同時也基本完成了新意識形態的建立，這一切無疑是毛澤東獨特個性和權力願望的具體實現。新意識形態的完成雖然以毛澤東為主導，但這個完成過程並不是毛澤東個人力量可以達到的，延安知識份子在新意識形態的形成和不斷完善中，起了很大作用。姜先生文章中對周揚、胡喬木等延安知識份子的分析，深入回答了這一問題。

　　所謂的延安知識份子，通常主要指從事社會科學研究的知識份子，從事自然科學的知識份子，一般不在此列。延安知識份子的主要來源是當年的左傾教授和左傾青年，在教授中以陳伯達、艾思奇、范文瀾、周揚等為代表，在青年中以胡喬木、于光遠、胡繩為代表。當年投奔延安的知識份子很多，但並不是所有到了延安的知識份子就是「延安知識份子」，而主要是指那些在思想和行為上都能與延安保持平衡的知識份子。如果說延安確有新文化，那麼創造這些新文化並為這些新文化所化的知識份子，才可以視為是「延安知識份子」，有些沒有到過延安的人，仍可以把他們看作

是延安知識份子。而像王實味、蕭軍、高長虹雖然到了延安，但最終無法和延安文化達成平衡，所以也不應當看作是「延安知識份子」。延安自己沒有大學，它的知識份子都來自當時中國的各類大學，就教育背景而言，延安知識份子與自由主義知識份子是一類人，他們差不多都出自當時中國最好的大學，像陳伯達是吳承仕的學生，范文瀾是黃侃的學生，而胡喬木、于光遠都是清華大學的學生。就個人的歷史選擇而言，延安知識份子比自由主義知識份子要付出更大的勇氣，這也同時說明延安知識份子的思想是以激進為特點的。就學術背景和寫作才能評價，像陳伯達、周揚、胡喬木、于光遠、胡繩，都是有學問的文章高手。比如，1949後，胡喬木以毛澤東政治秘書的身份，負責中宣部、新華社和新聞出版署的工作，在樹立新意識形態權威方面，是一個不遺餘力的人。胡喬木在延安整風的時候，就對蕭軍進行過嚴厲批判，此事深得毛澤東好感，他後來作為毛澤東的文字秘書，在整理和強化毛澤東思想方面，起過很大作用。延安整風的重要文獻《在延安文藝座談會上的講話》就是由胡喬木整理，一年以後才在《解放日報》發表的。對於領導人的講話來說，那個整理者是很重要的，當時毛澤東只有一個提綱，信口開河（延安時期毛澤東的講話中有許多下流話，後來發表時刪除了），而胡喬木卻能揣摸毛澤東的思路，把一個雜亂的講話搞成一個有條理的文件。

　　姜先生文章中對當年周恩來身邊的重慶「才子集團」的關注與分析也是新意疊出，在評價中國當代文學發展道路時，姜先生對「才子集團」的理論能力和現實困境多有瞭解與同情，對周恩來與毛澤東在中國當代文學史中的具體作用作了區分，特別是周恩來對胡風和馮雪峰的態度，姜先生有自己獨立的判斷。

　　姜先生敏銳把握住了觀察中國當代文學史發展的一個內在理路，在啟蒙立場上結合自己的人生閱歷和理論素養，將中國當代文學或者再擴大一點說，將當代中國思想文化發展的脈絡清理得相當清晰。他推重魯迅、胡

風、馮雪峰這樣真正的左翼知識份子，但對胡適、周作人代表的中國現代自由主義思想也充分肯定。姜先生文章中時有卓見，他認為毛澤東根本不懂魯迅也不懂《阿Q正傳》，他是完全的利用魯迅並曲解魯迅。毛澤東為何總愛拿《水滸傳》做文章，姜先生文章中也有深論。

我以為，姜先生近年的文章，是他一生經歷和理論修養最後融合的結果。有些學者有理論，但缺乏對歷史和人生的判斷與反省，所以為文常常脫離中國文藝現實；而有些人有豐富閱歷，但宥於理念素養和觀念僵化，不能將自己豐富的閱歷用具有說服力的理論加以分析。姜先生則二者兼得，有閱歷更有理論素養，同時有清醒的反思精神，所以才能達到如此境界。我還要再說一句，姜先生同時也是文章高手，長篇大論，最易流於枯澀，而姜先生文章卻條理清晰，結構謹嚴，文氣貫通，酣暢淋漓，有史有論，也有情有理。

研究中國當代文藝思想，如今最需要姜先生這樣有豐富人生閱歷同時具有理論修養的過來人，只有他們能夠洞悉文壇的細微處，而一般的研究者極難有他們那樣的角度。姜先生文章中有一處談到毛澤東為什麼不喜歡馮雪峰？此問題解開，對研究上世紀五十年代好幾起文壇大事都有幫助。過去我對這個問題也略有思考，但得出的結論卻不免簡單，看了姜先生的分析，感覺既符合歷史事實，又合情合理。我不妨就此多說幾句。

在中國現當代文學史上，有幾個人的經歷和命運特別耐人尋味，他們是周揚、馮雪峰、胡風、丁玲。他們四人有過合作，但更多的是分歧，最終還是帶著恩怨離開了人世。他們的命運又和兩個人有關，一是政治領袖毛澤東，一是文化旗手魯迅。四個人中，除丁玲以小說知名外，其餘三位都是有影響的左翼文藝理論家。在關於馮雪峰的研究中，有一個問題在困惑著人們，因為以馮雪峰的資歷和與毛澤東的關係，他不應該有後來那樣的結局，研究馮雪峰的思想歷程，人們常想到的一個問題是：1949年後毛澤東為什麼不喜歡馮雪峰？

　　馮雪峰1933年到中央蘇區瑞金，結識毛澤東。從許多資料看，毛與馮的關係一直很好。1949年後，對馮的安排是中國作協副主席，《文藝報》主編，中國作協黨組書記，人民文學出版社社長兼總編輯。以馮的資歷，這種安排似乎是太低了。1954年，馮就開始受到批判，顯然，毛對馮是有看法的。對馮的不滿，最初是由李希凡、藍翎評《紅樓夢》文章引起的，理由是「兩個小人物」給《文藝報》投稿受到冷遇。李藍文章後在《文史哲》刊出，毛看見後先讓《人民日報》轉載，後覺不妥，改由《文藝報》轉載。《文藝報》轉載時，馮寫了編者按，使毛大為不悅。後來袁水拍寫了《質問〈文藝報〉編者》一文予以批判，馮迫於壓力寫了《檢討我在〈文藝報〉所犯的錯誤》。此文被當時在南方的毛澤東看到了，作了極為嚴厲的批示。他在「反馬克思列寧主義的錯誤」這一句旁批道：「應以此句為主題去批判馮雪峰。」沒過多久，毛澤東讀了馮的詩歌《火》、《三月五日晨》和寓言《火獄》、《曾為反對派而後為宣傳家的鴨》、《猴子醫生和重病的驢子》，並批給當時中央的主要領導人劉少奇、周恩來等閱，同時又囑陳伯達、胡喬木、胡繩、田家英這些中共黨內的秀才看。毛的批件中有一句話：「如無時間，看《火獄》一篇即可。」此後，馮即受到批判，1957年與丁玲、艾青等同被劃為右派。那麼「看《火獄》一篇即可」是什麼意思呢？

　　《火獄》是馮的一篇雜感，寫的是蘇軍攻入柏林後的大火，作於1945年的重慶。這則雜感，被毛視為寓言，不知出於什麼心理。而雜感一旦被作為寓言對待，那讀出什麼內容的可能都有。馮在《火獄》的開始即說「蘇聯紅軍攻入柏林，柏林立即全城大火，成為人類的『恐怖之城』。」雜感用的是詩一樣的語言，有些意思和比喻需要前後照應著讀，如果粗看，會有另外的感覺。如第一句中的「恐怖之城」，忽略了那個引號，意思就不一樣了。還有「為了我們現在也拿出了真的恐怖，而歷史的勝利就從恐怖的火光裏照明了未來。」「全世界的人民圍繞在優秀的民族及其偉

大的領袖周圍，卻只為了反抗流氓惡棍率領著被惡化了的民族，所首先肆行的橫暴。」

我理解，馮的本意是歡呼勝利，但雜感用語稍嫌晦澀，容易產生歧義。毛的批件在對馮產生不滿之後，讀這樣的雜感，容易產生另外的聯想。馮雪峰與周揚關係不睦，這常常使人覺得毛對馮的不滿與周揚有關，這種猜測有一定道理，但在沒有可靠史料披露前，不能妄下結論。我理解毛對馮的不滿主要還是理論上的分歧。然而，毛澤東怎麼會看到馮雪峰的詩《火》、雜感《火獄》和那些寓言的？它們分別編在詩集《靈山歌》、《論文集》（第一卷）、《雪峰寓言》中，是江青還是周揚或別的什麼人提供給毛澤東的？提供時附帶說了些什麼？這些都還是個謎。

我原來判斷毛澤東對馮雪峰的態度，完全是由文字資料推斷，所以難免猜謎。而姜先生文章中結合當年于黑丁和他的交流，極為清晰地說明了這個問題——姜先生說：「要問毛澤東為什麼不喜歡馮雪峰，主要有三點：一、他瞭解真魯迅，二、他的文藝觀點和胡風相近，三、最重要的是，1946年在重慶的那場論爭中，他偏向胡風且在《新華日報》上發表了一篇文章：《題外的話》，直接批評了『政治標準第一，藝術標準第二』這個經典公式。還有，就在前一年（1953）籌備第二次文代大會時，本來是馮雪峰替周揚起草的大會報告，被毛澤東否定並指定胡喬木重新起草。1980年，秦兆陽給我看了這篇被毛澤東否定因而未能發表的論文。顯然，馮雪峰對公式化概念化的尖銳批評和對典型問題的精闢見解，都超越了《講話》。可見，毛澤東不喜歡馮雪峰，全都與《講話》有關。」

「為了敲打馮雪峰（和周揚以及文藝界），毛抓住李希凡那篇文章借題發揮，引出一場『歪批《紅樓》』的鬧劇，又從這裏引出了胡風因誤判形勢而上書，進而演變成『胡風反革命集團』冤案。其實，真正的起因都是毛澤東要維護他的權威，維護他的新方向。他和李希凡對《紅樓夢》所作的那種庸俗社會學的解說，那些沒有讀懂胡風的著作而妄加批判的文

章，都是不能令人信服的。政治判決、群眾運動的鼓噪，以及肅清反革命
運動的恐怖所造成的萬馬齊瘖局面，全都是表面的、暫時的，無法消除有
獨立思考能力的知識份子心中的懷疑。這些懷疑的種子一旦遇到合適的氣
候，就會生長發芽，破土而出，1956年的春天，就是這樣的好季節。」

　　姜先生這段話真如醍醐灌頂，不但讓我們清楚了毛澤東對馮雪峰態度
的來由，更讓我們理解了批判《紅樓夢》運動的真正起源。這個關節解
開，對我們深入理解上世紀五十年代中國文壇的政治運動極有啟發，姜先
生這些觀點，對以後研究中國當代思想文化史所具有的意義是毫無疑問
的。他這本文集中，沒有一篇空文，每篇文章都是用心完成，都有一定的
針對性，對研究中國現當代文學史來說，姜先生這本文集不可不讀。

2013年7月15日於廈門

目　次

寫在前面
——關於本書的由來

姜　弘

　　這是我的第一本書，收錄的是西元2000年以來發表的部分論文，是在朋友們的鼓勵、催促和幫助下編成的。為感謝朋友們的鼓勵和幫助，我應該在這裏說說這些文章和這本書的由來，特別是思想觀念的形成與發展的脈絡。

　　我從1951年發表第一篇文學評論起，至今已經過去了六十二年。這六十二年間曾經兩次擱筆——1957年反右以後的二十二年；1989年「六四」以後的十年，加起來共三十二年。前一次擱筆是被迫的，後一次是自願的。在這之外的舊作中，有一部分是寫於1979年以後的反思文字，曾有過敝帚自珍的情緒，想留作紀念，後來也在朋友的勸說下決心割愛，因為那些文章還未跳出「凡是」牢籠，雖然不再「凡是」毛了，但還在「凡是」馬恩，依然在「我們」的群體裏代表著什麼，沒有回歸「自我」，說「我」自己的話。所以最後決定那幾十萬字統統不要了。

　　這裏收錄的文章中，有多篇是談論五四的，特別是涉及「兩個五四」的問題。這要感謝兩位我最敬佩的思想先驅和三位我認識的長者。是《顧准文集》和《殷海光選集》（原版），把我從文藝的窄狹空間拉到了近現代思想史和文化史的長河中，並讓我從中看到了我自己的身影。在和劉緒貽、李慎之、王元化這三位長者的交往中，我受到了更多啟發，他們所講述的自身經歷和思想變化，不僅印證了我對顧准和殷海光的理解，也看到了我和他們的共同之處——這幾代出生於上世紀前期的知識份子，都處在

兩個五四的衝突之中，都受過這種衝突的煎熬，走過從「民主與科學」的
五四，到「反帝反封建」的五四，又回歸「民主與科學」的五四——這樣
一個否定之否定的曲折道路。

這些文章的寫作和發表到最後成書，都與幾位朋友的熱情支持和幫助
分不開：是謝泳先生，當年在主編《黃河》雜誌時發表我的兩篇長文，引
起人們的注意，也激起了我重新執筆為文的意願，遂一發而不可收。遠在
上海的羅飛先生，像兄長一樣鼓勵我，督促我，在電話裏對我的文章提出
修改意見。特別是小我十餘歲的李文熹老弟，更是如同在我身後推著我前
行一樣，不讓我懈怠、拖沓，幫我校改每一篇文稿，直到最後成書，聯繫
出版事宜，等等等等，令我感動得不知該說什麼才好。這裏，不能不提到
長我半歲的老妻張焱，是她以年邁多病之身，堅持在電腦上替我敲出每一
個字，因為我患有嚴重的青光眼，幾近失明，不能久視螢幕。今年是我們
結婚六十週年，六十年風雨，艱苦共嘗，到老來又攜手走在這反思探索之
路上。她並未入「另冊」，卻和我相守六十年，無怨無悔，這也是早年所
受教育（包括五四新文化的薰陶）使然。為此，就以這本書作為我們共同
走過六十年坎坷人生道路的紀念。

在最後通讀全部書稿時，發現書名和正文的最後一句都是「回歸五
四」，書中有關五四的內容也有重複的地方。這真是「忘不了，繞不過，
說不完的五四」。之所以如此不憚其煩地細說五四，無非是想讓後人知
道，幾代老知識份子是怎樣從這中間走過來的，從中汲取經驗教訓，堅持
走民主與科學的文明理性的改革之路，不再衝動，不再盲從。

2013年7月於武昌東湖

回歸五四：苦難的歷程
——讀舒蕪的《回歸五四》所引發的思考

　　二十世紀即將過去，回顧這即將過去的一百年，其中最令人難忘又最值得珍視的，莫過於兩次思想解放運動，即1917年開始的五四新文化運動和1978年以「真理標準」問題討論為起點的又一次思想解放運動。沒有這兩次思想解放運動，中國的現代化就根本無從談起，更不會有今天這樣的成就。可是，在這兩次思想解放運動之間，竟然有半個多世紀的曲折坎坷，遭受那麼多挫折，付出那麼大代價，其原因究竟何在？悲劇會不會重演？這不能不令人深長思之，為了今天，更為了明天。

　　事實上，近二十年來人們一直在思索討論，諸如人文精神、文化傳統、知識份子問題以及新儒學、自由主義、重寫文學史和現代史等等話題，還有王國維、陳寅恪、胡適、顧准、王實味、胡風、儲安平這些人物的重新引起人們注意，特別是對魯迅思想和魯迅精神的重新認識，這一切大都與上述問題有關，從不同角度反映出人們對這一問題的關注與思考。

　　舒蕪的《回歸五四》一書的出版，使這些看似散亂的議題一下子集中起來，如同他在《後序》裡談到當年路翎提出「個性解放」一詞時所說的，他的「回歸五四」一語，也像是一滴顯影藥水，一下子把上述議題顯現為一幅清晰的圖畫，又像一個箭頭，一下子指出了中心所在，從而使一切條理都可以梳尋了。他自己就是以此為中心，對自己半個多世紀以來的思想的發展進行了反思。本來，我們正可以循此以進，通過對他的反思的分析評價，重新面對中國現代思想文化及其載體——知識份子的狀況，深

入探討上述問題。可惜的是，兩年前他的《後序》所引發的論爭餘波未盡，關於這本書所正面觸及的主要問題反而被忽略被掩蓋了。

　　我是較早建議舒蕪重新出版他的舊作的，當時我就是從文化史、思想史和知識份子的命運這一角度看待這些論著和舒蕪本人的。在這裡，我願意說說我對這些問題的看法。

1

　　可以說，舒蕪就是從《論主觀》一文開始他的「回歸五四」的行程的。雖然很早以前他就有了「尊五四尤尊魯迅」的情懷，但真正的深入思考進而形成明確的主張並見諸文字，則是從《論主觀》開始的。

　　1944年，寫作《論主觀》的時候，舒蕪才二十二歲。當時「七月派」的許多人，如路翎、綠原、耿庸、牛漢、曾卓等，也大都是這個年齡。就是這樣一批年輕人，在胡風的影響下，成為一支文學勁旅，在知識界和青年學生中產生了巨大的影響。當時正值抗戰勝利的前夕，黎明前的黑暗中的鬥爭特別複雜艱苦，中國正處在兩種命運的決戰關口。經過抗戰以來幾年的全民動員，各種文化宣傳工作的努力，使得五四精神和魯迅思想廣為傳播，在激越的愛國救亡的樂曲中，民主與科學的五四旋律顯得更加突出，救亡與啟蒙、民族解放與個性解放已經成為統一的時代最強音。到了後來，在思想激進的青年中，五四、魯迅、愛國、進步、左傾、馬克思主義等等，幾乎成了近義詞。這並不奇怪，馬克思主義與五四精神原本就是相通的，一致的，都是從人出發，為了人的解放而反對一切形式的專制獨裁與愚昧迷信的。

　　舒蕪的《論主觀》所反映的，正是進步知識份子和青年所代表的這種時代精神，那種獨立、自由、反抗、創造的要求。這篇文章有兩個顯著特點：一是鮮明的革命傾向；二是獨立的批判精神。前者表現在作者的左傾

立場和所宣傳的馬列主義觀點上。在文章裡，共產主義理想、社會主義革命、無產階級領導以及中國革命的性質和前景等等全涉及到了，而且還一再引述馬、列、斯的觀點作為論據；雖然用的是卡爾、伊里奇、約瑟夫，但明眼人都知道說的是誰。在國民黨統治下的戰時重慶，能說到這個地步，夠激進也夠大膽了。

至於文章的獨立批判精神，則主要體現在後面對「機械─教條主義」的批判上。在前面幾節的歷史考察中，已經對國民黨現政權進行了批判，等於宣告了它的必然滅亡的命運。後面對「機械─教條主義」的批判，則是直指共產黨領導下的左翼文化界，實際上已經觸及到了延安的主流意識。這種左右開弓的架勢，頗有點當年魯迅先生「橫站著作戰」的遺風。他所概括的那種教條主義特徵，我們太熟悉了，「一方面是對若干最基本的原則的死死株守，另一方面是對一切新探討新追求的竭力遏抑。他們就依賴著教條來鞏固自己的存在，當然最大的工作也就是鞏固那些教條本身。在他們看來，每一個新事象的發生，都只為了又一次證明那些教條的正確，──其實是又一次證明他們自己的存在的鞏固。所以，就把幾個基本原則看成絕對第一義的東西，而客觀新事象反被看作填充原則的『例證』，似乎新事象本身沒有任何意義，只有被填進理論原則時才有意義。」──這一切，五六十年代以來，我們不是都一再領教過了嗎？對於這種大有來頭而又經久不衰的東西，在它剛剛形成的時候就能夠及時發現並且公開提出批評，這種膽識這種精神，應該說是很可貴的，何況那時舒蕪還是個二十幾歲的小青年。

當年批判他的人可不這麼看。他們既不承認《論主觀》一文的總的革命傾向，也不正面接觸教條主義問題，而是緊緊抓住文章在表述方面所暴露出來的破綻：因追求體系的龐大完整而造成的概念和邏輯上的混亂。這一點確實是抓準了，《論主觀》的確有這方面的毛病──為了充分論證主觀的作用，作者把人的歷史、社會發展史、革命史、認識史全部拉了進

來，而且把「主觀」與「主體」兩個概念互用，把歷史的主體、實踐的主體、認識的主體等等也混在一起了。真的是辮子一大把，很容易被抓住。從這裡，《論主觀》一文就被判定為「披著馬列主義外衣宣揚主觀唯心主義」。

這實在是冤枉。當年舒蕪寫這篇長論文，並不是在一般地談論哲學問題，而是有感而發，有為而作的。面對當時大後方知識份子中出現的精神危機，特別是那種虛浮的教條主義和庸俗的市儈主義以及它們在文藝上的表現，他認為問題的根源並不在理性或感性的多少，而在於是否能扎扎實實生活——「最根本的，是真正健全的開闊的積極發揚主觀作用的現實生活」，也就是「把主觀作用培育得日趨健全，把健全的主觀作用積極發揚起來。」很顯然，他這裡所說的「主觀」，也就是指人的自我、個性，所謂培育、發揚主觀作用，就是個性解放。於是，這就構成了《論主觀》一文的又一大罪狀：鼓吹資產階級的個性解放、個人主義。

更重要的是，當年的批判者所注意的不僅僅是舒蕪個人的思想見解，他們把《論主觀》的寫作和發表與胡風及整個《希望》雜誌相聯繫，認為這是一種思潮，一種思想傾向，一種政治動向，用後來的話說就是「階級鬥爭新動向」。這種估計雖然過於嚴重，卻也不是毫無根據，因為胡風和舒蕪確實是胸懷大志、有意為之的。他們不滿於當時大後方知識界的虛浮庸俗狀況，意圖發起、推動一個思想運動，一個以發揚五四精神、堅持魯迅方向為目標的思想啟蒙運動。舒蕪在文章裡說得很明白，他的「這個研究，不是書齋裡的清談，而是我們當前生死存亡的關鍵」。胡風在《編後記》裡也明確指出：「《論主觀》是再提出了一個問題，一個使中華民族求新生的鬥爭會受到影響的問題。」提得這麼高這麼重要，所以被看做是一種思潮、傾向、動向，並不為過。

聯繫《論主觀》和整個《希望》雜誌的反封建主導傾向，這裡「再提出」的問題顯然是指五四時期提出的「個性解放」。說「再」提出，表示

過去已經提出、後來被忽略了掩蓋了，所以今天要再次提出。胡風自己也承認，他那篇發表在同一期《希望》雜誌上的《置身在為民主的鬥爭裡面》，好像是和舒蕪的文章相呼應似的。胡風這篇文章的題目和主旨都是為民主而鬥爭，文中明確提出，「沒有人民的自由解放，沒有人民的力量的勃起和成長，就不可能摧毀法西斯的力量，不可能爭取到民族的自由解放。」後來胡風解釋說，「再提出」云云，是回應延安整風的，那就說明他確實把那次整風當成了像「五四」一樣的思想解放運動了。

　　當時的實際情形正是這樣：在舒蕪，是他力圖用最新最科學的馬克思主義方法闡發五四精神和魯迅思想的開始；在胡風，則是他再一次重申他的一貫思想和一貫主張。早在1938年，他就明確指出過：「中國的民族戰爭不能夠只是用武器把『鬼子』趕出去了事，而是需要一面抵抗頑敵，一面改造自己。必須通過這個改造，才能取得最後勝利。」他的創辦《希望》，發表《論主觀》、寫作《置身在為民主的鬥爭裡面》等等，全都是為了推動這種旨在「改造自己」的民主思想啟蒙運動。

　　這場由《論主觀》一文所引發的論爭，後來的文學史家稱之為「對反動的『主觀論』的鬥爭」或「與錯誤的『主觀論』的鬥爭」。無論怎麼說，「反動」也好，「錯誤」也好，事實上這場論爭或鬥爭開始不久就被沖淡了——勝利、和談、內戰接踵而來，巨大的政治風暴席捲全國，人們已經不大關心這種高懸在空中的思想文化理論問題。待到歷史進入了新的房間以後，這場論爭才又繼續下去，不過那以後雙方的地位和心態已經大大不同了，論爭的方式也不同了。

　　更重要的是，論爭的雙方從開始到後來，一直都處在錯位的狀態：舒蕪和胡風所關心所探求的是藝術創造和思想啟蒙，是人的覺醒、人的現代化問題；而他們的批判者所執行的卻是政治批判和階級鬥爭的任務，是要在上層建築和意識形態領域佔領陣地和奪取領導權。在舒蕪和胡風看來，藝術創造和思想啟蒙的主體和動力，當然主要是包括他們自己在內的革命

知識份子。可是，在他們的批判者的心目中，這一切——包括以往的所有思想文化及其載體知識份子，全都是革命的對象，也就是批判、鬥爭、改造、利用的對象。對於這種錯位，當時胡風已經有了感覺，他在給舒蕪的信裡談到胡喬木的批評時說：「本來可走的路很多，我們也從未希望得到批准，無奈他們總要審定，因而從此多事。」——他沒有想到，後來竟然無路可走，而這「多事」竟變成了無數的災難。正是魯迅先生早就指出的這種「文藝與政治的歧途」，這種知識份子與政治家之間的「隔膜」，造成了那麼多曲折反覆，那麼多悲劇和苦難。

2

歷史的發展，社會的變革，總是首先反映在敏感的知識份子中間。在落後的農業國，作為社會主體的農民既可能是變革的動力，也可能是歷史的惰力，變革的阻力。因此，知識份子與農民的關係如何，就成為能否變革和怎樣變革的關鍵。在沒有思想自由和言論自由的專制國家，有關社會變革或社會革命的思想不能公開交流，往往集中反映在文化藝術領域。於是，知識份子問題、農民問題、文藝問題，就成為緊密相關的思想文化議題。在當年的俄羅斯是如此，在後來的中國亦復如此。魯迅先生一生從事文學創作和文化批判，一生關注知識份子問題和農民問題。作為魯迅傳人的胡風和因「尊五四尤尊魯迅」而親近胡風的舒蕪，他們的探索與追求，由這種探索與追求而引發的論爭以及人們對他們的毀譽，也大都與這些問題有關。

1945年—1948年的那次論爭，導火線是舒蕪的《論主觀》，是從哲學問題開始的，實際上雙方的分歧主要在文藝問題上。那是社會大變革到來之前的一場思想前哨戰，爭的是文藝問題，同時涉及到整個思想文化的性質和發展方向問題。

在文藝問題上，胡風和他的朋友們所議論所探討的主要是創作中的現實主義問題。在他們看來，文藝創作是一種精神鬥爭，精神創造，因而不能不十分重視作為創作主體的作家的主觀，他們的精神素質和人格力量。從他們那些並無統一口徑而不免雜亂矛盾的各種解說中，稍加分析就不難看出，其要義無非是當年魯迅所主張所呼籲的：「取下假面，真誠地，深入地，大膽地看取人生並且寫出他的血和肉來」以及「做革命人」，「分明的是非，熱烈的愛憎」等等，這也就是他們所說的現實主義。他們突出地強調這些，針對的是當時大後方確實存在的那種文壇頹風，那種以廉價的政治為包裝的公式主義和迎合市場低級趣味的市儈主義傾向。針對這些，他們呼籲知識份子自重自愛自尊自強，堅持五四精神和魯迅方向，以嚴肅的態度對待文學事業。

其實，論爭之前早就有了意見分歧。更早的歷史上的舊賬暫且不說，只說和這次論爭直接有關的，應該從1942年以後胡風的幾篇論文算起。這正是毛澤東《在延安文藝座談會上的講話》開始傳播的時候。在《關於創作問題的二三感想》（1942年）、《現實主義在今天》（1943年）、《文藝工作底發展及其努力的方向》（1944年）、《置身在為民主的鬥爭裡面》（1944年）這幾篇文章裡，胡風沒有正面接觸《講話》所提出的問題，而是集中批評了創作中的客觀主義與主觀主義（主觀公式主義）的傾向。怎樣克服這兩種傾向呢？他的回答是提倡現實主義，加強主觀戰鬥精神，也就是前面提到的魯迅方向、魯迅道路。在這幾篇文章裡，胡風具體談到了創作過程，分析了創作過程中的主觀與客觀的關係，也就是在文藝創作中怎樣加強主觀精神的問題。對於文藝創作過程中主客觀關係的這種具體分析，已經觸及到藝術創造的內在機制問題，應該說這是胡風理論中最富有特色也最有價值的部分。《講話》把政治放在中心地位，強調其決定作用；胡風則強調現實主義，認為文藝的政治性只有通過現實主義才能實現。這就把原來「民族形式」問題上的分歧進一步擴大，形成了理論上

的對壘。何其芳、喬冠華、林默涵等人就是從捍衛和宣傳《講話》的角度對胡風進行批判的。他們所發表的那些文章，主要是以《講話》為依據圍繞兩個題目進行批判的，一是精神與物質的關係；二是知識份子與勞動人民的關係。

在第一個問題上，批判者抓住「主觀精神」、「人格力量」、「感性存在」、「感性機能」等等，指責胡風重主觀輕客觀、重感性輕理性，把文藝創作神秘化，陷入了主觀唯心主義。他們全然不顧胡風所說的是創作過程、藝術思維，而只是一般地大談物質與精神的關係，大談認識過程，強調抽象、思考、概念、法則的重要性，而且全都是以列寧、史達林、毛澤東的原則論斷為依據的。在第二個問題上，他們根據毛澤東《講話》中的有關論述，指責胡風輕視勞動人民而抬高知識份子。按照毛澤東的看法，知識份子與勞動人民的關係，知識份子對勞動人民的態度，只能是「虛心學習」，「無條件的投降」，這是「從一個階級到另一個階級」的問題。而胡風卻把這種關係說成是一種互相迎合、選擇、抵抗的對等關係。至於「精神奴役創傷」的說法，則更是對勞動人民的誣衊，是胡風抗拒改造、堅持小資產階級知識份子個人主義立場錯誤的鐵證。——從這裡，批判者得出結論，說胡風和他的朋友們的「根本錯誤」是忽略了「社會物質生活關係」和「階級鬥爭理論」，因而陷入了資產階級唯心主義和資產階級個人主義的泥潭。

在中國現代思想史上，從三十年代開始，唯心主義和個人主義就不再是一般的哲學社會學的概念，而成了一種政治標記、政治斷語。1958年以周揚的名義發表的《文藝戰線上的一場大辯論》一文，就把包括這次論爭在內的歷次文藝論戰的根本問題統統歸結為藝術與政治的關係問題，論爭中被判為錯誤一方的錯誤的性質，全都被歸結為政治態度、政治立場問題，「資產階級唯心主義」、「資產階級個人主義」就是標準的結論（帽子）。

　　胡風可不這麼看，他在政治上從來是自信的，對於自己的共產主義信念和左派身份也從不掩飾，所以不會跟著論敵在政治上糾纏，為自己辯護。他只是集中力量闡述自己的文藝觀點，並針鋒相對地駁斥論敵的責難。他在1948年9月寫出的長篇答辯《論現實主義的路》，副題是「對於主觀公式主義和客觀主義的粗略的再批判，並以紀念魯迅先生逝世十二週年」，這就是說，從「兩個口號」論爭以來的十年間，他所堅持的是現實主義的道路，是魯迅的方向；幾年前重慶論爭中的言論和當下的這篇答辯，也都是如此。在這裡，他聯繫十年來的事實和經驗，把這次論爭所涉及的問題分別從兩個方面進行深入論證：一是怎樣看待藝術與現實與政治的關係；二是怎樣看待人──作家和他的對象，也就是知識份子與農民以及他們之間的關係。在前一個問題上，他堅持左翼作家的基本立場，明確肯定文藝與現實與政治的緊密關係，但同時堅決反對各種各樣的「載道」論，不管是古是今，是土是洋。他重視人的社會性和階級性，但同時反對把人當成抽象的概念和平均化的工具。他主張知識份子與人民相結合，認為農民的革命戰爭主力軍地位和知識份子在思想啟蒙中的作用都應當重視，他們的結合是一種平等關係，而不是誰投降誰的敵對關係，也不是誰依附誰的皮毛關係。胡風和他的朋友們在這次論爭中引起非難的主要兩點──主觀精神和個性解放，就都與這兩個問題緊密相關。他們的批判者也正是在這兩個核心問題上持有完全相反的看法，那就是：第一，文藝必須為政治服務，從屬於政治；第二，知識份子必須否定自己，向人民無條件的投降。文藝也好，人也好，都是革命的工具，這是最高原則。

　　這是兩種不同的藝術觀和歷史觀，也代表著兩種不同的思想文化傳統。胡風和他的朋友們的看法符合藝術自身的特性和規律，符合中國社會歷史發展的實際，也體現了五四新文化運動和文學革命的傳統精神。相反，他們的批判者所提出的是一種非藝術的藝術觀和非歷史的歷史觀。之所以說「非」，是因為它們一味屈從於政治而忽略了違背了藝術和歷史自

身的實際。這種政治工具雖然可以有利於一時的政治鬥爭，卻從根本上損害了藝術與歷史科學，最終當然也損害了政治本身。這是幾十年的實踐已經證明了的。

今天應該可以看清楚了，那種從屬於政治的藝術觀不過是一種新的「文以載道」論，那種尊崇農民的歷史觀不過是一種「農民造反史觀」，與馬克思的藝術觀、唯物史觀都不相干。這種以馬克思主義的名目出現的政治實用主義，後來也形成了一種傳統，一種政治鬥爭傳統。在這次論爭以後三十年裡所進行的一次又一次思想批判運動，就是這種政治鬥爭傳統取代五四思想啟蒙傳統的過程，無產階級文化大革命就是這種政治鬥爭傳統的全面勝利和最後終結。這實際上是政治與文化的衝突。在魯迅提出「文藝與政治的歧途」之前，1917年高爾基就說過，「政治鬥爭是必需的，不過我把它看作是不可避免的邪惡。因為我不能不看到，政治鬥爭把文化建設變得幾乎不可能了。」而就在這次論爭正在進行的1946年，沈從文也已經領悟到：「一個國家真正的進步，實奠基於吃政治飯的人越來越少，而知識和理性的完全抬頭」。

耐人尋味的是，胡風是另一種想法。就在他剛寫完《論現實主義的路》不久，曾經在給舒蕪的信裡慨歎：「從現象看來，他們倒群趨『政治』，而我們倒是沾沾於文化、思想領域的。」顯然，他把他心目中的那種知識份子的政治理想和政治熱情與現實的政治操作區別開了。而且，在他看來，一個真正的作家，必需也只能通過自己的藝術道路——現實主義，才能到達那樣的政治。

批判者要把文藝納入政治鬥爭的軌道，胡風和他的朋友們堅持要從自己的藝術道路追求自己的政治理想；不僅道路不同，政治的實際內容也不盡相同，這就是1945—1948年那次論爭的分歧所在。

3

對於那次文藝論爭，八十年代的文學史不再用「鬥爭」、「批判」的字眼，改稱為「關於現實主義問題的討論和對《主觀論》的批評」。現在可以看清楚了，那是中國現代文學史和思想史上最後一次思想文化論爭，從那以後，就只有單方面的批判而再沒有平等的學術論爭了。這次持續四年之久的論爭，發生在社會大變革的前夜：中國歷史正在轉入另一個房間，知識份子也正在經歷著角色的轉換。

那是現代中國歷史上又一個大動盪的時期，大動盪打破了大一統，帶來了相對的自由，因而五四精神得以繼續存在，且有所發展。當時，五四新文化運動啟蒙傳統及其載體——中國現代知識份子群體，都剛剛到了「而立」之年，應該也確實成熟了。在學術界、思想界、文化界和青年學生中間，合乎沈從文所說的「知識和理性」標準的知識份子，也就是高爾基在談到「政治鬥爭是不可避免的邪惡」時所說的那種「意識到理智在歷史過程中的意義的人」，已經佔了相當大比例。正是那種從五四繼承、發展來的獨立、自由、理性的精神，使得這些人大都站到了國民黨政權的對立面，同聲譴責它的專制與腐敗。這中間，最值得注意的是儲安平和胡風，他們主編的雜誌《觀察》與《希望》等。

儲安平主編的《觀察》週刊，是一個專以評析時局、抨擊政府為主要職能的綜合性政論刊物。在那樣一個戰火紛飛、物價飛漲、整個社會瀕臨崩潰的大動盪時期，它的發行量竟然能達到105000份。須知，那時全中國還只有4億7千萬人，城市人口和知識份子更少；何況，在當時閱讀《觀察》被認為是思想不穩，要擔風險的。儘管如此，人們還是不顧國民黨當局的阻擾和恐嚇，紛紛訂閱和購買《觀察》。這說明，五四時期開始形成的那個超越權力和財富的具有獨立人格、自由思想和理性批判精神的現代

知識份子群體存在著，發展著，有著越來越大的影響。——學生運動席捲全國，國民黨政權迅速土崩瓦解，都與此緊密相關。

胡風和他的《希望》以及其他幾個小刊物，當然不像儲安平和《觀察》那樣團結那麼多高層知識份子，有那麼大的影響，但它們在文藝界和文學青年中還是有很大影響的，特別是那種獨立品格和大膽批判精神，和《觀察》很有些相似。這是二十世紀四十年代中國的一道奇特的景觀——信奉西方自由主義的右翼知識份子猛烈抨擊國民黨政權的專制腐敗，信奉馬克思主義的左翼知識份子直率地批評共產黨陣營的教條主義和市儈主義。這看似奇特，實際上很正常：儲安平是胡適的高足，胡風是魯迅的弟子，右也好，左也好，他們都是五四先驅者的直接傳人。由他們所編的雜誌，雜誌周圍的作者和讀者，共同構成了這「黑暗王國裡的一線光明」。

就在這以前不久，一種來自五四又超越了五四並將取而代之的文化思想和文藝觀念已經形成，並且正以雷霆萬鈞之勢包圍過來。這就是毛澤東的文藝方針，他的《在延安文藝座談會上的講話》。儲安平和胡風以及大多數知識份子，都沒有充分重視這本小冊子，對它的深刻意義和巨大威力認識不足。這個文件表面上看說的只是文藝問題，實際上涉及到如何對待傳統思想文化與西方近現代思想文化、如何對待農民與知識份子等一系列重要問題，關鍵是怎樣對待五四新文化及其載體現代知識份子的問題。——從1942年到1976年，這期間所進行的所有思想批判運動，包括無產階級文化大革命，全都是以《講話》精神為指導的。在經過了三十四年的實踐檢驗之後，人們才在反思的過程中逐步對這個文件有了新的認識。胡喬木晚年就一再提到《講話》的「局限」，他說的就是文藝與政治的關係和知識份子問題。胡喬木本人當年直接參與了這個文件的制定過程，所以十分熟悉，一下子就抓住了要害：「工具論」和「皮毛論」——文藝必須為政治服務，充當政治的工具；知識份子必須無條件地投降無產階級

（農民），依附於無產階級（農民）。這就是說，思想文化及其創造者都必須服從政治權威。這實際上是否定了文學革命，取消了思想啟蒙，回到了「文以載道」的「史官文化」老格局中去了。這種反五四之道而行的新方向，當時就引起了懷疑和抵制，不知道胡喬木是當時就有所察覺，還是後來才明白過來。《講話》全文是在文藝座談會開過一年多以後才正式發表，這中間有王實味的犧牲，蕭軍的抗論，丁玲等人的「突變」和「反戈一擊」，更有大規模的「搶救運動」，那過程是很不簡單的。

這一切，國統區的左翼作家不是完全不知道，特別是那些在國統區從事文化工作的共產黨員，不可能不知道延安整風的情況。但是，由於他們長期生活在國統區，不曾置身於根據地的群眾運動之中，沒有經受「搶救運動」的考驗，立場觀點還沒有轉變，所以對整風和《講話》的深刻意義還沒有完全理解，不免有懷疑、有保留、有誤解。

比如，當時在重慶工作的邵荃麟就向詩人彭燕郊談過他初讀《講話》時的印象，說「這裡面所講的文藝，好像和我們講的不大一樣。」彭燕郊的反應是：「豈止不大一樣，簡直很不一樣。為工農兵服務，當然很好，只怕在國統區實踐起來不容易。」接著，他提出了一個重要問題：「我們是不是必須丟掉五四新文學運動以來的基本讀者：青年知識份子？」——這是個根本的「不一樣」，即還要不要五四傳統，走不走思想啟蒙和文學革命的道路的問題。關於文藝與勞苦大眾的關係即「大眾化」的問題，五四以後曾經討論過多次，雖然意見分歧，但有一點很明白：說的都是文藝。既然是文藝，其對象就不能沒有一定的條件，如魯迅所說：「首先是識字，其次是有著普通的大體的知識，而且思想和情感，必須大體達到相當的水平線。不然，和文藝即不能發生關係。」這不就是彭燕郊所說的那個新文學的讀者群嗎？而《講話》所提出的那個「新方向」，卻是以「不識字、無文化」因而和文藝不能發生關係的人為主要對象。實際上這說的是另一回事，是農村的掃盲、普及教育和戰爭中的政治宣傳工作，說的是

怎樣利用文藝形式從事這些工作以服務於抗戰大業的問題。所謂的「從屬於政治」、「普及第一」、「喜聞樂見」等等，只有從這個角度去理解，才能找到合理的根據。正是從抗日政治宣傳工作的迫切需要出發，許多文藝家接受了這個新方向；但與此同時，他們堅持另外一條，那就是要按照文藝的特殊途徑去為政治、為工農兵服務。也就是說，要保有文藝自身的特性，保有五四新文學的傳統和經驗。在這裡，不存在要不要政治、要不要宣傳的問題，關鍵是還要不要文藝。彭燕郊所說的「不一樣」主要就是指的這一點，胡風所爭的主要也是這一點。

　　與此相關的另一點，是對作家藝術家也就是知識份子的看法和態度問題。當時大後方的知識份子大都不能接受「知識份子比工人農民骯髒」的說法。那樣籠統地貶低「上海亭子間」的作家，又將置魯迅和左聯五烈士於何地？其實，這種貶低知識份子的理論是建立在庸俗唯物論和簡單階級決定論的基礎上的，與馬克思主義毫不相干。這是一種中國民間社會的蒙昧主義傳統文化心理，歷史上早已存在，其主要表現就是對知識和才能的歆羨與嫉恨，對知識份子的猜忌與排拒。當年那些批判胡風、舒蕪的人就是以這種狹隘偏見為依據而大談知識份子的改造問題的。胡風在《論現實主義的路》一書中為知識份子辯護，他運用馬克思主義方法具體分析了中國的社會歷史狀況，把知識份子的歷史地位和歷史命運與中華民族求解放的歷史、中國社會現代化的進程緊密聯繫起來進行考察，有力地駁斥了那種蒙昧主義的偏見。當時，胡風是自覺而又充滿自信地站出來為知識份子說話的，他很清楚，他的這些議論也是在維護五四傳統，堅持魯迅精神。因為五四傳統和魯迅精神就活在知識份子身上，否定了知識份子，也就談不上什麼五四傳統和魯迅精神了。

　　也就是在他寫《論現實主義的路》之後不久，巴金曾當面問過他，為什麼別人對他有意見（指香港的批判），胡風回答說：「因為我替知識份子說了幾句話。」後來，到了1951年，胡風和綠原談話時就說得更明白

了：「我不過是為知識份子多說了幾句話，真不知道十多年來為什麼要那樣輕視知識份子，不知為什麼離開五四精神越來越遠。」

這種對五四傳統精神的執著，對知識份子的歷史責任和時代使命的自覺承擔，是那個時代的知識份子的共同精神特徵，胡風和他的朋友們是如此，儲安平和他的朋友們也是如此。就在胡風為知識份子爭辯的同時，《觀察》週刊上也在進行「自由主義向何處去」的討論。可以說，胡風和儲安平當時所關心所議論的，實際上都是「知識份子向何處去」的問題。他們雙方所信奉的「主義」不同，但所追求的總的目標是一致的：反對封建專制，爭取民主自由，為民族解放和社會進步而鬥爭。——這不就是五四新文化運動的目標嗎？當時他們都希望並且相信正在急劇變化著的歷史不會背離這一方向，也相信知識份子必將在這一歷史巨變中發揮重要作用。當時，朱光潛就曾預言：「我敢說在三十年乃至五十年的未來，中國真正的民意還要籍著社會上的少數優秀自由分子去形成、去表現。假使這一部分被逼得終歸於沒落，民主政治的前途恐怕更渺茫。」當時，知識份子的言論在各種新聞媒體上佔有重要地位，壓倒了官方的欺騙宣傳，在群眾中有巨大的影響力。正因為如此，他們才那樣勇敢地各抒己見，坦誠建言，完成了中國歷史上先秦和魏晉以後的第三個「百家爭鳴」時代的最後一個樂章，留下了值得珍視的思想遺產。

顯然，他們都沒有看清楚歷史的走向，沒有真正理解毛澤東《在延安文藝座談會上的講話》的全部內容，只把它看成是「馬上打天下」時期制定的臨時性政策，而沒有弄清楚它的目的和長遠作用。實際上，1942年的文藝整風，使毛澤東的「農村包圍城市」的革命戰略從軍事政治擴展到了思想文化領域，《講話》就是這一農村包圍城市的思想文化方略的綱領性文件。就在《講話》的結尾處，毛澤東明確指出：「從亭子間到革命根據地，不僅是經歷了兩個地區，而且是經歷了兩個時代」，「領導中國前進的是革命根據地，不是任何落後倒退的地方」。這就是說，上海亭子間那

種從五四到三十年代的文學傳統都已經過時了，今後應該也只能接受他的
「新方向」，全國都要照此辦理，他還特別提醒人們，「首先要認識這是
一個根本問題」。不知道為什麼，胡風竟然沒有注意這個「根本問題」，
一直到最後還在用根據地與國統區的區別為自己辯護，不知是真的糊塗，
還是無可奈何的策略。

4

　　就在喬冠華們大舉批判胡風的當時，在上海的馮雪峰已經看出了問題
的實質，說這場批判和當年的創造社、太陽社攻擊魯迅一樣，是「重演創
造社的故技」。

　　二十九年以後，1977年胡風在監獄裡寫交代材料，對這場論爭依然堅
持自己的一貫看法，說「喬冠華們的理論實質和作風，無論在階級根源和
思想根源上，確是和當年的創造社太陽社有著血緣組成的聯繫，都是自以
為代表無產階級和共產黨，自己是真正馬列主義，完全脫離歷史實際，也
不作具體分析；用極左的原則詞句判斷對手為什麼什麼，如主觀唯心主義
之類。問題的提法是完全超越了時空限制的。這在左翼文學發展過程中一
直是一個甚至佔著合法地位的思想傾向的。」（《關於喬冠華》）

　　關於這種極左的思想的實質、根源和發展狀況，夏衍在他那本1984年
出版的《懶尋舊夢錄》裡，談得更加直率清楚。他是從胡耀邦在中共「十
二大」上所作的報告談起的，胡耀邦說「文化大革命和它以前的『左傾』
錯誤，影響很深，危害很嚴重」。夏衍解釋說：「就文藝領域來說，最主
要的是左傾教條主義，即文藝必須從屬於政治，一切文藝都是宣傳，作家
必須成為一個唯物的辯證法論者，以及作為『左聯』綱領的『我們的藝術
是反封建階級的，反資產階級的』，又反對『失掉社會地位的小資產階
級』等等……以及無產階級文藝不要同路人的宗派主義。由於這種思想長

期束縛著我們，因此，『十二大』報告中用了『和它以前』這四個字，也就是說，從1927年到1981年，這種錯誤的左傾思想一直沒有被堅決衝破。」接著，他又特別指出：「和它以前」這四個字特別使我觸目驚心，因為這四個字不單適用於解放以後的十七年，而且也適用於1927年以後。在說到這種錯誤思想的來源時，他提出了兩點：一是這種左傾教條主義來自蘇聯的「納普」（即「拉普」）；二是因為有個人崇拜和國際崇拜（毛澤東與史達林），所以才長期擺脫不了，「說破了，就是這種左的教條主義和個人崇拜在我們這些人的頭腦中已經束縛了半個多世紀。」

這些曾經參與並領導過左翼文藝運動的老人，無論是當時就抵制過左傾教條主義的雪峰、胡風，還是後來終於醒悟過來進行反思的夏衍，包括前面提到的胡喬木和周揚，他們在回憶和反思中都承認歷史上確實存在有這種危害極大的左傾錯誤，而且分別從不同角度提出了自己的證詞。可惜的是，郭沫若和茅盾這兩個重要人物都沒有留下像樣的回憶和反思。在已經看到的上述證詞中，夏衍從總體上指出了左傾教條主義的來源、危害時間及其與個人崇拜的關係，胡喬木具體談到《在延安文藝座談會上的講話》的要害所在，周揚也承認了左傾錯誤並談到「異化」問題，雪峰則直接指出了《講話》與五四傳統、魯迅精神的對立。

這些當事人的證詞，為我們勾出了一條現代文學史和思想史的發展線索，與以往那些為政治服務的現代文學史大不相同。這是左傾教條主義從開始引進到變為主流並發展成一種新的傳統的過程，是這種政治宣傳、政治鬥爭傳統改造並取代五四啟蒙傳統和新文學傳統的過程。在1927年以後的整整半個世紀中，這種左傾錯誤曾在不同時期以不同名目出現，最先是「革命文學」（1927年），接著是「國防文學」（1936年），然後是「工農兵方向」（1942年），名目雖異，實質未變，都是反「五四」之道而行的。至於文化大革命中的「無產階級革命文藝」，那是以上三者的集大成並發展到頂峰而破滅的最後一幕。這種左傾教條的靈魂，它的理論支柱，

如夏衍所概括的，就是政治決定論，文藝及其創造者都必須也只能成為從屬、服務於政治的工具。五四傳統中的人的解放和文學的自覺，人道主義和個人主義（個性解放）等等，統統被當作資產階級的東西給否定了，拋棄了。這是一種政治實用主義，是在「革命」的名義下向「文以載道」舊傳統的回歸。

「革命文學」和「國防文學」都是抗日戰爭爆發以前提出的，那樣的左傾教條和宗派作風，當然不會被那些曾經直接受過五四精神影響的知識份子所接受，不要說《新月》、《現代》、《論語》和「京派」各家了，就是左翼陣營內部，也有許多人持批評態度。特別是，當時的共產黨領導人也不支持這種傾向。張聞天（歌特）所寫的《文藝戰線上的關門主義》就是批評這種左的傾向的。劉少奇（莫文華）寫的《我觀這次文藝論戰的意義》一文，更是明確地支持魯迅，批評周揚。更重要的是，這兩次左傾浪潮都把魯迅當作主要衝擊目標，既受到魯迅的痛烈反擊，也受到了共產黨領導的批評。這一切，決定了它們只能喧囂於一時而不可能有什麼建樹。不過，左傾教條主義並沒有隨著「革命文學」和「國防文學」的退潮而消失，在以後的年月裡，它又分別以別的名目和別種方式重新出現，並變成了主流意識而居於統治地位，這就是1942年確立的「工農兵方向」和文化大革命中的「無產階級革命文藝」。

這樣一種既沒有真正的理論，又沒有創作實績的僵硬教條，怎麼會變成支配文化界的主流意識，而且長達三十年之久？現在看來，除客觀時代環境的影響之外，主要是以下兩方面的原因：一是政治家的力量；二是知識份子的自身素質，而這又都是與古代文化傳統的幽靈有關。

這應該追溯到1936年的「兩個口號」論爭。九·一八以後，抗日救亡運動點燃了全國上下的愛國主義政治熱情，抗日統一戰線政策得到了普遍的支援，正是在這種情況下，周揚的「國防文學」口號才吸引了那麼多人，遠遠超過了當年的「革命文學」。魯迅和雪峰、胡風等雖不贊成「國防文

學」這一口號及其理論，卻並不像周揚所說的，是不理解或不贊成統一戰線政策，不支持救亡運動。那次「兩個口號」論爭的真正的分歧，既不在口號，也不在政治路線的左或右，關鍵在於如何看待救亡與啟蒙的關係，也就是如何對待五四啟蒙傳統和文學革命的道路的問題。前些年不是有「救亡與啟蒙的雙重變奏」之說嗎？這場論爭的焦點就是：在救亡時期還要不要啟蒙，在反帝的時候還要不要反封建？周揚等揮舞「統一戰線」的大旗，企圖以此統帥一切，指揮一切，獨霸文壇。魯迅則堅持救亡與啟蒙的統一，堅持五四的思想文化啟蒙傳統和新文學的道路。他從周揚等的那種從屬於政治的理論中嗅到了「載道」的八股味，從他們那種專制作風和行幫習氣上看到了「史官文化」的影子。實際上，魯迅當時對周揚等所進行的批判，正是他多年來一直進行的反對專制和愚昧的文化批判的繼續和深入發展。

周揚等拉「救亡」的大旗統一文壇的做法，確實蒙蔽了不少人，直到近年，還有人認為當年的「救亡壓倒啟蒙」是歷史的必然，是合理的。殊不知，「救亡壓倒啟蒙」剛好通向「攘外必先安內」，如同一枚硬幣的兩面，花紋不同，價值相等。啟蒙本由救亡引起，救亡需要啟蒙，二者是不可分的。這是百多年先輩們用鮮血換來的經驗。把二者分開並對立起來，必然帶來災變，後來的歷史就是明證。——就在這次論爭剛剛結束不久，魯迅在臨終前留下了這樣一段發人深省的遺言：

> 用筆和舌，將淪為異族的奴隸之苦告訴大家，自然是不錯的，但要十分小心，不可使大家得著這樣的結論：「那麼，到底還不如我們似的做自己人的奴隸好。」

今天重讀這段話，不能不令人悚然——五四啟蒙傳統的被擱置，知識份子的蛻變和全軍覆沒，現代化進程的中斷並一步步走向災難，不是都與此緊密相關嗎？

　　沒有了魯迅，胡風和他的朋友們雖然理解魯迅的憂慮，力圖堅持五四傳統，也終於阻擋不了「救亡壓倒啟蒙」的歷史轉折，因為那是政治和政治家的力量造成的。不過，這一轉折並不是在中國的所有地區同時發生的。在1942年以前的延安和1949年以前的國統區，五四新文化運動的思想啟蒙傳統一直在延續，在起著作用。儘管政治家們都不喜歡知識份子的這種啟蒙精神，千方百計地用「國家至上」、「民族至上」、「革命至上」、「階級利益至上」等等口號來遏止、取代它，張天翼的《華威先生》和丁玲的《三八節有感》、王實味的《野百合花》等等還是出現了。《華威先生》曾受到指責，說這樣暴露黑暗不利於團結抗日。但這篇作品並沒有被封殺，這種創作傾向也沒有被遏止，大量揭露國民黨政權專制腐敗的作品不斷湧現。與此相反，《三八節有感》和《野百合花》等不但受到嚴厲批判，而且成為「反面教材」被釘上十字架。——延安的文藝整風，毛澤東的《在延安文藝座談會上的講話》都是由此而來，中國現代文學史、思想史上「救亡壓倒啟蒙」的大轉折也是從這裡開始的。

　　1978年，復出後的周揚在接受香港記者採訪時「笑談歷史功過」，承認當年延安文藝界有「魯藝」、「文抗」兩派。說「魯藝」派以他為首，還有何其芳等，主張歌頌光明；「文抗」派以丁玲為首，還有蕭軍、艾青、羅峰等，主張暴露黑暗。兩派的人原來在上海時就有宗派主義，到延安後仍有分歧。當時就為文藝應該歌頌光明還是暴露黑暗的問題展開了爭論。這一爭論引起了毛澤東的注意，成為文藝整風的導火線。——周揚說的是事實，但事實遠非這麼簡單。「文抗」派作家那些受到批判的作品，大部分都是在一年多以前的1941年發表的，他們的意見和要求不僅僅是「暴露黑暗」，而是如艾青的《瞭解作家，尊重作家》一文所表露出來的，是要求尊重藝術，尊重作家，尊重五四傳統。那是在戰爭爆發初期的熱情高峰之後，作家們對自身使命的進一步要求——不再滿足於宣傳鼓動，歌頌英雄，而要求更廣泛深入地寫出生活的真實，包括那些黑暗落後

的東西。這本來就是五四啟蒙精神和新文學的戰鬥傳統，從理論上否定這些意見和要求，並不那麼容易。把革命文藝的功能限定在「歌頌光明」上，則更是荒唐，如魯迅所說：「頌揚革命，恭維革命，就是頌揚有權力者，和革命有什麼關係？」所以，周揚等的「魯藝派」在辯論中並沒有佔上風。

正在這個時候，王實味出場了。王實味本來不是文藝界人士，原來也沒有什麼名氣，為什麼一出場就被推到了舞臺的正中央，成為頭號靶子，成了為這次文化革命運動祭旗的犧牲？就因為他的思想言論最能代表在延安興起的這股啟蒙思潮，從而與正在形成中的毛澤東的文藝方針處於直接對立地位。王實味的三篇文章分別從不同方面觸及到幾個關鍵性問題：《文藝民族形式問題上的舊錯誤與新偏向》一文，旗幟鮮明地捍衛五四新文學傳統而反對延安文藝運動中的民粹主義傾向。而且，他在公開讚揚胡風的同時點名批評毛澤東身邊的兩個「秀才」──陳伯達和艾思奇，這無異於直接向毛挑戰。他雖然也頌揚毛的有關「民族形式」的主張「英明」，但那種用馬克思主義所作的解釋未必符合毛的本意。《政治家‧藝術家》一文，則顯然是受了魯迅的《文藝與政治的歧途》的啟發，把南轅北轍改為殊途同歸，從正面論證二者的關係。儘管如此，把藝術與政治放在對等地位，讓藝術家與政治家平起平坐，這就違背了毛的即將頒佈的以「工具論」和「皮毛論」為核心的新方針、新方向。至於《野百合花》，因為用的是毛認為已經過時的「魯迅筆法」，觸及的又是敏感問題──特權、等級制、人與人之間的冷漠等，所以就更犯忌，成為批判的重點。

這幾篇文章所涉及的，恰好是當時延安文藝界亟待解決的幾個重要問題，即五四新文化與當前政治鬥爭的關係，文藝與政治的關係，知識份子與革命（組織、領導）的關係。在這幾個問題上，王實味的看法和態度又剛好與毛澤東相反，特別是，竟然有那麼多人支持他，站在他那一邊，這是毛所絕對不能容忍的。因此，對於王實味其人其文的政治定性，完全出

於毛澤東本人，雖然康生也起了作用。就在《野百合花》發表的當時，毛澤東就一眼看出：「這些東西很有教育意義，是很好的反面教材」，「思想鬥爭有了目標了！」過了不久，他又明確指出：「丁玲與王實味不同，丁玲是同志，王實味是托派。」就這樣，在既無證據又沒有進行調查之前，王實味就被定為「托派」，成了政治上的敵人。也就是說，在「革命的首要問題」——誰是敵人、誰是朋友的「大是大非」問題上，他已經被推到了「大非」的一邊，本人再沒有說話的權利，別人也再不敢為他辯護、與他為伍。就在王實味被當作「反面教員」處於孤立無援境地的同時，丁玲卻獲得了解放，成了正面教員。於是，艾青、羅峰等人紛紛效仿丁玲，與王實味劃清界線並反戈一擊。蕭軍等雖有保留，也無可奈何了。接著，這種清查敵人、統一思想的鬥爭全面鋪開，這就是著名的「搶救運動」。——文藝整風就是在這種情況下順利進行的，毛澤東的《講話》及其新方針、新方向，就是在這一過程中提出並確立下來的。

　　無論是思想理論還是行為方式，這次鬥爭和以往的「革命文學」、「國防文學」論爭都非常相似，實際上是一脈相承的。總的來說，這三次論爭或鬥爭全都是政治革文化的命，是用政治鬥爭的要求和方式統管思想文化；不同的是，前兩次沒有成功，這一次成功了。在這裡，政治不僅是第一位的，而且是唯一的。政治上的敵我、利弊、得失，是衡量一切的標準；思想文化上的是非、真假、善惡、美醜等等，全都要從屬於、聽命於政治上的需要。在行為方式上，則是為達到政治目的可以使用一切手段。當年魯迅對周揚、徐懋庸的左傾教條主義所下的評語：「拉大旗作虎皮，包著自己，去嚇唬別人；小不如意，就依勢定人罪名」，在這裡完全適用。

　　當年郭沫若在「革命文學」論爭中大罵魯迅是「封建餘孽」、「二重反革命」、「法西斯蒂」，周揚、徐懋庸在「國防文學」論爭中指控魯迅破壞統一戰線，胡風是「內奸」，結果都沒有效用。這是當時的形勢使然，當時「革命」和「救亡」這兩面大旗都還不足以壓倒一切，何況郭沫

若等都還沒有掌權。1942年的形勢就大不同了，革命在發展，救亡又正處於緊要關頭，「革命」和「救亡」兩面大旗並舉，足以號令一切，壓倒一切。先前那種包括徐懋庸所說的「實際解決」在內的策略作風，也公開、合法而成為有組織有領導的工作方式。──正是這一切，使得在前面兩次思想文化論爭中未能取勝的左傾教條主義，終於在這一非常時期和特殊環境中取得了勝利。

「救亡壓倒啟蒙」就是這樣實現的。然而──救亡，就不要民主鬥爭和思想啟蒙了嗎？革命，就可以無視革命隊伍自身確實存在的黑暗和腐敗嗎？王實味保衛五四傳統，堅持魯迅方向，成為中國現代思想史上的第一個殉道者。

5

「一切存在的都是合理的」。原來在上海一再受到抵制的左傾教條主義，在另外的時空中能夠順利發展並成為主流意識，當然有其合理的根據。──是非常時期和特殊環境，即戰爭年代的農村根據地，那裡的客觀條件和客觀需要，促成了毛澤東的文化思想和文藝方針的迅速形成和最終確立。

首先是「大眾化」和「民族形式」問題。戰爭爆發初期形成的「文章入伍」、「文章下鄉」的熱潮，改變了新文化運動的常規，眼前迫切需要的政治宣傳工作和以農民（包括武裝了的農民）為主體的工作對象，使得「大眾化」的要求顯得更為重要也更加急迫。當時，文藝方面就有過從「舊瓶裝新酒」到「民族形式」問題的討論和爭論。正是在這個時候，毛澤東在中共六屆六中全會上提出了馬克思主義「中國化」和「民族形式」的問題。他的這一提法和他所提倡的「新鮮活潑，為中國老百姓所喜聞樂見的中國作風和中國氣魄」，立即得到普遍的支持，並產生了深遠的影響。

　　「民族形式」問題的論爭與「兩個口號」的論爭一樣，都是現代思想史上的重要關節，所涉及的不僅僅是形式和口號，而是更重要的問題，即思想文化的發展方向問題。在這次「民族形式」論爭中，各方論者大都表示贊同毛澤東的主張，但在這表面上的一致贊同的背後，卻有著根本的分歧，分歧的焦點依然是如何對待五四傳統的問題。肯定新文化運動的成就，堅持五四啟蒙傳統的王實味、胡風等是一派，可稱為「啟蒙派」；與之相反，極力頌揚民間文藝和舊形式的是另一派，包括向林冰（趙紀彬）和陳伯達、艾思奇等，可稱為「民粹派」。毛澤東的態度也很明白，他曾批評「五四」先驅者有片面性，並說新文化運動的不足是沒有工農大眾的參與（後來「文革」中工人和貧下中農佔領了上層建築和意識形態領域）。他還把「大眾化」與「化大眾」對立起來，強調「大眾化」就是知識份子與工農結合，「化」（也就是改造）為工農。相反，「化大眾」則是用小資產階級思想改造工農、改造世界，那就等於依了大地主、大資產階級，有亡黨亡國的危險。可見，王實味和胡風的悲劇命運是不可避免的。毛澤東一再強調「喜聞樂見」、「普及第一」，提出工人農民比知識份子乾淨的論斷，後來又多次發表輕視書本知識、貶斥知識份子的言論，這一切都說明他的思想有明顯的反智主義傾向。當年的「革命文學」宣導者把小資產階級知識份子當作革命對象，是受了俄國「無產階級文化派」和「拉普」的影響，而毛澤東的這種反智主義，卻是來自中國土產——民間小傳統中的文化平均主義反叛意識。

　　當時，在提出馬克思主義「中國化」和「民族形式」問題的同時，還發表了那幾句後來廣為人知的反教條主義口號：「洋八股必須廢止，空洞抽象的調頭必須少唱，教條主義必須休息」。這些都是黨內路線鬥爭的需要，這三個「必須」是針對王明、博古和張聞天等人的。毛澤東的這些主張和批評，都是有事實根據，有道理的。王明等未能領導紅軍取得反圍剿的勝利，而毛卻能在長征中特別是遵義會議以後，領導紅軍擺脫困境取得

勝利。後來把這種獲勝的經驗概括為「農村包圍城市」的戰略思想，肯定毛「挽救了革命挽救了黨」，立下了不朽功勳，這當然都是事實。但問題還有另一面，那就是，這同馬克思主義有什麼關係？實事求是地說，農民揭竿而起，包圍城市，奪取政權，這是中國兩千多年一治一亂不斷改朝換代的普遍歷史現象。毛從中總結出農民造反的經驗，巧妙而有成效地運用了這種經驗，並由此反轉來把馬克思主義極其豐富的內容概括簡化為「造反有理」。這實際上是以農民思想、農民造反經驗「化」馬克思主義，所以當年延安就有人稱之為「山溝裡的馬克思主義」。後來，確認這種馬克思主義「放之四海而皆準」，不但按照這種「馬上得天下」的經驗「馬上治天下」，而且「馬上治文化」，這就有了二十世紀下半期思想文化領域所進行的那些鬥爭，那一次又一次的思想批判、文化革命。這些革命鬥爭有一個共同特點，那就是年輕的鬥年長的，知識少思想簡單的鬥知識多思想複雜的；而這裡的「多」和「複雜」，主要指外國的即西方的思想文化（「洋八股」和後來的「修正主義」也是西方的）。這就表明，左傾教條主義的民粹主義不但有反智傾向，而且有排外傾向。正是這種既反智又排外的民粹主義，造成了思想文化上的閉關鎖國，「關起門來做皇帝」，在民族復古主義道路上一步步走進「文革」的災難之中。

這樣一種「中國化」的馬克思主義，先在延安後在全國思想文化領域產生影響，並成為主流意識，當然需要大量理論宣傳工作。周揚、何其芳、林默涵等人正是在這方面發揮作用的。——在具體談他們的作用之前，應該簡單提一下馬克思主義文藝理論在中國的傳播情況。馬克思的社會經濟學說很早就介紹到中國來了，而他的美學思想和文學理論卻進來得比較晚，大約是到「革命文學」論爭前後才由魯迅、雪峰、瞿秋白等譯介過來。主要有馬克思、恩格斯有關文藝問題的幾封信，列寧論托爾斯泰的論文、托洛斯基的《文學與革命》以及普列漢諾夫、盧那察爾斯基的文藝批評和美學專著等。這是五四新文化運動的繼續，繼續引進西方近現代

思想文化。這些論著有一個共同特點：在強調社會經濟作用和政治傾向性的同時，也很重視文學藝術本身的特性和價值以及藝術家的主體性。這一切，在1942年5月以後的延安就大大不同了，變成了只強調社會經濟關係、階級性、政治傾向性等等，文藝的本體性和藝術家的主體性，都被說成只是從屬於、服務於政治的形式、技巧，失去了獨立的意義和價值。從那以後，史達林、日丹諾夫的指示報告和聯共（布）中央的決議文件，就取代了上述馬恩等的著作。當然，最直接也最權威的是毛澤東的《講話》和相關言論，無論是哲學歷史還是文學藝術，也無論是研究方法還是最後結論，都必須以之為圭臬。上面提到的馬克思恩格斯以及普列漢諾夫等人的言論也還需要，不過都是用來為《講話》作注的。

周揚和何其芳、林默涵等人就正是在這方面發揮作用，「立德」、「立功」、「立言」──忠於毛澤東，宣傳毛的思想觀點，為毛的《講話》作注疏的。周揚的《馬克思主義與文藝》一書，就是這方面的歷史證物，從這本書可以看出「工農兵方向」的民粹主義實質以及它是怎樣被掩蓋在馬列主義的詞句和邏輯框架中的。周揚晚年有過反思，談到應該「完整準確地掌握馬克思主義」，還談到「異化」問題。不知道他是否想到了，他的《馬克思主義與文藝》正是有目的地剪裁、補綴馬克思等人的語錄的範例，他自己正是從知識份子異化為政治工具的典型。他晚年有所省悟，但仍把延安整風稱為「思想解放」而與五四運動相提並論，足見他並未真正覺醒，終於在異化中離去，實在可悲。當年他就是以「六經注我」的方式，挑選馬恩列斯和普（列漢諾夫）、高（爾基）、魯（迅）的語錄，按照毛的意思為《講話》作注的。書前有長序，從文藝的起源談到「如何為群眾」的問題，從頭到尾貫穿著階級和階級鬥爭的觀點，把勞動者與知識者、民間文化與精英文化、小傳統與大傳統對立起來，頌揚前者而貶抑後者，以民間民俗小傳統取代五四新文化的主導地位，否定知識份子的啟蒙作用，並把他們置於被改造的從屬地位。不知道是出於疏忽還是

有意掩蓋，這本書裡沒有摘引馬克思批評「真正社會主義詩歌」、列寧批評民粹主義和「無產階級文化派」的文章。由此就可以看出，這樣的馬克思主義與馬克思本人的思想距離有多遠。

何其芳也是《講話》的權威解釋者，1945年曾奉命到重慶宣講《講話》，貫徹新方向。他在《新華日報》上發表長篇論文《關於現實主義》，宣傳《講話》的精神，批評胡風的理論。在這篇文章裡，他為馬克思主義藝術理論和毛澤東文藝方向作了簡明扼要的解說，說馬克思主義藝術理論的精神實質就是「政治標準第一的精神和階級分析的方法」，並且告訴人們，這才是「最可寶貴與最應該學習的地方」。至於人們十分重視的馬克思恩格斯關於藝術真實、典型性和傾向性等的著名論述，他反而認為那都是屬於藝術方面的並不重要的「個別結論」，不屬於「精神實質」即政治方面，因而是「可以改變的」。說到毛的《講話》，他特別提出兩點，即「藝術群眾化的新方向」和「藝術工作者的新的人生觀」，實際上這就是前面提到過的「工具論」和「皮毛論」。何其芳當時突出強調這種「新方向」和「新人生觀」，並且說這是毛澤東對於馬克思主義藝術理論的「最大的發展和最大的貢獻」。

這種繼承了三十年代文化上的左傾教條主義並有所發展的文化觀、文藝方向，並不是所有馬克思主義者、共產黨人都能認同的，也不能代表所有的中共領導人。前面提到張聞天三十年代就曾旗幟鮮明地反對文化上的左傾教條主義，對上述幾個問題持相反的看法；到了四十年代，他的基本觀點和態度並沒有改變。1940年1月5日他在陝甘寧邊區文協會員代表大會上所作的題為《抗戰以來中華民族的新文化運動與今後任務》的報告提綱，在被遺忘了近半個世紀以後才重新公開發表。從這個報告可以看出，在一些重要問題上，張聞天與毛澤東的思想觀點相距甚遠。首先在對中國新文化的總體把握上就很不一樣，張聞天的提法是「民族的，民主的，科學的，大眾的」，比毛澤東的多了一個最重要的「民主的」作為對文化的

界定。張聞天所說的「民主」不僅僅是政治制度，他說的很明確：「即反封建、反專制、反獨裁，反壓迫人民自由的思想習慣與制度，主張民主自由、民主政治、民主生活與民主作風的文化」。他明確指出，當時的新文化運動是戊戌——五四新文化運動的繼承和發展，是以知識份子和青年學生為基本隊伍的。在對待中外文化遺產和「大眾化」問題上，他贊同魯迅的「拿來主義」和魯迅對待新形式與舊形式的關係的看法。總之，從這篇報告可以看出，張聞天沒有接受「工具論」和「皮毛論」，在思想文化問題上既不排外又不反智，是堅持馬克思主義又堅持五四傳統的。張聞天在思想文化問題上的基本觀點，特別是有關「民主的」部分，正是半個多世紀以來中國思想文化界所最缺乏又最需要的「免疫劑」，後來的一切失誤和災難都與之緊密相關。——當時，張聞天這篇專門闡述文化問題的報告被毛澤東的政治論戰專著《新民主主義論》所取代，以後的思想文化工作也就離開了自身的軌道，被納入了政治鬥爭的運作之中。當年，張聞天在知識份子問題上的看法和態度被指責為「右傾」，因而離開延安赴農村「調查研究」，未參加文藝整風，所以與毛的新方向、新方針的制定無關。——這不禁令人聯想到十幾年後的廬山會議上的「右傾」。張聞天在經濟建設和文化建設上都曾「右傾」，前者的意義和價值已被世人承認，而他在文化領域和知識份子問題上的「右傾」的意義和價值，似乎還未引起足夠的重視。

這種左的民粹主義文化觀和新方向，在延安以外的國統區所引起的爭議更大，不但胡風和他的朋友們不能接受，一些長期在國統區工作的中共黨內文化骨幹也有懷疑和抵制。這些人大都是從「三十年代」走過來的，還保留著「五四」以來的那種文化價值觀和思維方式。他們並不真正瞭解延安整風的真實目的和意義，而是和胡風有些相似，想當然地響應號召，想當然地批評他們心目中的教條主義。像雪峰、荃麟以及喬冠華、陳家康、胡繩等人就是這樣。現在已經很清楚，那次整風並不是什麼思想文化

運動或馬克思主義學習運動，而是一場政治鬥爭，要解決的是路線問題，領導權問題，也就是確立毛澤東的領導地位，特別是思想理論上的領導地位。當時所說的「黨八股」、「教條主義」等等，都有特指，不是可以隨便用於任何人的。胡風和雪峰以及喬冠華等人，對此不甚明瞭，當然與延安的要求不一致，有的人如喬冠華等當時就挨了批評，有的人如雪峰則是若干年後才算這筆賬的。

喬冠華、陳家康、胡繩等人當年在重慶與胡風等一起回應延安整風的號召，積極批評教條主義，發起思想啟蒙運動，雖受到批評也未改變觀點和態度，依然和胡風等交往。一直到1948年，他們（不包括陳家康）突然改變態度，在香港出版《大眾文藝叢刊》，反戈一擊，發起對胡風等的批判，把1945年重慶論爭推向高潮。喬冠華等的突變和反戈一擊，使得胡風驚詫而又憤慨，這就有了前面提到的《論現實主義的路》這本重要著作，也引起了雪峰關於當年創造社攻擊魯迅的聯想。好象他們都沒有注意到，此時喬冠華已經是中共華南局的負責人之一，出版《大眾文藝叢刊》和批判胡風，都不是他的個人行為。

也許是前面提到的那種政治上的過份自信，使得胡風在兩個重要問題上失去了判斷能力：一個是喬冠華等的突變和反戈一擊，是延安的指令和黨內整風的結果，而不是如胡風所想，僅僅是他們個人的品德作風問題。二是他忽略了1945年胡喬木與舒蕪談話中所作的重要提示，這一點尤其重要。——當年胡喬木代表毛澤東和中宣部去重慶處理文化界的問題，他當著胡風的面告訴舒蕪：「毛澤東同志對中國革命的偉大貢獻之一，是他把小資產階級革命性同無產階級革命性區別開來，而你恰恰是把兩種革命性混淆起來。」這實際上是把舒蕪（當然包括胡風）放在了與毛澤東直接對立的地位。對此，舒蕪感到了壓力，而胡風好象並不怎麼在意。

胡風在《論現實主義的路》一書中花不少筆墨論證知識份子與農民的關係問題，並沒有回答胡喬木提出的那個尖銳問題。胡喬木說的是「小

資產階級」與「無產階級」，胡風說的是「知識份子」與「農民」，而且把二者都界定為「小資產階級」。實際上他們說的是同一個問題，只是這中間還需要點明一句：這裡的「小資產階級」專指知識份子，「無產階級」說的就是農民。這可以從毛的全部著作和講話得到印證。特別是後來的「文革」，那種「無產階級革命性」是從當年的《湖南農民運動考察報告》中的「革命不是請客吃飯」的暴烈行動開始的，以後的「上山下鄉」、「接受貧下中農再教育」以及「五七指示」等等，都是有力證明。

當年胡喬木稱頌這一「偉大貢獻」的時候，馬克思批判「粗陋的共產主義」的那些論著還沒有譯介過來——正是馬克思，早在胡喬木提出上述判斷的一百年前，就嚴厲批評了這種由物質上的平均主義發展而來的對待知識才能和知識份子的蒙昧野蠻態度。——值得注意的是，魯迅當然也不知道馬克思的這些著作，但他卻和馬克思有著相近的看法。

馬克思、恩格斯和列寧都主張「灌輸」，由革命的知識份子從外部向工人階級灌輸社會主義思想；魯迅和胡風都堅持「啟蒙」，由「精神界戰士」幫助啟發阿Q、閏土和祥林嫂們醫治精神奴役的創傷，這是歷史的要求，反其道而行，只能使歷史倒轉。

6

1948—1949年，是從戰爭到和平、從舊中國到新中國的轉折時期。在這期間，《大眾文藝叢刊》在香港出版，第一次全國文代會在北平召開，標誌著思想文化領域的一次歷史性轉折——把以往二十年的文藝論戰全部納入「兩個階級兩條路線鬥爭」的模式，為以後三十年的思想文化批判作好了準備。

1948年初，隨著國內政治形勢的急驟變化，文壇形勢也發生了變化。當時解放軍已經轉入戰略反攻，中共中央提出了「打倒蔣介石，解放全中

國」的口號，並建議召開新的政治協商會議，擴大統一戰線。在經濟上要保護資產階級和上層小資產階級的經濟利益，反對侵犯中小資產階級經濟成分的左的傾向。可是，思想文化領域正好相反，不但不反左，卻繼續向左轉，把鬥爭的矛頭直接對準小資產階級知識份子。

《大眾文藝叢刊》就是在這個時候以這種左的面孔在香港出版的。在香港出版，正是為了面向國統區的廣大地區。這是一個宣傳貫徹毛澤東文藝新方向的前哨陣地，編輯和撰稿人有郭沫若、邵荃麟、喬冠華、胡繩、林默涵等。在總題為「文藝的新方向」的第一輯裡，有一篇重要的大文章，署名「本刊同人」的《對當前文藝運動的意見》。文章在肯定毛的「新方向」為今後文藝界指導思想的同時，檢討了文藝界的「右傾狀態」，認為這種「右傾」的最突出的表現就是《講話》「在後方沒有得到應有的普遍和熱烈的討論」，「被冷淡了」，而這正是資產階級民主主義、人道主義、個人主義和人性論思想所造成的，因此應該展開對資產階級思想的批判。在他們要批判的文藝傾向中，包括「十九世紀歐洲資產階級古典藝術在中國的影響」，其中還特別點了托爾斯泰、弗羅貝爾、羅曼‧羅蘭等人。顯然，他們拒絕馬克思、恩格斯和列寧都十分珍視的這些人類精神遺產，而另有所宗，那就是他們在文章裡一再提起的「國際革命文藝思想」，說明白些，就是郭沫若等人當年從日本轉抄來的蘇聯「無產階級文化派」、「拉普」的那一套，加上後來的史達林、日丹諾夫的指示報告。

文章還提出一個具有戰略意義的措施：糾正右傾的統一戰線觀念，把文藝界的統一戰線建立在廣大群眾的基礎之上，大量吸取「文藝新軍」，「組織廣大工農、青年於各種文藝團體之中，教育千千萬萬青年文藝幹部，通過這樣的基礎，去擴大我們的文藝陣地」——這是1942年文藝整風以來的經驗。後來的歷史表明，正是這樣的青年文藝「幹部」、「新軍」，成了「外行領導內行」的基礎，成為歷次批判運動的生力軍。

這種「反右傾」的目標，具體反映在所選擇的批判對象上。當時集中批判的是「主觀論」者胡風、舒蕪，自由主義知識份子沈從文、蕭乾、朱光潛等。在《叢刊》同人看來，胡風等是小資產階級知識份子，而沈從文等人則是資產階級代表人物。郭沫若的《斥反動文藝》一文是專門斥罵沈從文等三人的。如同當年的罵魯迅為「封建餘孽」、「二重反革命」、「不得志的法西斯蒂」一樣，郭沫若這次又破口大罵起來，罵沈從文「一直是有意識的作為反動派而活著」，罵蕭乾是「買辦」、「鴉片」，對朱光潛則只差沒有直接扣上「文化特務」這頂帽子了。不是說這些人不能批評，不該批評，問題是郭沫若此文既非批評，更談不上戰鬥，純屬人身攻擊和政治恐嚇，和後來「文革」中那種「勒令」、「警告」之類的大字報差不多。至於對胡風的批判，前面已經詳述，是1945年重慶論爭的繼續，也是這次批判的重點。

胡風和沈從文、蕭乾、朱光潛，還有同一時期在哈爾濱受到批判的蕭軍，這些人的政治傾向雖然不同，有的屬於左翼，有的屬於右翼，但他們都是反帝反封建的新文化運動中有影響的人物，在這樣的歷史轉折關頭，把他們當作批判鬥爭的主要對象，這就為不久以後召開的第一次全國文代會定下了基調，掃清了道路。

1949年7月召開的全國文學藝術工作者代表大會（簡稱第一次全國文代會），當時號稱「勝利的大會，團結的大會」。會議是在勝利的形勢下召開的，會上的氣氛也確實盛大熱烈，但也有人當時就看出了問題，感到了憂慮。五十年後再回首，當能更清楚地看到：那是一個傾斜的大會，向左傾斜得那樣厲害。說勝利，是毛澤東的左的文化觀和文藝方向一家獨尊的勝利；說團結，是以確認毛的這種文化觀和新方向為前提條件的。當時，來自解放區與來自國統區的文藝家「彼此」界限分明，一方大談其成績經驗，一方則檢查問題承認教訓並表示向另一方虛心學習；一方是勝利者，一方是歸附者。

　　這充分反映在大會的幾個報告中。周恩來的政治報告為大會定下了總的調子，這個調子集中體現在報告的結尾上：「我們應該感謝毛主席，他把中國革命領導到今天這樣偉大的勝利；我們應該感謝毛主席，他給予了我們文藝的新方向，使文藝也能獲得偉大的勝利。」接著全場起立，歡呼「毛主席萬歲！」──從這裡，可以看到兩點：一是毛澤東以「農村包圍城市」的戰略摧毀了國民黨獨裁政權，取得了全國勝利，受到這樣的歡呼和敬禮是應該的，合理的；二是從這裡，從把一切歸功於一個人，一切聽命於一個人，已經包含了通向後來的歷次文禍、通向文化大革命的必然性。──應該補充一句：一曲《東方紅》映照出一段歷史，稱「大救星」、唱頌歌、掛聖像、喊萬歲，正是從1942年開始的，而始作俑者正是知識份子，特別是文藝家們。從那時開始，文藝家從啟發、引導大眾衝破「鐵屋子」的精神界戰士，變成了「人類靈魂的工程師」──按照神的旨意塑造人的靈魂的牧師。

　　郭沫若的「總報告」從總體上說明「五四」以來的文藝運動的歷史經驗。他把三十年的文藝史說成是「無產階級文藝路線」與「資產階級文藝路線」的鬥爭史，這是在重複當年那種「非無產階級文學即資產階級文學」、「非國防文學即漢奸文學」的機械論老調。郭沫若參加過五四文學革命，鼓吹過「革命文學」，擁護過「國防文學」，讓他這樣的「三朝元老」來為毛的文藝路線的正統地位作證，實在是最好不過的人選。他迴避歷史真相，只根據《新民主主義論》裡的幾句話，就硬說「五四」以來的新文藝都是無產階級領導的、為政治服務的，把左傾教條主義說成是三四十年代的文學主流，從而證明毛的新方向是對這樣的「五四傳統」的繼承和發展。

　　周揚的報告《新的人民的文藝》，介紹解放區文藝運動的成就和經驗，基本觀點直接來自《講話》，一是為政治服務，二是大眾化和民族形式問題。他所談的主要是政治宣傳工作和群眾文藝活動，很少涉及文學藝

術的專門問題。在談到大眾化和民族形式問題時，他重複當年在延安所說的那些民粹主義老調子，把中國古代文人的和西方的藝術形式，統統說成是封建階級資產階級的「舊形式」，而把農民和城市小市民所喜聞樂見的民俗娛樂活動的體裁程式，說成是文學藝術的「民族形式」，並要人們學習繼承這樣的「民族形式」。

茅盾的報告是總結國統區文藝運動的，他宣稱1942年以來的國統區文藝運動的主流「也是遵循著毛主席的方向而前進」的。在這裡，毛的新方向成了一道鐵柵欄，凡不合其尺寸的，如老舍的《四世同堂》、巴金的《寒夜》和《第四病室》、沈從文的《邊城》、錢鍾書的《圍城》以及詩壇上的「七月」和「九葉」，統統被排除在成就之外。與此相對，他特別舉出袁水拍的《馬凡陀山歌》、陳白塵的《升官圖》、黃谷柳的《蝦球傳》作為國統區的代表作。他說得也很清楚，這些作品之所以受表彰，一是它們寫了「主要矛盾和主要鬥爭」，二是它們「打破了五四傳統形式的限制而力求向民族形式與大眾化的方向發展」，「接受了解放區的作品的影響」。這不就是周揚所說的那兩條：「服務政治」與「喜聞樂見」嗎？其實，這裡的關鍵是「打破五四傳統的限制」。——更值得注意的，是茅盾對這一時期的文藝理論的論述。他一共談了三個問題：一、關於文藝大眾化的問題，二、關於文藝的政治性與藝術性的問題，三、關於文藝中的「主觀」問題。單從這幾個題目就可以看出，這主要是針對胡風的——茅盾在向「新方向」致敬、向解放區文藝「看齊」的同時，把胡風推向了對立面，為以後的「反胡風運動」埋下了伏線。

茅盾提出的這三個理論問題，就是前不久香港批判時提出的主要問題。實際上這也正是多年來五四傳統與左傾教條主義在理論上的主要分歧——在大眾化和民族形式問題上，是堅持啟蒙主義，還是經由民粹主義向舊傳統回歸；在藝術與政治的關係問題上，是堅持「文學的自覺」，繼續走文學革命所開創的新文學道路，還是經由「工具論」（新「載道」論）

向舊傳統回歸；關於文藝中的「主觀」問題，說的就是作家的主體性，這實際上是如何看待知識份子的地位和作用的問題——是承認他們的啟蒙者的歷史地位和作用，還是依照「皮毛論」把他們當成沒有獨立人格、失去主體性的製造宣傳工具的工具。——這三個問題實際上通向一個焦點，就是如何對待五四傳統，如何對待知識份子的問題。

把反封建，特別是反對還活在人們身上的封建意識的艱巨任務擱置不顧，集中力量反對資產階級，特別是反對小資產階級知識份子；把戰時對農村宣傳工作和群眾文娛活動的要求和經驗當成文藝方向，用以取代五四思想啟蒙傳統和文學革命道路——這就是第一次全國文代會的左的實質。如果說，當年批判王實味是「救亡壓倒啟蒙」，那麼，通過重慶論爭、香港批判到第一次文代會，則變成了魯迅所說的「文藝與政治的歧途」、「文藝和政治的衝突」。那以後幾十年的文藝批判和思想鬥爭，就都是這種分歧和衝突的繼續。

7

從1949年的第一次文代會到1979年的第四次文代會，從毛澤東的《在延安文藝座談會上的講話》的確立，到江青的《部隊文藝工作座談會紀要》的否定，這是中國現代文學史、思想史上鬥爭最複雜最慘烈的三十年。五四新文化傳統的中斷，知識份子的全軍覆沒，是造成這個時期政治上經濟上種種失誤，最後走向「文革」災難的重要原因——在《東方紅》取代《國際歌》，愚昧和專制取代科學與民主的過程中，歷史走錯了房間。

在這三十年裡，思想文化領域鬥爭不斷，一直在貫徹執行《講話》和《紀要》的新方向，沿著當年批判王實味的路子一直走下來——批《武訓傳》、批《紅樓夢研究》、批胡風、批右派，一直到後來的「橫掃一切」、「全面專政」。如今回頭看過去，竟然沒有一次是真正批對了的：

王實味不是托派，胡風不是反革命，《武訓傳》和《紅樓夢研究》也說不上是「宣傳資產階級反動思想」，右派並不右，「黑八論」當然也不黑，全都平反了。然而，僅此而已嗎？為什麼會出現這種狀況呢？那種據以衡量批判這一切的理論根據呢？

1951年批《武訓傳》，那是首先在思想文化領域貫徹「以階級鬥爭為綱」和「興無滅資」原則的範例。當時說的是宣傳馬克思主義，教育人們運用唯物史觀去認識歷史和現實，批判資產階級唯心主義。然而，事實上當時所依據所宣揚的並不是真正的馬克思主義唯物史觀，而是中國式的「農民造反史觀」——把農民起義說成是歷史發展的真正動力，從而否定洋務運動和戊戌維新，有限度的肯定辛亥革命，卻把愚昧落後的太平軍和義和拳當成自己的前輩先驅。這種觀點與馬克思有什麼關係呢？馬克思倒是直接談到過太平軍，不過那是完全否定的評語，說他們只知道改朝換代，只會破壞，是「只有中國才會有的」「停滯的社會生活的產物」。

1954年批《紅樓夢研究》，同樣是「以階級鬥爭為綱」。在這部內容極其豐富的小說裡，只看見了貧富矛盾和權謀、仇恨、人命等等，卻感受不到裡面的人的覺醒、女性的覺醒，作為生命個體和精神個體的人的心理、情感、智慧、才能的無限豐富以及這一切的意義和價值。正如魯迅所說，不同的讀者會從《紅樓夢》裡看見不同的東西，因為只看見了「你死我活的階級鬥爭」，就稱之為「政治歷史小說」。這是用看《水滸傳》、《瓦崗寨》之類通俗說部的眼光看《紅樓夢》，所以也只能如此，不足為怪。於是，批「新紅學」，結果卻回到「舊紅學」—「索引派」那裡去了。

孫瑜、趙丹的《武訓傳》開始拍攝於1948年，是「上海亭子間」的最後產品；胡適、俞平伯的「新紅學」則是五四新文化運動的成果，二者均有不足之處，當然可以批評。然而，用「農民造反史觀」和「喜聞樂見」審美標準對它們進行討伐，卻合了後來的一個流行說法：「形左實右」，即貌似激進，實為倒退。——其實，這兩「批」都帶有偶然性，是

借題發揮，借這種大批判運動的聲勢，讓知識份子領略階級鬥爭的威力，以鞏固新佔領的思想文化陣地，確立《講話》的權威。在這之前和之後，還有另外一些批判活動。文代會剛閉幕，上海有人提出「可不可以寫小資產階級」的問題，被斥為知識份子「爭奪文藝陣地」、「爭奪領導權」。批《武訓傳》以後，接著批判蕭也牧的《我們夫妻之間》、碧野的《我們的力量是無敵的》、白刃的《戰鬥到明天》等等，這些小說的挨批，全都是因為不符合《講話》「歌頌工農兵」的標準，「美化知識份子，醜化工農兵」。接著就是「文藝整風」，目的是重新學習「新方向」，深入批判資產階級小資產階級思想。整風學習的主要文件是《講話》、《實踐論》、《反對自由主義》和毛澤東為批判《武訓傳》所寫的社評，以及聯共（布）中央決議、日丹諾夫的報告和史達林的指示等。這是用意識形態的共性取代文藝的特性，用認識論常識取代藝術思維規律，推廣庸俗社會學和機械論。

1955年的反胡風運動，所使用的也是這種「新瓶裝舊酒」的思想理論，不過這一次不帶偶然性，不是借題發揮，而是「新老賬一起算」。如前所述，從1936年到1948年，在「兩個口號」、「民族形式」、「主觀問題」三次大的論爭中，胡風一直執拗地堅持自己的觀點，毫不退讓。第一次文代會上茅盾不點名地對他進行批判，把他推到對立面，孤立他，逼他「投降」，他卻頑強地保持沉默。那以後的幾年間，對他和他的朋友們繼續不斷地施壓——他的長詩《時間開始了》好不容易得以發表，立即就受到了批判；阿壠、呂熒、魯藜、路翎等也先後受到了不公正的指責。接著，由周揚主持，有何其芳、林默涵、邵荃麟以及馮雪峰、丁玲等人參加的「胡風文藝思想討論會」，從1952年9月到12月連開四次。胡風進行了辯解，並沒有「投降」。於是，何其芳、林默涵把會上的發言整理成文發表，進行公開的批判。到這時，胡風既不回答，也不檢討，依然保持沉默。——如果他就這樣沉默下去，他的朋友們也都沉默下去，消失了，像

沈從文那樣，也許就不會有「胡風反革命集團案」了。無奈胡風過於執拗也過於天真，竟然又一次誤把中共黨內路線鬥爭（七屆四中全會）當成是真的發揚民主，以致上書三十萬言，傾吐二十年積鬱，意圖挽救文壇頹勢。結果是，「新老賬一起算」，成為王實味之後的又一個殉道者。

王實味和胡風所殉的，就是「五四」之道，啟蒙之道，科學與民主之道；主要是魯迅所說的文學革命的要義——人性的解放與文學的自覺。胡風一向堅持把文學當做文學、把人當做人看待，而反對把文學當做政治宣傳的工具，把作家當成製造宣傳工具的工具。他的「現實主義」和「主觀精神」論就是從這裡來的。正是在這裡，胡風的文藝思想與周揚所推行的以《講話》為代表的文藝方向發生了衝突，展開了論爭。

對照一下反胡風運動中何其芳、林默涵的批判與胡風在他的《意見書》中的答辯，人們會發現，雙方所爭辯的，竟然還是當年王實味所觸及的那三個方面，也就是茅盾在文代會上所概括的那三個問題。——真是可悲復可歎，從1940年「民族形式」問題論爭開始，到1988年「胡風文藝思想」正式解禁，長達半個世紀的論爭、批判、鎮壓，關係到那麼多人的意志和信念、青春和生命的，竟然是這樣一些並不那麼複雜的問題。而關鍵所在，是對「五四之道」、對五四新文化運動的不同看法和態度。

這的確是關鍵問題，在這個問題上，清楚地反映出思想文化領域的「兩條路線的鬥爭」，反映出胡風思想與毛澤東方向的尖銳對立。胡風對五四新文學、新文化運動的看法集中反映在下面這段話裡：「以市民為盟主的中國人民大眾五四文學革命運動，正是市民社會突起了以後的、累積了幾百年的世界進步文藝傳統的一個新拓的支流。」（《論民族形式問題》）——這就是被視為胡風文藝思想的「要害」而一再受到批判的「分支論」、「市民說」：承認來自西方的影響，屬於資產階級民主主義、人文主義性質。胡風的這種看法是符合實際的。關於性質問題，他反覆說明，從「五四」到抗戰時期，中國的社會現實雖然有了巨大的變化，但基

本的社會性質和革命任務並未改變，「並沒有從個性解放（反封建）和民族解放（反帝）這兩個戰鬥目標突變出去。」應該說，這種看法不僅符合當時的歷史狀況，就是在今天，也並未完全過時。

對此，毛澤東有完全不同的看法：第一，他說五四運動是在十月革命的影響之下，在列寧的號召之下發生的，所以，五四新文化運動和文學革命運動都是無產階級領導的，第二，他完全否定資產階級思想文化，說資產階級的自然科學和社會政治學說全部都腐化了，無用了，只有無產階級文化是「完全嶄新」的，強有力的（《新民主主義論》）。這不能不使人聯想到列寧所一再嘲笑批評的「從天下掉下來的」「無產階級文化」。毛的這種看法既不符合歷史事實，又違背馬克思主義常識。五四新文化運動的興起，「科學與民主」口號的提出，都在十月革命之前，更在中國共產黨成立之前，承認這一基本事實，「影響」、「號召」、「領導」等等就全都落空了。至於究竟應該怎樣看待資產階級民主革命，怎樣看待人類在資本主義歷史發展階段所創造的思想文化，馬克思恩格斯和列寧都有詳明的論述，稍有馬克思主義常識而又不再「凡是」的人都會明白的，用不著多說。

所以，「反胡風運動」結束了，胡風消失了；然而，「胡風思想」卻批而不倒，並未消失。它的主要傾向和基本觀點被稱為「胡風黑貨」、「胡風流毒」、「胡風衣缽」、「胡風影響」等等，在接踵而來的反右鬥爭、文化大革命和反自由化運動中被不斷地重新提起。

1957年的反右運動，號稱「政治思想戰線上的社會主義革命」，實際上是政治革文化的命，政治家革知識份子的命。運動也是從文藝界開始的，所觸及的全是老問題，所使用的也依然是那些「新瓶裝舊酒」的舊武器。要而言之，當年所觸及的主要是以下三個方面：一是理論觀點，二是創作傾向，三是與這些緊密相關的歷史舊賬。理論上批的是秦兆陽、陳湧、錢谷融等的現實主義觀點，創作上批的是王蒙、劉賓雁、流沙河等

「干預生活」的作品。批判者以《講話》為依據為武器，指責他們違背了「政治決定藝術」、「世界觀決定創作」的原則，不符合「歌頌為主」、「喜聞樂見」的方向，是繼承「胡風衣缽」，宣揚「胡風黑貨」。這種指責倒也符合事實，上述理論觀點和創作傾向確實和胡風的「現實主義」，「寫真實」，「主觀精神」等等相通，而與周揚當年在文代會上所宣揚的解放區經驗大相徑庭。

這都是多年來一直在爭論糾纏的老問題，所以又扯出歷史舊賬，製造出一個「丁玲、陳企霞、馮雪峰反黨集團」。還有「再批判」，把當年延安的舊事拉來「新老賬一起算」，株連到蕭軍、艾青、白朗、羅烽等許多人。事情很清楚，從1956年到1957年，從「鳴放」到「反右」，那是一場歷史性的思想文化大決戰：一方是五四新文化傳統，一方是延安政治思想鬥爭傳統；一方是啟蒙主義的魯迅道路，一方是民粹主義的毛澤東方向。反右鬥爭的目的和結果，就是以後者改造並取代前者。周揚的《文藝戰線上的一場大辯論》一文，就是為這一切所作的總結，也可以說是證詞。

以周揚的名義發表的《大辯論》一文並沒有收入《周揚文集》，因為這篇文章不僅包含有他身邊幾位主要文藝骨幹的智慧，而且是經過毛澤東三次修改定稿後，作為文藝界反右運動的總結發表的，所以不能算作周揚個人的著作。文章在理論上並無新義，無非是重複「政治第一」，「歌頌為主」，「成績是基本的」以及「無產階級與資產階級的鬥爭」等老調子。其中，重要的也是值得注意的，是關於三十年代歷史的論述──利用魯迅在「兩個口號」論爭中答徐懋庸的長信，歪曲事實，偽造歷史，誣衊魯迅，陷害胡風、雪峰、丁玲等人；掩蓋張聞天、劉少奇等中共領導人曾經支持魯迅反左的歷史事實，把本來是「橫站著」作戰的魯迅，重塑成只反右不反左的左派戰神，使之配享在毛澤東之旁，以證明他所推行的文藝路線，是前有魯迅後有毛澤東的領導，貫穿了五四傳統與延安傳統的唯一正確的文藝路線。──其實，整個文藝界反右鬥爭的實質，可以一言以蔽

之：大樹毛的《講話》的絕對權威，造成思想文化領域的大一統局面；實際上，這也就是1942年以來十五年間思想文化鬥爭的總的目標。

這篇《大辯論》只是從政治上進行批判，作出總結，並沒有正面觸及文藝理論和創作方面的問題，所以只能算是政治總結。同一時期發表的茅盾的《夜讀偶記》，從理論和創作的角度駁斥「右派胡說」，批判文藝上的「修正主義思潮」，補足了這方面的不足。茅盾的文章廣徵博引，東拉西扯，實際上只談了兩個問題、兩個觀點：一、現實主義是勞動人民創造的，有階級性，是隨著階級鬥爭的發展而發展的，二、世界觀決定創作方法，創作方法就是思想方法、認識方法；產生公式化概念化的原因就是沒有掌握辨證唯物主義和歷史唯物主義。用豐富而瑣碎的中外文學史知識去修飾「社會主義現實主義」這個僵硬的公式，卻暴露出了庸俗社會學、機械論教條的窘迫。——1928年和1936年他反對這種教條，1949年和1957年他擁護這種教條——可以把這篇《偶記》當成反右鬥爭的副總結，可以從這篇《偶記》看到知識份子的精神變異。

到此時為止，思想文化領域的大一統局面更加鞏固，應該消失的人都已經消失，各種異端邪說也都批判了。五四傳統已經完全納入延安傳統之中，只剩下「愛國主義」了，啟蒙主義、個性解放、理性批判精神等等全都清除了。魯迅也被推到了毛澤東的身旁，成為「革命家」、「鬥爭哲學」的化身，他身上原有的啟蒙主義、個人主義和人道主義，全都作為「局限性」清除掉了。在以後的幾年裡，文藝和整個思想文化領域也掀起了「大躍進」。

8

1957年反右派，1958年大躍進，1959年反右傾，正是在這樣連續向左轉的情況下，毛澤東的《講話》精神得到了前所未有的順利貫徹。工農兵

大寫村史、家史和革命回憶錄，這些文章佔領了報刊陣地，成為那一時期的重要創作成果。毛澤東把民歌定為詩的主要形式和發展方向，在他的號召下，以工農兵為創作主體的新民歌運動如火如荼，遍及全國。周揚稱這些順口溜的豪言壯語是「共產主義文藝的萌芽」，郭沫若就跟著唱「文藝也有試驗田，衛星何時飛上天？」連《文藝報》也發社論號召「文藝放出衛星來！」——在這同時，史學界在「厚今薄古」，哲學界在大學「毛著」，教育界則在轟轟烈烈地「拔白旗」；一個排斥知識份子，拒絕中外文化遺產的文化建設高潮出現在中國大地上。

對於這一切，1959年國慶十週年的各種紀念總結文章和1960年召開的第三次文代會的報告，全都作了充分肯定，熱情讚揚。毛澤東更是躊躇滿志，信心十足，說「從來沒有看見人民群眾象現在這樣精神振奮，鬥志昂揚，意氣風發」。對於周揚在第三次文代會上所作的報告中的批資反修高調，他也十分欣賞，批示中有「高屋建瓴，勢如破竹，讀了令人神旺」的讚語。

其實，這些合轍押韻的豪言壯語，千篇一律的憶苦思甜紀事，絕大部分說不上有什麼文學價值。不過，倒可以從中看出那個時代、那場運動的思想傾向和文化淵源——這些被說成是「共產主義文藝萌芽」的東西，實際上正是彭德懷元帥所說的「小資產階級狂熱」的表現（這裡的「小資產階級」當然指農民而不是知識份子）。與這種思想傾向相適應，所有作品都是清一色的民間形式，民歌和戲曲。人神對話，古今同台，成為「浪漫主義」牌號下的流行模式。出現的多是通俗小說和戲曲中的人物，如黃忠、武松、羅成、穆桂英以及孫悟空、呂洞賓、王母、龍王等等。——當祖國正在進入「共產主義」的時候，來慶賀的全是神魔和古人，而從洋務運動到五四前後的近現代人物，那些為中國的現代化殫精竭慮奮鬥終生的先驅們，竟然全部缺席，連孫中山和魯迅也沒有想到。——他們沒有想到魯迅，魯迅倒是早就想到了會有這樣的後人。那些作品裡所散發出來的不

正是當年魯迅所憎惡的「三國氣」、「水滸氣」嗎？而為毛澤東所傾倒的鬥志昂揚的人群的背後，卻閃動著太平軍、義和拳的影子。

這種由「工農兵方向」和「共產風」所促成的文藝運動、文化現象，其最顯著也是最重要的特點就是「土」。從最初興起於延安的時候起，宣導者、趨附者的鼓吹讚美，抵制者、嘲諷者的批評質疑，大都著眼於這個「土」字。在「中外古今」這個文化發展的大格局中，「土」顯然是排斥「洋」即「外」而屬於「中」的。但「土」又拒絕「中」裡面的知識份子精英文化，在「雅俗」之間屬於「俗」。由此可見，「土」不僅排外，而且反智。這種排外反智的民粹主義不僅在理論上排斥五四傳統精神，而且在文藝運動的實踐中阻擋並取代新文化運動發展的道路。

經過幾十年的實踐檢驗和歷史淘汰，當年的新秧歌和新民歌大都已經被歷史塵封，當然更談不上什麼發展方向了。至於「樣板戲」的依然流行，那是另一個問題，和「三國氣」、「水滸氣」的依然存在一樣，是社會思潮和人的素質，也就是國民性的問題，這裡就不談了。——從今天的歷史高度回頭遠望那三個工農兵文藝發展的高峰——1942年、1958年、「文革」中，可以明顯地看出它們的一些共同特徵：所表現的都是家族苦、階級仇、民族恨，而沒有個人感情，更沒有真正的愛情。所寫的人物大都只有共性而缺乏個性，有行動而很少內心活動，多為類型而不是典型。特別是，其中的女人不像真正的女人，兒童不像真正的兒童，都是某種精神或身份的代表，而不是血肉飽和的生命個體和精神個體。

這一切，剛好和五四新文學的特徵形成鮮明的對比，工農兵文藝中的群體和類型，五四新文學中的個性和典型，以及其中的中世紀情懷與現代意識的不同，這是不同的文藝思潮和文化思想的反映。這中間，關鍵在對人的不同看法和態度。魯迅說過：「最初，文學革命的要求是人性的解放。」郁達夫也說，「五四運動的最大成功，第一要算『個人』的發現。」當年的茅盾說的更明白：「人的發現，即發展個性、即個人主義，

成為五四時期新文學運動的主要目標。」工農兵文藝思想在批判否定這種「人的文學」的同時，越過《紅樓夢》而回到《三國》、《水滸》、《說唐》之類傳奇說部那裡去了。它們之間不僅形式相似，精神也是相通的，所以那些古代英雄才會活到今天和人們一起「大躍進」。在此，不妨聽聽馬克思是怎麼說的——「我們越往前追溯歷史，個人，因而也就是進行生產的個人，就顯得越不獨立，越從屬於一個較大的整體。」把這句話反向思考一下就會明白，1958年的躍進文藝並不是什麼共產主義的萌芽，而是一種文化上的返祖現象。

接著「大躍進」而來的是「調整時期」。大躍進所造成的饑餓同樣存在於精神領域，所以文藝界知識界也進入了調整時期。這次文藝政策和知識份子政策的調整，是現代文學史和思想史上的一次重要轉折，從中可以看出中共上層在文化思想、文藝路線上的分歧，這就是毛澤東與周恩來等具有現代意識和新文化思想的領導人之間的分歧。在政治上他們是一致的，分歧主要存在於經濟和文化方面。這種分歧早就存在，不過一直被掩蓋著，到文化大革命中才明顯地暴露出來。

這一次的轉折，轉折中所表現出來的文化方面的原則分歧，集中反映在1961—1962年召開的幾次重要會議上，這就是中宣部召開的「文藝工作座談會」、文化部召開的「故事片創作會議」、中國劇協召開的「話劇、歌劇、兒童劇創作會議」。在這些會議上，周恩來都發表了重要講話，可以說，文藝界這次以反左為主要目標的調整和轉折，就是在周恩來的親自領導下進行的。按照以往的正統說法，周是按照毛的指示辦事，貫徹毛的方針路線的。然而，事實並非如此，把周的講話的基本精神和主要觀點與毛歷來的主張加以對照，就可以清楚地看到他們之間的原則分歧。

首先，在怎樣看待1949年以後的文藝工作和文藝隊伍的問題上，周與毛的態度就截然不同。周是身在其中，熱情扶持，愛護有加；毛則是居高臨下，苛求嚴責，一再批判。周肯定十幾年來的文藝工作成績是第一位

的，毛在兩個「批示」中則說「收效甚微」，「大多數」「基本上不執行黨的政策」。在知識份子問題上，毛一向把知識份子看作資產階級甚至資產階級右派，周在會議上則明確指出：「無論什麼時候，把知識份子劃歸資產階級範圍，都是犯了戰略方針錯誤」。在文藝問題上，他尖銳批評那種以政治取代藝術的傾向，說「標語口號不是藝術」，號召大家重視藝術經驗、藝術才能和藝術技巧。周恩來這幾次講話的中心議題和基本精神，就是「發揚藝術民主，尊重藝術規律」這兩大原則。——前面談到的歷次論爭和批判，其主要分歧也正是這兩個問題；現實主義也好，主觀精神也好，世界觀與創作方法也好，還有為誰服務、思想改造等等，全都可以歸結到這裡來——說來說去，還是「科學與民主」。在左傾教條主義一再肆虐，知識份子和他們的精神創造一再受摧殘的情況下，周恩來出來公開標舉這兩大原則，與毛的「工具論」、「皮毛論」針鋒相對，這能說是偶然的嗎？——順便說一下，當時許多人對毛的有些言論也採取胡風那種「字面上不要碰它，可能的地方還要順著它」的態度。不過有的是出於崇敬，有的是不得已。這是毛的崇高威望與實際見解之間的矛盾所造成的。

和周恩來一起站出來說話的，是那位肝膽照人的元帥和詩人陳毅。他在會上宣佈為知識份子摘掉「資產階級知識份子」的帽子，並且說，「五四運動以來，知識份子中間的大多數基本上和共產黨的大方向是一致的」，這大方向不就是反帝反封建和科學與民主嗎？他不顧毛澤東所說的「外行領導內行是個規律」的提法，批評「冒充內行」的人「瞎指揮」。對於所謂「三結合創作方法」——領導出思想、群眾出生活、作家出技巧，他嘲問道：難道作家就沒有思想、沒有生活，就是技巧嗎？顯然，他反對把知識份子看成寫作工具，當作「筆桿子」使用。

周、陳與毛之間的這種分歧的產生，與出身經歷和文化背景的不同有很大關係。周和陳都出身於社會上層家庭，受過儒家正統文化的薰陶，都曾出國留學，沐浴過歐美風雨，又都直接參加過新文化運動；特別是，他

們在文藝方面都是真內行，有藝術實踐經驗。作為政治家和領導人，他們始終未脫知識份子本色，而且與黨內外知識份子一直相處很融洽。特別是周恩來，從三十年代起就參與左翼文藝運動的領導，抗戰期間大後方的左翼文藝運動和知識界的民主運動，也都是在他的領導下進行的，他深知其中的成敗與甘苦。

其實，這很自然，中國共產黨就是在五四新文化運動中的知識份子群裡誕生的，它的早期領導人全都是知識份子，而且不少人與文學有關。陳獨秀、瞿秋白就不用說了，張聞天、劉少奇、周恩來、李富春等都參加過五四新文化運動，參與過對三十年代左翼文藝運動的領導，而且當時都批評過其中的左的錯誤傾向。

毛澤東則不同，農村生活環境和民間小傳統文化背景一直深深影響著他，在邊緣參與新文化運動的短暫經歷和後來的列寧史達林著作，都未能從根本上改變他的文化價值觀，因而對知識份子和外來文化有一種本能的排拒心理。他在思想文化方面的「左」，是以排外和反智為特色的，是一種左的民粹主義。他會寫舊體詩詞，有點才氣，卻並不真懂文藝。

調整時期充滿著矛盾鬥爭，兩股思潮兩種傳統在較量，勢如拔河，在爭奪中國未來的走向。大躍進的失敗，野有餓殍，民不聊生的嚴酷現實迫使毛澤東不得不同意經濟上的調整，但他在精神領域卻毫不退讓，精神領域的真假是非本來就難以判斷，加上毛在這方面又特別自信，所以文藝領域就成了爭奪的焦點。周恩來和陳毅的講話在文藝界激起強烈的反響，文藝在復甦，創作在發展，許多以前受批判的作品和理論觀點重新提出來進行討論，開始有點「百花齊放、百家爭鳴」的氣象。這當然是毛澤東所不能容忍的，於是，發出了「千萬不要忘記階級鬥爭」的警告。正像張光年後來所說的，這個口號一提出，「1961—1962年上半年大家忙碌的一切都白忙了，而且還是一個錯誤！」這當然不會是後來才有的看法和情緒。接著，就是毛的兩個「批示」，對文藝界嚴加指責，那看法和態度，與周、陳的講話

及中宣部制定的《文藝八條》的精神正好相反。這以後幾經反覆，毛還是從文藝界打開缺口，全面反攻，把歷史推入了文化大革命的災難之中。

「文革」十年，文藝界成了「重災區」，重就重在有個「十七年黑線專政」論，把幾乎所有文藝家都打入了「另冊」，成為專政對象。有兩篇批黑線的綱領性文章最值得重視，那就是江青的《部隊文藝工作座談會紀要》和姚文元的《評反革命兩面派周揚》，因為這是毛澤東認可並親自修改過的，最能代表他的思想意圖。《紀要》批「黑線」，姚文批黑線代表人物周揚。這是他們對以往十七年乃至三十五年的文藝史和思想史所作的結論。所謂「黑線」，指的是每次批判運動過後的文藝調整時期。批《武訓傳》和文藝整風、反胡風和肅反、反右派和大躍進，這三大運動之後都有一個調整恢復時期，那就是1953—1954年、1956—1957年上半年、1961—1962年。這幾個時期正是文藝事業得到恢復和發展的時期，那些被打成毒草又重新在文學史上站起來的作家作品和理論觀點，大都出於這幾個時期。1956—1957年的「鳴放」被說成是資產階級右派的「猖狂進攻」，實際上那是五四精神的迴光返照，是一次夭折了的思想解放運動。1962年的調整被說成是資產階級思想的「反攻倒算」，實際上那是對剛剛過去的反右和大躍進的初步反思。把這些同歷史上的幾次論爭聯繫起來看，確實是一脈相承的，都有些向「五四」回歸的味道。在他們看來全是「黑」的，是為「黑線」。——至於「紅線」，當然就是從《講話》到《紀要》所代表的工農兵方向和無產階級革命文藝路線。

姚文元說周揚有「兩面」，倒也符合實際：那些批判運動和批判以後的調整，全都是周揚領導的；不過這不是什麼「反革命」，而是一種「世界觀與創作方法的矛盾」式的矛盾。進城以後的周揚在變化，這是從戰爭到建設、從農村到城市、從面向工農兵到面向全國各界人士和面向世界的變化；從某種意義上說，這也是從延安窯洞向「上海亭子間」的回歸。作為文藝總管，他既要執行《講話》所規定的方針，又要繁榮創作，提高理

論，推動文藝事業的發展，而這兩者之間是有矛盾的。要繁榮創作，提高理論，推動文藝的發展，就必須發揚藝術民主，尊重藝術規律，這就不能不突破《講話》的「工具論」和「皮毛論」；突破了違背了這兩論，那就要受批判，就要轉而向左，搞運動。待到運動搞得文壇荒蕪，百花凋零，又要轉過面來進行調整，再講藝術民主和藝術規律。如此往復，一時「紅」，一時「黑」。這就是周揚的「兩面」，也就是上面所說的十七年那種波浪式的發展。對此，周恩來稱之為「螺旋式的上升」，毛澤東和江青則抓住一端判為「黑線專政」。

這次批「黑線專政」是算總帳，重點批判的「三十年代」和「黑八論」，實際上包括了1942年以來所有的不同觀點，而這一切，統統被定為「資產階級思想」。文化大革命之所以稱為「文化」革命，是企圖通過對資產階級思想文化的徹底批判、清除，實現上層建築和意識形態領域裡的無產階級專政，從而帶領全社會進入共產主義。結果，這一切以失敗告終，這才使得人們回過頭去重新審視以往三十多年的歷史。

三十多年來思想文化領域裡的種種分歧和鬥爭，一直都被說成是「無產階級與資產階級兩個階級、兩條路線的鬥爭」；所爭的全都是姓「無」、姓「資」的問題，所進行的全都是「興無滅資」的鬥爭。到頭來才明白，這一切全都名實不副：自稱「無產階級」的並不是真正的無產階級，所批的「資產階級」也不是真正的資產階級。這裡的關鍵是對「資產階級」這個概念的誤解和曲解。幾十年來，「資產階級」這一名詞被等同於自私自利、剝削壓迫等等惡德惡習，總之是罪惡的淵藪。正如列寧所說：「我們往往是極不正確地、狹隘地、反歷史地瞭解這個名詞，把它（不區分歷史時代）和自私地保護少數人的利益聯繫起來。事實上，無論西歐還是俄國，那些啟蒙者，那些資產階級思想家當時並沒有表現出任何自私的觀念」。俄國的民粹派之所以也患「恐資病」，拒絕接受資產階級的精神遺產，是因為他們「頑固地相信不存在的、由他們浪漫主義地空想

出來的沒有資本主義的發展」，「從自己的浪漫主義的、小資產階級的觀點來與資本主義作戰。」

列寧說的是俄國革命的出路——擺脫專制以後的問題，也就是近年常有人提及的「娜拉走後怎樣」的問題。蘇聯已經解體了，列寧的這些看法並沒有失效，毋寧說更值得重視了。列寧的文章題為《我們究竟拒絕什麼遺產？》說的是資產階級啟蒙思想與民粹派的農民烏托邦空想。這篇文章對中國有極強的針對性。一八九八年發表，三十年代就譯介過來了，不知道為什麼歷來很少有人談及，也許是毛澤東持有相反看法的緣故。

上面所說的這一切，不同樣是一場「我們究竟拒絕什麼遺產」的大辯論嗎？在反右、大躍進、文化革命這三大運動中，毛澤東的社會理想和文化選擇愈來愈清楚。反右主要是對付知識份子的，大躍進和人民公社是從小農空想出發的，文化大革命的運作模式在《湖南農民運動考察報告》中，而當時正在構建的社會模式則是按《五・七指示》進行的——「五七幹校」、「上山下鄉」、「接受貧下中農再教育」、「工農兵進駐上層建築領域」、「勞武結合」、「吃飯不要錢」等等。這是在消滅三大差別，不過是反向進行的：城市向農村看齊，工業向農業看齊，腦力勞動者向體力勞動者看齊，由此造成一種政教合一、君師一體的大一統的新的社會結構。這不是歐文、傅立葉的烏托邦，也不是《禮運篇》和康有為的「大同世界」，而是一種比俄國民粹派更激進更東方的小農意識和遊民文化的大膽實驗。

知識份子就是在這種向東逆轉的歷史回流中受難並全軍覆沒的。

9

以上，是我讀舒蕪《〈回歸五四〉後序》時對那段歷史的回顧，當然都是近年來的看法，以前不可能這樣看。這段歷史有如一部大戲，反映了毛澤東的文化思想和文藝政策從開始形成到最後終結的全過程。第一幕延安

文藝座談會，是開端；第二幕第一次全國文代會，是發展；第三幕從「鳴放」到反右，是大轉折；第四幕文化大革命，是頂峰也是終結。這是一部悲劇，是首當其衝的知識份子的悲劇，也是毛澤東本人的悲劇，當然更是我們民族的悲劇——傳統倒錯，文化斷裂，以致延誤了現代化的歷史進程。

舒蕪的《後序》，就包含有對這一悲劇的反思。胡風則是在獄中苦苦思索時就接觸到了這個問題，在1978年所寫的那份堅持自己的思想觀點而鋒芒不減當年的「認罪材料」裡、在寫給友人吳奚如、熊子民的書信裡，他一再指出：文化大革命災難的根源在黨內、在文藝上。他說：「就是撇開當事者文藝領導的存心和立場這個主觀條件（根據）不說，一個歷史運動，抹殺了個性而肯定那個徒有其表的共性，違反了個性與共性的對立和統一這個萬事萬物運動的共同規律，就會造成怎樣一種拖住歷史倒退，因而是勢非犧牲成千成萬生靈不止的結果。」這不就是顧准所說的那個「革命的理想主義轉變成保守的、反動的專制主義」的命題嗎？

舒蕪沒有正面論述這個問題，而是在平靜的敘述中具體回顧了自己在劇中扮演的角色，並提出了今天的看法，從而達到了和顧准、胡風基本一致的結論。其中，最值得注意的是他對自己的「思想改造」的敘述和剖析。他說：「思想改造運動，就是把知識份子整個擺在『改造對象』的地位，擺在『你們整個兒根本都是錯的』的地位，以權力為後盾，運用群眾壓力來解決思想問題。這是它的根本性質。」所以才要用「脫胎換骨」、「洗心革面」、「重新做人」這樣一些帶有根本否定意味的詞語。舒蕪進一步指出了這種思想改造並不是新東西，而是傳統的復活：「它的前提是，真理已有完整的一套，誰掌握了這一套，誰就有權力也有義務去改造一切未掌握這一套的人。戴震在《孟子字義疏證》中痛論理學家的心態，『以理為如有物焉，得於天而具於心』，會導致『以理殺人』，以火與劍傳教的宗教家，也是這種心態。」——他自己就因為接受了這一套，才拋棄了五四精神而信奉了《講話》，從馬克思走向了毛澤東：「我是在解

放後的工作學習中，得出政策就是真理的認識，從而否定了自己的《論主
觀》，否定了當時所追求的五四傳統與馬克思主義的相通，要完全拋棄從
『人』出發、人道主義、人格力量這些五四傳統中最好的東西。」

　　由此可見，舒蕪和大多數中國知識份子一樣，是現實的政治壓力和傳
統的史官文化基因，裡應外合地使他們心悅誠服地接受了思想改造。這種
以政治為最高裁決力量的新的理論，實際上正是從傳統中化出來的。皇權
至上，文化是皇權的奴僕和工具，這是史官文化的基本特徵。熱心政治，
依附權勢，則是古代士人的重要性格特徵。從五四新文化運動中哺育出來
的現代知識份子的獨立精神，在多年來的「救亡壓倒啟蒙」和「政治決定
文藝」的情勢下，不能不蛻變、扭曲、異化。這種蛻變和扭曲的一個重要
特徵，就是自愧自卑甚至自輕自賤心理的產生。知識份子改造的核心問題
是向工農兵學習，和工農結合。為使知識份子在工農面前低下頭來，承認
自己骯髒、無知，就需要進行階級分析，證明知識的獲得是建立在剝削壓
迫的基礎上的。在那樣的時代裡，能供兒女讀書的家庭，大都是與剝削壓
迫有牽連，因而，知識即罪惡，知識份子在勞動人民面前理應有負罪感。
可以說這是一種「精神土改」或「文化土改」，清算知識份子的精神財
富、文化財富。這既不是馬克思主義，也不是資產階級思想，更不是傳統
的儒家學說。不過，這也是一種傳統，是小傳統——農村無產者的遊民文
化心理，一種出自平均主義的對於知識和知識擁有者的嫉妒與仇恨。這當
然沒有任何先進性可言，純屬愚昧落後。

　　這倒不是在「貼燒餅」，把過去那種貶抑知識份子的看法倒轉過來，
吹捧知識份子而貶低工農。對知識份子，從來毀譽不一，其中比較平實公
允的，還是魯迅和高爾基。魯迅說過，「由歷史所指示，凡有改革，最
初，總是覺悟的知識者的任務。……他不看輕自己，以為是大家的戲子，
也不看輕別人，當作自己的嘍羅。他只是大眾中的一個人，我想，這才可
以做大眾的事業。」高爾基則認為，知識份子是「意識到理智因素在歷史

過程中的意義的人，這些人儘管有各種缺點，但他們過去是，現在仍然是我們國家的頭腦和心臟。」

那麼，如果一個社會的知識份子全都變成了唱堂會的戲子和聽話的嘍囉，一個國家的「頭腦」和「心臟」不能正常發揮作用，那會怎麼樣呢？——1955年反胡風運動中提出了「輿論一律」，1957年反右的時候使用了「陽謀」，那以後就真的只有「做戲」的和「聽話」的了：大躍進中為「衛星上天」唱頌歌、為畝產幾十萬斤做論證、充當大批判工具，文藝、科學、新聞落到這種地步，是知識份子悲劇中的恥辱的一筆。就在周恩來、陳毅為知識份子正名、立法（講民主和規律，也就是民主與科學）的同時，林彪辦了兩件大事：發動學習毛主席著作的群眾運動，發動學雷鋒運動。這兩個運動一個內容：「讀毛主席的書，聽毛主席的話，做毛主席的好學生（戰士）」——聽話、效忠。「紅衛兵」那種現代義和團運動，「早請示、晚彙報」那種現代宗教儀式，不都是從這兒來的嗎？

至此，「造神」運動達到了頂峰，真正成功了，進入了「下神」階段。十七年造神，十年下神。一時間如神靈附體，舉國若狂。知識份子作為整體，是專政的對象，改造的對象，被排除在這一宗教狂熱的跳神運動之外，只有少數人卷了進去。也許正因為如此，「文革」後期許多知識份子開始清醒，世紀反思就從那時開始了。

10

回首百年，感慨萬端。正如一句俄羅斯諺語所說，「誰記得一切，誰就會感到沉重。」因為上邊所說的這一切，並非全都是始料未及，不可避免的，而且今後未必就一定能避免。

早在一百年前，也就是上一個世紀之交，前人就已經悟出了：教育、啟蒙、立人——人的現代化，才是一切的根本。1898年，維新派音韻學家

王照就曾建議康有為，先多辦學堂以改變風氣，然後再行新政。接著，1905年，孫中山在倫敦見嚴復，談到國事，嚴復有如下一段話：「以中國民品之劣，即有改革，害之除於甲者，將見於乙；泯於丙者，將見於丁。為今之計，惟急從教育上著手，庶幾逐漸更新乎！」──由此，會立即讓人想起魯迅的話：「最初的革命是排滿，容易做到的，其次的改革是要國民改革自己的壞根性，於是就不肯了。所以，此後最要緊的是改革國民性，否則，無論是專制，是共和，是什麼什麼，招牌雖換，貨色照舊，全不行的。」胡適說得更直截了當：「自由平等的國家不是一群奴才建造得起來的。」──歷史已經無情地驗證了這些先驅們的看法，無產階級文化大革命就是國民的這種壞根性的惡性發展和集中暴露。

從《新青年》創刊到《觀察》、《希望》被封，三十年的民主鬥爭，思想啟蒙，無論是左翼還是右翼，馬克思主義還是自由主義，在思想文化方面總的目標是一致的：科學與民主，人的現代化。從唱《東方紅》到跳《忠字舞》，三十年思想改造，文化革命，一直伴隨著造神運動。這是一場以現代思想文化和知識份子為主要對象的排外、反智的造反運動。這實際上是一種古老的傳統，農民造反傳統的延續，即前面提到的民間小傳統及其遊民文化，也就是廣為流傳、深入人心因而為人們「喜聞樂見」的《三國》、《水滸》、《說唐》系列。毛澤東就是在復興這一文化傳統並以之取代五四新文化傳統的過程中扭轉歷史方向延誤歷史進程的。

這是兩種不同的傳統，不同的遺產。如果說，馬克思主義的「發源地的秘密」在《1844年經濟學─哲學手稿》中，魯迅思想的「發源地的秘密」在《文化偏至論》等早期論文中，他們都是從人出發，以人為根本的，他們關心的是「現實的有生命的個人」，他們的生命、自由和尊嚴。那麼，毛澤東的鬥爭哲學的「發源地的秘密」則在《湖南農民運動考察報告》中，那裡面關注的中心是造反、奪權，那裡的「人民」、「群眾」也就是「農民」，作為群體，全都是戰爭中的兵士，政治鬥爭的工具。──

從人出發，還是從權出發，這是兩種傳統和遺產的根本區別所在。

　　從「撥亂反正」到「正本清源」，又是二十年。一開始，在撥亂反正初期，曾經提出過「正本清源」的口號，不知道為什麼很快就不再提了。口號雖然不再提了，這一思想行程卻並未停止。二十年的反思，越來越多的人們彙集到了「回歸五四」的道路。在回顧、清理了上述兩種傳統和遺產及其間的關係的同時，不能不面對非常現實的問題：我們究竟應該繼承什麼傳統？我們究竟需要什麼遺產？

　　舒蕪在他的《後序》裡作了回答，並以他的這本書展現了他在這條曲折道路上的足跡，他近年來的勞作。他確實回歸五四、回歸魯迅、也回歸到胡風那裡去了；當然，這是需要勇氣的。對此，我是佩服的，而且感謝他，是他的這本書激發我回顧、思考了以上的種種。

　　這既是我個人的粗淺認識，又不僅僅是我一個人的私見。近年來我們這些進入古稀和早已超過古稀之年的過來人，常在一起回顧往事，交流反思。我不想讓這些「活思想」流失，就把它寫了下來；粗疏謬誤，當然是我的學力不足所致，應當由我負責。

　　當然，這只是問題的一方面，或一半。在這個漫長的苦難歷程中，許多知識份子經受了苦難甚至作了犧牲，許多人異化為政治工具，實際上也是一種犧牲，應該說，都是悲劇。這整個過程就是知識份子精神蛻變、人格扭曲、人的異化的過程。這中間，當然與個人的心理素質、道德情操有關，因而在心理上、道德上也大都有自己應負的一部分責任。這責任有大有小，人各不同，舒蕪當然更不能例外。關於這一方面，已經有不少議論，有的我同意，有的我不同意，不過，已經無法在這裡具體說明了。

2000年8月寫於武漢東湖

2001年3月定稿於深圳蛇口

載《黃河》雜誌2001年第6期

百年啟蒙，兩個「五四」
——讀殷海光、顧准著作所想到的

　　2009年很有些不同一般，因為逢九，應該紀念的歷史事件多而且重要又互相關聯，使得人不能不去思考，把它們聯繫起來思考。五四運動九十週年，中華人民共和國成立六十週年，改革開放三十週年；還有，殷海光逝世四十週年，顧准逝世三十五週年。前三個是中國歷史上的重要轉折，但正是顧准和殷海光，啟發我重新認識了這些重大歷史事件，特別是五四。所以，我想在這裡寫下我的所思所感，送別2009年並紀念這兩位確實值得中國人敬佩的思想文化先驅。

1

　　早在上世紀八十年代，我就聽說過殷海光這個名字，知道他是臺灣學者，一位哲學家、民主鬥士；卻沒有讀過他的著作，不瞭解他的思想和學術成就。直到幾年前，至友李文熹兄和我談起他的家世，說他和殷海光是湖北黃岡同鄉，而且兩家關係非同一般，是四代世交，有通家之好。他向我介紹了殷海光及其家族的詳情，引起了我極大的興趣；他還從黃岡殷海光的侄女殷永秀女士家，借來了殷海光的著作，讓我仔細閱讀。

　　讀著這些紙頁發黃的港臺版殷海光著作，我既感到親切又深受震撼。感到親切，是因為它們喚起了我的記憶，記起了年少時所受的教育，上世紀前半期人們所熟知的那個五四；感到震撼，是因為早在六十年前，

殷海光能夠提出這樣的預見：預見到蘇聯必然解體，世界必然走向全球
化，中國必然通過科學與民主的康莊大道實現現代化。已經發生和正在發
生的事實印證了殷海光的預言。這樣的白紙黑字，不能不令人感到震撼。
對比普列漢諾夫的政治遺囑，應該承認，歷史是能夠通過科學分析預測未
來的。

　　殷海光自己未能親見這一切就早早離開了這個世界。四十年前，海峽
兩岸都處於最黑暗的時期：毛澤東在這邊發動無產階級文化大革命；蔣介
石在那邊發動中華文化復興運動，一左一右，兩面夾擊五四新文化、五四
精神。受到臺灣當局壓制的殷海光身患癌症，貧病交加，承受著精神和病
痛的雙重煎熬。正是在這個時候，他寫下了一篇《自敘》，那是1969年8
月21日，這一天離他逝世只有二十六天。這篇《自敘》是他為《殷海光選
集》第一卷（社會政治言論）所寫的序言。文中有言：「我這本文集是受
許多青年朋友熱心鼓勵和贊助才能和大家見面。這一件具體的事，足證海
角天涯尚有不少的有志青年的生命向著理性和自由發展。我應該怎樣的欣
慰哩！」

　　看來，這篇自敘實際上就是他的遺囑。普列漢諾夫臨終前留下的那份
預言未來的遺囑是「政治遺囑」，殷海光的這篇自敘可以說是他的「文化
遺囑」──通篇談的都是思想文化問題。全文只有一千五百字，從五四談
起，回顧歷史，簡述自己的心路歷程，明確提出自己的思想主張。他自稱
是「五四後期的人物」，說他「沒有機會享受到五四時代人物的聲華，但
卻有份遭受著寂寞、淒涼和橫逆」。這指的是他生活的那個時代──1930
年代至1960年代──知識份子的艱難遭際。可見「五四後期的人物」，也
就是「五四傳人」、「五四之子」。他稱那個時代是「大動亂的時代」，
動亂源於文化衝突，中國文化傳統已經連根搖撼，外來思想文化狂風暴雨
般襲來，使得知識份子目眩神搖，無所適從。他說他就是在這樣的巨浪大
潮中摸索自己的道路一步步前進的。

在這裡，殷海光明確宣稱：他的這些文章既是這一大動亂時代的記錄，也是這個時代的產物，其中貫穿著一條明顯的思想線索：「在一方面，我向反理性主義、蒙昧主義、偏狹主義、獨斷的教條主義無保留的奮戰；在另一方面，我肯定了理性、自由、民主、仁愛的積極價值——而且我相信這是人類生存的永久價值。這些觀念始終一貫的浸潤在我這些文章裡面。」——明確，堅定，毫不含糊。他所反對的，是來自左邊和來自右邊的歷史逆流；他所主張所堅持的，是五四精神、五四道路。這是兩條道路、兩種價值取向，完全不同的社會思潮，這是近百年中國社會轉型過程中文化衝突的根本所在。作為五四傳人、五四之子的殷海光，他的主要著作全都與這一主題緊密相關；他的一些重要論文（社論、專論），更是直接以五四為論題，如《重溫五四精神》、《跟著五四的腳步前進》、《五四是我們的燈塔》，以及《論科學與民主》、《開展啟蒙運動》、《胡適思想與中國前途》等等。總之，五四精神、五四道路，是殷海光一生所關注的中心。

五四已經過去九十年了，殷海光離去也已經四十年。就在前不久發表的紀念五四的文章裡，還有那種張冠李戴的現象——說五四導致了文化斷裂，導致了文化大革命等等。可見，殷海光關於五四的那些精闢見解並未過時，大有助於澄清這類誤解謬說。讀讀殷海光的著作，人們就會發現兩個五四的不同，從而消除對五四的誤解。

2

歷史上當然只有一個五四——五四運動，但是，對這同一個「五四」的記述、解說、評價卻大不相同。在這些不同說法之中，有兩家的說法最為重要也影響最大，這就是胡適一家和毛澤東一家。人們大都知道，所謂的「五四」或「五四運動」，指的就是當年發生過的兩件大事：一件是1915—1921年《新青年》雜誌所發起的新文化運動；一件是1919年5月北

京學生上街遊行抗議的愛國群眾運動。對於這兩件事，胡適和毛澤東的取捨與評價大不相同，他們都說得很清楚：胡適只承認《新青年》發起的新文化運動，說後來「1919年所發生的『五四運動』實是這整個文化運動中的一項歷史性的政治干擾，它把一個文化運動轉變成了一個政治運動」（《胡適口述自傳》206頁）。毛澤東的看法則相反，《新民主主義論》說得也很清楚，只承認1919年5月4日及其以後的政治性群眾運動，根本否定那以前的新文化運動。可見，胡適說的是文化的五四，所以稱之為「中國的文藝復興」或「啟蒙運動」；毛說的是政治的五四，所以稱之為「最徹底的反帝反封建文化革命」，而且是屬於「無產階級世界革命一部分的中國新民主主義革命」的開端。顯然，這是極不相同的兩種「五四觀」，代表了兩種極不相同的社會思潮。

五四時期屬於一個大時代，即李鴻章說的「三千年未有之大變局」，也就是社會轉型，從傳統中國走向現代中國的大變革時代。這一變局是外部挑戰引起的，所以也被看成是國家民族生死存亡之秋。上述兩種五四觀所代表的兩種思潮，就是這一時代要求的應變之策，救亡之道。很清楚，二者分歧非常之大：一個是政治革命，一個是思想啟蒙；前者是用暴力反對內外敵人，以「反帝反封建」為號召；後者是對內的和平改革，標舉的是「民主與科學」。

五四距今已九十年了，這九十年剛好由三個三十年構成：第一個三十年是1949年以前的「舊社會」；第二個三十年是「十七年」＋「文革時期」；第三個三十年是「改革開放」時期。真的是，「三十年河東，三十年河西」，一個完整的「正、反、合」三段式。第一個三十年，兩種五四觀同時存在；第二個三十年，政治的五四觀批判並取代了文化的五四觀；第三個三十年，文化的五四觀艱難的回歸。兩種五四觀的起伏興替，與知識份子的命運遭際緊密相關，從這裡，可以看出近現代中國歷史曲折反覆的根本癥結所在。

　　殷海光是1969年去世的，沒有活到第三個三十年，未能看到海峽兩岸的巨大變化。但他的那些著作，他對五四的界定和對五四的由來及其影響的深入分析，卻一點兒也不過時，大有助於我們對上述兩個五四問題的深入辨析，進而澄清那些籠統地把五四與「文革」扯在一起的誤解謬說。

　　殷海光對五四、五四運動的界定，既不完全和胡適一致，更不同於毛澤東的看法。總的說來，殷海光所說的五四、五四運動，也主要是指《新青年》和《新潮》雜誌所代表的新文化運動，但他並不像胡適那樣，排除學生運動，只把學生運動看成是一種政治干擾。他是從不同方面分析學生運動與新文化運動的關係，它們的相互作用、前後變化。新文化運動在先，學生運動在後，沒有先前的思想啟蒙，就不會有後來的學生運動。也就是說，沒有人的覺醒，沒有現代知識份子群體的出現，就不會有那樣的政治行動——不同於二十年前的「公車上書」的街頭抗議活動。反之，沒有學生運動和後來的工商界市民的聲援活動，新文化運動的影響也不會那樣廣泛深遠。所以，不能把學生運動完全排除於「五四」、「五四運動」之外。同樣重要的是，在承認這種積極作用的同時，應該看到學生運動中出現的越軌行為和過激情緒所代表的歷史文化內容，這種危險性就是從文化的五四向政治的五四的蛻變，從反傳統向傳統的逆轉。

　　殷海光自稱是「五四後期人物」，距離五四較遠且掌握了新的科學方法，所以對歷史的觀察分析更客觀、全面也更深刻。他是從百年內憂外患所引起的人的覺醒——啟蒙運動的大背景上考察五四運動的。在他看來，五四是百年啟蒙中的一個新的階段，是其高潮而不是啟蒙運動的開端。在寫於1959年的《胡適與國運》一文裡，他這樣說：

　　　　自從1842年以來，中國所受的挑戰是基本而又嚴重的，可是中國的反應之主流則是不適當的和不健康的，以致弄到今日這種狀況。在一切可計量的原因之中，支配中國社會政治之傳統的正統所發生負

性的作用之牽制著中國直前的新生與進步，實在是一個最具決定力的原因。」

　　這段話有三個要點：第一，他借用英國歷史學家湯因比的「挑戰／反應」這一公式，考察分析中國的歷史，認為鴉片戰爭以來中國與西方的衝突，從根本上說是不同文化之間的衝突。第二，中國之所以屢屢挫敗，是因為對這種挑戰所做出的反應不適當和不健康。第三，這種反應的不適當和不健康，是中國文化的落後造成的──是支配中國社會政治的傳統──儒家學說，妨礙了中國的進步。他說的是「主流」、「正統」，而不是所有的中國人和全部的中國傳統文化。他在具體分析的時候，指出了這種主流和正統就是慈禧和倭仁、徐桐之流，他們所代表的那種妄自尊大的天朝心理，和他們所支持的義和拳蒙昧野蠻的非理性的民氣巫術。所謂「不適當」、「不健康」就是指此而言；不健康就是病態，從太平軍到義和拳那種帶有邪教性質的瘋狂迷信就是這種病態反應。

　　從文化衝突的大視野中考察百年來中國內憂外患的深層原因及其療救之道，自然更加注重自強、內新──啟蒙。可以說，在殷海光那裡，近百年中國思想史、文化史，就是一部啟蒙運動史。他從戊戌說到五四，在談論胡適等五四人物之前，先介紹嚴復、譚嗣同、梁啟超。歷史本身就是這樣走過來的，五四人物是戊戌先驅者喚醒的，胡適、陳獨秀和周氏兄弟，都是讀著《天演論》、《時務報》開始啟蒙的。事實上，從林則徐放眼看世界，魏源編纂《海國圖志》，到郭嵩燾、嚴復出使英國，介紹那裡的政教文化，這就是所謂的「西學東漸」。這東來的西學主要是文藝復興以來的西方人文主義、自由主義思潮，是正宗的資本主義思想文化和政經制度。接納、學習、吸收這種文化，改變、革除中國文化中的腐朽落後的東西，以促使中國新文化的發展──既改革自身，又接納外來文化，這不就是「改革開放」嗎？而這正是殷海光所說的對於西方文化挑戰所作出

的適當的、健康的反應。適當，是說看到了這種挑戰的根本性質並從根本上作出應對；健康，是說非病態的、理性的。這些覺醒了的士大夫突破了大傳統又拒絕小傳統，把目光轉向了西方，注意到了人，人的解放，人的自由。嚴復重視「民品」，梁啟超呼喚「新民」，就都是在宣導啟蒙。然而，他們既不是清王朝主流當權派，也不屬於儒家正統，更不是太平軍、義和拳的追隨者，他們的主張無法改變歷史的慣性。

從這裡，我聯想到另外幾件事：戊戌變法之前，王照主張走從文化到政治的漸進之路，建議康有為多辦學堂，改變風氣，然後再行新政。康有為不聽，說列強瓜分在即，來不及了。變法失敗後，1905年孫中山在倫敦去見嚴復，談及國事，嚴復說出了那段廣為人知的「民品論」——「以中國民品之劣，即有改革，害之除於甲者，將見於乙；泯於丙者，將見於丁。為今之計，唯急從教育上著手，庶幾逐漸更新乎！」孫中山回答說：「俟河之清，人壽幾何？君為思想家，鄙人乃執行家也。」二十年後，魯迅在給許廣平的信裡重申此意：「最初的革命是排滿，容易做到的，其次的改革是國民改革自己的壞根性，於是就不肯了。所以以後最緊要的是改革國民性，否則，無論是專制，是共和，是什麼什麼，招牌雖換，貨色照舊，全不行的。」其實，新文化運動初起時，胡適就用一句話表達了這一觀點：「自由平等的國家不是一群奴才建造得起來的！」

可見，早在鴉片戰爭爆發前後，已有國人注意到了西方的先進制度和思想文化，並開始研究介紹。這本來是歷史常識，只是到了後來，1949年以後，嚴復、梁啟超和他們所代表的戊戌維新以及胡適和他所代表的五四啟蒙，才都有了階級屬性——封建士大夫和資產階級，都成了反帝反封建革命運動的對立面。鴉片戰爭以降的中國近現代社會，被說成是「半封建半殖民地社會」，這段歷史就成了反帝反封建革命史。太平天國、義和團、辛亥革命是這場革命的三大高潮。至於五四，則成為上承這三大革命高潮的反帝反封建革命傳統，下啟新民主主義和社會主義革命的中國現代

史的歷史轉折，新民主主義的開端。——二十世紀前半期和後半期，兩種常識，兩種歷史觀，是如此的不同甚至完全相反。

3

殷海光始終堅持從啟蒙的角度認識和評價五四。在前面所引述的那段談論文化衝突的文字後面，他不無感慨地歷數百年間發生的有關重大事件：

> 自一八四二年以來，中國陷入一個大動亂時代，這一大動亂之激發的力量，有來自西方文明的，也有來自中國社會結構內部的。一八四二年的鴉片戰爭，一八五○年的太平天國之變，一八五七年和一八六○年的英法聯軍，震撼這個古老的帝國。跟著這些震撼所作的一連串反應，……短短十年的同治中興夭折了，可貴的戊戌維新胎死腹中，轟轟烈烈的辛亥革命只換來了一塊招牌，五四運動未曾得到充分發展即告萎縮，北伐戰爭的動力轉變成一個集團私利的工具，抗日戰爭的慘勝只是曇花一現。

這段話裡有幾點特別值得注意：一是明確肯定戊戌維新和五四啟蒙，並為變法的失敗和啟蒙的艱難而深感遺憾；同時指出辛亥革命和北伐戰爭的失敗，實際上就是走回頭路，重建專制獨裁政權。這和他的一貫主張是一致的。他一向質疑激進的暴力革命，主張漸進的改革，重視啟蒙，曾說「革命是社會病態發展的產品」，暴力革命成功後所建立的，必然是專制政權。二是提到了太平天國和同治中興，而且顯然是把前者視為造成動亂的內部原因，把後者視為對前者的反應。「同治中興」包括平定內亂和興辦洋務，代表人物是曾國藩和李鴻章。說同治中興「夭折了」，就是既承

認曾國藩平定太平天國叛亂的成功，又承認李鴻章興辦洋務與外國人打交道的失敗。由此看來，十九世紀下半葉，中國的內憂外患所體現的文化衝突，就不僅僅是簡單的中西二元對立的格局，而是一種遠為複雜的三分格局，即：西方文明──儒家皇權專制主義正統──遊民造反小傳統。曾國藩用《討粵匪檄》動員鼓舞儒生士紳和老實鄉民戰勝醜惡萬狀的太平軍，李鴻章的「中體西用」終於敵不過先進的西方近代文明──既肯定前者又承認後者，所以說是中途「夭折」。

說太平軍「醜惡萬狀」，是馬克思的話，殷海光並沒有提到馬克思，但他們所說的是同一歷史時期的西方和中國，都實事求是，自然會所見略同。他們說的都是發展中的西方資本主義社會、停滯腐朽中的中國宗法農業社會，還有這一停滯社會的病態發展。由此而來的，是三種不同的思想文化：西方的人文主義思想文化；中國的以儒學為中心的大傳統；以基本生存需求和叢林法則為中心的小傳統。──不同的歷史發展階段，不同的社會狀況，不同的思想文化，在人類歷史發展中的地位、作用和價值，自然大不相同。同治中興的「夭折」，曾國藩、李鴻章和洪秀全們的成敗、功過、是非，都需要從這裡去探究評說。

由此，我聯想到另外兩位歷史人物：蔣介石和毛澤東。他們都曾經是曾國藩的崇拜者，都曾在自己的政治生涯中仿效曾國藩，各有所得，所得卻大不相同。簡言之，蔣是傾慕其人，繼承其傳統；毛是欣羨其功，佩服其「收拾洪楊一役」的「完美無缺」。蔣介石在曾國藩的時代已經過去近百年的現代中國，依然仿效曾氏恪守儒家經典，而且照搬其《討粵匪檄》的套路對付共產黨。在「剿匪」、「戡亂」的同時，還發動「新生活運動」，撰寫《中國之命運》，號召尊孔讀經，企圖以「四維八德」維繫人心，穩定社會。可是不知為什麼，他竟然忘記了曾國藩那兩項重要的政策：增開科場令儒生入彀，減輕賦稅讓農民還鄉。更奇怪的是，他竟然反其道而行，在抗日戰爭慘勝之後，急急於使用高壓手段，在城市設立「特

種刑事法庭」專門對付學生，在鄉鎮設立「師管區」負責抓丁，把知識份子和農民都推向了共產黨一邊。對此，當時就有人慨歎說：國民黨敗局已定！

毛澤東就高明多了！他不但學曾文正，而且學洪天王，把他們合二為一，兼學並用。他並不在意曾國藩的人品學問，更不信奉孔儒正統，所以既能學洪秀全借洋教造反，更能學曾國藩治兵安民，把這兩招運用得完美無缺——從抗戰開始時創辦「抗大」、「魯藝」，到抗戰結束後大辦「革大」、「軍大」，廣泛吸收知識份子和失學失業青年，讓他們參加革命，有所歸屬。從1927年到1947年，都是土地改革支持了革命戰爭，獲得了土地的農民是懷著復仇和感恩的激情走上戰場的。這兩大人群，猶如巨大的火牛陣，在文武兩條戰線上衝鋒陷陣，所向披靡。這樣善用「兩桿子」——「筆桿子」「槍桿子」，比之於曾文正開科場、減賦稅，毛澤東確實是『出於藍又勝於藍』。拘守舊傳統的蔣介石遇到這樣的對手，焉有不敗之理？

人們常說，「不能以成敗論英雄」，但中華兩千年恰恰是一部「勝王敗寇」的歷史。劉邦與項羽，曹操與劉備，人們似乎更欽佩劉邦和曹操，對於有「婦人之仁」的項羽和劉備，則主要是同情還有嘲諷。事實上，劉邦和曹操確實比項羽、劉備高明，對後世的影響也更大。

由此，我聯想到有關蔣毛二公的另一則傳聞：1934年在瑞金，馮雪峰曾談到一個日本人的看法，說在當時的中國，只有兩個人真正懂得中國，就是魯迅和毛澤東。至於蔣介石，他只懂一半，只能算半個懂得中國的人。毛聽了哈哈大笑。這裡只就他提出的魯、毛、蔣的三角格局來看當年的歷史走向，不去具體探究魯迅與毛澤東的關係。因為以往流傳的關於魯毛關係的傳聞都出自馮雪峰的回憶，而馮雪峰晚年又有完全相反的陳述：在「文革」中，他向牛漢談及魯毛關係，說二人的思想觀點完全不同乃至相反，《在延安文藝座談會上的講話》與文學革命的精神也是不同乃至相反的。我相信晚年馮雪峰的說法，因為魯迅和毛澤東的著作擺在那裡，

認真讀一讀，稍加比較，區別乃至對立是非常明顯的。特別是，應該認真對比一下《阿Q正傳》與《湖南農民運動考察報告》的異同。這裡只說魯、毛、蔣對中國的「真懂」和「半懂」究竟意味著什麼。——用《阿Q正傳》這面中國歷史的鏡子一照，就明白了：蔣介石確實保守，毛澤東確實激進。保守就在於他維護舊傳統，實際上是保護了舉人、秀才、縣令和把總們的既得利益，而忽略了阿Q、小D、王胡們的生計問題。激進即徹底，在當時的中國反對一切富人，掃蕩西方文化和古代文化，以適應阿Q們的需求。魯迅則完全不同，既反對維護舊的大傳統，又反對乞靈於舊的小傳統；他既同情阿Q們的不幸，更深知他們只會破壞，只能走老路——「哀其不幸，怒其不爭」即指此而言，所以他是在蔣介石的保守與毛澤東的激進之外，堅決走另一條新路，即五四的科學與民主之路。

這裡所說的蔣介石、毛澤東、魯迅的思想和道路，他們所代表的正是二十世紀前半期中國社會文化衝突的三分格局。保守主義的儒家正統；激烈的底層造反傳統；五四啟蒙主義新思潮。因為底層造反傳統也打著五四的旗號，所以多年來一直把二者混同，把半個多世紀的思想文化衝突看作兩軍對壘的形勢，未能看出「兩個五四」的真相和實質。殷海光對此有生動而準確的描述，勾畫出了五四新思潮新文化在大小舊傳統的夾擊之中的困境，他說：

> 有的政治集體極其厭惡五四運動之破壞性的刺激性作用並且對之存有極大的戒心；但是他們卻無法亦不便從正面勾消或打擊五四運動的「科學」、「民主」和「啟蒙」等有啟發作用的觀念。怎麼辦？他們替五四改裝，他們替五四換上一件緊身衣，使五四運動的影子變得越來越小，以至消失於無形之間。另一種政治集體，是有森嚴的意底牢結，他們實在並不歡迎五四運動的「民主」和「啟蒙」精神，可是他們卻欣賞五四運動的破壞性的副作用的那一面。怎麼辦

呢？他們強調五四運動之「反帝」和「反封建」的作用。他們把五
四打扮成一個披頭散髮身穿大紅衣的野姑娘。」（《中國文化的展
望》第三章）

這就是前面提到的，殷海光所說「五四運動未曾得到充分發展即告萎
縮」的原因。直白地說，就是極右勢力的擠壓和極左勢力的誘導，共同促
使五四運動中原本就有的非理性過激傾向迅速發展，成為一種影響愈來愈
大的社會思潮，（日本侵華戰爭大大助長了這一趨勢）。原來以思想啟蒙
和文學革命為主旨的新文化運動，卻被局限在了教育界學術界，失去了往
日的聲華。五四的旗幟依然飄揚，上面的「科學與民主」幾個大字已變成
了「反帝反封建」；後來的人們只知道「五四青年節」，已不知道「五四
文藝節」，更無論「娜拉出走」、「阿Q革命」究竟何所指了。

「披頭散髮身穿大紅衣的野姑娘」這一比喻真的是妙極了也恰切極
了。「紅」當然是指革命，「野」則不會是說個人的性情舉止，而是指一
種文化屬性。在二十世紀的多次文化論戰中，人們注意的是中西、古今、
新舊之爭，卻不重視「文野」即「土洋」的區別與衝突。1942年在延安；
1949年進城之初，都曾有過「土洋之爭」，毛澤東說這是「文野之分」。
1949年後的土洋之爭，也有人稱之為「延安派與地下派之爭」。這場論爭
中批判的矛頭之所指，是所謂的「大洋古」。「大」指外部形態，「洋」
和「古」則指屬性，即「西方資產階級的」和「封建士大夫的」。這也就
是「反帝反封建」以及後來的「清除帝修反」。實際上這是一種文化虛無
主義，既排外又反智。這是前面提到的那種遊民文化、遊民意識——以基
本生存需求和叢林法則為中心，徹底唯物，排斥一切精神創造和文化遺產
（當然不包括這種文化本身），這也是一種歷史悠久的傳統，但卻是「小
傳統」。儒家文化的衰朽，新文化的稚嫩，使得這種常處於邊緣的小傳統
迅速走向中心，接過「五四」的旗幟而成為社會思潮的主流正統。

　　弄清楚了「兩個五四」的來龍去脈，就可以明白五四與「文革」有著怎樣的關係了。至於五四是否「徹底」、「全盤」反傳統以至造成了文化斷裂，也可以由此索解，得到澄清。

4

　　十幾年前讀《顧准文集》的時候，我還不知道有殷海光其人，讀了殷海光的著作以後，我就把他們二人連在了一起，常常由此及彼地想到他們的相關見解。他們確實是太相像了；年齡相仿，性格相仿，遭際相仿，特別是他們所最關心的問題、所進行的探索和所得出的結論，有許多相同相通的地方。雖然他們所處的外部環境和條件大不相同，所走過的道路也很不相同，但他們都能堅守自己的信念，牢牢地把握自己心目中那個真正五四的價值尺度，所以他們對中國歷史和現實的看法才能「所見略同」。

　　顧准最為人所稱道的，是他那個「娜拉走後怎樣」的追問。殷海光也有類似的追問：「中國怎麼會弄成今天這個局面？」──他們所問的實際上是同一個問題。當年，殷海光所面對的，是蔣介石敗走臺灣後又在那裡發動「中華文化復興運動」；顧准所面對的，是毛澤東進北京後繼續革命，發動一連串運動直至文化大革命。殷海光和顧准分別在海峽兩岸受難，在苦難中苦苦思索，尋求造成「這個局面」的真正原因。他們求索的路徑和得出的結論是相近的：中國之所以走到這一步，弄成這個局面，是中國自身歷史的必然，是中國本土文化落後僵化和保守性造成的，也是拒絕五四精神，不走科學與民主的道路的必然結果。

　　顧准的「娜拉走後怎樣」，就是他探討這些問題的總題目。稍有常識的人都能看出，這個題目是從魯迅那裡借來的，是借題發揮。事實上，他也是在「用典」──借當年《新青年》宣導「易卜生主義」的往事，以反思歷史認識現實。1918年，《新青年》雜誌編輯出版「易卜生專號」，發

表易卜生的劇作《娜拉》，胡適撰寫《易卜生主義》一文大力推薦，目的在推動正在發展的啟蒙運動。胡適的文章提倡「健全的個人主義」，呼喚青年們重視自我，「把你自己這塊材料鑄造成器」，「鑄造成自由獨立的人格」。魯迅的演講與胡適的主張完全一致，借娜拉出走的話題，闡發啟蒙主義的要義。「娜拉走後不是墮落就是回來」，這並不是魯迅本人的意見，恰恰相反，魯迅是就這一說法提出相反的看法——娜拉出走以後怎樣才能不墮落，不回來，避免悲劇的發生。魯迅說得很清楚：第一他主張娜拉出走去尋求自由；第二告誡她們不要做夢，夢想未來的黃金世界；第三要腳踏實地地堅持長期的韌性戰鬥。魯迅說這些話的時候，娜拉們才剛剛或正準備出走，他的話是設想和忠告，那個「怎樣」含有「將會怎樣」的意思——他是講給正要出走的女學生們聽的。

顧准重提這一話題，是在上世紀七十年代，中間隔了長長的歷史峽谷。魯迅演講的的時候和那以後，一個崇拜、模仿易卜生、娜拉的熱潮持續不斷，有創作同類劇作的，如胡適的《終身大事》、歐陽予倩的《潑婦》、熊佛西的《新人的生活》、張聞天的《青春的夢》等；有寫同類題材小說的，如魯迅的《傷逝》、茅盾的《虹》、丁玲的《莎菲女士的日記》、謝冰瑩的《女兵日記》，而巴金的《家》裡的覺慧就是一個男性的娜拉。文藝是民族精神的反映，上世紀二三十年代的中國確曾出現過追求民主自由、個性解放的熱潮，個人主義、人道主義和自由主義成為佔主導地位的社會思潮。後來持續不斷地對這些與「個人」「自由」相關的思想的批判清除，就是一種反證，證明西方人文主義思潮在中國確有很大影響，雖然主要是在城市裡。是日本侵華戰爭和後來的內戰打斷了這股潮流。在這個過程中，男女娜拉們各自東西，謝冰瑩和殷海光，丁玲和顧准，分別走上了不同的人生旅程。

五十年過去了，他們都老了，謝冰瑩和殷海光離開大陸流落海外，丁玲到過上海、北京，也到過延安，這時到了北大荒。顧准的命運和丁玲相

仿，也走過同樣的道路。此刻（1973年）他一再提及「娜拉出走」這一典故，想必是痛定思痛後的覺醒，使他想起了魯迅的那次演講——當年沒有看懂、聽從魯迅的忠告，竟一直在做夢，夢想未來的黃金世界，要在地上建造天堂，以致走到了今天。這時他所面對的，是既成的歷史事實，所以他的這個「怎樣」就不同於魯迅的那種設問語氣，而是一種詰問、反問，或反思、反省——「怎麼會這樣？」——因此，「娜拉走後怎樣」這句話就不僅僅含有「革命勝利以後」和「走向反面」的意思，而是包含有更為豐富深刻的歷史文化內容——主要是五四，五四精神、五四道路，用以對比、衡量當下的現實與走過的道路。在這裡，「娜拉出走」是一種借喻，既指歷史事件，又是顧准本人的自況。他說得很清楚：馬克思提出的「每個人的自由發展是一切人的自由發展的條件」，與十月革命以後蘇聯的種種；五四所追求的自由平等、所宣導的科學民主，與後來的歷次運動特別是文化大革命，「愈來愈分歧，愈來愈不一致」，這不就是「墮落」「回來」嗎?!

可見，顧准的「娜拉走後怎樣」，王元化擬定的「從理想主義到經驗主義」，這兩個題目都含有「回歸五四」的意思。這裡的五四，當然是文化的五四，其精神實質，以郁達夫說得最清楚明白：「五四運動最大的成功，第一要算『個人』的發現。以前的人，是為君而存在，為道而存在，為父母而存在的，現在的人曉得為自我而存在了。」（《新文學大系散文二集序言》）從胡適的《易卜生主義》到魯迅的《娜拉走後怎樣》，到顧准的借題發揮，其要義均在於此：追求自由平等，宣導個性解放。——順便說一下，以往誇大魯迅與胡適的分歧，一些人曲解魯迅的那次演講，把「娜拉走後不是墮落就是回來」的看法栽給魯迅，說是魯迅給正在興起的婦女解放運動潑冷水。事實剛好相反，魯迅是支持並推動當時的婦女解放運動的。而且，魯迅的推崇易卜生比胡適更早，早在十年以前的1907年，他在日本留學時所寫的《文化偏至論》一文裡，就盛讚易卜生「瑰才卓

識」，是克爾凱郭爾的詮釋者，是和尼采一樣的「個人主義雄傑」。魯迅當時提出的「爭存天下，首在立人」，「若其道術，必尊個性而張精神」，與十年以後胡適在《易卜生主義》一文裡提出的思想主張是一致的，都體現了真正的五四精神。魯迅的思想後來有發展，卻並非什麼「轉變」，他始終是一個啟蒙主義者。他臨終前寫的那篇痛斥徐懋庸們的萬言書就是明證，證明他並沒有改變這種個人主義和自由主義的思想立場，他堅決保衛自己的人格獨立和思想自由，拒絕做臣民，不肯充當工具。就在寫這封信的同時，還寫了一則雜感：

> 用筆和舌，將淪為異族的奴隸之苦告訴大家，自然是不錯的，但要十分小心，不可使大家得著這樣的結論：「那麼，到底還不如我們似的做自己人的奴隸好。」（《且介亭雜文末編·半夏小集》）

可見，就像那個身穿大紅衣的野姑娘是另一個政治的五四一樣，多年來植入人們頭腦中的那個橫眉怒目的戰神，是另一個政治化了的魯迅；有兩個五四，也有兩個魯迅，不過那又是另一個話題了。

5

魯迅和胡適分別從不同方面代表著五四精神和五四傳統，殷海光和顧准分別以這兩位先驅者的思想主張為准，考察分析當代中國社會變遷的原因。他們是經由不同的道路而走到一起的。殷海光出身於號稱「小五四」的西南聯合大學，所承傳的是以科學與民主為核心的正宗五四傳統，他根本不相信顧准為之奮鬥又為之受難的那個「終極目的」，他是從中國歷史和中國文化自身的發展中尋找當下社會動亂的根本原因的。顧准則不同，他既接受了文化的五四的啟蒙，又受到政治的五四的鼓動，積極投入了反帝反封

建的革命鬥爭。後來，當他歷盡磨難，成了「革命的罪人」，最受孤立卻又眾醉獨醒之際，他環顧周圍，反思歷史，重新對那個「終極目的」進行追究，進而追問中國革命何以至此──怎麼會走到文化大革命這一步？

《顧准文集》中的《直接民主與「議會清談館」》一文，就是這樣的反思和追問。文章寫於「文革」中，當時全國各地的「造反」和「奪權」，都宣稱是學習《法蘭西內戰》，實踐巴黎公社的原則──砸爛舊的國家機器，實現直接民主，建立一元化的無產階級專政機構。顧准就從這裡開始，進行追根究底的考察，先考察巴黎公社直接民主的歷史淵源和現實可行性，再比較當代中國政治制度的演變。這篇文章共十三節正文，一節補充。前面十一節正文，全部談西方歷史，從希臘、羅馬政制說到近代西方的革命所建立的政權──英美的憲政民主與巴黎公社和蘇維埃政權，它們之間的區別。這中間，他一再聯繫中國的現實，提到1957年上海《文匯報》所起的作用，章乃器在人代大會上的發言，說這都屬於有益的監督，「這樣的監督越多，無法無天的事情愈可以減少」。顯然，他是肯定這種既非直接又不完善的資產階級民主的。接著，正文最後一節，是專門談論中國問題的，小標題有些突兀；「李自成、洪秀全和1957年」。先談歷史，主要是三點看法：第一，李自成、洪秀全如果造反成功了，必然成為專制帝王，朱元璋就是例證。第二，農民造反，沒有知識份子成不了事，當時的讀書人只知道二十四史、四書五經，只能照搬舊例，漢承秦制，代代相傳。第三，朱元璋、洪秀全都「已經沾到一點西方味兒了」，他們初起時也都有點軍事共產主義的味道，但主要的、骨子裡依然是皇朝舊制。──說到這裡，突然筆鋒一轉，寫下了兩段突兀而令人震撼的文字，全錄如下：

> 所以，「思想要靠灌輸」，一點也不錯。「槍桿子、筆桿子，靠這兩桿子」，一點也不錯。

　　五四的事業要有志之士來繼承。民主，不能靠恩賜，民主是爭來的。要有筆桿子，要有用鮮血做墨水的筆桿子。

　　這些話本身就是蘸著鮮血寫出來的。從字裡行間，我彷彿看到了從譚嗣同到林昭等先驅者的身影。從這裡，我想到了魯迅，他的《燈下漫筆》。顧准這裡提到的李自成、洪秀全和朱元璋，他們的時代不就是魯迅所說的「欲做奴隸而不得」和「暫時做穩了奴隸」的時代嗎？這裡的「五四的事業」，當然是指魯迅所說的開創「第三樣時代」——通過科學民主之路走向現代化，再不做奴隸。值得注意的是，顧准在小標題裡寫的不是「五四」而是「1957年」，這是為什麼？我以為他是在釐清歷史聯繫和社會思潮的關係：在西方（包括蘇俄），一條是從希臘民主到英美的憲政民主和自由主義思潮；一條是從希臘民主中經巴黎公社到十月革命後的蘇聯及其社會主義思潮。而在中國，這二者就發展成為「兩個五四」——前者從戊戌維新到1915年開始的五四啟蒙，再到1957年的「百花齊放，百家爭鳴」，是為文化的五四；後者從1917年傳到中國（「十月革命一聲炮響，送來了……」），經過「一二・九」和抗日戰爭，一直到1957年的反右運動，又到大躍進和文化大革命，是為政治的五四。這中間，1957年是個大關口，歷史大轉折；在那以前，兩個五四之間有異有同，時分時合，我中有你，你中有我，共同反對國民黨的文化專制和復古倒退。1957年夏天風雲突變，「百家爭鳴」一下子變成了無產階級與資產階級「兩家」的生死鬥爭，顧准提到的《文匯報》的輿論監督和章乃器的問政，都成了「資產階級右派的猖狂進攻」；至此，文化的五四正式被劃入另冊，與之有關的許多人，包括大批社會主義者和共產黨人，也都入了另冊；許多人和顧准一樣，當時並不知道有兩個五四。從那以後，文化的五四——啟蒙主義新文化就成了「潛在文化」而消失，直到改革開放時期才回歸。

　　由此可知，文化大革命是地道的國貨、國粹，來自中國社會的最底層、中國歷史的最深處，從陳勝、吳廣，到李自成、洪秀全，是遊民文化、遊民造反傳統的新發展；「無產階級」云云不過是新包裝而已。1957年反右以後，資產階級及其知識份子沒有了發言權，以往「土洋之爭」中的土的一方，也就是具有遊民文化特質的潮流成為了文化主流，實現了思想文化上「農村包圍城市」的戰略。於是，那以後的兩大運動——大躍進和文化大革命，就都具有了徹底的民族民間的又土又舊的特色。年長的人當還記得，大躍進全都是「土法上馬」——物質生產上「放衛星」、「打擂臺」，用的全是土辦法；精神領域的「放衛星」、「打擂臺」也全是土的。「新民歌運動」製造出了大量三五七言的順口溜，人們在決心書、挑戰書和宣傳報導中，提到的大都是古代造反英雄，什麼男學老黃忠、小羅成，女比花木蘭、穆桂英，還有玉皇、龍王、八仙、孫悟空等等。當年就是靠這樣的精神資源、軟實力去「超英趕美」、「提前進入共產主義」的。關於大躍進所造成的災難，人們注意和談論的，多是物質方面的，精神方面的這類荒唐醜陋現象卻少有人提及。到了「文革」期間，這種精神上的「返祖」現象就更加嚴重。大躍進是要「改天換地」；文化大革命則是要「顛倒歷史」。一開始就把慈禧和義和團捧為「愛國主義」的，把光緒和戊戌維新誣為「賣國主義」。在歌頌義和團的時候，還特別突出「紅燈罩」，以鼓舞正在興起的紅衛兵運動、運動中表現最勇猛殘忍的女紅衛兵。「文革」中所顯現出來的思想觀念和行為方式，都帶有皇權主義和宗教迷信色彩，如喊「萬歲」，表「忠心」，唱《東方紅》，跳「忠字舞」，「三忠於，四無限」，天天早請示、晚彙報，等等。在這些表演活動中常常情緒激動，痛哭流涕。這些都不是新東西！在近代中國，民間造反運動如白蓮教、天地會、義和團中都曾有過，不同的只是旗號和語言概念的差異而已。

　　「文革」以後，人們不承認這場動亂是「文化革命」，說分明是摧毀文化，是「大革文化之命」。其實，這倒真的是一場文化革命，是以遊民

文化否定並取代五四新文化的革命。說得更具體些，是完成早已開始的思想文化上「農村包圍城市」的戰略，確立遊民文化的主導地位，清除古代士大夫的傳統高雅文化和近現代知識份子的啟蒙主義新文化，在上層建築和意識形態領域實現「兩個決裂」和「全面專政」。早在1958年就有過一場「拔白旗運動」，全國大專院校的知名教授大都受到了衝擊，許多人被當做「白旗」拔──批判、羞辱。到了「文革」中，更是名目繁多，什麼「反動學術權威」、「精神貴族」、「三名三高」、「臭老九」等等，全是用來羞辱知識份子的。因為知識份子是精神財富的擁有者，而精神財富無法從外部剝奪、均分，像對待地主資本家的物質財富那樣，所以就「批倒批臭」，從人格精神上羞辱他們，壓倒他們，甚至施以酷刑。──多年後曾流傳過一首打油詩，記錄了當時的歷史真相，詩云：

> 九儒十丐古已有，而今又名臭老九；
> 古之老九猶為人，今之老九不如狗。
> 專政全憑知識無，反動皆因文化有；
> 假如馬列生今日，也要揪出滿街走。

據說這是梁漱溟先生的戲作，這「戲」中有氣也有淚，更有深刻的思想。「九儒十丐」是蒙元統治者對待知識份子的政策：「七匠八娼，九儒十丐」。儒生即知識份子的社會地位在娼妓之下，乞丐之上，是倒數第二。「文革」中，知識份子排名在地主、富農、反革命、壞分子、右派、叛徒、特務、走資派之後，故稱「臭老九」。說不如狗，是因為他們被罵為「牛鬼蛇神」、「不齒於人類的狗屎堆」等等，受盡侮辱。這種蔑視文化知識、仇視知識份子的狀況，超過了中國歷史上最黑暗野蠻的蒙元時代。之所以如此，蓋因「知識無」統治了「文化有」，嫉恨使然。這是點睛之筆，深刻揭示了「文革」的奧秘。最後提示，這一切都與馬克思列

寧無關。——事實上，馬克思在《1844年經濟學—哲學手稿》和《共產黨宣言》裡，都曾嚴肅批判「粗陋的共產主義」，說這是一種「無思想的共產主義」，是「普遍的禁欲主義和粗陋的平均主義」，是「從想像的最低限度出發的平均化」要求。按照這種「主義」，是要「把不能被所有人作為私有財產佔有的一切全都消滅」，「通過強制的方式把才能、智慧拋棄掉」。這是一種原始、蒙昧的思想，在他們看來，「物資的直接佔有是生存和存在的唯一目的」。作為一種社會運動，充滿了暴力的革命運動，其動力必然是嫉妒和貪欲。所以，馬克思的結論是：「就其內容來說必然是反動的。」——可見，「文革」確實與馬克思無關，而正如顧准所言，是李自成、洪秀全和義和團的流裔：「均貧富，等貴賤」，「知識越多越反動」，與五四新文化運動背道而馳，剛好相反。

6

殷海光沒有經歷過「文革」，但他的許多看法都可以與顧准的上述看法相印證。1949年6月，他跟隨國民黨政府撤離大陸居留香港期間，寫了一篇題為《中國的前途》的長文，同時批評國共兩黨：批評國民黨勾結豪門官僚地主豪紳，弄得政治腐敗，民不聊生，遲滯了中國社會改革的正常進行；批評中共「效顰蘇俄」，實行極權主義。他認為那場戰爭具有農民暴動的性質，是中國歷史中「潛藏的宿疾」的大爆發。這些看法的客觀、準確，正可與顧准關於「文革」來源的看法相印證。十幾年以後，殷海光在《中國文化的展望》一書裡分析義和團的性質，進一步談到「中國歷史中潛藏的宿疾」問題。他是從文化衝突的角度談這一問題的，其中說到那種在外來文化挑戰下表面臣服，暗地裡抵制並向後倒退的傾向和運動，說「原有文化在外力——軍事的、政治的和經濟的——壓力之下，即令表面上看來是臣服了，可是，在實際上於其文化的潛力裡也許滋生文化的『地

下活動』。這種地下活動與『小傳統』互相表裡助長而不可分。近代中國政治性的群眾運動常與『江湖』或『下層社會』發生某種聯繫。這種活動蘊積既久，可能爆發而為排外運動。」他以1841年的三元里事件和1900年的義和團事件為例，說這種運動往往具有狂熱的宗教形式，甚至引起暴亂。他還特別提到，在這樣的運動中，可能出現奇里斯瑪式的意志剛強的領導人物，民族救主。「奇里斯瑪（charisma）」，是韋伯所說的「個人魅力型」統治者，指具有神聖天賦和非凡魅力，被群眾擁戴崇拜的領袖人物。正如顧准所說，聲稱歷史是人民群眾創造的，實際上後人知道的只是劉邦項羽、陳勝吳廣以及李自成、洪秀全這樣的梟雄。

　　對照殷海光和顧准的上述看法，其共同之處是非常明顯的，那就是理性、超越、冷靜、客觀，從人類文明和人性的高度考察歷史，關照現實，為百年來民族的屈辱和人民的苦難究由何來而苦苦求索。顧准擺脫了民粹主義的束縛，殷海光則根本不信那種必須從一定的立場觀點和感情出發的意圖倫理。他們認為，百年來的屈辱和苦難都與我們的歷史文化傳統有關，而這些傳統就活在我們身上，所以啟蒙運動依然是當務之急。為此，他們堅持五四傳統，闡揚科學與民主的真諦，同時揭露那些曲解五四精神，在民族主義（三民主義）或愛國主義的名義下閹割掉啟蒙精神的倒退逆流。殷海光在臺灣抵制「中華文化復興運動」，顧准在北京為「文革」尋根探源，殊途同歸地揭示反五四、反文明的實質。

　　1959年五四運動四十週年之際，殷海光為《自由中國》雜誌寫了一篇社論：《展開啟蒙運動》。文章一開始就指明，五四運動的「動理」是新文化運動；新文化運動的進行程式首先是「啟蒙」。啟蒙工作的目標有二：「在一方面是回顧舊的，在另一方面是援引新的。這一顧舊引新的工作，在使中國從他自己的中古階段蛻變出來，步入近代和現代。」他說，新文化運動的開路先鋒們發動啟蒙運動，「尋求並提出老大古國起死回生的靈藥——科學與民主」，「是中國知識份子的一個空前的大醒覺」。最

093
百年啟蒙，兩個「五四」

後，他確信不疑地指出：「中國的問題，既非靠復古神話所能解決，更非靠暴力與『革命』這類方式所能解決；在一個長遠歷程中，我們能夠藉著啟蒙運動為中國開啟一條有希望的道路。」

好一個「顧舊引新」！好一個「從中古向現代的蛻變」！百年中國歷史的樞紐就在這裡。

五十年過去了，不能不佩服殷海光的遠見卓識——1949年，他斷言蘇聯如不改弦更張，日後必將自行解體；十年後，他又這樣推斷中國未來的道路。歷史本身已經為殷海光打了滿分，我們應該做的，主要是去正視、咀嚼、理解這一切，沿著這條路繼續前進，再不要走回頭路——彎路、反覆已經夠多了。現在我們正在走的這條路，不正是改革開放即「顧舊引新」之路嗎？遙想三十年前，如不是那場思想解放運動衝破了堅冰，打開了局面，能有今天這樣的局面嗎？當年在「撥亂反正」的熱潮中，曾有人提出過「正本清源」的口號，不知為什麼很快就不再提了。三十年來道路艱辛，迂迴、挫折、失誤，大都與未能正本清源有關。歷史就是如此吊詭，早早安排了兩位孤獨的旅人，分別在海峽兩岸為這個老大古國結算百年陳賬。讀著他們的著作，我看到了前人沒有談論過的三條歷史線索，而且都是一波三折，構成三三之數。這就是以上殷海光所說的「復古神話」、「暴力革命」、「顧舊引新」即「改革開放」這三條路。本文所議，全都由此而來。

1842年以來的一百多年中，中國所發生的大的社會變動，確實可以分別歸屬於這三條路。三次暴力革命，即辛亥、北伐和1949年的勝利。三次「復古神話」，即太平天國、義和團、文化大革命。顧舊引新即改革開放之路，是貫穿始終的，如前所述，從林則徐放眼看世界，魏源編纂《海國圖志》開始，改革舊制，學習西方的文化和經驗，就逐漸在開明士大夫和新知識份子中間成為有影響力的潮流，但這一潮流卻不斷被另外兩種思想主張所打斷和取代。戊戌維新、五四啟蒙，1980年代的思想解放運動，是

這一啟蒙——改革開放潮流的三大高潮；三十年來的改革開放和今日所取得的成就，都與這一潮流和傳統緊密相關。另外兩條路，兩種思想和傳統，暴力與復古（無論復秦皇漢武、康熙乾隆之古，還是復李自成、張獻忠以及他們的流裔之古），都是對這條被百多年歷史所驗證的正確道路的干擾。無論對當前的現狀怎樣不滿，也不能走另外那兩條路，代價和教訓太慘重了，如今八十歲上下的中國人，都會有切身的感受。

最後，我想借用殷海光自己的話，來結束這篇漫筆式的札記。殷海光在慶祝胡適六十五歲誕辰的時候，寫了一篇題為《胡適思想與中國前途》的文章，在這裡，「胡適思想」可與「五四精神」、「啟蒙主義」互訓；因為他把胡適看作是五四的代表或象徵，說「胡適是一個十足的啟蒙主義者」。在文章的結尾處，他宣稱：

> 作者不是預言家，作者的思想方式也不助長我做預言家。現在的問題，並非「胡適思想」將來在中國是否會普及的問題，而是：必須「胡適思想」在中國普及，中國人才有辦法，中國人才能坦坦易易地活下去，中國才有起死回生的可能。其他的思想路子，不是感情的發洩，就是歷史的浪費。一個國邦，豈能長期在情感的發洩和歷史的浪費之中存在下去？
>
> 作者提出這個問題，要求重理智的人士再思考。

這段話寫於1957年，是否預言，智者明鑒。

2010年2月28日元宵節改定於深圳
載《書屋》雜誌2010年第6期

關於百年啟蒙問題致王元化先生

元化先生：

　　兩封來信均已收到，非常感謝。收到信後即請文熹兄代為致意，準備收到贈書《人物、書話、紀事》後再覆信。接著，文熹送來載有先生談魯迅文章的《書屋》，遂決定讀了文章以後再覆信，所以這封信遲到今天才寫，請原諒。

　　讀了《談魯迅》一文，我首先想到的是，何不妨照此例，接著整理出「談五四」、「談啟蒙」、「談傳統」……這些相關的專題？在您近年來的著作中，有關這些問題的一些看法都很引人注意，如一一分別整理出來，當能使觀點更加鮮明完整，進一步啟發後人繼續深入探討。

　　我把這一想法告訴了文熹，他也有同感。接著就讀到了同一作者的另一篇文章《反思、理性、進步》，看來這是部分知識份子的共同心理，也反映出這些人對歷史和現實的關切和焦慮。

　　總的說來，兩篇文章提到的一些問題和對問題的看法，我原來都從您的幾本著作中讀到過，當時都能接受而且很受啟發。今日重讀，當然印象更深，也有了一些新的想法。我不知道，這兩篇文章的內容安排是否經過您的同意，這裡只就文章談文章，說說我的一些想法。

　　《談魯迅》的第一節，收入《思辨隨筆》時前面還有三段文字，當年讀的時候就覺得那些提法和用語都比較一般，與以往的流行說法相差不遠，這種感覺影響了我對後面文字的注意。今日重讀，沒有了那三段文

字，反而更凸現出魯迅對生命的珍視和熱愛及魯迅的創作「總根於愛」這一中心意思。同時，這樣也就把一生懷著愛和真誠的真魯迅，與那個只有「橫眉冷對」的戰神區別開來了。您對魯迅思想變化的分析，我也完全同意，提到的那兩點都與「階級論」有關。看來，魯迅思想確有變化，這是事實，問題是如何評判其是非。

關於五四，《書屋》中提到您的那五點反思，我覺得都很有道理，問題是這不全都出現在五四當時，有的是後來形成的「既定觀念」，對此似應加以區分。對魯迅、對五四、對啟蒙，我覺得都應該如胡適所說，「各還他一個本來面目，然後評判他們的是非。」他說得很有道理：「不還他們的本來面目，則多誣古人；不評判他們的是非，則多誤今人。」我覺得對魯迅、對五四、對啟蒙運動，都需要先還其本來面目。用「民主與科學」、「文白之爭」以及「愛國主義」等等界定五四的基本精神，甚至扯上十月革命、列寧等等，都是後來的「既定觀念」，與五四先驅者無關。

由此使我想到，應該做一些歷史考察的工作，把近百年思想文化史重新清理一道，也來一個「撥亂反正、正本清源」。這是近年來我讀您的文章時多次想到的。我覺得從思想史、文化史的角度著眼，百年中國歷史，可以說主要就是一部啟蒙運動史。前幾年我和李慎之先生通信，討論「新啟蒙」問題，我提出：「救亡壓倒啟蒙」、「革命壓倒啟蒙」之說都不確切，因為救亡、革命並不必然與啟蒙相對立，真正排斥、壓倒啟蒙的，是另外的力量。1949年以前的國統區，啟蒙一直在繼續，巴金的《寒夜》、路翎的《財主的兒女們》，胡適弟子儲安平的《觀察》，魯迅傳人胡風的《希望》就都是明證。只是在1942年的延安，啟蒙才突然發生逆轉，魯迅對阿Q的啟蒙，變成了阿Q對魯迅的改造。1949年以後，就是沿著這條路走到文化大革命的。可見，問題的關鍵，是要弄清楚毛和他所開創的「延安傳統」的本來面目及其是非。

在思考這一問題的過程中，是您和李慎之先生啟發了我，使我對現代中國文化衝突的格局有了新的認識。在讀您那篇《遊民和遊民文化》時，我只覺得眼前一亮，彷彿看到了一個通向歷史深處的新的通道。接著讀李慎之先生的《發現另一個中國》，這種感覺更加清晰。於是我就找來王學泰、杜亞泉、黃遠生等的論著來讀，並找來魯迅和梁啟超的有關文章來加以對照。在讀這些論著的時候，我都從字裡行間看到了毛的身影。聯繫半個多世紀親歷的種種，重讀《毛選》和他的有關講話批示，於是，我得出了以下幾個判斷：一、二十世紀中後期的中國文化衝突，主要是專制主義小傳統遊民文化與五四啟蒙主義新文化之間的衝突。二、工農兵方向與五四新文化運動的方向是正相反的。三、無產階級文化大革命並非始於1966年，而是從1926年就開始了。

由此，我認為這場歷時半紀的革命，實際上是中國歷史上多次出現的那種大反覆的重演，是從軍事政治到思想文化，全面的「農村包圍城市」，是逆向「消滅三大差別」。也正因為如此，在其巔峰期的「文革十年」中，才會出現那種蒙昧血腥的返祖現象。

您在書中提到過汪澍白的《毛澤東思想與文化傳統》，後來此人又出了一本《二十世紀中國文化史論》，我的上述看法就與之有關。不過他也和多數中國人一樣，對毛慣於仰視，因而往往拔高，用傳統學術經典去印證附會。這大概也是一種「勝王敗寇」效應。談到這個問題，我就會想到馬克思引用過的那句警語：「偉大人物之所以顯得偉大，是因為你在跪著，站起來吧！」——在我看來，毛的學術品位並不高，他一生的作為主要來自申韓之術和《三國》、《水滸》系列，他正是用這些東西來征服中國人從而改造黨、改造中國社會的。

今年是「文革」爆發四十週年、結束三十週年，又是毛逝世三十週年，國內悄無聲息，海外卻有不少紀念、研討文章。在追尋其歷史文化根源時，大都從遠處、高處著眼，談論馬列和儒法的思想影響，而很少有人

論及遊民文化和遊民意識。實際上，正是這種用馬列詞句和中國歷史典故包裝的遊民意識，吸引了一大批知識份子，鼓動起千萬貧苦農民，導致了歷史改變方向，走錯了房間。

您讓人注意魯迅晚年提到的「破落戶飄零子弟」，於是我聯想到瞿秋白所說的「薄海民」（Bohemian即「小資產階級流浪人知識份子」），這不就是現代的遊民知識份子嗎？從創造社、太陽社到左聯又到魯藝，從飄零於上海灘到紮根於黃土地，正是這些現代的牛金星和宋獻策、吳用和公孫勝們，跟隨和幫助毛進行了這場文化大革命——從1942年到1957年又到1966年。雖然他們大都先後被拋棄、被整肅，但這筆賬還是應該結算清楚的。

在這方面，您寫了一些文章，都是從文藝學和美學方面進行反思的。當年徐遲老人曾鄭重地向我推薦您的《文學沉思錄》，記得那本書的扉頁上有您的題字，稱他「徐遲大哥」。——時光過得真快，今年就是他離去的十週年了。那次談話的內容，我至今記得很清楚。他批評丁玲和周立波的獲獎小說，認為延安文藝傳統是從三十年代向後退，是反智、反現代化的。這一切，今天當然看得更清楚了。不過，從思想史文化史的角度，從啟蒙反啟蒙的角度重新審視這股潮流，似乎做得還很不夠。

前幾年我重讀魯迅和郁達夫為《中國新文學大系》所寫的序文，在腦子裡把那十年的創作與《講話》發表後十幾年間的作品進行比較，發現它們之間的根本區別非常清楚：五四新文學確實是從愛和個人出發的，而延安那些紅色經典則只有感恩和仇恨。《東方紅》是感恩的代表，《白毛女》是仇恨的代表，那裡面沒有自我、個人的位置，也沒有真正的愛。因為幸福來自救主、領袖，苦難來自仇人、敵人，自己無須去獨立創造（否則就是「自發性」），也不必負任何責任，更無須自省。感恩就應該聽話效忠，仇恨就要報復鬥爭。這一切，到「文革」時就充分暴露出來了：奴性與獸性集於一身，迷信和暴力同時風行。樣板戲確實是這種東西的樣

板，英雄崇拜、暴力崇拜，血族復仇，這種最原始最野蠻的觀念情緒，配之以那種裝腔作勢、咬牙切齒的偽古典主義式誇張表演，也確實是個「高峰」——返祖、倒退的高峰。

由此，我聯想到了胡風問題，上面所談種種，就大都與他有關。記得您說過，研究人文和社會科學的人，是繞不過顧准的。同樣，我想研究中國現代思想史、文學史的，也繞不過胡風。李澤厚把「民族形式問題」的論爭列為現代思想史的闢目，是有道理的。胡風沒有直接提到過「遊民文化」這一概念，但他對有關問題的看法是很值得注意的。杜亞泉之後，在您重提這一問題之前，好像就是他觸及了這個問題。他的一些看法就是在今天看來也是很有價值的。我更加注意的是，他為什麼會從《論民族形式問題》走向了《時間開始了》？在1945年—1948年那個歷史轉折關口，許多知識份子都以為將要開始的，是魯迅所說的「第三樣時代」，即「欲做奴隸而不得」和「暫時做穩了奴隸」以外的「第三樣時代」。可萬沒有料到，進入的竟是一個不斷運動、不斷造反的無法無天的時代，實際上就是前兩種時代的迅速更替結合——專制下的造反，造反中的專制。這一歷史轉換，在毛的心裡是明白的。1949年在西柏坡接見民主人士時，他說「你們上了賊船！」這話看似戲言，實乃真情流露。當時的民主人士和知識份子，包括黨內高層，還都以為偉大舵手所指引的航向是民主自由的新中國。正是這種一廂情願的錯覺，使得他們跟上了毛而後來又紛紛落水罹難——順便說一句，把整個中共和多數黨員與毛劃等號，是不公平的。

所以我覺得，胡風的悲劇很有典型意義，很值得研究。幾年前重讀《論現實主義的路》，發現他在一個關鍵問題上「謬托知己」，誤解了毛，這就是對延安整風的看法。胡風把延安整風稱為「思想革命」，而且是「再出發」的運動。意思很明白，就是回歸五四再出發的意思。而且，他是在總結二十年思想文化鬥爭的歷史經驗時這樣說的。也就是說，是在

批判「革命文學」、「國防文學」的同時，肯定延安新方向新傳統是五四思想革命、思想解放運動的繼承和發展。這真是天大的誤會。現在已經清楚了，延安整風非但不是啟蒙，而且剛好相反，是反啟蒙之道而行，是個人迷信的源頭。胡風在那個時候發表那樣的看法，說明他不瞭解整風的真相，是一廂情願，一種善良的「以己心度人心」。

從《我與胡風》一書中讀到您那幾封信，發現您也有過那樣的「誤會」。看來，這是一種普遍現象，許多左翼知識份子（包括黨內高層），都有過這樣的「誤會」，並為之付出過代價。1943年在重慶的「才子集團」，他們與胡風、舒蕪一起議論啟蒙，因而受到延安方面的斥責並牽連到周恩來；後來香港批胡風，雪峰很氣憤，潘漢年也同情胡風，就都是明證。這種「誤會」是「陰錯陽差」造成的——毛打著五四旗號構建他的新方向、新傳統並以之取代五四傳統，人們則接過他所打的五四旗幟繼續堅持啟蒙傳統。後來其他人的一批批落水罹難，也大都與此有關。今天回顧這段歷史並進行反思，關鍵問題就是重新認識毛的本來面目。

您的《中國農民特殊論》就與這一關鍵問題緊密相關，毛的歷史觀、文化觀都集中體現在對農民的看法上。所謂馬克思主義的中國化、中國特色，也主要體現在這裡。李慎之先生在《不能忘記的新啟蒙》一文的最後，提到了《新民主主義論》，說那就是馬克思主義的中國化。我重讀了這本小冊子，發現毛在打出「無產階級性」、「無產階級領導」旗號的同時，一連串用了六個「實質上」——中國革命實質上就是農民革命、新民主主義政治實質上就是授權給農民、新民主主義實質上就是農民革命主義、大眾文化實質上就是提高農民文化。可見，他的中國化了的馬克思主義就是農民主義。——為了進一步弄清楚這一問題，我又重讀了與此相關的另外兩篇文章：《中國革命和中國共產黨》、《〈共產黨人〉發刊辭》。前者講歷史，肯定陳勝吳廣以降的歷次農民起義、農民戰爭，說只有它們才是推動歷史前進的真正動力。這種中國化了的唯物史觀，實際上

是農民造反史觀。後者是講革命實踐經驗──「三大法寶」的，同樣是新概念舊傳統，古為今用：統一戰線來自古老的縱橫術，武裝鬥爭來自農民造反，黨的建設──桃園結義、梁山聚義、金田起義……

到這裡，我產生了一個疑問：以上所說，都是失去土地鋌而走險的造反者，他們還是農民嗎？事實上，從陳勝吳廣到洪楊和他們的骨幹，都已經不是農民了；被當成農民起義經典的《水滸傳》，那裡面的主要人物，那些英雄們，也很少真正的農民。以往有「少不看〈水滸〉」之說，沒有誰說那就是農民起義。其實，這本來不是問題，在梁啟超、黃遠生、杜亞泉和魯迅那裡都是很清楚的：遊民不同於農民。魯迅筆下的阿Q與閏土不同，魯迅對他們的態度也不同。變化首先發生在四十年代的延安，《逼上梁山》是個標誌；接著是五十年代的北京，鄭重其事地重印《水滸傳》，高度評價，大肆宣傳。於是「遊民」這一概念消失了，遊民成了苦大仇深最革命的農民，歷史上的遊民騷亂也都成了起義、革命；造成社會停滯的改朝換代的工具，被說成是推動歷史前進的真正動力。這一切，都是毛的思想的體現。

在這方面，不能不承認毛確實了不起，確有過人的智力和魄力。孫中山、蔣介石在革命過程中都利用過幫會，但在瞭解中國社會，熟悉傳統特別是下層社會小傳統方面，他們是無法與毛相比的。有一種說法，不知您聽說過沒有，說真正懂得中國的，只有兩個半人，即魯迅、毛澤東，蔣介石只能算半個。不知此話何所指、何所據，但我覺得有些道理，在洞察中國國情和中國人的國民性這方面，毛確實可與魯迅相比。不同的是，魯迅終生都在滿懷憎惡地揭露、清除這些東西；而毛則是從這些東西裡獲取靈感和經驗，以成就他的事業。

您來信中提到巴金與毛都曾信奉過無政府主義，這的確是一個很有意思的話題，對此，我倒有些不同的看法。早年進入毛的閱讀範圍的無政府主義，可能與巴金所接觸所信奉的並無不同。然而，同一個克魯泡特金，

在他們的眼裡就已經有所不同，被他們接受並成為他們的信念以後，就會更加不同。記得是盧卡契說的，有世界影響的作家往往被接受他的民族的文學上的需要所改變，這種需要是這一民族原來的社會歷史道路所決定的。我覺得，對於個人來說，同樣如此。巴金與毛在家庭出身、個人經歷和教育背景等方面都有極大差別，無政府主義到了他們那裡，當然也會有很大不同。魯迅就說過，他的思想主要是「無治的個人主義」和人道主義的消長。和巴金一樣，他們所汲取的，主要是個人主義、人道主義，愛和自由等等。毛則剛好相反，他不要這些，他要的是反抗、倒擔（搗蛋），是暴力和無法無天。

您談到他與顏習齋的關係，我覺得，那也是「各取所需」——在顏習齋那裡，程朱也好，陸王也好，總不能沒有孔孟。毛卻只取了他的反智、實用。您指出了這一點，還點出了他的排外傾向。我覺得，他在思想、學術方面有一個總的特點，即多所用而不變其體。古為今用，洋為中用，古今中外他都敢於大膽攫取，為己所用，卻從不改變其立身行事的基本原則，不改變他那從少年時代就形成、更為後來的經歷所加強的遊民意識和造反性情。所以，對於他筆下、口中的有關學術文化見解，也就難以從學術文化本身去深究了。

好像扯得太遠了，真對不起。現在拉回來，回到啟蒙運動史上來。以上所說，都是為了說明一個看法：遊民文化小傳統壓倒並取代五四新文化傳統，百年啟蒙就是這樣夭折的，文化大革命也正是從這兒來的。

我認為，關鍵所在，就是毛代表了、復興了那種影響著大半個中國的遊民文化小傳統，使得他與億萬基層民眾在精神上產生感應，重新燃起他們心靈深處那祖傳的復仇造反之火，很快形成了燎原之勢。農村包圍城市的進軍，文化大革命的開展，就都是這樣「星火燎原」的。王學泰把《三國》、《水滸》作為遊民文化的經典，是很有見地的。這兩部書的精髓，就在於權謀與暴力。權謀——無誠信；暴力——非理性，為達目的而不擇

手段也就成為當然的了。皇權法規和相應的社會秩序都被打破了，所謂「義氣」，不過是共同的現實利益標準。遊民文化所反映的，就是這種更原始、更野蠻的生存狀態和人際關係。這是一種還沒有「辟人荒」的狀態——不知人的生命的珍貴，不知何謂人的尊嚴，濫殺無辜，隨意輕生，不把別人當人，也不把自己當人（更不把婦女當人）。

這種本來處於邊緣地帶，不但與五四新文化直接對立，而且比士大夫精英文化更落後的東西，是怎樣一步步變為主流並居於統治地位的呢？這與毛的地位的變化是不可分的。在不同歷史時期，毛都有代表論著，可以從中窺見其思想發展線索。創業階段，有《中國社會各階級分析》、《湖南農民運動考察報告》，其基本精神就是「均貧富，等貴賤」，復仇、造反，與馬克思、孫中山都沒有什麼關係；這是遊民意識進入中共領導層的開始。延安時期，有兩個文件最為重要，是毛一生最富創造性、對中國社會歷史影響最大的歷史文獻，所謂馬克思主義「中國化」、「與中國革命實踐相結合」，都集中體現在這裡，這就是《新民主主義論》和《講話》。人們研究延安整風，都把注意力集中在權力鬥爭上，而對更深層的思想文化衝突注意得不夠。實際上，《新民主主義論》的發表，等於宣告「農民革命主義」取代了馬克思主義，宣告遊民文化傳統佔據了主流地位。至於《講話》，重要的並不是那些文藝觀點，而是宣告了魯迅與阿Q的位置的互換。《新民主主義論》本是毛在邊區文協代表大會上所作的報告。那次大會是總書記張聞天做的總報告，張與毛的觀點並不一致，最重要的有三點；一、承認當時的文化運動是戊戌——五四啟蒙運動的繼承和發展；二、肯定新文化運動的主體是知識份子和青年學生。三、確認新民主主義的文化是「民族的、民主的、科學的、大眾的」，不但比毛多了一個最重要的「民主的」，而且具體說明：民主的「即反封建、反獨裁、反專制，反壓迫人民自由的思想習慣和制度，主張民主自由、民主政治、民主生活和民主作風」——這不正是我們頭破血流地爭取了半個多世紀而至

今仍在爭取的東西嗎？可是這個報告和張本人一起被歷史掩埋了。接著就
是王實味和他的《野百合花》，那首延安啟蒙思潮的「天鵝之歌」。——
我認為，《新民主主義論》和《講話》的確立，張聞天和王實味的消失，
是毛的「農村包圍城市」擴張到思想文化領域並取得勝利的標誌，也是中
國啟蒙運動夭折的開始。——說開始，是因為廣大國統區和敵佔區的知識
份子還在堅持。從這裡，可以證明前面提到的一個看法，即不能把毛與整
個中共及全體黨員等同起來，張聞天和王實味都不是一般黨員，他們代表
的是黨內現代的、文明的、健康的力量，也是正在被壓制、被排擠、被消
解的力量。總之，延安整風是毛改造中共，逆轉啟蒙運動，把中國帶向文
化大革命高潮的重要一步，重要轉折。——上面提到的，1943年胡繩、陳
家康、喬冠華乃至周恩來的受批評，1945年胡風、舒蕪的被批判，1948年
的北批蕭軍、南批胡風，同時掃蕩沈從文、蕭乾、朱光潛等人，就是這一
步、這一轉折的進一步發展。當年，在勝利進軍的同時，政治上強調統一
戰線，經濟上要求防左，注意保護私人工商業，而在思想文化上卻相反，
而是南北同時發起猛烈的攻勢，批判蕭軍和胡風這兩個魯迅的傳人。由此
可見毛對文化的重視，他是從文武兩條戰線實施他的「農村包圍城市」戰
略的。在當時，知識份子不會想到這些，也不會記起魯迅的憂慮和警告：
再出現阿Q式的革命，在反抗異族侵略的同時樂於做自己人的奴隸。

　　有一句歌頌《講話》的詩：「秧歌腰鼓，開出了一條幸福路」，反映
出1949年那場變革的文化特徵。「階級性」、「人民性」與知識份子心裡
的民粹主義接軌，使得啟蒙主義在遊民文化面前失去了批判性能。「十七
年」的運動，主要是在思想文化方面對知識份子進行整肅。毛給自己的歷
史定位，是在陳勝吳廣和洪秀全楊秀清的行列中，也就是造反的強盜，說
好聽些是綠林豪傑。他自稱秦始皇加馬克思——他所理解的馬克思主義就
是造反，所以他就是專制加造反。他不做皇帝，而以人民的代表、人民的
化身自居；他討厭組織機構和規章制度，特別反感官僚主義。實際上，他

是反感一切干擾他行使絕對權利的東西。他要的是他一人直接指揮億萬群眾，如同教主與信徒、酋長與族眾、寨主與嘍囉、龍頭老大與眾弟兄、猴王與群猴，那種既有絕對權威，又可以無法無天的自由境界。從「一切權力歸農會」，到「五七指示」，關鍵都在一個「權」字。後者是「文革」所要創建的社會藍圖，政教合一、君師一體，有飯同吃、有仗同打，沒有明說權力結構，也不必明說。那種有預謀、有組織、一窩蜂式的群眾運動，是毛的拿手好戲。知識份子面對這種圍攻，真是秀才遇見了兵，必敗無疑。而且，這種運動一定是年輕的整年長的，無知者整有知者，跟風者整有操持者。從延安到北京，從勝利到更大的勝利，一直到文化大革命。這是一個優汰劣勝逆向選擇過程。所以愈到後來阻力愈小，如果不是自然規律起作用，「五七指示」也許真要實現。

回顧這段歷史，我得出兩點認識：第一，遊民意識、遊民文化是中國的最大禍害，是傳統文化中最黑暗最醜惡的部分。中國社會歷史進程的遲緩落後，人民的遭受苦難，啟蒙運動的受挫，都與這一傳統有關。第二，啟蒙的關鍵是個人，多年來，我們一直被幾個概念所蒙蔽——沒有個人的「人民」，沒有自由的「解放」，沒有公民個人自由的「新（中）華」。啟蒙運動的蛻變和夭折，就是從批判個人主義和自由主義開始的。

所以，您把五四精神歸結為「獨立人格和自由思想」，其要義就在「個人自由」，百年啟蒙，就是從這裡開始的。當年嚴復把自由看成是「天之所畀」，提出「自由為體，民主為用」。到五四時期，個人、自我和自由都是最主要的思想要求，「科學與民主」最早是「科學與人權」，後來怎麼就一直強調「民主」——沒有個人自由的民主不就是所謂的「民主集中制」嗎？百年回首，還是從嚴復那裡開始，從培養獨立的個人，從公民教育開始。不過，這裡還有一個重要問題，即注意排除民粹主義的干擾。我認為，民粹主義就是眼睛向下的國粹主義，除了其特有的反智主義，同樣排外復古。當年啟蒙運動的蛻變和夭折，都與民粹主義的干擾緊

密相關。糾正民粹主義思想，就要有些尼采精神。然而，這一點很困難，「庸眾」「看客」早已經成了最聰明最高貴的「群眾」，而如今「草根」「平民」又像當年的「工農」一樣了。在今天，「精神界的戰士」的境遇，比當年魯迅和他的傳人們困難多了。

　　這封信寫這麼長拖這麼久，除了雜事的干擾，電腦輸入的問題以外，主要是所談問題對我觸動很深所致。我曾和文熹談過，近年來您在啟動一個大工程：回首百年，重新啟蒙。我在閱讀您的著作時，就常常從這個角度去思考。這次寫信，就算作向您交的一份答卷。蕪雜囉嗦，謬誤失禮之處請原諒，並請不客氣地指出。

　　專此　即頌
秋祺！

姜弘
2007年10月28日

關於五四精神及遊民文化問題致王元化先生

元化先生：

今春在電腦裡丟失的那封長信，終於還是未能找回來。回武漢後本應立即給您寫信的，不想被幾件事吸引住了，一直靜不下心來，以致拖到今天才寫這封信，實在是失禮，望能原諒。

那吸引了我的幾件事，是兩篇論文和一部小說所引發的論爭：劉軍寧的《中國需要一場文藝復興》引起的討論，集中在《南方週末》上；謝韜的《民主社會主義模式與中國前途》一文和胡發雲的小說《如焉》所引發的論爭，主要在網路上。這幾場論爭表面上似乎互不相干，稍加分析，就不難發現，它們同出一源，都是一些良知未泯的知識份子的焦慮心態的反映。他們在反思，在探尋。可以說，這些論爭都通向一個百年來一直困擾著中國人的大問題──我們從哪兒來？向何處去？

在接觸這些論爭，思考有關問題的過程中，我常常聯想到您的有關見解，特別是您在上世紀八十年代提出的那些問題，點到的思想史、文化史上的幾個重要穴位。於是，我就結合近來發生的這些論爭，寫信談我的看法。信寫了一半，才想起您去年寄來的《九十年代反思錄》，我從深圳回來後還未來得及細讀，於是就打開讀有關五四、杜亞泉和盧梭的那幾篇。到這時我才發現，我那兩封未完成的信裡說的都是多餘的話，我所提的問題，您都已經作了詳細的辨析。您的看法我大都同意，只是在分寸上和對待的態度上略有不同。這些問題在當年曾引起不少人的注意。如今能夠從

自身經驗中領悟您的看法的人愈來愈少了，而年輕人又在重複那種打旗號、分營壘、黨同伐異的論爭舊習。看來，您的那些反思並未過時，真不知這是幸還是不幸。

最近這次呼喚「文藝復興」，使我想起了世紀之交的「回歸五四」和前年的「反思啟蒙」。前者是對於五四的籠統的全面肯定，後者是對五四的不恰當的指責。這一次在談論文藝復興的時候，好像有些含糊其詞，沒有正面觸及對五四的評價、與五四的關係問題。我覺得這樣是不行的，五四是繞不過去的，不管是談以往的歷史，還是今後的發展，五四這筆賬是非算清楚不可的。正是在這裡，您的那些意見就顯得非常重要，應該提出來進一步申說發揮。

聯繫去年您在電話裡提到的那幾篇文章，我覺得以下兩個問題最為重要，需要進一步辯析和闡發。

一、五四新文化運動和文學革命運動的基本精神究竟是什麼？後來在什麼時候和怎樣蛻變和逆轉的？

二、中國有沒有過真正的「全面反傳統」？事實上我們反掉了什麼傳統又繼承發展了什麼傳統？

下面，就簡略地說說我對這些問題的看法。

首先一點，是必須把新文化運動、文學革命運動與愛國群眾運動區別開來：前者是來自內部歷史上的人文主義思潮的又一次興起，是一次自省自強因而富有理性批判精神的思想文化啟蒙運動。後者卻是對外部壓力的反彈，是一種情緒化的愛國主義群眾運動。這也就是多年來所說的啟蒙與救亡的區別與關係問題。李慎之先生曾喻為風與火的關係。按我的理解，啟蒙猶如火種，埋藏在民族歷史的深處，遇到風而發生變化，火借風力，風助火勢，啟蒙之火時隱時現，從魏晉到晚明到戊戌到五四，反映出中國人個性解放開始之早，形成之滯緩艱難。這中間貫穿著一條主線，就是人，個人，自我的發現和覺醒，這一點與西方完全一致。所以無論怎樣稱

謂,說五四是啟蒙運動也好,是文藝復興也好,其真精神在此,是毫無疑義的。

您把這種精神歸結為個性解放,獨立人格和自由思想,當然可以,符合當時的歷史實際。但為何不直截了當地使用「個人主義、自由主義、浪漫主義」既準確又通行的科學概念呢?事實上新文化運動的蛻變、文學革命的逆轉和五四精神的喪失,正是從批判這三個主義開始的。把個人主義等同於利己主義,把自由主義庸俗化為自由散漫不負責任,把浪漫主義曲解為脫離現實胡思亂想進而把個人主義判定為「萬惡之源」。事實上,正是這種反五四之道而行的極左思潮、極左路線,才是真正的禍害之源。今天來清理這段歷史,辨析理論是非,也應該為這三個主義恢復名譽,承認它們的科學性與先進性。

您借用陳寅恪的「獨立之人格,自由之精神」來解釋五四精神,正好從這裡說明當時的保守主義者也贊同五四精神,並不像後來的歷史所說的那樣,古今、中西兩派完全對立。從這裡也可以反過來看,當年的新文化運動先驅者,那些新派人物,也並非絕對拒絕傳統文化,主張「全面反傳統」。所以我覺得,事實上並不存在所謂的「全面反傳統」,也不能籠統地說什麼「文化斷裂」,而是要問:多年來我們反掉的是什麼文化?斷裂的是什麼文化?繼承發展的又是什麼文化?我覺得,這才是關鍵問題。

中國的主流文化,儒道釋合流的士大夫傳統文化,五四以後仍在延續,這在胡適和魯迅身上反映的非常清楚,他們身上的傳統道德操守,他們在傳統文化方面的修養,所付出的辛勞,所取得的成就,都是人所共知的。其他新派人物,從《新青年》、《新潮》到後來的《新月》、《現代》、《論語》等周圍的那些人,全都是傳統文化方面訓練有素的。再後來,我所直接瞭解到的,從抗戰到勝利,大中學校教材中的傳統文化比重並不小,讀寫文言文和舊體詩詞,是高中和大學生的一般水準,包括理工

科學生。當年學理工而在文史方面頗有成就的，並不少見也不奇怪。從朱自清編的《大學國文》，他和夏丏尊合著的《文心》，就可以看出當時教育方面對傳統文化的重視。我個人的親歷也可以為證，在入小學之前我還讀過一年家塾，初中階段還在家裡讀《左傳》、《陸宣公奏議》。

這說明，事實上並不存在「全面反傳統」和「文化斷裂」，存在的是另外兩種情況：一是當年論爭中的一些過激的言辭主張，如「全盤西化」、「不讀中國書」、「廢除漢字」之類，都是並未實行也行不通的。二是確實反掉了傳統，而且不止一種，在這些方面出現了「斷裂」，同時發展了另一種傳統，出現了「返祖現象」，造成了民族的災難——我認為，這才是關鍵所在，是一個至今仍未引起重視的至關重要的大問題，這就是八十多年前曾經有人提及而長期未引起注意，八十多年後您首先再度提出的遊民文化問題。我認為，正是遊民文化的崛起並成為主流意識形態，才使得五四精神蛻變、喪失，也反掉了古代文化中帶有人文精神的好東西，造成了這些文化的「斷裂」。

您在《思辨隨筆》裡介紹杜亞泉論遊民文化的那段文字，無異於為我打開了一扇窗戶，讓我看到了以前未曾看到的東西，不僅是「遊民」這一概念和有關歷史，更重要的是讓我看到了我所經歷和正置身其中的當代歷史。由此，我非常注意這一問題，讀了李慎之、王學泰以及杜亞泉、黃遠生等的論著，使我聯想起梁啟超和魯迅的一些看法，並進而聯想起彷彿《日知錄》和《讀通鑑論》裡也有相關議論。不幸的是，我的視力已不容我去查閱，只能重讀魯迅的《春末閒談》和《燈下漫筆》。我發現，那裡面所說的「欲做奴隸而不得的時代」與「暫時做穩了奴隸的時代」，還有那種會製造沒有思想的勞動力的細腰蜂，都不僅僅是在說過去，而是包括了我所經歷和正置身其中的當代史——專制與造反的統一，暴君與奴隸的合力恢復並發展那種以暴力與權謀為基本內容的遊民文化，批判並清除含有人文精神的主流傳統文化和五四新文化。這不就是1927—1976，從「革

命文學」到「文化大革命」的歷史嗎？重寫文學史也好，重寫思想史也好，都必須揭示出這條主線，從這裡去追尋文化大革命的起源。

不知道可不可以這樣說，以「革命文學」為代表的極左思潮的出現，標誌著遊民文化的崛起並從而改變了戊戌以來中國文化衝突的格局。原來的中西、新舊之爭變成了左與右、革命與反動的鬥爭。瞿秋白稱這些革命文學家為「薄海民（Bohemian）小資產階級的流浪人的知識青年」，這不就是新的遊民知識份子嗎？當年的瞿秋白大概不會想到，這些上海灘的「薄海民」一旦與黃土地的「厚土民」相結合，會製造出一種土洋結合的現代遊民文化。整整半個世紀裡所發生的種種文化衝突、文化批判以及由此而來的政治運動，基本上都是這種遊民文化對古代的和五四以來的好東西的摧殘。郭沫若從浪漫主義的自我歌唱，一下子「突變」成了階級的「留聲機」，接著又成了「黨的喇叭」；茅盾從《蝕》到《子夜》，則是從抒寫自己的感受到圖解階級的意識形態。

由此可見，這裡的關鍵還是人，個人，自我。還是1918年周作人提出的那個「辟人荒」，那個「個人主義的人間本位的人道主義」。失掉了個人、自我，沒有了人道主義，也就遠離了五四精神。對此，我覺得郁達夫說的最簡單明瞭：「五四運動的最大成功，第一要算『個人』的發現。以前的人，是為君而存在，為道而存在，為父母而存在，現在的人知道為自己而存在了。」——從郭沫若的甘當「留聲機」、「黨喇叭」，到後來的齒輪、螺絲釘和磚頭，這條反五四之道而行的「結合」之路，正是通向文化大革命的悲劇之路。

下面，我給您抄一段外國人的話：

「在中世紀，人類意識的兩個方面——內心自省和外界觀察都一直在一層共同的紗幕之下，處於睡眠和半醒狀態。這層紗幕是由信仰、幻想和幼稚的偏見組成的，透過它向外看，世界和歷史都罩上了一層奇怪的色彩。人類只是作為一個種族、民族、黨派和社團的一員——只透過某

些一般的範疇而意識到自己。在義大利，這層紗幕最早煙消雲散對於國家和這個世界上的一切事物做客觀的處理和考慮成為可能的了。同時，主觀方面也相應地強調了表現它自己，人成了精神的個體並且也這樣認識他自己。」

這是布克哈特的《義大利文藝復興時期的文化》一書中的一段話，說的是西方的文藝復興，我們的五四不也是這樣嗎？六十年後的又一次思想解放不也是這樣嗎？那麼，這一次再覺醒了的精神個體，他們的自我意識是什麼？那構成紗幕的「信仰、幻想和幼稚的偏見」又是什麼？我不知道，當年您和周揚一起研究「異化」問題時，是否觸及到了這些。當年我只認識到人性與極左思潮，上面那些看法，是讀了您和李慎之先生的有關文章後才往這方面想的。去年有人呼喚文藝復興，我真希望他們沉下心來，清理百年來的這段非理清楚不可的歷史。也希望他們能從您那裡得到啟發，注意五四和遊民文化的問題。

說到對五四的反思，總的來說，您的主張和態度我是完全贊同的。不過，您在《對五四的反思》一文中提到的那四個問題，我覺得還需要作些具體分析。那四個問題都是存在的，但他們的性質與產生和存在的情況卻各有不同，似乎需要加以區別。庸俗進化論並非始於五四，您也提到了嚴復，說到了這一思想的普遍性，可見那是一種時代局限，不能歸咎於五四。功利主義則更是由來已久，可能和那種工具理性有關。您提到的與學術無關的實用目的，也主要在教化方面，而不是自然科學。激進主義和意圖倫理的影響則更壞也更大，至今猶存，確實需要指出以引起注意。但我覺得它們與五四的關係也很複雜，應該具體分析。比如，最初衝決網羅時那些吶喊中的激烈言辭，如「放火」、「掀屋頂」之類，與那種「破字當頭」、「徹底決裂」的鬥爭哲學、仇恨文化不同，應該加以區別。一種是情緒表述方面的，一種是根本的文化觀、世界觀。我覺得五四時期主要是前者，應該說那是一種偏激情緒，成為一種帶破壞性的主義，是後來的事。

意圖倫理也有類似情況。「文人相輕，自古皆然」，即使是「於今為烈」，也是傳統惡習，和「黨同伐異」一樣，都不是五四時期才有的。但是，這些東西一旦成為明確的思想觀念，成為人們自覺遵守的思想行為準則，那情況就大不相同了，我指的是「立場」，那種有態度、動機和目的等含義的緊箍咒。我覺得這東西既古老又時新，遠之可以通向人獸之分，夏夷之辨；近則直接與「階級論」相關。在我看來，您說的「意圖倫理」即指此而言。據我的見聞所及，這種「立場」式的意圖倫理當時還沒有出現或不普遍，您說的那種情況是後來，1927年以後的事。

總之，我的看法是：四個問題確實存在，但是，一、它們都是與新文化運動和文學革命運動的主張和精神不一致的；二、有的並不是五四時期（1927年以前）出現的，因此，應該看到這些並引以為戒，卻不能把它們歸咎於五四本身並以之苛責先驅者，貶低或否定這場偉大的啟蒙運動或文藝復興，甚至把整個五四說成是激進主義極左思潮的源頭。從我讀您的有關著作所獲總體印象，您對五四的看法和態度，可以概括為：反思五四，繼承五四，超越五四，完成五四未竟之業。——不知這是否符合您的原意。

說到這裡，就不能不觸及一個複雜而又麻煩的話題，即今天怎樣認識和評價魯迅的問題。前幾年出現「非魯」議論時，李慎之先生在給我的信裡指責魯迅過左，並說他也受了魯迅的「誤導」。我回信表示不同意。當時心裡很不平靜，開始重新思考有關問題。這可不是一個輕鬆愉快的精神歷程，因為觸及到自己大半生堅守的一些觀點和信念，如王國維所說「可愛」與「可信」的矛盾，別林斯基所說的「痛苦的真理與可愛的謬誤」。後來，我終於跨過了這一步，承認了既要清除魯迅身上被塗抹的紅油漆，也要認識並批判他心裡確實存在的「毒氣」和「鬼氣」——這也是他自己承認的。

這一步的跨越，就和讀您的著作有關，您提到的那個問題——魯迅接受「階級論」並改變對「庸眾」的看法和態度，是非常準確、至關重

要的。魯迅和其後幾代知識份子向左轉，遊民文化的興起，就都與此相關。——這就要從魯迅的「轉變」說起。魯迅是否有過「轉變」，思想是否「分期」，一直爭論了半個世紀，我就一直站在沒有轉變、不分期論的一邊。今天看來，這中間確有自欺欺人的成分，至少我個人是如此——因為鍾愛他前期那些充滿人道主義激情和理性批判意識的啟蒙吶喊，那是青少年時代用心靈和生命擁抱並已溶入血管中的東西，那是絕對不能貶低、更不能否定的，加上對創造社和周揚們的反感，就有意無意地迴避、無視「轉變」和「分期」的事實。

其實，關鍵並不在事實本身，而在事實背後的價值判斷，即怎樣認識和評價魯迅的這一轉變，以及轉變後的思想和著作。對此您沒有具體涉及，但您提出的那個「介面」非常重要，我就是從那裡受到啟發，解開了一個多年來未解開的疑問，即魯迅在批判梁實秋和「第三種人」時，為什麼會持那種態度，那樣的觀點？我在教現代文學時，發現那兩場論爭真正的贏家並不是魯迅和瞿秋白、周揚，魯迅是在強辯，因而理論上就出現了矛盾。實事求是地看，梁實秋的觀點並非沒有道理，而胡秋原、蘇汶在對文藝的認識和對馬克思主義的理解方面，都比左聯的人更高明，而魯迅卻採取那樣的態度。後來的研究者一邊倒地肯定魯迅和左聯諸人，貶斥梁實秋、胡秋原和蘇汶。我覺得，這中間就有您說的那種「意圖倫理」，自覺或不自覺的。

您提到了「階級論」與對群眾的看法和態度問題，從這裡也可以看出魯迅這次轉變的突然和幅度之大。我覺得，這次的轉變並非全是理論的力量，現實的刺激關係甚大。現在可以看得更清楚了，是國共雙方合力把魯迅推向左轉的，一邊是抓人禁書，一邊是統戰工作，雙方共同把一幅年青人奮鬥犧牲的殘酷畫面呈現在老人面前，讓他看到了真正的「階級鬥爭」。但是，接受了階級論，感情上起了很大變化，並不等於他完全放棄了原來的思想主張。也可以說，他的「轉變」實際上是陷入了矛盾，這

可以從許多地方看出來。感情上、人際關係上的矛盾痛苦在書信中表露的很清楚，理論上的矛盾也有文字可考：1929年在介紹蘇聯文藝論戰時，就曾表示，如果把文藝當做黨的工作的一翼，文藝與政治的關係問題是難以解決的，這不依然是他兩年前（即轉變以前）的觀點嗎？對於當時蘇聯人評價托爾斯泰時肯定其藝術技術而否定其思想觀點的做法，他提出質疑：這不是說明藝術的壽命比思想的壽命更久遠，「為藝術而藝術」論可以復活了？可是儘管如此，他還是加入了那個如您所說是「為了別的目的」而建立的文學團體，參與了那幾場同樣是「為了別的目的」而開展的文藝論爭。不過，從這裡也可以看到另一個問題，就是當時的文壇和知識界還保持著多元並存的局面，《學衡》還在出版發行，周作人在向晚明尋宗續譜，林語堂在倡「性靈」、追「三袁」，也說明中西新舊不僅並存，各行其道，而且還互有轉化。魯迅的變化，他的加入左聯，既整合了左翼陣營，也更加速了上述多元格局的解體和左右兩軍對壘新局面的形成。

實事求是地說，魯迅的加入左聯，是很有些勉強的，而且一進去就成了矛盾的焦點，他本人也一直處於矛盾痛苦之中，很快就與他們徹底決裂，接著就孑然而去了。後來喪事的隆重，既說明魯迅所代表的五四精神深入人心，又說明他的「轉變」成為極其有用的歷史契機。胡風執著於前者，周揚則看重後者，這是他們之間衝突的根源；胡風的悲劇由此而來，周揚的命運也與此有關。

我是在教現代文學史時注意到這些的，以往這門課的教學與研究，都必須以《新民主主義論》為綱，那裡面談及五四和魯迅的兩段話，成為文史學科引用率最高的語錄。那樣高度評價五四和魯迅，那樣熱情洋溢，讀著讓人信服。就是在反胡風反右以後，甚至到「文革」中，我也沒有懷疑這兩段話本身的正確性。後來，我對這段歷史有了更多的瞭解並結合自身經驗有了新的感悟之後，用一種新的眼光重新再讀這篇經典文獻，我意外地發現，以往幾十年我並沒有真正讀懂這幾萬字，自以為讀懂了，實際上

是誤解。其實，白紙黑字寫得非常清楚，他說的是另一個五四，另一個魯迅，另一種新文化，與我們以前理解的距離很大，甚至是相反的。

大概您早已注意到了，我說的是他那個「四個時期」的劃分，限定在1919年5月4日和6月3日以後，這就是強調了學生和工人的愛國主義群眾運動，排除了這以前的思想啟蒙和文學革命，說那都是「資產階級的新文化」，腐朽了，失敗了，無用了。關於魯迅，他說得也很明白，是「反圍剿」成就了魯迅，魯迅的偉大是由「反圍剿」而來的。總之，突出三十年代，淡化或抹殺那以前的成就和意義。由此可知，他所說的「文化革命」就是「興無滅資」——批判個人主義、人道主義以及共同的人性、人類之愛等等資產階級人文主義思想，宣導「完全嶄新」的無產階級思想文化。我曾想過，這不就是列寧早就批判過的「無產階級文化派」的觀點嗎？後來一想也不對，俄國的無產階級文化派是城市工人和知識份子，而且在藝術上多傾向於西方的現代派，與中國這種以「土」為最大特色的文化完全不同。於是只能籠統地稱之為「極左」、「極左思潮」、「極左路線」，這種提法並不準確，不能反映其實質和特徵。我一直在懷疑、在思考。

「遊民文化」問題的再度提出，使我感到眼前一亮，猶如滴下了一滴顯影劑，所有相關的歷史畫面全部清晰起來：從湖南農民的暴烈行動到北京紅衛兵的暴烈行動，從《民眾的大聯合》到《五七指示》，包括這中間的《新民主主義論》和《講話》，還有從盜跖莊蹻到陳勝吳廣、洪秀全楊秀清，這一切的歷史聯繫和邏輯關係全都呈現出來了。從這裡，對於他自稱的「秦始皇＋馬克思」和「虎氣」、「猴氣」，也有了更確切的理解：秦始皇即專制，馬克思即造反（造反有理），這不就是「專制＋造反」嗎？所以「七八年再來一次」與馬克思並無關係。虎氣即威嚴或兇殘，猴氣即機敏或狡詐。——由此，我確認所謂的「極左」、「極左思潮」就是遊民文化、遊民意識，是國產、土產，雖有列寧史達林的影響，但不是主要的。「洋為中用」，用的是概念口號；「古為今用」，用的是精神實

質，所以依然是「中體西用」，不過這「體」已不是孔孟老莊佛陀，而是申韓之術和三國、水滸系列。正因為如此，「文革」中才會出現那種可怕的返祖現象。

在這同時，我重讀了馬克思的《1844年手稿》，其中關於「粗陋的共產主義」的論述，可以說明我們認識遊民文化的本質，特別是關於平均主義以及那種尚未達到私有制而對私有財產的憎恨，那種由忌妒而生的對知識和才能的忌恨等等，說明「一窮二白」、「苦大仇深」並不一定都是好東西，否則，就會從這裡走上逆向消滅三大差別的倒退之路，像以往那樣。

我也注意到了，遊民文化問題在您的論著裡並不是一個孤立的話題，它與許多文章有關聯有呼應。在您的這幾本書裡，古今中外不僅互相關聯，而且都與現實密切相關，既是學術更有思想。遊民文化就不僅僅涉及歷史、涉及「文革」，而且也與當前現實密切相關。近幾年有兩本很引人注意的書：吳思的《潛規則》和《血酬定律》，不知您聽說過沒有。這兩本書很獨特，獨特的目光和獨特的敘述方式，揭示的是歷史深處的奧秘，實際上就是至今猶存的遊民社會、遊民文化問題。這說明，有愈來愈多的人在關注、在研究「我們從哪裡來、向何處去」的問題。

其實，這也都是在「正本清源」──不知您還記得否，在當年的「撥亂反正」之初，曾提出過「正本清源」的口號，但不知為什麼很快就不提了。三十年過去了，今天再來做這項工作似乎太遲了，不過遲了也比不做好。您在《一切都不會白白過去》一文裡提到龔自珍的話：「滅人之國必先去其史」，我讀了立即聯想到了魯迅的話：「多有不自滿的人的種族，永遠前進，永遠有希望。多有只知責人不知反省的人的種族，禍哉禍哉！」──重視歷史卻不知自省，正是我們的祖傳老病。這裡提到的幾場討論，就都帶有反思、正本清源的性質，因而也應該有自省的精神，民族的自省、個人的自省。

　　事實上，新文化運動的蛻變，五四精神的喪失，直到「文革」悲劇的上演，都不能完全歸咎於某個人或某些人。遊民文化的氾濫和肆虐，也不是少數人的責任，而是民族歷史的積澱，是國民性的表現。如聞一多所說，大多數中國人身上都有一個儒家，一個道家，一個土匪。他說的土匪不就是遊民嗎？我們多數人身上都有遊民文化的病毒，否則文化大革命就不會那樣一哄而起，那樣轟轟烈烈。在當時，有幾個人沒有喊過「萬歲」、「打倒」？幾十年過去了，作為「文革」精神資源和指導思想的遊民文化，卻至今未引起足夠的重視，這不能不令人感到憂慮。讓這種思想文化繼續氾濫，「再來一次」不是沒有可能。這也是我寫這封信的一個原因。

　　我一直在想，應該告訴人們：中國的文藝復興之所以夭折，社會主義之所以離開了民主，文藝創作之所以走入死胡同，都與遊民文化的崛起和肆虐緊密相關。所以需要對1927年以來的思想史、文化史進行徹底清理，弄清楚遊民文化的來龍去脈，予以徹底的批判。

　　這就是近來我在關注那幾場論爭時所想到的。都是大問題，心情急迫而知識不足，所以拉雜而又囉嗦，謬誤之處請不客氣地指出。

　　此信開始時提到胡發雲的小說《如焉》，後面未能提及；在說到五四精神時，提的是「浪漫主義」而不是「現實主義」，這些都留待以後再說。

　　專此　即頌

近安

姜弘

2007年6月15日

載《書屋》雜誌2007年第9期

有關王元化先生反思五四的幾個問題
——給李文熹的兩封信

一

文熹老弟：

　　陸曉光的文章已讀過，很有意思，也有深度。由此進一步探討，可以觸及一些重要的理論和現實問題。這裏只簡單談兩點看法：

　　關於陳獨秀不准討論白話文問題，我和元化先生談過，那是個假問題。查一查《獨秀文存》就明白了，這一說法的依據來自陳獨秀與胡適的通信——私人書信。《文學改良芻議》發表後，胡適本指望林紓撰文駁斥，有一番筆戰。不想林紓的《論古文之不當廢》完全沒有道理且文理不通，不值一駁。胡致信陳獨秀談及此事，陳復信表示無須為此花費時間和精力，並肯定白話代替文言為必然趨勢，不容討論。是從學理上說自己的看法，表達一種信念和態度，不涉及別人的權利和自由。事實上，當時他們是民間的少數，既無權也無眾。當時《新青年》依然用文言文，連陳獨秀的《文學革命論》也是文言文。一開始，文學革命並未引起多少人注意，他們感到寂寞，這才有了錢玄同化名王敬軒撰文攻擊文學革命，劉半農撰文駁斥。這場雙簧充分說明，他們希望討論，以引起人們的注意。陳獨秀的那句話不是後人所理解的那個意思——獨斷專橫，不准討論。當時人寫信，多是文夾白，所以，這裏的「不容」，是不必、不須的意思。那

時候文言文是正統，居主導地位；林紓們氣勢洶洶，咒罵胡適們為「妖魔」，也就是後來的「牛鬼蛇神」。不顧歷史語境，責怪五四先驅激進、不民主，至少是失察。

這些我都和元化先生談過，他也同意我的意見，要我撰文解釋，我也準備在給他的信裏談到這一問題。

關於「科學與民主」，陸文的考證很有價值，如能追索前三十年則更好，從五四到1949年對這兩個概念的解釋。我手邊剛好有一本1931年版的《辭源》，對「民主」一詞有二解：一是「謂君也」，也就是「民之主」，後面引《尚書》文解釋；二是「以國家主權屬於全體人民。由人民公舉一人。以主治其國家也。」——可見，人民主權才是民主的本意，「公舉」一詞大可注意。在以往，呼喚民主的，從來是先覺醒的少數，早期的國民黨、共產黨人，後來的右派分子，都是少數要民主的。「人民民主—無產階級專政」——多數的專政、群眾運動，從來也必然是專制暴政。對此，顧准有詳明的闡述。陳獨秀所說的「民主」與這種假人民之名的專制無關；張聞天1940年對民主的解釋也與之大不相同。靠多數群氓鎮壓少數知識份子，是這種「民主專政」的實質。二十世紀下半期中國的一切災難即由此來。

「民主與科學」最早出自陳獨秀1915年寫的《敬告青年》一文，用的是「人權與科學」，指他向青年提出的六大原則的首尾兩項，即「自主的而非奴隸的」，「科學的而非想像的」。對「自主」的解釋，主要是個人的權利與自由。到袁世凱、張勳復辟前後，注意力轉向政治、政體，這才以「民主」代「人權」，其人文關懷、啟蒙精神並未改變。我們當年進入解放區尋找民主自由，主要就是本著這種「自主而非奴隸」的訴求，既要改造社會，也要個性解放。後來才逐漸明白，所謂「無產階級民主」「人民民主」是集體的、階級的而非個人的，所以要批判個人主義、自由主義和人道主義這些五四時期的新思想。

　　要注意區分兩個五四：一個是以「科學與民主」為宗旨的思想文化啟蒙運動；一個是以「反帝反封建」為號召的愛國主義（民族主義）政治運動、革命運動。前者是對己（民族、個人），從愛出發；後者是對敵（國內階級敵人和外族侵略者），從仇恨出發。前者離不開人道主義、個人主義和自由主義；後者以階級鬥爭觀念批判取代上述主義。——二十世紀後半期中國思想史文化史和知識份子的命運，都與此緊密相關，是關鍵所在。周揚（王若水、王元化）與胡喬木之爭，是最後一戰，分歧的關鍵在：周揚要回到五四「人的發現」「人的覺醒」也就是「民主與科學」的啟蒙主義正道；胡喬木堅持批判人道主義，「以階級鬥爭為綱」。這也還是兩個五四的衝突。

　　元化先生談盧梭，談理性與知性，談五四與陳獨秀，談儒家與法家，談遊民文化等等，全都通向這一關鍵——極左思潮的總穴，這也就是無產階級文化大革命的根源所在。我告訴他，我從他的這些看似互不相關的論題中，都看到了毛澤東的身影。他驚喜地問：你看出來了？我說是的，可惜很多人看不出來。他要我繼續以書信的方式，適當做些解釋。

　　沒有想到，我答應他的幾封信還只寫了兩封，許多問題還沒有談到，他就離去了，真是遺憾。這是我欠元化先生的一筆債，要還的。

　　不要再誤解陳獨秀，二十世紀前後期兩個五四的區分，以及王元化學術思想的批判精神和他的人的風骨，這都是我們應該注意到的。

　　信手敲來，未必有當，一些問題你也和元化先生談過，這裏就不必細說了。專此　即頌
暑安

姜弘

八月二十七日

二

（第二封信的節錄）

……

陸曉光的感謝辭講得很好，特別是提出兩個不為人注意的重要問題——五四新文化運動的思想格局；中國傳統文化素養與幼年所受薰陶的關係。

五四時期（1915—1921）的新文化運動，應該是三分格局：左邊的陳獨秀、李大釗（社會主義）；中間的蔡元培、胡適（自由主義）；右邊的王國維、梅光迪、吳宓等（保守主義或文化守成主義）。這三股力量都在探索創建中國新文化的道路，各有所重卻並非絕不相容。當時勢不兩立，是形勢使然；作為後輩，理應客觀超越，更多一些「同情的理解」。當年胡適提出的「整理國故」的基本要求：第一要還古人以本來面目，第二要用今天的眼光加以評判；不還其本來面目會冤枉古人，不給以科學評判會誤導後人。這兩點基本要求不僅在當時，就是在今天也是正確的、必要的。應該以此來教育當今那些淺薄浮躁的妄人，不要再搞那種「破」字當頭的大批判了。近年來又有一種翻跟頭的趨勢：苛責五四先驅，吹捧古人；貶低魯迅，尊崇胡適。可見，「一分為二」，「你死我活」的流毒仍在，只是旋轉身子，改變了立場。——還五四新文化運動以三分格局、多元並存的本來面目，必須從方法論上丟棄那套極左符咒。

中國傳統文化確實是重人文，因而童蒙教育對人的一生都有重要影響。這種影響不只是智力和知識，還有人品和情操，包括審美境界。這就不能是填鴨式的灌輸、耳提面命的教訓，而是啟發薰陶。今日的教兒童讀唐詩、讀《論語》，全不是那回事。傳統文化中確有死氣沈沈的東西，讀得人低眉順眼，垂首屈膝。但也有剛烈昂揚、飄逸灑脫的，問題在你讀什

麼、怎麼讀。元化先生長於清華園，從小同時受中西文化薰陶，所以才那樣超越而又包容，嚴密科學而又自然蘊藉。他同時研究劉勰、王夫之與黑格爾、別林斯基的美學，打通中西古今，觸及許多重要而有興味的問題。這中間，中國傳統做學問的態度和方法，起了很大作用，而這又與他少年時代在那種學術環境中的耳濡目染所得有關。

前一個問題中，有個特有興味又特有價值的難題：魯迅到底應歸屬何方？我初步考慮：他老人家終其一生也沒有擺脫「彷徨」，真的是一位一直在走的「過客」，在矛盾痛苦中走向墓地。大陸中國人把他拉入馬列社會主義陣營；胡適不忘老友，一直把他引為同道。——擺脫馮雪峰和胡風的真誠讚頌，毛澤東和周揚以及姚文元的誤解曲解，從魯迅本人的夫子自道和他的全部著作出發，我倒更相信胡適的話。魯迅的「取今復古，別立新宗」與胡適的「再造文明」的主張是一致的。魯迅是一個不打旗幟、無所歸屬的獨立自由主義者，曾同情幫助過處於弱勢的社會主義者共產黨人，但他本人絕不是什麼社會主義或馬克思主義者以及革命家。他自己只承認自己思想裏有以下三個主義：個人主義，人道主義，啟蒙主義。可見，他確實是胡適的同道。

還有旁證：周作人的早期著作。收在《藝術與生活》一書中的他的幾篇長文，《人的文學》、《平民文學》和《新文學的要求》以及《兒童的文學》，都是文學革命發軔期的力作，代表了新文學的基本主張和當時的理論水平。追求的是「辟人荒」——「人的發現」「人的覺醒」。說到對「人」的看法，他主張人道主義，並進而解釋為「個人主義的人間本位主義」。這和魯迅對自己思想的概括——個人主義與人道主義的消長起伏——是基本一致的。周作人的這些文章，都經過魯迅的校改同意，所以也可以作為魯迅具有自由主義思想的旁證。

還有一點，五四新文化運動的後續發展，是一系列論爭。先是科玄論戰、中國社會性質論戰、民族形式問題論爭，均無結論。後來，1942年在

延安的王實味、蕭軍、丁玲等一度繼續堅持民主啟蒙，1944—1948年胡風、舒蕪與周恩來身邊的「才子集團」（陳家康、喬冠華、胡繩）曾經醞釀新的啟蒙運動。這中間，人們往往忽略了大後方文化教育界知識界的中間地帶，以西南聯大為代表的大中學校，以《大公報》和《客觀》—《觀察》為代表的報刊雜誌，都是從新文化運動中走過來的，都是不同文化多元並存的，都具有民主科學的啟蒙精神。可見，五四民主科學的啟蒙精神一直延續著，並沒有被「壓倒」。1954年胡風寫出《三十萬言書》，1956—1957年的百花齊放、百家爭鳴，1961年的「黑線回潮」，可以說都是五四啟蒙精神的迴光返照。這三次都被掃蕩以後，就跳入了文化大革命的狂潮，稚嫩的五四新文化就被新旗號包裝著的古老遊民文化徹底「壓倒」了。

三十年前的「撥亂反正」，所謂的「亂」和「正」指的是什麼、在哪里？當年周揚與胡喬木的論爭，爭的就是這個關鍵問題。元化先生晚年的反思，其中心就在這裏：正本清源——辨識並清除遊民文化遊民意識，清理並發揚五四精神——他用「人格獨立，思想自由」詮釋五四啟蒙精神，非常恰切，非常好。

......

和李慎之先生談魯迅與知識份子的命運問題

慎之先生：

來信及大作均收到，非常感謝。

這兩篇文章我早已讀過，一篇是在劉緒貽先生處讀到的，一篇是蘇州的友人寄贈的，前幾天我又從網上看到並下載列印出來，分贈此間朋友傳閱。這也是一種「熱」，已悄然存在兩年多，這樣的聲音是封殺不了的。當年魯迅的聲音是在他所謂的「無聲的中國」發出來的，我也是在那個「無聲的中國」因讀魯迅著作和《觀察》雜誌而變的左傾到投奔解放區參加革命的，那是1948年，我還是個十六、七歲的中學生。回想當年，對照今天尋找您的文章的狀況，真不知該說什麼才好。

您在信中談到「新啟蒙」，分析幾代知識份子的命運與功過，這也是近年來我一直在思考的問題，您的意見對我很有啟發。特別是您在反思中的自剖、自省精神，那樣深入嚴格，實在令人感佩。這正是從事啟蒙工作者所應該具備、而今天又十分缺乏的。不過也不能過於苛責自己，因為問題的關鍵並不在知識份子身上，何況知識份子又有種種不同類型。您談到「左派」、「進步」知識份子，由此我想到了所謂的「左、中、右」。

毛澤東把知識份子劃為「左、中、右」，用的是政治標準，如果換一個角度，以知識份子自身的本質特性為標準，那就會看到另一種情況：左邊的是周揚、胡喬木那樣的為左的政治服務的「秀才」「筆桿子」，右邊的是陶希聖、陳布雷那樣的為右的政治服務的幕僚政客，中間則是大量的

為兩種政治所排拒、壓制的人物。他們的傾向和主張並不相同，有的向左
有的向右，有的主張暴力革命，有的主張溫和的改革，但都要求變革、現
代化，特別是，他們主要的還是知識份子，程度不同地具有獨立人格和
自由意志，能夠「志於道」而不顧個人的利害得失。胡適和他的學生儲安
平，魯迅和他的傳人胡風，就是最具代表性的。左翼也好，右翼也好，其
主體都是新文化運動，因而他們都主張民主與科學而反對專制與迷信。

　　至於上面提到的兩極人物，左邊的毛澤東與周揚、胡喬木，右邊的蔣
介石與陶希聖、陳布雷，他們既左右同源，又殊途同歸——都源於皇權專
制主義傳統，又都走到了朕即黨國，「一個主義、一個黨、一個領袖」的
地步。對照一下他們那兩本寫於同一時期的小冊子《中國之命運》與〈新
民主主義論〉，就會發現一個要恢復四維八德的舊傳統，一個在鼓吹「嶄
新」的「無產階級」文化，都不要以民主與科學為根本的五四新文化。

　　這樣一種「左、中、右」的格局，似乎比較符合五四以來思想文化界
的狀況。三分天下，兩條戰線，左的馬列教條主義，右的孔孟教條主義，
中間的五四新文化自由主義。在文學上，右邊是老的「載道」派，左邊的
「為政治服務」實際上是新「載道」派，新文學正是在這兩派的圍剿中突
圍出來得以發展的。我覺得中國新文學也好，古代文學也好，並沒有什麼
「現實主義傳統」，一直是言志與載道兩派的起伏更替，如周作人所說。
其實，文學革命運動的浪漫主義精神遠勝過現實主義，在當時，易卜生和
尼采的影響遠超過托爾斯泰與巴爾扎克，更不要說馬克思恩格斯了。後來
現實主義之被獨尊，正是「凡是」馬恩的結果，這一點連胡風也未能免。
不過胡風和後來的右派、自由化分子一樣，都十分重視個性解放、人道主
義、主觀精神、藝術價值等等，而這正是浪漫主義即自由主義的特徵。
後來左派把八十年代的「自由化」與胡風連在一起批判，反證了這一點。
——文學史的確要重寫，從古到今的都要重寫，這中間就有為文學上的自
由主義正名、平反的內容。

　　說到這裡，我想起了您在給舒蕪的信裡提到魯迅時的一些看法。周策縱的那幾句話十分重要，胡適到晚年還引魯迅為同道，這正是自由主義者的胸懷，事實上魯迅生前也並未把胡適當敵人，同樣，對林語堂、周作人，魯迅也並不像後來人們宣揚的那樣，只是批判，視同仇敵。多年來魯迅被左化了、毛化了。毛把魯迅當「刀子」使用，而事實上無論政治、社會、歷史觀點，還是對文藝的看法，毛與魯都不相同，甚至是根本對立的。毛的《講話》明著稱頌魯迅，實際上處處反對魯迅，否定「魯迅筆法」，否定人性、愛、人道主義、藝術價值等這些魯迅終生堅持的東西。毛沒有讀懂《阿Q正傳》或故意曲解，因為魯迅不僅否定阿Q的精神勝利法，而且否定他的革命──革命的動機和方式、道路。而毛卻一再稱讚阿Q的革命精神，一再提到假洋鬼子的「不准革命」。事實上，正是他把一場以知識份子為骨幹的社會革命變成了阿Q式的革命──造反覆仇運動。魯迅一生反專制、主張「任個人而張精神」，強調「自性」，說自己的思想是無治的個人主義和人道主義，從事寫作是為了啟蒙，說「文藝總根於愛」，二十年代張定璜就看出了魯迅的那種冷峻嚴刻中所包含的熱和愛。毛則剛好相反，他的哲學是恨，他取得勝利的重要原因之一，是利用了下層人民中間蘊藏和積累千百年的忌妒、仇恨這種原始的惡的力量，並把它神聖化，反過來把愛、真誠、憐憫、寬恕轉斥為惡。魯是冷靜、嚴峻、懷疑中包含著愛、真誠和信任，毛則是仁慈、博大中隱藏著殘忍與猜忌。所以他讚賞曹操、朱元璋而痛恨一切讀書人，知識份子，包括他手下的秀才、筆桿子，除康生以外。

　　所以，現在需要把魯迅從「左化」「毛化」的迷霧中拉出來，還以自由主義的本來面目。魯胡原本同道，魯毛從來殊途。魯迅的參加左聯，是李立三、潘漢年批評郭沫若、成仿吾等人所作的「糾左」措施的結果。他在左聯成立大會上的反左演說，後來又阻止蕭紅蕭軍加入左聯，足見他加入了也是貌合神離。1932年是張聞天糾左，使得魯迅和馮雪峰站在一起兩

面作戰。到了1936年，與周揚、徐懋庸的決裂，是魯迅反左鬥爭的最後一戰，也是他和極左派的徹底決裂。這次是張聞天、馮雪峰支持了他。魯迅最後十年的戰績主要是反左，反對左翼陣營內部的橫暴者，那種以左的革命的面孔出現的祖傳老譜。

魯迅的被曲解，與《新民主主義論》中的那幾句話有關，說什麼「文化圍剿」使「共產主義者魯迅」成了中國文化革命的偉人。「圍剿」倒是有的，魯迅自己就曾經打算編一本「圍剿集」把攻擊自己的文章匯輯一冊。不過，那裡面主要是左派的文章，也有「正人君子」的，但沒有國民黨的，因為國民黨沒有「黨文化」，在文化上根本布不成陣。掩蓋否定魯迅的反左鬥爭，與掩蓋李立三、張聞天、周恩來等在思想文化領域的作用有關。毛一向以「文采」、「風騷」自許（儘管《沁園春詠雪》的著作權有疑問），黨的其他領導人在文化方面是絕對不能有作為有建樹的。至於魯迅對中共和毛澤東的認同及相互間的關係，這方面的文字均出自馮雪峰代筆的文章，別處（包括書信和日記）都未見到過。相反，1928年魯迅說過，成仿吾們一旦像列寧那樣「獲得大眾」，定會把他劃到皇帝隊列內，充軍北極圈，（著譯全禁止）。1936年曾問從陝北來的馮雪峰：「你們來了就要首先殺我吧？」這都似戲言又並非僅僅是戲言。對照一下1957年毛澤東的話就更發人深思了──毛對羅稷南說，如果魯迅還活著，「要麼關在牢裡還要寫，要麼識大體不作聲」。聯繫那些落馬罹難的魯迅傳人的遭遇，就更清楚了。

至於「一切文藝都是宣傳」的說法，那是後人的篡改曲解，雖只一字之差，確實謬以千里：「都」本來是「固」，以下文字說的是另外的意思，是肯定文藝的特性和價值的。

說的太多也扯得太遠了。我的意思主要是想區分兩個魯迅：一個是被「左化」、「毛化」了的階級鬥爭的「刀子」，一個是一生堅持個人主義和人道主義、一生致力於啟蒙的自由主義者魯迅。胡適的話符合事實，我

們可以由此進一步研究闡發，以豐富自由主義的思想資源。以往是頌揚魯迅而貶斥胡適，把他們對立起來。今天也不能反其道而行，是胡而非魯，只注意他們的相異而忽略了他們根本上一致的地方。現在的輿論導向是弘揚傳統文化，只有古代傳統和革命傳統，即上面所說的極左和極右的專制與造反的傳統，獨獨不要五四新文化運動的自由主義傳統！在這種情況下，更需要把胡魯這兩面大旗一同舉起來。

好了，不能再說了。可說而又想說的話實在太多了，而上面已經說的這些，怕有不少是說的不恰當或根本不該說、無須說的，望能不客氣地指出來，並恕我的僭妄囉嗦。

也可以說，是您的文章（我這裡有許多篇）和您的信啟發了我，激起思考這些問題的。同時，我正在準備胡風百年誕辰學術討論會的論文，有一些想法，不由得也扯到信裡來了。如能得到您的指教，也可使這篇文章少一些毛病。我的論文題目是《文藝與政治的歧途——胡風、周揚與左翼文藝運動》，中心是清理毛、周與魯、胡包括黨內溫和派（開明派）之間的關係，以及不同類型知識份子與歷史文化的關係。順便說一句，周揚也是悲劇人物，晚年明白自己是異化了，想要深入反思，卻挨了棍子，於是不起。我是從王若水的文章中瞭解到有關情況的，1983年我在北京與胡風、樓適夷、李何林等談論過有關意見，也準備如實寫出。希望得到您的幫助。專此即頌

近安！

姜弘
2002年8月17日

和李慎之先生談「新啟蒙」
——一封沒有寄出的信

　　五年前的此刻，我正在給李慎之先生寫信，就他寄給我的《不能忘記的新啟蒙》修訂稿，談我的一些看法。信剛寫完還沒有寄出，就接到舒蕪的電話，說慎之先生病重搶救無效，已經去世了。於是，我把這封永遠無法讓他看到的信收了起來，在哀痛中整理他寄給我的信和文章。

　　我和慎之先生並無一面之緣，只通過幾次信，是一篇文章引起的。1999年秋，我正在反思歷史，集中思考啟蒙問題，就在這同時，收到了舒蕪寄來的他的新著《回歸五四》，和朋友傳來的李慎之先生的《風雨蒼黃五十年》。後者很快在我們這些老知識份子中間傳開，成為我們之間的熱門話題，一個毫不輕鬆卻饒有興味而且常常觸及傷痛並引起爭論的話題。這以後，我邊思考邊讀書，一邊與朋友們——都是七十以上乃至九十以上的老朽——繼續交談爭論。一次，偶然在電話裡與謝泳談及此事，他鼓勵我把這些寫出來，於是就有了那篇四萬多字的長文《回歸五四——苦難的歷程》。開始我並沒有想到會發表，只是請和我同年的老妻張燄把它輸入電腦，列印出來給朋友們看，以便於交流；當然也傳給了謝泳，讓他看看。不想謝泳把它全文發在了2001年第六期的《黃河》雜誌上，而且引起了許多人的注意，這中間就有劉緒貽先生。我和劉先生初識於1952年，三十多年後再相見，我們成了坦誠相待、無話不談的忘年交。是劉先生建議我把文章寄給李慎之先生，請他指教。我和劉先生都很敬佩慎之先生，這裡的「請教」二字並非客套，是真心想聽取他的意見。文章寄出後不久，

就收到了慎之先生的一封近五千字的長信，在熱情肯定我的思考和基本觀點的同時，提出了他的疑問。我在那篇文章裡主張「回歸五四」的同時，也談到「回歸馬克思」和「回歸魯迅」。後來我和慎之先生的通信，談的主要就是對馬克思主義和對魯迅的看法。

劉先生、李慎之先生和我，分屬於三個年齡段：九十多、八十多、七十多；我們分別生活在北伐、抗戰和國共內戰時期，所以集中考慮的是同一個問題：在從五四新文化運動到文化大革命的歷史畸變中，馬克思主義和魯迅精神到底起了什麼作用？我們這些信奉馬克思主義又敬仰魯迅的人自己有什麼責任？這中間的關鍵問題，就是啟蒙，如何認識和對待啟蒙的問題；這正是李慎之先生生前談得最多的問題。

回首百年，幾代先驅——康有為和梁啟超、胡適和魯迅、儲安平和胡風，到我們同時代的顧准和李慎之，不管他們的思想與行事有什麼可議之處，在力主啟蒙這一點上，他們是一致的。啟蒙與自省是相連相通的，這些先驅者都有自省精神，民族自省和個人自省。其中，以魯迅說得最明確也最痛切：「多有不自滿的人的種族，永遠前進，永遠有希望。多有只知責人不知責己的人的種族，禍哉禍哉！」——慎之先生的《風雨蒼黃五十年》正是這樣一篇帶著血淚的啟蒙——自省的「獨語」。既非「歌頌」，更說不上「暴露」，五四新文化裡沒有那種置身事外的宣傳伎倆，啟蒙主義才是五四新文化新文學的主調和主流。李慎之先生所宣導所代表的，正是這種精神。

百年世事變遷，今非昔比，中國確實比以往富強了。然而在精神文化方面似乎並無太大的變化；在許多方面似乎還停留或退回到了戊戌——五四之間。所以有人主張回歸五四，有人呼喚文藝復興，實際上這都是意在啟蒙，都證明慎之先生身後並不寂寞、孤獨。為此，我把這封寫給他而他未及讀到的信，作為奠儀放在這裡，與敬仰先生並重視啟蒙的朋友一起紀念這位離我們最近的啟蒙先驅。

　　下面就是五年前寫給他的那封信——

慎之先生：

　　來信及《不能忘記的新啟蒙》早已收到，未能及時覆信，請原諒。

　　您所說的那場「新啟蒙運動」，我以前曾讀過一些材料，知道的不多，更未深入思考。讀了大作以後，撿出舊時所做筆記重讀，才有了一些新的想法，在此提出向您請教。

　　總的來說，您在今日重提這段歷史，是很有必要，很有現實意義的。我覺得，其中有幾個問題特別重要，值得深入細緻地作進一步的探討。

　　首先是對「啟蒙」、「啟蒙運動」的理解問題。多年來，人們往往把思想啟蒙與古代的蒙童教育或一般的宣傳教育混為一談，把啟蒙運動與其他社會政治運動相提並論，從而模糊了、掩蓋了啟蒙的根本意義和作用。所以今天需要重新彰顯康德的那篇著名文章——《什麼是啟蒙》的要義，特別是那開宗明義的第一段，其中所說的「脫離自己加之於自己的未成熟狀態」，「大膽運用自己的理性！」——這裡面所包含的自主、自由，批判、創造和反傳統、反權威精神，正是我們批判改造了幾十年的個人主義和自由主義。中國的一切禍害都源於缺乏這兩個主義；沒有這兩個主義，就不可能有民主和科學。當然，沒有民主與科學，這兩個主義也難以在中國大地上生根存活。至於民主、科學與個人主義、自由主義之間的關係，雞與蛋之間孰先孰後的問題，我還沒有細想；但有一點是很清楚的，半個多世紀以來的歷史已經確證：從「五四」轉向「文革」的歷史大倒退，正是從否定、批判這兩個主義開始，並在不斷批判清除這兩個主義的過程中走完全程的；也是從否定、排斥知識份子開始，並在不斷迫害知識份子的過程中完成的。由此可見，自主、自由、批判、創造——個人主義和自由主義，既是啟蒙運動的要義，也是現代知識份子的精神特質，如同賈寶玉頸上的那塊通靈寶玉，丟失了它，就會陷入

昏迷，不省人事——啟蒙不再成其為啟蒙，知識份子也不再成其為知識
份子。

您在《重新點燃啟蒙的火炬》和《新世紀，老任務》兩文中，曾列舉
陳獨秀、胡適、蔡元培、魯迅等先驅者的觀點，強調上述五四精神的啟蒙
主義特質，並與陳寅恪所說《白虎通義》中的「三綱六紀」相對照。其
實，早在1935年，郁達夫就用最直白的話語說出了這層意思：「五四運動
的最大成功，第一要算『個人』的發現。從前的人，是為君而存在，為道
而存在，為父母而存在；現在的人才曉得為自己而存在了。」我覺得，
還可以說得更直白簡單：「把人當人看待」——把自己當人，也把別人
當人；人的尊嚴、人的價值，自由、平等、人權，都在這裡了。早在1843
年，馬克思在致盧格的信裡就說得很清楚了：「專制制度的唯一原則就是
輕視人類，使人不成其為人，……使世界不成其為人的世界」。他稱這種
制度下的社會為「庸人世界」，說「庸人的世界就是政治動物的世界」；
在那裡，「庸人所希求的生存和繁殖，也就是動物所希求的」。這就是
說，庸人們只有生物的本能需求，他們之間只有統治與被統治的關係。

重讀這些舊筆記，深感震憾和愧疚，我們自己不就長期生活在這樣的
世界之中嗎？有不滿和牢騷，也曾經有過抗爭、受過挫折，卻很少想到自
己應負的責任。早在一百多年前馬克思就曾指出：「必須喚起這些人的自
尊心，即對自由的要求。」然而，就是到了今天，自尊、自由在我們這裡
依然是精神上的稀缺元素！

說到這裡，我想起了您的第一封來信裡向我提出的那個問題：我要回
歸的是哪一種馬克思主義？您說如今人們對此看法不同，各有所宗，有的
重視《1844年手稿》的自由、人道思想，有的重視《共產黨宣言》中強調
「每個人的自由」的思想，也有人只承認他晚年的定論「無產階級專政必
然實現」，您還提到了《論人民民主專政》中所說「十月革命一聲炮響」
送來的「馬列主義」。其實用不著解釋，我所說的當然是前二者，那種十

分珍視個人、自由和人道主義而屬於文藝復興以來西方人文主義思潮的馬克思主義，而不是那種東方化、中國化了的馬列主義。

這裡，我還可以給您提供一則資料——恩格斯後來對此的看法：在1894年致義大利社會黨人朱澤培‧卡內帕的信裡，有這樣一段話：「我打算從馬克思的著作中尋找一行您所要求的題詞。馬克思是當代唯一能夠和偉大的佛羅侖薩人相提並論的社會主義者，但是除了從《共產黨宣言》中摘出下列一段話外，我再也找不出合適的了：『代替那存在階級和階級對立的資產階級舊社會的，將是這樣一個聯合體，在那裡，每個人的自由發展是一切人的自由發展的條件。』」——「偉大的佛羅侖薩人」指但丁，因為卡內帕要求恩格斯為他的雜誌《新時代》題詞時，說他所想像的「新時代」是不同於但丁筆下那種人壓迫人的時代的，所以恩格斯才選了這段話。由此可見，晚年恩格斯和當時的社會黨人、社會主義者，他們不僅不否定個人自由，而且把個人自由看成是解放全人類的必要條件。其實，康德在那篇文章裡也說得很明白：「這一啟蒙運動除了自由而外，並不需要別的任何東西」，他還進一步說明，在一切稱之為自由的東西之中，最重要的就是「在一切事情上都有公開運用自己的理性的自由」，這不就是通常所說的思想自由、言論自由、創作自由、新聞自由嗎？

於此，我不由地想到：在中國，人們什麼時候獲得過這些自由？又在什麼時候失掉了這些自由？是我的筆記裡的下面這一段話，使我產生了與您不盡相同的看法——

「在中世紀，人類意識的兩方面——內心自省和外界觀察都一樣一直是在一層共同的紗幕之下，處於睡眠或半醒狀態。這層紗幕是由信仰、幻想和幼稚的偏見組成的，透過它向外看，世界和歷史都罩上了一層奇怪的色彩。人類只是作為一個種族、民族、黨派、家族或社團的一員——只是透過某些一般的範疇而意識到自己，在義大利，這層紗幕最先煙消雲散，對於國家和這個世界上的一切事務做客觀的處理和考慮成為可能的了。同

時，主觀方面也相應地強調了表現它自己；人成了精神的個體，並且也這樣認識自己。」「（布克哈特：《義大利文藝復興時期的文化》）

把您的文章與以上論述相對照，我想到了以下兩個問題：一是我們中國人是何時開始掀開紗幕並進而走出來認識世界和認識自己的？二是「新啟蒙」在這一過程中的地位和作用。在前一個問題上，我完全同意您的看法：中國的啟蒙運動確實是始於戊戌——五四；後來（上世紀八十年代）的再啟蒙，則是向五四的回歸。但是，在後一個問題上我卻有些疑惑，覺得有些問題還需要作進一步的具體分析。

您把新舊啟蒙嚴加區分，指出五四啟蒙上承戊戌，下到二十一世紀的今天，是與1840年以來中國實際上的民族要求相一致的；另一條路是通向「文革」之路，是另一種性質。這後一條路實際上是一種歷史倒退，退回到上述中世紀那種由信仰、幻想和偏見織成的紗幕中去了。「個人迷信」所代表的那種極左思潮，不就是這種現代型的紅色紗幕嗎？問題在於，似乎不能把這一倒退直接歸因於新啟蒙。新啟蒙與「文革」相距整整三十年，不僅客觀上國內外形勢地覆天翻，相關人物的身份處境和思想主張也變化很大。當時陳伯達、艾思奇都明確表示，要繼承五四啟蒙精神，堅持新文化運動方向。張申府說得更明確：「就是要思想自由」，「科學與民主，第一要自主」。那時張已退黨多年，陳、艾雖是中共黨員，也同樣是在野的反對派知識份子，還沒有成為新朝的秀才、筆桿子。他們的理論觀點雖已經有了教條主義獨斷論傾向，卻還沒有大批個人主義、自由主義、人道主義，所以還不能說新啟蒙已走到了五四啟蒙的對立面。走到五四對立面的，是後來的另一場運動。

您在文章的最後談到新啟蒙在延安和國統區的情況，談到新啟蒙與毛澤東的關係，《新民主主義論》的意義和作用這幾點。我覺得這是文章的重心所在，可惜放在了最後，提出了問題卻沒有展開論述。是篇幅關係還是別有原因，我不敢妄斷，只想在此說說我的看法，因為我也正在思考這些問題。

　　如您所說，新啟蒙運動主要在國統區進行，這是事實，不過在延安也曾熱鬧過一陣子。隨著知識份子的湧入，新思想新文化也到了那裡，山溝裡蕩漾的歌聲，舞臺上演出的新劇，文藝界的論爭，特別是王實味、丁玲、蕭軍、羅烽等那些鼓吹民主、反對特權的文章，就都具有啟蒙精神。可惜時間很短，從1938年到1942年，而且正是在這幾年裡，一種反啟蒙的力量正在醞釀形成。於是，突然之間一切全變了，思想啟蒙運動變成了思想改造運動；啟蒙是啟發鼓勵人們大膽運用自己的理性，而改造則是迫使人接受別人的思想，按照別人的指令去思考。所以，我認為，二十世紀中國啟蒙運動所走過的曲折道路，似乎應該是這樣一個否定之否定：五四啟蒙——延安整風——新時期再啟蒙。真正改變中國啟蒙運動方向和性質的，是延安整風運動，而不是新啟蒙運動。個人主義、自由主義、人道主義、改良主義等等，從此都成了打擊掃蕩的對象，直到「橫掃一切」。

　　說到這裡，不能不再次提到康德，好像他早在一百多年前就預見到了這一切，警告人們避免在排除舊偏見的時候，無意間種下新的偏見，而新的偏見將會像舊偏見一樣，成為駕馭人們思想行為的圈套。他還特別指出，通過一場革命可以推翻一個政權，打倒壓迫者，卻絕對不可能實現思想方式的改變。我覺得這簡直就是在說我們——新啟蒙運動把馬克思主義當靈丹妙藥，一味頂禮膜拜而不許質疑，科學變成信仰，這就開始種下新的偏見。接著，這種偏見又被誇大被利用，而且是把它嫁接在遊民文化的傳統老根上，使其迅速繁衍，遍地瘋長，成為駕馭廣大人民的新圈套。

　　這也就是您所說的，毛澤東既受益於新啟蒙又別立新宗。這個「別立新宗」妙極了，一語破的，極為深刻。其實這就是所謂的「馬克思主義的中國化」。這裡您只用了三四百字，也未免太惜墨如金了。說明白一點，這「新宗」實際上就是「遊民宗」——陳勝、吳廣、朱元璋或阿Q、小D他們的那一宗。總結了歷代遊民造反的經驗，採取「農村包圍城市」的戰略，在軍事政治上取得了勝利，這是人們都知道的。其實，就在「馬

上打天下」的時候，就定下了「馬上治天下」的方略——軍事政治戰線，思想文化領域，不管是武器的批判還是批判的武器，全都採用「農村包圍城市」的戰略，依靠廣袤而古老的農村征服少數現代的城市；從延安整風到文化大革命，全都是這個路數。真可謂：成亦在茲，敗亦在茲；功亦在茲，罪亦在茲。

所以我認為，從1915年的舊啟蒙到1936年的新啟蒙，再到1942年的「結合」運動，這中間是一個從蛻變到逆轉的過程。前一次轉折是蛻變，新舊啟蒙之間有變化有區別，但在根本問題上是相互聯繫有傳承的，這就是以知識份子為主，以人的解放、人的自由為目的。張申府特別強調提出「自由」和「自主」，就充分說明了這一點，他們並沒有用救亡壓啟蒙。後來的那場以「結合」為關鍵（周揚語）的運動就大不相同了，知識份子成了批判改造的對象，個人＝個人主義，自由＝自由主義＝自由散漫，都成了批判和清除的病毒，代表民族、階級的「集體」、「大我」取代了作為生命個體和精神個體的個人。於是，在一種宏大敘事的僵硬邏輯中，啟蒙變成了反啟蒙，變成了康德所說的那種新偏見所造成的圈套。所以，我認為，真正走到五四啟蒙的對立面的，不是新啟蒙，而是後來「別立」的「新宗」。

您在文中詳述了自己的思想經歷和當年的讀書生涯。我讀時感到既親切又驚訝：相距十年，竟那樣相似。您是在1936年的「一二九」運動期間接受左翼文化的影響而走上革命道路的，十年後，我同樣是在那些左翼書刊的影響下開始左傾，在1948年的「五・二〇」運動以後進入解放區的。後來，有過同樣經歷的這兩代知識份子大都備受磨難，一批批地倒下了。由此可見，新啟蒙思想不見容於後來的極左新宗，就因為那是知識份子的，保有五四啟蒙精神，那種自由、自主的懷疑精神和批判精神。這中間，我們自己也有責任，受民粹主義的影響，分不清五四新文化傳統與遊民文化小傳統，被「人民」「大眾」的牌號嚇住了，忘了魯迅的警告。

我覺得，今天在談論重新啟蒙的時候，應該弄清楚：以往的啟蒙運動是怎樣從「啟蒙」變為「欺蒙」的？這裡的關鍵是誤把遊民文化看成是與傳統舊文化異質的「人民文化」而加以讚揚吸納。在這個問題上，杜亞泉、黃遠生和魯迅還有梁啟超，都是清醒的，後來的胡風也是清醒的。同出魯迅門下，雪峰和聶紺弩成為吹捧《水滸》的權威，而胡風卻大唱反腔，就是明證⋯⋯。這些說來話長，以後再詳談。

還有，中國共產黨人，特別是領導過左翼文化運動（包括新啟蒙）的最高領導人瞿秋白、張聞天和周恩來，都不屬於那種極左新宗；這也留待以後再專門詳論。

信寫得太長了也扯得太遠，謬誤之處，請不客氣地指出。最後順便問一句：明年是顧准逝世三十週年，聽說要開學術討論會，不知確否。明年也是「甲申」三百六十年，兩者相遇，似應有許多有益有趣的話可說。專此即頌
近安！

姜弘

2003年4月20日

2008年4月20日整理

正本清源說五四
──讀王福湘的《魯迅與陳獨秀》

　　年年紀念五四，年年都有話說，五四確實是一個說不完的話題。這是因為五四精神還遠未過時，今天所進行的改革，在很大程度上依然是在完成五四先驅者未竟的事業。對此，人們的看法很不一致，所以就議論紛紛，年復一年地說個不停。

　　去年是五四九十週年，王福湘先生寄來了他新出版的專著《魯迅與陳獨秀》（三秦出版社2009年出版）。這本書由九十高齡的李銳先生題寫書名，封底有朱正先生的評語，說「這本書的過人之處就在於他的敢於立異，而他所有的新見解，都是從直接研究大量原始文獻中得來，都極有說服力。」

　　通讀了全書之後，在贊同朱正評語的同時，我記起了詩人曾卓說過的一句話：「讀好作品往往能激起自己的寫作欲望。」於是，就有了以下這些文字。

　　在我看來，這是一本探討、闡發五四精神的專著，書名只提到魯迅和陳獨秀，論述中還涉及到另外幾位歷史人物──胡適和周作人，嚴復和梁啟超。陳、魯、胡、周四人，是當時宣導新文化運動的主要代表人物；嚴、梁二人則是從戊戌走向五四，不可忽視的啟蒙先行者。由此可見，此書所闡發的「五四精神」屬於1915年興起的新文化運動，而非來自1917年十月革命及其以後1919年的學生運動。看來，此書的「立異」和「新見解」即由此而來。實際上，這對於八十歲以上的老人來說，既非「異」也

不「新」，因為這些原始文獻的大部分，早在上世紀前期已經廣為人知，只是後來的史書和教材另有所宗，才使得五四的面目模糊起來，並引發了一輪又一輪的論爭。

這涉及到「兩個五四」的問題。作為已經發生的歷史事實，當然只有一個五四、五四運動。問題是，這一歷史事實包含有先後相連的兩件具體事件——1915至1921年間以《新青年》雜誌為代表的新文化運動；1919年5月4日爆發的愛國學生運動。正是這兩個既相關聯又有區別的具體事件，使得人們各有取捨並作出不同的判斷和推論，這就有了兩個五四：以前者為主的是文化的五四，以後者為主的是政治的五四。王福湘這本書裡所說的，當然是與文化的五四相關的陳獨秀和魯迅。這本書的可貴之處，是盡可能地還魯迅和陳獨秀以本來面目，由此也還五四新文化運動以本來面目。

首先，他以原始文獻為依據，確認陳獨秀和魯迅是「對二十世紀中國影響最大且最深遠的啟蒙思想家」，充分肯定他們所宣導的新文化運動的啟蒙主義性質。接著明確指出，「陳魯二人都以救亡圖存為思想的出發點，從中西文化的比較中得出了基本相同的認識，……提倡革新，反對守舊。」（《魯迅與陳獨秀》，以下未注明出處者均同此。）這是對上面所說的「啟蒙思想家」所作的注解，涉及到以下幾個重要問題：究竟什麼是「啟蒙」；五四新文化運動的歷史背景和思想淵源；陳獨秀和魯迅的主要精神遺產。

這本書裡所使用的「啟蒙」一語，當然是西方歷史上的啟蒙運動所使用的那個專門名詞，而不是中國古代童蒙教育或宣傳的意思。在近年來的相關論著中，常常忽略了這一點，把「啟蒙」混同於一般宣傳教育，所以應重溫一下康德的那篇名文《什麼是啟蒙》，特別是第一段所說的「脫離自己加之於自己的未成熟狀態」，「大膽運用自己的理性」。可以說，啟蒙就是自我的覺醒，個性解放，也就是追求人格獨立和思想自由。這本書裡所說的「民主與科學」和啟蒙主義思想即指此而言。需要注意的是，這

裡的「民」不是通常所說的「人民」——那個抽象的集合名詞，而是指一個個具體的人，生命個體和精神個體。

這裡有一個問題需要澄清，即啟蒙與政治的關係。當年陳獨秀和胡適都曾下決心二十年不談政治，要在文化教育方面為新中國打下堅實的基礎；魯迅更是詳論了「文藝與政治的歧途」的命題，說自己從來不和政治家打交道。這些說法與「民主與科學」中的「民主」似有衝突。近年來就有人指責五四先驅者，說他們並不真懂西方的民主政治，本書作者也說魯迅忽略了政權問題，好像這的確是先驅者們的不足或局限。是的，看來這些說法都有道理，但卻是「歪打正著」——五四先驅們本不是在談政治，談的是思想啟蒙，改造國民性。他們所說的「民主」首先是人民要「自己做自己的主人」。一開始，陳獨秀在《敬告青年》一文裡提出的是「科學與人權」，並把「人權」解釋為「自主的而非奴隸的」。可見，指的不是政體、政制問題。胡適就把民主看成是一種「生活方式」。後來張聞天在談「新民主主義文化」的性質時，更把「民主的」擴展到思想、習慣、生活作風各方面，這全都是著眼於人，人自己。英國歷史學家湯因比曾說「民主是人道主義的政治表現」，即指此而言。當年嚴復曾有過一個提法：「以自由為體，以民主為用」。所以，這些提法與湯因比的提法是相通的，都把人，人道、人性放在第一位。到了1937年，信奉馬克思主義的張申府在宣導「新啟蒙」的時候，又明確提出：「科學與民主，第一要自主！」——可謂一語破的，道出了五四啟蒙精神的真諦。

這本書就是在這一意義上使用「啟蒙」一詞並論證陳魯二人的啟蒙主義思想的。把他們的啟蒙思想的出發點與救亡圖存、文化衝突相聯繫，具體分析他們的思想與嚴復、梁啟超的思想的傳承關係，從而肯定五四啟蒙運動與戊戌維新運動之間的歷史聯繫和思想淵源，這是本書的又一重要的「立異」之處。以往的流行觀點，是把五四放在太平天國、義和團、辛亥革命和北伐戰爭的序列之中，當作革命史的一環看待，同時還把第一次世

界大戰和十月革命說成是五四運動的直接導因，以印證「一定的文化是一定社會的政治和經濟的反映」這一教條公式。現在看來，顯然是本書的「立異」之說更符合歷史的真實。歷史的真實是：陳獨秀魯迅等五四先驅者正是從他們的前輩那裡接過啟蒙的火炬，把早已開始的啟蒙運動推向高潮的。

　　從這本書裡可以清楚地看到，陳獨秀和魯迅是從梁啟超和嚴復已經達到的地方開始他們的「精神界戰士」的戰鬥行程的。這說明五四新文化運動的興起是歷史發展的必然，是近代中國社會轉型和思想文化發展進入新階段的重要轉折。與此同時，本書在對比研究陳魯二人的思想主張和人生道路時，更突顯出了他們不同於前人的地方。這首先就是他們對於「思想啟蒙」的清醒認識與自覺堅守——從傳統士大夫的民本思想跨向了西方的人文主義和民主主義。梁啟超和嚴復的「新民」、「民品」，尚未擺脫「民為邦本」的傳統觀念，他們真正關注的中心、目的，依然是朝廷、邦國而不是人，現實的、具體的人。陳獨秀和魯迅就大不相同了：陳獨秀提出的「民主」即「人權」，魯迅呼喚的「救救孩子」，以及胡適宣導的「健全的個人主義」，都已經屬於「人的發現」、「人的覺醒」（周作人語），指的都是現實的、有血肉的一個個具體的人。所以，五四新文化運動既是中國啟蒙主義思潮的歷史發展，更是這一發展中的又一高潮和偉大轉折，其關鍵就在於人，人是目的，以人為本。

　　把魯迅和陳獨秀放在一起進行對比研究，這不僅有意義而且很有意思，從中可以悟出許多以往被忽視被扭曲的道理。他們二人的思想性格和人生道路乃至最終結局都很不相同。如本書所敘，陳獨秀曾一度從政，政治上曲折反覆；魯迅則終生為文，思想上極其複雜矛盾。陳獨秀最後貧病交加，抑鬱而終，死後還連遭誣陷，罵聲不絕；魯迅逝世時卻萬人送葬，聲望極高，身後更被封為「旗手」、「聖人」，被幾代人頂禮膜拜。但細細推究就會發現，他們的精神氣質和人生追求是完全一致的。他們都是從探究中國人的人性缺失開始走上啟蒙主義之路的。當時，他們都為中國人

的「不誠實」、「缺乏誠和愛」而痛感不安，決心改變這種狀況。——誠和愛，可以說是人類精神上的空氣和陽光；狡詐和仇恨，實在是人類精神上的癌細胞。當年陳魯二人的這一發現，至今仍未引起國人的足夠重視，以致他們所痛惡的那些古老悲劇還在上演。他們在有生之年始終堅守「民主與科學」，絕不做奴隸，無論形勢怎樣複雜，處境如何艱難，他們都始終保持獨立的人格，自由的思想，成為中國思想史、啟蒙運動史上的路標和豐碑，那些誣衊和攻擊，曲解和神化，全都無損於他們的偉大。

　　這本書的精彩部分，是對陳獨秀政治上的曲折反覆、魯迅思想上的複雜矛盾的深入探討，提出許多「立異」的新見解。先說「陳獨秀的民主三部曲」。作者完全從學術角度著眼，既超越了黨派恩怨又無關路線是非，說的全是思想文化理論問題，依據原始的文獻資料和確鑿的歷史事實，考察研究陳獨秀的民主思想的發展演變過程及其意義。這裡的「三部曲」，說的就是陳獨秀一生思想發展的三個階段，也就是他革命生涯的三個時期。即《新青年》時期，從建立中共到北伐時期，北伐以後到逝世。在思想上，也就是從宣導「民主與科學」到接受「階級鬥爭」和「無產階級專政」，又回到堅持「民主與科學」，這樣一個大回還。這實際上是從五四出發又回到了五四。本書作者不喜歡「回歸五四」這個提法，認為陳獨秀思想上的這一反覆是「否定的否定」，最後階段是更高層次的思想昇華。這當然是對的。不過，「回歸」也並非時空上的簡單還原，而是指重新堅持五四啟蒙精神，重走民主與科學的道路。這裡確實存在著兩種思想的區別和對立。當年魯迅談論過「文藝與政治的歧途」，說他從來不和政治家打交道。陳獨秀卻是書生從政，而且捲入了複雜而又殘酷的黨爭。結果是四面碰壁——國共兩黨都不要他，史達林和托洛斯基當然更不會理他，因為他不肯放棄民主與科學，不肯完全聽命於他們。後期的他重返思想文化戰線，更高地舉起「民主與科學」的大旗，繼續「精神界戰士」的戰鬥歷程，直至生命終結。

　　誠如本書作者所說，陳獨秀後期的民主思想是更高層次的，這主要表現在兩個方面：對專制獨裁的深刻批判，對民主科學的高度評價。就在當時，他已經明確指出：史達林問題的產生，是「十月革命以後輕率地把民主制和資產階級統治一同推翻，以獨裁代替民主。而任何獨裁都和殘暴、蒙蔽、欺騙、貪污、腐化的官僚政治是不能分離的。」所以，「是獨裁制產生了史大林，而不是有了史大林才產生獨裁制」。由此，他再次充分肯定「民主與科學」，視之為普世價值，說「民主與科學是人類長期的要求，決非權宜之計，臨渴鑿井的對策。」他認為，從原始共產主義到資本主義再到社會主義和共產主義，人類社會的發展和進步，都離不開「民主與科學這兩大支柱」。

　　從提出這些看法到今天，七八十年過去了，歷史已經為陳獨秀打了滿分，事實勝於雄辯。近年來有「民主社會主義」、「民主是個好東西」以及「兩頭真」等議論，這不都是陳獨秀早就想到、說過的嗎？看來，陳獨秀應該是最早在中國宣導「民主社會主義」的第一人，他的「三部曲」則說明他是「兩頭真」的第一人。本書作者有一段類似誄辭的文字，我完全贊同，茲照錄如下：

> 他的民主三部曲歷四十年而曲終奏雅，堪稱世紀之絕唱，生命的最強音。他把畢生心血凝成的思想作為「根本意見」留給了後人，至今仍不失其根本的理論和實踐意義。⋯⋯哲人已逝，哲思永存，真知卓見，啟我愚蒙。」

　　如果說，還陳獨秀以本來面目帶有「辯誣」的性質，那麼，還魯迅以本來面目就不能不「去飾」——洗去塗在他身上的厚厚的油彩。對於以往那些遵旨注經式的「魯研」著作可以不再理睬，但對於和魯迅有過直接交往的權威人士的說法，就不能不慎重對待了。本書作者大膽而又細心，他

的「立異」之見，是在兩位權威之間進行尋根究底式的考索辨析：魯迅究竟是不是自由主義者？瞿秋白說魯迅反自由主義，胡適說魯迅是個自由主義者。瞿說早已成為常識，他那篇《魯迅雜感選集序言》早已是「魯研」的圭臬且已進入高中課本，胡適的說法卻是近年才知道的新聞。本書就從這裡開始，針對瞿說提出自己的看法：

> 縱觀魯迅的一生，成為其「革命傳統」之一而後人應該傳承的非但不是「反自由主義精神」，恰恰是自由主義所內涵的「獨立之精神，自由之思想」。他「革命」的主要對象是中國文化傳統的核心──專制主義和奴隸主義，但關注的重點不是制度的變革和政權的更替，而是國民性的改造和個性的解放，「立人」乃是根本，個人的獨立自由具有終極價值，也是改革國民性的終極目的。

我認為這段話概括得很好，魯迅思想確實是和自由主義相通、相一致的。這相通、一致之處，就是反對專制和奴性，這又恰恰是五四啟蒙精神的根本所在──哲學上的人性（自由），政治上的人權（民主）。當然，這裡所說的自由主義，不是那個代表各種「不聽話、不積極」等各種「不良思想作風」的帽子。──早在1900年，梁啟超在致嚴復的信裡就明確指出：「自由者，權利之表徵也」，並把自由說成是人的「精神界之生命」，還說「文明國民每不惜擲多少形質界之生命，以易此精神界之生命，為其重也。」可見，自由主義是個維護人性、人權的「好東西」，梁啟超、嚴復而後，經五四一代的努力，到上世紀四十年代末，已成為中國現代文化思潮的主流之一，特別是在上層知識份子中居於主導地位，在科學文化領域頗有建樹。如今自由主義已經回來了，知之者並不多，所以在還魯迅以本來面目的同時，也需要還自由主義以本來面目。

　　本書作者抓住一個歷史細節——嚴復把穆勒的《論自由》譯成中文的《群己權界論》這件事，進行多方面的分析，論證了以下幾個問題：第一，說明西方自由主義思想進入中國的歷史，魯迅接受這一思想的途徑。第二，比較穆勒《論自由》原著和嚴復《群己權界論》的章目內容，指出譯文中反映出來的中西文化差異。第三，概括出魯迅自由思想的幾個特點。這樣，既還原了關乎人性和人權的自由主義的深刻內涵，也揭示出了魯迅思想的主要特點。另外，這裡還提到魯迅思想的其他資源，如洛克的經驗論，特別是他從德文直接閱讀中吸取的西方現代哲學思想，包括尼采、叔本華、施蒂納和克爾凱郭爾等。除去這些西方思想外，還特別提到中國傳統文化的影響。這一點決不可忽視，在五四先驅者中，魯迅身上的中國傳統文化風骨風采最為濃重。

　　說到這裡，我想起了當年劉半農贈給魯迅並得到魯迅首肯的那副對聯：「托尼思想，魏晉文章」。很清楚，這說的是托爾斯泰的人道主義，尼采的個人主義——魯迅在給許廣平的信裡就承認自己的思想是個人主義與人道主義的起伏消長。下聯所說的，不就是魯迅非常讚賞的「魏晉風度」嗎？——「非湯武而薄周孔」、「越名教而任自然」的思想，「師心使氣」、「清俊通脫」的文章。可見，魯迅既主張「西化」，又重視古代士人在綱常名教的束縛中掙扎反抗追求自由的那種骨氣和風度。他早期所說的「外之既不後於世界之思潮，內之乃弗失固有之血脈，取今復古，別立新宗」，這「新宗」就是五四啟蒙主義新文學，其核心就是個性解放，個人自由。這中間，既有西方的自由主義，也有中國古代士人的「特操」、「異撰」、「特立獨行」。——魯迅本人不就是這樣一個人嗎？在二十世紀中國，有幾個人能像他那樣自由？滿清朝廷、北洋政府、國民黨的黨國，還有後來的「元帥」、「工頭」、「奴隸總管」，有誰征服了他，改造了他？他的「罵人」，實是一種批評，他敢於批評他想批評的一切，他從不阻撓別人的批評，更不強人從己；一句話，在當時的條件下，

他充分行使自己的自由，從不妨礙別人的自由。這樣符合自由主義的精神原則，怎麼會不是自由主義者呢？原因很清楚：自由主義被批臭了，魯迅被神化了，加上他與胡適之間的分歧被誇大了。大概正是為此，在具體論證魯迅的自由主義思想的同時，特意轉述了胡適的看法──《五四運動史》一書作者周策縱回憶1956年胡適親口對他說過；「魯迅是個自由主義者，決非外力所能屈服。魯迅是我們的人。」──就在胡適說這話的一年後的1957年7月7日，毛澤東在上海回答羅稷南問話時說：「（魯迅如果還活著）要麼被關在牢裡繼續寫他的，要麼一句話也不說。」──真的是「所見略同」，兩相對照，可以幫助人們認清魯迅的本來面目，理解自由主義的本義。

此外，書中還有許多「立異新見解」，如在對待學生運動的問題上，魯迅和胡適的態度和看法是一致的，他們都沒有參加1919年5月4日的遊行抗議，也都不贊成那種活動。一年以後的「五四紀念日」，胡適發表談話，肯定學生的愛國熱情，卻認為那種罷課遊行的作法是「下下策」。魯迅在致友人的信中憂慮地指出：「僕以為，一無根柢學問，愛國之類，俱是空談，現在要圖，實只在熬苦求學，惜此又非今之學者所樂聞也」。他們都主張學生留在校內專心學業，不要參與政治。從兩位新文化運動核心人物的這種態度和看法，可以看出兩個五四的區別。

說到作為啟蒙主義文學家的魯迅，這裡也有不同於流俗的新見解，這就是注意到了那本《苦悶的象徵》與魯迅的文學觀的關係，魯迅對蘇俄「同路人」文學的看法。這本應是研究魯迅文學思想的重點，以往卻一直不被重視，蓋因這二者都不是積極正面的，因為與唯心主義、資產階級有牽連。本書提出了這兩個問題，也有新見解，只可惜未能深入，且被以往的教條──那一團亂麻似的「現實主義理論」纏住了。特別是馮雪峰、胡風那些確有獨到見解又確實自相矛盾的理論，阻礙他直接進入魯迅著作文本，以自己的心靈與那裡面躍動著的魯迅的心靈相碰撞。

　　由此，我就不能不提到我的遺憾——這本書裡不光有「立異」的新見解，也有「從眾」的舊傳聞。其中最明顯的就是相信並轉述了馮雪峰的《回憶魯迅》，特別是那段關於魯迅「景仰」領袖、「嚮往」革命、「靠攏」組織並甘願當一名「小兵」的描寫。我一向尊敬雪峰，但對這些文字卻很反感，因為太離譜，嚴重扭曲了魯迅的形象。此外，本書也撿起了那些套在魯迅頭上的桂冠，什麼「革命家」「聖人」「旗手」「空前的民族英雄」等等，正是這些東西掩蓋了啟蒙主義思想家、文學家的魯迅的真面目。

　　讀完全書後掩卷思索，感觸最深的是：魯迅陳獨秀還有胡適，竟然離我們這樣近，他們當年所談的問題，他們的憂慮，他們的建議，幾乎全都可以放在今天，適合於今天。當年陳獨秀和魯迅所痛心的國人的「不誠實」「缺乏誠和愛」，百年後今天的現狀又如何呢？物質是空前豐富了，同時卻物欲橫流，道德淪喪，人已非人，遑論其他？百年啟蒙卻依然未脫蒙昧，關鍵在走錯了路。就在1919年11月1日，五四的抗議活動還未完全平息之際，魯迅寫了《隨感錄·不滿》，對當時的愛國憤青們說：

　　　　多有不自滿的人的種族，永遠前進，永遠有希望。
　　　　多有只知責人不知反省的人的種族，禍哉禍哉！

　　兩個五四的分野就在這裡，以上所說的種種，也都與此相關。陳獨秀和魯迅以及胡適的真面目，離不開這種啟蒙——自省精神，而這正是今日所最稀缺又最需要的。這是我從《魯迅與陳獨秀》這本書裡讀出來的最有價值的思想見解。

2010年7月於武漢東湖
載《書屋》雜誌2010年第10期

和「五四」同行
——讀劉緒貽先生的口述自傳

　　九十六歲高齡的劉緒貽先生，最近完成了他的口述自傳，囑我寫出我的讀後感。我認真讀了這本書，收穫很大，感慨良多，遂寫下了這份讀書報告。

　　這本口述自傳內容非常豐富，不僅講述了劉先生個人的生活經歷和思想發展，而且勾畫出了那個時代的歷史風雲，寫出了這一大轉變時代中的一個知識份子的成長與追求，以及許多相關歷史人物的精神風貌。這不是小說，卻同樣是「典型環境中的典型人物」，可以說明人們認識那個時代，並進而領悟百年來中國歷史變遷中的某些因果是非。

　　書名《簫聲劍影》來自清人龔自珍的詩。龔自珍在多首詩裡寫到簫和劍，抒發他的「簫劍情懷」；一種既沉鬱蒼涼又激越昂揚的情感意蘊。劉先生自幼愛讀龔自珍的詩文，後來更是仰慕這位愛國的先覺者的思想和人品。既憂國憂民，又憤世嫉俗，這是大轉變時代中國覺醒了的知識份子的共同的精神特徵，相距百年而同處於民族危亡之際的劉緒貽和龔自珍，他們的心靈是相通的——簫韻幽憂，劍氣如虹。

　　在劉先生身上，確有這種看似矛盾的簫劍組合：土與洋，傳統與現代，潛心學術與直面現實，已經著作等身卻依然筆耕不輟，早就蜚聲世界卻始終只是一位學者、教授，不入廟堂也未涉市場，所獲頭銜和榮譽，全都是學術性的、民間的。這種特立獨行的人格精神，也體現在他的著作中。上世紀九十年代，曾有「思想淡出，學術突顯」之說，我認為其中

掩藏著一種逃避現實的犬儒主義傾向。正是在這種文化頹風日益蔓延之際，劉先生先後出版了他的主要著作：1947年的碩士論文《中國的儒學統治》；1948年的社會批評文集《黎明前的沉思與憧憬》，以及後來的美國歷史專著。這都是真正的學術著作，同時也是對現當代中國最頗切的現實問題的探索與回答——中國的現代化何以如此艱難？中國究竟應向何處去？

從這裡，可以看出劉先生的學術研究和思想發展的軌跡：反思歷史——批判現實——放眼世界，要求一方面革除自身的弊陋積習，一方面學習外國的先進經驗，這不就是「改革開放」嗎？貫穿其中的主要思想主張也很明確，就是反對專制主義，呼喚民主、法治。

劉先生命名所居為「求索齋」，以上所說的就是他的求索之路，這條路也就是五四之路。劉先生出生於1913年，從1919年入塾讀書，到今年出版這本自傳，中間剛好九十年，與五四九十週年同步。這九十年的歷史包含了三個時期：1919—1949年的舊中國、舊社會；1949—1978年的「十七年」＋「文革」時期；1979—2008年的改革開放時期。這是一條「之」字形的道路：第一個三十年是五四精神得到繼承發展的時期；第二個三十年是五四精神發生蛻變、逆轉的時期；第三個三十年是五四精神艱難回歸的時期。劉先生的人生道路和思想發展，和這一歷史進程同步，也就是和五四精神同步。這本《簫聲劍影》所記述的，就是他在五四新文化哺育下成長求索的經歷。

讀這本書，勾起了我對許多往事的回憶，更促使我對一些問題的重新思索和重新認識。其中最重要的，就是對「五四」的認識問題。劉先生在書裡並沒有正面談五四新文化運動，更沒有談那以後的學生運動，但書中所敘述的一切，無不與五四密切相關，他在那三十年裡的成長、成熟和成就，都是在五四新文化潮流中浮泳前進而取得的。由此，使我想到了「兩個五四」的問題——歷史上確實有兩個「五四」、「五四運動」，毛澤東和胡適都說得很清楚：《新民主主義論》裡說的「五四運動」，指的就

是1919年5月4日學生上街遊行並火燒趙家樓的群眾運動，並以此為界標，區分歷史階段和兩種文化的性質。胡適則不同，他認為「1919年所發生的『五四運動』，實是這整個文化運動中的一項歷史性的政治干擾。它把一個文化運動轉變成一個政治運動。」（《胡適口述自傳》206頁）——二人的事實判斷是一致的，都認為有兩個五四運動，但價值判斷剛好相反，一個肯定1919年5月4日的政治性的學生運動，而否定那以前的啟蒙主義新文化運動；一個肯定新文化運動，對後來的政治性學生運動有保留。顯然，這是兩種「五四觀」，代表了兩種思潮。

五四時期屬於一個大的時代，即李鴻章所說「三千年未有之大變局」，也就是社會轉型，從傳統中國走向現代中國的大變革時代。這一變局是外部挑戰引起的，是國家民族生死存亡之秋。上述兩種思潮，就是應這一時代要求而產生的應變之道，救亡之策：一個重在政治——革命造反，一個重在文化思想啟蒙。這兩種思潮對五四的界定和解說大不相同，說的是兩個不同的五四；一個是政治的五四，一個是文化的五四；它們提出的總的口號也不同，一個是「反帝反封建」（即後來的「反美反蔣」），一個是「民主與科學」；二者的目標和途徑也大不一樣：一個是要通過暴力革命以奪取政權；一個是要通過思想啟蒙，促使中國人的覺醒以改造「國民性」。顯然，一個旨在打敗敵人，一個力求改造自身。長期以來，一般人都把二者混同，雖有所側重，卻並沒有注意到它們的根本區別，更沒有意識到文化與政治的歧途（也就是魯迅所說「文藝與政治的歧途」）。人們只看到表面上所打的五四旗號，所發表的讚揚五四的言辭，卻很少人注意到同一旗幟和名目之下，竟然有極其不同、相互衝突的兩種思想主張，兩股思潮。

以往的歷史著作和教科書，在講到五四運動的時候，全都著重談論愛國學生運動和左翼文藝運動。而左翼文藝運動是1930年代興起的一股否定五四新文化運動的極左思潮，一種服務於政治鬥爭的意識形態。《新民主

主義論》就是肯定並改造了這股思潮，使之具有了權威性。1949年以後的各種讀物，凡涉及五四和魯迅的，基本上都是對這本小冊子裡的幾段語錄的演繹。如今年在八十歲以下的人，大都是受這種教育，從這類讀物中瞭解五四運動的。他們由此出發，讀到當時的一些激烈言辭，結合對自身所處荒漠化的文化環境的感受，就自然會把荒漠化的責任推到五四先驅者的身上，說他們「激進」，「全面反傳統」，「造成了文化斷裂」等等。這種誤判，主要原因是不知道那個文化的五四，更不知道五四以後那三十年間新文化運動的發展進程及其巨大成就。

當然，我也注意到了，近年來興起了一種新的「考據學」——重新認識和評價1949年以前的舊學校和舊知識份子，如謝泳和傅國湧等所作的，特別是謝泳對西南聯大和《觀察》的研究。——劉緒貽先生就正是西南聯大出身，又是《觀察》雜誌的撰稿人，把他這本自傳與謝泳的研究著作對照閱讀，當會相得益彰，更深入全面地認識那個時代和那些人物。

劉先生講述的，主要是他求學的經歷：從私塾轉入新式小學，然後是中學、大學，直到出國留學歸來，這正好是五四以後的三十年，新文化運動一步步向前發展的時期。新文化運動的發生發展，當然主要是在知識份子和青年學生中間，不可能是在工農兵中間。新文化運動的宗旨是人的解放和社會的改造，其活動和成就，首先集中體現在教育領域和新聞出版事業上，體現在一屆又一屆、一代又一代的學生身上，體現在現代知識份子群體的壯大和成熟及其對社會的影響上。——從北京大學和《新青年》，一直到西南聯大和《觀察》，這中間的全國各級學校和各種出版物，才是新文化思潮和運動的主流主體之所在，應該從這裡去辯識其性質和意義，評判其是非功過。劉先生為我們提供的這份個人經歷實證材料，就是五四新文化運動後續發展的歷史真相。

人們也許不曾注意到，今天正在實行的從小學到中學一共十二年的這種學制，正是在新文化運動的推動下，於1922年開始在全國實行的。當年

主持其事的，正是新文化運動先驅者蔡元培、胡適和蔣夢麟。這種新學制是對廢除科舉以後的「學堂」的徹底改造，除採用西方的分段式規定年限外，最重要的是：一廢除尊孔讀經，二教授新知識，這是「民主與科學」的具體化。劉先生是1930年代初進入中學的，我是1940年代中期進入中學的，我所親歷親聞的種種，大致和書中所敘相同。五四精神在中等學校的傳播，對中國社會的轉型和發展，產生了極大影響。當年的知識青年，大都是在中學階段接受新文化而開始啟蒙的。從劉先生到我們這一代，就都是這樣走過來的。

　　這本書裡最精采也最有價值的部份，是劉先生對西南聯大那段經歷的記述和評說。他提到一本外國人寫的有關專著：美國維吉尼亞大學歷史學教授易社強，花了15年時間進行調查研究，寫出了一本700頁的西南聯大校史：《聯大——在戰爭與革命裡的一所中國大學》。這位美國歷史學家認為：「西南聯大是中國歷史上最有意思的一所大學，在最艱苦的條件下，保存了最完好的教育方式，培養出了最優秀的人才，最值得人們進行研究。」劉先生還提到，2006年11月28日報載：國務院總理溫家寶向大學校長們徵詢意見：怎樣才能陪養出更多傑出人才？對於那些校長的回答，劉先生認為都不能令人滿意，他建議溫家寶去認真研究一下西南聯大的辦學精神和辦學經驗。

　　說到西南聯大的辦學精神，劉先生概括為下面這十個字：「愛國、民主、科學、艱苦、團結」。照他的解釋，後面兩項與當年的物質生活條件和北大、清華、南開三校之間的合作有關。這實際上是前面三種精神的具體體現，所以關鍵還是前面的愛國、民主與科學。愛國就是抗日救亡，民主與科學也就是五四啟蒙精神，這不正是「救亡與啟蒙」嗎？西南聯大的校歌裡就有「千秋恥，終當雪；中興業，須人傑」——很清楚，救亡與啟蒙緊密相關，本無矛盾，不存在什麼「壓倒」的問題。西南聯大培養出了大批傑出人才，劉先生列舉了那些大師級「人傑」的名單，同時也

談到了另一個方面；聯大師生「教書、讀書不忘救國」，積極參加抗日活動，特別是1944年，在那場「一寸山河一寸血，十萬青年十萬軍」的知識青年從軍熱潮中，西南聯大有一千多人投筆從戎，走上了戰場，有的還為國捐軀，再沒有回來。而更其不幸的是，不少人竟因此而成為「歷史反革命」，在後來的政治運動中歷經磨難，坎坷以終。述說西南聯大的歷史而不及此，那是不公平的。劉先生說到了這一方面，就足以證明，西南聯大在抗日救國和培育人才——也就是「救亡」與「啟蒙」兩個方面，都為國家民族做出了巨大貢獻。

由此可見，民主與科學，才是聯大辦學精神的根本之所在。說到民主，劉先生談了兩個方面：學術思想自由和學校管理民主。這都是對國民黨政府的專制統治的反抗和抵制。聯大的教學不用統一教材，也沒有什麼「教學大綱」，而是由教師各自闡發自己的學術見解。各種見解，無論古今中外，也無論左中右，只要言之成理、持之有故並達到相當水準，都可以在課堂講授、在課外演說。但同時也必須聽取不同意見，接受問難，進行討論。——這不就是當年蔡元培在北大所宣導的「思想自由，相容並包」嗎？關於學校的民主管理，關鍵在選舉，民主選舉，而且是在教授中選舉，各級領導全部是從教授中選舉產生的，沒有那種「外行領導內行」的領導。當時聯大全校的專職行政人員不足200人，其地位和待遇都低於教學人員。學生是自己管理自己，有學生自治會，同樣是民主選舉，更沒有專職幹部。——總之，當時的西南聯大既沒有黨派領導，也沒有官本位體制，真的是自主辦學，教授治校，思想自由。

說到「科學」，西南聯大辦學精神中的這兩個字，所指可不是理工科大學所教的那種「科學」，而是九十年前五四先驅者所宣導所堅持的一種現代人的精神、態度、思維方式、價值標準。如劉先生所說，這種精神表現為尊重學術、尊重真理。為了學術和真理，西南聯大人「富貴不能淫，貧賤不能移，威武不能屈」。聯大教師一般都不願做官，而樂於在教學之

餘從事學術研究。聯大師生不論貧富、資歷、權位，誰愈有學問，愈掌握
真理，誰就愈會受人尊敬，官僚和黨棍，在西南聯大難有容身之地。蔣夢
麟雖然做過國民政府教育部長，但他遠不如陳寅恪、馮友蘭、吳有訓、周
培源、華羅庚等學術大師更受人尊敬。

　　馮友蘭先生所寫的西南聯大紀念碑文中，有這樣幾句話：「以相容並
包之精神，轉移社會一時之風氣，內樹學術自由之規模，外來民主堡壘之
稱號，違千夫之諾諾，作一士之諤諤……。」——這種精神，這種景象，
這樣的人物，這樣的風尚，千真萬確的存在過。在國民黨統治下專制腐敗
的舊社會，大學校園確實是民主清廉之地，窮教授、窮學生確實是受人尊
敬的群體，因為他們代表著民族的良知、正義和智慧。對國民黨專制腐敗
的揭露批評，大都來自大學、大學教授，一些政府要員因此而下臺。馮友
蘭的「諤諤」之譽是恰切的。

　　劉先生深情懷念他的老師，重點介紹了七位大師級的教授。那時的教
授、大師可都是真的，他們既不「幫忙」又不「幫閒」，與官場市場無
涉，他們都是引領青年學子研究學問、追求真理的亦師亦友的「精神界
之戰士」，也就是魯迅所說的那種「只講是非而不顧利害的真的知識階
級」。他們的思想品格和精神風貌，那種「溫良恭儉讓」，既是個人的，
也是民族的、人類的文明的傳承和積澱。劉先生用了六個小節分別介紹的
七位教授是：陳達、吳文藻、謝冰心、潘光旦、費孝通、吳宓、馮友蘭。
我注意到，在這七位大師級人物中，劉先生給予潘光旦先生的讚譽最多也
最全面：博學、濟世、寬容、風趣。實際上，這四個形容詞同樣適用於其
他幾位：說博學，他們都學貫中西、融匯古今，兼及文理；說濟世，他們
也都在治學和教學的同時，能直面現實，關心社會並勇於干預時政；說寬
容，他們都遵循「思想自由，相容並包」的原則，民主、平等地處理朋友
及師生間的關係。至於風趣，當然是潘先生個人的性格特徵、精神風貌。
其他人也各有不同的性格特徵和精神風貌，即使是比較嚴格、刻板的陳達

教授，也有他高超的打獵技藝。事實上，這是那個時代的真知識份子的共同的精神特徵；在當時，平庸、自私、偏狹、乏味的人，是很難融入這一群體的。

劉先生的講述，敬重、寬容之中是非分明。這集中反映在對潘光旦的評述中。潘光旦先生真的是古今中外、文法理工無所不知的通才大家。更其重要的是，他的博學與濟世高度統一：他一生所從事的多種學科研究，無論是優生學、性心理學、民族學，還是教育學、人類學、譜牒學，這一切種種，其目的全在於社會的改造、社會的進步；而其中心則是人、人的素質，改善和提高國人的素質。雖然，他的某些具體觀點難以為一般人所接受，如有關婦女和婚姻問題、工業化問題的一些看法，但他的這種人文史觀和人文關懷，是不能不令人贊佩的，因為這正是真正的五四新文化運動的啟蒙精神。

與之相對照，是關於吳宓和馮友蘭的勾神攝魄的介紹。劉先生曾受業於吳宓，後來他們又是同事和鄰居，但因吳宓一貫反對新文化運動，思想保守，所以「道不同不相為謀」，相互間並沒有直接交往。但劉先生依然熱情地讚揚吳宓在中西文學方面的修養，特別是在教學上的認真負責、精益求精和關心學生、愛護學生等值得稱道的種種。但也同時指出，吳宓身上確實存在不少矛盾和奇特之處，違背常理常情，可以寬容也可以理解乃至同情，卻不能像前些年一些論著那樣，不加分析的一概稱頌。——說到馮友蘭，劉先生以馮氏自己的話「三史繹古今，六書紀貞元」，來概括其學術成就，承認他的一家之言，還讚揚他的理論邏輯嚴密，自成體系，文風樸素流暢，能吸引人。但也明確表達了自己的批評意見：認為馮氏的理論過「空」，與社會人生無關；馮氏的為人多「變」，在以往那樣險惡的政治風浪中，能夠隨波逐流、有驚無險地度過一生，實屬不易。

從這裡可以看出，劉先生的治學持論一如當年，完全符合「思想自由，相容並包」的原則：既尊重對方，又堅持自己的觀點，明確表達了他

那反對儒學統治的一貫主張。這讓我想起了以往曾不斷受到批判的伏爾泰的名言：「我堅決反對你的觀點，但我以我的生命保衛你說出自己觀點的權利。」——在五四以後的三十年中，這種符合近現代文明的學術文化生態環境已經形成，當然主要是在大城市和知識界，這是五四新文化傳統的一個重要方面。

劉先生著重談的是西南聯大，但聯大並不是一個孤立、偶然的存在，而是一種典型，集中突出地反映了那個時代的文化教育界知識界的狀況——在戰亂年代極度艱苦的條件下，堅持五四精神，積極推動新文化運動的深入發展，取得了巨大成就，創造出了中國歷史上又一個思想文化高峰。先秦軸心期的諸子百家之後，有過兩個思想文化高峰：魏晉六朝和明清之際。二十世紀前半期的這場新文化運動，應該是第三個這樣的思想文化高峰。這三個時期都是「亂世」，又同時都是「盛世」——政治上的亂世，文化上的盛世。戰事連綿，政治混亂，社會動盪，民生艱難。但另一方面，王綱解紐帶來了思想解放，文化繁榮，成為歷史上的一個又一個思想文化高峰。前兩個高峰——魏晉六朝和明清之際，早已有定評且早已成為歷史常識，這最後也是最近的一個文化高峰，是到上世紀八十年代才被重新發現並逐漸得到承認的。這本《簫聲劍影》的出版，有助於更全面的認識中國思想史、文化史上的這段歷史，這個高峰。

可以說，這是兩種傳統，《資治通鑑》所代表的是那種勝王敗寇、治亂更迭的傳統；這裡所說的是與之不同的另一種傳統，可稱之為「改革開放」的傳統。前者是政治傳統；後者是文化傳統。前者所顯示的「一治一亂」的「天下大勢」，被魯迅歸結為「暫時做穩了奴隸的時代」和「欲做奴隸而不得的時代」；後者所尋求的是人的解放和人的自由。前一種傳統的主角、傳承者，是轉換中的「王」與「寇」；後一種傳統的主角、傳承者是讀書人、知識份子。如魯迅所說：「由歷史所指示，凡有改革，最初總是覺醒的知識者的任務。」——改朝換代不等於改革。改朝換代是憑藉

暴力和謀略奪取統治權，改革則不同，是由人的覺醒所引發的對自由的追求。魏晉六朝、明清之際、二十世紀前半期，就都是由覺醒的知識者所發動的思想文化啟蒙運動。這三個時期的知識者都致力於兩大任務：對內改革，打破儒家獨尊的文化專制主義；對外開放，接納異邦的思想文化——魏晉的非議孔孟、復活老莊，接納佛教；明清之際的拒絕空談心性，宣導經世致用，引進西方曆算之學和耶穌教等等；五四時期的反對儒學和重視老莊墨釋諸家，熱情呼喚「德」「賽」二先生，走的是同一條改革開放之路，因而在幾十年間成為歷史上的又一個思想文化高峰。所不同的是，五四以後的這個文化高峰有兩個特點：一是具有鮮明的現代性，重視人的個性和主體性，個人主義和人道主義成了思想的主流；二是具有現實的社會基礎：已經存在的民族國家，發展中的現代大城市，形成中的公民社會。有了這樣的精神和物質條件，知識份子才從那種「皮毛」關係中脫出，成為具有獨立人格和自由思想的新的社會群體，承擔起引領社會不斷改革前進的歷史使命。作為個人，他們也才能有那種「諤諤」的膽識和風度。

劉先生是在二十世紀世界歷史的大背景上審視、講述這一切的，真的是高屋建瓴，視野開闊，讓人一目了然地看清楚了這一百年中的四股思潮和社會形態——古典資本主義、新型資本主義、極權社會主義、民主社會主義——它們之間的異同和變化。中國社會從傳統向現代的轉變，正是在這四種思潮和力量的影響之下，艱難曲折地走過來的。在這一大背景下，他具體描述了他的家鄉——湖北省黃陂縣羅家沖，他就是從那裡開始他的人生道路的——從接受傳統教育到接受五四新文化的啟蒙，到清華、西南聯大，又赴美留學。

這本書的開始部分和結尾部分，具體談到了這條路的兩端：一端是以自然經濟和宗法社會為基本特徵的貧窮落後的中國農村；另一端是對內實行民主法治而對外擴張的先進富強的美國。當年那些堅持五四精神的中國知識份子，就是在這二者之間，同時也是在上述四種思潮之間，找到這條

改革開放之路，作了有益的探索，取得了成績也積累了經驗。當然，這一切都是衝破國民黨當局的壓迫和干擾才取得的。不幸的是，這些大師級人物和他們的學術成就，在接踵而來的歷史大變動中，統統成了被掃蕩清除的對象。後來經過撥亂反正、思想解放，在「回歸五四」「重新啟蒙」的呼聲中，這些五四新文化運動後續發展中所取得的成就，才逐漸被發現而受到重視。對照當年胡適提出的新文化運動的四項任務（「研究問題，輸入學理，整理國故，再造文明」），弄清楚了五四以後三十年裡到底都有哪些思想學術成就，那些以「反思」的名義向五四發出的無端指責，也就不攻自破了。

劉緒詒先生走過的路是和五四同行的，他們那一代人中有的就自稱或被稱為「五四之子」，如費孝通、殷海光等。應該讓更多的年輕人知道這些人，瞭解這些人的人品和學術成果（而不是名譽地位），讓他們知道：真正的五四，文化的五四在這裡。

劉先生今年已經進入九十七歲，身體健康，思維敏捷，他要以百歲之身為百年滄桑作證，這實在是難得，也實在令人感動。現在他已經在接著往下寫，而且是用電腦寫。我們等待著，等著看這本書的續篇，看他在以後的地覆天翻歷史巨變中，是怎樣走過來的。

2009年7月於武漢東湖

載《讀書》雜誌2009年第12期

與時代共進，和五四同行
——賀劉緒貽先生百歲華誕

　　百歲老人，親歷了百年中華的苦難與變化，看清了百年來世界歷史的曲折走向，堅守民主、科學、自由、理性的價值信念；中間雖有過曲折矛盾，苦悶彷徨，卻一直未改初衷，老而彌堅。特別是近三十年來，從「古稀」到「耄耋」到「人瑞」，真的是「老當益壯」，一直走在有良知的真正知識份子隊伍的前列——這就是我心目中的劉緒貽先生。

　　我與劉先生初識於1953年，而早在1948年就有過神交——他是《觀察》雜誌的基本作者，我是《觀察》雜誌的熱心讀者；那年他三十六歲，我十七歲，我們並不相識，卻同樣「左傾」。四年以後，我們又同時參加了武漢市郊區的土地改革運動，而且所在的鄉村相距不過幾十里——很可能，我們是在同一個會場裡聽動員報告的，但我們並不相識。又過了一年，到了1953年，我們坐在了同一張會議桌的兩端，當時劉先生是武漢市總工會文教部副部長，我是市文聯的幹部。那是一次討論「文藝與宣傳的關係」的座談會，劉先生沒有發言，我發言批評了市委宣傳部長，為此，後來我就成了三大運動——反胡風、反右派、文化大革命中的「老運動員」。從此，「劉緒貽」這個名字在我的記憶裡，就劃到了部長的一方，儘管我們只見過一面，並未交談。

　　三十多年過去了，1980年代初，在那次「反自由化」的風聲漸歇之際，有一天曾卓忽然問我：「還記得劉緒貽嗎？」我說：「當然記得，那個工會領導幹部。」曾卓笑起來，說「是又不是」，於是，就簡要介紹

了劉先生的學者身份，並說到因反胡風時寫過批判他的文章而向他道歉的事；說「很誠懇，是個好人，特別問到你，很關切」。說著就把劉先生的地址寫給了我，要我「有時間去看看他。」我記下了地址，卻並沒有去，因為我有一個原則：遇到地位比我高、境遇比我好的故人，我決不主動打招呼，這是二十多年逆境中煉就的一點「精氣神」，何況，當時我剛剛在那場「不是運動的運動」中被「不點名地點名」了。所以，我記下了劉先生的地址，並沒有主動前往拜訪。

直接促成我和劉先生重逢的，是珞珈山上的另一位長者，且是曾經共患難的難友——法學家韓德培先生。1958年我們都被送到了沙洋農場勞動教養，在那裡，我們很快就成了互相信賴的忘年交。因為在前一年的「反右」高潮中，我們都上過《長江日報》的頭版，他是高等學校右派的「山中宰相」，我是文藝界的「右派急先鋒」，互相間已有所瞭解，所以一見如故，無話不談。當時他就對我說，反右是背信棄義，勞教更是非法的。從沙洋回到武漢後，我們一直有交往，我到過他在珞珈山上的幾處住所，他也來過漢口花橋我的家裡。他搬進博導樓後不久，我去致賀時問及家人近況，因為我和他一家人都比較熟。韓先生告訴我：女兒韓敏在圖書館工作；兒子韓鐵師從劉緒貽教授治美國史。於是就談起了劉先生。我說了上面提到的與劉先生有關的往事，並問他的近況和住處的具體地點。韓先生告訴我說「那是個真做學問的人，就是有些固執，說了不合時宜的話，又不肯轉彎，所以處境不太順，居住條件很差，就在後面山坡上。」

正是這「固執」、「不合時宜」，促使我決定立即去見這位久違了卻未交談過的故人。

劉先生所住的那一排排舊樓，確實很差，破舊不堪。上了二樓，扣響門鈴，出來開門的是一位老太太，引我進門並喊「緒貽，有客人」。我順著答話聲左轉進了小小的書房——這幾十年後的第一次見面，給我留下了極深印象，至今記憶猶新——當時從書桌後起身和我打招呼的，我感覺是

一個中年人，滿頭黑髮，面色紅潤，身著深色舊式上裝，樸素得有點土；這些與身後兩旁書櫃裡排滿的精裝外文書，顯得很不相稱，這哪像一個年近八旬留過洋的老教授。待到他用那明顯的黃陂鄉音問我「是喝咖啡，還是喝茶」時，這種反差就更強烈了。後來隨著接觸漸多，瞭解得更深，他身上的這種特殊味道即風格，就越來越清晰了。——其實並非「特殊」，這種西方的與鄉土的、現代的與傳統的精神文化的奇妙融合，從梁啟超和章太炎，到魯迅和胡適，再到劉先生和他的師友們，不都是這樣嗎？文化衝突帶來的社會轉型使然，純粹的土或洋，倒是不正常的。當然，也有集中了土洋劣質的特殊人物，如《紅樓夢》裡的賈雨村所說的「大奸大惡」，不過那與真正的知識份子無關。

重逢後第一次的談話，當然是從互問近況到憶舊，又從憶舊回到現如今。說起當年那次關於「文藝與宣傳」的討論，劉先生說，那位部長是我們的頂頭上司，他的話我們必須執行，那時還沒有「理解的要執行，不理解的也要執行」這句話，但規矩早已形成。所以當時我沒有發言，也沒有寫文章批評你們；後來寫文章批判曾卓，也是執行任務，照上面發下來的材料寫的。不想幾十年後又遇到了這種事，對不起，我不聽了。——他說的是前不久即1980年代末發生的一件事。

這事是由如何評價劉先生的學術成就引起的。如今這個問題已不復存在，劉先生的美國史研究成果，包括他對「羅斯福新政」的看法，已經獲得國內外學術界的肯定並給予了很高評價，有不同見解，屬於學術爭鳴的常態。我對美國歷史知之甚少，從劉先生對我的解說中，給我印象最深的是下面三點：一是怎樣看待馬列主義；二是怎樣看待美國；三是由此而來的知識份子的人品和學風問題。換個說法：馬列主義究竟是宗教信仰還是科學真理？真理是需要檢驗也不怕檢驗的；信仰則不許檢驗也無法檢驗。對於美國這個百年來和我們有太多是非恩怨的遠方國家，究竟應該持怎樣的看法和態度？顯然關鍵在於真相，需要瞭解它內部的真實情況，它和中

國究竟發生過什麼樣的物質的和精神的交往和衝突。由此而來的就是，作為知識份子，能不能、敢不敢面對事實真相，辯明真假是非，說出自己應該說也想說的真話、實話。──這不正是近年來人們反覆談論的「獨立之人格，自由之思想」嗎？有的人是非常憎惡並極力抵制這種精神的，這裡說的就是這樣的事件。

劉先生告訴我，那位當年領導過我們的部長，後來不斷高升，最後離而不休，餘威猶存，在一次會議上斥責劉先生「胡說八道」、「吹捧美帝頭子」、「反馬克思主義」。劉先生為此很生氣，要與他公開辯論，說了上面提到的「理解要執行，不理解也要執行，現在不靈了」那些話。事實上，劉先生的有關論著開始發表時有過波折，就與此有關。我知道此事後，勸劉先生換一個角度看，這些大腦已經凝固的人真相信真理是有階級性的，因而確信自己掌握了馬列主義；同時保有朝鮮戰爭時期培養起來的反美仇美情緒，確信「美帝亡我之心不死」，所以才會那樣理直氣壯且義憤填膺地呵斥一個有成就的嚴肅學者。其實，其內心是惶恐的，說來也很可憐。後來，這位長官未能阻擋劉先生的研究工作的進行並獲得更多更大的成就。除了上面提到的，是劉先生個人的學識才能和人格精神所致之外，這與大環境的變化有關。很可能，也與美國史研究這一領域，這一領域中的這些人，由此而來的那裡的學術風氣和團隊精神有關。我想，美國歷史本身就承載著普世價值，作為感性活動的這些研究者以它為感性活動對象，就必然會互相交融、互滲，加速這一領域學術研究現代化的進程，使之走在學術文化改革的前列。

劉先生後來從事美國史研究，是主客觀各種原因促成的。他留學美國，學的是社會學，那是百年來轉型中的中國最需要的學科，上世紀前期引進以後迅速發展，培養出一批極有用的人材，劉先生就是其中之一。不幸的是，在1950年代的大學蘇聯時期，按照蘇聯的模式，把社會學這一學科取消了。幾經轉換，在中美兩國建交前後，劉先生進入了美國史研究領

域，或者說，正是他被抽調來創建這一學科，成為美國史研究這一重要學科的開創者之一。然而，劉先生可不是一個「為研究而研究」的學究，這倒不是因為一開始有關方面就是因政治和外交工作的需要才抓美國史研究的。我說的是劉先生本人，無論把他放在哪裡，他都不會成為遠離現實的學者，看看他這些年來發表的美國史以外的論文標題就明白了。人們常說「一切歷史都是當代史」，在劉先生這裡還要加上兩個字：「一切歷史都是中國當代史」——美國史也好，羅斯福新政、列寧的的新經濟政策、帝國主義論也好，這一切都與中國密切相關，都落腳到我們中國——我們從哪裡來，向何處去？這才是一個和中國現當代歷史一同掙扎過來的老知識份子內心深處最重要的心結——就像愛倫堡提到的那句俄羅斯諺語所說的：「誰記得一切，誰就會感到沉重」。

我的這些看法來自直接感受，劉先生關注的中心在中國，中國的昨天和今天。2001年暑假期間，一天他來電話告訴我，說他讀了我的文章，覺得很好，說是鄧曉芒教授拿給他的，並問我為什麼沒有拿給他看。那篇文章題為《回歸五四——苦難的歷程》，是前一年收到舒蕪所贈他的論文集《回歸五四》並應他之約所寫的書評，所以有副標題「讀舒蕪的《回歸五四》以後所想到的」。文章還未寫完，接謝泳電話向我約稿，問我手上可有已寫好的文稿。我告訴他正在寫的文章的內容，他很感興趣，並說他們不怕長，要我放手寫了給他。於是，我就一氣寫下，全文竟有四萬六千字，謝泳拿去全文發表了。我平日獨居在家，與各方面甚少來往，是劉先生首先告訴我，文章很有影響，有人自費複印傳閱。他要我複印一份寄給李慎之先生，聽聽他的意見，隨即把李慎之先生的通信地址給了我。我立即把文章寄給了李慎之先生，並附了一封短信。不久就收到李慎之先生一封長達四千多字的覆信，並由此開始了我們之間的通信來往。不幸的是，不到兩年，慎之先生就棄我們而去，當時我收到他寄來的《不能忘記的新啟蒙》一文的修改稿，向我徵求意見，我寫了長長的覆信，還未發出，就

接到舒蕪通報慎之先生逝世的電話。後來，我把這封信加題為《一封沒有寄出的信——懷念李慎之先生》。剛巧，劉先生也寫了《愧對慎之》一文，於是兩文被編為一組準備發表，後來又被抽下，劉先生的文章最後在另外的媒體上發表了。

劉先生為什麼看重我那篇文章並且促成了我和李慎之先生的交往？這同我們所關心的問題，以及對這些問題的基本看法和態度相同或相近有關。我那篇文章所觸及的就是中國現當代史，而且是思想史、文化史，也可以說是知識份子的命運史。我提出了問題沒有直接回答，但我的看法已經存在於行文之中。五四以來中國的種種社會衝突，從根本上說依然是文化衝突引起的，文化也就是「人化」，反映在知識份子之間的不同文化思想——也就是不同的人性觀或人性論之間的衝突：一方是以「民主與科學」為旗幟的五四知識份子及其後繼者；一邊是承傳了申韓之術和「三國水滸氣」的遊民知識份子及其追隨者。前者主張漸進改革，對外開放；後者大都反智排外，熱衷於鬥爭造反。當然，二者並非截然劃分，壁壘森嚴，而是常常你中有我、我中有你，在一個人身上亦復如此，也常常是既有啟蒙傾向又有造反意識。「文藝沙皇」周揚說過「黑話」，最後能夠反思，而他的對手「反革命分子」胡風，身上也有那種「鬥爭哲學」「造反精神」癌細胞，最後也沒有徹底清除。——劉先生、李慎之先生和我，當時還分屬於「90後」、「80後」、「70後」，我們在交往中所談的大都是這些問題，無論是談話還是通信，都很少涉及「養生」、「長壽」的話題，更不要說什麼「糊塗一點」、「瀟灑一點」的話了。

不過，我們的看法也不總是一致，沒有分歧，只說令對方感到順耳的話。分歧、商討是常有的；也正因為常有不同看法，互相切磋，才更覺得饒有興味。我們曾在一個重要問題上有過分歧，這個問題是我們這些老知識份子幾乎見面必談的熱門話題，即究竟應該怎樣看待毛澤東？因為我們從親歷親聞中深知，幾十年來的一切災難不幸包括當下的困難和危機均源

於此，不徹底弄清楚這個問題，中國是沒有希望的。我們在劉先生家也幾乎每次都要涉及這個問題。一開始，分歧發生在他們老夫妻之間，說到毛澤東給中國帶來的禍害，劉先生認為主要是理論錯誤所致，是認識問題。劉先生的夫人周世英女士則堅持認為是人品即品質問題。老夫妻各持己見，問我們怎麼看。——我因為視力微弱，不能一人外出，總是和妻子張焱同行，她一直參與我和劉先生的交談。當時我們都表示同意師母的看法，三比一。劉先生則表示，還要再考慮考慮。後來，劉先生告訴我們，他改變看法了，同意我們的意見。原因是讀了高文謙的《晚年周恩來》，說「確實是品質問題，太壞了！」於是，談到了對周恩來的看法。當時人們有著相反的看法和態度，而且都有根有據，一種是理解和同情，一種是徹底否定。劉先生對二者都不贊成，問我怎麼看。我比較傾向於前者，但我的「理解」不是肯定；我的同情毋寧說是遺憾、惋惜。我認為周與毛是兩類人，周之所以一再退讓、緊跟，原因有三：一是理想，即顧准所說的那個「終極目的」；二是形勢，當年國內外的複雜矛盾和處境；三是內心的愧疚，早期革命的失敗和犧牲的責任。相比之下，毛澤東的「馬上打天下」確實可以說是「挽救了革命，挽救了黨」，所以周才心悅誠服地推舉並緊跟。後來逐漸明白過來卻為時已晚，只好繼續「緊跟」以「顧全大局」，必要時盡力「滅火」、「降溫」、「善後」。最後林彪出事的當天竟會那樣失態地放聲大哭，就是這一切的最好注腳。

我談這些看法的時候，劉先生專注地看著我，面帶微笑，好像在鼓勵我說下去，最後，說了一句「你想得很深」，卻沒有說出他自己的看法。——我已經習慣了這種交談方式，在他那裡，我會感到既放鬆又緊張。說放鬆，是因為可以無所顧忌地說出自己心裡想說的話，包括尚未成熟的看法；說緊張，是因為在他那裡我往往思路暢通，左右逢源，大腦活動加快，所悟所獲更多，我的有些文章的論點和思路就是在那裡初步形成的。

　　在多次接觸中，我逐步加深了對劉先生的瞭解，而更深的瞭解或者說真正的認識，是在讀了他的口述自傳《簫聲劍影》以後。那是2009年的事，我已經把我的看法和想法寫進了發表在《讀書》上的書評裡了。那篇書評正題為《和五四同行》，因為那是自傳的前一部分，寫的是1949年以前的事情，我從中讀到的是他身上的真正的五四精神，那種我也熟悉的新文化運動的啟蒙精神，大不同於後來以訛傳訛並成為定論的有「愛國主義」包裝的革命造反精神，所以就談到了「兩個五四」的問題。這裡要說的，是本文標題的前半句「與時代共進」——五四，說的是一種精神，一個傳統，當然是那個真正的五四新文化運動的精神和傳統。時代，指的就是劉先生所經歷的一百年，這一百年所走過的可不是一條平坦順暢的康莊大道，而是歷經坎坷險阻，曲折反覆，好不容易才到了今天。這一百年包括三個階段或時期，1949年以前的「舊社會」是一段，後來的「新社會」可分為兩段，這三個時期即：一1949年以前的新民主主義革命時期，二社會主義革命和建設時期，三改革開放時期。在第一個時期，劉先生有兩本著作記下了那個時代的特徵，留下了他的年輕的足跡。後三十幾年他的著作甚多且享譽海內外，就是中間一段，幾乎是空白，他也寫了些東西，但未能留下來或毋須留下。這就是我在文章開頭處說的「曲折矛盾，苦悶彷徨」的印記。劉先生的碩士論文《中國的儒學統治》和《黎明前的憧憬與探索》一書裡那些曾發表在《觀察》等雜誌上的文章，記下了他從五四繼承下來的追求民主自由的啟蒙主義精神。當時（1948年）他毅然加入中共地下外圍組織，從事革命活動。——也是在那一年，我在地下外圍組織的安排下進入了解放區，當時就叫做「參加革命」或「入伍」。那時的劉先生是大學教授，我是個高中生，我們都不是無路可走，沒有飯吃才走上這條路的。是現實的黑暗和各種進步思潮的影響，使得我們走上了這條路，其中就有《新民主主義論》的力量，它的通俗明白，富於煽動性，一下子就吸引了我們，打動了我們，特別是那結尾處呼喚迎接「新中國航船」的

號召，是那樣動人。——不光是劉先生和我，許多如今八九十歲的老知識份子都有這樣的記憶。

後來才知道，竟會有兩種不同的新民主主義，一種是毛澤東的，一種是中共其他領導人，包括張聞天、劉少奇、周恩來等人的。人們只知道毛澤東的《新民主主義論》，卻不知道或忘記了張聞天和劉少奇的新民主主義的理論和實踐。毛澤東的那個小冊子原是一篇文化專論，是應周揚之約，為他主編的《中國文化》創刊號寫的專論，原來的題目是《新民主主義的政治與新民主主義的文化》，所以談文化的部分占全文的三分之一。1940年元月召開的邊區文化界代表大會上，毛澤東帶病做報告，講的就是這篇文章，後來改題《新民主主義論》；又發表在《解放》雜誌上。那次大會的主報告是總書記張聞天做的，題為《抗戰以來中華民族新文化運動的發展和今後任務》。延安整風以後，隨著張聞天的邊緣化，他的報告也消失了。這兩個文件都是關於文化的，其最重要的區別是新民主主義的屬性和來源。張聞天肯定這種文化是從戊戌、辛亥、五四一路傳承而來；毛澤東則否定五四新文化，更不要說以前的戊戌維新了，只肯定「嶄新的共產主義文化思想」。關於性質，張聞天提了四點：民族的、民主的、科學的、大眾的；對「民主的」還作了詳細說明，從政治到思想文化到生活作風，都有民主的要求。毛澤東只有三點，把民主的放在了「大眾的」裡面，說「大眾的就是民主的」。對此，有另一個文件可作說明：1939年11月7日，毛澤東正在寫《新民主主義的政治與新民主主義的文化》的同時寫信給周揚，提到兩點原則性的意見：一是說農村比城市落後，只限於經濟方面，在政治和文化上，農村比城市先進。二是古代的和現代的包括殖民地的農民反抗鬥爭都是民主主義性質的，都是民主革命，所以農民是民主主義者。同時，還指出了魯迅只看到農民落後的一面，沒有看到農民的革命的一面。——這與馬克思主義有什麼關係？這不就是「興無滅資」的思想來源嗎？正如李慎之先生所言，《新民主主義論》是後來歷次運動特

別是文化大革命的綱領性文件。這與張聞天、劉少奇、周恩來無關。至於後來劉少奇所堅持的「新民主主義」，那是經濟上的，當然是對的，文化新民主主義即遊民意識遊民文化與劉少奇無關，從肯定《清宮秘史》電影是愛國主義的，可以看出他和張聞天是一致的。可見，「兩種新民主主義」確實存在。令人擔憂的是，這幾年「新民主主義」一詞又熱起來了，議論中看法頗不一致，有一點卻是相同的：都忽略了作為政治經濟政策的新民主主義與作為文化革命方針的新民主主義之間的區別，也就是1950年代初劉少奇堅持的保護資本主義的新民主主義與毛澤東在那個小冊子裡提出的「興無滅資」方針和文化上農村包圍城市戰略的區別。現在已經很清楚，實踐和歷史都已證明，劉少奇的新民主主義政策是對的，今日重提是可以理解的。歷史也已證明，《新民主主義論》提出的文化方針和文化戰略已經全盤失敗，全都錯了，批判打倒的對象全都沒有倒，從《武訓傳》到《海瑞罷官》，從胡風、胡適到顧准、周揚，歷史已經有了結論。

　　在祝賀劉緒貽先生百歲華誕之際，談到「兩個新民主主義」的問題，是因為他是一面難得的鏡子，既參加了新民主主義革命，又保持真正的五四精神。像他這樣的人大多沒有這樣幸運，得以長命百歲——早年受五四新文化影響，壯年參加新民主主義革命，中年受民粹主義騷亂困擾，老年回歸五四，重燃青春活力，學術上成果累累，思想上更清醒，超越了種種壁壘，真正看清了世界歷史的來龍去脈，不斷說出該說的真話。前些年有「兩頭真」之說，近年又有「兩頭正」即開始和末後都正確的要求。這裡的關鍵就是對參加新民主主義革命的看法。劉先生的著作俱在，他在新民主主義革命階段所寫的兩本著作，全都堅持從戊戌到辛亥到五四的新文化傳統，沒有遵從《新民主主義論》，沒有沾染民粹和遊民污穢，當然與「幫忙」「幫閒」無關。從他身上找不到「文化斷裂」，也看不出「啟蒙的弊端」，倒是看到了五四新文化所帶來的教育事業的碩果，「舊大學」的成功——獨立人格，自由思想，通才教育，真才實學。前面所說的

那種西方的和鄉土的，現代的和傳統的融合，才是現代中國新文化的典型風格。

　　為慶賀劉緒貽先生百年華誕，我寫下這些看法和想法，但願更多的「90後」「80後」乃至「70後」，學習劉先生，發揮餘熱，回顧歷史，給後人留下真相。

2012年2月16日時年80整

載《野老丹心一放翁——慶祝劉緒貽教授百年華誕集》

娜拉出走與阿Q革命
——文學革命90週年有感

　　九十年前的1917年，曾發生過兩場革命：俄國的「十月革命」和中國的「文學革命」。十月革命所締造的蘇聯已經不復存在，就不再去說它了。文學革命所開創的中國新文學呢，可還存在，狀況如何？這是我所關注的，一直在等待著這方面的資訊。眼看中秋就要到了，一過中秋，這一年就差不多了，可還沒有看到聽到有關紀念文學革命九十週年的資訊，難道人們都把這件事給忘記了不成？後來又一想才明白了：不是人們忘記了文學革命，是他們只記得五四運動。

　　多年以來，我們的歷史書和紀念活動，把九十多年前發生的許多事情都「一鍋煮」了，統稱之為「五四運動」，而且統統定性為「愛國主義」、「反帝反封建」。然而，事實卻遠非這樣簡單，那短短幾年中所發生的許多事情非常豐富也非常複雜。撇開先前的張勳復辟和後來的中共建黨，中間的袁世凱稱帝和巴黎和會這些政治性前因後果不談，單是被稱為「運動」的主要事件就有三個：1915年陳獨秀創辦《青年雜誌》接著更名《新青年》，標誌著新文化運動的開始；1917年胡適發表《文學改良芻議》，標誌著文學革命運動的開始；1919年5月4日學生上街遊行並火燒趙家樓，則標誌著愛國救亡群眾運動的興起。所謂的「五四運動」，主要就包括這三件事、三個運動。其中，新文化運動和文學革命屬於思想文化運動，學生遊行屬於社會政治運動，前者是一種思想文化潮流而非群眾運動，後者才是政治性的群眾運動。這二者的性質極為不同，前者具有內

發、自省性質因而更多理性批判精神，後者是對外部壓力的反彈因而更多非理性的情緒化傾向。這兩種不同的運動和傾向，就是人們所常說的「啟蒙」與「救亡」。

這裡，只說新文化運動，特別是文學革命。我認為，有兩點應該首先加以澄清和說明，那就是：第一，文學革命與十月革命無關，文學革命的醞釀始於1915年秋，正式提出是1917年1月，均在俄國十月革命之前，後來的事情無法影響先前的事情。第二，新文化運動和文學革命不是政治運動，也不從屬於、服務於任何政治勢力，這也是事實：陳獨秀就說過，他的脫離政壇，轉入學界，是為了「改造國民精神，寄希望於青年，不涉身政治。」胡適也說過，他回國以後「打定二十年不談政治的決心，要想在思想文化上替中國建築一個基礎。」至於周氏兄弟——魯迅和周作人，他們離政治就更遠了。特別是魯迅，到了1927年，一些人紛紛轉向政治，文學與政治開始糾纏在一起的時候，他明確提出了「文藝與政治的歧途」的命題，說文藝與政治時時在衝突之中，就是「共了產」像蘇聯那樣，文藝家也仍然要受到政治家的壓迫和挾持。後來的歷史證實了魯迅的預言，九十年的中國現代文學史，可以說主要就是文藝與政治相衝突的歷史。——但在1917年的當時和那以後的幾年中，新文學確實是獨立的、自由的。

當年，郁達夫就說得很明白：「五四運動的最大成功，第一要算『個人』的發現。從前的人，是為君而存在，為道而存在，為父母而存在的，現在的人才曉得為個人而存在了。」（《現代散文導論下》）——魯迅也說，「最初，文學革命的要求是人性的解放」，並承認自己當年開始寫小說時的思想屬於啟蒙主義。——這裡的「啟蒙」，指的是一種自身的醒悟、成長，如康德說的，脫離自己加之於自己的不成熟狀態——「勇於用你自己的理智！」這在西方是一個自然發生的歷史過程，而在中國，就需要外力的啟發引導——不是灌輸、改造，而是由感情交流、心靈感應

而生的啟發引導。文學革命之成為啟蒙運動的重要一翼，其原因也就在這裡。

胡適的介紹《娜拉》（又名《玩偶之家》），宣導「易卜生主義」，就是一個最好的例證。這件事應該是中國現代思想史和文學史上的大事，當時影響極大，五十年後又在「顧准熱」中舊話重提，可見其意義非同一般。當時就有許多女性衝出了家庭去尋找自由，也有人摸仿易卜生寫同類題材的作品，更有人從生活到創作都學《娜拉》，最明顯的就是丁玲和她的《莎菲女士的日記》，謝冰瑩和她的《女兵自傳》。而且這不僅僅是婦女解放的問題，實際上是所有中國人的人性覺醒和個性解放。胡適所闡述的「易卜生主義」，是這一思潮的最好的概括說明，與魯迅的《娜拉走後怎樣》對照著看，方能全面而又深刻地認識那個時代，也才能回過頭來真正看出後來我們所走的彎路和所付出的慘重代價究由何來。

胡適興致勃勃地談論娜拉的出走，寫下了那篇著名論文《易卜生主義》；魯迅也談論娜拉，有過《娜拉走後怎樣》的著名演講。與此同時，魯迅還憂心忡忡地注視著阿Q，並寫出了那部新文學經典《阿Q正傳》。——其實，胡適和魯迅的基本觀點和態度是一致的，不同之處在於，胡適注意的是城市的變化和知識份子的覺醒，魯迅則同時注意到了世代居住在鄉鎮的下層民眾，因為他更懂得中國的歷史。

胡適稱他的「易卜生主義」為「最健全的個人主義」，說「這個個人主義一面教我們學娜拉，要努力把自己鑄造成個人，一面教我們學斯鐸曼醫生，要特立獨行，敢說老實話，敢向惡勢力作戰」，「把自己鑄造成器，方才可以希望有益於社會。把自己鑄造成了自由獨立的人格，你自然會不知足，不滿意於現狀，敢說老實話，敢攻擊社會上的腐敗情形。」（《介紹我自己的思想》）接著，他告訴人們，這在西方已經是過時的十九世紀的思想，但對中國來說還是先進的。至於這種先進思想在中國將會遭遇到什麼，能否被吸納？他似乎認識不足，未加說明。對此，魯迅有充

分的認識，在《娜拉走後怎樣》的演講裡做了詳細解說和深刻剖析。這是一篇長期被誤解、曲解的重要文章，五十年後顧准重新解讀了，卻依然沒有被充分認識。

「娜拉走後怎樣」？有人回答說「不是墮落，就是回來」。但魯迅另有解說：一是如易卜生的另一個劇本《海上夫人》中的哀梨姐，有了自由，不走了：二是「自己情願闖出去做犧牲」，因為「世上也盡有樂於犧牲，樂於受苦的人物」。對於這種真正要自由而又不怕犧牲的人，魯迅談了三點意見：一是不要做夢，夢想未來的黃金世界；二是要腳踏實地從切近處做起，如先解放了自己的子女（參看《我們現在怎樣做父親》），爭取經濟權；三是要進行長期的韌性戰鬥，因為「中國太難改變了」。

就在《娜拉走後怎樣》公開發表一年多之後，魯迅又寫了小說《傷逝》，寫了一個中國的娜拉的悲劇命運。小說不但具體寫了子君「出走」和「回去」的全過程，更細膩而深刻地揭示了她「回去」的原因，主觀的原因和客觀的原因。從這裡，可以讓人連想到那次講演中所說的「麻痺了翅子，忘卻了飛翔」和「中國太難改變了」之所指。這篇小說，是魯迅創作中的精品，感情濃烈，思想深刻，寫人物的心理，直至其靈魂深處。如他在談到陀斯妥耶夫斯基時所說：「凡是人的靈魂的偉大的審問者，同時也一定是偉大的犯人。審問者在堂上舉劾著他的惡，犯人在階下陳述著自己的善；審問者在靈魂中揭發污穢，犯人在所揭發的污穢中闡明那埋藏的光耀。這樣，就顯示出靈魂的深。」（《〈窮人〉小引》）──在《傷逝》裡，整個事件是通過涓生的回憶和懺悔表現出來的，與此同時，在文字背後，在字裡行間，還有一雙深情而又嚴厲的含淚的目光，在注視著他們，同情並讚美他們的單純和勇敢，不滿於他們的幼稚和軟弱，更舉劾著他們身上的傳統污穢──男尊女卑遺毒。──這不是和胡適的主張完全一致嗎？魯迅的遺憾和不滿，就在於他們，特別是子君，還沒有如胡適所說，真正「把自己鑄造成器」，「鑄造成自由獨立的人格」。

　　對於阿Q，魯迅是另一種態度，因為阿Q既未覺醒，又不是完全在沉睡，而是似睡似醒，有時還夢魘纏身；與閏土不同，阿Q是一無所有又見多識廣，因而不大安份，夢想出走——革命。魯迅用了整整兩章的篇幅，專門寫了阿Q的革命，後來又撰文特別對此加以說明，可見他對這一情節的重視。在他的筆下，阿Q革命的動機、目的和性質，都是很清楚的。在阿Q心目中，革命就是造反、就是復仇，就是用暴力攫取所渴求的東西——殺死那些以往鄙視過自己、輕慢過自己的人，攫取他以往夢想而不曾有過的權力、財富和女人；對於那些暫時不殺的人，奴役他們，羞辱他們。如魯迅所說，「奴隸們受慣了酷刑的教育，他只知道對人用酷刑」，「奴隸們受慣了豬狗的待遇，他只知道人們無異於豬狗。」——沒有意識到自己是個人，也不把別人當人，這是阿Q不同於娜拉的根本所在。

　　顧准是在1973年那個特定歷史時期對「娜拉出走」與「阿Q革命」進行對比分析的。事實上，他所談的許多都是「娜拉出走以前」也就是「革命勝利以前」的問題，特別是革命的目的和道路選擇問題。他之所以想到了魯迅，一再引用那個演講的題目，是因為意識到了自己與魯迅之間的靈犀相通——他親歷了魯迅所反對的那種為夢中的黃金世界而承受現實苦難的全過程，他贊成魯迅那種不問最後勝利而堅持現實的韌性戰鬥的主張和態度，所以才從理想主義回歸經驗主義，並且在那樣的艱難條件下進行精神裡的探險——剖析「終極目的」、「直接民主」等問題。

　　顧准在《直接民主與「議會清談館」》一文裡，並沒有直接提到阿Q的名字，他談的是朱元璋和李自成、洪秀全。然而，那不是造反勝利了的阿Q和造反失敗了的阿Q嗎？談他們是為了比較西方的革命與中國社會變遷的不同特點和不同性質，以及不同文化在其中所起的作用，所以同時還提到了劉基、宋濂和牛金星、李岩這些帝王和梟雄們的「筆桿子」。在談了他們之後，顧准把筆鋒一轉，一下子跳到了「五四」，說「五四的事業要有志士來繼承……」。這一轉折似乎有些突兀，而當你注意一下

這一節的標題時，你就會恍然大悟：這一節的標題是「李自成、洪秀全和1957年」——想想看，中國兩千年的歷史一直在治與亂的磨道裡轉，榮耀也好，苦難也好，他們從沒有過「我」，更無論「自由」了。從「五四」起，才開始自覺地走出來尋找新路。幾十年來幾經反覆，到了1957年，又一次進入了「百花齊放」的「早春天氣」。可好景不長，迅即又回轉到阿Q革命的老路上去了。無論掛什麼名號，誦什麼經文，路還是那條老路，治與亂、暴君專制與奴隸造反，有如一個硬幣的兩面，花紋不同，價值相等。娜拉的出走，就是要拋棄這種硬幣，改變價值觀念，用「自我」、「自由」取代以往的忠孝節義，開創不做奴隸的「第三樣時代」。

　　新文化運動和文學革命的主題和主要目標就在這裡，就是宣導娜拉的道路而否定阿Q的道路。直白地說，就是提倡個性解放，個人主義，讓中國人都能意識到自我，挺直腰桿做人，做自己的主人。這就是九十年前先驅者們所宣導所堅持的「個人主義」。除了前引胡適的《易卜生主義》一文，同一年發表的周作人的《人的文學》也很重要，對這一思想有詳明的解說。這種個人主義是與人道主義、自由主義相結合的，是個人與人類、靈與肉、神性與獸性的統一。也就是說，自己要像人一樣活著，也讓別人像人一樣活著；活著，既要能溫飽，更要有尊嚴，有精神追求。總之，追求人的自由，不屈服於權力（政治），也不沉溺於物欲（飲食男女）；這不就是「貧賤不能移，富貴不能淫，威武不能屈」嗎？其實，當年胡適就引述過這三句話。

　　不幸的是，從1927年開始，這種思想主張——個人主義以及人道主義和自由主義，就一直受到抵制和批判，受到左右兩方面的抵制和批判。實際上，兩種批判都是要已經出走的娜拉回去，右邊的要她回到信奉民族主義和孔孟之道的老家去，左邊的要她進入用「終極目的」和民粹主義合成的新家中去；兩家都有嚴厲的家規，很少或根本沒有自由。整整半個世紀，新文化、新文學就是在這一夾縫中蹣跚前行的。

　　九十年過去了，最早出走的娜拉都已離開了人世，丁玲兩次出走、兩次回來，最後到了北大荒又進了八寶山；謝冰瑩參加了北伐和抗戰又到了美國和臺灣，最後皈依了佛門。這中間有太多的東西值得總結反思，而要總結反思這段歷史，就必須尊重事實，分清是非，而且要細，粗了會冤枉好人，放過惡人，遺害子孫。

　　開始提出的疑問：新文學在今天的狀況如何？我沒有專門研究，不敢妄下斷語，但感覺和感觸還是有的，也是與魯迅的啟示有關。不管一些人怎樣鄙薄魯迅，魯迅真懂得中國人和中國歷史，他的話往往成為預言、讖語，這一點恐怕誰也否認不了。這不，他擔心幾十年後，中國還會有阿Q似的革命，幾十年後就真的來了那麼一場大革命。關於文學，魯迅有一篇《文壇三戶》，說的是文藝界的「破落戶」、「暴發戶」、「破落暴發戶」，擔心發展下去會更多「惡少」和「癟三」，最後斷言：「使中國的文學有起色的人，在這三戶之外。」──今天看來，這話也並未過時。

2007年9月中秋前三日於武昌東湖

載《黃河文學》雜誌2008年第11期

魯迅與毛澤東的歧途

　　從少年時期開始，我就敬仰魯迅、熱愛魯迅，後來又敬仰毛澤東，並相信他們的思想主張是一致的。1955年的反胡風運動，使我對此產生了懷疑；1957年以後，這種懷疑逐步變成了明確的認識。到了今天，這一認識更加具體、更加清晰：魯迅與毛澤東走的完全是兩條路。

1

　　應該感謝周海嬰先生，是他把1957年毛澤東關於魯迅的那次講話公諸於世，讓人們知道，如果魯迅還活著，毛澤東只給他兩條路：要麼閉口，要麼坐牢。由此使人們知道了毛與魯迅的真實關係，也證實了我對這一問題的判斷。我是從1955年反胡風以後開始產生懷疑，懷疑毛對魯迅的言論的真實性。我本人生性笨拙，好讀書而認死理，反胡風運動中受到審查批判以後，我認真讀書，深入檢查，極力想弄明白自己錯在哪裡、胡風錯在哪裡，胡風的思想與毛與魯迅以及馬克思的思想的關係。不幸的是，我越讀越想，越想就越覺得胡風的思想與魯迅及馬克思的思想接近，而與毛的思想不同。有這樣的想法，自然就成了右派。後來，在「文革」中，有一老一少給了我啟發，促使我進一步思考這一問題。我的一個參加了造反派的學生告訴我，「越學習毛主席著作，就離馬克思主義越遠！」年青人也有這樣的體會，可見不是我們幾個老右派的偏見。就在這同時，當年和魯

迅在一起，後來又在延安親歷了整風並親耳聽過毛在文藝座談會上的講話的吳奚如老人，告訴了我許多「左聯」和整風中的真實情況，於是，我的想法就清楚了：魯迅所代表的，是五四新文化傳統，毛所代表的，是一種反五四精神的極左思潮。

現在已經清楚了，當年毛是在利用魯迅這把「刀子」，如同他利用史達林那把「刀子」一樣。人利用刀子，是看中了刀子的鋒利，但用處和用法各有不同。毛看中和利用的是魯迅的戰鬥精神、硬骨頭。問題是這種精神緣何而來？向著什麼又為了什麼？顯然，在這些方面毛與魯迅是有著根本區別的，也就是說，他們對於中國歷史、現狀和出路的看法和主張，不但完全不同，而且剛好相反，這可以從他們的一生行事和全部著述中看得很清楚。毛在他的生命的最後階段，曾說自己一生主要做了兩件事，奪取政權和發動「文革」。這兩件事主要涉及兩個階級，即農民和知識份子。毛一生重視並依靠農民，憎惡並不斷整知識份子。魯迅同樣特別重視這兩部分人，同情農民而寄希望於覺醒的知識份子，同時又憂慮未覺醒的阿Q們的「革命」。毛是站在農民，特別是離開了土地的遊民的立場上看世界看問題的，魯迅是站在人類理性的立場上看世界看問題的，因而，毛是從恨、仇恨出發，魯迅是從愛、仁愛出發的。這種不同，就集中反映在他們那兩篇最著名的代表作中。

這就是《阿Q正傳》和《湖南農民運動考察報告》，它們都寫於上世紀二十年代，辛亥革命之後，日寇入侵之前。這期間有過張勳復辟，袁世凱稱帝，但時間都很短。另外還有兩件事，「五四」和「三一八」，這兩次學生運動都是以政府的退讓和民間力量的勝利而告終。徐世昌和段祺瑞政府比之於後來的蔣介石、毛澤東和鄧小平，應該說是理性和寬容的。那是一個共和民主蹣跚起步、民間力量開始壯大的歷史轉型時期。當時的政局不穩，社會混亂，人們普遍感到失望和不滿。魯迅在許多文章中表達了這種失望和不滿，說得最清楚的是他給許廣平的信：「最初的革命是排

滿，容易做到的，其次的改革是要國民改革自己的壞根性，於是就不肯了。所以此後最要緊的是改革國民性，否則，無論是專制，是共和，是什麼什麼，招牌雖換，貨色照舊，全不行的。」由此，可以看出他對當時中國的問題的看法。《阿Q正傳》就是這樣一部啟蒙主義作品。

2

關於《阿Q正傳》的內容，魯迅自己說得很清楚，說他寫的是「未經革新的古國的國民」，描繪的是「現代的我們國人的靈魂」，為此他才寫了阿Q的革命。當時有人認為這一情節不真實，像阿Q那樣的人怎麼會做革命黨呢？魯迅說，「中國倘不革命，阿Q便不做，既然革命，便會做的。……此後倘再有改革，我相信還會有阿Q似的革命黨出現。我也很願意如人們所說，我只寫出了現在以前的或一時期，但我還恐怕我所看到的並非現代的前身，而是其後，或者竟是二三十年之後。」——真是不幸而言中，小說寫於1921年，以上這些話是1926年12月寫下的。就在這同時，湖南湖北已經出現了阿Q似的革命黨。而且，就在魯迅寫上面這些話的兩個月以後，毛澤東寫了《湖南農民運動考察報告》，為這場阿Q式的革命大唱讚歌，大喊「好得很」。更其不幸的是，到了二三十年乃至四十年之後，真的還有這種革命——「土改」、「文革」不是更為酷烈的阿Q式的革命嗎？

人們都把阿Q的革命當做笑談，魯迅卻是懷著悲憫和深深的憂慮寫這些章節的，嘲諷的文字背後是他那「哀其不幸，怒其不爭」的含淚的目光。阿Q那樣的革命理想、革命道路，正是中國人的祖祖輩輩陷於不幸的根源之所在——「我要什麼就是什麼，我歡喜誰就是誰」，殺死以往曾經鄙視我、輕慢我的那些人——復仇、攫取，用暴力奪取權力、財物和女人，把自己以往身受的不幸和屈辱轉嫁到別人身上，這就是阿Q的革命，他的希望、抱負和前程的全部內容。

　　對照一下毛澤東的《湖南農民運動考察報告》，那寫的不是同樣的內容嗎？1927年湖南農村颳起的那場風暴，那場阿Q式的革命，在毛的眼裡和筆下，就成了一場偉大的革命運動，而且是民主革命運動。他宣稱：「我這次考察湖南農民運動所得的最後成果，即流氓、地痞之向來為社會所唾棄之輩，實為農村革命之最勇敢、最徹底、最堅決者。」

　　毛的這種看法和態度，也反映在他對《阿Q正傳》的評論中，他多次談到「不准革命」一節，指責假洋鬼子而為阿Q抱不平。他說魯迅只看到農民落後的一面，沒有看到農民的革命性，是因為他沒有農民運動的經驗。毛與魯迅的這些分歧，源於他們那完全不同的歷史觀和文化觀。人們都知道，毛和魯迅都重視歷史、愛讀史書，可是卻忽略了他們所讀的史書大不相同，而且讀史書的目的也不同。魯迅愛讀野史，因為其中保存有未被官方掩蓋和篡改的歷史真相。毛讀的史書主要有兩類，一是《資治通鑒》一類官方的「資治」也就是傳授專制主義統治經驗的書，一類是《三國》《水滸》一類的通俗演義，是講遊民造反經驗的。魯迅讀史書，是為了認識並揭露專制主義，告別那樣的時代，拋棄那些遺產。毛熱中於讀史書，則是要從中吸取專制權謀和造反經驗。

　　由此可見，魯迅和毛的立足點不同，所見也不同。魯迅是站在現代知識份子的角度，以理性的目光審視歷史，看到了二千年的興衰治亂，全都沒有掙脫專制主義，被統治的奴隸們和壓迫他們的統治者都被專制主義的精神繩索捆綁著，而這正是中國社會長期停滯落後的原因。魯迅在談中國歷史時，常常使用「強盜」、「流氓」這兩個詞，說一部中國史就是強盜、流氓搶椅子的歷史；椅子就是權力，統治地位。所以，一部中國歷史，由暴君和暴民所主宰，其中的治亂更迭，朝代變換，都未能走出「欲做奴隸而不得的時代」和「暫時坐穩了奴隸的時代」。毛則不同，他把整個歷史看成是相互對立的兩個敵對陣營，一邊是貴族、地主、資產階級，一邊是奴隸、農民、工人階級，前者富貴所以反動，後者貧賤所以革命；

他所追求的革命就是「均貧富，等貴賤」，就是復仇、翻身。——這裡的根本區別在於，魯迅是站在超越了暴君和暴民的人類理性的立場上，要人們走出奴隸的時代，拋棄那種既有獸性又有奴性的專制主義文化遺產，告別阿Q式的革命道路，去尋求、去創造「第三樣時代」——民主自由的新時代。毛是要吸取前輩造反者的經驗，走阿Q的革命造反道路，《湖南農民運動考察報告》裡不是說的很清楚嗎？

3

五十年前的反右運動，六十五年前的延安整風，其精神實質完全一致，一脈相承。毛的《在延安文藝座談會上的講話》，就是指導這種運動的聖經法典。到了今天，應該能伸直雙膝，挺直腰桿，用平視的目光來重新審視這個小冊子了。

周揚在「笑談歷史功過」時提到了兩點：一是《講話》的關鍵是「結合」——知識份子與工農結合的問題，二是當年的文藝座談會和毛的講話，都是由延安文藝界的論爭引起的。那次論爭實際上是三十年代上海文藝論爭的繼續——當年魯迅與周揚、徐懋庸的衝突，是個人與組織之間的衝突，魯迅堅守的是作家的獨立人格和寫作自由，而周揚所堅持的是黨性、政治原則。到了1942年的延安，所謂「歌頌」、「暴露」之爭，實際上依然是上述個人與組織、文藝與政治的衝突。周揚還是那個周揚，是投到毛澤東麾下的「奴隸總管」；蕭軍也還是那個蕭軍，按照魯迅的教導，繼續著做「精神界戰士」的努力。周揚身後是毛，蕭軍身後是魯，可見，問題的實質還是魯迅所代表的啟蒙主義五四新文化思潮與毛所代表的蒙昧主義遊民造反意識之間的衝突。

《講話》裡有三大理論支柱，這就是：皮毛論、工具論、源泉論。當年，這是三條繩索，三根棍子，威力無窮。今天看來，全都是傳統的舊貨

色，一點也不新鮮。這裡，只點一下它們的要害。

皮毛論，這是全部講話的關鍵和核心，也就是周揚所說的「結合問題」的理論依據。「皮之不存，毛將焉附」，這是純粹的國貨，與馬克思無關，講的是東方皇權專制時代的讀書人——要麼，在「暫時做穩了奴隸的時代」充當皇帝的臣僕，要麼，在「欲做奴隸而不得的時代」去尋找新主子，做造反梟雄麾下的「秀才」、「筆桿子」，此外別無選擇。可是，辛亥以後，特別是1916—1949年間，已經有大批具有獨立人格、自由思想和專業知識的現代知識份子，不願再做奴隸，在創造「第三樣時代」。胡適和他的弟子儲安平、殷海光，接近國民黨又敢於批評國民黨；魯迅和他的傳人胡風、蕭軍，接近共產黨也敢於批評共產黨。不幸的是，毛澤東把歷史拉回到了朱元璋、洪秀全的時代，腐朽的皮毛論竟成了整治知識份子的「革命理論」。在這個問題上，魯迅與毛的看法和態度是完全不同的，重讀一下魯迅的這段話就明白了：

「由歷史所指示，凡有改革，最初，總是知識者的任務。……他們也用權，卻不是騙人，他利導，卻並非迎合。他不看輕自己，以為是大眾的戲子，也不看輕別人，當作自己的嘍囉。他只是大眾中的一個人，我想，這才可以做大眾的事業。」（「門外文談」）——按毛的理論，知識份子只能做「嘍囉」和「戲子」。

工具論，說的是文藝與政治的關係，規定文藝必須為政治服務，充當階級鬥爭的工具和武器。這是毛文藝思想、文藝方針的核心價值觀，多年來為害最烈。可是，毛死後幾年，鄧小平、胡喬木就拋棄了這根繩索，但他們不敢非議先皇，只說「不再提」了。實際上，這是新的「文以載道」論——載馬列之道，為領袖立言，這是對五四文學革命的背叛。。

至於那個「源泉論」，說的是文藝與生活的關係，關鍵是那個「唯一」。他說工農兵群眾的生活是文藝創作的「唯一源泉」，此外不能有第二個源泉。於是，作家本人的生活經驗和生活感受被排除了，作家的自

我，他的主觀精神、意志感情和個性等等，也都被排除了，於是，他就成了沒有頭腦和靈魂的「筆桿子」、「留聲機」、「黨喇叭」（郭沫若自稱）。於是，就有了「領導出思想，群眾出生活，作家出技巧」的革命文藝創作經驗，從《白毛女》到樣板戲，不都是這樣製作出來的嗎？可這與藝術創作又有什麼關係？《講話》和《實踐論》裡所談的「文藝創作」都與真正的文藝創造無關，基本上都是哲學常識和宣傳方法。

還有，毛所批判的那幾個「錯誤觀點」：人性論、文藝的基本出發點是愛，文藝的任務在於暴露、還是雜文時代等等，實際上都是正確的或有道理的。倒是毛的那些批判分析，無論在美學上還是哲學上，都是站不住腳的。值得注意的是，這些受到毛批判的觀點，主要是魯迅的，魯迅思想的精華。

毛就站在五四和魯迅的對立面，這還不清楚嗎？

4

事情本來是清楚的，但是，毛一直打著魯迅的旗幟反對魯迅精神，打著五四的旗號否定五四傳統，幾十年來造成了許多混亂和紛爭。胡風早就看出了這一點，所以有「雙包案」、「狸貓換太子」之說。胡風說的是周揚、何其芳、林默涵們，而真正的假包拯、死貓子在毛那裡。

毛的文化觀、文化革命的思想理論，集中反映在《新民主主義論》和《講話》這兩本小冊子裡。從1942年開始，到1980年代，思想文化領域所發生的重大事件和重要論爭──從延安整風到「反對自由化」，全都與這兩個小冊子有關，是矛盾鬥爭的關鍵。關於《講話》的是非，前面已經談到，這裡只說《新民主主義論》。可悲的是，至今還有人迷信這本小冊子，認為後來的種種災禍都是背離了「新民主主義」所致。殊不知，這本小冊子裡所說的全都是「權宜之計」，因而也正是禍害之源。這裡只談與本文論題有關的，那就是「三假」：

一、假無產階級：毛氏的「新民主主義」之「新」，就在於革命性質和
領導權的歸屬：屬於無產階級。實際上他所說的無產階級，就是農
民，特別是他最看重的「赤貧」，也就是鄉村流氓無產階級。事
實勝於雄辯，從井岡山到黃土高原，哪來的現代工業無產階級？有
的，是農村流氓無產階級。他多次說過農民比工人更革命的話，在
給周揚的信裡，說農村在政治上和文化上都比城市更先進。可見，
毛筆下的「無產階級」，指的就是阿Q那樣的農村流氓無產者。
在這個問題上，《新民主主義論》不過是《湖南農民運動考察報
告》的理論版、理論表述，其中的真假是非，這裡就不贅述了。

二、假五四：他把五四運動拉長到抗戰時期，然後切為四段，否定前
面1915—1919年間最重要的啟蒙運動和文學革命運動，而肯定後
來反五四之道而行的「左翼十年」，這不是明顯的以假五四取代
真五四嗎？新文化運動始於1915—1916年間，文學革命始於1917
年1月，這都是思想文化運動，與後來的俄國十月革命、五四愛
國學生運動不是一回事。毛是在以後者否定並取代前者。

三、假魯迅：他極力讚揚那個被「四一二」激怒而向左轉後陷入混戰
之中的魯迅，利用他的失誤，把他塑造成一個帶著「馬克思主義
者」、「革命家」頭盔的橫眉怒目的紅色戰神，以取代那個崇尚
「托尼思想，魏晉文章」的思想家、文學家的魯迅。關於這一
點，前面已有所論及，不再多說。

這「三假」和前面談到的《講話》裡的「三論」，共同構成了毛的文
藝思想和文化革命理論，要而言之，主要就是兩條：遊民造反歷史觀、文
以載道文學觀，這兩「觀」就是這套理論的「綱」，抓住了它們，就可以
「綱舉目張」，全面掌握或全面批判這套東西了。

1949年召開的第一次全國文代大會，就是確立毛在文化領域的絕對權
威的盛典。在此之前，1948年開展了兩場大批判：南（香港）批胡風，北

（哈爾濱）批蕭軍，為全國文代大會清道路、壯聲威。事非偶然，這兩個人都是魯迅最親近的傳人。文代會由周揚、郭沫若、茅盾唱主角，這三個人又恰恰是魯迅不喜歡的人。在魯迅眼中，周是「奴隸總管」，郭是「才子＋流氓」，茅是腳踩「革命」與「文學」兩隻船的聰明人。這三個人所作的報告也很有講究：周揚正面宣講毛的新方向，郭沫若按照上述「三假」論證新方向是五四傳統的繼承和發展，肯定其正統合法地位。茅盾則以《講話》中的「三論」為標準，全面否定國統區的文藝，重點批判胡風。——順便提一下，周揚的「文藝沙皇」的身份是早已公開的，郭茅二人則不同，他們的公開身份是文化人、民主人士，而實際上是以這種身份出現的地下黨員、特別黨員，他們的言行都是在執行黨的政治任務，是在起不帶鈴鐺的帶頭羊的作用。可見，這個三駕馬車也是一種政治組合。以往把這次大會稱為「勝利的大會，團結的大會」並不恰當，應該是「改元的大會，改制的大會」——改尊五四為尊延安、尊毛，改自由結社的民間組織為官辦的翰林院式的機構，從而把這些人「包下來」，「管起來」。

從文代會結束到1957年之間，文藝界一再整風、批判，是因為毛急切實現他那「根據地領導全中國」的農村包圍城市文化戰略，而城市人並不「喜聞樂見」那些簡單粗糙的宣傳品；特別是，原來周恩來領導的地下文化人沒有親歷延安整風，心目中的五四和魯迅還是原來的，這就有了「地下派」與「延安派」的矛盾、也就是「土洋」之爭。《武訓傳》、《紅樓夢研究》、胡風派的受到批判，就都與此有關，孫瑜和趙丹、馮雪峰和俞平伯以及胡風，不都是「地下的」及與之有關的嗎？這些大批判全都是政治上的以勢壓人，沒有多少道理。更談不上學術水準。對此，人們只有驚愕、懷疑。無知者隨著起哄，無恥者積極緊跟，有識者沉默或敷衍，有骨氣如呂熒者就免不了厄運。這一切，和另外的政治運動一起，在人們心中埋下了懷疑、不滿和希望，希望是局部的、暫時性的失誤。那時的中國人決不會想到，毛竟然比蔣更專制、更壞而且壞到不可比擬。

　　1957年的「鳴放」，是一次爆發，一次五四精神的迴光返照。蘇聯和東歐的變化，「雙百」方針的提出，使得人們把心頭多年淤積的懷疑、不滿和希望化為公開的言論，對歷史和現實、國際和國內的諸多問題提出質疑，發表看法。周揚把文藝界的這種情勢稱為「一場大辯論」，其實全國皆然，都在大辯論。辯論的關鍵問題是真假民主、真假社會主義。從「鳴放」到「反右」，也就是從辯論到討伐，結果當然是追求民主、自由、人權、憲政的人輸了，毛澤東贏了。這是知識份子與毛澤東的一次辯論。辯論變為討伐，輸的當然是知識份子，因為槍桿子在毛手裡。有道是，知識份子遇到毛澤東，真是秀才遇見了兵——有理也說不清。

　　和五四新文化運動時期一樣，這次又是北京大學和文壇最熱鬧。熱鬧的議論中有兩個焦點：胡風問題和現實主義問題。胡風一案完全是毛一手所為，而現實主義問題涉及對文藝現狀、對蘇聯文藝，特別是對《講話》的質疑；提出這樣的問題，簡直是在太歲頭上動土。在這兩個問題上發議論的人，多半是和魯迅有關或敬重魯迅的人，特別是，當年被張聞天、周恩來信用的魯迅派重要人物馮雪峰，還有丁玲、艾青、聶紺弩、黃源等等都出來了，幾乎形成了魯迅派向延安派反攻之勢。和1942年在延安的那次論爭一樣，周揚的身後是毛，雪峰等的身後是魯，「反右」也是「反魯」。毛親自勾名字，周揚按名單抓右派。上層與魯迅有牽連的全部落網，下面一般知識份子中有點「精神界戰士」棱角的，也都逃脫不了。——延安整風中毛從知識份子手中奪取了最高權力，這次「反右」，他把知識份子全部打翻在地，讓他們不能開口。於是，中國變成了魯迅所意想不到的真正的「無聲的中國」；由此，開啟了通向災難——「大躍進」和「文革」的大門。而且，今日的思想空虛、文化斷裂、道德敗壞、廉恥喪盡，不全都是從那時開始的嗎？

　　這是一段民族的苦難史，更是知識份子的苦難史，這裡的一切，全都與魯迅和毛澤東這兩個偉人有關。一個奮力推著歷史向前走，一個拼命拉

著歷史往後退。於是，我想起了魯迅的話來：「要估定人的偉大，則精神上的大和體格上的大，那法則完全相反。後者距離愈遠即愈小，前者卻見得愈大。」——這段話出自《戰士與蒼蠅》一文，寫於1925年，今日讀來，簡直是讖語、是預言！

2007年2月於深圳南山

辛亥百年，重識阿Q

　　2011年是辛亥革命一百週年，又是魯迅誕生一百三十週年，同時還有《阿Q正傳》問世和中共建黨九十週年。這樣一些互相關聯的歷史事件碰到了一起，當然會激起人們的聯想和深思，想到一些很有意味的話題。

　　這裡，我要說的是《阿Q正傳》與辛亥革命的關係，因為多年來有一種頗為權威的說法，說《阿Q正傳》就是寫辛亥革命的失敗的。真的是這樣嗎？這個問題既涉及到對辛亥革命的認識和評價，也涉及到對魯迅及其思想的認識，同時也關係到當下中國的歷史定位和未來走向問題，所以很值得探討。

1

　　這要從魯迅本人與辛亥革命的關係說起。事情本來是清楚的，已有的傳記和史料都已證明：魯迅本人就是辛亥革命的參加者，而且終其一生沒有否定過那場革命，一直充分肯定那場革命所追求的目標和當時的那種精神。

　　早在留學日本時期的1908年，魯迅就加入了反清革命組織光復會，成為章太炎、蔡元培和秋瑾、徐錫麟、鄒容、陶成章等人的同志和戰友。在這同一時期，魯迅還結識了宮崎寅藏，和他有了交往；據周作人回憶，魯迅和宮崎很談得來。宮崎寅藏即宮崎滔天，是支持並參與中國革命的日本人，孫中山的好友，也是唯一加入同盟會的外籍人士。他那本著名的

《三十三年落花夢》裡，詳細記述了孫中山的革命活動。從魯迅與他的交好，可以看出魯迅與孫中山領導的那場革命的關係之深。另外，還有一個方面被人忽略了，就是魯迅在東京時期寫的那些文言論文，《文化偏至論》、《摩羅詩力說》、《破惡聲論》等，以往人們僅從文藝、文化的角度去研究解釋，而忽略了它們的革命性，革命精神。這些文章全都寫於1907—1908年間，那正是戊戌維新失敗，辛亥革命正在醞釀的歷史轉折關口。當時，以孫中山、章太炎為代表的革命派，以康有為、梁啟超為代表的改良派，正在進行激烈的論戰。身為章門弟子和孫中山的追隨者的魯迅，從思想文化角度介入這場論戰，指出改良派觀點的淺陋荒謬，並把問題追溯到本源，提出「立人」的主張。——以往把魯迅的這些文章說成是他「前期局限性」的反映，現在應該承認是他的超前預見了罷。從這裡可以看出辛亥與五四一脈相承的關係——陳獨秀《敬告青年》提出的第一條就是「自立的而非奴隸的」，不就是「立人」嗎？——應該補充的是，這些文章都發表在《河南》雜誌上，《河南》是留日中國學生中的革命派所辦的最激進的刊物，是革命派與改良派論戰的重要陣地。當時的周樹人撰寫這些文章，也就是在參與辛亥以前的反清革命活動。

1909年魯迅從日本回國時，已經是一個剪去了辮子，身著洋裝，積極傳播「西學」的精神界戰士——先後在杭州兩級師範和紹興府中學堂任教，當時就有人稱他為「假洋鬼子」。辛亥武昌首義成功不久，1911年11月4日，革命軍佔領杭州，紹興隨即宣佈光復。當時身為紹興府中學堂學監的周樹人，立即組織學生成立「武裝演說隊」，上街宣傳革命。第二年，中華民國政府成立，他就應蔡元培之邀，到南京進入教育部任職。總之，辛亥之前，辛亥當年，辛亥過後，魯迅均在革命行列中，他的態度和看法如何，就無須多說了。

後來呢？在以後不斷變化的歷史進程中，魯迅對辛亥革命的看法如何，有無「思想轉變」？這只能看他本人留下的文字，別人的傳言和分析

全都不足為據。魯迅在不少地方提及那場革命，而最集中也最明確的表述，是寫於1926年的兩段文字，一段見於公開發表的文章，一段是私人書信。1926年3月12日是孫中山逝世一週年，魯迅寫了《中山先生逝世後一週年》一文，明確表達了他對孫中山和辛亥革命的看法。文章開篇就說：「中山先生逝世後無論幾週年，本用不著什麼紀念文章。只要這先前未曾有的中華民國存在，就是他的豐碑，就是他的紀念。」「凡是自承為民國的國民，誰又不記得創造民國的戰士，而且是第一人的？」接著進一步指出：「中山先生的一生歷史俱在，站出世間來就是革命，失敗了還是革命；中華民國成立之後，也沒有滿足過，沒有安逸過，仍然繼續著向近於完全的革命的工作。直到臨終之際，他說道，革命尚未成功，同志仍需努力！」魯迅一生傲視權貴，從不頌揚大人物，對孫中山如此推崇，實屬罕見。然而他說的是實話。孫中山一生當然不可能沒有缺點錯誤，但魯迅此處所說的都符合事實，這裡再舉兩事為證：一是孫中山就任中華民國臨時大總統之後，不准人對他喊「萬歲」，他說那是違背革命的初衷，對不起已經犧牲的同志；二是他一生既不專權又不斂財，臨終之際也沒有指定「接班人」，可見他主張民主共和、自由平等、「天下為公」，全都是真的。

魯迅這樣評價孫中山和中華民國，可知他決不會否定辛亥革命。不過，不否定辛亥革命不等於全盤肯定辛亥革命，所以他特別引述了孫中山遺囑中的「革命尚未成功，同志仍需努力」。就在寫了這篇文章以後不久，1926年3月31日，他在致許廣平的信裡，寫下了他對這一問題的看法，是那樣全面而又深刻：

「說起民元（指民國元年——引者）的事來，那時確實光明得多，當時我也在南京教育部，覺得中國將來很有希望。……一到二年二次革命失敗之後，即漸漸壞下去，壞而又壞，遂成了現在的情形。其實這不是新添的壞，乃是塗飾的新漆剝落已盡，於是舊相又現了出來。使奴才主持家政，哪裡會有好樣子。最初的革命是排滿，容易做到的，其次的改革是

要國民改革自己的壞根性，於是就不肯了。所以此後最要緊的是改革國民性，否則，無論是專制，是共和，是什麼什麼，招牌雖換，貨色照舊，全不行的。」

　　我想，今日的無論是誰，只要不是麻木愚昧如阿Q者，讀了這段文字都不能不有所觸動，嘆服魯迅這段預言讖語的準確深刻。他對辛亥革命的態度和看法，他寫《阿Q正傳》的動機和小說的思想內容，全都可以在這裡找到答案。

2

　　《阿Q正傳》發表於1921年底到1922年初，在當時和以後許多年裡，沒有誰把這部小說與辛亥革命扯在一起。今日重讀，我從文本中看到的，和六十多年前初讀時一樣，仍然是貧窮的江南鄉村，落後停滯的社會生活，愚昧麻木的人們，他們中間演出的那種幾乎無事的悲喜劇。沒有寫辛亥革命，也沒有寫階級鬥爭。全文近三萬字，「辛亥革命」、「民主共和」、「中華民國」、「孫中山」這樣一些關鍵字語根本沒有出現過，怎麼能說是寫辛亥革命的失敗的呢？不錯，第七章的標題就是「革命」二字，開頭第一句就是「宣統三年九月十四日」，這不正是1911年11月4日嗎？那是辛亥革命武昌首義成功後的第二十五天，紹興光復的那一天！魯迅在這裡不提「辛亥」，也不用西元紀年，偏要奉大清正朔稱「宣統三年」，是因為當時那裡的人們這樣計算時日，也根本不知道更不懂得那場革命；那場革命運動也沒有到達那裡，那裡的社會生活一如既往，在緩慢地淌流著。魯迅這樣寫，既點明了事件發生的時間，又符合那裡當時的歷史真實，那裡與辛亥革命相距甚遠。

　　正因為如此，第七章的「革命」和第八章的「不准革命」，是當時城市裡正在發生的革命在鄉村的反應，扭曲的迴響。鄉民們頭腦裡的「白盔

白甲的革命黨」，阿Q所嚮往的「革命—造反」，全都是他們的幻覺，是埋藏在他們靈魂深處的集體無意識文化積澱。

到了最後一章的「大團圓」，才有了一點辛亥革命的影子，不過不是在阿Q身上，是在那些「咸與維新」的官員與執法人員的身上——他們都剪去了辮子（未莊的人只盤在了頭頂而不肯剪去），脫下了官服和號衣，而且廢除了下跪和打板子。當阿Q終於習慣地跪下的時候，他們還斥之為「奴隸性」。不管他們是「咸與維新」還是「投機革命」，比之於阿Q的至死都沒有走出皇朝專制精神枷鎖的陰影，這些人身上還多一些新的氣息。最後，阿Q被處死了，那當然是個冤案，但整個案情全都與辛亥革命無關；魯迅寫得很明白，那是一件刑事案件，搶劫案。審理方式和我們以往在運動中常見的很相似：「事出有因，查無實據」，根據逼出來或誘出來的口供定案下判決。所謂「有因」，一是阿Q確實有偷竊的前科，且一向「作風不好」，酗酒、賭博、調戲婦女一應俱全。二是案發當時他到過現場附近（可能是小D揭發的）。三是他曾大喊大叫「造反了，我想要什麼就是什麼，我歡喜誰就是誰」，這不就是作案動機嗎？最關鍵也最糟糕的，是他自己反覆說的那半句話「我要投……」。先前，當他走投無路的時候，去找假洋鬼子提出「革命要求」，說他要投降「革命黨」；「革命黨」三字尚未出口，就被假洋鬼子一聲斷喝趕了出來。「不准革命」是阿Q對假洋鬼子的態度的反應，事實上沒有誰說這句話；假洋鬼子沒有聽完阿Q的話，當然不知道他要「革命」。後來，他主動向審問他的老頭子說，「我本來要……來投……」，話未說完，老頭子就打斷了他，問他為什麼不早來。顯然，阿Q還沒有說出口的「投降革命黨」，又被理解為「投案自首」了，所以才接著有下面的對話，成為阿Q自己承認犯有搶劫罪的口供。這實在是冤枉得荒唐！讀到這裡，會不由地隨著作者的筆鋒由嘲諷而轉為悲憫。

這一切種種，從開頭的「序」到最後的「大團圓」，寫的全都是阿Q個人的「行狀」——他的經歷和樣子即形象，裡面只有一點辛亥革命的影

子，說不上是成功還是失敗。那麼，魯迅為什麼要在標明「宣統三年」的同時真實地描寫這些鄉間庸人瑣事，除了讓人們認識「阿Q相」普遍存在之外，可還另有深意？

其實，魯迅自己曾多次談到《阿Q正傳》的內容和創作意圖，說得最清楚也最深刻的是兩篇文章：《俄譯本〈阿Q正傳〉序》和《〈阿Q正傳〉的成因》；值得注意的是，這兩篇文章都沒有提到辛亥革命。在前一篇文章裡，魯迅首先談到他的寫作意圖，說他是要『寫出一個現代的我們國人的魂靈來』，「畫出這樣沉默的國民的靈魂」。接著，他解釋「現代」和「沉默」的意思，說「我們究竟還是未經革新的古國的人民」，這就是說，現代民主共和的國家已經建立，而人民的靈魂、觀念、習慣等等都還停留在過去，古老的傳統，聖賢的精神枷鎖，還緊緊地束縛著他們，使得他們互不相通，像壓在石頭底下的野草一樣，默默地萎黃、枯死。——在這裡，魯迅提到《左傳》中「天有十日，人有十等」那段話，闡發寫於同一時期的名文《燈下漫筆》裡的那些精闢見解。可見，魯迅的寫作《阿Q正傳》，是給國人提供一面鏡子，一面能夠照見自己靈魂的鏡子，像西方哲人早已說出的那句名言：「認識你自己！」促使人們從愚昧麻木中警醒奮發，實現「人的發現」，「人的覺醒」——對照上面引錄的魯迅致許廣平的信，可以看得很清楚，小說裡所描繪的，正是革命尚未觸動的鄉村社會，那裡的沉默的國民。革命已經成功，民國早已建立，人們的精神卻依然停留於「古國」，這應該包括在「革命尚未成功，同志仍需努力」的範圍內吧？魯迅正是在尊重孫中山、肯定辛亥革命的前提下，創作這篇啟蒙主義經典名作的。

直到逝世前兩天，魯迅在未寫完的《因太炎先生而想起的二三事》的文稿裡，再次談到辛亥革命，說「我的愛護中華民國，焦唇敝舌，恐其衰微，大半正為了使我們得有剪辮的自由。」——「焦唇敝舌」，當指他那些被人說成是「罵人」的社會文化批判文字。其實，他的文學創

作的動機也一樣，都是唯恐辛亥革命所創建的民主共和的中華民國再走回頭路。《藥》裡的夏瑜令人想起革命先烈秋瑾，這已是常識；《頭髮的故事》、《在酒樓上》、《孤獨者》乃至《傷逝》，所表達的都是在懷念民國初年的「光明」和「希望」的同時，更為眼前的復辟倒退而深感憂慮。

3

魯迅沒有正面寫辛亥革命，卻以不少筆墨寫了另一種革命，即阿Q的革命。那是辛亥革命所激起的歷史回聲，一種久遠而又現實的民族夢魘。這一內容在整個作品中佔有近三分之一篇幅，後來魯迅還專門撰文對之進行解說，可見其重要。不幸的是，恰恰是這最重要的部分，卻一直不被人們注意且被曲解，直到上世紀八十年代，在「回歸五四」的艱難歷程中，才逐漸有人重視並真正領悟了魯迅的遠慮和卓識。

阿Q走出世間來，至今已整整九十年，在開初幾年裡，人們大都認為這是一個流浪漢，作家在他身上濃縮了某些具有普遍意義的民族和人類的共同特性，是一個吉訶德、奧布洛莫夫式的不朽藝術典型；但同時卻忽略了阿Q革命的情節，或認為這些情節是不合理不真實的。這些看法可以茅盾、西諦（鄭振鐸）的文章為代表。1951年，馮雪峰發表《論〈阿Q正傳〉》一文，用階級分析的方法和階級鬥爭的觀點，對《阿Q正傳》進行解讀，其新觀點主要就在怎樣確認阿Q的階級屬性和怎樣看待阿Q革命的性質這兩個問題上。首先，他判定阿Q是半封建半殖民地中國最受剝削壓迫的雇農，因而肯定阿Q的革命是合理的歷史必然；並由此推論出：辛亥革命沒有發動農民起來革命，反而拒絕農民的革命要求，所以必然要失敗。他把這些脫離作品文本的妄斷謬說推給魯迅，說這就是魯迅的創作意圖和作品的思想深刻偉大之所在。

　　這裡必須說明兩點：第一，這些妄斷謬說並非雪峰的獨創，而是來自當時的主流意識形態和權威話語。也正因為如此，這些謬見在那以後的三十年間廣為傳播，進入了大中學校教材，成為唯一正確的定論，使得人們習非成是，離魯迅愈遠。第二，我一向尊敬雪峰，接受並傳播過上述觀點；他晚年的反思——認識並指出魯迅與毛澤東在思想上的根本區別和對立，對我很有啟發。所以，這裡的議論並非針對雪峰，實際上也是我自己的反思和自省。

　　真的是「偏見比無知離真理更遠」。任何不存偏見的人都看得出來，魯迅寫的是一個流浪漢即遊民，他沒有家，隻身一人，居無定所，也沒有固定的職業；自己沒有土地，也沒有租種別人的土地，靠遊走於城鄉之間打零工為生。顯然，與《故鄉》裡務農的閏土不同，這是個典型的遊民。至於他為什麼那麼窮，是不是倍受鄉紳地主的剝削壓迫？魯迅沒有寫趙太爺怎樣尅扣他的工錢，他又向誰借了高利貸以及交納了什麼捐稅，魯迅寫的是阿Q在酒店裡的買和賒，在賭攤上的贏和輸。這大概不能說是受剝削吧。

　　阿Q確實常常受人欺侮，小說裡具體寫了他三次挨打：第一次，他酒後誇口說自己是趙太爺的本家，論輩份還長兩輩，這無異於說趙太爺是他的孫子，為此挨了一嘴巴。第二次是他路遇假洋鬼子，脫口罵了句「禿兒，驢」，為此挨了三手杖。第三次就嚴重了，他竟當面對吳媽說「我和你睏覺」——按老話說這叫「求歡」，也就是提出性要求——在今天大概叫「性騷擾」。從此，未莊的人都把阿Q視為一條發了情的野狗，誰也不願再讓他進家門，於是阿Q的生計就成了問題。——這一切，能說成是「階級壓迫」嗎？

　　正是在這種情況下，阿Q聽到了辛亥革命的風聲，求生的本能和復仇的情緒，促成了他「翻身」的渴望和幻覺，對此，魯迅寫得非常清楚：

「革命也好罷」，阿Q想，「革這夥媽媽的的命，太可惡！太可恨——便是我，也要投降革命黨了。」

「造反了！造反了！」未莊人都用了驚懼的眼光對他看，他更高興的走而且喊道：「我要什麼就是什麼，我歡喜誰就是誰！」

在阿Q的心目中，革命就是「造反」，就是戲臺上不斷表演的「發跡變泰」。「報仇雪恨」的故事。於是，酒後的阿Q進入了中國人千百年不斷重複的夢魇之中——

造反？有趣，來了一陣白盔白甲的革命黨，都拿著板刀、鋼鞭、炸彈、洋炮、鉤鐮槍，走過土穀祠，叫道，「阿Q！同去同去！」於是一同去…………

這時未莊的一夥鳥男女才好笑哩，跪下叫道，「阿Q，饒命！」誰聽他！第一個該死的是小D和趙太爺，還有秀才，還有假洋鬼子，…………

東西，……直走進去打開箱子來，元寶，洋錢，洋紗衫，秀才娘子的甯式床、錢家的桌椅……，自己是不動手的了，叫小D來搬，要搬得快，搬得不快打嘴巴……

接著，他想到了女人，把未莊的女人一一加以比較；誰的妹子，誰的女兒，誰的老婆，她們的年紀、容貌、體型……

這就是阿Q的「革命」，魯迅說這就是「他所有的抱負，志向，希望，前程」！顯然，他的現實生存狀況和未來理想幸福，就是改變身份以攫取財物，擄人妻女，復仇洩憤；這一切均來自基本生存需求和叢林法則，既無理性思維也無道德約束，為所欲為，無法無天……

　　魯迅在《〈阿Q正傳〉的成因》一文裡說得很清楚：「中國倘不革命，阿Q便不做革命黨，既然革命，就會做的」，「此後倘再有革命，我相信還會有阿Q似的革命黨出現。我也很願意如人們所說，我只寫出了現在以前的或一時期，但我還恐怕我所看見的並非現在的前身，而是其後，或者竟是二三十年之後。」接著，魯迅記下了一個多月前和幾天前發生的兩件事：一件是處決犯人時，竟然連發七槍；一件是用鍘刀行刑，犯人身首異處，鮮血橫飛，觀者驚怖。魯迅說，「這簡直是包龍圖爺爺時代的事，在西曆十一世紀，和我們相差將有九百年。」──魯迅在告訴人們，阿Q的革命、阿Q似的革命黨的出現，就是這樣的歷史大倒退，一種返祖現象。顯然，魯迅為日後可能出現阿Q似的革命黨而深感憂慮。

　　此文寫於1926年12月3日，三個月之後，毛澤東的《湖南農民運動考察報告》就出來了，不知當年陳獨秀在拒斥這篇報告時，是否想到了老友的《阿Q正傳》。

4

　　關於《阿Q正傳》是寫辛亥革命失敗的、阿Q要革命總是好的等說法，全都出自毛澤東的講話和書信。具有無可質疑的權威性。所以，從周揚、胡喬木、何其芳、唐弢到我們這一代，多數研究文學和魯迅的人，都跟著傳播過這些謬說。後來重讀歷史文獻和小說文本，才發現這是些遠離事實的謊言謬論。事實是，魯迅並沒有在小說裡寫辛亥革命，他只是以辛亥時期為歷史背景，用不少篇幅寫了阿Q革命（的要求和幻覺）。所以，應該認真探究的，是魯迅為什麼要這樣寫，他究竟是怎樣看待這兩種革命的，這才是問題的關鍵所在。

　　魯迅沒有說過辛亥革命失敗了，除上面引述的他稱讚辛亥革命勝利時的「光明」和「希望」的那些文字以外，還在《黃花節雜感》一文裡指

出：「革命是無止境的，成功只能是暫時的」，「革命尚未成功」才是
常態。他緬懷烈士，肯定革命帶來的「先前所沒有的幸福花果」。前面
已經提到，魯迅在許多作品裡表露過這種對辛亥革命的肯定和懷念。與之
相反，他對阿Q的革命只有嘲諷和否定，根本說不上有什麼同情，這從小
說的文體風格上就可以看得很清楚。小說共九章，每章有標題，標題基本
上都是嘲諷、反義的：「優勝」即劣敗，「中興」說的是偷竊獲得財物，
「戀愛」實為性騷擾，「大團圓」就是最後死亡，而「革命」指的是「造
反」——在魯迅那裡，「造反」與「革命」決不能混同，它們的性質和意
義是完全相反的，這在《燈下漫筆》一文裡有極為深刻的剖析。

讀過《燈下漫筆》的人，大概都會注意到魯迅為中國歷史所做的概
括，那兩句話，二十個字：

一，想做奴隸而不得的時代，

二，暫時做穩了奴隸的時代。

這在《阿Q正傳》裡都可以看得很清楚：第七章以前所描繪的江南鄉
村，貧窮落後的未莊的日常生活，阿Q雖窮且賤，卻能在不斷的「優勝」
中悠然度日——這不就是「暫時做穩了奴隸的時代」嗎？後來，阿Q斷了
生計，在走投無路之際聽說城裡「革命」了，於是他想到了「造反」，進
入了「我想要什麼就是什麼，我歡喜誰就是誰」的夢魘——那不正是「想
做奴隸而不得的時代」嗎？魯迅從來沒有把造反與革命扯在一起，在他那
裡，無論是陳勝吳廣還是劉邦朱元璋，以及黃巢、宋江、李自成、張獻
忠、洪秀全等等，都沒有得到過正面評價，他從來沒有稱他們的反叛行徑
為「農民起義」。他說得很清楚，造反是改朝換代的工具，無助於歷史的
進步，所起到的是阻礙歷史發展的作用，中國兩千餘年的秦制就是在這種
「一治一亂」的循環中得以延續的。專制與造反，如同一枚硬幣的兩面，
花紋不同，價值相等；造反給社會和人民所帶來的災難，往往比皇權專制
下的「治世」更慘烈。

　　在這個問題上，魯迅和馬克思所見略同。馬克思在1862年曾這樣批評太平軍，說「除了改朝換代以外，他們沒有給自己提出任何任務；他們給與民眾的驚惶，比給於老統治者的驚惶還要利害。他們的全部使命，好像是用醜惡萬狀的破壞來與停滯腐朽對抗……。」「太平軍就是中國人的幻想所描繪的那個魔鬼的化身。只有在中國才能有這類魔鬼，這類魔鬼是停滯的社會生活的產物。」──這不就是魯迅所說的那兩個時代嗎？重要的是，馬克思點明了，太平軍並不是新的健康的力量，而是和老統治者一樣，是那個「停滯的社會生活」的產物。同樣，魯迅對於黃巢、李自成、張獻忠、洪秀全一班強盜的揭露也指明了這一點。在《阿Q正傳》第四章裡，魯迅寫到阿Q的心理活動時，曾點明「他的思想其實是樣樣合於聖經賢傳的」。用這句話對照阿Q的全部行狀，就會發現，所謂「阿Q性格」「阿Q精神」包括他的革命造反，全都來自傳統，全是地道的「國粹」或「中國特色」。小說裡點明了，阿Q不識字卻會唱戲，唱的是《龍虎鬥》和《小孤孀上墳》之類的民間戲曲，充滿專制毒素的遊民意識遊民文化沉滓。

　　這種對阿Q精神包括他的革命要求的徹底否定，清楚地濃縮在小說的結尾部分，真的是「卒章顯其志」。作者以冷峻的目光和悲憫的心情寫了阿Q被處決前的心理活動，更寫了跟蹤圍觀行刑的群眾的精神狀態。阿Q沒有醒悟也沒有懊悔，在一度恐懼之餘似乎覺得這是命定的，因而也就泰然了。他最後想唱的戲文還是「我手執鋼鞭將你打」，終於喊出口的話是「過了二十年又是一個」。這表明，他至死也沒有走出「勝王敗寇」的魔影，始終沒有意識到自己是一個人。同樣，那些跟著他圍觀的人們，那些也出現在《藥》、《示眾》裡被魯迅稱為「看客」、「庸眾」的普通民眾，他們像以往阿Q看殺革命黨一樣地看處決阿Q；同樣沒有同情，沒有憐憫，也沒有恐懼，那樣有興味而且快意。實際上，這是一些有著各自不同姓名的阿Q，如果處決的是他們中間的另一個人而阿Q在人群中觀看，

那情景完全一樣。從這些觀看和被觀看的阿Q身上，突顯出中國人的愚昧、麻木、冷漠，人與人之間的不相通。

這就是魯迅早年所說的「中國人的人性缺失」，也就是「國民劣根性」之所指——「缺乏誠和愛」。這裡的「誠」是指哲學心性層面上的生命本體和自我存在，因而沒有誠就沒有自我意識，也無從認識外界他者。這裡的「愛」，當然是「無緣無故的」，也就是孟子所說的「四端」之首的「仁」——「人皆有之」的「惻隱之心」。所以，阿Q的根本問題不是表面上的「精神勝利法」，而是還未突破「人的發現」「人的覺醒」，也就是不把人當人，既不把自己當人，也不把別人當人；處於劣勢時甘當奴隸，處於強勢時就殘酷地奴役別人。這當然不能全歸因於阿Q們個人，這是制度和傳統造成的。——在這裡，又遇見了馬克思，他在致友人盧格的信裡痛斥專制制度和暴君統治，說「專制制度的唯一原則就是輕視人類，使人不成其為人」；專制國家把人都變成了動物似的庸人，「庸人所希求的生存和繁殖（歌德說，誰也超不出這些），也就是動物所希求的。」所以，為改變這種狀況，「還必須喚醒這些人的自尊心，即對自由的要求。」——魯迅寫《阿Q正傳》，為國人提供這面鏡子，就是要喚醒他們的自尊心，促使他們去爭取自由；如《燈下漫筆》裡提出的，「創造中國歷史上未曾有過的第三樣時代」。

這不就是辛亥革命剛剛開創就被打斷的民主共和新時代嗎？

5

一百年後回望辛亥，九十年後重識阿Q，我從這兩面鏡子裡看到的遠不止辛亥當年和未莊一地，而是一百七十年來的近現代中國歷史，也就是當年李鴻章所說的「三千年未有之大變局」；辛亥革命就是這「變」中的關鍵一步，阿Q的變與不變則是問題的根本所在。撫今追昔，在看

到巨大進步和輝煌成就的同時，不能不承認：革命尚未成功，阿Q還沒有死！

面對當前中國的現狀和人們為之焦慮的種種社會矛盾和出路問題。我認為，從根本上說，這些問題並未超出魯迅和馬克思當年的觀察和判斷，今日中國尚未走出中西文化衝突的困境，依然是不同文化傳統的衝突，依然是兩種不同「革命」的抉擇，當然，最終還是要走那條人類社會發展的必由之路。

目前中國的思想界似乎很熱鬧，多家爭鳴。實際上都可以劃入三大派，即：尊孔讀經的新舊儒學保守派；宣導民主憲政堅持改革開放的改革派；堅持興無滅資革命造反的新老左派。這三派都是很有來歷的「老字號」，都出現過顯赫人物：尊奉孔儒的保守派中有曾國藩、李鴻章、康有為，有擁護袁世凱稱帝、幫助蔣介石發動「新生活運動」的腐儒遺老；改革派的先行者應從魏源算起，接著是自強運動、戊戌維新、辛亥革命、五四新文化運動，直至1980年代的思想解放運動和改革開放大潮；新老左派的先輩，有陳勝吳廣，黃巢宋江，李自成張獻忠，近代的太平軍、義和團，直到上世紀的文化大革命。

這三大思潮也就是魯迅所說的那三樣時代，用關鍵字標示其本質特徵，則是：專制、造反、改革。魯迅寫《阿Q正傳》和《燈下漫筆》，就是要否定專制和造反，期望國人回到辛亥革命開創的改革開放之路，進入中國歷史上未曾有過的不做奴隸的新時代。對此，馬克思有更明確的評判，他在譴責鴉片戰爭中英國人的侵華暴行的同時，客觀地從社會歷史發展和人類文明演進的角度，對當時衝突的各方進行了評判。他稱滿清統治者為「半野蠻人」、「陳腐世界的代表」，稱太平軍為「只知道破壞的醜惡萬狀的魔鬼」，稱英國人為「文明人」，「最現代的社會的代表」，並判定滿清帝國將要「死去」。顯然，這裡所說的是不同的文化性質，不同的文明程度。魯迅把遊民造反導致的「想做奴隸而不得的時代」放在

最前面，是因為那種「下於做奴隸的時候」更野蠻更原始，離現代文明更遠。

這裡的關鍵問題是區分兩種根本不同的革命，即阿Q所嚮往的那種遊民造反；現實中已經發生的辛亥革命。遊民造反古已有之，在中國歷史上屢見不鮮且早已成為傳統；辛亥革命是二十世紀新出現的中國歷史上「三千年未有之大變局」的關鍵一步。更重要的是二者的性質不同——遊民造反是基本生存需求得不到保障而產生的仇恨所驅動的非理性暴烈行動。辛亥革命是由明確的愛國思想和對內外形勢的清醒認識所促成的政治革命，是受西方文化影響並自覺借鑑西方的社會改革運動。

還是魯迅說的：「由歷史所指示，凡有改革，最初，總是覺悟的知識者的任務。」歷史也已證明，凡遊民造反都不是改革而是破壞，其領袖人物多是有奇理斯瑪色彩的梟雄，他們要成功也離不開知識份子。不過，那些「從龍」的讀書人讀的是《四書》《通鑑》，《三國》《水滸》，根本不知道有「西方那一套」，所以只會聽話效忠，而無從談什麼「覺悟」和「改革」。辛亥革命則大不相同，最先覺醒的，以犧牲生命喚醒國人的，革命中的領導和骨幹，全都是知識份子，有許多還是留學生，其中不少人是西方宗教信徒。有這樣的文化教育背景，這樣的精神資源，決定了這場革命沒有重演歷史上不斷重複的那種改朝換代血腥悲劇，而成為一場相對文明理性的偉大社會變革，中國現代史的真正開端。

在近年來流行的「告別革命」聲浪中，有人把辛亥革命也扯進去了，大概是誤把它當成了一場簡單的暴力革命。事實上，辛亥革命並不是「一個階級推翻另一個階級的暴烈行動」，而是各界仁人志士共同從事的「國民革命」。革命中有暴力，是有限的；有戰爭，是局部的，更有南北議和，談判協商，妥協退讓，因而流血少，破壞小，時間也短——全程十幾年，從武昌首義到民國建立才幾十天。革命勝利時並沒有懲處滿清皇族，反而給予優待，對於各級舊官員，也准許他們「咸與維新」，以利於社會

平穩過渡，和平轉型；過後也沒有開展鎮壓清算運動。追求的不是「打天下，坐天下」，翻身，復仇，而是自由、平等、博愛。——近年來人們常談及英美革命與法俄革命的異同優劣，試把辛亥革命與之相比，看是應該「告別」，還是應該繼承？

事情本來是清楚的，這是兩股正相反的歷史潮流，兩種完全不同的文化傳統。阿Q式的革命來自本民族古老的遊民造反歷史逆流，辛亥革命則與世界歷史潮流緊密相關；前者屬於中國民間小傳統中的遊民文化（杜亞泉稱作「貴族文化的病變」，當然跳不出專制主義），後者來自「西學東漸」——文藝復興以降的西方人文主義思潮的影響。總之，從戊戌維新到辛亥革命再到五四新文化運動，這是近現代中國歷史和新文化發展的主潮，太平軍造反和義和團騷亂是歷史的逆流，文化的病變。——如今八十歲以上的人年少時學的歷史如是說，中共兩任總書記陳獨秀和張聞天也如是說。他們都肯定從戊戌到辛亥到五四這條歷史主潮、主線，而且都承認資產階級的領導地位，卻都沒有提到「農民革命」「農民戰爭」。相反，陳獨秀還特別指出：農民運動「必須國民革命完全成功，然後國內產業勃興以後」才能進行，否則，操之過急，就會「使國民革命受最大的損失」。（見陳獨秀寫於1923年的《中國國民革命與社會各階級》；張聞天寫於1940的《抗戰以來中華民族的新文化運動與今後任務》）

不幸的是，這樣重要的歷史文獻，竟然被淹沒了半個世紀，而這期間流行的，正是上述農民起義（遊民造反）歷史文化觀；正是這些東西，造就了一代紅衛兵，也就是魯迅所說的「阿Q似的革命黨」。——在此應該補充的是：我們在「文革」中曾被打倒批臭，卻也難辭自身的罪責，都說文藝、教育、新聞界是「文革」中的「重災區」，我說也是「重疫區」——那些崇尚暴力、鼓勵復仇而如今被稱作「狼奶」的東西，不正是通過我們的口和手傳送給年輕人的嗎？我也說過「阿Q要革命總是好的」這樣的昏話，也讚揚過太平天國、義和團的「革命精神」。

　　事情本來是清楚的，「文革」就是從評價太平軍、義和團開始的。批判李秀成，否定戊戌維新，不就是肯定洪天王的「天國」和「天話」嗎？熱情讚揚義和團特別是紅燈罩，誘導青少年造反。當年的紅衛兵確實是阿Q的後裔，繼承的是那種既甘做奴隸又勇於造反的性格：自稱「衛兵」，對主人忠順聽話，對無辜者冷酷無情。可見，「文革」源自中國本土的古老遊民文化傳統，是地道的國產、土產。可當年為何那樣張揚巴黎公社和馬克思呢？原以為那是「拉大旗做虎皮」，旗幟、包裝而已。及至讀了普列漢諾夫的政治遺囑，又對照讀了他的《在祖國的一年》和盧森堡的《論俄國革命》，才恍然大悟，原來外國也有遊民、遊民文化；「文革」就是中國古老遊民文化的「古為今用」和外國遊民文化的「洋為中用」的兩結合，所以才那樣光怪陸離，令人迷惑。幾十年後回頭看，終於明白了：「無產階級專政下的繼續革命」，不就是「專制＋造反」，也就是魯迅所說的那兩個時代的合二為一：讓阿Q既窩囊的做奴隸，同時又放肆的造反。如同讓劉邦或朱元璋在同一時空中既做皇帝同時又造反，這可能嗎？然而，在1966—1969年的中國，就出現了這種奇跡。然而，那畢竟是一種歷史的病變，社會的怪胎。所以「其興也勃焉，其亡也忽焉」，成為中華民族歷史上的最大的「浩劫」、「災難」、「恥辱」。

　　可見，文化大革命並不是什麼「史無前例」，包括毛澤東一生的政治軍事成就，全都是古已有之的遊民意識遊民文化的現代版。最突出的如：「槍桿子裡面出政權」不就是叢林法則、揭竿而起嗎？「建立革命根據地」不就是嘯聚山林、佔山為王嗎？「農村包圍城市」也是歷朝歷代造反者走過的老路。所謂「三大法寶」的武裝鬥爭、黨的建設、統一戰線，不過是暴力、幫派、權謀，毫不新鮮。井岡山收拾王佐、袁文才的一招，不就是《水滸傳》裡的老套路嗎？後來的所謂「路線鬥爭」，劉邦、朱元璋、洪秀全早就串演過了；不同的是，他加進了些史達林的新套路和新名詞而已。延安整風是大轉折──拉起「五四」「魯迅」兩面大旗，

裹著遊民文化佔領思想文化制高點，製造奇理斯瑪效應。用王實味祭旗，招降了丁玲，震懾了蕭軍，完成了「整風壓倒啟蒙」即遊民文化壓倒現代新文化，確立了「工農兵方向」。那以後的「運動」「鬥爭」，全都是這場「文化革命」的繼續，《新民主主義論》和《在延安文藝座談會上的講話》就是其綱領。「文革」不是因而是果，從《民眾的大聯合》到《湖南農民運動考察報告》到這兩個文件，再到那個《五七指示》，一條反文明的烏托邦遊民文化線索清晰可見。毛澤東確實有才幹，不幸的是，他所代表所發揚的是我們民族的負面價值，存在於社會歷史深處和大多數國人靈魂裡的古老病毒，也就是上面提到的魯迅所說的「缺乏誠和愛」──狡詐（權謀）和兇殘（暴力）；也就是毛澤東自詡的「猴氣」和「虎氣」。這樣的文化，這樣的「革命」，是完全與辛亥革命背道而馳的。

　　事情本來是清楚的，一百七十年的中國近現代史，始終貫穿著不同文化的衝突：先是曾國藩以儒家的綱常名教儒家傳統打敗了洪秀全借假洋教胡謅的「天話」。接著是李鴻章的「中體西用」天朝正統敗給了剛剛脫亞入歐的日本新興勢力。再後來，是孫中山的「揖美追歐」民主共和新思維，擊敗了八旗子弟維護其家天下的最後掙扎，開創了中華民族歷史上從未有過的新時代。然後，又經過幾番風雨，好不容易扭轉了「文革」逆流，回歸改革開放──現代中國歷史發展的正確道路。顯然，從曾國藩的綱常名教到孫中山的民主共和再到近年來的改革開放，這是從農業文明向工業文明的轉型和發展；太平軍、義和團以及「文革」，則是反文明的逆流。明乎此，中國向何處去的問題，也就無需多說了。

　　上面提到的「揖美追歐」一語，出自1912元月1日公佈的《中華民國國歌》，歌詞首兩句是：「東亞開化中華早，揖美追歐，舊邦新造。」──尊重民族傳統，接受普世價值，建設新中國，這一精神，依然是我們所應該堅持的。

　　辛亥革命本是打破閉關自守，施行改革開放的源頭；《阿Q正傳》原是從愛出發的啟蒙主義文學經典，在紀念辛亥革命一百週年、魯迅誕生一百三十週年和《阿Q正傳》問世九十週年之際，都應該還其本來面目，既要放眼世界，又要勇於自省。在此，讓我們重溫這兩位真正的偉人的以下兩句警語：

　　世界潮流，浩浩蕩蕩，順之者昌，逆之者亡！（孫中山）

　　多有不自滿的人的種族，永遠前進，永遠有希望。多有只知責人不知反省的人的種族，禍哉禍哉。（魯迅）

2011年8月於武昌東湖
載《同舟共進》雜誌2011年第11期

五十年來是與非
——反胡風運動五十週年斷想

　　反胡風運動已經過去整整五十年，逐漸被人淡忘了。然而我還沒有忘記，也不會忘記，因為那既是中國當代歷史的重要轉折，也是我的生命史上的重要轉折，是作為知識份子精神個體的我的生命史的新起點——是災禍的起點，也是擺脫未成熟狀態的覺醒的起點。從那時起，我就和胡風結下了不解之緣，幾十年來的是與非、福與禍、喜與憂，大都與他有關，從「反胡風」到「反右」到「文革」到「反自由化」⋯⋯

　　到了今天，福禍喜憂都已成為過去，可以不計了；是非卻並未過去，還需要不斷地進行探討分辨。

1

　　在1955年的反胡風運動中，我被關押被批鬥，最後成為「受胡風思想影響」的分子。表面看來，是因為我和曾卓、綠原的交往，是受了他們的牽連。其實不然，更根本的原因在我自己，在我的傲上、犯上——得罪了頂頭上司、當時的市委宣傳部長。

　　當時所揭發的我的反黨罪行，主要就是兩年前我與這位部長的一場爭論。這位部長提出的文藝方針是「為生產、為工人服務」，要求文藝結合生產，直接反映生產過程，以支持生產、促進生產的發展。在這一方針的指導下，出現了一些直接表現技術操作和生產過程，被稱為「外行看不

懂，內行不願看」的作品。對此，我提出了批評意見，認為這是混淆了文藝與宣傳鼓動的區別，忽視了文藝的特徵。不想這些意見竟招來了嚴厲的批評：「偏激」、「狂妄」、「目無領導」、「小資產階級向黨爭奪文藝領導權」……。我當然不服。因為中南局宣傳部長趙毅敏的干預——他認為我的意見是對的，事情也就不了了之。

到了1955年，反胡風運動來了，當年直接領導並支持我的曾卓，變成了胡風反革命骨幹分子，於是，那場爭論也就順理成章地成了「胡風反革命分子操縱的反黨反革命活動」，我當然罪責難逃。我心裡委屈而又憤慨，卻又無可奈何，只有下決心埋頭讀書，進一步弄清楚這些問題。——當時我還不知道，文藝與政治的關係就是知識與權力的關係，就是知識份子與政治領導的關係；也還沒有讀過魯迅的《文藝與政治的歧途》和《隔膜》。

轉眼間到了那個「知識份子的早春天氣」——1956年秋天到1957年春天，一個比較自由的歷史瞬間，當時我就說那是「沒有胡風的胡風思想回潮」。在那段時間裡，文藝界展開了一場全國性的關於現實主義問題的討論。這場討論與蘇聯的影響有關，史達林去世後興起的以愛倫堡為代表的「解凍文學」思潮，1954年第二次全蘇作家代表大會上爆發的反教條主義浪潮，傳到中國後形成一股強大的衝擊波，我們的論爭從論題到觀點，都與蘇聯文藝界的動向緊密相關。先後發生在中蘇兩大國的這種文藝論爭，都是圍繞著「社會主義現實主義」的定義進行的，分歧集中在兩個問題上：一是怎樣看待作家藝術家的主體性即主觀精神在創作中的作用；二是怎樣看待文藝的特殊性和特殊規律。顯然，這兩個問題最後都可以歸結到文藝與政治的關係上，沒有辦法，這是意識形態和政治體制所決定的。當時我是站在秦兆陽一邊，反對張光年、林默涵們用階級性和黨性取代作家的個性，用意識形態的共性取代文藝的特殊性的觀點。——這不正是一年多以前批判胡風時的形勢的翻板嗎？這些教條主義觀點不正是胡風給予了準確命名的「機械論」和「庸俗社會學」嗎？由此可見，胡風的文藝觀點

並沒有錯。——我之所以有這種看法，是因為我對照著馬克思主義和魯迅及別林斯基還有普列漢諾夫等的著作，認真讀了胡風的八本論文集，我才確信，真理在胡風一邊。而且也正是從這裡，我開始懂得什麼是真正的文藝和文藝批評，並願意為之付出心血和承擔風險。——我在「鳴放」高潮中提出了胡風問題，認為「判胡風為反革命，證據不足；說胡風反馬克思主義，論據不足」。我還表示同意張中曉的看法，認為毛澤東的《講話》確有可議之處，有些看法違背藝術規律。同時，我對文藝界的領導以及那位部長的教條主義，也都提出了尖銳的批評。結局當然又一次出乎我的意料之外——新老帳一起算，我被劃為極右分子，開除公職，勞動教養。

我當然還是不服，而且已經感覺到，反右鬥爭實際上是一種倒退，這可以從那兩篇總結中看出來：周揚的《文藝戰線上的一場大辯論》，是經過毛澤東三次修改，從政治上作的結論：再次肯定文藝是政治的工具，作家是黨的工具。茅盾的長篇論文《夜讀偶記》，是以資深文藝家的身份從文藝理論上所作的結論，更是明顯的大倒退：鼓吹「文以載道」——載馬列之道，為領袖立言。

2

「文革」十年，對我來說是有失也有得——因為是右派又是胡風分子，所以不斷批鬥，長期關押，遊街示眾，藏書被抄，損失夠重了，不過都是肉體和物質上的；與此同時，思想上的覺醒，精神上的進一步成熟，對文藝問題的突破性認識，這所得更重要，遠超過所失。

林彪事件的發生，《571工程紀要》的出現，好像捅破了窗戶紙，突然看到了原先想看而看不到的東西，震驚而又興奮，人也好像一下子長大了好幾歲，更成熟了。當時我適逢不惑之年，真的開始不惑了，不再相信什麼「最高指示」、「偉大戰略部署」之類的東西，把注意力轉回到我始

終不曾忘懷的文藝問題上了。這期間，和我有共同語言並給了我很大幫助的，是三位文壇長者：吳奚如、安危和姚雪垠。

姚雪垠是「反右」中和我一起落網的，當時說我和他（還有李蕤）是「反黨聯盟」，後來我們交往如故，常常接觸。吳奚如是一位老革命、老作家，黃埔四期畢業，參加過北伐和南昌起義，是葉挺的部下、林彪的上級；三十年代加入左聯追隨魯迅，抗戰初期曾任周恩來的政治秘書；延安整風中成為重點對象，毛澤東多次把他與王實味並提，指為「反革命」、「壞人」。安危是延安魯藝出來的，整風中被關被鬥，曾上書中央痛斥周揚、何其芳等，並把批評矛頭指向康生和毛澤東。從這三位長者那裡，我瞭解到許多不見於正式文本的文壇史實，受到了極大的啟發。

這中間，最重要的是對魯迅、對三十年代文藝界和延安整風的真實情況的瞭解。姚雪垠提供的三四十年代出版的書刊，吳奚如老人講述的他和魯迅、胡風的交往以及當時的具體情況，使我看到了另一個魯迅，一個不同於毛澤東周揚們所樹立的那個偶像的真實的魯迅，而且發現，毛澤東的許多看法與魯迅大不相同。

從吳奚如和安危這兩位延安整風的親歷者口中，我才知道，原來那次整風也是「陽謀」，和「反右」一樣，而且在文藝界主要是整「魯迅派」。吳奚如和丁玲、蕭軍等屬於「文抗派」也就是「魯迅派」。安危在周揚治下的魯迅藝術學院，但他卻傾向於文抗派，對周揚、何其芳、劉白羽等不滿，所以挨整。至於那次文藝座談會，他們都說，毛澤東的那個講話遠沒有後來發表的文本系統完整，而且當時並不是人人都同意都擁護，有保留有非議者不少。過了一年多，經過了「審幹」、「搶救」以後才在《解放日報》上發表，誰還敢議論？

看來，從延安整風到「反胡風」到「反右派」到「文革」，都是在打著魯迅的旗號整肅魯迅傳人，扭曲魯迅精神，以此來樹立和保衛《講話》的權威，這也正是胡風問題的癥結所在。於是，在我心裡形成了兩個中心

問題：一是毛澤東與魯迅傳統究竟是一種什麼關係？二是怎樣看待毛的
《講話》的地位和作用？

3

到了1978年下半年，我已經在大學裡教現代文學。和曾卓談到胡風問
題，他認為遲早要解決，我們應該早作準備。於是他到處找胡風著作，好
不容易才找齊了那八本論文集。我邊讀邊記，寫下了六萬多字筆記和一百
多張卡片。在筆記的前面，有這樣一段話：

「兩年多來，在撥亂反正的過程中，文藝上的一些理論問題也逐步得
到澄清，秦兆陽、邵荃麟同志的現實主義觀點，『寫真實』、『題材廣
闊』、人道主義等問題，都開了禁，可以自由討論了。可是，人們好像忘
記了一件歷史公案——這些理論觀點當年挨批的時候有一個共同的罪名：
『與胡風的觀點一脈相承』，『繼承了胡風的衣缽』。那麼，作為與上述
理論觀點『一脈相承』、『衣缽授受』的胡風文藝思想，到底應該怎樣評
價？……」

1979年7月，吳奚如老人告訴我：胡風活著，在四川，有信來！說著把
信拿給我看。胡風在信裡明確指出，「四人幫」的極左一套與周揚們的宗
派教條主義是一脈相承的。當時，吳老把他寫的《我所認識的胡風》一文
交給我，要我在適當時候找地方發表。我把文章交給了曾卓，曾卓把它轉
給了《芳草》雜誌主編武克仁。1980年春天，文章發表後，在海內外引起
廣泛注意。然而也正是這篇文章，竟惹出了麻煩，在「反自由化」的時候
被點名。

就在這同時，我也惹出了麻煩——在湖北文學學會上，我提出了「兩
個突破」的建議，即突破胡風文藝思想的禁區，突破對《講話》的迷信，
建議客觀、理性地對待相關理論問題。我的建議贏得了掌聲，也成了某種

人的彙報材料。於是，這就成了「吹捧胡風、貶低《講話》」。到了「反自由化」時，我又成了對象，被不點名地點了名。當時我不能說出我的真實想法，只能強辯：是平等對待，並無褒貶。於是，我一氣去了北京，直接造訪胡風。

　　從1982年8月到1983年元月，我五次造訪胡風，談話全都是圍繞著胡風文藝思想與毛澤東《講話》的關係進行的。我好像在論文答辯會上，大膽說出自己的看法，聽取他的評析指點。他認真回答，耐心解釋，肯定或修正我的看法。他還給了我三點重要提示：一、他的思想，他所堅持的方向和道路，都是魯迅的，魯迅的方向，魯迅的道路。二，他的馬克思主義觀點，主要來自《德意志意識形態》、《神聖家族》和馬恩關於文藝問題的幾封信。三、他的著作中最重要、最能代表他的思想的，是《論現實主義的路》和《論民族形式問題》。

　　和他那篇總結自己一生文學活動的長篇論文《胡風評論集後記》一樣，談話中他只承認魯迅對他的影響，完全不提毛澤東及其《講話》。而他這兩本代表著作的內容，恰正是他與毛在理論上的分歧之所在，也就是毛的「工具論」（文藝為政治服務）、「源泉論」（生活是創作的唯一源泉）、「皮毛論」（改造知識份子）。——現在看來，這三個問題既不複雜更不深奧，可以說都是常識性問題。毛無視文藝的特殊性，簡單地規定文藝必須服從政治，用簡單的認識論常識解釋創作過程，貶低和排斥知識份子，美化拔高農民，這都是顯然的常識性謬誤。有趣而又可悲的是，胡風文藝思想中的三個重要問題，恰恰與毛的失缺相對，這就是「形象思維」、「主觀精神」、「精神奴役的創傷」這三個屢受批判的概念所代表的理論觀點。說可悲，是因為在這近半個世紀的時間裡，動員了整個知識界去批判有創意的正確觀點，保衛乃至膜拜常識性謬誤，為中國知識界在歷史上留下了恥辱的一筆。是胡風分子和右派的「花崗岩頭腦」，才為中國知識界爭回了幾分。

4

現在可以看清楚也可以說清楚了，胡風與毛澤東之間的根本分歧，並不在這些具體理論的是非上，而在這些理論背後的根本問題，即思想文化的方向路線問題上。胡風數十年如一日地堅持五四方向，魯迅傳統，被認為是五四精神的捍衛者，魯迅的傳人。毛澤東則提出了新方向，開創了新傳統——工農兵方向，延安傳統，說這是五四方向、魯迅傳統的新發展。

半個世紀過去了，一切都很清楚：1917—1949，胡風所堅持所捍衛的五四新文學，魯迅傳統；1949—1979，毛澤東所開創所推行的工農兵方向，延安傳統。前後兩個三十年，一切都擺在那裡。

這是兩種極不相同的文藝。胡風肯定的，是以《狂人日記》為起點的「為人生」的「人的文學」，包括從《狂人日記》到《財主的兒女們》，從《女神》到「七月」、「九葉」等大量作品。這些作品在形式風格上全都是「洋」的、新的，從西方移植過來的；在內容上也都有明顯的西方影響，大都含有個性解放和人道主義思想。毛澤東所推行的是以《白毛女》為起點的「為政治」的階級的文藝，包括從《東方紅》到《大海航行靠舵手》，從《白毛女》到《紅燈記》的數量也不少的作品。這些作品的形式基本上是「土」的，是中國民間固有的，在內容上也大都是民族民間固有的傳統觀念。其中最突出的就是感恩與復仇，對救星的感激、對英雄的崇拜、對敵人的仇恨，以及由此而來的效忠意願和鬥爭精神，唯獨沒有自我、自由和人道。

這是兩種不同的文化思想，來源也不同，前者是文藝復興開始的以啟蒙主義和人道主義為主的西方文藝思潮，後者是中國原有的以《三國》《水滸》為代表的遊民文化。對於這兩種文化潮流，胡風與毛澤東的態度是截然相反的，這可以從他們對《水滸》的不同態度和看法中得到證實。

毛澤東一向鍾愛《水滸》，這部五四時期被看作是「非人的文學」的舊小說，後來之所以走紅，成為農民起義的經典，就直接與毛有關。當聶紺弩奉旨赴江蘇調查施耐庵生平之際，只有胡風唱反腔，說那是一部維護封建專制，賤視婦女，鼓吹殺人吃人的壞書。

這裡有兩個要點：一是對人的態度，二是對「造反」的看法。人是一切革命的出發點和目的，而是否愛護和尊重婦女，是衡量一個民族一個社會的文明程度的重要尺規。由此可見，《水滸》及一切同類作品中的遊民造反，都不是真正意義上的革命，如魯迅所說，是改朝換代的工具，沒有也不可能跳出「欲做奴隸而不得」與「暫時坐穩了奴隸」的時代。

胡風與毛澤東的分歧，更集中反映在對於《阿Q正傳》的不同看法上。毛澤東多次談到阿Q，像談到《水滸》中的晁蓋被排斥一樣，他深為阿Q抱不平，斥責假洋鬼子的「不准革命」。顯然，他重視梁山上的座次，很同情也就是肯定阿Q的革命。把《湖南農民運動考察報告》與阿Q在土穀祠裡所做的造反夢加以比較，就明白了。胡風和魯迅一樣，根本不曾注意梁山上的座次，對阿Q的革命則非常痛心非常憂慮。簡言之，胡風與毛澤東是各有所宗，各有來頭的：胡風一生言行主要來自五四和魯迅；毛澤東一生作為大都可以在申韓之術和《三國》《水滸》系列中找到根據。因而在思想文化上，一個是主張魯迅啟阿Q之蒙；一個是主張阿Q改造魯迅。種種矛盾衝突，皆由此生。

5

真的是性格即命運。當毛澤東的新文化革命方略開始形成並付諸實施之際，只有胡風和王實味正面提出批評，那是1940年關於「民族形式」問題的論爭，是胡毛的首次遭遇。接著，1944年，《講話》在延安定於一尊後傳檄重慶，何其芳、劉白羽出面宣講；當時胡風不但不表示臣服，反而

發出不同的聲音。1948年，在軍事上節節勝利的同時，為建立計劃思想、計劃文化的大一統局面掃清道路，北批蕭軍，南批胡風，掃蕩蕭乾、朱光潛、沈從文。這些人都沒有作聲，只有胡風著長文全面反駁。到了1952年，《講話》已在文藝整風中取得了全面勝利，胡風也作了個很不像樣的檢討，事情暫告一段落。不想1954年他又全面反攻，拿出了《三十萬言書》。現在看起來，令人吃驚而又好笑，那不是對著和尚罵禿驢嗎？如此等等，所以必須鎮壓，徹底粉碎。

　　五十年前的胡風確實有一個認識誤區，以為這一切全怪周揚，毛尊重魯迅，會理解他支持他的。到了1979年前後，他也好像捅破了窗戶紙，才一下子明白過來。這一認識誤區裡也包含有他的道理：堅信這種機械庸俗的教條既不能代表馬克思主義，也不能代表共產黨。因為他清楚地知道，從陳獨秀、李立三、瞿秋白、張聞天、周恩來，到潘漢年、馮雪峰、陳家康，乃至「轉變」前的喬冠華，這些共產黨人的看法和態度，都和他一致或相近。這當然是事實。但這些人都是批判整肅的對象，都是被迫沉默被迫「緊跟」的。對此，他雖略有所聞，卻不甚了然。「文革」落幕以後，這一切才逐漸為人所知。然而，就在1978—1979年間，剛出牢門，對這一切並不了然的胡風，竟然對「文革」發表評論，而且那樣準確、深刻。毛澤東怎麼也不會想到，竟會讓胡風看到了自己的結局，還給自己下評語！

　　在致吳奚如、熊子民的信裡，胡風從歷史、文化、哲學三方面對「文革」提出了自己的看法：一、歷史根源和思想根源，他認為這場災禍的「起源是在文藝上，是在黨內。延安『搶救』運動如此，解放後反胡風『反革命集團』如此……」。二、方向與道路，「是五四以來的魯迅方向與反魯迅方向的鬥爭。」三、本質特徵和結果，「一個歷史運動，抹殺個性而只肯定那個虛假的共性……就會造成怎樣一種歷史倒退，因而勢必犧牲千千萬萬的生靈不可」。——儘管當時「凡是」尚在，迷信未除，他不得不依舊「在字面上順著他」，但觀點是清楚的。他認為，毛澤東所進行

的文化革命運動是一齣四幕大戲，第一幕延安整風，第二幕反胡風，第三幕反右派，第四幕文化大革命在高潮中結束。貫穿全劇的主要矛盾，是遊民造反與知識份子啟蒙之間的摩擦與衝突，是造新文化和知識份子的反。至於「共性與個性」，不就是顧准所說的「理想主義—專制主義」——什麼「興無滅資」「鬥私批修」，不就是「存天理，滅人欲」嗎？

6

　　二十世紀的中國社會衝突中，有三股主要思想文化潮流：專制主義傳統舊文化；啟蒙主義五四新文化；既排外又反智的遊民造反文化。遊民屬於農民階級，稍有馬克思主義常識的人都知道，農民是皇權主義者；而毛澤東偏說農民是民主主義者，他深受遊民文化浸染，奉行的是無產階級其名、遊民文化其實的不斷造反主義。說到反封建，人們不知道遊民文化也是舊文化，如杜亞泉所說，是病態的貴族文化。只有魯迅，揭示出主子與奴才、皇帝與盜匪的統一與轉換，並以阿Q向後人示警。胡風則明確指出：封建主義活在人民身上，五四精神活在知識份子身上，為堅持五四啟蒙主義傳統奮鬥了一生，而絕不曲學阿世，絕不枉道趨勢。如此「硬」而且「韌」，確實是當之無愧的「魯迅傳人」。

　　五十年過去了，這些問題並未過時，在「樣板戲」與「《三國》《水滸》氣」正沆瀣一氣，彌漫全國之際，胡風的思想和精神更加具有迫切的現實意義。

2005年8月7日農曆立秋日於武漢東湖
載《隨筆》雜誌2005年第6期

文藝與政治的歧途
——關於胡風與周揚及左翼文藝運動

　　在紀念胡風誕辰一百週年之際，不由得想到了周揚，想到了胡風與周揚之間長達半個世紀的複雜關係。

　　胡風與周揚都是左翼文藝運動的骨幹，分別代表著左翼文壇的不同傾向和派別。他們的思想和作為，他們之間的關係，與半個多世紀的中國文藝運動的發展緊密相關。1949年以前，在文藝論戰中，他們先是戰友，接著就成了論敵。1949年以後，文藝論戰變成了大批判，周揚一直代表著政治權威和主流意識，領導著大批判；胡風則一直處於被批判地位，代表著當時和以後文藝上和思想上幾乎所有的「異端」。他們都自稱信奉馬克思主義，繼承魯迅的現實主義傳統，擁護毛澤東的工農兵方向，而互指對方為反馬克思主義、反現實主義、反毛澤東文藝方向。不幸他們後來又都以反馬、反魯、反毛的罪名而鋃鐺入獄。胡風在獄中度過了漫長的二十四年，周揚也受了九年的牢獄之苦。七十年代末，他們劫後重逢，互致問候，雖不再爭論，卻也並未擁抱唏噓，如傳媒所渲染。胡風在繼續他的思考和追問，周揚也開始了反思。在那幾年裡，他們都曾經激動、振奮、希望，然而最終又都不能不在惶惑、苦悶、憂慮中度過生命的最後階段。

　　把胡風和周揚當作鏡子，可以照見中國現代文學發展的曲折道路，照見知識份子的不同精神面貌。

1

先從七十年代末說起。

歷史好像真的在兜圈子，「四人幫」倒臺了，彷彿一下子又回到了「十七年」，周揚復出了，「文藝黑線」也由黑變紅了。於是，一些人故伎重演，再次落井下石，在批判「四人幫」的同時再次重複當年誣陷胡風的那些虛假證詞，為周揚的一貫正確作證。像茅盾、歐陽山、任白戈這些並非不瞭解真相的三十年代老人，大概是以為胡風已死，可以信口雌黃了。就在這同時，更多的三十年代文壇老人則剛好相反，他們在尋找、呼喚他們的老戰友胡風。

1979年10月，在第四次全國文代大會上，周揚曾當眾檢討，向以往被他整過的人賠禮道歉。他的這一舉動，贏得會內會外一片讚揚聲，人們以為周揚覺醒了，認錯了。可是，一些對他深有瞭解的老人如李何林、樓適夷、吳奚如、聶紺弩、蔣錫金、丁玲等卻將信將疑，持保留態度。他們認為，周揚的檢討過於籠統，至於道歉，他所面對的首先應該是胡風，胡風已經獲得自由卻並未被邀請參加大會。於是，吳奚如出面向大會提出：請胡風出席會議，他自己就胡風問題作大會發言。當時吳奚如把這個意見一直捅到了胡耀邦那裡，弄得一些人手足無措。周揚連忙去向胡耀邦彙報解釋，回來後找吳奚如談話，傳達胡耀邦的指示：「我和耀邦同志講了，你那個關於胡風問題的發言就不要講了，你一講，別的同志像夏衍也要講，本來是以團結為原則的大會就變成辯論會了。其他人不瞭解當年的複雜歷史情況，就會造成思想混亂，大會就開不成了。胡風的問題，我保證向中央反映，促請中央儘早研究，然後我們找一些三十年代的老同志開個小會，爭取半年內把問題解決。」

就在這個時候，他談到了他和胡風的關係以及彼此的異同和短長，說：「我承認過去有宗派主義，不過胡風也有。胡風對文藝的理解很深

刻，理論上自成體系，在今天的中國文藝界還沒有誰能比的上，這方面他確實比我強。不過，我有一點比他強，我是一直緊跟黨走的，而他卻一直沒有處理好和黨的關係。」當時，吳奚如還稱讚了周揚，說他是政治家，緊跟歷屆中央；有能力，能領導資望比他高的田漢、夏衍；有魄力，敢於和魯迅先生分庭抗禮。這話當然另有所指：說他不分是非，唯上命是從；有手腕，善於處理人際關係。正是在這些地方，胡風大為欠缺，而且個性強，認死理，堅持己見，竟敢發表與毛澤東的《講話》不一致的意見，以致闖下了大禍（注）。

對此，胡風的看法和態度也很明確，說他和周揚之間的關係主要是思想理論上的原則分歧，不應該糾纏在私人糾紛、個人恩怨上，也不能僅僅看成是個人的水準和性格問題。他認為：應該弄清楚的，是半個多世紀以來的歷史真相和思想理論是非。在周揚說那番話的一年多以前，胡風在監獄裡所寫的檢查交代材料裡就已經對此提出了他的看法；第二年，1979年7月，在寫給老友熊子民、吳奚如的信裡，他說得更明白：為了避免「文革」式的災難重演，必須找出「四人幫」之所以產生的歷史根源和思想根源，他認為「起源是在黨內，在文藝上，就是五四以來的魯迅方向與反魯迅方向的鬥爭。」三十年代的反魯迅活動，延安的搶救運動、十七年的反胡風、反右派等等，是同一思想路線指導下產生的；周揚等人不是反革命，與「四人幫」不同，但在思想上理論上他們卻是一脈相承的。

在撥亂反正的時候，周揚和胡風都已年過古稀，都曾經在監牢中面壁思過，又都是因文藝問題而獲罪的，按理說，他們的思路和想法應該能趨於一致，殊途同歸。然而事實卻並非如此。他們並沒有走到一起。胡風的情況有些特殊，在他出獄前的二十多年裡，他一直在反思歷史，他沒有感到從「十七年」到「文革」的巨大落差，反而從歷史的鏡子裡看出了「文革」的影子，發現它們之間的歷史聯繫，思想淵源。周揚則不同，他從高位跌落到深淵，感到的是歷史的顛倒。在他的心目中，撥亂反正，就是把

顛倒的歷史再顛倒過來；三十年代也好，十七年也好，重要的是「文藝路線」的「紅」與「黑」。他談歷史，不是「正本清源」，作縱向的歷史考察，而是橫向的類比，主要是檢查自己在整人上的過失，也就是胡風所說的個人之間的恩怨。正因為這樣，1978年他接受香港記者採訪，「笑談歷史功過」，面對近半個世紀血跡斑斑的苦難歷史，竟然那樣輕鬆愉快，毫無愧疚之意。談到五十年代批《武訓傳》、批《紅樓夢研究》、反胡風、反右派等等，竟然用「都是毛主席親自領導的」一語帶過，好像與己無關，足見他對這一切並沒有新的認識。

他對胡風的看法也沒有改變。把他和吳奚如的這次談話與1952年他對胡風的申斥對比一下，就可以看得很清楚。二十七年前，也就是1952年秋天，在北京召開的那個小型的胡風文藝思想討論會上，在責令胡風檢討的時候，周揚嚴厲地警告說：「你說的話九十九句都對了，如果有一句在致命的地方錯了，那就全部推翻，全都錯了！」說得如此嚴重，如此確定，那一句話究竟是什麼？沒有人知道，胡風也不知道，因為那是虛指。重要的是那個「致命的地方」，這個禁區是實有的，這就是政治，也就是黨，黨的領導。在批判胡風文藝思想這個具體語境中，指的就是毛澤東文藝思想、文藝方針即《在延安文藝座談會上的講話》——如果你不是百分之百地擁護它，理解的執行，不理解的也執行，那麼，你對文藝的理解再深刻，再成體系，也全都沒有用，全都要推翻，全都錯了！——99:1的奧秘就在這裡。所以，1979年周揚在去探視胡風的時候曾不無感慨地對梅志說「他（指胡風）不懂政治！」——這話裡面不光有他的自信，也流露出他對胡風的憐憫。然而，一向以懂政治自詡自恃的周揚，最後卻栽在了比他更懂政治的胡喬木手下，其原因大概是他犯了和胡風同樣的錯誤：在只能講政治的「致命的地方」卻大談學術。

復出後的周揚不斷發表講話，在這些講話裡他一再承認自己在三十年代和「十七年」所犯的錯誤，還提到對魯迅的態度和「國防文學」口號的

問題，提到後來整人的過失，並且具體提到邵荃麟、秦兆陽、王蒙、劉賓雁等等。應該承認，他的態度是誠懇的，並不是在講假話敷衍。比之於那些「決不懺悔」的人，他的這種態度應該得到肯定。但是，在另一方面，在一些重大的思想理論原則問題上，在另一些人身上，比如王實味、丁玲、馮雪峰、胡風這些人的問題上，他的態度就顯得曖昧而僵硬。為什麼會這樣？只怕不單單是個人恩怨、宗派情緒，更重要的是，這些思想理論原則和這些人的問題，全都和毛澤東有關，是毛澤東直接干預決定的。

他承認「實踐是檢驗真理的標準」，也反對「兩個凡是」，但是有一點很突出，那就是他還有另一個「凡是」——凡是毛主席《講話》裡提出的原則和方針，都不能動，都必須堅持。他非常明確地堅持兩條：一是從屬於政治，二是思想改造。他多次強調：「文藝還是從屬於政治」，「不從屬於政治不可能」。後來上面決定不再提這個口號了，於是他又「緊跟」，也不再提了，卻說文藝應該為改革開放、經濟建設服務，因為「文藝是服務行業」。且不說藝術和科學原本就不是以贏利為目的的「行業」，單就這句話本身來看也並無新義，無非是轉了一個彎——改革開放、經濟建設是當前的中心，也就是「最大的政治」，為改革開放、經濟建設服務，不就是為政治服務嗎？可見，他並沒有跳出老教條框框，文藝依然只是從屬性的工具。關於「與工農群眾相結合」即「思想改造」的問題，他一再回顧歷史，重述毛澤東的教導，說1942年有這個問題，1949年有這個問題，進入新時期依然有這個問題，非解決不可。看來他還沒有悟出，這種否定五四傳統，貶抑知識份子的民粹主義反智謬說，正是造成歷史曲折和民族災難的重要原因之一。事實俱在，他還在念這本經，足見他還沒有真正清醒。

有了這兩個堅持，他那個「三次思想解放」論的提出也就不足為怪了。事情是明擺著的，當年延安整風所要求和達到的，是思想統一而不是思想解放。真正的思想解放，必須是思想上有選擇的自由和批評的自由，

否則，只有單一導向的思想運動而沒有批評論辯的自由，那只能是思想統一、思想統治。當時是處在戰爭狀態，所以需要統一思想，統一行動，怎麼能把這種非常時期的思想統治與正常情況下的思想解放混為一談呢？更重要的是，軍事政治與思想文化本屬不同領域，性質和規律都不相同，前者要求統一政令，統一行動，後者要求自由思想、自由創造。古今中外的歷史早已證明，靠「大一統」和「輿論一律」，是不可能繁榮思想文化的。上面提到的那兩論：從屬政治與思想改造，正是從軍事政治的角度提出的特殊要求——戰時的延安需要文藝充當宣傳工具，不能容忍知識份子的自由和自我。相反，沒有知識份子的個人自由就不可能有五四新文化運動，也不會有新文學、新文藝。這是兩種不同的傳統：以個性自由為標誌的五四新文化傳統，以集中統一為原則的延安政治鬥爭傳統。周揚所代表的是延安傳統，終其一生都在思想文化領域領導政治鬥爭，貫徹以服務政治和改造知識份子為理論支柱的《講話》精神。到了晚年，他那兩篇大文章，第四次文代會上的報告《繼往開來，繁榮社會主義新時期的文藝》，紀念「五四」六十週年的報告《三次偉大的思想解放運動》，基本上都是老調重彈，沒有離開歷次文代會報告的基調，沒有觸動那裡面的左傾教條主義和宗派主義繩索。後來，他開始從理論上進行反思，卻被胡喬木一棍子打懵了，從此一病不起，實在可悲。

胡風則剛好和周揚相反，他一直不接受上述理論和方針，他當年的獲罪，主要就是為此。他認為這是文藝理論問題，可以討論，可以有不同意見，他不知道這正是「致命的地方」，像誤入白虎節堂一樣，闖入了理論禁區，惹下了大禍。復出以後，他不但仍然堅持原來的思想觀點，而且由此出發，進而正本清源，明確指出：「文革」並不是災難之源，而是以往的歷史所造成的惡果，所以必須進一步找出造成災難的真正原因。

近四萬字的《〈胡風評論集〉後記》，是這位批評家復出後公開發表的最重要的文章。在這篇長文裡，他扼要地記述說明了他的九本評論集的

寫作和出版情況，並且談到了與之相關的文藝運動和文藝理論問題。這中間，他特別強調魯迅的作用和地位，充分肯定魯迅的啟蒙、立人的思想立場，認為魯迅的道路就是中國新文學發展的道路。他談到了他直接參與的幾次文藝論爭，簡單介紹了論爭的起因和基本分歧，他把這些論爭看成是繼承五四傳統和魯迅方向與背離這一傳統和方向的鬥爭。這中間所涉及的基本理論問題，正就是上面所說的周揚所堅持的那兩個問題，即文藝與政治的關係問題，知識份子的地位和作用問題，不過他的看法和態度剛好和周揚相反。

在這裡，他特別提到三個重要的概念：「形象思維」、「主觀戰鬥精神」、「精神奴役的創傷」。在中國，胡風是最早引進和使用「形象思維」這一概念的，從開始從事文藝批評起，他就很重視文學的藝術本質和藝術特徵，強調「追求人生」和「形象思維」。談到現實主義的時候，既稱為「方法」、「道路」，又稱為「態度」、「精神」。這說明他十分重視作家的思想立場、感情態度、意志人格等等在創作過程中的作用，「主觀精神」、「主觀戰鬥精神」就是從這兒來的。魯迅所說的「取下假面，真誠地、深入地、大膽地看取人生並且寫出他的血和肉來」，不就是指創作主體的這種態度和精神嗎？——「形象思維」和「主觀戰鬥精神」成為受批判的主要靶子，清楚地反映出兩種文藝思想和文藝傳統的主要分歧，即：承不承認文藝有其自身的特性和規律，承不承認作為創作主體的作家在創作中的主導地位和作用。其實，批判胡風的那些理論家們比胡風更重視主觀精神，不過他們重視的不是作家藝術家自己的主觀精神，而是「人民的」、「階級的」、「黨的」——實際上是代表這些抽象群體的領袖和領導者自己的主觀精神，而且把它說成是「客觀真理」（絕對精神），這就是他們十分重視並不斷強調的「世界觀」、「政治性」、「黨性」。

《後記》提到的另一個概念是「精神奴役的創傷」。這本是魯迅那個「國民性」的另一個說法，並無什麼新意。然而，正是在這裡，突顯出一

個巨大的思想理論鴻溝，這就是對以農民為主體的人民大眾的看法和態度問題；與此相關，還有對知識份子的看法和態度問題。所以，胡風在提到這個概念時，緊接著就談到了「小資產階級知識份子的作家和人民結合」的問題。——拔高、美化農民並貶低、醜化知識份子，是上世紀四十年代興起的那股革命思潮的主旋律之一，後來的「文革」災難就是在這種旋律的伴奏下到來的。可以說，知識份子的遭難是和全民族的災難同步的。在這中間，知識份子自身的互相殘殺和自賤自侮起了很大作用。胡風沒有捲入這股歷史逆流。在這個問題上，他雖沒有魯迅那樣深刻，卻能保持清醒，一再提出自己的不同看法。早在1940年，他就說過：農民是看不清歷史也看不清自己的，必需對他們做啟蒙工作。他反對文藝上的「農民主義」，反對那種掩蓋在「大眾化」、「民族形式」口號下的民粹主義和復古主義，提出「文藝，只要是文藝，就不能對於大眾的落後意識毫無進攻作用。」與此同時，他實事求是地分析了現代中國的知識份子的生存狀況和作為啟蒙者的他們的社會作用和歷史地位。

胡風在「後記」裡提到這三個概念，沒有重新解釋，只是在簡單說明當時論爭情況的同時，加了這樣一句：「關於內容，因為我與社會隔絕了二十多年，思想上沒有進步，只好由文章本身來說明。」這就是說，他一如既往，仍然堅持原來的立場觀點。

復出後的胡風與復出後的周揚如此相似又如此的不同，相似的是他們都沒有變，都堅持原來的觀點和路線；不同的是，他們所緊跟的兩位巨人有著完全不同的方向和路線。胡風在回顧歷史，總結自己一生的文學活動時，反覆強調魯迅的教誨和影響，卻根本不提毛澤東及其《講話》。周揚後來的講話和文章，無論字面還是精神都離不開毛澤東及其《講話》。進入新時期以後，一些左翼文化界的元老宿將都在反思，向五四回歸，而周揚卻沒有，這是為什麼？除了延安時期和「十七年」的顯赫地位與卓著功績需要重新估定之外，還有更深的歷史和思想的根源，同樣需要重新

認識和評價。他同胡風的分歧與矛盾，就是從歷史上、從左翼文藝運動中
開始的。

2

　　站在新世紀的門檻上回頭看，把上世紀世界性的「紅色三十年代」和
中國的「左翼十年」放在大歷史的視野之中，就會發現如馬克思所說，那
是歷史走錯了房間所帶來的特殊現象，今天應該重新認識，重新評價。
在中國，這場文藝運動也是被一股極左思潮所推動的，一開始來勢兇猛，
喧囂一時，卻只有政治高調而很少文學實績，創作和理論都乏善可陳。
倒是負面作用影響深遠，至今猶存，這就是近年來人們所稱的左傾教條
主義和宗派主義。不過，左聯從一開始就不曾統一過，一直有分歧和鬥
爭。在魯迅的影響下，一些人程度不同地克服了極左傾向，並與之進行鬥
爭，取得了一定成績。以往的文學史籠統地頌揚左聯，是不符合歷史事
實的。

　　左翼文藝運動和左聯時期，指的都是「革命文學」論爭以後的那幾
年。因為這場文藝運動和這個組織，都是由那場論爭引起和促成的，而
且那種極左思想一直貫穿了整個左翼時期，所以應該把「革命文學」論
爭的那兩年也包括在內，這就是從1928年到左聯解散的1936年，共九年。
前兩年可稱為「前左聯時期」，左聯成立後的1930年到1934年為前期，
1935—1936年為後期。——從馮雪峰發表《革命與知識階級》一文，中止
了創造社和太陽社對魯迅的攻擊，在「休戰」狀態中成立了左聯，到1933
年春天丁玲被捕（她當時是左聯書記），這三年多的時間裡，馮雪峰是文
委（文總）和左聯黨團的領導人。這是左聯的發展時期也是全盛期，先後
出版了許多刊物，文學史上所記載的左翼文藝運動的重要活動，也大都發
生在這一時期，如批判「民族主義文學」，與《新月》派、與「第三種

人」的論爭、五烈士犧牲等。當時魯迅、瞿秋白、馮雪峰都是站在最前面的。1933年春丁玲被捕後，馮雪峰調任江蘇省委宣傳部長，周揚接任左聯黨團書記，但依然由馮雪峰領導，和魯迅保持聯繫。同年七月，胡風從日本回上海，任左聯的宣傳部長，不久後茅盾辭職，由胡風接任左聯書記。胡風任職期間，建立了小說、詩歌、理論三個研究會，出版了內部刊物《文學生活》。因為胡風和魯迅接近，所以魯迅和左聯的關係得以維持。這一年多的情況雖不如馮雪峰、丁玲擔任領導的時期，但組織和活動都還正常。到了1934年冬發生了穆木天告密事件，胡風因受到懷疑憤而辭去左聯一切職務，魯迅與左聯的聯繫基本中斷（雪峰已離開上海）。此後就是周揚、夏衍、田漢、陽翰笙領導的時期，是為左聯後期。後期左聯有兩件事特別重要，那就是「兩個口號」之爭和解散左聯。

　　這三個時期各有一次大的文藝論爭，這就是1928年的「革命文學」論爭、1932年關於「第三種人」和「文藝自由」的論爭、1936年的「兩個口號」之爭。三次論爭所涉及到的主要問題，就是前面提到的文藝與政治的關係、作家與人民的關係，以及與之緊密相關的對五四傳統的看法和態度問題。這也正是中國現代文學史、思想史上最重要、最有爭議的關鍵問題，不僅關係到文學和文化，而且關係到整個民族的歷史和命運。1928年「革命文學」論爭是後來一系列論爭的開始，只是提出了問題，暴露了矛盾，並未深入展開論辯。1932年的論爭進一步觸及到了具體理論問題，實際上是「革命文學」論爭的繼續和深入發展。當時提出的「藝術價值」、「創作自由」和「五四衣衫」問題，正是上面提到的那三個關鍵問題。1936年的「兩個口號」之爭，爭的是文藝與抗日救亡的關係。當時所說的創作方法、世界觀、創作自由等等，也依然是那三個問題。由此可知，整個左翼時期的文藝論爭，全都是以文藝與政治的關係問題為中心，從政治的角度提出問題和觀察分析問題的。這是來自蘇聯和日本的左傾教條向五四新文學思想和新文化傳統的挑戰。

以上事實說明，左翼文藝運動是和極左思潮一同興起，卻又是在不斷的糾左過程中發展的。左聯成立以後，原創造社、太陽社的一些人並不服氣，論爭不再進行，如後來胡風所說，是處於「休戰」狀態，他們與魯迅的分歧並沒有消除。那種極左思潮在其他左聯成員中同樣存在，即使是馮雪峰也不例外，而且就在他那篇著名的論文《革命與知識階級》裡，也存在著左的觀點（在對中國社會和中國革命的性質的判斷上）。胡風也受過「拉普」的影響，他的早期批評文章同樣有左的教條（如《粉飾、歪曲，鐵一般的事實》一文）。當時，胡秋原、蘇汶等所說的左翼批評家的「橫暴」和「左而不作」的現象，是確實存在的。1936年的「兩個口號」論爭，是歷次論爭中參與人數最多，歷時最久的一次，而且後來關於這次論爭的議論也分歧最大，最混亂。究其原因，一是當時的歷史情況確實複雜，如周揚、夏衍所說，二是過多的牽涉政治問題，特別是中共黨內的路線鬥爭。多年來人們往往以政治上的「左」和「右」來評判這兩個口號，而忘記了這是文藝論爭。當年魯迅的文章和書信，馮雪峰的文章和後來所寫的材料，都沒有多談政治問題，都是集中在文學思想和文化思想上：從文學思想上批評周揚們的左傾教條主義，從文化思想上批評他們的宗派主義和行幫作風。所以，「兩個口號」之爭的根本分歧並不在口號本身，而在口號背後的深層思想理論分歧，這就是魯迅所說的文學與政治的歧途，文學家與政治家的衝突。

這次論爭的結束，同時也是整個左翼文藝運動的結束。左翼文藝運動是從論爭開始，又在論爭中結束的，而且是以圍剿魯迅始，以圍剿魯迅終。這一始一終表面看來都是魯迅的勝利，極左勢力受到了批評，有所克服，而實際情形卻複雜得多。魯迅答徐懋庸的長信和呂克玉（馮雪峰）批評周揚的長文，並未令「國防文學」派的極左人物心服。迫使論爭終止的，是抗日救亡的客觀形勢，還有左聯解散和魯迅逝世這兩件大事。魯迅逝世在國內外激起的強大精神衝擊波，使得許多人，包括一些國民黨政要

也不得不表面上改變對魯迅的態度。左翼內部的極左派當然也只有沉默，再一次「休戰」。

魯迅在三十年代的地位和作用，他對左翼文藝運動的看法和態度以及他本人的形象，並不像以往那些按照「最高指示」敷衍的文學史所說，是反對「國民黨文化圍剿」的「主將」，「民族英雄」，「共產主義者」等等。事實上，魯迅與左聯的關係非常複雜，所謂「盟主」，也只是在一個時期和一部分人中間。魯迅的加入左聯，既不像極左派所說是思想「轉變」的結果，也不像另一些人所說是「投降」、「上當」，而是國民黨的法西斯統治與共產黨人的犧牲奮鬥，以及世界資本主義經濟危機和蘇聯的成就，使他站到了左翼一邊。然而他並沒有簡單地「一邊倒」，而是依然以獨立的、理性批判的目光，審視他所加入的這個群體。左聯成立前夕，他對馮乃超起草的左聯綱領持保留態度；在左聯成立大會上，他發表反左演講；一年後，發表《上海文藝之一瞥》，繼續批左；再一年，又發表《辱罵和恐嚇決不是戰鬥》，還是批左；到了1935年，勸阻蕭軍、蕭紅加入左聯，說在外面還可以做事情有成績，一進去就會陷在無聊的糾紛之中；接著就是1936年的「兩個口號」之爭，徹底的決裂。──事實上，魯迅的加入左聯，是既勉強又有保留的，並不那麼積極主動，心甘情願。出席了左聯成立大會以後不久，他就在給友人的信裡明白地說出了當時的心境，說十年來在文學事業上不斷幫助青年們而不斷失敗、受欺，因為「但願有英俊出於中國之心終於未死，所以此次又應青年之請，除自由同盟外，又加入左翼作家聯盟，與會場中，一覽了薈萃於上海的革命作家，然而以我看，皆茄花色，於是不佞勢又不得不有作梯子之險，但還怕他們尚未必能爬梯子也，哀哉！」（致章廷謙）

後來的事實驗證了魯迅的這一看法。1930年到1936年，從貌合神離到徹底決裂，這中間，魯迅體驗到了更大的失敗和受欺的苦痛，也耗去了他

更多的精力。以往的文學史對此或略而不提，或輕輕帶過，卻全力去附會毛澤東的「反國民黨的文化圍剿」之說。──「圍剿」是有的，而且是魯迅自己首先使用這兩個字的，不過，這不是什麼「國民黨的文化圍剿」。國民黨沒有真正的作家，幾個御用文人在文化上根本布不成陣，除了造謠之外，他們只會用書報檢查、員警、監獄來武力鎮壓，哪有什麼「文化圍剿」？魯迅是在《三閑集序言》裡談到對他的圍剿的，說的是創造社、太陽社和新月社，還具體提到了李初梨、成仿吾、郭沫若等人。到了後來，更有從背後射冷箭的田漢、廖沫沙，在上面做工頭、總管的周揚、夏衍，以及最後直接打上門來的徐懋庸等等。怎麼能無視、抹煞這更重要的真正的「文化圍剿」呢？──毛澤東無視這一切，把三十年代上海文化界的複雜形勢簡單地「一分為二」，說成僅僅是國共兩黨之間的敵我鬥爭，以掩蓋和否定左翼陣營內部的嚴重分歧和長期鬥爭。這實際上是維護了左傾教條主義和宗派主義，否定了當時中共領導人和魯迅的反左鬥爭。1949年以後一直把「革命文學」開始的極左傾向奉為正宗、正統，就是以《新民主主義論》的這些說法為依據的。

《新民主主義論》對魯迅的論述也是違背事實的。在上述「圍剿─休戰─圍剿」的過程中，魯迅既反左也曾一度受左的影響，但他始終是獨立的、自由的。在當時的政治格局中他傾向於共產黨，這是很明顯的，但說不上是「共產主義者」、「黨外布爾什維克」。從思想信仰方面說，啟蒙主義立場和個人主義、人道主義思想貫穿了他的一生。他曾承認創造社「擠」他讀書而「救正」了他只信進化論的偏頗，卻並不是不再信進化論而「只信」階級論。他研究並相信馬克思主義理論，卻並未放棄原來的思想，他「拿來」一切有價值的東西而並未獨尊哪一家、哪一派。在政治態度上，他並沒有「抽象地看黨」，他熱愛敬重柔石、白莽和雪峰那樣的共產黨人，也憎惡周揚、徐懋庸式的黨員。除了馮雪峰代筆的文章和書信電文以外，他本人沒有在文章裡正面談到過對中共和毛澤東的看法。關於魯

迅與中共關係的種種說法，大多出自馮雪峰的回憶和評論，其中有太多主觀成分，需要認真分析。

雪峰與魯迅相互信任，有深厚的友誼，這是事實。但還有另外的一面，即雪峰不僅是以學生、朋友的身份與魯迅交往，同時他還是黨的代表，有政治重任，在這一方面，他們之間是有距離的。胡風就談到過這方面的情況：當年雪峰代魯迅寫了《論我們現在的文學運動》以後，念給魯迅聽，魯迅表示同意，但神情有些厭煩，更不願說什麼。從魯迅家裡出來，雪峰對胡風說：「魯迅還是不如高爾基，高爾基的有些政論文章就是黨派給他的秘書代寫的，他只簽個名。」──後來，胡風和魯迅談到雪峰代筆的這篇文章，說很像魯迅的口吻，魯迅當即反駁說：「我看一點都不像。」──由此可見，雪峰對魯迅的認識和描述，是從黨的要求、黨的標準出發的，所以他讚賞高爾基而抱怨魯迅。殊不知，高爾基已成了布爾什維克和史達林的政治工具，而魯迅沒有，魯迅始終是獨立的、自由的、清醒的，他對那些「左得可愛」、「左得可怕」的革命文學家一直懷有深深的疑懼。早在1928年，他就說過：「所怕的只是成仿吾們真的像符拉特米爾·伊力支一樣，居然『獲得大眾』；那麼，他們大約要飛躍再飛躍，連我也會陞到貴族或皇帝階級裡，至少也總得充軍到北極圈內去了」。到了1936年，他又問剛從陝北來的馮雪峰：「你們到了上海，首先就要殺我吧？」──不能把這些話僅僅看成是戲言，歷史早已印證了他的話：後來，他的真正的傳人幾乎全部罹難了。最近公佈的1957年毛澤東在上海回答羅稷南問時所說的──「（如果魯迅還活著）要麼是關在了牢裡還要寫，要麼是顧全大局不說話」，則進一步為上述魯迅的預言作了確證。

以上種種，充分說明，以往的文學史對魯迅與左聯、左聯與左翼、左翼與「三十年代」之間的關係的論述是不符合歷史事實的，關鍵是既誇大了左聯的作用，又掩蓋了魯迅與左聯中的極左勢力的深刻矛盾和嚴重分

歧。事實本來是清楚的：左聯不等於左翼，左翼也不等於「三十年代」。在三十年代的中國文壇上，圍繞在《新月》、《現代》、《大公報》以及開明書店、文化生活出版社等等周圍的大批作家，有著可觀的文學成就，是新文化、新文學的重要組成部分，怎可視而不見甚至一筆抹煞呢？而左翼作家中最有成就者，如巴金、老舍、曹禺以及蕭軍、蕭紅等，都並未加入左聯。就連左聯主要骨幹的丁玲、茅盾，也是加入左聯以前的作品優於加入左聯後的作品。而且，連魯迅也未能例外，他後期的帶有更多政治色彩的論戰文章，也不如前期那些文化批判的雜文名篇。

這一切的一切，全都可以歸結到文藝與政治的分野上。事實清楚而又耐人尋味：左聯的九年是以論爭始，又以論爭終的，而論爭的主題和焦點，竟然是當不當「留聲機」、「黨喇叭」的問題！一開始，1928年，郭沫若等宣導「革命文學」，要求文學和作家充當革命的「留聲機」；後來，到了1936年，還是郭沫若，擁護「國防文學」，甘當「黨的喇叭」。魯迅則始終拒絕並反對這種「非革命的急為聖賢立言」翻出來的「載革命之道」、「為領袖立言」的新的「文以載道」論。

這是左翼文藝運動中的兩種不同的傾向和傳統。一種是從五四文學革命運動發展而來的新文學傳統；一種是要「脫去五四衣衫」、革文學革命之命的極左傾向。前者當時被稱為「魯迅派」、「雪峰派」，也就是後來的「胡風派」；後者就是終於成為主流、正統的「周揚派」。

3

左聯解散了，有組織的左翼文藝運動結束了，但是，文壇上的左翼力量並未消失，隨著抗日戰爭的全面爆發，抗日統一戰線的進一步發展，這股力量也進一步得到了發展。在以後的十年（1938—1948）間，左翼文藝家（胡風派和周揚派）分別在兩個地區，通過三次大論爭，形成了一種

新的格局。——兩個地區是大後方與根據地，三次論爭包括1940年的「民族形式」問題論爭、1942年延安文藝整風、1945年重慶的現實主義問題論爭。所形成的新格局，就是「大後方」與「根據地」的分道揚鑣。這是三十年代左翼文藝運動的蛻變，可以把這個時期稱為後左翼時期。

　　這裡要特別提出的，是三十年代左翼文藝運動中的一種值得注意的特點，即運動中出現的那些極左的理論觀點和口號，全都是中共黨員提出的，並不是中共高層領導的統一部署；相反，批評糾正這些極左思潮並促使論爭向正確方向發展的，正是中共高層領導。這方面的事實也很清楚：1929年，李立三、周恩來和潘漢年制止了創造社、太陽社對魯迅的攻擊，批評了他們的左傾錯誤，並派馮雪峰與魯迅協商，停止論戰，聯合起來成立了左翼作家聯盟。1932年，是張聞天批評了左翼理論家在對待「第三種人」和「文藝自由」問題上的教條主義和宗派主義，發表了《文藝戰線上的關門主義》一文，從理論上分析了這種左傾錯誤的實質和危害，由馮雪峰撰文作自我批評，重申對「藝術價值」、「創作自由」的看法和對待「同路人」的態度。到了1936年，又是張聞天和周恩來，派馮雪峰到上海處理左翼文壇的紛爭，批評周揚們的教條主義和宗派主義錯誤，結束了「兩個口號」論爭。當時，劉少奇也發表文章，和周恩來、張聞天持同樣的態度。由此可見，三十年代的左翼文藝運動，是在中共高層的不斷糾左的過程中發展的；以魯迅為代表、由胡風馮雪峰所總結繼承的從五四到左翼的新文學現實主義傳統，也正是在這一過程中形成的。

　　同樣值得注意的是，到後左翼時期的四十年代，——確切地說，在1942年文藝整風前的延安地區，這種不斷糾左的發展趨勢發生了逆轉，轉而向左，重新肯定先前一再受到批判的極左傾向，並把它當成先驅、正統，使得那些左傾教條在戰時農村的特殊條件下得到迅速發展，成為一種有中國特色的左傾教條主義，一種土洋結合、古今一體的文化思想和文論體系。這套理論也同樣標榜五四、魯迅、現實主義，並以真正的正宗、正統自居。

　　這就是四十年代所形成的兩種五四傳統、兩種現實主義理論體系相對峙的格局。胡風稱這種對峙為「雙包案」，並把左傾教條主義取代現實主義而佔據主導地位的過程，稱之為「狸貓換太子」。

　　左翼文藝運動指導思想上的這種從糾左到向左的逆轉和變化，既有歷史的必然，也有個人偶然因素，這就是周揚與毛澤東在延安的相遇，這種遇合所帶來的洋教條與土傳統的結合。當年周揚在上海因反對魯迅而遭受挫折，在文藝界的威信大受影響，後來到了延安，因為與毛澤東相知而發跡。這之間的發展變化，與後來幾十年的中國文學史、思想史及知識份子的命運緊密相關。可以說，周揚是在失意時去到延安的，他沒有想到毛澤東會很快接見，而且不但沒有批評他，反而給予安撫，後來又委以重任。這種知遇之恩，不能不令周揚沒齒難忘。他編譯《馬克思主義與文藝》時讓毛配享馬恩列斯之後，毛自然也不會毫無所動。當然，更重要的是二人的思想觀點的一致，上下配合的默契。周揚的「國防文學」理論與毛澤東的工農兵方向，在兩個基本問題上是完全一致的，這就是怎樣看待文藝與政治的關係和怎樣看待小資產階級知識份子作家的問題。周揚在上海時，因為這兩個問題上的左傾機械觀點而受到批評；到延安後，他從毛澤東那裡找到了為自己辯護的理論根據並得到了支援。同時，他也用他所熟悉的新文學知識為毛的理論框架作了補充和注疏。於是，周揚的洋教條嫁接在了毛澤東的民粹主義老根上，構成了一種古今中外混合型的文論體系。

　　這就是以毛澤東《在延安文藝座談會上的講話》為代表的，以「工具論」、「皮毛論」、「源泉論」為三大理論支柱的「工農兵方向」。——工具論規定文藝必須為政治服務，從屬於政治；源泉論確認客觀生活是文藝創作的唯一源泉；皮毛論論證小資產階級知識份子作家必須改造思想，工農化。——這套理論產生於戰時農村的特殊環境，而且本來就是針對知識份子的，所以不以關係到文藝本質和創作的工具論、源泉論為中心，而以皮毛論為中心，也就是說，出發點和落腳點都在改造和規範知識份子的

思想行為。正因為如此，周揚以及何其芳等都把這套理論的基本精神、基本原則概括為「文藝為群眾與如何為群眾的問題」。群眾，指的就是工農兵；而工農兵，在當時當地基本上都是農民（包括從事工業勞動的農民和參軍的農民）。從這裡，可以清楚地看到這種理論的民粹主義本質和特色——以農民的眼光審視一切，抬高農民而貶斥知識份子，重視物質生產和體力勞動而輕視精神創造和腦力勞動，固守本土傳統而排拒外來新思想。

周揚在延安時期有兩篇重要文章：《〈馬克思主義與文藝〉序言》和《表現新的群眾的時代》。前者是用馬恩列斯和高爾基、魯迅的話以「六經注我」的方式詮釋毛澤東的《講話》，後者是對這一方針指導下的延安文藝運動（新秧歌運動）的讚揚和總結。從這兩篇文章，可以看到馬克思所說的那種從「龍種」到「跳蚤」的變化。在這裡，馬克思的理論體系被拆卸成了僵死的條文，而且是用費爾巴哈以前的唯物論解釋社會存在與社會意識的關係，用古老的暴力論解釋由歷史所形成的階級和階級之間的關係，硬說這就是馬克思的歷史唯物主義。上面提到的那「三論」——工具論、皮毛論、源泉論，就是建立在這種機械論的理論基礎之上的。至於說農村的新秧歌運動是實踐這種理論的結果，那倒是事實。不過，應該也實事求是地承認，這種古已有之的農村秧歌活動，即使更換了新內容，實際上也依然是一種含有教化作用的民俗娛樂活動。重視這種農村文化活動是應該的，但以此作為文藝運動的主體，並用以取代五四以來在知識份子和青年學生中生長起來的新文學運動，則是錯誤的，在這裡，清楚地顯示出這種民粹主義思想的偏狹和荒謬。

這套理論之所以能夠迅速形成並擴大其影響，除了抗戰時期的時代環境原因之外，還因為這套理論有著深厚的傳統根鬚和最新的革命包裝。在社會歷史觀方面，毛澤東的農民造反史觀和史達林的「勞動人民創造歷史」論本來是一致的；在文藝觀方面，祖傳的「文以載道」與新引進

的「社會主義現實主義」也可以相通。這裡既有「古為今用」，也有「洋為中用」，顯得既符合馬列主義又有中國特色。——還有一個不可忽視的重要原因，即這一理論是隨著毛澤東的領袖地位和思想權威的建立而顯示其力量的。這中間，中國知識份子的傳統性格起了相當的作用——熱心政治，依附權勢，敬畏聖王，正是這種士大夫遺傳的奴性心理基因，使得一些人，首先是周揚，毫不懷疑地接受了這套理論，並成為它的權威解釋者、捍衛者、立法者。

這也很自然，因為這套理論本來就不是真正的美學思想和文藝理論，而是政治家從政治需要的角度利用和控制知識份子的策略。多年來人們一直稱這套理論為「文藝方向」、「文藝路線」、「文藝方針」、「文藝政策」，正說明了這一點。上文提到毛澤東與周揚之間的思想一致、配合默契，其契合點就在這裡。周揚並不是一個真正的文學家，他是代表政治家在行使「文藝總管」的職能。從進入文壇開始，他一直在從事理論批評和組織領導工作，而他的理論批評也不是從創作和欣賞的角度出發，深入文學藝術內部研究其本質特徵，探討其創造機制和發展規律，而是從外部、從政治功利的角度著眼的。這一切又與他的性格和經歷有關。周揚一向熱心於政治，一開始，他就是以自己的政治優勢在文壇嶄露頭角的，後來他一直保持著這一優勢。所以他自己說他最大的優點是「緊跟黨走」，胡風也說他「政治上真敏感」。正是這種政治敏感，使周揚能夠長期在文藝界擔任「政委」的角色，從三十年代到六十年代，一直周旋於政治與文藝、政治家與文藝家之間；他的輝煌，他的悲劇，均由此而來。

4

胡風則不同，從開始走上文壇，到最後離開人世，他始終是一個真正的文學家——詩人、批評家。他曾在文協（中華全國文藝界抗敵協會）任

職，一直在編輯文學期刊，但都是以詩人和批評家的身份在從事這些工作的。這就是說，與周揚不同，他是從文學本身，從文學的本質和規律的角度進行研究和批評的，所以他的著眼點不在文藝與政治的關係，而在文學本身的創造——創作主體，創作對象，創作過程。從三十年代開始，他的理論批評就一直集中在這裡：怎樣看待作為創作主體的小資產階級知識份子作家，怎樣看待作為創作對象的以農民為主的人民大眾，怎樣看待作為一種特殊的精神創造活動的文學創作。上面提到的他自己特別重視的三個概念——主觀精神，精神奴役的創傷，形象思維，就是由這裡來的。他一向以五四傳統、魯迅傳統的繼承者、捍衛者自居；他一生執著地學習、繼承、追求的，是魯迅精神——一位偉大的啟蒙思想家、文學家的精神和人格。精神，當然是主觀的；偉大的人格，當然有偉大的力量。這就是胡風向作家們要求的「主觀精神」和「人格力量」。這種精神和人格並不體現在顯赫的身份或莊嚴的誓詞上，而是流貫在他的血液和神經裡，體現在他的一言一行中，所以又叫做「生活意志」。在當時，在那種民主鬥爭和文學運動的具體實踐中，又稱之為「戰鬥要求」。——這一切，主觀精神、人格力量、生活意志、戰鬥要求，全都是指向人的精神層面的，這是對「精神界的戰士」的作家的要求，有什麼不可以的呢？從《新青年》發端的五四新文化運動，不是曾被看成是思想解放、個性解放、人的解放、文藝復興，同樣是指向人的精神層面的嗎？歷史事實本來是清楚的，五四精神、五四新文化、新文學的基本精神就在這裡——「尊個性而張精神」！至於說愛國主義，也離不開這種啟蒙、立人的出發點。

胡風就是承繼著這一傳統，帶著這樣的思想武裝，從三十年代走向四十年代，從上海亭子間來到大後方的山城重慶，繼續他的文學活動，開始了又一輪的文藝論爭。

這是胡風的思想理論進一步發展並趨於成熟的時期，後來被稱為「胡風文藝思想」的理論體系，就是在這個時期形成的。他的兩本重要著作，

《論民族形式問題》和《論現實主義的路》，就正是產生於這個時期的一頭一尾，即1940年和1948年。——到了1982年，胡風曾明確地指出：在他的理論著作中，《論民族形式問題》和《論現實主義的路》最為重要，最能代表他的思想；只有緊密聯繫當時的社會現實和思想理論鬥爭的實際，才能真正理解這兩本書。與此同時，他還解釋說：他的現實主義理論主要來自他對魯迅的思想鬥爭和文藝實踐的理解；他對馬克思主義的理解，主要來自《德意志意識形態》和馬克思恩格斯關於文藝問題的那幾封信（注）。——這兩點提示非常重要，由此可以瞭解到胡風文藝思想產生的現實基礎和思想淵源，以及他和周揚的分歧的根本原因。

這兩本論著都很注意對文學運動作歷史的考察，同時又各有側重：《論民族形式問題》從文藝形式談到新文學、新文化的發展方向和道路問題；《論現實主義的路》則更重視從創作實踐角度論證文學藝術的本質和規律。更值得注意的是，這兩篇論著都是在論爭的後期提出來的，帶有全面評析和總結的性質。問題是，這兩次論爭的發生都是由毛澤東的指示引起，而胡風的評析和總結都與毛的觀點相左，甚至剛好相反。與此同時，這兩本書都以堅持和發揚以魯迅為代表的五四新文學現實主義傳統為中心為目的，這可以從它們的副題上看出來：《論民族形式問題》的副題是「對於若干反現實主義的傾向的批判提要，並以紀念魯迅先生逝世四週年」，《論現實主義的路》的副題是「對於主觀公式主義和客觀主義的粗略地再批判，並以紀念魯迅先生逝世十二週年」。——胡風當時並沒有意識到他與毛澤東之間的這種分歧和對立，後來意識到了也無法面對，而只能曲意辯解。

這就是魯迅所說的那種「隔膜」，文學家與政治家之間的隔膜。1938年，毛澤東在中共六屆六中全會上提出馬克思主義「中國化」和「民族形式」問題，是從政治鬥爭的需要出發的，一些文化人把他的那幾句話——「新民主主義內容，民族形式」，「中國老百姓喜聞樂見的中國作風與中

國氣魄」等等，當成了對文化藝術工作的要求，一時間議論紛紛，糾纏於
文藝形式（體裁、樣式）的新舊優劣之爭。胡風針對其中泛起的民粹主義
復古主義傾向，寫了《論民族形式問題》，以保衛五四新文化傳統。他不
知道，他所批判的民粹主義、農民主義，正是毛澤東所說的「中國化」、
「中國特色」的實質所在。毛於1927年提出「槍桿子裡面出政權」，「農
村包圍城市」的戰略思想，經過十年奮戰，實踐驗證了他的主張的正確
性，從而確立了他在軍事上政治上的權威地位。不過這並不是什麼新思
想、新創造，而是中國歷史上的老例：從劉邦到朱元璋，從李自成到洪秀
全乃至袁世凱、蔣介石，不都是「槍桿子裡面出政權」嗎？歷史上那一次
又一次的農民起義所造成的改朝換代，走的不也是「農村包圍城市」的道
路嗎？善於總結和運用這樣的歷史經驗並獲得了勝利，當然是成就，是功
勞。不過問題更在於，勝利以後怎樣？也就是顧准所一再提到的魯迅的問
話：「娜拉走後怎樣？」——本來，已經到了二十世紀，還要用這種古老
的暴力方式來改造社會，正說明中國社會的停滯落後，所以魯迅說孫中山
的屢屢受挫，是因為他沒有自己的「黨軍」。不看到這一點而誇大農村槍
桿子在社會變革中的地位和作用，就會給以後的歷史發展帶來嚴重後果，
歷史也已經證明了這一點。

　　當時，在提出馬克思主義「中國化」和「民族形式」的主張的同時，
還對「洋教條」發起了猛烈攻擊，說「洋八股必須廢止，空洞抽象的教條
必須少唱，教條主義必須休息」。這是一種「揚土抑洋」的謀略，其目的
和作用有二：一是抵制和擺脫蘇共即共產國際的控制，按照中國的具體情
況進行革命；二是壓倒黨內有留蘇留歐背景的領導人（王明、博古、張聞
天、周恩來等），確立毛澤東的領袖地位。後來的歷史證明，其效果是雙
重的：既取得了巨大的勝利，推翻了國民黨的獨裁統治，建立了新政權，
也留下了嚴重的後患——在拋棄「洋教條」的同時也遠離了馬克思，在強
調重視中國社會的實際的同時卻陷入了小農的汪洋大海之中，甚至出現了

魯迅和胡風警告過的「取木乃伊的人也變成了木乃伊」的悲劇，從而一步步走向了文化大革命。

前不久推出的新版《毛澤東文藝論集》，首次刊印了1939年11月7日毛澤東致周揚的信，這封信可作為上述種種的有力證詞。毛在信裡告誡周揚，不要一般地說都市新、農村舊，「就經濟因素說，農村比都市為舊，就政治因素說，就反過來了，就文化說亦然。」因為「農民基本上是民主主義的，即是說革命的」，「所謂民主主義的內容，在中國，基本上即是農民鬥爭，即過去亦是如此，一切殖民地半殖民地亦如此。現在的反日鬥爭實質上即是農民鬥爭。」——這就是說，一切「民主鬥爭」、「民主主義的內容」，包括殖民地半殖民地的民族民主革命運動，全都是農民鬥爭，所以，只有農民才是革命的動力、主力。在這裡，在這封私人信函裡，那些馬列主義詞句的包裝，像「資產階級民主主義革命性質」、「無產階級領導」等等，全都略去了，說得如此坦率明瞭。正是在這一思想指導下，原本是軍事戰略的「農村包圍城市」，便推而廣之，成了政治路線和文藝方針，由此不但「馬上打天下」，而且「馬上治天下」、「馬上治文化」。信裡還提到，毛為正在構思的《新民主主義的政治與新民主主義的文化》（即後來的《新民主主義論》），曾不止一次地與周揚交換意見。可見，從《中國共產黨在民族戰爭中的地位》（1938）到《新民主主義論》（1940）到《在延安文藝座談會上的講話》（1942），在毛澤東的這種民粹主義思想文化方略的形成過程中，周揚是知情並起了一定作用的，如前文所說，他的輝煌與悲劇，均與此有關。

胡風則不同，他並不知道有這封信，更不知道《新民主主義論》與周揚及這封信的關係。他是按照原來的提法去理解毛的新理論的，以為這種「無產階級領導下的新民主主義」與以往的「馬克思主義與工人運動相結合」的提法是一致的。他當時並沒有看出，「中國化」、「中國老百姓所喜聞樂見的中國作風與中國氣派」，就是「與農民鬥爭相結合」，而這種

結合的結果，就是馬克思主義詞句包裝下的民粹主義。——後來他曾慨歎地說：當時只是從文藝上提出問題，當時也只能從文藝上提出問題，並沒有看得那麼遠。《論民族形式問題》確實是從文藝上提出問題的，但議論所及，卻遠遠超出了文藝，觸及到了新文化運動的方向和道路問題，甚至觸及到了中華民族求解放的方向和道路，也就是現代化的方向和道路的問題。正因為這樣，李澤厚才把這次關於「民族形式」問題的論爭，看成是中國現代思想史上的重要關節之一。

在《論民族形式問題》一書裡，胡風提出了兩個與毛澤東針鋒相對的觀點，一個是關於農民的，說「農民的覺醒，如果不接受民主主義的領導，就不會走上民族解放的大路，自己解放的大路；因為，農民意識本身，是看不清楚歷史也看不清楚自己的。」另一個是關於新文學的，說「以市民為盟主的中國人民大眾底五四文學革命運動，正是市民社會突起了以後的，積累了幾百年的、世界進步文藝傳統底一個新拓的支流」，「五四新文學從它們接受了思想、方法、形式」。——這就是以往不斷受到嚴厲批判、被說成是誣衊農民的「農民落後論」和吹捧資產階級的「分支論」、「移植說」。其實，這些看法都是正確的，既是事實，也是常識，而且是馬克思主義常識。如胡風所說，一些人只看到農民是絕對多數，是戰爭的主力，就誇大其地位和作用，並向他們所熟悉的舊形式納表投降，這對於新文化運動和民族解放運動來說，即使不發生「拖住」（魯迅語）的作用，也絕對無從完成什麼重要的任務。非常不幸的是，後來的歷史否定了他這個「即使不」而選擇了魯迅所擔心的「拖住」；這種不幸，卻反過來驗證了胡風的歷史眼光和思想深度。

他的另一本重要論著《論現實主義的路》，是在八年以後，在又一次論爭的後期寫出來的，是對論爭對手的答辯，也是對十年來的文學運動的總結。1940—1948年間，中國發生了極大變化：抗戰終於勝利了，內戰打響了又接近尾聲了，毛澤東的聲望迅速提高，變成「人民大救星」了。這中

間，思想文化界有兩件大事：延安文藝整風和重慶文藝論爭。前者標誌著毛澤東文藝方針的形成和權威地位的確立，後者標誌著胡風文藝思想的趨於成熟並成為推行毛澤東方針的重要障礙。重慶論爭爆發於1945年，在此以前，兩種文藝思想的分歧已經很明顯，引起了延安方面的注意。1944年，胡風代文協理事會起草的《文藝工作的發展及其努力方向》一文，提出了與《講話》正好相反的主張，說文藝家必須提高自己的人格力量和戰鬥要求，社會也應該認識和尊重這種人格和要求。到了1945年，他又寫了《置身在為民主的鬥爭裡面》，進一步闡述這種主觀精神、人格力量在創作活動中與客觀對象之間的相互作用與融合過程。這就是他所說的藝術創作中的現實主義的基本規律，他認為，創作中出現的不良傾向，大都是違背了這一規律所造成的。應該說，這種對創作過程，創作過程中主客觀之間的複雜關係的深入具體的探討，是胡風文藝思想中最具有獨創性也最有價值的部分。但是，這種用生疏的詞語所闡述的精微理論，很難為一般缺乏藝術實踐經驗的人所理解；更因為直接違反《講話》的觀點，很快就受到了指責。論爭就是圍繞著胡風的這一現實主義理論展開的，所以史稱「關於現實主義問題的論爭」。胡喬木與舒蕪談話時，點出了分歧的關鍵和實質所在：「延安在批判主觀主義，你們卻在鼓吹主觀精神，毛澤東同志把小資產階級的革命性與無產階級的革命性嚴格區別開來，你們卻把兩種革命性混淆起來。」後來，喬冠華等在香港發起對胡風的批判就是由此出發，集中批「主觀唯心主義」和「資產階級個人主義」。胡風的《論現實主義的路》，就是回答那幾年的批判並進一步闡述自己的現實主義理論觀點的。

《論現實主義的路》是胡風著作中最有理論深度又最有論辯性的，表現出了遠比他的對手們高的馬克思主義理論水準，無論在美學方面還是歷史、哲學方面。首先是他抓住了根本，根本就是人，他明確指出了他與對手們在對人的理解和態度上的根本分歧。文學創作是一種人為了人而描寫人給人看的只有人才有的活動，因此，首先必須弄清楚，這裡的「人」與

「活動」究竟指的是什麼。正是在這裡，胡風與《講話》及其闡釋者之間存在著根本分歧。《講話》是專門談論文藝問題的，但在對待人的問題上，卻同《中國社會各階級分析》一樣，也是從社會政治角度出發，說的是政治上的人、階級的人，是「敵、我、友」，是「人民」、「群眾」、「工農兵」、「小資產階級知識份子」等等。毛澤東和喬冠華等對這些抽象的人、概念的人所下的評語，如乾淨、善良、優美、堅強、健康，或醜惡、卑鄙、自私、骯髒等等，也全都是從概念出發的、籠統的。這樣的指導思想和批評原則，當然只能催生出無數公式化概念化的次品和贗品。胡風的看法則大不相同，他所說的人，就是馬克思在《德意志意識形態》裡所界定的現實的人、具體的人，這是有思想有感情，有著不同的性格、氣質、心理特徵和精神狀態的有血有肉的活生生的人，這樣的人全都生活在複雜萬狀又變動不居的社會網羅之中，相互間有著各種各樣的複雜關係。其中當然有階級關係、階級性，不過如魯迅所說，是「都帶」階級性而非「只有」階級性。胡風是從文學創作的角度探討人的問題，所以他沒有首先從階級上去區分，他的提法是：「對於作為創作者的人和創作對象的人的理解」。

按照他的理解，文學的任務是描寫「活的人，活人的心理狀態，活人的精神鬥爭」，而作家和他的對象都是感性活動，實踐的人，所以創作過程不可能是單向反映，而只能是一種雙向互動過程。作家向對象突進、深入，和對象一起進入現實和歷史的深處；在這同時，對象也突進、深入到了作家的內心深處，激起他的全部精神積累和感情記憶，從中吸取能夠吸取的一切，生發能夠生發的一切。這既是體現對象的攝取過程，也是克服對象的批判過程，在作家本身，則是「自我鬥爭」和「自我擴張」的過程。正是在這樣的雙向突進、深入的精神鬥爭、精神創造過程中，作家和他的人物一同成長。——這不就是別林斯基所說的那種孕育新生命似的創作過程嗎？新生命所吸取的一切都來自母體，在那裡，客觀外界的物質營

養都已經融入了母親的機體和生命，能機械地去區分主客觀、物質與精神嗎？在這裡，最重要的當然是作家的主體性，不但是相對於自然、社會的那種主體性，更重要的是做自己的主人，把自己轉化為客體，審視自我，如托爾斯泰所說，作家應該去研究「只有在我們自身的意識中才能觀察到的內心生活活動最隱秘的規律」，而不能止於從外部去觀察人、研究人，「誰不以自身為對象研究人，誰就永遠不會獲得關於人的深邃的知識」。魯迅稱陀思妥耶夫斯基既是犯人又是法官，也是同一道理。這當然不僅僅是知識能力問題，更重要的是人格、意志、情感、胸懷的問題，這是對作家自我的極高要求。胡風那麼重視主觀精神、人格力量，原因就在這裡。

5

　　這一理論之所以遭到批判，就因為它與《講話》裡的「源泉論」直接相衝突。《講話》第二節裡專門談文藝創作的那一大段話，說的是社會存在與社會意識的關係，意識形態的共性，屬於哲學常識。其中，人們背得滾瓜爛熟的那段話：「中國的革命的文學家藝術家，……到群眾中去，……觀察、體驗、研究、分析……，然後才有可能進入創作過程」，說的是從生活到創作的全過程：「然後」以前是認識過程，從感性認識到理性認識；「然後」以後才是創作過程，把經過研究分析所獲得的理性認識加以形象化。這不就是那個「感性—理性—感性（形象）」的模式嗎？後來那種「領導出思想，群眾出生活，作家出技巧」的妙論就是從這裡來的。可見，這種創作過程是以理性認識為起點，從概念出發的。如歌德所說，「究竟是為一般而尋找特殊，還是在特殊中顯現一般，這中間有很大的區別」，「藝術的真正生命正在於對個別特殊事物的掌握和描述。」——《講話》與《論現實主義的路》所說的，就是兩種不同的創作和創作過程。《講話》所說的是一般應用文——新聞、調查報告、宣傳材料之類

的寫作，那些公式化概念化和客觀主義的作品的寫作，大體上也類乎此。
胡風的《論現實主義的路》所說的，是真正的藝術創作，而真正的藝術創
作過程是以對於血肉的現實人生的「感應」、「感受」、「感動」、「感
激」為起點的，是主客觀——作家和他的對象的活的生命運動過程。這是
兩種不同的寫作方式，一種是用腦，靠學識、才能和技巧；一種是用心，
靠感情、意志、人格乃至生命；前者如茅盾、姚雪垠，後者如魯迅、巴
金。二者的區別就在於有沒有「藝術的真正生命」，這藝術的真正生命就
來自作家的生命和他的對象的生命——他們的個性和主體性。正因為如
此，胡風才緊緊抓住那三個概念——「主觀戰鬥精神」、「精神奴役的創
傷」、「形象思維」，闡述他的現實主義理論。

　　正是這種現實主義精神，使得胡風能夠在歷史轉折關頭保持清醒，沒
有附和當時正在興起的貌似激進而實為倒退的民粹主義思潮，這集中反映
在他對知識份子和農民以及他們之間的關係的看法上。正是在這個涉及到
中國社會發展方向的關鍵問題上，突顯出胡風與毛澤東之間的根本思想分
歧。毛澤東對知識份子的看法與態度，已是世人皆知的事實，無須多說，
應該指出的是他的這種態度的由來。前面已經提到，毛的「階級分析」來
自他的農民造反史觀，與馬克思的歷史唯物主義無關。他只從貧富、有權
無權來區分人群，並不注意生產方式和社會經濟形態的歷史變化，把奴隸
主、地主、資產階級同樣看待，把奴隸、農民與工人階級扯在一起，排成
兩軍對壘的階級鬥爭格局。在這種僵死的非歷史的階級鬥爭公式裡，自然
要否認資產階級的歷史貢獻，拒絕人類在資本主義發展階段所創造的思想
文化，排斥這種思想文化的載體——知識份子。後來，這一階級鬥爭公式
被濃縮成一個簡單的口號：「興無滅資」——實際上是「興農滅知」，上
世紀中期那一系列災難性的運動，就是在這一思想指導下進行的。

　　在這個問題上，胡風的看法和態度與毛澤東剛好相反。他在《論民族形
式問題》裡已經明確肯定了西方資產階級自文藝復興以來的思想文化傳統，

現在更是自覺地站出來為知識份子說話。——據巴金回憶，他曾問胡風為甚麼受批判，胡風的回答是「因為我替知識份子多說了幾句話」。那是他正在寫《論現實主義的路》的時候。有關知識份子和農民的地位和作用的論述，也是這本書裡最值得注意的地方。應該特別指出的是，在那個時候，即1948年秋天，胡風就已經把知識份子看成是勞動人民的一部分，並進行了全面分析：第一，把中國現代知識份子與舊中國的士大夫讀書人加以區別，指出這是一個五四新文化運動前後形成的，既脫離了封建皇權，又沒有依附於新統治集團的新的社會群體。第二，現代知識份子是腦力勞動者，是靠出賣腦力勞動為生的，物質上的貧困和精神上的不自由、受屈辱，說明他們本來就在人民中間，而且有革命性。第三，知識份子是新文化運動的主體，中國的社會變革——中華民族的解放和中國的現代化，是以思想文化啟蒙運動為先導的，因此，應該實事求是地對待知識份子。——胡風的這些看法既符合歷史事實，又符合馬克思主義。馬克思、恩格斯和列寧都談過「灌輸」問題，即工人階級不可能自發產生社會主義思想，需要由知識份子從外部「灌輸」。工人尚且如此，農民能像毛澤東所說的原本就是民主主義者嗎？魯迅說過：「由歷史所指示，凡有改革，最初，總是覺悟的知識者的任務」，中國近現代史上的幾次大的變革，洋務運動、戊戌變法、辛亥革命、五四新文化運動，不全都是由知識份子首先發動的嗎？中國的現代政黨，從同盟會到國民黨，從共產主義小組到共產黨，不也是在知識份子中產生的嗎？當然，有另外一條歷史線索：大順軍、太平軍、義和拳——1926、1966年的造反運動。前者是現代化的道路，後者是停滯、倒退和災難。說胡風清醒，就因為他拒絕了後一條路，不願當「從龍」的秀才，而一直堅持現代知識份子的立場，哪怕付出再昂貴的代價。這就是魯迅所說的，「真的知識階級是不顧利害的，如果想到種種利害，就是假的、冒充的知識階級」。

不過，胡風也並沒有走向另一極端，而是始終如魯迅所說，把自己看成是「大眾中的一個人」，是同處在「鐵屋子」裡的，只是先醒過來罷

了。所以他並不特別看重知識份子，相反，對知識份子的批評則更尖銳更嚴厲，有時顯得過於苛刻。他談到人民身上的「精神奴役創傷」的時候，卻始終是「衷悲」「疾視」——誠摯而有分寸的。他那兩個一再受批判的提法：「人民的生活要求裡面潛伏著精神奴役的創傷」、「封建主義活在人民身上」，實際上是豐富而又深刻的科學論斷，不但體現了五四傳統中的人道主義、啟蒙主義精神，而且與馬克思、恩格斯的看法一致。他一方面肯定人民擔負勞動重任的偉大歷史作用和自身的解放要求，同時又指出，這種歷史作用和解放要求是以封建主義的安命精神為內容的，因而總是被禁錮、麻痺、悶死在「自在的」狀態之中。他舉太平天國為例，說明那種反抗鬥爭必然失敗的命運。中國的歷史就是在這種不斷造反、不斷改朝換代的循環中延續——停滯的。他痛陳這一切，是希望中國有良知的作家能本著五四啟蒙精神，擺脫「歌頌」、「暴露」教條繩索的束縛，如實地寫出人民的生存狀況和精神狀態，促使他們覺醒，從精神奴役下突圍出來，從「自在」進到「自為」，獲得個性解放，獲得自由，真正成為自己的主人。——從上世紀八十年代到如今的農村改革，不就是在走這條路，在補這一課嗎？

至此，1940—1948年兩次論爭的根本分歧的關鍵所在已經十分清楚，就集中反映在以下兩種不同的論斷上：

胡風：封建主義活在人民身上；五四精神活在知識份子身上。

毛澤東：農民是民主主義者，是革命的；依了小資產階級知識份子，就是依了大地主大資產階級。

依照這種不同的論斷，當然要選擇不同的道路，走向不同的結局。
——如今這一切都已成為過去，六十年的歷史和實踐已經做出了結論。這就是當年胡風所說的那個真假現實主義的「雙包案」、「狸貓換太子」，大幕已經落下，真假是非也已洞若觀火。八十年代重新顯出價值的胡風現實主義理論，是四十年代形成和提出的，從那以後就失去了進一步發展創

造的可能。要不然，胡風會成為像盧卡契、葛蘭西那樣的有世界影響的左翼理論家。

不過，四十年代的胡風也已經有了國際影響，在蘇聯和東歐，有人稱他為「中國的別林斯基」。在國內，則普遍認為他是魯迅傳人，這是熱愛魯迅和憎惡魯迅的人所一致公認的。在當時大後方的廣大地區，胡風和七月派在青年知識份子中有很大影響。當然，也毋庸諱言，因為魯迅所說的那種性情鯁直和理論上的拘泥，以及由藝術上的潔癖而帶來的苛評習慣，他也確實得罪了一些人。但也正因為這種真誠執著，他得到了更多知識份子和青年學生的信任和敬重，如老舍、巴金、馮雪峰、邵荃麟以及周恩來身邊的「才子集團」——陳家康、喬冠華、胡繩等，並不像後來所宣傳的那樣孤立。

事實上，胡風是周恩來領導下的大後方左翼文壇的主要骨幹，他的政治活動和文藝實踐都是受周恩來領導的，而且他和周恩來有良好的私人關係。當時大後方文藝界的左翼勢力能夠得到發展，取得那樣的成就，與周恩來的寬容、溫和態度直接有關。當年（1932）在上海時他和張聞天就承認「藝術價值」和「創作自由」，到了三十年後的1961年，幾乎是與毛澤東做出那兩個嚴厲「批示」的同時，他發出了「發揚藝術民主，尊重藝術規律」的號召。由此可以想見，在四十年代的重慶，為什麼會有那麼多優秀知識份子聚集在他的周圍。所以，胡風和周恩來身邊的「才子集團」聲應氣求，一同籌畫新啟蒙運動，是毫不奇怪的。——這中間，值得特別注意的是張聞天的看法。1940年1月，在延安的邊區文協召開代表大會，張聞天在會上做了題為《抗戰以來中華民族的新文化運動與今後任務》的長篇報告，毛澤東也發表了題為《新民主主義的政治與新民主主義的文化》的演講（就是後來的《新民主主義論》）。很明顯，張聞天的許多看法與毛澤東不同，而與胡風的《論民族形式問題》的論點基本一致。這說明，周恩來和張聞天並未改變三十年代領導左翼文藝運動的思想路線，即在發展

左翼勢力的同時又注意反「左」。1942年以後，毛澤東全面掌握了意識形態方面的大權，形勢急轉直下，極左思潮成為主流。到了1944年，中共中央和中宣部致電重慶批評「才子集團」，實際上已經涉及到了周恩來（此前的整風中已受批判、被「搶救」），所以後來他已無力保護胡風。

至此，左翼十年（三十年代）和後左翼時期（四十年代）的文壇形勢，已經看得比較清楚了。五四新文化運動原本就有左右兩翼，分別以魯迅、胡適為代表。1928年開始分化，左中有左，右外有右：左翼中分化出了「革命文學」派，右翼之外出現了國民黨御用文人拼湊的「民族主義文學」。經過幾年的發展，1942年以後，這種四分格局愈加明顯，左與右本是政治標準，從政治著眼，極左─左─右─極右，當然應該從當中劃開，以區分敵我。但作為文藝思潮和流派，卻不能只談政治。中間兩翼才是從五四發展而來的新文化運動本體，是真的在從事文藝實踐活動的真的知識份子。他們雖政見不同，思想上各有所宗，但畢竟都是五四傳人，都擁護民主與科學，主張「言志」而反對「載道」，以促進中國社會和中國人的現代化為己任。在這些方面，左右翼是相似相通或一致的。至於左右兩極，那是新舊「載道」派，載不同主義之道，為各自的領袖立言，文藝，在他們那裡只不過是形式和工具。所以，極左和極右主要是政治群體而非真正的文學流派。當然，這兩極是有區別的，如上面所說，極左來自左翼內部，本來是左翼作家，由於思想理論上的迷誤而蛻變成了政治工具，加上政治家的有意識的引領、驅趕和扶持，後來竟變成了專政的工具。至於極右一派，本來就是新文化運動之外的一些官僚、政客和舊文人，是隨政治風浪而泛起的漩渦水沫，說不上是文藝流派。試比較一下，「文革」中的「無產階級革命文藝」與當年的「民族主義文藝」，在本質上它們有什麼區別？不過是一個成了氣候，輝煌一時而至今仍和「三國氣」、「水滸氣」沆瀣一氣，在為新一輪的民族復古主義推波助瀾；另一個則因政治機運不佳，早已煙消雲散了。

　　這幾種傾向，在不同地區有不同的機運和表現。在大後方，兩極都無法得到發展。極左是因為政治原因，國民黨不允許它發展；極右則是政治和文化都無以自立，文化界知識界根本不接受它。左翼和右翼，還有介乎他們中間的「第三種文學」，都得到了相當發展，左翼和傾向於他們的中間力量當然更強。這與當時大後方那種有限的自由和基本上是多元的格局有關。國民黨不是不想「大一統」，「輿論一律」，是因為它「統」不起來，有共產黨的存在，知識界群體也還團結。應該特別提到的是，當時在重慶主持工作的周恩來，他的見解、氣度和胸懷，他在政治上抵制國民黨的專制獨裁，在文化思想上防止和糾正極左傾向，在造成那種有限自由和相對多元的格局上，起了重要作用。

　　根據地情況就大不相同了，極右和右翼沒有到那裡去，到那裡去的全部是左翼，包括原來的周揚派和魯迅派（雪峰派），而且不久就發生了論爭，形成「文抗」、「魯藝」兩派。1942年以後，毛澤東的新方向確立了，魯藝派即周揚派成為主流，開始了從《白毛女》到《紅燈記》的文藝上的毛澤東時代，也就是民粹主義工具文學的時代。1949年以後，作為五四新文學一翼的左翼，在不斷受批判中掙扎到了1957年，以後就是極左勢力的一統天下。六十年代初稍有反覆，接著就躍入了「文革」災難之中。

　　胡風和周揚就生活、戰鬥在這樣的形勢和格局之中，以不同的姿態適應和駕馭這一形勢。可以設想，如果胡風去了延安，不可能成為第二個周揚，只可能是第二個王實味；反之，如果周揚到了重慶，不可能成為第二個胡鳳，只可能是第二個喬冠華。——玉碎也好，瓦全也好，都是悲劇；中國現代文學和中國現代知識份子，無法避免這種悲劇命運。

6

如今，胡風和周揚都已去世，有關論爭也早已成為過去，一切都可以看得更清楚了。如前文所述，他們二人之間的矛盾，以他們為代表的那場複雜而又漫長的文藝論爭，實際上是現代中國的兩大社會思潮之間的衝突，即五四新文化與民粹主義傳統思想文化的衝突。在論爭中，這兩種思潮集中表現為兩種不同的文學主張：

> 一種是，以人為根本，從啟蒙立人出發的「為人生」的「人的文學」；
>
> 一種是，以權為根本，從造反奪權出發的「為政治」的工具文學。

以上所說，就是從理論上對它們所作的疏理和粗略評析。

胡風早就說過，「對於一代文藝思潮，不能僅僅從理論表現上，更重要地是要從實際創作過程上去理解；或者說，理論表現只有在創作過程上取得實踐意義以後才能夠成為文藝思潮底活的性格。」（《論民族形式問題》）這話是1940年說的，接著他還以魯迅的小說與郭沫若、康白情、湖畔詩人的詩為證，強調五四新文學一開始就是從內容到形式是全新的。後來的創作實踐進一步證明了他的看法。在四十年代大後方（包括抗戰勝利後的國統區），巴金、老舍、沈從文、端木蕻良、路翎等的小說，「七月」、「九葉」以及其他詩人的詩作，還有熱鬧一時的抗戰戲劇（話劇電影），更不要說散文小品了，全都是新的，全都是五四「為人生」的「人的文學」的後裔。——這些作品在1949年以後大部分受到冷落，有的還遭到批判甚至查禁。不過歷史是公正的，這些作品後來都解禁了並受到讀者的普遍歡迎，形成了一個又一個的「熱」。

　　另一種文學則是又一個系列，有不同特點和命運。這就是以《白毛女》、《東方紅》、《王貴與李香香》、《血淚仇》以及《逼上梁山》等為代表的工農兵文藝，也就是上面所說的那種為政治的工具文學。這些作品基本上都是舊形式，即「人民大眾所喜聞樂見的」傳統民間形式：詩是民歌體，音樂是民間小調，戲劇借用戲曲形式和唱腔，小說的結構場面和語言風格也儘量大眾化，向舊小說靠攏。這些作品一直被當成經典，是實踐《講話》的例證。到了「文革」中，《白毛女》一劇多體，戲劇、音樂、舞蹈，全是「樣板」，而且成了江青的禁臠。《東方紅》更是響徹中華大地，成了取代《國際歌》和《國歌》的現代讚美詩。小說有《金光大道》填補上了，歷史題材的有《李自成》與《逼上梁山》遙相銜接。《白毛女》之外的七個「樣版戲」，全都是這個系列的代表作，是這一思潮、這一傳統的體現。從這裡，清楚地反映出延安文藝整風與文化大革命的血緣關係。

　　把這兩種文學加以對比，就可以看出它們之間的明顯區別，最大的區別就在於有沒有人、有沒有愛。人，當然是指現實的具體的有血有肉的活的個人；愛，當然是指這樣的人之間的感情，特別是作家本人對他的人物和通過它們所表達的對於這個人間世界的深摯的愛。——不管是《第四病室》裡的朱雲標、楊木華，《寒夜》裡的汪文宣、曾樹生，《邊城》裡的翠翠和他的祖父，還是路翎筆下的蔣純祖們、郭素娥們，全都是這樣的人物。它們並不直接代表某一階級、某一集團或某種傾向、某種精神，卻遠比這些概念豐富深刻，因為他們「跨過邏輯的平面」進入了人們的心靈深處，引發出同情、反感和各種感情波瀾，激起人們對生活的愛。如魯迅所說，「文藝總根於愛」，作家筆下的人物和它們所生活的那個世界，全都是在作家那充滿感情的目光注視下出現的，人們正是隨著作家的這種目光結識那些人物，認識那個世界的。《阿Q正傳》裡那種嘲諷中所包含的悲憫，《寒夜》裡那種悲愴中所包含的同情，全都來自作家的飽含感情的筆

調。所以狄德羅說，「沒有感情這個品質，任何筆調都不能打動人。」契訶夫則說，「一個作者沒有自己的筆調，那他絕對不會成為作家。」——巴金、老舍、沈從文、路翎之所以不會被人忘卻，就因為他們是真正的作家，有各自的筆調，而這種筆調，就來自他們的主觀精神、人格力量。

　　《白毛女》《東方紅》系列所描寫所表達的是另一種人物和另一種愛，即《講話》所說的「階級的人」和「階級的愛」。實際上那都是政治身份、階級屬性和某種傾向、某種精神的化身。這種概念化的人物也曾被說成是典型，不過那是另一種意思。《講話》裡寫的明白：「更典型」就是「更高、更強烈、更有集中性」、「更理想、更帶普遍性」的意思，那不就是代表、模範、榜樣嗎？所以後來就有了「樣板戲」。——從《白毛女》到《紅燈記》，那裡面農民、工人、地主、日軍，不同階級、不同民族以及英雄氣概、鬼魅醜態等等全都有了，全都是具有普遍性的類型，就是沒有獨特的「這一個」。有男女老少之別，卻沒有真正的女人和兒童，因而也沒有真正的愛情——男女之愛和親子之愛。真正的愛情確實是「無緣無故的」，無私而平等的。否則，唯物而有功利、有上下內外之別，那就不是愛情了。這些作品多半是寫階級情、民族恨的，這當然應該肯定。可惜而且很不幸的是，這種感情被轉換成了一種古老的倫理、宗教情緒——對於「大救星」、「紅太陽」的感恩、效忠。這類以階級鬥爭為基本內容的作品所表達的仇恨和感激，都是階級的、人民大眾的感情，也就是所謂的「大我」之情，所以無需也不可能有作家自己的筆調。這類作品在特定時空條件下起過宣傳作用，這當然應該肯定，但同時也不能不看到，這是一種造神文藝，不能低估這種造神文藝在歷史上的消極作用和負面影響——大躍進中山呼萬歲高唱頌歌奔向災難的，文化大革命中含淚歡呼接受檢閱奉旨造反的，不是都從這類作品中汲取過精神營養嗎？

　　這種造神文學是地道的土產，是積澱了二千年的中國小傳統遊民文化的重新抬頭。早在1935年魯迅就指出過，《三國演義》和《水滸傳》的依

然流行，是社會上還存有「三國氣」、「水滸氣」的緣故。什麼是「三國氣」、「水滸氣」？就是仇恨、造反、感恩、效忠——皇權思想、江湖義氣。五年之後，胡風又在《論民族形式問題》裡提出「農民主義、民粹主義死屍又發出香氣」的警告。可他們怎麼也不會想到，這種僵屍竟然被換上革命的新裝重新登臺，演出了一出阿Q式的革命鬧劇並造成了那麼大的災害。

由此可見，胡風把「文革」災難歸因到文藝上，說那是魯迅方向與反魯迅方向的鬥爭，確實是有道理的。在文學上，就是「人的文學」與「工具文學」的鬥爭。而且還應該看到，這三十多年的鬥爭全都是政治與文化的衝突，如人們所說，是「政治革文化的命」。革命的對象就是左翼文藝運動中的非極左傾向，即來自「三十年代」上海（和四十年代「地下」）的「文藝黑線」，也就是在李立三、瞿秋白、張聞天、周恩來領導下發展延續下來的五四新文化運動的主力。和軍事政治上的路線鬥爭一樣，思想文化領域的這場鬥爭也是「路線鬥爭」，所謂的「紅線」與「黑線」的鬥爭，關鍵也是權、領導權的問題——什麼是「政治」？這就是「政治」。

最後還有兩個問題應該提一下：周揚後來是否真的醒悟了？胡風對《講話》究竟抱什麼態度？

在周揚，關鍵是他最後的那篇大文章，那篇遭到胡喬木批判而又得到許多人同情支持的《關於馬克思主義的幾個理論問題的探討》一文，究竟是表現了他的反思和覺醒，還是又一次「抓大旗」，或者兼而有之？文章的觀點並不新鮮，主要問題王元化、王若水都已談過，而且他們又參加了這篇文章的起草，是也好，非也好，不能全算在周揚的賬上。不過，文章確實提出了幾個重要理論問題，而且都與歷史上的論爭及當時的思想解放有關。周揚能以自己的名義演講和發表，就很不容易了。也許，他是有意選擇阻力小的途徑——從抽象理論入手，為下一步清理歷史問題開闢道路。可以指責他迴避矛盾，逃避責任，卻不能斷言他就此止步，不再

進一步深入反思。不幸的是，文章一出來就受到了批評，一受批評，一有來自上面的壓力，他就承受不住就匆忙檢討，隨後又懊悔不已，終因受刺激而一病不起。怎麼會這樣脆弱呢？因為他所斤斤於懷的依然是理論鬥爭背後的得失、成敗、恩怨、榮辱等等。否則，受一次批評又何至於此？由此會使人聯想起他1978年復出後的那次「笑談歷史功過」，當時他那樣輕鬆而得意，大有「笑到最後的勝利者」的味道。——正是這樣的「氣度胸懷」，使得他未能像顧准或韋君宜那樣，用自己最後的生命支撐著說出自己應該說的話，實在是可惜復可歎。

說到胡風對《講話》的看法和態度，多年來一直眾說紛紜，都是從他的論著與《講話》的對比分析中得出的。現在要問的是，胡風本人怎樣？——胡風從來沒有公開發表過反對《講話》的言論，倒是一再辯解，聲稱自己不但擁護，而且在切實執行《講話》所提出的方針。有人相信這些話，並推論出「三十萬言書」就是「清君側」以與周揚「爭寵」的。這顯然是被胡鳳的話誤導了。胡風也說假話，是那個時代迫於形勢，不得已。今天應該在這個問題上還他以本來面目了：他從一開始就不能接受《講話》的理論，和當時重慶文藝界的許多人一樣。《關於胡風反革命集團的材料》裡公佈的他和張中曉的通信，清楚地表明瞭這一點：稱《講話》為「屠殺生靈的圖騰」，說「字面上不要去碰它，可能的地方還要順著它」，並說《論現實主義的路》就是這樣做的。事實也正是這樣，這確實是無可辯駁的鐵證。但這並不是孤證，就在這同時或稍早，胡風在致路翎的信裡就有過類似的表述：「文章在寫，很難寫。要當作『學習心得』寫。但找到一點頭緒來，過細一想，又違反了現實主義，就是說，會幫著塞死生路。」——這裡所說的文章，就是1952年5月29日寫這封信的同一天所寫的學習《講話》的心得體會。比這更早，1949年春天，他在北京參加全國第一次文代大會的籌備會議期間，就在致路翎的信裡表示了「不同意見」，說「沒有法子不參加，……我不提任何意見」，「此會並無意思，

但可借此走一走老解放區，接觸一些人，學一些東西。」因為第一次文代大會是確立毛澤東文藝方向，進入「計劃文藝」時期的誓師大會，胡風看出了這一點，所以才會有這樣的心情和態度。但他以為這僅僅是文藝界的問題，對於整個革命形勢，他還是充滿信心的，所以對老解放區有興趣而且懷有敬意。其實，一直到七十年代，他也沒有弄明白文藝界到底是誰當家，他一直認為是周揚瞞上欺下，在經營宗派主義獨立王國。——這裡還有一個插曲：1952至1953年間，胡喬木奉旨抓《水滸》研究，指示中宣部下屬單位組成以聶紺弩為團長的「中央《水滸》調查團」，赴江蘇調查施耐庵生平事蹟。當時，胡風向聶紺弩談了自己對《水滸》的看法，說那是一部竭力歌頌封建主義、維護封建制度的小說，總的主題是為君權主義效死，而且宣揚了兩項最黑暗的罪惡思想：一是和《紅樓夢》相反，對女性極度賤視；二是把最野蠻的吃人罪行寫成了不足為怪的尋常事。——《水滸》是鼓吹「仇恨、造反、感恩、效忠」的遊民文化經典，其時正受到重視，胡風不知道，他這也是在「批逆鱗」。但這一切全都是文化學術問題。在政治上，他一直敬重毛澤東，對《講話》有不同意見，絲毫不影響他的這種政治態度。「三十萬言書」所揭露的那種錙銖必較，睚眥必報的白衣秀士王倫式的僭主心理和宗派作風，完全是指周揚們的。到林彪、江青、康生等相繼被揭露以後，他才知道了事實的真相，才明白自己獲罪的真正原因，在回答兒子問的時候，談到了毛澤東，說：「他老先生不願意聽不同意見，不喜歡別人不佩服他。也許他覺得我不尊重他。」——直白平靜，卻為幾十年的歷史下了注腳。

　　於此，不能不佩服魯迅夫子的知人之明。當年他給胡風、周揚二人所下的評語，不但當時是準確的，而且照見了他們的一生。對照評語來看他們二人的結局，更加發人深省。

　　當年魯迅說「胡風鯁直，易招人怨，是可接近的有為青年」，說周揚是「到處用手段」，「輕易誣人」的「工頭」、「奴隸總管」。魯迅認

為胡風「有為」而希望周揚「後來不復如此」。胡風沒有辜負先生的期望，後來雖歷盡坎坷而一直堅持戰鬥，不改初衷。周揚則相反，因為後來有了更大權力，就變本加厲地用手段、誣陷人，心甘情願地充當「奴隸總管」。當年魯迅曾向徐懋庸解釋：奴隸總管是從奴隸中挑選出來的管理奴隸的奴隸，當了總管，也還是奴隸；對主子恭順，對奴隸兇狠，是既恭順又兇狠的奴才。周揚不就是稟承政治家的旨意管束知識份子的嗎？因為他來自知識份子，瞭解知識份子，所以管起來整起來十分得力。以往他所負責開展的文藝運動和思想改造運動，就是要把文藝家統統綁在政治鬥爭的戰車上，充當工具和武器。如高爾基所說，「哪裡政治太多，哪裡就沒有文化的位置」，「政治鬥爭把文化建設變得幾乎不可能了。」周揚的主要業績，一在批判，二在造神，批掉了知識份子身上的五四精神，製造了大量魯迅所鄙棄的那種「頌揚有權力者」的「革命文藝」。客觀地說，這都是在為「文革」鋪路。不過周揚畢竟還是個悲劇人物，他畢竟不同於康生，而且也不同於胡喬木。他還沒有完全喪失知識份子的精神品格。它的那些「黑話」和六十年代的「回潮」以及最後的醒悟，都說明了這一點，說明他的靈魂深處還有一片「小資產階級知識份子的王國」，良知未泯，是一個不完全稱職的「奴隸總管」，所以被罷黜、被打倒。這也可以說是成全了他，使他未能「緊跟」到底；也正因為這樣，才贏得了人們的一些諒解和同情。

這是兩種不同的悲劇，胡風的悲劇在於他有獨立人格和理性批判精神而被摧殘、被扼殺。周揚的悲劇則在於一個知識份子的被異化，異化為政治工具；特別是，他已經意識到了這種異化，並企圖從中掙脫出來而終於未能掙脫。

這就是魯迅所說的「文藝與政治的歧途」。胡風與周揚所走的道路不同，留給後人的東西也不相同：胡風留下了他那堅持真理不畏強暴的精神品格，他所締造的「七月派」，他的文學理論和批評，這都是中國現代文

學史、思想史的重要內容，是留給後人的精神遺產。周揚呢？當然也有他的貢獻。但作為文學家、知識份子，他留給後人的主要是鑒戒，即魯迅所說的「後來不復如此」——後來者不可如此的鑒戒！

2002年9月草於武昌東湖

2003年2月改於深圳蛇口

本文已收入《思想的尊嚴——胡風百年誕辰學術討論會文集》

（寧夏人民出版社出版）

附注：關於第四次文代會上周揚的表現和談話情況，是吳奚如從北京開會回來後親口對我講的。後來他在武漢師範學院漢口分部中文系作報告時談到有關內容，報告以《漫談左聯史實》為題，刊於該院學報1980年第1期。關於胡風對「文革」和對自己的理論的看法，是1982年我五次訪問他時談到的，當時梅志在座。

胡風究竟因何獲罪？
——寫給胡風誕辰110週年學術研討會

又一次胡風思想學術研討會即將在北京召開，我因視力太差而不能前往，不免有些遺憾。前兩次會議——1989年在武漢召開的首屆胡風思想學術研討會，2002年在上海召開的胡風百年誕辰學術研討會，我都參加了，而且都作了大會發言。又一個十年過去了，十年來反思的腳步並未停歇，對於相關問題當然還有話要說，所以才為不能出席會議而感到遺憾。

上海的羅飛兄和我一樣，也因為年邁體衰不能出席會議而感到遺憾。在電話裡談到對胡風的看法，我們都很認同而且非常讚佩聶紺弩的話——那段被牛漢稱為「聳人聽聞」而實為「驚世駭俗」的讜論確評。他建議我把我們對聶說的看法，也就是我們對胡風的看法寫出來送交大會。我接受了這一建議，於是就有了以下的文字。

先來看看聶紺弩那段精闢而又深刻的「胡風贊」——1977年春天，剛從牢裡放出來的聶紺弩，在回到北京的第二天，一見到牛漢就談起了胡風。劫後餘生，自然會思念失散多年的親友至交，當時人們都不知道胡風的下落，聽說過胡風曾被判死刑，不知他是否還活在人間。正是在這種心境下，聶紺弩滔滔不絕地說出了這段充滿激情因而也令人動容的話來：

　　有人說，胡風的文章晦澀，彆彆扭扭，不明白曉暢。我說這些人都不懂什麼是文章，更不懂胡風的文章。魯迅和雪峰的文章姑且

不論，在中國，當今的文學界眾多人物之中，我最佩服的就是胡風的文章。胡風是真正的大手筆，寫驚世駭俗的大文章的人。他的文章有令人膽寒的風骨！

文章能通順並不難，我轟紺弩的文章就很通順，我可以當一名要人的文案，但我不能和胡風相比。胡風當不了文案。他那文章，他那詩，連他那拙重的字，都沒有一點媚的味道。因為他和他的文章都不附屬於誰，是他自己的。他的文章，他的詩，不是掌握了什麼辭藻，音韻，章法，典故以及經典裡能夠查找到的知識可以寫得出來。他不是文字的奴隸，他的文字是他自己創造出來的，只屬於他，或者說只屬於他的理論和他的詩。他的文字所以讓人感到艱澀，不順，甚至難以理解，因為他是一個探索者，而且探索的是險境，是誰都沒有去過也不敢去的地方。你可以說他是一意孤行，是的，他單槍匹馬，不顧死活，必然會弄得頭破血流，遍體鱗傷……。胡風追求的文學境界，我以為他其實並沒有真的到達，他只不過是在艱難的探索中望見和感覺到了，或者自以為達到了。因此他的文章就有許多一時很難說透的地方，因為說不透，文字就必定帶點生澀。可他自己卻已經沉浸在開拓者的狂奮和歡樂之中了。

（《胡風詩全編》779頁）

這段話太精彩了，活畫出了這個「精神界戰士」的風采和靈魂。真正瞭解胡風的人，讀了這段話無不交口稱讚。除了記錄這段話的牛漢和綠原外，我所認識的七月派作家如曾卓、彭燕郊、羅飛等，也都有同感，都曾為之拍案叫絕。是的，用這樣的話語（文字）勾畫這樣的人物，真的是太恰當了。然而，這畢竟是面對相知的人所發的感慨，一幅簡單的速寫，雖勾魂攝魄，並無細節和背景，不瞭解胡風本人的，恐怕很難從中獲得實感和認知。所以，這就需要作些補充解釋。

　　這段話雖僅只五百多字，卻足以證明他確實是當今世界上最瞭解胡風的人，因而當然也是最知曉胡風問題真相及其實質的人。他不提「冤案」，「事件」，什麼政治、歷史、宗派等等一概不談，單刀直入，劃破層層包裝，直指問題的核心——文章，因文獲罪！他說，人們不懂什麼是文章，更不懂胡風的文章，是從「文」與「人」的關係說起的：「文如其人」，「風格即人」。中國古代一向「文章」「文學」二語混用，到章太炎和早期的魯迅、周作人，也還是以「文章」代「文學」。紺弩這裡所指，就包括胡風的文學理論。說胡風的文章驚世駭俗，有令人膽寒的「風骨」，這源於他的品格、性情和氣質，也就是所謂的「主觀戰鬥精神」。紺弩稱胡風為「大手筆」，與自己年輕時當過的「文案」對比，說胡風當不了文案。「文案」即秘書，也就是「筆桿子」，是專門聽命於主人而沒有自己的獨立人格和自由思想的寫手。說胡風和他的文章都只屬於他自己，他從來不依附於任何人，他的詩、他的文章都沒有一點媚的味道。在一個「筆桿子」倍受尊崇的環境裡，胡風和他的詩文當然不會被世人看好，而且，木秀於林，必遭摧折。

　　說胡風是一個「探索者」，而且探索的是誰也不敢去的地方，因為他不顧死活地闖入禁區，才落得頭破血流，幾乎喪命。這說的是問題的關鍵所在，也就是胡風罹難的真正原因。這裡的「險境」顯然是指文藝理論研究，特別是指藝術的本質特徵和創作規律，簡言之，就是藝術的特殊性問題。紺弩稱讚胡風和他的文章，說是「中國當今文學界眾多人物中最可佩服的」，指的也正是這一方面。——並非湊巧的是，兩年多以後的1979年，全國第四次文代會期間，周揚曾當面對聶紺弩和吳奚如說過類似的話：「胡風對文藝的理解很深刻，理論上自成體系，在今天的中國文藝界沒有誰能比得上，這方面他確實比我強。不過，我有一點比他強，我是一直跟黨走的，而他一直沒處理好和黨的關係。」

　　周揚的話前一半是對的，後一半就不準確了，胡風並不是「一直」沒有處理好和黨的關係。事實上，在上世紀三十和四十年代的上海和重慶，

胡風也是一直跟黨走的。事實上，所謂的「胡風文藝思想」早已形成，在戰時的重慶，胡風已經是著名詩人和文藝批評家，他的理論體系和主要著作已經被文壇接納，雖有爭議，卻已經是頗有影響的一家之言，當時的蘇聯媒體曾稱他為「中國的別林斯基」，以他為中心的「七月派」也已開始形成。至於他和中共的關係，更是早已開始，上世紀二十年代，他就加入過共青團，接著在日本留學期間又加入了日本共產黨。回國後雖因故沒有轉為中共黨員，卻一直在中共領導下從事左翼文藝運動。當時就有人誤以為他是黨員，有人說他是「黨外布爾什維克」。總之，在上世紀三十年代的上海和四十年代的重慶，胡風一直在「探索」，不存在「險」和「不敢」的問題。

　　胡風在這兩個方面，即他的文藝思想和他與中共的關係，又全都與魯迅有關，一開始，他就是受了魯迅作品的影響而走近文學的。在日本留學期間，他也接受過當時流行的蘇聯「拉普」的那套教條。回國後，又是魯迅的影響，使他擺脫了「拉普」教條的束縛，回到五四文學革命的啟蒙主義正路上，成為魯迅的學生和戰友。在上世紀三十年代的文藝論爭中，一直站在魯迅一邊，在魯迅身旁，成為堅定的「魯迅派」。所以，胡風「與黨的關係」，與中共領導人對魯迅的看法和態度有直接的關係。陳獨秀和瞿秋白就不用說了，後來的李立三、張聞天、周恩來、劉少奇，包括潘漢年、李富春，都十分尊重魯迅，因為他們都是真正的現代知識份子，大都曾出國留學，直接參加過五四新文化運動，有的本人就是文藝家，如張聞天不但有創作（小說、詩、劇作），還有翻譯和評論，潘漢年最後坐牢時還在寫小說。所以他們才真正懂得文藝也真正懂得魯迅，因而才尊重並支持魯迅。上世紀三十年代兩次最大的文藝論爭，「革命文學」和「兩個口號」之爭，都是文藝界那些「左的可愛」的黨員對魯迅的「圍剿」（順便說一句，當時並沒有什麼「國民黨的文化圍剿」，國民黨沒有那樣的力量）。兩次論爭都是中途突然休戰，那些批判魯迅的人轉而擁護魯迅。這

都是李立三、張聞天、周恩來等直接干預的結果。1936年10月19日魯迅逝世，參與辦理喪事的馮雪峰，就是按照當時的中共總書記兼宣傳部長的張聞天的指示進行工作的。那三個以中共中央和中華蘇維埃名義發出的重要文件：為魯迅逝世致許廣平的唁電、致國民黨中央委員會及南京政府電、告全國同胞和世界人士書，全都是張聞天親自擬定的。當時在上海實際主持整個葬儀的是胡風，數千人送葬隊伍的領隊旗手是蕭軍，而那些先前批判魯迅後來也擁護魯迅的周揚派大都未露面。由此可見，在當時的上海，魯迅、胡風和其他魯迅追隨者，與中共高層的關係是良好的。

1937年抗日戰爭爆發，上海大撤退，文藝界人士兵分兩路西撤，一路北上過黃河到延安，一路順長江西行到重慶。到延安的人中既有周揚、成仿吾、胡喬木，也有蕭軍、艾青、王實味；到重慶的既有胡風、聶紺弩、巴金，更有郭沫若、田漢、夏衍等。在1942年以前，延安文藝界的情況大體與重慶文藝界相仿，還基本保持著上海那種文化上的多元並存格局，不同思想文化潮流派別之間有分歧、有矛盾，在不斷爭論中誰也吃不掉誰。在重慶的胡風，與周恩來及其身邊的陳家康、胡繩、喬冠華等交往密切，他主辦的雜誌《七月》、《希望》就多虧了周恩來的支持（包括經費）才辦起來的。胡風在重慶和大後方的追隨者，也大都是共產黨員和左傾的文藝愛好者，而且還包括延安的黨員作家。在當時的重慶和大後方其他城市，文化界一直是五四啟蒙主義傳統居於主導地位，不存在什麼「壓倒啟蒙」的問題。對照一下西南聯大所堅持的「相容並包」教育方針就明白了。

「壓倒啟蒙」的歷史大轉折發生在延安。1942年以後的延安與1942年以前的延安是大不相同的。前五年是因為抗戰爆發，大批來自都市的知識份子和青年學生，把這個邊遠小城變得熱鬧起來，文化氣氛濃烈，而且多元、活躍，猶如荒原上出現一道彩虹。1942年的文藝座談會和整風運動改變了那裡的一切，後五年的延安的真實面貌是以前我們所不知道的。以往我們所知道的延安，包括文藝座談會和整風運動，全都被那道彩虹所籠

罩，根本不知道那裡發生過那麼巨大的變化。1980年代的思想解放運動以來，延安整風的歷史真相逐漸為人所知，許多老革命的回憶錄記述了整風運動中的種種事實，高華的《紅太陽是怎樣升起的》和韋君宜的《思痛錄》更加全面而深刻地揭示出那次歷史大轉折的真相及其實質。這裡，我要介紹的是當時人提供的歷史證辭，一個自由主義知識份子當年的見聞實錄——1944年，重慶當局組織了一個「中外記者西北參觀團」赴西北參觀訪問，在延安停留了25天。當時重慶的民營報紙《新民報》主筆趙超構也在其中，他所寫的《延安一月》，在報紙上連載並出了單行本，在當時有很大影響，而且也得到了毛澤東和周恩來的正面評價，雖然一年後毛澤東又指出他的自由主義傾向。這裡我只摘引其中與本文有關的部分。

首先是文藝座談會後的延安文藝界對魯迅的態度，他說：「延安有許多事情是出乎我們的意料之外的，比如魯迅的作品，我們總以為是應該大受延安人歡迎的了，而事實上則並不流行。……除了有一個『魯迅藝術學院』紀念魯迅之外，除了在高崗先生的書架上看到過一部紅面精裝的魯迅全集之外，我們實在看不到魯迅精神在延安有多大威權。他的辛辣的諷刺，他的博識的雜文並沒有在延安留下種子來」。他在延安的兩家書店裡尋找魯迅的著作，使他感到「非常奇怪，竟是一本也沒有。——與此相對照，他看到了另一種權威：「不管我們喜歡不喜歡，毛澤東目前在延安的權威是絕對的。共產黨的朋友們雖然不屑於提倡英雄主義，他們對於毛氏卻用足了英雄主義的方式宣傳擁護。凡有三人以上的公眾場所，總有『毛主席』的像，所有的工廠學校，都有毛氏的題字。毛澤東的號召、魅力有如神符。」——他看得很清楚，兩位偉人都被請上了「神壇」，目的和方式卻大不相同，一是「敬而遠之」，一是宣傳擁護。必須說明的是，文藝座談會和整風以前，情況剛好相反，學習和研究魯迅的組織、刊物與活動甚多。還有，在抗戰時期的重慶和勝利後的上海，年年紀念魯迅，而且周恩來每次都到會，到會必講話。張聞天和周恩來才是魯迅的真正知音。

　　《延安一月》裡涉及文藝界的篇幅不少，已經不像女人而依然保有母性的丁玲，神經已經失常卻演戲般責罵自己的王實味，又黑又瘦像個打鐵匠的成仿吾，以及周揚、艾思奇、艾青等等，都有精確的勾勒。他記下了丁玲向他介紹的延安作家的創作情況，說成績最好的是戲劇，其次是通訊報告、速寫之類及時反映現實的作品，最落後的是長篇小說。他還補充說明，這裡所說的戲劇不包括話劇，當時的延安已經沒有真正的話劇，有的主要是秧歌、秦腔和平劇（京戲）。同時他還提到，幾年前張聞天博古主政時延安曾經演出過的劇碼，如《雷雨》、《日出》、《北京人》、《霧重慶》、《太平天國》、《李秀成之死》、《欽差大臣》、《馬門教授》、《鐵甲列車》、《新木馬計》、《帶槍的人》等，這些中外名劇如今都已不見了。對此，他也提出了自己的看法，說「這並不是作家的問題，而是『宣傳』與『普及』這種文藝政策所決定的」，並由此概括出他的總體看法：

　　　　延安文藝政策的特色，是多數主義、功利主義、通俗第一。一切被
　　　　認為「小資產階級性的作品」，儘管寫得好，這裡是不需要的。

　　幾十年後回頭看，不能不佩服這位新聞界前輩的目光敏銳，判斷準確，兩句話就揭示出延安文化界的變化和《講話》的精神實質——對文藝、對知識份子的不同於以往的看法和態度。胡風沒有到過延安，沒有親歷整風和搶救運動，不瞭解事實真相。所以當何其芳、劉白羽到重慶傳達延安整風經驗和《講話》精神時，他有保留地強調要因地制宜，就引起了他們的不滿和警惕。當時在大後方的左翼作家，有不少人對《講話》內容感到困惑，難以理解，因為那裡面所說的「文藝」，與他們多年來所從事的文藝工作中的「文藝」很不一樣，要他們拋棄五四以來新文學的主要讀者對象——城市小資產階級知識份子和青年學生，轉而直接面對「不識

字、無文化」的工農大眾，還要承認自己比工農的靈魂「骯髒」，這是他們難以接受的。連馮雪峰、邵荃麟這樣的老黨員領導幹部和周恩來身邊的陳家康、胡繩、喬冠華等，也都有不同看法。但是，當延安方面發現有這種不同看法和相關文章時，就提出嚴厲批評，指責他們「自作聰明」，強調在理論上只有毛主席的才是正確的。於是，他們就或沉默或檢討，——只有胡風，不轉彎，不認錯，我行我素，繼續堅持自己的理論觀點，接連發表文章，撰寫專著，在答辯中繼續自己的理論探索。這中間，身為毛澤東秘書又是《講話》整理者的胡喬木，曾多次和胡風長談，企圖勸他轉彎、認錯，承認新方向的權威。但胡風堅持己見，不但不承認自己有「唯心」傾向，反而認為對方不懂創作，理解力有限。就這樣，從1944年到1954年，從發表舒蕪的《論主觀》到上「三十萬言書」，一而再，再而三地進行辯解，而且振振有詞，越辯越有理。一直聲稱自己是在堅持馬克思主義、現實主義，是在捍衛以魯迅為代表的五四新文學傳統。顯然，聶紺弩所盛讚的胡風的「大手筆」、「驚世駭俗的大文章」，也是指此而言。事實上，可以說他是在堅持魯迅舊傳統，抵制和反對毛澤東的新方向，成為那次歷史轉折的障礙、絆腳石，最大的「釘子戶」，必須掃除，拔掉。

說「實踐是檢驗真理的標準」也好，說「時間是最偉大、最公正的批評家」也好，盤點中國文藝界半個多世紀的成敗得失，不能不承認，一直和真理在一起的是胡風，而不是那些連胡風的文章都沒有讀懂的批判者們。當年批判胡風的文章千百篇，曾經選編成五本論文集，如今我已不記得這五本書的名字，更不記得其中有沒有一篇真正的學術論文。這好像是近幾十年來的通例：一次又一次運動中的大量批判文章都不見了，也被人們忘記了；而那些曾被「批倒批臭」的大毒草，卻紛紛冒出來，如同出土文物，受到人們的注意和研究。事實就是這樣無情，當年隨著胡風文藝思想的形成和影響，一個新的文學流派——「七月派」出現了並永遠留在了文學史上。幾乎是與此同時，《講話》的貫徹執行，帶來的卻是「何其芳

現象」——以往有成就的作家再也寫不出像樣的作品了。從總體上看，1949年以後的當代文學成就，遠不如1949年以前的現代文學成就。如此鮮明的對比，是誰也無法掩蓋的。

1979年是又一次歷史大轉折，文藝界「撥亂反正」的形式，第四次全國文代會的精神，特別是鄧小平代表中共中央所致的祝辭，都說明這一轉折是向左翼文藝運動正確路線的回歸。不再提文藝「為政治服務」、「為工農兵服務」的口號，承認知識份子是工人階級的一部分，這是根本性的變化。鄧小平在祝詞裡還提出兩個重要原則：一是承認「文學藝術的特徵和特殊規律」，二是要「保證文藝工作者充分發揮自己的聰明才智」。他還針對那種「外行領導內行」的謬論，告訴幹部們：「文藝這種複雜的精神勞動，非常需要文藝家發揮個人的創造精神。寫什麼和怎樣寫，只能由文藝家在藝術實踐中去探索和逐步求得解決。」

這不就是胡風一直追求、捍衛並為之受難的基本原則、基本常識嗎？周揚後來不得不承認的胡風比他更懂得文藝，聶紺弩所說的胡風的「探索」和「開拓」，也都是指此而言。這是上世紀三十年代以來多次文藝論爭和思想文化批判運動中的兩個關鍵問題，即：怎樣認識藝術的本質特徵和特殊規律，怎樣看待知識份子的社會地位和歷史作用。周揚和聶紺弩異口同聲地稱道胡風的理論成就在文藝界無人可比，指的也正是他在這兩個問題上的看法，特別是對藝術創作的奧秘的探索。周揚與胡風是多年論敵，聶紺弩與胡風是生死之交，當然都是最瞭解胡風的人，他們又都是大師級的真內行，所作評判應該是可信的罷。——不幸的是，就因為這些精闢見解與《講話》裡的說法不同，就被指為「唯心主義反動謬論」，胡風一直不服，才釀成大禍。

不過，胡風獲罪的原因並非全是思想理論問題，更有政治和路線方面的原因。他太天真，過於認真，到了毛澤東時代依然堅持張聞天、周恩來領導左翼文藝運動時期所遵循的魯迅方向。——這是問題的關鍵所在：他

看清楚了，在周揚、胡喬木參與下制定的「工農兵方向」，雖然打著魯迅旗號，實際上那套理論觀點就是通俗化了的當年郭沫若、成仿吾們從蘇俄搬來的「拉普」的那一套，也就是當年郭沫若所宣稱的「留聲機」論、「黨喇叭」論，關鍵是強調宣傳，敵視知識份子。這是早被魯迅嘲諷批倒了的洋教條。《講話》裡用的是更權威的列寧的「齒輪和螺絲釘」論，意思完全一樣。胡風揭出這一真相，人們不難看出《講話》裡所說的那個魯迅，並不是真的魯迅。這不是在說破「皇帝的新衣」，在「批逆鱗」嗎？焉能不致禍遭難？

胡風的獲罪，還有一個也許更為重要的原因，那就是他和周恩來的關係。從上海到武漢到重慶的「左聯」和「文抗（文協）」時期，前面已經提到，這裡只說1952年開始批判胡風以後的事。周揚要胡風去北京「解決」他的問題，就是要制服他，逼他投降服輸。胡風到京後多次要見周恩來，周和他有過一次長達五個小時的長談（對於日理萬機的周來說，這是極為罕見的），覆過一封信，還派喬冠華、陳家康去勸慰胡風，態度是一致的：要胡風以合作的態度與丁玲、周揚等溝通，徹底作檢查，但不能全包下來，要實事求是。到了1955年，批判胡風運動即將結束，對胡風問題的定性，毛澤東乾綱獨斷，兩次升級，先是把「小集團」升級為「反黨集團」。1955年5月13日，《人民日報》發表舒蕪的《關於胡風反黨集團的一些材料》和胡風的《我的自我批判》。胡風發現報上印出的是他已經否定的第二稿，而不是修改後的第三稿，於是就打電話報告周恩來提出抗議，周問明情況後，指示《人民日報》作檢討。為此，周揚再次請示毛澤東，毛澤東當即再次升級，把問題定性為「反革命」，並聲稱要逮捕。當時，連胡喬木、周揚、袁水拍等都大感震驚，「趕不上」也就是不理解。顯然，周恩來的態度激怒了毛澤東。——事情的後續發展更耐人尋味。胡風關進了秦城監獄。到了1962年春天，周恩來的秘書，總理辦公室所屬內務辦公室主任兼公安部副部長的徐子榮，突然出現在胡風所在的牢房裡，溫

和禮貌地詢問他的情況。——須知，那正是「七千人大會」之後，廣州歌話劇創作會議前後，在那次會議上，陳毅為知識份子行「脫帽禮」（脫去「資產階級」帽子），周恩來強調「藝術民主」和「藝術規律」。然而，一聲「千萬不要忘記階級鬥爭」的斷喝，就一切寂然了。到了1966年2月，突然決定把胡風轉送四川服刑，不知就裡的胡風為此傷心絕望。既瞭解胡風又瞭解周恩來的聶紺弩和吳奚如，不約而同地推斷：是周恩來的有意安排。當時的北京已經山雨欲來且人人自危，胡風的遠戍，安知不是好事？「文革」中有紅衛兵小報載「重要消息」：「反革命分子胡風被最大的走資派包庇，藏在四川某地，單門獨戶，每月生活費50元」……。後來，聶紺弩和吳奚如都確認當年的推斷：說如果胡風留在秦城監獄，「文革」中必死無疑。——周恩來終於保護了胡風，讓他活著，最後揭開「文革」的秘密。

胡風活在監獄裡，思想是自由的，根據報紙上提供的資訊，繼續著他那「主觀精神與客觀對象的搏鬥」。姚文元批判周揚的時候，後來又把周揚與張春橋綑在一起批的時候，都曾動員過胡風，要他揭發批判，都被他拒絕了，他在觀察、思考，把他與周揚的衝突放在大的歷史過程中去審視。於是他得出了與眾不同的結論：

> 文化大革命的歷史根源、思想根源是在黨內，在文藝上，就是五四以後的魯迅方向與反魯迅方向的鬥爭。
>
> 一個歷史運動，扼殺個性而只肯定那個虛假的共性，就會造成怎樣一種大倒退，因而勢必犧牲千千萬萬的生靈不可。

我不知道，還有誰曾這樣去追尋文化大革命的根源，人們注意的是權力之爭，是政治理念和經濟政策上的分歧，卻忘了大的歷史背景：以文化衝突為起點的中國的社會轉型還遠未完成，現代公民和公民社會都還是追

求的目標。魯迅的方向和這一大的歷史趨勢是一致的，關鍵是啟蒙，「立人」，建立「人國」——人是中心，是目的也是起點。前面的梁啟超、嚴復、章太炎，魯迅同時代的胡適、陳獨秀、李大釗，後來的中共領導人張聞天、周恩來、劉少奇，都沒有違背這一方向。毛澤東與眾不同，他寫於五四時期的第一篇文章《民眾的大聯合》，就與五四精神，與上述方向相悖，所關注的不是人而是權，不是個性解放，而是聚眾造反。文中也談到文化，那是與財富、武器一樣的造反的工具和手段，與人性、人道、人情等精神層面無關。新文化的指向是精神，他寫作《體育之研究》，重在體格，他大概不知道魯迅經歷過的「幻燈事件」，不知道或不同意魯迅的「重個人而張精神」。

毛澤東讀《紅樓夢》，感受不到裡面的濃濃的情，深深的愛，看不到王國維和魯迅所說的悲劇，胡風所說的「唯人主義」。他看到的是階級鬥爭，是富貴貧賤的差別，是人命、權謀等等。他讀《水滸傳》，沒有注意到魯迅和胡風所痛惡的不務正業而濫殺無辜，賤視婦女，吃人肉等遊民文化毒素，卻視之為「農民革命教科書」。他讀《阿Q正傳》，從中看到的竟然與魯迅的原意完全相反——認同、肯定阿Q造反，那種「我想要什麼就是什麼，我歡喜誰就是誰」，復仇，逞威……。很清楚，在中國近現代文化衝突的三分格局中，他站在「多數」「喜聞樂見」的遊民文化一邊。

文化大革命不就是從這裡來的嗎？繼承《三國》《水滸》遊民文化傳統，否定儒道釋墨古代優秀文化，排斥並清除西方人文主義新文化。——這絕不是左翼文藝運動的主流，絕不是魯迅的方向，也絕不是胡風所認同的共產黨人的主張。而且，他早有警覺，就在人們跟著毛澤東討論「民族形式」問題的時候，他就嗅出了民粹主義的腐朽氣味，發出了警告。王實味在延安與他呼應並批評陳伯達、艾思奇。毛澤東焉能不注意及此而記下這筆賬？先收拾王實味再收拾胡風。

　　所以，胡風的獲罪，是必然的，毫不奇怪的。真假魯迅，真假馬克思，以及中國左翼文藝運動的真實的來龍去脈，他太清楚了。就是今天，胡風的著作並未過時，依然極有價值，那裡有太多歷史真相和真知灼見。聶紺弩的盛讚胡風文章，除此之外更重視他的人品，那種諤諤氣概。——這些，都是今日極其稀有又迫切需要的。

2013年元月於深圳南山

巴金給了我們什麼？

　　巴金終於離去了，悼念、追思、評說的熱潮也已經平息，我這才提起筆來，寫寫我們想說的話——我們當年的親身感受和今天的真實看法。

　　我們是誰？是一些上世紀三四十年代讀巴金作品並受到影響，後來又投身革命，如今都已七八十歲的老人。幾個月來，我們常常談及巴金，談及關於他的那些似是而非的報導和議論，覺得有些說法既冤枉了巴金，也會誤導後人。

　　這中間，最重要的就是巴金與革命的關係，與左翼或左派的關係。一些文章說巴金是左翼作家，革命作家，當年許多人就是因為讀了巴金的小說才投奔延安的。這種說法有根據，卻過於籠統了。我們這些人的投身革命與讀巴金的作品有關，但其中有複雜而曲折的精神歷程，遠非那樣直接了當。而「革命」和「左翼」，都是廣泛而多義的概念，在歷史現實中更是複雜多變，必須作具體說明。革命，在上世紀就有二十年代的「大革命」；三十年代的「土地革命」；四十年代的「新民主主義革命」，五十年代的「社會主義革命」和「無產階級專政下的繼續革命」。至於「左」和「右」，在上述革命的演變中也是變換不定的，魯迅的「左」與毛澤東的「左」是根本不同的。巴金追隨魯迅，屬於左翼，卻並未加入「左聯」，像老舍、曹禺、蕭軍、蕭紅等著名左翼作家一樣。蕭軍、蕭紅的未加入「左聯」，是因為魯迅的勸阻，巴金則因為思想傾向的不同。在文藝領域，真正的「左」是有傳承的，從「革命文學」到「國防文學」到「工

農兵文藝」，再到「無產階級革命文藝」，這才是左的正統。把巴金和魯迅扯到那裡面去，不僅玷污了他們本人，還會誤導後人。

這些陳年舊賬一時難得說清楚，還是談自己的親身經歷和感受吧。

我是1946年暑假期間，第一次聽到巴金這個名字並開始讀他的作品的。夏日的傍晚，在庭院裡乘涼，哥哥姐姐們常常談論他們正在讀的書，並且常常發生爭論。當時談論得最多的是三部小說：《紅樓夢》、巴金的《家》和林語堂的《京華煙雲》。他們稱後二者為「新紅樓夢」，對比它們之間的異同優劣。談的最多的是巴金的《家》，因為我們家也是個舊式大家庭，許多地方和巴金所描寫的高家相似。他們常常把《家》裡的人物與自己家裡的人相互比較並加以臧否，有時還為此爭得面紅耳赤。那年我剛十五歲，平時跟著伯父沉迷於《蜀山劍俠傳》、《鷹爪王》之類的武俠小說中，對家裡和社會上的種種，視而不見，聽而不聞。是哥哥姐姐們的爭論，引起了我的注意，小說裡的人物故事竟然和家裡的那樣相像，倒要看個究竟。就這樣，我開始讀《家》。

這是我接觸新文學的開始——進入《家》裡，就如同走進了大穿衣鏡，迎面而來的全都是熟悉的人物。於是，我和書中人物一起歡笑，一同歌哭；和他們共愛憎，同是非。於是，我變了，在這個夏天，我一下子長大了許多，開始用自己的眼睛看世界，用自己的頭腦思考問題。——讓我引述一段名著，來說明這一變化：

> 在中世紀，人類意識的兩個方面——內心自省和外界觀察，都一直在一層共同的紗幕之下，處於睡眠和半醒狀態。這層紗幕是由信仰、幻想和幼稚的偏見組成的，透過它向外看，世界和歷史都罩上了一層奇怪的色彩。人類只是作為一個種族、民族、黨派、家族和社團的一員——只透過某些一般的範疇而意識到自己。在義大利，這層紗幕最早煙消雲散，對於國家和這個世界上的一切

事物做客觀的處理和考慮成為可能的了。同時，主觀方面也相應
地強調了表現它自己，人成了精神的個體，並且也這樣認識自
己。（布克哈特：《義大利文藝復興時期的文化》）

　　這說的是西方的文藝復興，人的覺醒。在中國，這一歷史進程遲到了
五百年。如巴金所說，「五四運動一聲春雷，把我們從睡夢中驚醒了」。
然而，這一歷史進程更是艱難而迂迴的，中間有多次的大反覆。我讀小學
的1930年代，還在家裡接受儒家傳統教育，學校的新式教育並沒有完全消
除那層由信仰、幻想和偏見組成的紗幕。是《家》這面鏡子，讓我睜開眼
睛看到了自己，看到了自己置身其中的家庭和社會，從而改變了我的眼光
和思維方式。這不是抽象的理論知識，而是一種既符合理性又飽含愛憎
是非的對人對事的態度，一種感情態度。因為在兄弟中我排行第三，也是
「三弟」、「三少爺」，所以很自然地就進入了覺慧這一角色，以覺慧私
心自許，想像著更勇敢更堅決的反叛、出走，去幹一番大事業。覺慧那幾
句話深深印入了我的心中：「我要做我自己的主人」，「不顧及、不害
怕、不妥協」，用自己的眼睛看世界，用自己的頭腦思考問題！終於，我
不顧勸阻，衝出了家門，成為全家第一個走向革命的人。可是到後來，正
是這種覺慧心態，使我不斷碰壁、摔跤，吃盡了苦頭。

　　幾十年後再回首，方才悟出：當年巴金所給予我們的影響，與後來的
革命所要求的東西並不一致；相反，倒是後來所遭受的挫折、苦難，同巴
金的影響緊密相關。

　　在我們這幾代人當中，不少人都有這樣的經歷：巴金使我們覺醒，魯
迅教我們成熟，於是我們知道了要做自己的主人，走自己的路。但是，巴
金和魯迅啟示、鼓勵我們尋找光明和自由，卻並沒有替我們指明道路。
真正促使我們走上革命道路的，是當時的社會現實——在1930年代，是九
一八之後的民族危機，和因之而來的一二九學生運動；在1940年代，是抗

戰勝利後內戰所造成的民族災難，和隨之而來的「反饑餓反內戰」學生運動。在抗戰的烽火中進入「抗大」、「魯藝」的，在內戰的硝煙裡進入「華大」（華北大學）「中大」（中原大學）和各種「革大」、「軍大」的，不少人都是這樣走過來的。可以說，我們是在尋找心目中的「五四」。當時，在我們的心目中，這兩種精神——巴金給我們的個性解放要求與現實造成的革命衝動，二者是緊密相連，攪在一起的。在那個時候，我們對延安的瞭解僅限於斯諾筆下的描述，根本不知道五四傳統與延安傳統有無區別，俄羅斯文學與蘇聯文學有什麼不同，我們讀托爾斯泰、屠格涅夫、契訶夫和高爾基的作品，也讀過一些解放區的作品，把這些統統目之為「進步」、「左傾」、「革命」。——幾十年以後才逐漸明白，這中間是大有區別的。我在思想感情上受巴金所代表的五四精神和俄羅斯文學的影響，遠勝於延安和蘇聯那些東西的影響。我正是從巴金那裡開始接觸俄羅斯文學的，是他的翻譯和介紹，讓我走近了這種充滿人道主義精神因而能震撼人的靈魂的文學潮流。——直面人生苦難，同情下層民眾，追求光明自由；「青春是美麗的」（巴金），「讓人變得更美好」（高爾基）——這不正是我們這些一心嚮往新社會的青年人所憧憬的嗎？然而，誰又料想得到，這些東西竟然都是革命所要清除的「異端」。

　　一開始，讀過巴金的作品還算是「進步」的標誌，不久就變了，變成了思想不健康的根據。1952年文藝整風的時候，丁玲就明確指出，巴金作品表現的是小資產階級個人主義思想，沒有教育意義。丁玲到武漢作報告，就大談「到群眾中去，改造思想，體驗生活」等等。我的直接領導、市文聯秘書長、詩人王采則不以為然：「還是老一套，不敢上昇到感情高度。詩是感情的高度昇華，小說也要有激情，丁玲的小說就趕不上巴金的……」他還說，這是「延安派」與「地下派」的矛盾，延安派政治上強，但並不真懂文藝。就在那次文藝整風中，王采成了重點對象，上述言論成了他的重要罪狀，結果被開除黨籍，趕出了文藝界。

　　幾十年後回頭看，不能不佩服王采的眼光，那以後的文壇鏖兵，不都是「延安派」與「地下派」的鬥爭嗎？那一輪又一輪的批判運動，不都是圍繞著那個代表延安傳統的《講話》進行的嗎？可以說，延安派是代表主流意識的嫡系、正統；地下派是收編的雜牌隊伍，其地位與作用是大不相同的。從思想屬性上說，延安派是純正的「無產階級革命文化」的代表；地下派則主要是小資產階級追隨者。從組織系統方面看，前者是毛澤東親自創建和直接領導的，是代表延安傳統的；後者卻有複雜的歷史淵源——在三十年代主管思想文化的是李立三、瞿秋白和張聞天；在四十年代的大後方是周恩來。特別是，地下派雖成分複雜，有一點卻是比較一致的，那就是尊魯——尊重魯迅，珍視五四傳統。由此可見，從毛澤東定鼎北京到文化大革命失敗的近三十年間，思想文化領域的主要衝突，實際上就是一派要建立遵奉《講話》的大一統天下；一派不肯完全背離魯迅的五四傳統，這才是要義和關鍵之所在。

　　王采之卓見還在於，他一語道破了這一衝突的本質：延安派的政治優勢與地下派的文藝優勢。政治與文藝的矛盾，這不就是魯迅早就說過的「文藝與政治的歧途」嗎？實際上也就是「外行領導內行」的問題。試回顧一下，無論是批《武訓傳》、批《紅樓夢研究》、反胡風，還是文藝整風、反右派、文化大革命，不都是政治吞噬文藝、政治家整肅知識份子嗎？王采當時看出了這一點，而且作出了正確的價值判斷。但他大概不曾料到，他的這些判斷要到幾十年後才能被人們所確認，而包括他在內的幾乎整個知識份子群體，將要和巴金一道落入煉獄，承受苦難。

　　這一切過去之後，又經歷了幾番風雨，我們才明白過來，巴金的遭整肅，我們這些人的相繼罹難，都是不可避免的，既非偶然，也不冤枉，因為這中間確實存在兩個階級、兩條道路的鬥爭。巴金所代表的五四新文化，當然是小資產階級知識份子的；另一方的工農兵方向，則被說成是「無產階級」的。嚴格區別小資產階級與無產階級的革命性，明確小資

產階級與大地主、大資產階級的一致性，這些《講話》裡早就說了，胡喬木稱之為毛澤東的偉大創造。事實上，這兩種文化思潮確實存在著根本分歧，最重要的就是對待人的態度，即是否以人為本，承不承認人的價值、尊嚴和自由。這裡的人當然指具體的人，個人。再就是從愛出發，還是從仇恨出發。實際上這就是啟蒙與造反的根本區別。以往的許多紛爭論辯，是非福禍，大都與此有關。巴金1949年以前所寫的作品，全都是知識份子的自我表現，論世界觀，當然是小資產階級的。作品裡所表現的思想，確實是屬於個人主義和人性論——主張個性解放，個人自由，主張人道、人性和愛——普遍的人性，無緣無故的愛。這些作品裡沒有「工農兵生活」，也沒有「民族形式」和「喜聞樂見」，一句話，全都不符合《講話》的標準，而且簡直就是背道而馳。所以，1949年以後《講話》定於一尊的時候，明確巴金屬於另類，六十年代初進而對他進行批判，都是正常的，合理的。

特別是，在反右鬥爭的高潮中，茅盾發表了那篇用《講話》和《實踐論》解釋文學創作的長文《夜讀偶記》，回到了「文以載道」的老路；而巴金竟然沒有理會茅盾的苦心，沒有吸取經驗。在那以後，他接連在《收穫》上發表談自己的創作的文章，大談自己的感情記憶，精神歷程，簡直是在呼應胡風的「主觀精神」、「感性世界」、「形象思維」那一套，而和《講話》唱反腔。——如此等等，當然要給他帶來大的災難，說他是「黑老K」，無非是「黑線」人物中的老大。論作品的數量和影響，魯迅之後也確實要算巴金了。

耐人尋味的是，當巴金被打成「黑老K」的時候，周揚已經成了「反革命兩面派」，說他表面上擁護毛的革命文藝路線，實際上是三十年代文藝黑線的代表人物。所謂「文藝黑線」，指的就是當年先後由李立三、瞿秋白、張聞天和周恩來領導的地下左翼文壇。這幾位中共領導人都是真正的現代知識份子，而且都是五四新文化運動的直接參加者，真懂新文藝，

他們信奉馬克思主義，卻並未否定五四啟蒙主義精神。周揚後來參與制定的新的「工農兵方向」，雖然依然打著五四的旗號，卻從根本上背離了五四精神——批判人道主義和個人主義，否定個人、自由、多元這些啟蒙主義的基本要素，有著明顯的反智和排外的傾向。而周揚在1949年以後也確曾有過偏離這一方向的時候——1953年在劉少奇和周恩來支持下成立「作家協會」這樣的專門家機構，熱衷於「提高」、「正規化」而忽視了「普及第一」「喜聞樂見」。「反右派」和「大躍進」之後，在劉少奇進行經濟上的調整的同時，周揚也在周恩來和陳毅的支持下進行文藝方面的調整，糾正左的傾向，強調「藝術民主」和「藝術規律」。這當然都是毛澤東所絕對不能容忍的，在他看來，這是不尊重不執行他的無產階級文化革命路線，無視他的領導權威。

顯然，周揚的「黑」與巴金的「黑」有相通之處，即都通向五四，通向以城市、以知識份子為主的現代新文化傳統，而與那種植根於農村的中世紀遊民文化小傳統殊途。——這是二十世紀中後期中國思想文化衝突的根本關鍵所在，後來的「撥亂反正」，也正是對這兩種傳統的再認識與再選擇。

到了1970年代末，我們這些人都已經老了，最老的已經古稀，最小的也已年近半百，開始了人生道路上的又一次選擇，當然是精神上的選擇，即對過去的「反思」。如前所述，我們都是先受了巴金的影響，後來又接受周揚的領導和教育（直接或間接的），一直分不清二者的異同和是非。如今他們都復出了，周揚的「異化」論，巴金的「說真話」和「懺悔」，攪動了整個知識界。到這個時候，我才從周揚的矛盾中對照著看到了巴金的底線，他的「真話」之所指。

消除「異化」，「說真話」和「懺悔」，都有「回歸」的意思，問題是回歸到哪裡去？周揚的矛盾就出現在這裡：提出「異化」問題當然是為了消除異化，但同時他又一再強調「結合」（與工農相結合）的重要

性。當時我就感到奇怪，他竟然沒有意識到，「異化」正是從那裡、從提出「結合」問題的時候開始的。作為五四新文化運動的主體、「科學與民主」精神的載體的知識份子，就是從被迫「結合」的時候開始異化而逐漸喪失自我，從啟蒙者變為被改造者的。後來的那場「無產階級文化大革命」，實際上就是從那個時候開始的——堅持五四精神的王實味是第一個祭旗的犧牲；桀驁不馴的胡風替魯迅進了牢房；最後，軟弱木訥的巴金也成了「黑老K」。周揚應該明白，他的「黑」就是因為「結合」即「異化」得還不夠徹底，「靈魂深處的小資產階級王國」也就是知識份子的良知尚未清除乾淨，所以才遭到了無情的拋棄，進了秦城監獄。後來他能夠提出「異化」論，正是心中那點尚未泯滅的知識份子良知的閃光，卻不幸被胡喬木一棍子打回去了。否則，他也許會繼續前行，真的醒悟過來。

巴金則大不相同，他的被「異化」是由於善良和輕信，把那些「假大空」當了真，以為後來所走的這條路就是原先自己所走的那條道路的延續；許多知識份子也大都是這樣開始被異化的。後來一旦識破騙局，就能回頭是岸，找回自我，回到原來的路上，是因為他沒有利害得失的牽扯。周揚離開秦城監獄時念念不忘上書檢討請罪；巴金一出「牛棚」就找赫爾岑，翻譯《往事與隨想》，接著寫起了《隨想錄》，揭露黑暗專制，呼喚光明自由。兩種傳統，兩種人格，反差之大，實在令人慨歎。巴金提倡「說真話」，就是拒絕謊言，對自己以往的信謊和說謊感到羞愧，痛心，真誠的懺悔，並以此顯示決心返回五十年前所走的那條路。——這是他又一次撞擊啟蒙之鐘，告訴人們，「假大空」意識形態並不是什麼新貨色，還是那種用信仰、幻想和偏見製成的中世紀紗幕，只是換了新包裝新名詞罷了。

認真說來，巴金只是一個啟蒙主義作家，他給予我們的主要還是他的作品，從《滅亡》到《寒夜》到《隨想錄》。有人說，他的作品只有激情，思想性和藝術性都不高。其實這是巴金自己的話，說他的創作「缺少冷靜的思考和周密的構思」，而這正是茅盾之所長。於是我想起了波特賴

爾的話：「功能的混淆使得任何一種功能都不能很好地實現」，以往不正是這樣吹捧茅盾的嗎？《子夜》企圖回答中國社會性質問題的論戰，結果圖解了一個教條公式卻遠離了真正的藝術。古今中外都承認，藝術的本質特徵和功能全在感情，以情動人，而這正是巴金的長項，他的小說的可貴之處。他從不去表現別人的思想觀念，而是真誠地傾吐自己的感情，那種無法抑制的燃燒著的感情。他自己說過，他之所以寫小說，是為了「把人們的心拉攏，讓人們互相瞭解，變得善良、純潔」。而「一切阻礙社會進步和人性發展的不合理的制度，一切摧殘愛的勢力，都是我最大的敵人，我所有的作品都是寫來控訴、揭露、攻擊這些敵人的。」從這裡，我們會想到魯迅的話：「能憎才能愛，能殺才能生，能生能愛才能文」──「文藝總根於愛」。巴金的為人和為文，其最顯著也是最可貴之處，就在於他的愛和真誠。

這種愛和真誠，來自文明社會人的理性良知，與那種出於基本生存需求的嫉妒和仇恨是根本不同的。這也就是五四啟蒙主義新文學與後來的工農兵文藝的根本區別之所在。巴金和我們這些後來者之所以自投羅網，接受改造，就因為沒有看出這二者的根本區別，誤把後者當做了前者的繼續和發展。之所以有這樣的錯覺，也是兩種不同的民粹主義的表面相似所誤導的。中國知識份子中的民粹主義思想來源很複雜，既有盧梭、赫爾岑、馬克思的影響，也有儒家和墨家的影響；這些都包含有人性論和人道主義思想。工農兵文藝思潮卻不同，那是一種以「均貧富，等貴賤」為核心的古老的遊民文化，一種復仇主義、平均主義思潮，其要害就是以「人民」、「階級」的名義否定人性和人道主義，否定啟蒙主義。正是這種貌似民粹主義的鬥爭哲學、復仇文化，最後導致了一場文化大革命。巴金的醒悟和懺悔，也是一種否定的否定──向愛和真誠的回歸。

愛和真誠，是我們當前最稀缺也最亟需的精神原素。面對媒體上滿眼的《三國》《水滸》「樣板戲」，到處是偽劣假冒坑蒙拐騙，於是，我們

更加懷念剛剛離去的巴金，想到他對我們的影響。他給予我們的不是抽象的觀念，不是具體的指示，而是心靈的感應，自我的發現，人格的堅守。我們早年的青春覺醒，中途的坎坷彷徨，晚年的回首再覺醒，都與他有關。但願有更多的年輕人接近巴金，從他那裡尋找精神資源，改變現在出現的那種物質貴族而精神乞丐的「偽小資」蛻化趨勢，再次從那種中世紀的紗幕下走出來。

2006年2月28日於深圳
載《三聯貴陽聯誼通訊》2006年第5期

吳奚如和他的《落花夢》

　　吳奚如與蕭軍、聶紺弩很相似，也是出身於軍校而後來活躍於文壇，在上世紀三四十年代，同時在文武兩條戰線上叱吒風雲，頗有影響。後來，在延安整風中遭受打擊而一蹶不振，被歷史塵封了三十多年。是「撥亂反正」的大潮，使他也成了「出土文物」，重新出現於文壇，受到人們的注意。又因為他敢於仗義執言，首先站出來為胡風說話，受到海內外人士的尊敬並譽之為「義士」。不幸的是，夕陽雖好，轉瞬即逝，他復出後不過六七年，就因病去世了。他不像蕭軍和聶紺弩那樣有名，是因為他前期的活動主要在黨內上層，而後來又長期被排斥在文壇以外。不過，他和蕭軍、聶紺弩還有胡風，可以說是另一種意義上的「四條漢子」——都是真誠追隨魯迅的「魯迅派」。他們都服膺魯迅，相互之間更是感情深摯，互相信任而始終不渝的真同志、真朋友。說到他們當中的任何一個人，會自然地涉及到另外的人。

　　我是上世紀六十年代初開始與吳奚如結交的，在他生命的最後二十年裡，我們成了無話不談的忘年交。他那富有傳奇色彩的經歷，那些驚世駭俗的見解，在我苦悶彷徨的時候，曾給了我重要的啟發和極大的力量。如今，我已年近耄耋，搶著把這些記下來，留給後人。

1

　　1984年秋天，吳奚如把剛剛出版的《吳奚如小說集》贈給我，同時還給了我一紙剪報，是湖北省京山縣辦的《京山文藝》上刊登的他的小傳，上面有他用鋼筆增刪的筆跡。他告訴我，書後所附小傳不準確，應以此為准。其實，這兩篇「小傳」都只是簡歷，似流水帳而沒有顯示出他的生平的特色，遠不如書前聶紺弩所寫的序言。這篇序言短短八百字，真可謂言簡意賅，準確、全面且有深意。其主要部分如下：

　　　　奚如是革命的政治、軍事活動家。一生參與的活動如北伐戰爭、南昌起義、西安事變等等，尤為人所熟知。其他出生入死，九死一生之經歷，不可勝記。至於寫小說、雜文之類，特其餘事。晚年多病，眼前之事，又多為初料所不及，不知怎樣措手足，遂少有文章發表。

　　　　有一些老革命家，飽有生活經驗，解放之後想把平生經歷筆之於書，奈筆墨荒疏已久，又獨無參與文學活動之經驗，舉筆躊躇，不易成篇。另一方面，則有文壇鉅子，想將革命運動，留之於史，又苦無生活經驗。此實大矛盾，不知如何克服。奚如是有生活的，又是文章選手，宜無此矛盾而大有所作，而活動當時，諸事鞅掌，朝不慮夕，無暇及此；事後回想，時過景遷，多如過眼雲煙，不易捉摸，且從事事功之人，事功有所成就，即使由文人出身，也往往覺得文章小技，壯夫不為。究竟是革命家的奚如使他不願終老文場，還是小說家的奚如，妨礙了他在政治上的宏途大展呢？我不知道。

　　　　回憶三十年代，奚如與我同一左聯小組，有時還同居一室，同為《動向》寫稿，同參與《海燕》工作，每有所作輒得先讀，口雖

不言，心常內愧。當時儕輩小說見長者有東平、周文、葉紫等人，
奚如亦其中之一，皆我所歎弗如者。抗日戰爭將起，國民黨對共產
黨封鎖不能不有所鬆弛，周恩來同志見到奚如某篇小說（寫大革命
時期事者）甚為欣賞，人告之：作者為參與八一起義的吳某。周公
記憶力強，尚能彷彿其人且知其那時已為黨員，乃囑組織調奚如由
滬入延安，得參與西安事變工作。後且以之為政治秘書，直到抗戰
爆發後猶然……。

這短短七百餘字，突現出了吳奚如一生中三個重要方面：一是他的軍
事政治生涯，二是他的文學活動，三是他與周恩來的關係。

聶紺弩與吳奚如是總角之交，二人同為湖北京山縣城關鎮人。聶紺弩
出生於1903年，長吳奚如三歲，早一年進入黃埔軍校（二期）。吳奚如生
於1906年，1925年十九歲時奔赴廣州入黃埔軍校（四期），顯然與聶紺弩
的影響有關。後來的參加北伐戰爭、南昌起義、加入左聯，以及抗戰時期
的種種活動，都是他們的共同經歷。不同的是，吳奚如有幾段重要經歷是
聶紺弩所沒有的，那就是「十年內戰」時期的武裝鬥爭和土地革命，1936
年的西安事變，1940年的皖南事變。這是幾幕影響了中國社會變革方向的
歷史大戲，吳奚如在其中扮演的都是重要角色——在土地革命時期，他先
後是中共湖北省軍委代書記、河南省軍委委員兼秘書；在西安事變中，他
是中共中央派往張學良那裡的特派員；在皖南事變時，他是新四軍第三支
隊及江北縱隊的政治部主任。這些經歷，誠如聶紺弩所言，確實是「出生
入死，九死一生」。

這其中，西安事變是他最懷念也最津津樂道的一幕。1936年9月，他
奉中央軍委副主席周恩來之命，趕赴西安張學良軍中從事統戰工作，主要
任務是創辦並主編（實際上是一人包辦）一個代表張學良和他的秘密組織
「抗日同志會」的機關刊物——《文化週報》，宣傳張學良和東北軍的

抗日主張，實際上也就是當時共產黨提出的「抗日民族統一戰線」的主張。他參與了西安事變的全過程，得與張學良及其幕僚直接接觸，不但獲得了關於西安事變的第一手歷史資料，而且是耳聞目睹的親身感受，所以談起來繪聲繪影，且能揭示歷史的本質。後來，關於西安事變的電視劇公開播放時，他看了很不滿意，說許多地方違背歷史事實，胡編亂造。他告訴我，劇中那個「住在對面樓上從延安來的客人」就是他，可當時他並不是那個樣子。為了真實反映那段歷史，不久以後他就寫出了長篇報告文學《驚雷》，記下了1936年3月4日張學良自駕飛機到洛川會見李克農（當時的中共中央聯絡局長），到1937年2月5日中共代表團匆匆撤回延安，這歷時十一個月中發生了震驚世界更影響了中國社會進程的歷史巨變。

《驚雷》寫於1980年夏秋之交，發表於年末的《長江文藝》上。當時他向我詳細講述了作品的內容，還透露了一個沒有寫出來的秘聞：中共中央在西安事變的決策上的分歧。這次事變的關鍵問題是對待蔣介石的態度和策略，正是在這個問題上，中央幾個領導人意見不合，張聞天和周恩來主張「逼蔣」、「聯蔣」；而毛澤東和朱德則主張「審蔣」、「除蔣」。不過後來還是取得一致了，張聞天、周恩來的正確意見佔了上風，是因為史達林的干預，毛不得不服從。當時國內的形勢很清楚，囚禁乃至殺掉蔣介石，中國就會天下大亂，就會在軍閥混戰中亡於日本。史達林有鑑於此，明確譴責張學良，莫斯科的廣播指控張學良叛國，勾結日本侵略者謀害中國的抗戰領袖蔣介石。吳奚如一開始是贊成毛澤東的「審蔣」、「除蔣」主張的，因為他痛恨蔣介石，土地革命期間，他家裡就有四個人被害——叔父和堂弟被殺，父親和祖母被逼自殺，全都因為他這個在逃的「匪首」。當年的事變發生時，他懷著復仇的快意，為《文化週報》寫了一篇社評：《將蔣介石交付國人審判》。就在這個時候，他聽到了莫斯科斥責張學良的廣播，當時他感到很意外，一時間不知所措。好在很快就接到周

恩來的指示，明確了「逼蔣抗日」、「聯蔣抗日」的精神，於是他撤回了稿件，重新寫社評。

　　西安事變的確如一聲驚雷，震驚了世界也改變了中國的歷史進程；但在吳奚如本人，卻是有驚無險，平安度過的。當時他是張學良的幕賓，夫妻同往，正大光明；住在張學良公館區的西樓上，身穿西服長衫，活動於軍政上層人物中。那年他三十歲，張學良三十六歲，同屬少壯才俊，風流倜儻；二人一見如故，相處得很融洽。吳奚如身上的擔子很重，心裡也很緊張，但所需要的是政治膽略和文化才能，所使用的武器是筆桿子。西安事變確實重要也確實驚險，但畢竟是一場政治風波。後來的皖南事變就大大不同了，那是戰爭，真正的戰爭，不但使用現代武器，而且使用原始的冷兵器，真的是槍林彈雨，血肉橫飛。「戰爭是政治的繼續」，但那時政治因素已經遠去，現實中只有生命之間的對決，真的是「有你無我，你死我活」，雙方都把對方確認為勾結日本侵略者的叛逆、漢奸，因而滿腔仇恨地廝殺、血戰，而這又恰恰是政治因素所致。吳奚如在四十年後回憶、述說這一切的時候，心情是矛盾的，既有豪情更有傷痛——他意識到了，那畢竟是「兄弟鬩於牆」，而且是在民族危亡之際。

　　從總體上說，這些事實都是無可懷疑的，歷史和文學著作中都有記載，他的述說因為是出於一個作家的個人親歷和感受，更帶感情色彩，因而也更加動人心魄；何況這中間還有他的反思，也就是我前面所提到的「驚世駭俗的見解」。除這些之外，有一點我是存疑的——他，吳奚如本人，在這中間究竟處於什麼地位，起了什麼作用？推而廣之，包括在這以前的北伐戰爭、南昌起義和土地革命期間，吳奚如本人在那一場場腥風血雨的歷史大戲裡，究竟扮演的是什麼角色？真的如聶紺弩所說，是「出生入死，九死一生」嗎？因為據吳奚如自己親筆修訂的履歷，他一直在從事政治工作，北伐時任葉挺獨立團的連黨代表及團政治部副主任；「四一二」以後又擔任討蔣運動委員會常委、《討蔣月刊》主編。在新四軍中，

他的職務是政治部主任。很顯然，這都是政治工作，並非帶兵作戰的。
——眼前的吳奚如老人，身上一點軍人氣息也沒有：身架不高，骨胳細瘦，遠不像蕭軍那樣敦實，胡風那樣魁梧，倒有些像聶紺弩，也是書生型；儘管人老了，滿臉皺紋，眉眼間依然有那種機敏，時帶狡黠、嘲諷的笑意。這樣的老人，即使是年青的時候，會是帶兵打仗、馳騁疆場的軍人嗎？我有些懷疑。特別是，他向我介紹他的個人戰史時，說他不但能使用長短槍，而且會騎戰馬，善能指揮戰鬥；皖南事變時，他所在部隊被打散了，是他帶領潰散的士兵血戰突圍的。他說得繪聲繪影，確鑿有據，我卻私心存疑，覺得其中可能有文學成分，只是不便也不忍明白說出，以免引起老人心裡不快。

可是，後來有人為他作證，證明我的懷疑是錯的，吳奚如確曾帶兵打仗。做證的人是畫家賴少其和詩人彭燕郊，當年他們都是新四軍中吳奚如的部下。1994年在廣州，我和老友李晴一起去拜訪賴少其；2002年在上海，於胡風百年誕辰學術討論會上見到彭燕郊，我和他們談話時，都有意問到新四軍和吳奚如的往事，坦率提出我的上述疑問。他們都鄭重地向我證明，吳奚如既是真正的作家，又是真正的軍人，在新四軍裡，他不僅從事政治宣傳工作，和軍中的文化人相處得很好，軍事方面他也內行，管的事不少——黃埔科班出身，內行，早就帶過兵打過仗。皖南事變發生時，和他在一起指揮作戰的團長犧牲了，是他帶領被打散的部隊繼續前進，血戰突圍的。——在廣州時，賴少其還談到1979年第四次全國文代大會上的一個插曲：聽說吳奚如要在會上提出胡風問題，一些來自部隊的老作家、藝術家都為他擔心。這些部隊文藝工作者，有的已經是軍級或師級，當年都曾經是吳奚如的部下。在吳奚如走進來的時候，他們起身向老首長行禮並做手勢，示意他不要說話——不要為胡風說話，翻偉大領袖親自定的鐵案，太危險了。吳奚如當即表示他義無反顧，一定要說。他告訴大家，他相信胡耀邦，因為他早就認識胡耀邦、瞭解胡耀邦，所以請大家放心。

2

這個插曲已經過去近三十年了，如今知道吳奚如的人更少了。當年，就因為替胡風說話這一「義舉」，吳奚如才成為「出土文物」，在文化界，在一定範圍內受到關注，所以也才有了《吳奚如小說集》的出版；需知，上世紀八十年代初，出版業還沒有市場化，不是什麼人都可以出書的，有錢也不行。小說集出版前，他讓我看了這些作品，我也談了我的看法。於是，他提出要我為他寫序言。我很吃驚，當時就惶恐地拒絕說：「我怎麼能給你寫序？」他卻笑著說：「怎麼不能？就要打破這個慣例，為什麼非要老的給年青的寫序。我們就反過來，你來給我寫序，我同意你的這些看法。」我還是誠惶誠恐地拒絕了。後來，是聶紺弩寫了這篇言簡意賅、值得一步步深究的序文。

上面所談，是聶序提到的一個方面，作為革命家的吳奚如，他在政治、軍事方面的作為；這一切，在有關歷史資料中都是有案可稽的。作為小說家的吳奚如，僅有一本《吳奚如小說集》，可以略略顯示他的創作水準和特色。但聶紺弩在序文裡所著意點出的，似乎並不在此──小說的藝術成就，而是另有深意存焉，這就是吳奚如與魯迅的關係，與胡風及「七月派」的關係，特別是他與周恩來的關係。他提到左聯與《動向》、《海燕》這兩個刊物，說明吳奚如和魯迅的關係，是「魯迅派」；把吳奚如和東平、周文以及他自己放在一起稱「儕輩」，也就是同輩、同類的「吾輩」，這就是說，他們都屬於胡風為首的「七月派」。聶紺弩確實是大家，在這裡，他好像就事論事地不經意間提到了周恩來──讀了吳奚如的小說，想起這個人，決定派他去張學良處從事統戰工作。──前面談到的北伐戰爭、南昌起義，實際上都是從黃埔出發的，吳奚如、聶紺弩與周恩來的相遇、相識、相知，就正是從黃埔開始的。這是兩年後（1938年）

周恩來正式以中共領導人身份與文藝界人士交往，正式介入文藝運動的開始。說「正式」，因為在此以前，也就是從1929年開始，中共高層就已經在關注並開始干預文壇紛爭，那時的中共中央，實際上就是周恩來在主持工作。

在這裡，聶序為我們勾勒出一個三角：魯迅─胡風─周恩來，吳奚如就處於這個三角的中間，如同三棱鏡，從這種既複雜又簡單的關係中，折射出現代中國歷史文化衝突的某些本質方面。──這些且留待後面詳敘，現在先來看看吳奚如與周恩來的關係。吳奚如和魯迅、和胡風的關係，在他那篇《我所認識的胡風》一文中已有記述，別人也談到過。至於他和周恩來的關係，他本人和別人都只提到他擔任周恩來的政治秘書一節，而且多半是順便提到、點到而不及其詳。這裡就「年表」式地按時間順序加以清理，看看他同周恩來究竟有怎樣的關係──

1925年，十九歲的吳奚如隻身南下進入黃埔，這與他的湖北同鄉董必武有關。進入黃埔後很快入黨且和周恩來同一支部。這是吳奚如與周恩來交往的開始，中間有董必武這層關係；至於董與周的關係，這裡就不必贅述了。1926─27年，一同參加北伐戰爭、南昌起義。1927─32年，吳奚如在湖北、河南參與地方軍委的領導工作，當時在中央負責軍事方面領導工作的，正是周恩來。1933─36年吳奚如在上海加入「特科」，「特科」的最高領導人也是周恩來。──所以，聶紺弩在序言裡談到1936年周恩來決定派吳奚如赴西安時，說「周公記憶力強，尚能彷彿其人且知其那時已是黨員」云云，是實錄，真實可信。

再往後，到了抗戰時期，吳奚如和周恩來的關係更加緊密，成了直接上下級。1937年12月，在延安的吳奚如接到中央轉來的周恩來發自武漢的電令，調他到武漢中共中央長江局工作，擔任時任中央軍委副主席的周恩來的政治秘書，協助周管理一些重要人物（如郭沫若）的黨籍，建立文藝界的抗日民族統一陣線，籌建中華全國文藝界抗敵協會，並負責八路軍駐

漢辦事處的工作。1938年10月，吳奚如隨周恩來從武漢撤退，途經長沙，在駐長沙辦事處的辦公室內，周恩來口授電文，吳奚如筆錄，向中央報告武漢撤退時的形勢及建立桂林辦事處的計劃，隨即派吳奚如先期赴桂林，以周的政治秘書身份與國民黨方面交涉，建立八路軍駐桂林辦事處，並任主任。1939年2月，吳奚如又奉周恩來之命，隨葉劍英去湖南，參加南嶽遊擊幹部訓練班的工作並任教官。同年11月，訓練班結束，隨周恩來到新四軍中，周走後留任新四軍第二支隊及江北縱隊政治部主任。

看了這段記述，知道了吳奚如其人確實很不簡單，一是有如此豐富且重要的革命經歷，二是和周恩來關係非同一般；於是，自然會有疑問：何以他後來竟然一直默默無聞，既從政壇上消失了，又不曾在文壇上留下更有份量的東西？一本《吳奚如小說集》僅三十萬字，而且大都是1942年以前的作品。從北伐戰爭到抗日戰爭，從左聯到文協，那樣紛繁詭譎的歷史風雲，都未能化為他的筆底煙霞，這是為什麼？對此，聶紺弩在那篇短短的序文裡，也有回答或曰暗示：世事滄桑，難以逆料，他們這些人當年景仰孫中山，相信馬克思列寧，滿腔熱情地跟著周恩來鏖戰，跟著魯迅吶喊，追求的是民主共和，民富國強。不想九一八、一二九、七七接踵而至，於是他們又怒髮衝冠、壯懷激烈地奔赴抗日戰場，指望驅逐日寇以後重新收拾舊山河，創建新中國，然後再用自己的筆記下這一切，留給後人。可誰又料想得到，竟然興起了「運動」，而且一波未平一波又起，直至「文革」。這就是序言裡說的，「眼前之事，多為始料所不及，不知怎樣措手足，遂少有文章發表。」要不然，吳奚如定能在政治上或文學上發揮所長，成為更有成就的革命家或小說家。

這是在說吳奚如，可又何嘗不可以看成是聶本人的夫子自道呢？有人說，聶紺弩是奇才，武可以為將，文可以為相，不幸卻連遭貶斥，潦倒半生，遠流北疆，險些喪命。聶、吳二人都未能盡展其才，同樣不幸。至於不幸的原因，序文裡也點到了，就是事功與寫作的矛盾，也就是魯迅早就

提出的「文藝與政治的歧途」。二十世紀下半期的中國作家、中國知識份子，誰也無法逃避這種「歧途」，不同的只是各有選擇：或扮演悲劇角色，或扮演喜劇角色。

我把這些看法說給奚如老人聽，他聽了表示同意，並立即申明：他不能與聶紺弩相比，聶紺弩真的是奇才，在危難之中還能創造出那樣一種奇妙的詩，堪稱「一絕」。他說他自己是庸才，現在又老了，寫不動小說了，只能寫回憶錄。

吳奚如要寫回憶錄的念頭，是1979年春天產生的，是胡風已不在人世的傳聞引起的。他在當時寫下的文章裡，如實記下了他的心境：

> （聽到胡風已經去世的消息），我的心裡頓即湧起了不知是一種什麼滋味，前塵往事，形浮影現，徘徊斗室，不能自己。深思我們這些倖存的左聯老盟員，都已年在七十以上，活不多久了，倘若我們對於當年左聯內部鬥爭史實，對於任何一個左聯盟友的生平，再不無私無畏地寫出來，怎麼對得起左聯的歷史，又怎能對得起魯迅先生呢!?

這是《我所認識的胡風》一文初稿的結尾部分，文末注明：「1979年5月初」，並有「回憶錄《落花夢》之一」幾個字。

後來，他的小說集出版了，就在贈書給我的同時，談到了寫回憶錄的問題，並正式提出要我做他地助手，幫他寫長篇回憶錄。很顯然，他早已成竹在胸，關於回憶錄的內容、寫法和題名，他都想好了。當時我一口答應做他的助手，因為這是一個難得的學習機會，對我的現代文學史的教學和科研，一定會很有幫助。關於回憶錄的內容、寫法和書名，他談了三點：一是不採用自傳體，不寫或少寫個人和家庭的故事，主要寫歷史，重大事件和重要人物，以歷史時期和事件為各篇主旨。二是注重議論和形

象，夾敘夾議，發表個人議論，言人所不曾言、不敢言；刻劃人物形象，寫出重要歷史人物的精神風貌。三是對人對己都持同一標準，不掩飾自己政治上和生活上的過失。——他特別強調第二點，說那是他這個人的特點，也應該成為他的回憶錄的特色：他在延安時就以敢言著稱，敢在毛周二位領袖面前大膽直言；他寫過小說，知道怎樣刻劃人物，寫活人物也應該是他的回憶錄的特色。何況，他要寫的大都是重要歷史人物，都是他直接接觸過、觀察到的，像北伐時期的葉挺和林彪，西安事變中的張學良，在桂林八路軍辦事處當上士收發的胡志明（後來的越共領袖），更不要說毛、周和魯迅以及他們周圍的那些革命家和文學家了。他告訴我，這本回憶錄將以「落花夢」命名，他年輕時讀過日本人宮崎寅藏的《三十三年落花夢》，很喜歡這本書，而且深受其影響，所以就借用這「落花夢」三個字。我覺得「落花夢」三個字不好，太一般，而且容易被誤認為是一部言情通俗讀物；何不也像宮崎寅藏那樣，也叫「××年落花夢」？從1925年到1980年，剛好五十五年，就叫《五十五年落花夢》，若用副題，就叫「從國民革命到撥亂反正」。他聽了非常高興，連說「好，好，就這樣，等我們都搬進東湖新居，你就來幫我圓這個大夢。」

　　這是1984年秋冬間的事。不久以後，湖北省作家協會新房子的二期工程峻工，奚如老人先搬進了新居。轉眼間到了春節，我去給老人拜年。談到前不久召開的全國第四次作家代表大會，他依然是特邀代表，因身體關係未能出席。這次會上正式提出了「創作自由」問題，我興奮地說這是空前的，值得慶賀。他卻說沒什麼了不起，還沒有恢復到五四、左聯和文協時期，不過總還是一種進步。說到會上一些中青年作家紛紛簽名慰問病中的周揚一事，他感慨地說：「周揚挨了喬木一棒，值得同情。不過周揚的水準實在不高，並不真懂文藝，如今中國文壇還奉周揚為盟主，卻實在可悲，說明文藝界沒有人啊！雪峰1957年說的那句話可能是對的：中國文學的真正繁榮，要到下個世紀才有希望。」

　　我起身告辭時，他又談到他的回憶錄，再次約定，等我搬來東湖後就正式動筆。不想這一見竟是永訣！那天是1985年2月23日，農曆正月初四。四天以後，1985年2月27日，正月初八，奚如老人因患感冒轉肺炎，搶救無效而溘然長逝，那年他七十九歲。一部可以想見其重要性的歷史文學著作──《五十五年落花夢──從國民革命到撥亂反正》，就這樣被他帶走了。

　　往事如煙，這裡記下的，只是一些夢影碎片。

3

　　這裡，就從我和吳奚如的初次見面說起。

　　那是1963年的夏天，身為「摘帽右派」的我，剛從農場回來不久，在一所中學裡代課；因為我妻子張焱還在原單位（《長江文藝》編輯部）工作，所以我也依然住在文聯大院裡。一天中午從學校回來，剛進院門，遇見一位矮且瘦的老人，迎面對我走來。我正要側身讓路，他已站在了我的面前，開口問道：「你是姜弘吧？」我點頭說是。他接著問：「他們給你安排了工作沒有？」我說沒有，我在學校裡是代課。他聽了把頭一偏大聲說：「什麼話！一個年青人犯了錯誤，就這樣不管了，這哪是共產黨的政策！」說著憤然走去。我既感動又奇怪，好像我並不認識他。回家一問，我妻子說，那一定是吳奚如，一位老革命、老作家，一個誰也不敢惹的奇特人物。──後來，我和吳奚如老人談起這第一次見面時的情景，他說，實際上他早已認識我了，1955年他就回到武漢了，反右期間已經調到了武漢作協，雖然沒有參加運動，情況是瞭解的。又說他讀過我那些受批判的文章和發言，認為態度有些偏激，言詞也有尖刻過火之處，但基本觀點是正確的，可以看出用心也是好的。他勉勵我不要灰心，該堅持的要堅持。談到我被打入「另冊」的原因，他問我在1955年的反胡風運動中為什麼挨整，後來在1957年的「鳴放」中又為什麼提出胡風問題？

這是幾年來第一次有人這樣和我談話。自從入了「另冊」以後，私下裡有人同情，也有人勸慰鼓勵，卻從沒有人敢於正面肯定我的右派思想和言論。如今有人以這種態度關心詢問我，而且是這樣一位真正內行的前輩，我不能不無保留地說出我的心裡話。

我告訴他，我在反胡風運動中被整，並不是因為與胡風有什麼牽連，而是另有原因：觸犯了權威——在1952年的文藝整風中批評了頂頭上司宣傳部長，指出他的文藝觀點違背常識。於是，這就成了「反領導、反黨、向無產階級爭奪文藝領導權」；反胡風運動來了，就很自然地變成了整肅對象。最後查不出問題，定為「受胡風思想影響」分子，免於處分，取消工資進級資格（1956年普調工資）。我不服氣，不是因為工資級別，而是為那個不明不白的「思想影響」，因為那時我還沒有讀過胡風的著作，僅憑三十萬言書，還無法判定這種「影響」究竟是什麼。於是，我找來胡風的八本論文集，與馬列、魯迅的著作對照著讀；於是，我被胡風征服了，越讀越覺得胡風有理，也越覺得何其芳、林默涵蠻橫無理。就這樣，我真的受了胡風思想的影響，是反胡風運動造成的，也是我自覺接受這種影響的。1957年「鳴放」的時候，提出「判胡風為反革命證據不足，說胡風反馬克思主義論據不足」，是我認真讀書、認真思考以後的真實思想認識，到現在也沒有改變。反右後期的「認錯、認罪」，是高壓之下不得已而說的假話……

這是我和吳奚如之間的第一次長談，主要是他問我答。當時他含笑地聽著，好像在鼓勵我說下去。於是我也就無保留也無顧忌地說出了積在心裡許多年的一些看法，都是不合時宜的看法。從頭到尾，他都沒有表示異議，只在最後特別囑咐我；不要在外面亂說，「有空多到我家來談談，沒有關係。」——這「沒有關係」是說他不怕也不嫌棄我這個「摘帽右派」。

過了幾天，他就把我喊到他家，告訴我幾年前的一件事：1959年秋天，他在東湖療養院期間，遇到一位原鄂東地區的幹部，交談中提到他的

同鄉胡風，說他們地區黨委當時就接到中央的指示，告訴他們胡風的問題出在解放以後，解放前沒有問題。又說，當年他們那裡的地下黨組織一再遭到破壞，失掉與上級黨的聯繫，組織上就派他到上海找胡風，由胡風幫助他找到周副主席領導的南方局接上關係。試想，如果胡風早就是反革命，他們這些人和鄂東地區的黨組織豈不都成了問題，都要受審查？──說完這件事，他接著又說了另一件事：關於「胡風反革命集團」第二號人物阿壟（陳守梅）的真實身份。這個被確定為國民黨特務分子的人，當年真的是混進延安的嗎？吳奚如說，他記得很清楚，1939年，是他介紹阿壟去延安進入抗大學習，準備讓他學完再回到國民黨的軍隊裡，為我們作情報工作的，是我們的情報人員，怎麼會是國民黨特務呢？他說他當時的身份是中共中央軍委周恩來副主席的政治秘書，八路軍駐桂林辦事處主任。他還說，周總理肯定還記得這件事，還記得阿壟這個人。──他說這話的時候，是1963年夏天，那時阿壟已經在牢裡關了八年。兩年後的1965年6月23日，阿壟在獄中寫下了那篇閃耀著人格尊嚴和真理之光的抗辯詞《可以被壓碎，決不被壓服》，那短短兩千多字，最尖銳、最準確、最深刻地揭示了胡風冤案的實質，勝過以後所有的分析、評論和總結。再兩年，1967年3月，這位僅比吳奚如小一歲，同樣文武雙全的革命軍人、詩人、評論家，在服滿十二年刑期之後並未獲釋，卻瘐死獄中了。這一切，吳奚如在世時還未公佈，他當然不知道。他不知道的還有：如他所說，周恩來確實沒有忘記阿壟，就在1955年的當時，周恩來就下過指示：阿壟是我們的情報人員，要查清楚……

　　吳奚如在1963年向我談這兩件事，是要說明胡風和阿壟確實不是反革命，胡風一案的關鍵在解放後的文藝思想之爭。他的看法是：政治問題是清楚的，但現在很難解決；文藝問題是複雜的，但那是個理論是非問題，可以辯論，不過需得政治問題解決以後。他勸我說：政治問題你管不了，應該把力量集中在文藝方面，研究胡風文藝思想。他還提示我：研究胡風

文藝思想不能唯讀胡風的著作，只注意理論，要懂得魯迅，瞭解左翼文藝運動的真相。——談完以後回到家，我才發現，他的話有自相矛盾之處：既然說胡風問題出在解放以後，為什麼非要注意魯迅和左翼文藝運動，那不都是解放以前的嗎？於是我想起了剛才談話間他說過的一句話：「胡風問題說複雜確實複雜，說簡單也簡單，因為是和黨內路線鬥爭扯在一起的，黨內路線鬥爭問題理清楚了，胡風問題也就清楚了。」——這句好像既概括又有深意的話，我在當時並未真正聽懂，也許正是這種一時尚未弄明白的概括性和深意，反而印像很深，記得很牢，若干年後才逐漸明白而終於恍然了，這是後話。

到了年末，要準備期末考試了，和吳奚如的接觸也減少了。但有一次，他和我談起另一個話題，值得在這裡記上一筆：一天下午，我們在門外路上相遇，打過招呼之後，他忽然問我讀過小托爾斯泰的《苦難的歷程》沒有，我說許多年以前讀過，於是我們就談起了這部小說。因為他近來正在重讀，所以對書中人物情節都很熟悉，我只能跟著他所說的喚回記憶，說出自己的印像。我們的看法基本一致，對這個三部曲評價比較高。接著說到高爾基的《克里·薩姆金的一生》，看法就不一致了，我說我不喜歡這部作品，覺得它沉悶、陰鬱，缺乏激情和美感。他沒有回應我的話，說這兩部作品都是寫革命時期的知識份子的，可以從中看出俄國知識份子在歷史大變革時代的精神狀態。我則順著我的思路繼續批評高爾基，說晚年高爾基好像討厭知識份子，才寫了克里·薩姆金這樣的人物。我向他推薦愛倫堡的《暴風雨》，說我更喜愛這部小說，雖然在結構完整、人物典型和主題鮮明這些小說標準上不及前兩部，有些散文化傾向，好發議論，但也正是這種散文、議論因素，顯得自然流暢，真誠熱情，更能引起讀者的感應和思考。他沒有看過這部小說，要我幫他找來看看。我沒想到，他從我對愛倫堡的評價中，看到了胡風的「影響」，說你這不就是重視「主觀精神」、維護知識份子嗎？那口氣似嘲諷又似贊許。

　　當時我沒有注意，吳奚如為什麼要提出這個話題、評價這兩部書，後來才知道，他是有了寫長篇小說的打算。讀上述兩篇作品，注意知識份子在歷史大變革中的命運和精神狀態，是以往的革命經歷、有關的情緒記憶和反思感慨在他胸中翻騰，使他欲罷不能。十六年後的1979年，他說他老了，寫不動小說了，那年他七十三歲；1963年和我談這番話的時候是五十七歲，完全可以寫出一部長篇巨著。這不是我的隨意想像，1980年7月至9月，不到三個月的時間，他一口氣寫出了兩篇有影響的力作：《一個偉大的死》，寫瞿秋白的英勇就義，兩萬三千多字；《驚雷》，寫西安事變，三萬多字。發表這兩篇作品的《長江文藝》的負責人蘇群（蔡明川）對我說：「真想不到，這位老人家會有這樣的筆力！三四十年不動筆，一提筆就一瀉千里，語言這樣鮮活有生命力，真不簡單。但願他能活一百歲，寫出更多的東西。」——不幸的是，十年「文革」已經奪去了他準備寫的長篇小說，後來幾年的健康狀況和生活條件又阻礙他寫回憶錄的計劃的實現，真是太遺憾了，不能不令人扼腕長歎！

　　吳奚如有意寫長篇小說，時間大概是在1963年下半年。那幾年自然氣候和政治氣候都不錯。一度有人說那是「復辟」「回潮」，應該說，那是回歸到歷史發展的主潮正道上了。1961年的「七千人大會」帶來了物資生產領域的「調整」，1962年的廣州會議上周恩來、陳毅兩位總理的講話，帶來了精神生產領域的「調整」。說白了，「調整」就是「糾偏」，就是「反左」。當時並不知道餓死幾千萬人的事，但都餓過肚子，後來肚子吃飽了，這是正常人都感覺得到也會承認的。同樣，報刊上、舞臺銀幕上的精神產品也豐富了，不再是清一色的圖解階級鬥爭的民歌順口溜和家史、村史、廠史了，而是古今中外土洋新舊都有，題材風格的多樣，超過了1949年以後的任何時期。過來人回頭看，當年在物質和精神兩個方面進行的「調整」，就是反「反右」之左，糾「大躍進」之偏，於是就有了那一時期的「復辟」「回潮」——回歸歷史前進的主潮正道。

　　吳奚如就是在這樣的客觀形勢下，有了寫作長篇小說的的念頭，這和劉少奇的當政有關，因為他和劉少奇有過直接交往，瞭解劉少奇，相信劉少奇。吳奚如在土地革命時期就曾在劉少奇領導下工作，不過沒有個人交往。1937年，他擔任八路軍西北戰地服務團副主任（主任是丁玲），到了山西太原。當時劉少奇是華北局書記，正住在太原的八路軍辦事處，直接領導吳奚如他們，接觸比較多；當時身為中央軍委副主席的周恩來，也正在太原。這樣，劉少奇與吳奚如之間就有了相互瞭解，四年之後的1941年5月，當時兼任新四軍政委的劉少奇，才會直接電令吳奚如趕赴新四軍中，擔任第五師的政委。可是，這時毛澤東已經為吳奚如安排了另一個位置：到中央軍委直屬機關政治部當科長，於是，他又成了胡耀邦的部下。代替吳奚如去新四軍李先念那裡任政委的，是一員女將，就是大名鼎鼎的陳大腳──陳少敏。沒有當政委而當了科長，這是吳奚如一生命運轉折的開始。

　　1949年以後，他想回鄉重操舊業──從事文學創作，卻一直受到周揚們的阻擾，於是他給劉少奇和周恩來寫信，提出回文藝戰線的要求，這樣，他才到了中國作家協會武漢分會，也就是現在的湖北省作家協會。當時正值「反右派」，接著又是「反右傾」，「大躍進」。對於這一切，開始時他只是不介入，保持沉默，後來忍不住了，在會上公開談論農村的嚴重形勢，他說他的子侄輩多是地縣基層幹部，是他們來向他訴苦，吐露真實情況的，他還批評「共產黨耳聾眼花，不顧人民疾苦」。聽到這些話的人都敬佩他的正直敢言，卻無人敢於接腔。有積極分子反映到省裡，省最高領導是新四軍出身，知道吳奚如是什麼人，所以只說「不要去管他。」過後不久，他再次上書劉少奇，不是談個人問題，而是痛陳時弊，說連年運動，傷人太多，敗壞黨風民風，前途堪憂；建議進行改革，進行整頓，並建議重新出版《論共產黨員的修養》一書，以提高黨員素質。後來在「文革」中，曾經大批「黑修養」，追查重新出版此書的倡議者。文革前任湖北省委宣傳部長的密加凡，後來曾和我談及此事，說吳奚如給劉少奇

的信是由省委轉的，吳奚如平日很少與人交往，與任何人沒有利害衝突，所以也沒有人揭發此事。

吳奚如一再上書言事，找的都是劉少奇和周恩來，從來不找毛澤東，並不是他與毛沒有交往，而是他和劉、周的交往更深，除了上面提到的軍事政治方面的上下級關係之外，還有更早的與「魯迅派」相關的一層。當年代表中共中央指示上海文化界的中共黨員尊重魯迅，和魯迅一道開展左翼文化運動的，正是周恩來、劉少奇，還有張聞天。吳奚如在步入文壇之初，就接受了他們的領導，這樣一種具有豐富文化內涵的歷史淵源，就不僅僅是個人之間的上下級關係了。所以，劉少奇的當政，周恩來和陳毅在廣州會議上的講話，都讓吳奚如興奮不已，感到大有希望，並有了寫長篇小說的打算。

可是好景不長，形勢很快就發生了逆轉，先是上海的柯慶施提出「大寫十三年」的極左口號，說「只有寫社會主義時代的生活，才是社會主義文藝」；接著是毛澤東的一個「批示」又一個「批示」。於是，1960年代初期那段短暫的「小陽春」溫暖時節過去了，很快就躍進到了「文革」大災難之中。吳奚如心中的創作火苗熄滅了，一部剛剛才醞釀的長篇小說被奪去了。

4

1965年，山雨欲來風滿樓，一整年都是在大批判的風聲中度過的：一開春就批京劇《李慧娘》，接著批電影《林家鋪子》、《舞臺姐妹》等等，到了年末，拉開了文化大革命的序幕——批判《海瑞罷官》。在這整個過程中，吳奚如一直比較謹慎，情緒也比較低沉，碰見我的時候，問問情況，囑咐幾句，無非是要我說話注意，不要亂發議論。到接近年末的時候，有一天在路上相遇，他悄悄告訴我：胡風判了刑，監外執行，已經回

家了。他說時很平靜，我聽了也沒有感到意外，當年反胡風時那些殺氣騰騰的「按語」言猶在耳，眼下的氣氛又是如此肅殺，胡風被判刑而又能回家，似乎還算寬大。然而，舉國震動的胡風反革命集團大案，就這樣了結了嗎？

轉眼間到了1966年，春節過後不久，我到吳奚如家裡去看聶紺弩的來信，是奚如老人特意喊我去看的。聶紺弩這封信是專門向老友報告胡風近況的：被判處有期徒刑十四年，剝奪政治權利六年，監外執行，已經和梅志一起去了四川成都。這中間，引起我的特別注意的，是胡風本人和聶紺弩對這件事的態度和看法，都是以文字、文學的形式表達的。胡風的態度是一句話：**「心安理不得」**，並附有林則徐的名聯：**「苟利國家生死以，豈因禍福避趨之。」**聶紺弩在胡風離京之前，送了他一首詩：

> 武鄉涕淚兩雄表，杜甫乾坤一腐儒。
> 爾去成都兼兩傑，為攜三十萬言書。

胡風的那句話很明白，就是口服心不服，接受暴力制裁，而以理性堅守相抗。所以他引用了林則徐的這副對聯。聶紺弩的詩則把胡風與諸葛、杜甫相比，似乎不切。仔細揣摸，這裡的「攜」字用的是古義，即「攜貳」──懷有二心，背叛之意。在「左傳」裡，「攜貳」與「股肱」對舉，表示兩種不同的人格。我和吳奚如幾乎同時想到了周揚──周揚是「股肱」，胡風是「攜貳」，一點不錯。我們都佩服紺弩，胡風事件的實質和秘密，被他在似不經意的詩句中給點破了。──聶紺弩的信裡還有兩段話，一是談形勢的，一是談他的設想的。說北京形勢更趨緊張，《海瑞罷官》一事確實很有來頭，可能確實與「編者按」有關。吳奚如向我解釋：「編者按」指毛澤東，當年反胡風時公佈的材料上的「編者按」，不就是他的嗎？所以，聶紺弩說，北京形式將有進一步的發展，前途未可預

料，他和周穎很可能要入川避難，在那裡與胡風梅志相會。信末提到蕭軍，說蕭軍為胡風不平且擔憂，因家事纏身不能寫信，囑代為致候。

胡風、聶紺弩、蕭軍和吳奚如，這四位老戰友，「魯迅派」的「四條漢子」，在這個時候這種情勢下，如此同聲相應，同氣相求，不知道他們是否回想起三十年前在魯迅身邊與「元帥」「工頭」周揚鬥爭的往事。那時徐懋庸所說的「實際解決」只是一種恐嚇，一句空話，因為他們還沒有當權。魯迅曾氣憤地反問：「是充軍，還是殺頭呢？」——今日胡風所實實在在遭遇到的，正是三十年前魯迅的預言。

我立即把這一切告訴了曾卓。曾卓非常敬重這幾位文壇長者，卻遠沒有他們鎮定灑脫，而是有些惶惶然。但在總的思想觀點和感情傾向上，是完全一致的。當時，四位長者都已年過花甲，曾卓也已年近半百，我則尚未到「不惑」之年。這是三個年齡段，各差十歲左右，分屬於上世紀三個年代的知識份子群體——三十年代的魯迅派，四十年代的胡風派（七月派），五十年代的右派。這中間，似乎有一種和魯迅連在一起的傳承關係。於是，我聯想起了當時頗有權威的兩句狠話：「樹欲靜而風不止」，「他們人還在，心不死」。這話一點兒也不錯，符合事實，只是要更換價值標準——這裡的「他們」和他們的「心」，都是中國歷史，特別是二十世紀中國思想史、文學史和知識份子命運史所不能迴避的重要命題。——這次因聶紺弩來信所造成的這三代「分子」的相互聯繫和溝通，頗有點「串連」、「串通」的嫌疑。事實上，「文革」十年中，這些人都沒有改變上述思想觀點和感情傾向，這也符合另一句狠話：「讓他們帶著花崗岩頭腦去見上帝吧！」這話也符合事實，胡風、蕭軍、聶紺弩、吳奚如，還有曾卓，都不改初衷地走完了自己的人生道路，閃爍著花崗岩光輝的道路。

在整個「文革」期間，吳奚如是一個很特殊的人物，只在開始時受過輕微的衝擊，有過一兩次「陪鬥」，既沒有受過審問、關押，更沒有挨過打。當時，文藝界所有的領導人和名作家、名藝術家，全都打倒了，都成

了「牛鬼蛇神」，大都有過挨批鬥、受審問、被關押的經歷。吳奚如卻大不相同。他是延安整風中的重點對象，而且一直「掛著」，也就是說，不但有「前科」，而且一直沒有結案，應屬「漏網」、「隱藏」、「現行」之類。更何況，他是偉大領袖直接點名、與王實味相提並論的「壞人」、「反革命」——紅衛兵編印的《毛澤東思想萬歲》裡有文字根據。這樣的人非但要批倒批臭，更要追查他的保護人、後臺。可是，《毛主席論吳奚如》的大字報出來了，也有「揪出」、「打倒」的標語，卻一直沒有行動，他竟然像「逍遙派」似的度過了「十年浩劫」。

後來，談到這個問題，他向我作了解釋，說當時他之所以沒有被揪鬥，主要有兩個原因：一是歷史的——有不少黨政軍領導幹部，當年都是由他幫周恩來管理的秘密黨員，有些人到延安去的組織關係是由他辦理的，所以，必需留著他，把他整死了，許多問題就弄不清楚了。二是他曾向當時的中央文革小組呼救——1966年夏天，武漢大學校長李達被不斷批鬥折磨死了，死前曾向當時正在武漢的毛澤東求救，也未能倖免。奚如老人被嚇壞了，就給江青寫信，說你是瞭解我的性格的，紅衛兵來揪鬥我，可能會發生衝突，把我打死。如果我被打死了，請求中央照顧我的妻子兒女，不使他們流離失所……當時由軍方派人來，告訴兩派頭頭，不要揪鬥吳奚如，讓他在家裡等候，上面要派人找他談問題、寫材料。——當時確實不斷有人來找他寫材料，他寫的材料多半觸及高層人物。有一次，上海來人調查市長曹荻秋的歷史和黨籍問題，他不記得曹荻秋就是當年在武漢求他安排工作的那個小青年，經外調人員一再提醒後，他才記起這件往事，寫了證明材料。後來，在撥亂反正中，中央還派人來，向他瞭解關於大革命期間武漢工人糾察隊繳械和解散的真實情況。他說他寫了材料，證明那根本不是劉少奇的責任。

談到向江青呼救的事，他說當年在延安的時候就認識江青，有過直接交往。「文革」剛開始，江青的表演還不充分，他心裡還保有當年的印

象，所以在驚慌之際向她求救。後來事態變化令他非常擔心，擔心那次呼救惹出大麻煩。後來受到保護，一直平安無事，究竟是出於什麼原因，是不是周總理保護了他，他也不清楚。

說到江青其人，對於她在「文革」中的種種惡行，吳奚如同樣非常反感，持嚴厲的批判態度。但是，他很不贊成後來那種從人格上全部否定並讓她承擔「文革」主要罪責的流行輿論。他說他所知道所認識的三、四十年代的江青，與後來六、七十年代的江青相比，簡直判若兩人。前一個江青實際上並無大的過失，說她在與毛主席相識之前結過三次婚，那又算得了什麼呢？毛主席以前也結過三次婚，更不要說以後那些事了。只揪住江青這方面不放，也未免不公平。當年批判江青的時候，還提到了早年在上海和江青一起演戲、後來又被她整死的著名演員王瑩。吳奚如還記得這個人，說1938年在武漢籌建「中華全國文藝界抗敵協會」的時候，王瑩是戲劇界的活躍人物，好像也是「文協」的籌備委員。他說，如果當年江青像她一樣，不是去了延安，而是和她一起到了武漢，在周恩來的領導之下，從事抗日救亡戲劇運動，那就很可能會有一個像王瑩、張瑞芳那樣的藝術家藍蘋，而沒有這個政治殺手江青了。

「文革」期間，我們並沒有忘記胡風。一次，談到胡風遠徙四川的事，他說，虧得胡風早早離開了北京，要不然肯定會被打死，老舍尚且不免，何況經過全國聲討的欽犯胡風。遠徙成都肯定是周總理的安排，在那「山雨欲來」的形勢下出此高招，非周公莫屬。——果然，有紅衛兵小報披露，說反革命分子胡風現在四川逍遙法外，和他妻子在一起，有人服侍，獨門獨戶居住，每月伙食費五十元，是中國另一個最大的走資派保護的。我把小報拿給吳奚如看，他說，這就有點危險了，不過，總理不倒，胡風就不會有大的問題。

從那以後，就再也沒有胡風的消息了。直到撥亂反正、批判「四人幫」的時候，胡風的名字又在報紙上出現了——有人把他與「四人幫」綑

在一起進行批判。這中間，有兩種人最令吳奚如反感：一是幾個老作家，如茅盾、歐陽山、任白戈等；二是胡風家鄉的湖北省大批判組。他說：這些人是瞭解真實情況而昧著良心撒謊，誣陷人，最為可恥！他說張春橋當年只是個文學青年，跟著周揚跑的小夥計，與胡風有什麼關係？

到了1978年，文藝上的「黑八論」平反了，不僅周揚、陳荒煤、林默涵，連被他們批判過的馮雪峰、邵荃麟、秦兆陽等也都平反了，下一步豈不就該胡風了嗎？他說他要寫文章為胡風說話，但他不是搞理論的，只能談歷史、談事實。他要我做準備，找曾卓設法尋找胡風的全部著作，弄清楚他的理論到底應該怎麼看。

到了1979年4月間，有傳聞說胡風已不在人世了，他非常難過，很快就寫出了上面提到的那篇悼念文章：《關於胡風其人》，副題是「回顧左聯內部鬥爭史實」。他把文章的列印稿給了我兩份，要我給曾卓一份，讓我們看情況在合適的時候，找地方發表。

兩個月後，曾卓轉來了梅志的通信地址，吳奚如也收到了胡風本人的來信。他把我喊到他家，把胡風的信拿給我看。那是一封長信，五頁材料紙上用元珠筆寫的密密麻麻的小字，總有四五千字。除了述說他到成都後的經歷和目前的狀況外，有幾點內容給我的印象很深：一是對文藝問題的看法，認為「四人幫」那套「無產階級革命文藝」正是以往周揚們搞的那一套的惡性發展。二是他認為「文革」災禍的根源是在黨內，在文藝上，確實是不同革命路線的鬥爭，從延安的搶救運動到後來的反胡風、反右，直到「文革」，都是如此；實際上是五四以來的魯迅方向與反魯迅方向的鬥爭。三是對周恩來的深情懷念，對當時一些悼念周的詩文的批評。他提到抗戰時期和老友一起在周的領導下的往事，說周的病死是三十年的辛勞與內心焦慮所致，又有幾人能真正理解他的內心呢？一些詩文把他說成是「賢相」、「忠臣」，簡直是對這位無產階級革命家、現代政治家的侮辱。吳奚如完全贊同胡風的看法，還向我作了詳細的解釋。

　　這一年的十月底，吳奚如以特邀代表的身份參加了第四次全國文代大會。回來後他把一大疊大會簡報全部送給了我，說「這對你有用。」然後就談起了大會的情況。他說，三十年前召開的第一次全國文代大會，號稱「勝利的大會，團結的大會」，實際上是一派勝利，壓倒了另一派。胡風參加了，卻站在被告席上，茅盾的報告主要就是批判胡風的。這次不同了，有十七年掌權的，有十七年挨整的，還有我們這些三十年代的老人，看法不同，都可以講話。接著，他詳細談了他為胡風呼籲的具體情況。

　　當時，周揚在會上當眾檢討，向以往被他整過的人道歉，贏得了會內外一片讚揚聲，人們以為他真的醒悟了懺悔了。可是，像吳奚如這樣一些更瞭解周揚的三十年代老人，如李何林、樓適夷、聶紺弩、蔣錫金、丁玲等，卻認為周揚的檢討過於籠統，至於道歉，他應該面對的首先是胡風，而胡風並沒有被邀請參加這次大會。於是，吳奚如出面向大會提出，請胡風來出席會議，他本人就胡風問題作大會發言，他把這個問題直接捅到了胡耀邦那裡。周揚被搞得手足無措，連忙去向胡耀邦彙報解釋，回來後找吳奚如和聶紺弩談話，傳達胡耀邦的指示：「我和耀邦同志談了，你那個關於胡風問題的發言就不要講了，你一講，別的同志像夏衍也要講，本來是以團結為原則的大會就變成辯論會了。其他人不瞭解當年複雜的歷史情況，就會產生思想混亂，大會就開不成了。」接著，他懇切地承諾：「胡風問題我保證向中央反映，促請中央儘早研究，然後我們找一些三十年代的老同志，開個小會，爭取半年內把問題解決。」

　　就在這個時候，周揚談到了他和胡風的關係，說「我承認過去有宗派主義，不過胡風也有。」當時吳奚如和聶紺弩也回應說「我們也有。」周揚接著說，「胡風對文藝的理解很深刻，理論上自成體系，在今天的中國還沒有誰能比得上，他這方面的確比我強。不過，我有一點比他強，我是一直跟黨走的，而他卻一直沒有處理好和黨的關係。」當時吳奚如接過話頭稱讚周揚，說他是政治家，「緊跟歷屆中央」，有能力領導資望比他更

高的田漢、夏衍；有魄力，敢於和魯迅分庭抗禮。這當然是另有所指——
譏諷他不分是非，唯上命是從；有手腕，善於處理人際關係。而正是這些
地方，胡風卻大為欠缺——個性強，認死理，堅持己見，竟敢發表與毛主
席的《講話》不一致的意見，以致闖下大禍⋯⋯

　　從北京回來後不久，他就動手修改那篇悼念文章《關於胡風其人》，
把標題改為《我所認識的胡風》，讓我交由曾卓轉給武漢市文聯的機關刊
物《芳草》。文章在《芳草》1980年第1期上發表後，很快在海內外引起強
烈反響，因為是第一個仗義執言為胡風說話的，吳奚如有了「義士」的美
譽。這篇文章是他寫回憶錄的開端。

5

　　第四次全國文代大會的召開，會議期間和「左聯」老戰友們的相會，
使得吳奚如興奮不已，對未來充滿信心，也更加堅定了寫回憶錄的決心。
當時我正在教現代文學史，於是我們的交談就帶有一種對話的性質：他在
記憶中梳理歷史真相，我在相關的歷史和理論著作中為他查對核實，認真
地進行文藝思潮方面的「正本清源」。我們談的最多的是左聯論爭、延安
整風與「文革」的關係。以往談論這段歷史的著作都很少提到周恩來，吳
奚如認為，周恩來在思想文化方面的歷史地位和作用被掩蓋了，人們只看
到那些他與文藝界人士在一起的表面上的熱鬧場面，而不知道他在這一領
域的方向路線方面所起的重要作用。

　　1980年3月，為紀念左翼作家聯盟成立五十週年，我把吳奚如請到我所
在的學校——武漢師範學院漢口分部，給中文系全體師生作報告。那正是
宣導「思想解放」的「撥亂反正」時期，我要他大膽講，突破1949年以來
現代文學史上的那些教條和禁區。他笑著說，還是要一步一步的來，意思
是有的話現在還不便說。

　　我也沒有想到，一個年過古稀的老人，竟一口氣講了近三個小時，而且一直站著講。本來為他準備了椅子，他推開椅子說，「我們的周總理一生作報告都是站著講，這是對聽眾的尊重，也是自重。」他說自己是平民，以一個左聯老盟員的身份，來和大家談談左聯史實——當時的歷史真相；說不上什麼報告，是漫談。接著進入正題，一開始就點名評論周揚和夏衍，說昨天發表的周揚紀念左聯的文章寫得很好，概括了左聯的歷史，肯定了馮雪峰的功績，雖然閉口不提胡風，卻與夏衍大不相同；時至今日，夏衍老兄還在《文學評論》上亂箭橫飛，掩蓋歷史，攻擊雪峰，兩人相比真不可同日而語。由此轉入正題，評說左聯歷史。因為是站著講，在手勢和身姿的配合下，談笑風生，莊諧互見，把幾十年前的歷史陳跡，講得如同不久前才發生的事情，而且是夾敘夾議，時出驚人之語，聽眾中不斷暴發出笑聲和掌聲。後來，學生把記錄稿整理出來，由他親自校改，刪去暫時不便公開的內容，發表在這一年第一期的人文版學報上。這期學報引起了廣泛注意，北京圖書館、上海圖書館和一些大學中文系，紛紛來涵索取。

　　這個演講為什麼先點周揚、夏衍的名，從臧否人物入題？因為這是當時的熱門話題，聽眾熟悉。前不久，夏衍發表長文《一些早該忘卻而未能忘卻的往事》，堅持1957年反右時對馮雪峰的錯誤批判，否定為雪峰平反後所作的「悼詞」，在文藝界引起了軒然大波，甚至是公憤，出現大量反駁文章。夏文的要害、爭論的焦點和關鍵，都涉及到1936年的「兩個口號」之爭；而那場口號之爭，又恰恰是左聯內部鬥爭的重要關節，也是二十世紀中國思想文化衝突的轉捩點。從這裡破題，可謂開門見山，切中要害，聽眾一下就「入戲」——被吸引住了。

　　在這次報告的前幾天，我和吳奚如談論過夏衍的文章，還把我寫在夏文標題旁的一首打油詞《西江月》給他看：

雪峰屍骨未寒，夏衍含怒揮鞭。
茅盾急急於辯解，周揚從容笑談。

何林恪守史德，奚如仗義執言。
胡風若能來作證，真偽一目了然。

老人看了笑起來，說我在恭維他，對其他人的勾畫是準確的。香港記者有《周揚笑談歷史功過》的專訪，裡面就迴避了胡風問題；李何林以史家身份，按史實說話，茅盾還是像以往一樣模棱兩可，這是當時的實情。

通過這次演講和之前之後的交談，我終於弄明白了，多年來亂麻一團、眾說紛紜的「兩個口號」之爭，其實並不複雜，按他的說法：「實際上就是文藝與政治的矛盾，作家與組織的矛盾」。有這方面常識的人略一思索就會明白，前者是承不承認文藝有其特殊的本質和規律的問題，後者是承不承認作家的獨立人格和創作自由的問題。由此想開去，以前的「革命文學」論爭，以後的關於「第三種人」的論爭，乃至後來的「反胡風」、「反右派」中的文藝思想分歧，說來說去也都是這個問題。他要我特別注意魯迅答徐懋庸的那封長信，說那是一面鏡子，特別是「拉大旗作為虎皮，包著自己去嚇唬別人……」那段話。「大旗」是什麼？就是政治、主義、政策、方向等等，誰掌握了這種上諭式的大旗，誰就無往而不勝。他說周揚政治上強，就強在這裡。當時他抓住「抗日民族統一戰線」這面大旗，規定作家寫什麼和怎麼寫，就像後來抓住「工農兵方向」和「社會主義」大旗命令天下一樣。當年魯迅就稱他「工頭」「奴隸總管」。在三十年代那三次論爭中，周揚這種「政治掛帥」的理論都受到了當時的黨中央的批評，後來就反過來了，他的「政治上強」成了他的最大優勢。

這就是他所說的「左聯內部鬥爭真相」──當時的黨中央一直是反左的：第一次，批評了創造社、太陽社的「革命文學」的左傾錯誤，要他們

尊重魯迅、團結魯迅；第二次，在批評「第三種人」時，雪峰根據中央的指示，糾正了關門主義和機械教條主義傾向。第三次，馮雪峰代表中央解決「兩個口號」之爭，支持魯迅和胡風，批評了周揚和夏衍。可是，後來的歷史卻是另一個樣子：周揚成了一貫正確的文藝界絕對權威，而既參加過長征又參與創建左聯的馮雪峰，卻成了左翼文藝運動的罪人！說起這些不平的往事，吳奚如動了感情，他覺得魯迅受了侮辱，雪峰受了委屈；還有一項，周恩來的歷史作用歷史功績被掩蓋了。他告訴我，在1929年中央執行左傾路線的時候，是周恩來看清楚了思想文化領域的形勢，做出了糾左的決策；1936年，又是周恩來還有張聞天，派馮雪峰到上海找魯迅，解決文藝界的問題，當時劉少奇也寫了文章支持魯迅。後來這些都不提了，揪住胡風和雪峰，把歷史反轉過去了。今天說「撥亂反正」，這樣的重大歷史事件怎麼能迴避呢？提出胡風問題，就是為了還歷史以本來面目。

在那次演講中，他所描繪的左聯時期的文壇形勢，與多年來的流行說法大不相同。他說，所謂的「國民黨的文化圍剿」實際上是不存在的，有的是武力圍剿──抓人、禁書、查封報刊。他不記得有國民黨御用文人寫文章圍攻魯迅的事，國民黨在文化方面沒有這種力量。事實上當年「圍剿」魯迅的主要是左派；從「文學革命」到「國防文學」，那些攻擊魯迅的人都是左派，而且大都是黨員。這是左翼陣營、左聯內部的鬥爭。結果都是以魯迅為代表的一派勝利了。「兩個口號」論爭結束後周揚在上海呆不住了，去了延安。左聯解散後，代之而起的是真正的聯合戰線──文協（中華全國文藝界抗敵協會）。──由此可見，三十年代左翼文藝運動的興起和發展，實際上都應該歸功於「反左」──反極左，說明當時的中共高層領導是尊重魯迅而不贊成那種極左傾向的。

抗戰時期的政治部三廳、文化工作委員會、全國文協，就是在周恩來的領導下，沿著魯迅的方向走的，既堅持原則又團結朋友，堅持了「民主與科學」的五四傳統。那時郭沫若已是中共中央決定的魯迅以後的文化界

旗幟，同樣可以批評；胡風與茅盾互不服氣，告到周恩來那裡，周則「一碗水端平」，不偏向任何一方，不干預藝術見解上的是非論辯。——在抗戰中的艱苦歲月裡，在大後方那樣複雜的環境中，左聯沒有了，左翼文藝運動卻存在著而且成績顯著。

吳奚如非常懷念從左聯到文協的那段歲月。他說那個時候，從上海到重慶（包括桂林、昆明等地），可以說是沒有「雙百」方針的百花齊放，百家爭鳴：各家各派可以創作不同風格的作品，發表不同意見，甚至指名道姓地批評、爭論，可誰也怎麼不了誰，不存在「抓辮子、打棍子、扣帽子」的問題。徐懋庸說了一句「實際解決」就遭到魯迅的痛斥。他談到「第三種人」問題，說當時在那些地方，既非國民黨又非共產黨的人很多，既不是革命文學也說不上是反革命文學的也是多數；那種「不革命就是反革命」和「不是革命文學就是反革命文學」以及「不是國防文學就是漢奸文學」的邏輯，都是極其荒唐的。他說巴金、老舍、曹禺是什麼人？非國非共的小資產階級知識份子，民主派、愛國派，實際上就是第三種人。魯迅不僅團結他們，還團結了黎烈文、趙家璧、許壽裳、張梓生等等。國民黨的政治迫害和新聞書報檢查，並沒阻止以左翼為中心的進步文藝事業的發展。在大後方，連國民黨方面的人士也不能不承認周恩來在精神文化方面的修養和領導才能。

為了進一步瞭解三四十年代文藝界的真實情況，他建議我去北京，去訪問胡風並代他看望他的一些老朋友老戰友，從他們那裡獲得教益。這就有了1982年下半年，我去北京遊學半年那段經歷。行前，他給了我四封信，是寫給丁玲、樓適夷、蕭軍和劉雪葦的。他在信中說明：是讓我代他來看望老友並向他們報告他的近況的；並介紹我是從事現代文學教學和研究的，每封信上都特意寫了一句「可以無話不談」。他早已向胡風介紹過我的情況，無需再寫信，寫信的四人中，我沒有去看劉雪葦，聽說他身體很不好且不願談過去的事情。另外我還見到了蔣錫金和薛汕，舒蕪和路

翎，以及一些五十年代的舊相識——黎辛、綠原、唐因、唐達成等。廣泛接觸，敘舊交流，為的是弄清楚半個世紀以來的中國文藝到底是怎麼走過來的？為什麼會這樣？老人們懷念左聯、文協而迴避延安整風，徹底否定「反胡風」、「反右」。正是在這個地方，顯出了吳奚如的存在——從左聯到文協，周恩來直接領導大後方進步文藝運動，文藝界的許多人、許多事情，一開始都是通過吳奚如聯繫和開展起來的。1938年「八方風雨會中州」，在漢口成立中華全國文藝界抗敵協會，作為周恩來政治秘書的吳奚如做了許多工作，是籌備委員和候補理事，他的作用卻不是一般理事所能相比的。胡風之成為文協的主要領導骨幹，後來在重慶能進入文化工作委員會，都是周恩來和吳奚如之力。《七月》的創刊，從編輯方針到經費籌措，更有周恩來和吳奚如的直接幫助。

　　這就是前面所說的那個「三角」——魯迅與胡風與周恩來的關係，也就是前面提到的胡風問題與黨內路線鬥爭相關聯的問題。魯迅在世，周恩來（以及張聞天、劉少奇）領導的時期，雪峰、胡風是骨幹，代表正確路線；魯迅去世，雪峰、胡風跟著周恩來到大後方，依然是骨幹，依然代表正確路線。周揚這大不相同，從上海到延安，就從錯誤變成了正確——依然是「拉大旗作為虎皮……」。老人們在「撥亂反正」中要求「正本清源」，而且特別注意「兩個口號」之爭的真相和是非，是很有道理的。吳奚如是這一切的親歷者、見證人，提到他，就會聯想到這一切。我見到的這些左聯老人，談到「奚如同志」的時候，用的都是一種尊敬和親切的口吻。

　　有一個插曲，也不必為賢者諱，那就是他自己準備寫入回憶錄的「生活問題」或「作風問題」，這個問題牽涉到他與周恩來的關係的變化。蔣錫金告訴我，說吳奚如年輕時精明而又浪漫，不愛自己的妻子而愛上了葉以群的妻子梁文若，為此受到周公的批評，失去了周公的信任。我回來和他談及此事，他說確有此事，在武漢時期梁文若就對他很好，產生了感情；到重慶後有人反映，周副主席要胡風勸我。我到新四軍去，是工作需

要。後來在整風中成為靶子，並不是為這件事，更不是周副主席的意思，他也是對象。

我離京前去向胡風辭行，當他知道我走之前還有一天半的時間，就示意梅志，讓她把一份材料拿給我，就是他寫給中央的重要材料──《歷史是最好的見證人》，即關於「兩個口號」之爭的歷史真相。他告訴我，這份材料很重要，一份送給耀邦同志了，一份在李何林處，這是僅存的一份。你拿去看，千萬不要丟失，走以前送回來。回去後，把這一切詳細告訴奚如。

我連夜讀完了這十幾萬字的材料，對「兩個口號」之爭的重要性更加明白了。第二天下午，我把材料送還，告訴胡風和梅志，回去後我立即把這一切轉告吳奚如。

6

北京之行加深了我對吳奚如的瞭解，不過，關於他在延安整風中挨整的情況，卻依然隱隱約約不得其詳。應該是最瞭解這方面的歷史真相的丁玲、陳明和黎辛，都只是籠統地說他挨了整，整得很慘；至於是為了什麼、怎麼回事？都不願深談。我之所以關心這件事，是因為駱文曾勸過我：「不要聽吳奚如的，他老了，記憶力不可靠，何況你也不瞭解他過去的情況。」──這裡的「情況」，顯然指歷史問題，很可能與「文革」中那張題為《毛主席論吳奚如》的大字報有關。以前我問過他這是怎麼回事，他說是康生陷害他，意思是毛澤東聽信了康生的讒言，這當然不會是全部事實。

一個偶然的機會，為我打開了這扇歷史之門。曾經任湖北省委宣傳部長，當時是湖北省社會科學院書記的密加凡，在一次學術會議上，向我打聽吳奚如的近況，要我帶他去看望他的這位「老相識」；他告訴我，延安

整風的時候，他們曾被關在一個窯洞裡很長時間。——此時的吳奚如，正
處於最後曇花一現的風光時期，以特邀代表身份出席全國文代大會後歸
來，接連補了省政協委員、省文聯委員、省作協理事等頭銜。因為胡耀邦
的秘書廖井丹向省委打招呼，省委組織部派專人去看望他，為他排憂解
難。當時他家裡人多，住房擁擠，就安排他住進省委第五招待所去寫作。
第五招待所在東湖翠柳村黃鸝灣，地方像名字一樣美：幾棟兩層樓房隱藏
在湖邊的綠蔭中，遠山近水，松濤荷香，景色宜人而又安靜，一般人是無
緣到此的，門前有荷槍的武警守衛。

　　我陪密加凡去看他，兩人相見略一寒暄，立刻轉入正題：1942—1944年
的延安，中央黨校，整風、審幹、搶救，「逼供信」，「車輪戰」、「疲
勞戰」，給自己編造特務歷史……。這些匪夷所思的荒誕劇式的真實歷
史，雖早有所聞，他們這種親歷者的真切描述，也使我大感意外——竟然會
有這樣的事？他們談自己，也談共同認識的人，其中就有我也認識的于黑
丁和駱文。我怎麼也不會想到，一向正派嚴肅的黑丁同志，竟然會在「逼
供信」的暴力面前承認自己是特務，胡亂給自己編造特務歷史，而且成為
坦白交待的典型去做報告。被吳奚如稱為「周揚的大弟子」的駱文，一貫
正確一帆風順，原來也有背時的時候，曾被打成特務而且自己也承認了。

　　我坐在一旁，聽著兩位長者敘舊，發現他們談話內容和風格明顯不
同：年長的吳奚如更大膽更隨意，在追憶往事的過程中，時時夾有反思與
評議；密加凡則多半是確認或補充事實，很少發表個人意見，顯得比較謙
恭。但在一個主要問題上，二人是完全一致的，即對延安整風的總體認識
——是兩點或兩個方面：一是確立了毛澤東在全黨的最高領袖地位，特別
是在精神文化和意識形態領域的絕對權威地位，個人迷信即由此而來；二
是知識份子地位的下降，從啟蒙者變為改造對象。——就是在這裡，我插
嘴提到周揚，說他在紀念五四的時候，把五四、延安整風和新時期的思想
解放運動相提並論，統稱「啟蒙運動」，這看法是不對的；新時期的思想

解放是與五四相承接的。吳奚如同意我的看法，說周揚一向「緊跟」，這不知又是那個大人物的意思。對此，密加凡沒有表示然否──在回來的汽車裡，他稱讚吳奚如記憶力好，思想解放，見解深刻，不過也要聽的人有相當水準，否則就會被誤解、被曲解，惹出麻煩。我知道，他是在委婉地提醒我：出去不要亂說。

　　吳奚如回家以後，我和他的幾次談話，就是接著第五招待所的話題，談論他在延安的遭遇。關於他成為重點「搶救」對象的緣由，他改變了說法：「主席他老人家不喜歡我這個人。」接著解釋說，以前說是康生誣陷我，那也是實情，但康生是看主席的眼色行事的。說到毛澤東不喜歡他這個人的原因，他先提到毛以往對他的評語：「哦，吳奚如，大名鼎鼎；文武雙全，了不起！從上海來的魯迅派，還是黃埔系。」──無論用什麼語氣說，怎樣解釋，都不僅僅是誇讚。吳奚如對這幾句話的理解是有過程的，一開始覺得是善意的嘲諷，後來品出了更多的負面意味。

　　說到毛澤東為什麼不喜歡他，他曾用一句話回答：在政治方面和文藝方面，我們都有一些不同的看法，並且一再發生齟齬。問題在於，這些不同看法恰恰都事關方向路線，而且牽涉到以往的歷史和人事關係，所以就很麻煩，難得說清楚。先說政治方面，主要是抗戰時期的統一戰線問題。七七事變以後，中共在武漢設長江局，吳奚如隨王明、張聞天、周恩來到武漢參與國共合作領導抗戰的工作。當時毛澤東與長江局領導人之間有意見分歧，關鍵在對「抗日民族統一戰線」的兩個方面──統一戰線與獨立自主、聯合與鬥爭二者之間的關係，看法和態度不大一樣。長江局領導人重視前者，毛則強調後者，並且把前者視為「右傾投降」。吳奚如隨周恩來到了長江局，主要從事統戰工作，而且參加了「友軍工作組」，負責與國民黨方面的黃埔軍人的聯繫。後來他又被周恩來派到了新四軍中，親歷了皖南事變，回來後對事變的責任問題又有自己的看法，認為蔣介石固然罪責難逃，但我們自己也有責任：上面意見分歧，政令不一甚至朝令夕

改，給敵人以可乘之機，也是悲劇發生的原因之一。顯然，這些看法在以往都是很犯忌諱的。

早在1937年，他在延安抗日軍政大學一期任教的時候，就有過類似的議論。當時，他和毛澤東講同一門課「中國革命問題」，即大革命以來的革命歷史經驗。在對待陳獨秀的看法和態度上，他就和毛不完全一樣。因為他是大革命的直接參與者，深知內情，認為有些事情並非陳獨秀一人之過，不能把責任都推到陳獨秀身上。即使真的是他的錯誤，在進行清算批判的同時，也應該有理解有同情，畢竟是自己的同志，曾經是黨的領袖。——他的這些看法令我想起了陳寅恪所說的做學問的方法和態度：對古人及其著作要有「同情之理解」。可見，吳奚如太書生氣了，政治運作、路線鬥爭，怎麼用得上「同情之理解」呢？魯迅說文藝與政治時時在衝突中，知識份子是講是非而不顧利害的。吳奚如這樣重是非重情理，難怪聶紺弩在序言裡說，可能是小說家的奚如妨礙了革命家奚如在政治上的宏圖大展。豈止妨礙了他的宏圖，可以說，這正是他惹禍的根源。

在文藝方面，是那次惹禍的發言：1942年5月16日，在延安文藝座談會的第二次會議上，吳奚如在周揚之後發言，談了兩點意見：第一，在表示贊同毛澤東所提出的文藝家要「站穩無產階級立場」的同時，他強調團結面要寬廣，說這次會議精神，毛的講話應該面向全國，重慶那邊有大批小資產階級知識份子作家，只提無產階級立場，會把他們嚇跑的，所以建議加上「人民大眾」，用「站穩無產階級和人民大眾的立場」。據他說，當時陳雲、朱德都點頭表示同意。後來毛的講話發表時，也用的這一提法。可是，下面他的第二層意思就遭到了朱德的嚴厲批評。他接著上面的話題往下說，轉而批評左傾教條主義，說現在是抗戰時期，要執行統一戰線政策，不要把「無產階級」、「共產黨員」的標記刻在腦門上，像魯迅說的「唯我是無產階級」，「左得可怕」。文藝運動也應該有利於抗日，有助於抗日民族統一戰線，而不能違背這一原則，造成磨擦以致同室操戈，使

得親者痛，仇者快。——他這些話本來就是有所指的，卻遭到一些人的反駁，特別是朱德，指責他忘記了自己的革命軍人身份，喪失立場，忘記了皖南事變中的戰友的鮮血和生命。吳奚如說，他談的是文藝運動，卻遭到了這樣的誤解；他更沒有想到，後來這也成了他是國民黨特務的罪證。

就是在談這個問題的時候，他詳細談了「兩個口號」之爭與延安文藝座談會的關係。前面提到，上世紀八十年代初，「兩個口號」之爭的歷史舊賬，曾一度成為熱門話題，眾說紛紜而並未揭示問題的實質，原因就在於沒有把政治與文學相區分，而是把政治上的「左」，「右」與文藝上的是非糾纏在一起了。吳奚如告訴我，只要讀懂了魯迅那封《答徐懋庸並關於抗日統一戰線問題》的長信，就一切都明白了。——事情本來是清楚的：在政治上，魯迅、胡風與周揚、徐懋庸之間並無分歧，都擁護聯合戰線即抗日民族統一戰線，所以問題不在政治方面，而在文學方面，在文學與統一戰線的關係，也就是文藝與政治的關係。魯迅認為「國防文學」口號是作家們的愛國、抗日立場的標誌，而不能用以規範限制作家們的文學創作。周揚則剛好相反，正是要用這一口號引導、規範左聯成員的創作，就是要作家們去寫抗戰，而且規定要有什麼世界觀指導、採用什麼創作方法。這不但管得太寬了，而且有一個重要問題：思想啟蒙與民主鬥爭還要不要？當前的社會黑暗和人民疾苦還要不要去反映去吶喊？很少人注意到，魯迅當時寫過一則很短的雜感：

> 用筆和舌，將淪為異族的奴隸之苦告訴大家，自然是不錯的，但要十分小心，不可使大家得著這樣的結論：「那麼，到底還不如我們似的做自己人的奴隸好。」（《半夏小集》）

可以把這看做魯迅對「國防文學」論的批評。延安的那場論爭，實際上就是「兩個口號」論爭的繼續，用上面魯迅的這段話一對照，就明白

了：1937年七七事變以後，不少文化人和青年學生到了延安。最初幾年，延安地區的文藝運動也很活躍，和大後方的最大不同，是只有左翼沒有右翼，因而左與極左之間的矛盾就凸現出來了。延安文藝座談會的召開，確如周揚所說，與當時文藝界的論爭有關：當時在「魯藝」的周揚、何其芳等主張歌頌光明，在「文抗」（即「文協」）的蕭軍、丁玲等主張同時也要暴露黑暗。這場論爭的雙方和他們的思想觀點，都與1936年上海的「兩個口號」之爭有關，是那場論爭的延續。當年被魯迅痛斥的周揚成了正統的左派，而一向追隨魯迅的蕭軍則變成了異端甚至右派。當時，蕭軍、錫金、羅烽和奚如這些人心裡並沒有服氣，那幾個被批判的觀點：從愛出發，暴露黑暗，魯迅筆法，雜文時代等，都是他們直接從魯迅那裡接受來的啟蒙主義精神，怎麼全都錯了呢？

　　吳奚如談這些問題的時候，還不知道毛澤東1957年和羅稷南的那次談話。他說在他記憶裡，1943年以前，延安和重慶、桂林、昆明一樣，每年的10月19日都紀念魯迅，報紙發表社論，文協舉行紀念會、座談會，很是熱鬧。但從1943年開始，延安就不再紀念魯迅了。我查了一下歷史資料，發現果然如此，1943年的10月19日，大後方依然在紀念魯迅，延安卻變了，《解放日報》全文發表了《在延安文藝座談會上的講話》，號召全黨開展學習。從那以後，1944—1948年，重慶和上海、北京各地文協依然年年紀念魯迅；而且只要周恩來在那裡，他一定出席。延安卻再沒有紀念魯迅，而是學習、貫徹《講話》。1943年在發表《講話》的同時，《解放日報》還發表了整風總學委關於學習貫徹《講話》的通知。「總學委」相當於後來的「中央文革」。通知規定「講話」為「整風必讀文件」，說它是全黨「思想建設、理論建設的重要文獻」，是「馬列主義中國化的教科書」，是「馬列主義普遍真理的具體化」——可見，「句句是真理，一句頂一萬句」的源頭在這裡；胡風所說的「文革」源於魯迅方向與反魯迅方向的鬥爭，於此可見端倪。

在整風運動中，吳奚如是審幹——「搶救」的重點對象，毛澤東在高級幹部會議上多次點他的名，把他與王實味相提並論，稱他們為叛徒、特務、反革命。兩人同為那場運動的靶子，而結局大不相同，主要原因是王實味只是一個知識份子、文化人，而吳奚如則大不相同，前面已經談到，他在黨政軍高層中的關係和影響都遠非王實味可比。所以，儘管他當時的態度不好，憤然提出要退黨，結果也只是掛了起來。

這種特殊——既有那樣的資歷，後來卻又一直身處邊緣，沒有進入以周揚為首的文藝界上層，所以他能以一種超越的心態觀察、思索著這一切。「十七年」一波未平一波又起的運動，「文革」的大震盪，加上胡風來信的啟發，使他對這一切有了一種不同於正統輿論的獨特看法。

他認為，從「文革」中出現的「三十年代文藝黑線」、「十七年黑線」這些提法，說明在文藝上乃至整個思想文化方面，事實上確有不同的方向路線；不過不是什麼「黑線」，而正是中共早期主要領導人所制定的新文化運動的正確路線——既反對國民黨的文化專制主義，又反對內部的極左傾向；從1929年到1949年，也就是從三十年代的上海到四十年代的大後方和國統區，以及1942年5月以前的延安，整個左翼文藝界、文化界所遵循的都是這條路線。有瞿秋白、張聞天、劉少奇的相關論著為證，更有周恩來自始至終領導這條戰線的歷史事實為證。吳奚如親身參與了周恩來領導下的左聯和文協的活動，他就是這一切的見證人。——同樣，他也親身經歷了延安整風的全過程，直接參加了那個文藝座談會，親耳聽了毛澤東的講話，知道這個講話到一年半以後經過修改才公開發表的真實情況。所以，他深知毛澤東的文化革命路線——「工農兵方向」是怎樣形成的，怎樣從延安整風一直走到了文化大革命。

他說，沒有親歷過延安整風的人，大概不會想到：1949年以後所開展的那些思想批判運動，全都是延安整風的繼續，運動的過程和方式也都是從延安來的：都是先「放」後「收」，從學術討論到政治鬥爭；都是先找

尋目標，確立靶子，捏造罪名以發動群眾——說王實味是「托派奸細」，說胡風是「暗藏的反革命」，說葛佩琦是要殺共產黨的國民黨少將，說劉少奇是「叛徒、內奸、工賊」等等，全都是一個路數，而且全都是針對知識份子的。他讓我重讀魯迅答徐懋庸的那封長信，特別是人們常常提起的那段話：「拉大旗作為虎皮，包著自己，去嚇唬別人；小不如意，就以勢（！）定人罪名，而且重得可怕⋯⋯」說幾十年的運動都是這樣，魯迅早就看透了。——並非偶然而值得深思的是：「魯迅派」的「四條漢子」——胡風、聶紺弩、吳奚如、蕭軍，都有這樣的看法，說過類似的話。對照一下他們的思想觀點與他們的命運遭遇，就能更深切地理解胡風關於「文革」來源的精闢看法。

非常可惜，非常遺憾，吳奚如沒有把這一切，把他所經歷所反思的種種寫下來留給後人，就匆匆走了。同樣遺憾而又後悔的是，我沒有想到使用錄音器械，把我們的談話錄下來。由於種種原因，直到今日，我才從記憶中搜尋出這些他的也是我的夢影碎片，實在是慚愧。但願這些零星的歷史痕跡、思想線索，有助於二十世紀中國文學史和思想文化史的研究。

2008年11月於武昌東湖

載《江南》雜誌2009年第3期

姚雪垠與毛澤東

　　我最後一次見到姚雪垠，是在1996年春天。一見面我就發現，他確實衰老了，說話和行動都大不如以前了。眼睛依然放光，聲音也還洪亮，思維卻已經不大敏捷，所說的內容和話語常常是單一的重複的。寒暄之後，他鄭重地對我說：「有一件重要的事情告訴你，毛主席對《李自成》的批示原始記錄找到了，原話是……」。他喃喃背誦的那個「重要指示」我沒有記住，只記住了他連連重複的「非常重要」和後面的幾句話：

　　毛主席一再保護、支持我，我是非常感激的，沒有他的保護和支持，就不會有《李自成》。不過，對於他晚年犯下的嚴重錯誤，那是絕對不能原諒的。

　　他重複地說著這件事，使我感到非常驚訝。因為就在一年多以前，1994年秋天，我和我妻子張焱一同去看他的時候，他說的主要也就是這件事這些話。當時我還向他提出了問題：「毛主席對你的保護和支持不都是在他的晚年嗎？這又該怎麼看？」他聽了沉吟良久，未作回答。一年後的今天，他又重複地談起這件事這些話，說明在他生命的最後階段，在他的最後的記憶裡，毛澤東的巨大身影佔據了何等重要的位置。他說的也是事實，沒有毛澤東就不會有《李自成》，也不會有他姚雪垠後來的榮耀。然而，聯繫上面我向他提出的那個問題，對照其他知識份子（包括周揚、丁玲、王實味、胡風等）的命運和遭遇，我不能不換一個角度重新思考。毛澤東的保護、支持和影響，對於作家姚雪垠來說，究竟是幸，還是不幸？

也許，他已經意識到了這個問題，只是還沒有想清楚，還沒有說出來。在1994年那次見面的幾天以後，我打電話向他辭行，他要我行前再去談談，我說沒有時間了，以後再去看他。他遺憾地說了聲「那就算了。」1996年這次也是一樣，我在電話裡說了離京的日期以後，他說「這中間還有一整天的時間，再來談談吧。」我說還有別的事情要辦，就不去了。他無可奈何地說：「那就沒有辦法了！」──我當時並沒有意識到這句話的含義，一直到他去世以後，我才回憶起這兩次電話中他的語氣和聲調：顯然，他希望我去，有話想對我說；而我沒有去，他很失望。

也許，他兩次欲言又止，最後終於沒有說出來的，就正是我向他提出的那個問題，即他與毛澤東的關係問題。如今，再也聽不到他本人對這個問題的回答了，我想我應該搜索記憶，從我同他半個世紀的交往中，來探尋思考有關的答案。

1

我和姚雪垠的交往開始於1954年。那年四月我奉調到中國作家協會武漢分會，在《長江文藝》編輯部工作。姚雪垠先我一年到作協，是駐會的專業作家，和他在一起的老作家還有田濤、葉丁等。

在五十年代初期，「老作家」這個稱謂可不怎麼響亮，遠不能與「老革命」、「老幹部」、「老延安」等相比。老作家的「老」字意味著「舊」，說明是從舊社會來的舊知識份子。由於歷史的原因，他們中間不少人曾經同國民黨或共產黨有過這樣或那樣的關係，這就構成了這樣那樣的「歷史問題」。除了這兩種不同的「老」之外，當時文藝界還有一批像我這樣的年輕人，革命青年、青年文藝工作者。我們是培養中的文藝戰士，老作家則是團結對象、統戰對象──老革命、老延安帶領（培養）青年文藝戰士，團結（改造）老作家、舊知識份子，這就是當時文藝界、知識界的基本形勢、基

本結構，思想文化領域的階級鬥爭，那一波未平一波又起的運動，就是這樣進行的。運動的動力當然是老革命、老延安，對象則主要在老作家、舊知識份子當中。左與右，無產階級與資產階級，大體上就是這樣劃分的。至於我們這些新來的年輕人，開始的時候是被當作動力或輔助力量使用的，一般都站在左邊，成為運動中聽話而又勇猛的積極分子。早在1948年，中共中央就有過部署，要大量吸收知識青年，充實文藝隊伍，以開展反對資產階級的鬥爭。我們就是這樣進入文藝界的，最初幾年也確實起了作用。後來隨著形勢的發展，有的人書讀多了，知識豐富了，思想複雜了，就倒向了另一邊，變成了運動中的對象；1957年文藝界的青年右派，大都是這樣來的。

姚雪垠當然不滿當時的處境。在他的經歷中，五十年代與三四十年代相比，反差太大了。抗戰初期，他以短篇小說《差半車麥秸》在文壇嶄露頭角，當時他才二十多歲。長篇小說《春暖花開的時候》開始問世，他也還不到三十歲。這部小說在受到苛評的同時，又受到廣大青年特別是中學生的熱烈歡迎。在戰時的重慶，年輕的姚雪垠風流倜儻，活躍非常。他一方面任職於全國文協，是知名的作家，同時又在大學任教，不但是教授，還擔任過中文系主任、文學院長。三四十年代的教授可與後來的教授大不相同，當時無論是官方還是民間，都像高爾基所說的那樣，承認他們「是我們國家的真正的頭腦和心臟」，因而即使是政府首腦、豪富鉅賈，也不能不對他們心懷敬意。不像後來這樣，一個人事科長或派出所長，也可以對年長的教授呼來揮去，隨意訓斥，更不要說「文革」中的種種暴行了。在這種情況下，姚雪垠的處境可想而知。所以八十年代以來，他一再提到當年的左的勢力對他的傷害。

五十年代初期中國文藝界、知識界的這種狀況，姚雪垠在當時的那種處境，都是歷史造成的。在這裡，不妨對那時的情況作些簡單的回顧。

這應該從1949年召開的第一次全國文代大會說起。那次大會是在中華人民共和國誕生的前夕召開的，是全國文藝界的第一次盛會，所以號稱

「勝利的大會、團結的大會」。如今，透過五十年的歷史風雲，回過頭去重新看一看，就會吃驚地發現：那竟然是個傾斜的大會，向左傾斜的那樣厲害！在會上，原來的解放區與原來的國統區的文藝家，彼此間界線分明：一方大談成就和經驗，另一方則檢查問題和教訓並表示虛心向另一方學習；顯然，一方是勝利者，一方是歸附者。這一切，在幾個主要報告中反映得很清楚。郭沫若在他的「總報告」裡總結歷史經驗，把1928年的「革命文學」、1936年的「國防文學」與1942年的「工農兵文藝」連在一起，樹為正統，說那就是「五四」以來的中國文學的正宗，革命傳統。他把這一傳統的根本精神也就是歷史經驗，說成是為政治服務與民族形式和大眾化。而且，他所提出的新中國的文藝的主要任務，也就是這兩條，即「服務政治」與「喜聞樂見」。周揚的報告是介紹解放區文藝的成就與經驗，也緊緊扣住「服務政治」與「喜聞樂見」兩條，談的全都是政治宣傳工作和群眾文藝活動，並沒有觸及文學藝術本身的專門問題。他一口氣列舉了四十多篇（部）優秀作品作為例證，不幸的是，歷史無情，這些作品如今已經大都不為人所知了。在茅盾那篇介紹國統區文藝的長篇報告裡，老舍的《四世同堂》、巴金的《寒夜》和《第四病室》、沈從文的《邊城》、錢鍾書的《圍城》，以及詩壇上的「七月」和「九葉」，統統不見了，被排除在抗戰以來大後方的文藝成就之外。與之相對，茅盾舉出了三部作品算作這十年間大後方的代表作，它們是袁水拍的《馬凡陀山歌》、陳白塵的《陞官圖》、黃谷柳的《蝦球傳》。他說得也很明白，確定這三部作品為典範的標準，就是上面提到的兩條：一是描寫了共產黨領導下的反抗國民黨統治的革命鬥爭，即服務於政治；二是打破了五四傳統形式的限制而接受了解放區文藝的民族形式和大眾化方向的影響，也就是「喜聞樂見」。——如今，茅盾特意提出的這三部作品和周揚列舉的那四十多篇作品一樣，早已被歷史塵封了，被讀者遺忘了；而被茅盾有意忽略的老舍、巴金、沈從文、錢鍾書和「七月」、「九葉」等等，都重新被人記起

並重新給予了公正的評價，成為經得起歷史檢驗的真正的中國現代文學代表作。可見，歷史既無情又有情，任誰也逃不脫它的最後評判。

事實上，第一次文代大會的主要目的和中心任務，就是確立毛澤東在文藝戰線乃至整個思想文化領域的領導地位，他的《在延安文藝座談會上的講話》，就是這次大會所尊奉的「經」。可以說，這是一次學習《講話》、確立《講話》的地位、貫徹《講話》的精神的大會。這也是在全國範圍內以延安傳統取代五四傳統的開始。在這前後的三十多年裡，中國文藝界和知識界的大論爭和思想批判運動，都是這兩種傳統之間的複雜關係的反映。1942年的延安文藝整風，1948年在哈爾濱批蕭軍、在香港批胡風，到1949年的第一次文代會，1956年的「百花齊放」到1957年的反右鬥爭，1966年開始的無產階級文化大革命，就是其中的幾個階段、幾次大轉折，剛好是「七八年一次」。幾代中國知識份子都在這個苦難歷程中經受過考驗，留下了各種各樣的足跡，姚雪垠就是其中比較典型的一個。

姚雪垠未能出席第一次文代大會，那以後他在文藝界的地位和處境，就與他對上述形勢的認識緊密相關。1987年春天，在紀念《在延安文藝座談會上的講話》發表45週年的時候，他曾和我一起回顧這段歷史，慨歎開始時的糊塗又慶幸後來的清醒——五十年代初期因為糊塗而靠邊，接著又成為右派；後來逐漸清醒，才改變了處境。

所謂「糊塗」，指的就是對上面所說的歷史轉換缺乏清醒的認識，特別是存在以下兩個認識誤區：一是誤把本來不同的延安傳統與五四傳統混在一起了；二是把毛澤東與周揚的關係簡單化了。——實際上，以毛的《講話》為代表的延安傳統，由戰時延安的時空條件所決定，著眼於政治宣傳，強調的是政治上的集中統一和群體共性；產生於王綱解紐時代的北京的五四傳統，著眼於思想文化啟蒙，強調的是科學與民主，個性解放和思想自由。在文學上，前者規定必須充當政治的工具，載革命之道，為領袖立言；後者是從「科學與民主」出發，主張文學的解放（自覺）和人的

解放（自覺），也就是把文學當做文學，把人（作家和他筆下的人物）當做人。前者受政治家統一控制，後者由知識份子自由創造，這是兩種極不相同的傳統。

至於毛澤東與周揚的關係，在很長一段時間裡，不僅胡風，大多數人都搞不清楚。人們總是把文藝界的左傾教條主義和宗派主義歸咎於周揚和他身邊的幾位大員，而很少人知道，那些年代裡所有的思想文化批判運動和具體問題的處理，全都是偉大領袖親自發動、親自領導、親自決定的，周揚要聽命於他，他們是一致的，反對周揚就是反對毛。那個時候我們不可能想到也不會相信事情竟然是這樣的。

可見，關鍵的關鍵，是對毛澤東的認識和態度問題。最初幾年，我們都把對國民黨蔣介石的憎惡轉化為對共產黨毛主席的敬仰和信任，毛澤東成為國家民族和個人前途的象徵；在他那裡，集中了馬列主義、五四傳統、魯迅精神等等我們心目中最美好最正確的東西，因而也成為真理的化身。當時，我們心悅誠服於他，擁護以他的名義命名的一切，包括「毛主席的文藝方針」。當這一方針所帶來的左傾教條主義和宗派主義弊端擺在了面前的時候，我們也沒有深入一步去想，而只是想到周揚，而且確信毛澤東是不會容忍這些東西的。於是，就以毛澤東的名義，以他的相關語錄為依據，理直氣壯地提出批評，進行鬥爭；到頭來卻落得個歪曲、反對毛的文藝方針的罪名，而且被說成是對毛澤東及其主張「抽象肯定，具體否定」、「口頭上擁護，實際上反對」。這個時候，獲罪者大都委屈不服。——從理直氣壯到委屈不服，充分反映出這些知識份子精神上與毛的隔膜。

生活在二十世紀下半期的中國知識份子，誰也逃不脫「紅太陽」的照射，無論是溫暖還是酷熱，是受惠還是受害。他們的成敗、得失、榮辱，幸還是不幸，全都與他們對毛澤東的認識和態度緊密相關。在這個問題上，姚雪垠也不例外。

2

姚雪垠是在他的處境開始有了改變的時候認識我的，那也正是我的思想開始有了變化的時候。和他的相識，促進了我的思想的變化；和我的交往，也影響了他後來的處境。

1953年，姚雪垠從河南來到武漢，開始受到更多的照顧與尊重，他原有的那種自信和自負也逐漸恢復，常常對一些作品和其他文藝現象評頭論足。他的高談闊論使得一些人反感，也被一些人接受，我就屬於後者。也就在這個時候，我和他有了交往，從一起逛舊書店開始，很快就成了無話不談的忘年交。

那正是我在學習上感到不滿足而有了新的追求的時候。在此之前，文藝界的業務學習內容全都是《講話》的工農兵方向——1949年的文代會文件、1952年的文藝整風學習文件和平日的學習材料，全都是差不多的內容。我也曾按照這套理論寫過批評文章，發表後還受到了領導和同輩人的讚揚。後來，我發現這種理論過於簡單，也比較乏味，而且不適用，不能用來解釋我所喜愛的中外名作，就開始對它們不感興趣了。1953年以後，新的出版物多起來，不像前幾年，只出版了一套《中國人民文藝叢書》，全都是延安時期的作家的作品，理論也主要是解釋宣傳《講話》的小冊子。1953年以後，我被那些新出版的外國理論著作所吸引，特別是馬克思主義哲學著作，俄國的別林斯基、杜布洛留勃夫和蘇聯的文學理論，我覺得它們遠比《講話》和周揚的報告豐富深刻，也有趣得多。姚雪垠同意我的看法，同時又提醒我不要只注意抽象理論，要放開眼界，廣泛吸收，把基礎打寬打扎實。特別提醒我不能忽視本國的傳統文化，要多讀文學名著，要熟悉歷史。在他的指點下，我從舊書店買回了不少舊書，有《昭明文選》、《六朝文絜》、《唐詩紀事》、《詞林紀事》以及《國故論

衡》、《中國近三百年學術思想史》等等。他要我注意治學方法，給我講了「目錄學」的重要性，讓我買了《經傳釋詞》、《經籍纂詁》、《四庫簡目》、《書目答問》等工具書。——我的這種學習傾向，後來被指責為「好高騖遠」、「脫離實際」，並且歸咎於姚雪垠的影響、毒害，說我們是「臭味相投」。這一批評當然並非毫無根據，只是看法不同，我至今感念姚雪垠對我的「影響」，正是他和另外一些前輩的影響，我才能較早地擺脫左傾教條主義的束縛。

有的時候，我們也同樣參加上面規定的學習，不過所側重的方面和真實思想卻是另一回事。在批判俞平伯的《紅樓夢研究》的時候，姚雪垠幫我在舊書店找到了一部戚本《石頭記》和一部亞東版的程甲本《紅樓夢》，還有一本周汝昌的《紅樓夢新證》，他要我把這些與俞平伯的著作對照著讀。當時那種批判的路數與前幾年批判《武訓傳》一樣，也是用社會學分析和政治批判取代歷史考察和藝術鑒賞。我和姚雪垠對此興趣不大，就乘機私下裡進行我們的研究：對照比較不同版本的異同優劣，品評其不同的語言風格和藝術境界，驗證俞平伯和胡適的研究成果。我參考俞平伯和周汝昌的考證，繪出了榮寧二府的房屋平面圖和「群芳夜宴」的座次圖，姚雪垠稱讚說：「讀名著就要這樣細細地考究。」——在全國大批胡適、全面否定胡適的學術成就的時候，他給我講了「新紅學」的價值和胡適在小說考證方面的功績，還偷偷告訴我：「毛主席說，全面評價胡適的歷史功過，那是下個世紀的事。」——我忘了他是從哪兒聽來的了，不過我們都相信這話是真的，並由此悟出了政治與學術文化並不是一回事，運動中的評價並不等於最後的結論；從而在內心裡認定：作為知識份子、文化人，應該更重視文化學術本身的價值。

姚雪垠對當時的文藝現狀是不滿意的，常有批評意見。他看不上那些應時新作，不滿意領導方法和領導作風的簡單死板，文藝批評的粗暴武斷。他說那些寫「新人新事」和「落後轉變」的作品只有短期宣傳作用，

文學價值不高，經不起時間檢驗，上不了文學史。他認為趙樹理的小說好
雖好，只是人物結構都太簡單，描寫不夠細膩，藝術性差。說《暴風驟
雨》語言太差，夾雜那樣的方言土語，讓人讀不下去。他在品評當時人的
作品時，總是拿古代和「五四」以後的大家作比，而且常常聯繫他自己以
往的經驗。這既不符合「成績是基本的」和「新舊社會兩重天」的思維定
式，又讓人覺得他自視甚高、目中無人。

　　這種非政治、非現實的傾向，同樣反映在他的寫作上。1957年以前，
他同時在進行三部大作品的構思：一是《天京悲劇》；二是《杜甫傳》；
三是寫新鄉麵粉廠的長篇小說。《天京悲劇》以李秀成為主角，寫太平天
國的覆亡；先寫成電影劇本，因為當時迫切需要電影腳本，他想在這方面
嘗試一下，然後發展成長篇歷史小說。《杜甫傳》是因為不滿於馮至那本
小冊子而起意要寫的。他認為馮至的《杜甫傳》太簡單，不足以反映這位
偉大詩人的生平。杜甫既然被稱為「詩史」，就應該以詩入史，以詩入
傳，把他那些自敘生平、自歎身世的佳作儘量吸取，化入傳中，這才能成
為「大傳」、「文學傳記」。至於寫河南新鄉麵粉廠的長篇小說，是想通
過這個老廠的歷史發展，反映中國民族資本主義的命運，既反映現實，又
有歷史深度，一舉兩得。——這三部作品後來都沒有完成，《天京悲劇》
讓路給《李自成》了；《杜甫傳》寫出了片段《草堂春秋》（發表過也挨
過批判）。關於新鄉麵粉廠的小說已經在寫，是聽了批評意見後憤而擱筆
的。後來談到此事，說他寫的是辛亥革命以前的工廠生活，竟然有人指責
他沒有寫黨的領導。其實，批評者尚不致如此無知，竟然不知道辛亥以前
的中國尚沒有共產黨。當時不重視歷史題材，只要求寫共產黨領導下的革
命鬥爭，像第一次文代會上周揚、茅盾所說的。批評者是要他面對現實，
不要把目光總注視著過去。

　　李自成，當然也在他的寫作計劃之中，而且是重點。如他後來所說，
他一直在準備，在思考，在收集資料。就在他和我一起逛舊書店幫我選書

的時候，他也在收集明史資料。不過當時還沒有把《李自成》排上日程，他打算晚些年到條件成熟的時候再寫。他是把李自成和李秀成這兩個人物作為他的主要創作對象，說他要為他們樹碑立傳，自取齋名「雙成書屋」，囑我為他治印。後來因為「鳴放」、「反右」接踵而至，印沒有刻成，這個齋名也未再用。從這裡可以看出，姚雪垠確實有歷史癖，目光往往投向過去，這與當時的思想文化潮流是不一致的。

　　不過，在這段時間裡，他也寫過反映現實的作品，如《攜手》、《捕虎記》等，雖然都不成功。因為那都是為完成任務而寫的，不是自己的所願和所長。任務是及時反映現實，寫工農兵，歌頌新社會，突出黨的領導等等，他在這方面的感受和積累不足，當然寫不好。——這是個老問題，1945年在重慶時就爭論過：一邊是自己不熟悉而應該寫的生活題材，一邊是自己又熟悉又願意寫的生活題材。在「應該」與「願意」二者之間，作家們怎樣選擇？從政治需要出發，不能不選擇「應該」；考慮到創作規律，當然會選擇「願意」。前者往往會產生公式化概念化的毛病，後者有時難以及時反映現實，服務政治。這個老問題在第一次文代會以後變得更為突出，對題材的要求更嚴格也更具體了。文代會剛結束，上海在討論「能不能寫小資產階級」的時候，就嚴厲批評了「小資產階級知識份子與工農兵爭奪文藝主角」的錯誤思想。接著又在「關於創造新英雄人物問題」的討論中，強調要寫英雄人物，而且是要寫沒有缺點的英雄人物——寫工農兵，寫工農兵英雄，寫沒有缺點的工農兵英雄！這不就是後來的「三突出」的雛形嗎？可見，一開始，創作的路子就是狹窄的。現實中的英雄人物既不熟悉又難寫，何不去寫歷史上的英雄人物呢？於是，李自成、李秀成，還有辛亥英烈，就一一來到了姚雪垠的眼前、筆下。這中間，他並不是完全沒有考慮「應該」，寫農民起義英雄，這就與工農兵相關。他首先寫《天京悲劇》的電影劇本，就是響應號召。當時上面號召作家們寫電影劇本，而且把稿酬定得很高。

　　當然，他把主要精力用於歷史小說的創作，也和他很早就對歷史感興趣有關。他自稱求學時期就特別關注歷史，早年服膺「新史學」派，後來接受了馬克思主義的影響，在歷史問題上一貫堅持唯物史觀。但據我的觀察，他平時津津樂道的是「古史辨」諸人和明清學者，如顧頡剛、傅斯年、胡適、梁啟超和顧炎武、黃宗羲等。所以我認為，他的學術淵源主要在晚清──「五四」，對馬克思主義並不熟悉。因為有前者，他才能在治學上堅持樸學精神，實事求是，沒有跟著「厚今薄古」之風跑，也沒有參與「評法批儒」的鬧劇。因為後者，他未能深入瞭解馬克思本人的思想觀點，所以也未能躲過理論上的當代流行病──誤把中國的農民造反史觀當成了馬克思的唯物史觀，以致影響了後來的《李自成》的寫作。

　　後來姚雪垠在回憶往事的時候，多次提到他的受迫害。仔細回想一下，在1953─1956年那段時間裡，他在政治上有點受歧視是真的，說不上受迫害，倒是受過批評。當時有人把上面提到的種種歸結為「三脫離」──脫離政治、脫離現實、脫離群眾。我也受到了同樣的批評，當時我們是既不同意也不在意，別人也無可奈何。因為這是一種比較普遍的現象，這種關心業務、重視藝術的傾向，與整個國家形勢的發展，與文藝界的風氣變化有關。

　　從1953年開始，進入了大規模經濟建設時期，過渡時期總路線公佈了，第一個五年計劃開始了；眼前的現實，未來的前景，都是令人興奮激動的。第二次全國文代會就是在這種情況下召開的。「社會主義現實主義理論」的學習，「創作出更多更優秀的作品」的號召，迅速改變了文藝界的風氣。周揚和茅盾在談到提高藝術品質和理論水準的時候，都是提「進行兩條戰線的鬥爭」，而且把反對資產階級思想的鬥爭（也就是政治）放在第一位，然後才談另一條戰線──反對公式化概念化和教條主義。但是，在人們心目中，特別是在姚雪垠這樣的老作家和我們這些後來者的心目中，這久被擱置的第二條戰線的重新提出，就顯得格外新鮮又格外親

切。「社會主義現實主義」理論的學習，為人們打開了許多禁區和准禁區，古今中外，從先秦到「五四」（四十年代的國統區除外），從蘇聯到俄羅斯到西歐，全都可以堂而皇之地進入學習研究的領域了。與此同時，文聯所屬的幾個協會都稱「家」了，變成了作家協會、音樂家協會等等。「文學研究所」建立起來了，還出版了《文學研究集刊》。《譯文》、《文藝學習》也創刊了。這幾年新出版的文學書刊的數量和品質，都遠非前四年那種單一貧乏的局面可比。這裡，不能不特別提一下上海的出版物：滿濤翻譯的《文學的戰鬥傳統》和《別林斯基選集》；辛未艾翻譯的《杜布洛留勃夫選集》，還有那每輯十多本的《文藝理論小譯叢》，把俄國那種飽含人道主義和民主主義啟蒙精神的現實主義傳統引進來了。正是這種重新從蘇聯引進來的十九世紀西方文化思想，喚醒了人們心裡埋藏的五四傳統，由此開始了回歸「五四」的行程——不自覺地悄悄地踏上了這條艱險的道路。費孝通在幾年後所說的「知識份子的早春天氣」，實際上從這時就悄悄地開始了。大建設的熱潮開始吹皺了我們心裡的一池春水，1956年那個「多事之秋」就是從這裡發端的。從學習「社會主義現實主義」到秦兆陽的「廣闊道路論」，從反「無衝突論」到劉賓雁的「干預生活」，就是這樣一條「回歸『五四』」之路。

　　姚雪垠的「三脫離」就是這樣來的。所謂「三脫離」，無非是沒有死守「為政治、趕任務、大眾化」這三條，轉而重視文學的本性和作家的主體性，這就違背了文藝只能是「齒輪和螺絲釘」——政治工具的根本原則。姚雪垠後來所說我們當年的「糊塗」，就是指此而言。當時我們和許多人一樣，不知「三堅持」也就是堅決充當工具，與「三脫離」也就是恢復文學的自覺與人的自覺，二者是不能相容的。我們只看到了字面上的寬容和對「五四」對魯迅的稱頌，而忽視了更重要的問題，那就是毛澤東非常重視並一再重申的：必須分清無產階級與小資產階級的區別；根據地與大後方的區別，目的在於，以前者取代後者。

3

　　姚雪垠就是以這種自信又自負的神態走向1956年那個「多事之秋」的。我也是以一種積極的充滿自信的心態進入那個短暫的文藝復興季節的，雖然在此之前不久我們有過不同的經歷。

　　在1955年的反胡風運動中，姚雪垠興高采烈，又是在會上發言，又是寫批判文章。他在會後還高興地對人說：「又罵胡風又拿銀子（指稿酬），這真不錯。」因為他和茅盾的密切關係以及他的創作傾向問題，四十年代胡風所編的刊物發表過對他的過火批評，他一直對胡風不滿。我卻剛好相反，因為和曾卓的關係以及我曾經批評過一位自以為精通文藝的地方長官，就被定為「受胡風思想影響」的「分子」，在運動中被批鬥關押。耐人尋味的是，這不但沒有令我們疏遠，反而促進了我們之間的瞭解和信任。原因也很簡單，那位自以為精通文藝的長官理論上不通而整起人來十分狠毒，我的水準雖不高，但觀點基本正確又書生氣十足，敢於向權貴挑戰，這就使得姚雪垠對我又同情又讚賞。這在五十年代中期以前是極為平常的事，那時人們的良知猶存，在真理、道義與權勢、財富之間，往往更傾向於前者，不像後來以至今天，惟權勢與金錢是瞻。

　　還有一件事，可以說明我和姚雪垠的這種積極昂揚的心態。河南省籌辦鄭州大學，請姚雪垠回去任教並主持中文系。他有些動心，和我商量，問我願不願意隨他去做助教。當時文藝戰線很受重視，遠比大學的條件好，更適合於個人的藝術創造。他猶豫再三，不甘於放棄創作，捨不得文藝界這塊陽光雨露逐漸充盈的土地。我也不願意離開，即使他走了，我也還要在這裡繼續做批評家的夢。

　　知識份子的這種積極昂揚的心態，實際上也是「五四」精神的復甦，是「自我」的重新發現；也就是康生、柯慶施所說的「翹尾巴」，毛澤東

所說的他們靈魂深處的「小資產階級知識份子王國」的「頑強表現」。這種趨勢經過批判俞平伯、胡適和反胡風雖稍有曲折，到1956年秋天則迅速發展，似乎成了一股難以遏制的思想文化潮流。——後來毛澤東稱這一年的秋天為「多事之秋」，那是因為蘇共二十大揭露了史達林的罪行，反對個人迷信，接著又發生了匈波事件，以及中共八大提出了新的精神和新的議題等等。對於這一切，我和姚雪垠以及周圍的文藝界朋友都沒有感到什麼壓力，更沒有什麼憂慮。相反地，我們都感到形勢很好，相信中國和蘇聯的社會主義事業進入了新的更成熟的階段。

先是年初周恩來關於知識份子問題的報告，接著是陸定一傳達毛澤東提出的「百花齊放，百家爭鳴」方針，隨後又是中共八大精神——從疾風暴雨式的階級鬥爭轉向大建設以及反對個人迷信、反對官僚主義，強調民主與法制等等。這一切都表明，我們這裡的形勢與蘇共二十大以後的蘇聯形勢基本一致。在蘇聯，沒有了史達林，知識份子的處境有了變化，文藝界也有了鬆動。以愛倫堡的小說《解凍》命名的「解凍時期」開始了。亦步亦趨「一邊倒」的中國文藝界當然免不了要緊跟，於是，有關論著很快就被譯介過來了。蘇聯《共產黨人》雜誌的專論《關於文學藝術中的典型問題》這篇反教條主義的綱領性文章，發表在《文藝報》的頭條，《文藝報》還配發了社論。另外還有愛倫堡的《談談作家的工作》，尼古拉耶娃的《文學的藝術特徵》，艾里斯布克的《關於現實主義與反現實主義的公式》，以及西蒙諾夫對「社會主義現實主義定義」的批評、對《青年近衛軍》的批評，還有法捷耶夫自殺的消息和法斯特退出共產黨的消息等等，這些都在人們心裡引起了極大的震盪。那個時候還沒有「反修」一說，毛澤東起草的《論無產階級專政的歷史經驗》一文也認同和支持對史達林的批判，也表示要反對個人迷信和官僚主義，雖然打了不小的折扣。當時文藝界提出的中心議題和迫切任務，是繁榮創作，培養文學新人，反對公式化概念化，反對教條主義和粗暴批評。而且更為突出的是，在周揚和茅盾

的報告和講話裡，胡風的「黑貨」也回來了：「寫真實」、「創作方法與世界觀的矛盾」、「反對庸俗社會學」都有了，而許多人反覆強調的作家對待生活的「根本態度」，不就是胡風所說的那種「擁抱生活」的「主觀精神」嗎？──這一切的一切，不同樣是「解凍」嗎？

從1956年秋天到1957年春天所興起的這股反教條主義之風，思想解放之風，使得我和姚雪垠與多數知識份子一樣，心情激動，信心倍增，甚至有些忘乎所以。在這段時間裡，姚雪垠比1949年以後的任何時候都活躍，寫了不少文章，也多次在會議上發言。後來，這些文章差不多都有了問題，發言就更不用說了。不過，這其中真正犯忌諱的主要是四篇文章，即：《談破除清規戒律》、《創作雜談》、《打開窗戶說亮話》、《惠泉吃茶記》。這些文章不僅觸及了文藝界的最高領導，而且有的還引起了毛澤東的注意，是他成為「極右分子」的重要原因。

先說引起毛澤東注意的兩篇文章。第一篇是發表在上海《文匯報》上的《創作雜談》。在這篇洋洋灑灑幾千言的漫談裡，姚雪垠以輕鬆自如又時帶嘲諷的口吻，全面批評了當時中國文壇的種種弊端，從指導思想到領導方法、領導作風，從創作水準到批評態度。對以周揚為代表的文藝界領導的批評，在當時並不少見，有人還點名「與周揚同志商榷」。姚雪垠這篇文章的特出之處，是他竟敢公然與「深入工農兵生活」的偉大號召唱反腔。毛澤東說的是「必須長期地無條件地全心全意地到工農兵群眾中去，到火熱的鬥爭中去，到唯一最廣大最豐富的源泉中去」，這是那以前十幾年間人們無數次引用、無數次念誦的經文，而姚雪垠卻提出了幾乎是針鋒相對的不同看法：「老作家在舊社會生活得久，不但不應該把這點看做是他們的包袱，反而應看做是他們的有利條件，是他們的財富」，由此發出呼籲，「要重視老作家獨具的生活經驗」，並進一步論證說：「生活永遠是歷史的運動過程，前後承接，不能把當前的生活孤立起來」等等。顯然，這種看法與胡風的「到處有生活論」相通，而與上述毛澤東的語錄相

悖。儘管胡風曾經對「到處有生活」的命題做過詳盡而有說服力的論證，批駁了周揚、何其芳們把工農兵生活與非工農兵生活一刀兩段的荒謬公式，不幸的是，反胡風運動又把偏見變成了真理。姚雪垠在《創作雜談》裡說的這些話，不過是又一次說出了常識，卻立刻遭到嚴厲的批判。

就在《創作雜談》發表後不久，已經在反胡風運動中大顯身手並成為「新生力量」的姚文元，又一次得蒙聖眷並獲得「真正馬克思主義的批評」的封號。當時我還從《文匯報》上找到了姚文元的這篇受到毛澤東誇讚的文章，認真閱讀之後發現，此文只不過是把批判的功能包藏在「爭鳴」的外衣內，並無別的特異之處。當時我們對姚文元並不瞭解，只知道他是姚蓬子的兒子，用今天的話說，是個「新秀」。姚雪垠對姚文元的批評心裡不服，而在接著發表的文章裡又插進稱讚「姚文元同志的批評」的話，顯然是因為毛澤東誇讚了姚文元的那篇文章。為此我當面問過姚雪垠，他支吾其辭，未作解釋。

毛澤東稱讚了姚文元的文章，當然不會不注意文章所批評的對象，何況姚雪垠文章的主要論點直接違背了《講話》的精神。毛澤東對此有什麼批示或口諭，至今未見披露。——當時，姚雪垠的另一篇文章《惠泉吃茶記》也受到了毛澤東的注意，而且正式傳達了他的有關指示。那已經是1957年的春天，作協武漢分會主席于黑丁從北京回來，傳達毛澤東在最高國務會議和宣傳工作會議上的講話，內中提到姚雪垠。大意說：讀了《惠泉吃茶記》，發現作者很會寫文章，問題是他看不起泥腿子，思想上有君子、小人之分，這是不對的。——毛這裡所指的是姚雪垠文章中對有些民間傳說的嘲諷。當時我們都覺得這個評語主要是肯定，有批評也是善意的。對於毛所提出的批評，我們中間也有不同看法，認為是見仁見智，無關宏旨。這和當時的整個時代氛圍有關，當時人們對黨中央毛主席是充分信任的。傳達毛的講話的時候，聽得我們心潮澎湃，熱血沸騰，為他的博大胸懷，恢弘氣度所傾倒，認為中國有這樣英明偉大的領袖，一定能避免史達林、拉

科西那樣的暴政和災難。傾倒之餘，誰也沒有品味出個中是否還別有深意。
——今天當然明白了，那幾句評語確實不能僅從字面上去理解，這可以從王實味和胡風那裡得到印證：王實味的該死是他以一個知識份子的身份居然能「掛帥」——贏得那麼多人的注意和贊同；胡風的大逆不道是他竟敢公然為知識份子說話，在理論上分庭抗禮。在君師一體、政教合一的年代裡，即使是在文化上，也是絕對不允許僭越的。姚雪垠這兩篇文章的犯忌之處，就在於他公然讚美和抬高知識份子的生活經驗和文化情趣。

還有一點並非不重要的是，講話時問到了姚雪垠的個人情況。當時于黑丁答話說，是我們那裡（武漢）的一位老作家，抗戰時期已經成名，寫過《差半車麥秸》等作品。這也沒有什麼。直到後來我才知道，就在于黑丁答話的同時，林默涵插話介紹了姚雪垠在重慶時的情況，說他是當時的國民黨秘書長吳鐵城和中宣部長張道藩直接發展的「特別黨員」，與張道藩過往密切。其實，這是當時國民黨玩弄的政治手腕，「特別黨員」中包括熊佛西等許多文化界名人，有的本人根本不同意也沒有把這當回事。

到了反右時期，這一切，他的那幾篇文章和歷史上的這種「特別」之處，就都成了嚴重的問題，這是他怎麼也沒有想到的。

4

1957年事件並不是偶然發生的，也不是孤立的一次「陽謀」，而是一個多幕大戲中的一幕。如前面所提到的，延安文藝整風、第一次文代大會，還有後面的無產階級文化大革命，就是這個四幕劇的另外三幕。我和姚雪垠都是劇中人，而當時我們對正在發生的一切並不明白。直到許多年以後，重新細讀了魯迅先生的《文藝與政治的歧途》和《隔膜》，再對照已經發生和正在發生的事情，我才恍然有悟。在具體回溯姚雪垠和我在這幕戲裡的表演之前，需要簡單地說一下這幕戲的基本衝突和貫穿動作。對

此，以周揚的名義發表的《文藝戰線上的一場大辯論》一文有最清楚也最具權威性的說明。

這篇《大辯論》實際上就是文藝界反右鬥爭的總結，是由周揚起草，集中了他身邊幾員大將的智慧，並由毛澤東作了重要修改和最後定稿才發表的，可見其重要性。這篇文章說不上什麼理論，其精華部分是利用魯迅答徐懋庸的那封長信，歪曲事實，偽造歷史，污蔑魯迅，陷害雪峰、胡風和丁玲等人；目的則在於，確認周揚所代表的文藝路線是前有魯迅後有毛澤東領導並繼承發揚了五四傳統和魯迅精神的唯一正確的文藝路線。這裡面有一個觀點，就是藝術必須從屬於政治；一段歷史，就是「左聯」的歷史──否認魯迅的反左鬥爭，掩蓋張聞天和中共其他領導人曾經支持魯迅反左的歷史真相，從而「左化」魯迅，使之配享於毛澤東之旁，以顯示毛的絕對正確；一個標準，誰膽敢對以上兩點提出異議，誰就是壞人，就要被打倒、批臭。──其實，這篇文章乃至整個文藝界反右鬥爭的實質，可以一言以蔽之：樹立毛主席革命文藝路線的絕對權威──這實際上也正是這個四幕大戲的總的主題和動機。

在1957年前後（也就是這個第三幕戲裡），我和姚雪垠的思想言論確實不符合上述標準，因而被劃為「極右」是毫不奇怪的。不過，我們從來沒有在政治上反對過共產黨和社會主義，所以後來的「改正」也是完全應該的。至於對毛澤東本人，就是在聽了他那兩次著名的講話的轉達，對他佩服得五體投地的時候，我們也沒有把他當成神。我和姚雪垠都知道孫中山先生不許別人對他喊「萬歲」的事，都經歷過一提到蔣介石的名字就要馬上立正的年代，有了這樣的歷史對比，我們對毛澤東再敬佩、再熱愛，也不至於喪失理性，所以在具體問題上有懷疑、有非議也是毫不奇怪的。不過這種懷疑或非議止於文化學術而不涉及政治，這也是十分清楚的。

從下面這件事情，可以看出我和姚雪垠在反右前後對待毛澤東的態度。反右開始不久，我和姚雪垠（還有李蕤）就被打成了「反黨聯盟」，

在接受批判的同時，也要互相揭發。這時候人們經歷過幾次運動，已經
有了經驗，特別是那些頭腦清醒、良知未泯的人，揭發別人的時候儘量
避重就輕，避實就虛。我們也是這樣。但有一次，姚雪垠把我和他一起議
論毛澤東的事端出來了，使我大吃一驚而且非常惱火。他揭發的是1956年
末我和他一起議論《講話》的事。當時我因為在反胡風運動中受了批判而
不服氣，就找來胡風和阿壟的論著仔細閱讀，結果越讀越佩服，認為在一
些理論問題上真理在胡風一邊，《講話》確有可議之處。我把這些看法告
訴了姚雪垠，並具體談到政治性與藝術性的關係問題。我認為《講話》中
所說「內容愈反動而又愈帶藝術性」的作品是不存在的，這種把政治性與
藝術性簡單機械分開的提法是不妥當的，在邏輯上也說不通。除非把「藝
術性」這一概念解釋為藝術技巧、表現手法，否則那一段話就無法理解。
我認為文藝界流行的一些教條公式與此有關，概念化的作品受到寬容對待
也同這些提法有關。姚雪垠認為我說的有道理。由此談到了對待《講話》
的態度問題，我提到《關於胡風反革命集團的材料》裡張中曉寫給胡風的
信。當時我就對這位小同鄉、同輩人很佩服，覺得他有膽識有骨氣，他對
《講話》的批評和用「圖騰」所作的比喻，都是有道理的。因為人們確實
把《講話》當成了聖經，不僅不能有絲毫的懷疑，而且只能有一種解釋，
何況何其芳等的解釋確實是「皂隸式的」。姚雪垠告訴我，梁任公早就談
過這個問題，說學問的最大障礙莫過於盲目的信仰，因為信仰的對象從來
不准人研究；對《講話》只能有一種解釋，這本身就既不合乎為學之道，
更不符合馬克思主義。由此，自然就談到了個人迷信，我們都認為中國也
有個人迷信，但責任不全在毛澤東本人，周圍的人特別是文藝界要負很大
的責任，文藝界對毛的態度就是胡風所說的那種「善男信女」式的態度。
我舉出《講話》結尾處對魯迅的詩的解釋為例，毛把「千夫指」拆開，把
「千夫」說成是敵人，分明是錯誤的。這可能是一時的疏忽，可胡喬木在
整理和編書時為什麼不提出改正呢？提出改正，毛不會不同意。連胡喬木

都這副模樣，何況其他人。姚雪垠說這也難怪，中國知識份子身上都有忠君愛國的遺傳因素，加上戰爭年代那種特殊的上下級關係。在整個談話過程中他一再告誡我：這些話出去可不能亂說。

半年以後他揭發我的時候，只談對「藝術性」的解釋問題，而給我加的罪名是「膽大包天」、「狂妄之極」、「竟敢對毛主席的科學論斷妄加議論，胡亂解釋」等等。我當時既驚愕又氣憤，在一片怒斥聲中一句話也說不出來。後來我問姚雪垠為什麼要這樣，他說我一向說話隨便，這些話肯定也和別人說過。讓別人揭發不如他來揭發更主動，只說這一個問題，別的什麼都不承認。要不然，別人揭發把他也扯進來就麻煩了。問題不是他要保自己，而是扯進他這樣年紀大歷史又複雜的人，問題就更複雜了。我聽了不能不佩服他想得周到，真可謂老謀深算。——這也是形勢逼出來的，這種不得不以說謊做假來保護自己的卑微心理多麼可憐。我清楚地記得，當時我妻子揭發批判我的大字報，有的就是我代她起草的。人性的扭曲，並非自「文革」始。

當然，那時我們只是在文藝問題上有不同看法，雖然已經觸及到了《講話》的根本。毛澤東畢竟不是文藝理論家，胡喬木也不是。《講話》有可議之處並不影響毛澤東的政治聲望，他的歷史功績和現實成就都是有目共睹的。至於他與周揚的關係、「陽謀」的內幕以及章伯鈞、羅隆基、葛佩琦諸人的真實面目等等，我們那時都還不清楚，雖然已經有所懷疑。但總的說來，在政治上，在人品道德上，我們對他都還是非常敬重和信任的；可能有些一廂情願，卻完全出自內心。正是在這種情況下，姚雪垠有了寫《李自成》的念頭。

和所有的右派一樣，姚雪垠也被批得一錢不值。說他歷史骯髒，品行惡劣，是老流氓，這種侮辱性的謾罵他倒不在乎，最令他傷心的是說他不學無術，說他專門寫色情文學。一個知識份子，被人從精神上剝得精赤條條而無告地處於眾人的圍觀唾罵之中，那種內心深處的羞辱和絕望是難以

忍受的。就是在這個時候，他含著淚背誦了戴震的話：「人死於法，猶有憐之者，死於理，其誰憐之？」還聯繫古今事例給我講了「以理殺人」的含義。他就是懷著這樣悲憤的心情開始了他生命史上的最重要的一搏——寫《李自成》。

那已經是1957年的秋天，運動已近尾聲。我們這些右派每天上午學習或勞動（用舊報紙做信封），下午在家裡寫檢查。那時姚雪垠一個人在武漢，住在我的對面，運動中我們已經終止了來往。一天晚上，他突然把剛剛寫出來的關於李自成的小說稿拿給我看，徵求我的意見，並詳細談了他的寫作意圖和初步計劃。這都是在夜深人靜的時候，他偷偷地寫，我偷偷地讀，過幾天換一次稿子，談談各自的看法。這樣一直到第二年年初，他寫完第一單元。

就是在這個時候，他向我透露了他提前寫《李自成》的原因。前面提到過，按原先的計劃，他打算先寫《天京悲劇》和《杜甫傳》，然後再寫《李自成》。那麼，為什麼在這個時候突然改變主意，提前寫《李自成》呢？對此，他表述得很清楚，是因為毛澤東，因為毛澤東與李自成的特殊關連。他說他雖然很早就對李自成的事蹟感興趣，而真正從文學創作的角度思考這個問題，是1944年在重慶的時候。當時，郭沫若的《甲申三百年祭》發表了，他知道毛澤東對此文很重視，列為整風學習材料，而且還曾致函郭沫若給以高度評價，同時還有搬上戲劇舞臺的建議。他還告訴我，在延安的時候，開明士紳李鼎銘的侄兒寫了一部以李自成起義為題材的小說《永昌演義》，呈給毛澤東審閱。毛一直把這部書稿帶在身邊，進北京後交給周揚，說寫得不好也可以少印一些作參考。姚雪垠說他讀過《永昌演義》，確實寫得不怎麼樣。但由此可知毛澤東對李自成非常重視。李自成是歷史上最近一次農民大起義的領袖，是從陝北起事的；毛澤東是當代農民革命的領袖，也來自陝北，這種歷史的偶然與必然使得毛澤東對李自成特別關注，是完全可以理解的。談話中，他還提到話劇《李闖王》和京

劇《闖王進京》，說都不成功，都未引起毛澤東的注意──在說這些話的時候，姚雪垠並沒有把自己擺進去，說如今他就是領會了毛澤東的意思而去完成這一任務，以引起毛的注意。但透過他談論這些事情時所表露的那種津津有味，那種興奮又自信的神色，也就能夠意會而不必多說了。

多年以來，在文藝界的歷次運動──也就是魯迅所說的文藝與政治的衝突之中，姚雪垠雖沒有公然反對從屬於政治，實際上是在繼續走五四的道路，重視文學價值，爭取創作自由。那次熱鬧的「鳴放」，可以說是一次五四精神的迴光返照。當時，他也和多數人一樣，經歷了精神上的極大震盪，從「鳴放」的高峰一下子跌入右派深淵，從而對毛澤東有所不滿。這種不滿同樣是一種焦大式的不滿，一種「荃不察余之中情兮」的情緒。這種情緒本身就包含有依戀、期待，有「忠」的成份。後來在事實的教訓之下，許多人清醒過來了，革除了焦大情結，開始自覺地向「五四」回歸。在這一方面，姚雪垠也不例外，不同的是他比別人多了一條歷史隧道，通過這條三百多年前的歷史隧道，他在歷史觀和文學觀方面一步步向毛澤東靠攏。他後來的境遇，他身上的矛盾，關於他的一些爭議，都與此有關。

5

反右運動結束以後，我和姚雪垠分別到不同的地方接受改造，他在武漢市郊東西湖農場「監督勞動」，我到沙洋農場「勞動教養」。幾年以後，當我們都成為「摘帽右派」而重逢並再度成為鄰居的時候，客觀形勢也有了很大的變化。1961年到1962年，那是1949年以後的又一次頗有點春意的時期。「七千人大會」開過了，「新僑會議」、「廣州會議」和「大連會議」也開過了，「文藝八條」也出來了，似乎又有點「百花齊放」的味道。雖然毛澤東已經發表出「千萬不要忘記階級鬥爭」的警告，我們心

裡的希望之火並沒有被潑熄。「七千人大會」上劉少奇對「大躍進」的分析，表明上面有實事求是的態度和自我批評的精神。另外三個會議都是文藝界的，都在總結教訓，都在糾左。眼前的形勢似乎在證明我們並沒有錯，而是當年的批判錯了。——這都是我們私下裡議論的。人們都更有經驗了，有道是「一年被蛇咬，三年怕井繩」；即使再動員「鳴放」，我們也不會隨便發言的。

當時，姚雪垠已把《李自成》第一卷寫完，正忙於聯繫出版的事。1962年年底，他為此專程去了一趟北京，回來後和我談及在京期間所受到的禮遇和讚揚，告訴我他都見了哪些重要人物，誰又說了些什麼。說時滔滔不絕，喜形於色。這也難怪，剛剛還被罵為「不齒於人類的狗屎堆」，轉眼間受到如此的禮遇和讚揚，內心的激動和滿足是難以掩飾的。這中間，他最重視也談得最多的，是茅盾和吳晗。一個是文學泰斗，一個是明史權威，他們的意見當然十分重要，十分可貴。

茅盾的誇讚和建議當然在文學方面，而且主要在寫作技巧方面。他注意的是小說的章法佈局，筆墨運用，在這方面談了很多具體意見。《李自成》最初是用章回體寫的，回目非常講究，既能提示內容，對仗又很工巧有詩味。後來姚雪垠覺得章回體陳舊，容易被誤認為是舊小說，決心保持五四新文學的面貌，遂刪去回目，重新結構。對此，茅盾感到惋惜。——從姚雪垠的轉述中，我感到茅盾的見解未免細碎而陳舊。這是姚雪垠又一次直接與茅盾交往，在創作上接受他的幫助，受到他的影響。

相比之下，吳晗的意見遠比茅盾的重要，因為他談的不僅是明代的歷史，而且是自己治明史的經驗和體會，特別是，他的有些看法直接來自毛澤東。他熱情稱讚姚雪垠的歷史見解，佩服姚雪垠對史料的鑒別和對史實的分析，充分肯定了小說虛構部分的合理。與此同時，他講到毛澤東對他的《朱元璋傳》的批評。吳晗的《朱元璋傳》早在四十年代末就頗有影響，他選擇朱元璋這個人物來寫，本來就有借機罵蔣介石的用意，所以對

朱元璋這個流氓出身的暴君毫不留情，把他的專制殘暴，他的猜忌狡詐，他的仇視士大夫文人和濫殺功臣等等，一一如實地記錄下來。後來毛澤東肯定了這本書，同時提出了批評，建議吳晗修改。據姚雪垠說，毛的意見集中在這一點上，那就是原作缺乏階級觀點，對於歷史人物和歷史事件缺乏階級分析，也就是沒有從政治上考慮問題，這樣就貶低、醜化了朱元璋。事實上，朱元璋的殘暴，他對知識份子和功勳老臣的殘殺，都是出於奪取政權和鞏固政權的需要。承認農民起義才是歷史發展的真正動力這個大前提，就不能不承認他為奪取政權和鞏固政權所採取的種種措施的必要性與合理性。容或有過火失當之處，也要首先從政治原則上著眼去進行評判。姚雪垠說，吳晗就是根據這些意見修改他的《朱元璋傳》的。

對於毛澤東的這些意見，我和姚雪垠當時都沒有感到意外，因為「階級分析」和「政治第一」早已經聽習慣了。過了許多年以後我才明白，正是按照這種理論，殷紂王、秦始皇、曹操、武則天全都翻案變成偉大人物了；這裡只有權力意志，而沒有人性、人道、人格——人的標準。讀《朱元璋傳》的時候，發現其中多有矛盾不一致處，既抄錄了大段有關「農民起義才是歷史發展的真正動力」的語錄，同時又保留了揭露專制、殘暴、猜忌、欺詐之類的史筆，而且在序言中點明，此書曾經「以朱元璋影射蔣介石」。於是，我不能不想到，吳晗最後的悲劇，難道僅僅由於《海瑞罷官》而與《朱元璋傳》完全無關嗎？我問過姚雪垠，他的回答是：「這很難說。」

姚雪垠顯然是從正面接受了吳晗的經驗，並直接用於《李自成》的寫作，這可以用當時他發表在《羊城晚報》上的那篇長文為證。《李自成》第一卷的成功引起了廣泛注意，但作者是摘帽右派，不便公開讚揚，因為當時還沒有這樣的先例。於是，《羊城晚報》就請姚雪垠自己寫文章，談談有關創作的體會。姚雪垠在文章裡大談他對明史的獨特看法，在談到李信、劉宗敏和吳三桂與陳圓圓等人物時，看法與郭沫若大相徑庭。當時不

少人大驚小怪，認為姚雪垠竟敢批評郭老，未免太狂妄了。我一向鄙薄郭沫若的人品，所以對姚雪垠此舉表示讚賞，說郭沫若怎麼就批評不得？姚老批郭老，正表明姚老有膽識。後來我才明白，表面上姚雪垠在向權威挑戰，實際上他是用毛澤東的觀點批評郭沫若，也就是站在大權威一邊批評小權威。分歧的焦點在如何看待知識份子在農民起義中的作用及起義勝利後的腐敗問題。姚雪垠吸取了吳晗的經驗，稱頌農民領袖而貶低知識份子的作用並淡化腐敗問題，是針對《甲申三百年祭》而發的。不過，說分歧也好，挑戰也好，全都是假的，設若郭沫若當時重寫《甲申三百年祭》，大概會和姚雪垠走到一起的。他們都明白，進北京以後的毛澤東對這一問題的看法，已經與在陝北時不同了。這個問題本身也是假的，魯迅先生早說過，由歷史所指示，凡有改革，最初總是覺悟的知識者的任務。馬、恩、列的「灌輸論」說得也很清楚，工人階級不可能自發產生社會主義思想，需要從外部灌輸。工人如此，何況農民？至於不要知識份子會怎樣？殷鑒歷歷，毋須再說。

就是在這個時候，姚雪垠把剛剛出版的《李自成》第一卷寄呈給毛澤東和周恩來。這一舉措與他當時的處境有關。他聽到了掌聲，得到了讚揚和鼓勵，同時也聽到了貶斥聲，看到了冷眼。他在有些飄飄然的同時也清醒地意識到，學術上藝術上所獲得的讚揚並不能改變「摘帽右派」的身份。他知道，只有通天，或可有望改變處境。他和夫人王梅彩一起包紮這兩部書時，我剛好在場，他們是懷著誠敬之心在做這件事的。當時我還問他：「現在的出版物那麼多，主席又那麼忙，未必會看你這部書。」姚雪垠胸有成竹地肯定說：「我看會的。這不是一般的小說，這是李自成，他一向非常重視李自成。」我記起了他對我說過的毛澤東與李自成的關係，覺得不無道理。——後來的事實證明，他的這一著棋確實高，可以說是影響他一生的最重要的一著。當時他並沒有具體目的，更沒有想到後來的種種。

　　還有一件事不可不談，那就是馮雪峰的造訪。當時，雪峰正沿著當年太平天國進軍的路線周遊各地，路經武漢時特來訪問姚雪垠，與他商討長篇歷史小說的創作問題。那天我在門外遇到雪峰，還為他指路。可惜當時我有課，未能前去親聆二位長者的交談。後來姚雪垠告訴我，雪峰是來向他取經的，他怎樣向雪峰介紹他的創作經驗等等。這中間，引起我特別注意的是以下兩點：一是他說雪峰寫太平天國的小說未可樂觀，因為雪峰的邏輯思維太強，考慮的多是歷史事件的性質、意義和評價問題，而不是人物、情節、結構等等。二是雪峰注重的是農民起義的消極面，還說「太平天國領導層裡沒有幾個好東西。」——我一向敬重雪峰，對他的話非常重視。他的這句話一下子使我清醒了許多，改變了我思考這一問題的角度。

　　雪峰的態度和意見引起了我和姚雪垠的多次議論，從這個時候一直到「文革」中，議論的中心是農民起義在歷史上究竟起什麼作用。我提出懷疑，說馬克思恩格斯都沒有像我們這樣歌頌農民起義，列寧更是嚴厲批判民粹主義。在中國，陳獨秀、李大釗、魯迅、胡適都沒有頌揚過太平天國與義和團，更沒有把他們當成革命前輩、先驅，為什麼獨獨毛澤東對農民起義如此鍾情？姚雪垠承認這是個問題，值得研究。具體談到中國歷史上的農民起義，他列舉了陳勝吳廣以後的歷朝史實，一一加以評析，說黃巢起義確實造成了社會動盪，生產力破壞，接著就是五胡亂華。我說，宋代和明代的農民起義造成了同樣的後果，都帶來了異族入侵；可見，農民起義所起的作用是負面的，是阻礙歷史發展的。姚雪垠不同意，認為不能這樣說，清朝統治者有的就很有作為，應該承認滿人也是中國人，肯定他們的歷史功績和歷史作用。顯然，他是想說明，李自成起義造成明朝覆亡與滿族入主中原，有推動歷史前進的作用。我對此沒有研究，只能存疑。

　　從姚雪垠與雪峰在這個問題上的不同態度和不同認識，使我想到他們與毛澤東的關係。雪峰在跟隨了毛澤東以後，精神上始終沒有離開魯迅，1945—1946年接連發表的《題外的話》、《論民主革命的文藝運動》就與

《講話》相抵牾,後來的《回憶魯迅》極力把毛、魯往一起拉,而最後終於明白了《講話》是與「五四」和魯迅精神對立的。中間的天國尋蹤,是這一思想軌跡中的一個階段,一個轉折。可見,雪峰是在魯迅精神影響下通過對農民烏托邦的批判反思而回歸「五四」的。姚雪垠則不同,由於他缺乏真正的馬克思主義和真正的魯迅精神,在同樣是回歸「五四」的途中卻陷入了矛盾:既嚮往民主與科學,又迷戀農民烏托邦。而這又與毛澤東直接有關。

6

姚雪垠在「文革」中的遭遇是很特殊的,對於像他這樣的知識份子說來,真的是史無前例。而號稱「史無前例」的無產階級文化大革命,倒並非真的史無前例。把它與前面提到的四幕大戲的前三幕連起來,就可以看得很清楚,不但性質和目的未變,那種先放後收、欲擒故縱的方略也是1942年和1957年用過的。

在這大結局的最後一幕裡,老右派被當成「死老虎」,是前一戰役的捕獲物,不是這次運動的重點。但這些人的命運更悲慘,日子更不好過。開始的時候許多人被活活打死,成為祭旗的肉胙,活下來的以後就成了試槍的靶子,磨刀的石頭。鬥走資派之前先鬥這些人,在他們身上試試刀槍;正式鬥走資派的時候,他們就成了陪鬥的罪囚。姚雪垠就正是這樣,不知參加過多少次批鬥會。所幸的是他平日既不爭權奪利也沒有整過人,沒有「民憤」,加上那滿頭白髮的保護,使得他在低頭認罪之餘沒有受別的皮肉之苦。但他比別人多一重心理負擔——擔心《李自成》的手稿和資料被抄被毀。正是在這裡,顯出了他那不同於一般文藝幹部的知識份子和作家的特色:對自己的精神創造的珍視不下於自己的生命。事實上危險確實存在,《李自成》已經被判為大毒草。那些肯定過這部書的領導人都有

一條罪狀：包庇老右派姚雪垠，吹捧大毒草《李自成》。抄家焚書正在蔓延，隨時都可能延及他家。正在這個時候，一道「最高指示」救了他和他的《李自成》。

果如姚雪垠所料，毛澤東確實特別重視李自成，真的讀了他的《李自成》，而且是基本肯定的。文化大革命開始不久，毛澤東暢遊長江駐蹕武漢時，曾有諭旨給當時的省委書記王任重：「你告訴武漢市委，對姚雪垠要予以保護，他寫的《李自成》寫得不錯，讓他繼續寫下去。」這樣，姚雪垠就成了欽定的「三類」人物——當時有規定，各級幹部（包括各種知識份子）一律分為四類：一是好幹部，二是有錯誤的好幹部，三是有嚴重問題但不必打倒的人，四是應該打倒的壞人。姚雪垠屬於可以批鬥但不能打倒的，而且不打倒的理由就是讓他繼續寫《李自成》。這樣，《李自成》的手稿資料和姚雪垠的老命就都有了保障。

這件事確實非同小可。在同一時間、同一地點、同樣的情況下，另一個人的命運就大不相同——毛澤東的老朋友、老馬克思主義理論家、中共「一大」參加者、武漢大學校長李達，當時就關在離毛澤東駐蹕處不遠的東湖對岸。老人在被摧殘得奄奄一息之際，曾呼喚「潤之救我」，卻終未獲救而被折磨死了。再對比一下那些在同一時期內被迫害致死的文化人的長長的名單，姚雪垠能獲得這樣的特赦殊榮，而且是毛澤東主動提出的，確實很不簡單。當時我就對他說：看來老人家對你的印象很深，從《惠泉吃茶記》到《李自成》，使他認識了你這個人的價值。姚雪垠聽了很嚴肅地回答說：「不是我，是李自成，是《李自成》這部書的意義和價值。你想想看，長篇小說，長篇歷史小說，特別是歌頌農民起義的長篇歷史小說，除《李自成》之外還有什麼？主席是從這方面考慮問題的，我個人算得了什麼？……」他自己就是這樣看的：長篇小說的成就標誌著一個國家的文學水準；中國是個文明大國，又是一個農民戰爭綿延不斷的國家，他的這部小說關乎國家榮譽，所以領袖才會那樣重視。他在1963年給毛澤東

寄書的時候，並沒有什麼具體的個人企求；他也沒有想到，在三年後突然爆發的文化大革命中，竟然能因此而獲救，這不能不使他在慶幸之餘產生對毛澤東的感激之情。不過，他並沒有把他這種個人感情放大，使之成為衡量客觀事物的標準而陷入「凡是」之中。他對待「文革」和當時出現的那種返祖現象，一直都比較清醒，沒有跟著跑，不得已時才表面上順從、擁護。在怎樣看待「評法批儒」和毛澤東詩詞這樣一些關係到毛澤東本人的問題上，也同樣如此。

在「評法批儒」正熱鬧的時候，我帶著當時很走紅的《柳文指要》去向他討教。他向我介紹了章士釗的一些情況，特別是章士釗與毛澤東的關係。他說毛澤東十分念舊，但必須對他絕對恭順，否則就要倒楣；章士釗與梁漱溟恰好是正反兩個例證。談到眼前的「評法批儒」，說老人家真的是老了，想怎麼說就怎麼說，一時要人讀「六本書」（馬列著作），一時又要人讀柳文、尊法家，誰能跟得上？還說，對此不要太認真。各級幹部一味緊跟還情有可原，知識份子就應該保持清醒，不然就會被後人笑罵。

對毛澤東的詩詞，姚雪垠也有自己的看法，其中有一些與市面上的阿諛吹捧不同，只能在私下裡談論。可是，在忍不住炫耀自己的學問時他又說了出來，於是就被說成是「貶低」、「誣衊」而大加批判。他向我講了他對毛澤東詩詞的真實看法，說毛澤東有詩才，有的詩確實寫得好，但不是每首都好，更不是句句、字字都無可挑剔。說到這裡，他提到郭沫若，說連毛在書寫時的筆誤也大加吹捧，馬屁拍到這個地步就太過了。接著，他對照傳統詩的基本要求，舉例評說毛的詩詞，列舉了以下幾點不足之處：一是有些句子是蹈襲前人的，二是有的屬於陳詞濫調，三是有的過於直露，近乎口號而沒有詩味，四是有些不合韻律，多處一字重犯。他說這些本來都是常識，明擺著的，但不能公開去講，不小心講了，只好辯解。怎樣辯解？只有反過來講：把「蹈襲」說成是指「有來歷」、「有出處」，是「化用」；說「直露」、不合韻律是「突破」、是「有氣魄」等

等，全都變成了讚美之辭。說到這裡他也笑起來，接著又搖頭歎息說，怎麼會弄成這個樣子！——其實，毛澤東詩詞開始發表的時候就是這個樣子。這一點也不可笑，當歌德頌聖、阿諛奉承的聲音成了一個民族一個社會的主旋律的時候，災難就不遠了。

這就是姚雪垠1975年給毛澤東上書之前的思想狀況和他對毛澤東的基本態度。看來，他並沒有陷入「凡是」之中，那次上書是形勢所迫，是出於功利的目的，談不上什麼「忠於」、「無限」，雖然那封信裡不少這類字句。當時已經在「抓革命，促生產」。在文藝界，「生產」當然指文藝創作。不過不是隨便什麼人的創作，是工農兵的創作，正像只能有「工農兵大學生」一樣。像姚雪垠這樣的人，只能是「廢物利用」的對象，利用他的知識和經驗造就「我們自己的」作家。於是，姚雪垠就忙起來了，為工農兵看稿子、談稿子、改稿子，此外還要參加社會實踐以改造思想：到電影院收門票，在商店站櫃臺。這樣，《李自成》的寫作就只好停下來。這一年他已經六十五歲——他無法拒絕這種革命任務和革命道路，又不甘心就這樣消耗自己的生命，才產生了上書毛澤東求助的念頭。

他在上書之前並沒有直接向我透露消息，怕我嘴不穩洩露出去，而是以一種有意無意地發牢騷的口吻試探我的看法：「看來真沒辦法了，只有給他老人家寫信……」。我說只怕很難送到他手上，他也難得有精力管這種事。等到信已送達並有了好消息，他才把一切告訴我。他說這封信主要是想打動毛澤東，引起他的同情和重視。為此，在信裡一開始就說明自己是《李自成》的作者，重提當年呈書並獲恩榮的往事以勾起毛澤東的記憶。然後談他的寫作計劃，懇求幫助。這時他沒有忘記吳晗的話，計劃中只提寫農民起義的《李自成》和《天京悲劇》，而不提寫辛亥革命的《大江流日夜》。他開玩笑地說，他這也是「三突出」：突出歌頌農民起義、突出歌頌毛澤東思想、突出歌頌文化大革命。信的最後還附一首舊體詩，從感情上打動毛。詩是他的舊作：

堪笑文通留恨賦，恥將意氣化寒灰。

凝眸春日千潮湧，揮筆秋風萬馬來。

願共雲霞爭馳騁，豈容杯酒持徘徊。

魯陽時晚戈猶奮，棄杖成林亦壯哉。

　　這首詩確實與毛的風格相通，又有形勢大好，又有雄心壯志；末聯用魯陽揮戈、夸父追日兩個典故，以表現暮年豪情。他說，近年來的種種跡象顯示出，毛澤東感到自己老了而又不服老，所以他以此來打動毛。說不定真的如他所說，毛澤東是既重視李自成又同情他，才又一次破例地對他施恩。還有，這封信是請戲劇家龔嘯嵐用毛筆直行抄寫的，因為姚雪垠的正楷、行楷都寫不規矩，才請龔老代勞的。龔老不但代他抄寫，而且在內容和書寫款式上也出了主意。書寫款式看似小事，卻從細微處適應了毛的興趣與習慣，可見他們當時用心之苦。

　　後來，我曾經向姚雪垠建議，不要輕易出示那封信，而且把《李自成》原來的序言全都抽下來。我說：你平日談論毛澤東的時候都是坐著或站著，用平等的口吻；而這封信卻是跪著寫的。我還借用了馬克思引用過的那句詩：「偉人之所以顯得偉大，是因為你自己跪著在。」他同意我的建議，並說「誰也逃脫不了歷史！」指的就是那封信裡的卑辭諛語。

　　毛澤東支持他繼續寫《李自成》的指示下達後不久，姚雪垠就如同躍過了龍門，遷居北京，開始進入他人生旅程和文學道路的最後階段。

7

　　姚雪垠遷居北京後不到一年，大轉折的年代就到來了。「十年文革」的結束也是那個從唱《東方紅》到跳《忠字舞》的大戲的最後收場。新的文藝論爭又開始了，不過大都未能跳出原來的意識形態框架，用的還是原

來那些批判的武器，爭的也依然是政治上的左與右、紅與黑；談到思想的解放、激進、正統、保守等等，指的也主要是這些。這中間，一個關鍵問題是：「撥亂反正」究竟要「撥」除些什麼？「正」回到什麼地方？

一開始，姚雪垠是比較激進的，反左的勁頭十足，這可以從他的《詠懷雜詩》中看出來。那是1977年7月間寫的，當時還沒有「右派改正」的消息，他在詩裡就已經這樣寫了：「歌德忠貞迷信好，廿年國運病侵尋」，「爭鳴誤信春風暖，摧折真知霜雪威；秦氏焚坑史有恨，漢家黨錮事全非。」這裡的矛頭所向已經很清楚了，還有更直接的：「千年不聞天帝聵，九州如醉且瘋狂」，「暗笑公羊三世說，我將一步越升平；已因神化憑心想，更愛歌功意氣橫」；還有，「百道山呼衝禁苑，九州膜拜湧神京；小書十度紅如海，舉向城樓頌聖明。」——事實上，這些看法和情緒並不是江青們倒臺以後才有的，而是1972年前後，林彪事件發生後，由《五七一工程紀要》的曝光而引發的。從這些詩句可以看出，他對問題的認識是比較清楚的，沒有把眼光僅僅停留在一個時期和幾個奸佞身上。不過他也只是觸及到了反右和大躍進，沒有再深入下去，而且後來又變得曖昧起來。

當年，在撥亂反正的過程中曾一度提出過「正本清源」的口號，不知為什麼很快就不提了。口號不再提，這一思想行程卻已經開始，一些得到過五四精神親灸的老知識份子，已經在進行更深刻更徹底的反思——黎澍對許多年來流行的假歷史唯物主義教條提出了質疑，夏衍把左傾教條主義的危害從1976年上推到1928年，胡風認為「文革」災難的根源在黨內、在文藝上，而雪峰在牛棚裡就已經悟出《講話》與五四傳統的根本不同。到很久以後人們才知道，早在1958—1974年間，顧准已經把這一切放在人類歷史發展的大格局中去考察、去反思了。與這些老一輩的覺醒相呼應，中青年學者提出了「重寫文學史」的呼籲。看來，他們是不約而同地走向同一條路：衝出政治牢籠，回歸文化本土，站在知識份子的本格立場上用自

己的眼睛和頭腦去審視去思考一切——這是實踐檢驗，思想解放，也是回歸「五四」。

這一切姚雪垠大都知道，他不知道的我也告訴他了。這期間，無論在北京還是在武漢，我們見面時依舊無話不談。不過我發現，我們對許多問題的看法越來越有距離了，交情依舊，見解不同了，或者確切地說，是身份不同了。對於上面提到的幾位可敬的老人的思想和精神，我是十分欽佩的；談起來他也表示認同，但似乎興趣不大。我發現，他看問題的角度和關心與注意的方面不同了。過去被他視為「過眼雲煙」的東西，現在變得重要起來，當前的「局勢」、「大局」在他心目中佔據的位置，好像已經超過了他往日最重視的藝術的長遠價值。在1982年、1986年和1987年的幾次長談中，我的這種感覺越來越明顯。

八十年代初，文藝界熱鬧非常，人們對許多問題的不同態度和看法往往集中在周揚身上。我見到的一些前輩如李何林、樓適夷、胡風、丁玲以及秦兆陽、陳湧、舒蕪等，都不滿於周揚那種一路鞠躬而不接觸任何具體問題的檢討，也不滿於他對新潮傾向的那種一味迎合。另一些人，周揚的老部下和許多新起來的人大都同情和讚揚他的轉變。那些堅持左傾教條主義老一套的，則要周揚為當時文藝界的「混亂」和「污染」負責。對他那篇關於人道主義和異化問題的長文，也由此而有不同看法。我和姚雪垠談起這些，表示我持中間立場，既肯定周揚的轉變、認錯，又不滿於他的逃避責任與隨波逐流。至於那篇文章，儘管重要觀點是王元化、王若水的，他敢於以他的名義公開發表出來，這也應該肯定。姚雪垠告訴我，這裡面很複雜，要從全域著眼；周揚在文藝界的思想混亂中起了不好的作用；胡喬木的批評是有原因的，周揚的文章也不是全都錯了。你慢慢看，不要急，以後會明白的。——後來我逐漸明白了，姚雪垠已經進入「局勢」、「大局」之中，離開了知識份子的立場，在用另一種眼光看文藝界的種種問題。

　　1986年春天，我到北京參加紀念馮雪峰的學術討論會，會前會後兩次去看姚雪垠。當時文藝界朋友已經對他嘖有煩言，主要是嫌他過於自信，到處指手劃腳。香港一家雜誌的文章把他與袁水拍、臧克家、聶華苓並列，罵他們是「四大×××」。我把這些全都如實地告訴他，說我不同意這種罵法，但由此應能引起我們的注意：為什麼不集中精力寫《李自成》而要去管那些不相干的事呢？為什麼要和政壇靠得那麼緊而不注意保持自己的獨立精神呢？他聽了似乎有所觸動，說：「這話有道理，謝謝你能這樣以誠相待地對我說真話。」

　　會議結束以後，我去辭行並向他介紹會議情況，在兩個問題上我們持有不同看法。一個是關於五四傳統問題，我認為，夏衍所說的1928年到1976年的左傾教條主義，指的就是革命文學、國防文學、工農兵文藝和最後的無產階級革命文藝，這是一條與五四新文學傳統相對立的潮流。當前新時期的思想解放運動，就是在「撥」左傾教條主義之「亂」，「反」五四傳統之「正」。對此，他表示贊同。接著談到周揚的「三次思想解放運動」的提法，我說這一提法很不妥當，因為延安文藝整風是在非常時期（戰時）和特殊環境（農村）開展的思想統一運動，目的是推動抗日政治宣傳工作和改造知識份子，這怎麼能稱之為「思想解放」而與「五四」和「新時期」相提並論呢？姚雪垠認為這是個大問題，要慎重。說周揚的提法已被普遍接受，而延安文藝整風的問題牽涉到許多人，很複雜，勸我不要隨便發議論。他嚴肅而又誠懇地說：你已經五十多歲了，不能再像年輕的時候那樣偏激、衝動了。接著又談到第二個問題，政治與藝術的關係問題。我們都同意鄧小平的意見：不提為政治服務，又不能脫離政治。但我們的解釋不同，我說他又回到老路上去了，他說我走得太遠了。——在離開木樨地的途中，我已經意識到了，他對我的關心和勸導是真誠的，但對比一下會議期間李何林、樓適夷、黃源三位長者對我的關懷和鼓勵，區別是明顯的：他關心的是我在政治上的安危，而那三位長者所注意的是我的學術觀點和研究計劃。

　　一年以後，我突然收到請柬，要我參加《講話》發表45週年紀念會。到北京後我才知道，是陳明和姚雪垠提名讓我參加這個會的。陳明是從我的好友宋謀瑒處知道我對文壇頹風很反感，姚雪垠則認為我一向堅持馬克思主義，所以想讓我來說點什麼。會上主要是老調重彈，一些人認為當時的自由化傾向是胡風的流毒的表現，這就沒有什麼好說的了。會後，我和姚雪垠作了最後一次長談。

　　這次長談是圍繞劉再復的文學觀點進行的。我認為劉再復把文學規律分為「外部」、「內部」的提法是不對的，他推崇的那種用自然科學方法論研究文學的作法也是不妥的。但他對左傾教條主義的批評確實擊中了要害，他提出的「多元化」和「主體性」是適時的。姚雪垠堅持他的看法，批評我被劉再復的唯心主義迷惑了。談到劉再復所說藝術創作中的「二律背反」現象，我認為那種「作家愈是有才能，對他的人物就愈無能為力，作家愈是蹩腳，就愈能控制他的人物」的說法有道理，並指出此說來自別林斯基關於創作有無依存性的論證。姚雪垠顯然有些不高興，說別林斯基也可能是唯心的，我們要堅持馬克思主義。——我發現，他對劉再復的反感不全來自理論，因為他一再提到這些新起來的中青年太狂妄，目中無人，隨口亂說；因文壇和傳播媒介對這些新人新理論過分注目而不滿。

　　從那以後，我們之間的接觸少了，偶有音問，再未長談，一直到1994、1996年的那兩次見面。

　　經過這樣的回顧與梳理，文章開頭所提的那個問題似乎已經有了答案，答案就在姚雪垠的政治處境與文學創作道路的矛盾之中。

　　四十多年來，姚雪垠在政治上有過坎坷，文學創作也並非一帆風順。值得注意的是，這二者的發展變化非但不同步，而且正好相反。當他政治上坎坷，處境非常艱難的時候，卻正是他創作上取得最佳成果的時候；反

之，後來政治上轉危為安了，處境愈來愈好了，創作反而步履艱難，停滯不前了。這集中體現在《李自成》的創作上：第一卷的成功，第二卷以後的一卷不如一卷；與此相應，從極右分子到摘帽右派又到政協委員和省文聯主席，這不正好是反向發展的嗎？

從總體上說，《李自成》在技巧上是成功的，可以說是五十年來中國小說史上的突出成就：在知識的豐富，技巧的純熟，語言的功力方面，都是當代文學中少見的。但決不能因此而無視它的不足和局限，何況這種不足和局限並非枝節問題。簡單地說，主要就在人物的定型與主題的現成——人物一出場就基本定型了，以後很少發展；主題在未動筆時就已經確定，以後也再沒有進一步的深化與探索。這樣，在歷史哲學和人物精神的探索方面就顯得比較簡單而缺乏深度，也就難得有激情，有激動人心的感情力量。作者是以《戰爭與和平》和《紅樓夢》為榜樣的，比較一下就可以看得更清楚：你能把這兩部世界名著的主題思想分別用一句話概括出來嗎？而《李自成》的主題思想一看就明白，一句話就可以說出來。你能從那兩部名著中找到英雄人物嗎？而《李自成》全書就是寫英雄的，而且是農民造反英雄。文學史上的英雄時代早已經過去，特別是，中國歷史上這種專制與愚昧相結合，欲做奴隸而不得和暫時做穩了奴隸的一治一亂的改朝換代，也已經被魯迅先生用「阿Q式的革命」做了判決，為什麼還要把他們當作英雄來寫呢？

對此，姚雪垠已經察覺並在奮力補救，所以後來寫得那麼慢，那麼艱難。四五卷的許多內容如闖王進京、崇禎自縊、費宮娥刺虎等等，早在六十年代已經構思好了，為什麼這兩卷遲遲不能定稿？還有，後面為什麼拖那麼長，加入那麼多肯定清朝統治者的筆墨？顯然是為了寫李自成失敗的原因。可見，他的思想上有矛盾，這種矛盾既存在於對歷史的認識上，也存在於對人物的感情態度上。主要英雄人物李自成、劉宗敏反而不如次要人物張獻忠、郝搖旗更生動引人；李自成之死、慧梅之死反而不如崇禎之

死感人，這說明作家的真感情與指導思想之間的矛盾。

從這裡似乎也可以看出一個「二律背反」：作家在政治上愈是坎坷，他的創作就愈有成就；作家在政治上愈是得意，他的創作愈受影響。姚雪垠和他的《李自成》是如此，別的作家和知識份子也是如此。胡風半生坎坷，卻留下了有價值的思想理論遺產；周揚大半生顯赫，又留下些什麼呢？把過去幾十年間各色人等的批判文章和「講用稿」全都收集起來，大概可以稱得上「汗牛充棟」，但是，能抵得上薄薄一本《顧准文集》嗎？在這裡，怎樣區分得與失，福與禍、幸與不幸呢？在姚雪垠那裡，豈不是幸也來自毛澤東，不幸也來自毛澤東？

其實，這不是什麼「二律背反」，而是一個通則，就是魯迅先生所說的「文藝與政治的歧途」，也就是以往不准談的「作家的世界觀與創作的矛盾」。

文學不能脫離政治，知識份子不能不吃飯，但文學有自己的途徑，知識份子有自己的價值取向，人生的幸與不幸因而也有不同的標準。

馬克思把科學的入口處稱作「地獄之門」。我們的大詩人杜甫早在一千多年以前就察覺到文學之路與陞官發財之路不在一處，在那裡寫上了──「文章憎命達」。

2000年3月20日於深圳

載《黃河》雜誌2000年第5期

從《講話》到「文革」（上）
——重讀《在延安文藝座談會上的講話》

　　七十年前的1942年5月，毛澤東發表了那篇著名的《在延安文藝座談會上的講話》；一年多以後，《解放日報》在公開發表《講話》全文時明確指出：「這篇重要講話是中國共產黨在思想建設、理論建設上最重要的文獻之一。是毛澤東用通俗語言所寫成的馬列主義中國化的教科書，是馬列主義原則的具體化，是每個共產黨員對待任何問題應具有的辯證唯物主義、歷史唯物主義思想的典型示範。」

　　歷史事實也已證明，那以後的歷次運動都是在這個講話所提出的思想理論的指導下進行的，那段曲折艱難的歷史和億萬人坎坷悲慘的命運，全都與這個講話緊密相關。然而奇怪的是，不知道為什麼，三十年來的「撥亂反正」和「歷史反思」中，很少人觸及《講話》的是非功過，彷彿過往的那些曲折和災難都與它無關。

　　稍有實事求是之心的人都不能不承認，那正是許多災難的策源地，從延安整風到文化大革命，全都是在《講話》精神的指導下進行的。這裡，我不揣淺陋，坦誠地寫下自己在這方面的思想歷程和粗淺認識，以就正於有識之士。——首先，讓我摘引馬克思曾經引用過的那段警語：

　　　　偉大人物之所以顯得偉大，
　　　　是因為我們自己在跪著，
　　　　——站起來吧！

1

我是1948年進入解放區後不久，就讀了《在延安文藝座談會上的講話》。當時還沒有「學習毛主席著作」之說，是和《新民主主義論》、《中國革命史》等一起，當作政治學習讀物對待的，沒有留下特別的記憶。接著，1949年5月，在批判蕭軍的學習中，《講話》成為必讀文件，但著重的是知識份子與黨與人民的關係問題，並未具體涉及文藝方面。直到1951年批判《武訓傳》和接著開展的「文藝整風」運動中，我才從文藝的角度全面領會並接受《講話》的基本精神，也就是為政治服務、與工農結合、反映現實、普及第一這四項原則。當時我並沒有意識到，這些原則與我從幼年起所接受的傳統文化及五四新文化的文藝觀之間的區別和矛盾。

出於對革命和領袖的真誠的敬仰和信服，也出於「革命者」的自我定位，1951—1953年間，我接連做了三件事，積極投入當時的宣傳、貫徹、確立《講話》新方向的鬥爭。第一件事是，批評商黎誕的歌頌新社會的抒情詩《笑—頌》。當時正在貫徹《講話》精神，強調「為工農兵服務」，「普及第一」，寫詩提倡民歌體，而這首發表在《大剛報》上的詩卻是自由體且用了擬人、象徵手法，顯得很不一般。我當時認為這是違背方向的，就寫了《評〈笑頌〉》一文，搬用《講話》條文痛加批判，斥為「思想貧乏」，「文理不通」，是「小資產階級自我表現」不良傾向。文章在《長江文藝》上發表後，引來許多支持的文章，於是闢專欄進行討論，名為「討論」，實際上是圍剿。對這場批判，《人民日報》和《文藝報》都曾報導。後來朱寨的《中國當代文藝思潮》一書也曾提到，不過沒有點我的名。我自己卻不能不為六十年前的無知和粗暴而深感愧疚：商黎誕從那以後再無音訊。這是我至今依然深感愧疚而未能釋懷的。

　　第二件事是對詩人王采的批判。七月派詩人王采時任我所在的武漢市文聯秘書長，平日常向我談論文壇掌故，發表他的獨特看法。文藝整風期間，丁玲來武漢向文藝界做相關報告。會後，王采向我談起他的看法，說丁玲談的還是老一套，只強調深入生活而不敢觸及感情問題，說「文藝、詩是感情的高度昇華，不上升到感情高度是說不清楚的。」由此談到文藝界現狀，說有「延安派」與「地下派」之分，延安派政治上強而並不真懂文藝，地下派懂文藝而在政治上不如延安派云云。整風後期王采因官僚主義和作風問題受到批判審查，我在發言中提到上述談話，成為王采「貶低《講話》」、「反黨」言論的罪證，致使他被開除黨籍並被逐出文藝界。——1957年，我醒悟過來，明白王采的話真實而又深刻，向他道歉並共同探討相關問題。不想這又成了我們相互勾結攻擊《講話》的右派罪行。儘管如此，王采的厄運是由我而起，我是不能辭其咎的。

　　第三件事也與《講話》有關，是我直接批評了當時的武漢市委宣傳部長李爾重，因為他提出「城市文藝工作為工人、為生產服務」的方針，並要求「把生產的人和機器搬上舞臺，表演一番，傳播工作經驗和生產竅門」。我寫文章與之「商榷」，說《講話》的提法是為政治服務而不是為生產服務，並援引正在學習的史達林的《馬克思主義與語言學問題》，指出意識形態不能直接作用於物質生產，因而那種提法是不妥的，把宣傳鼓動與文藝創作混為一談是「常識以下的錯誤」。這話闖下了大禍，先是斥責我狂妄，反領導、反對黨的方針政策；到了反胡風運動中，就成了「受胡風思想影響」而犯下的「反黨、反對毛主席文藝方向」的罪行。我不服氣，因為我所依據的明明是毛澤東和史達林的著作，怎麼扯到胡風頭上去了？那時我還沒有讀過胡風的著作。——為了弄清楚這「影響」究竟是什麼，我找來胡風的八本論文集認真閱讀。結果是始料所未及的：胡風說服了我，我不由自主地接受了他的影響，重新思考這些問題，重新認識《講話》。到了1957年，在那場現實主義問題討論中，我發表了《作家的世界

觀與藝術實踐》一文，闡述盧卡契─胡風的觀點，並公開為胡風辯護。從那以後，就走上了這條坎坷艱難卻又欲罷不能的求索之路。

必須提到的是，幾十年來，在這條道路上除讀書外，還得到許多前輩的指教和幫助。特別是，一些參加過「左聯」和延安文藝座談會的長者，他們所講述的歷史真相和自己的真實看法，幫助我一步步進入了邏輯和歷史的深處，逐漸看清了五四以來中國思想文化發展的脈絡和三分格局，毛澤東的文化思想在其中的地位和作用。

2

今日重讀《講話》，首先要確認「在真理面前人人平等」，以平等的目光直面文本，如胡適所說，先「還它一個本來面目」，然後再「評判其義理是非」，是平等的討論問題，而非對神的膜拜。

《講話》正文一開始就提出了「從實際出發」的原則，說「馬克思主義叫我們看問題不要從抽象的定義出發，而要從客觀存在的事實出發。」這裡所說的「實際」和「事實」就是抗戰時期的陝甘寧邊區，那裡的群眾──「他們正在和敵人作殘酷的流血鬥爭，而他們由於長期封建階級和資產階級的統治，不識字，無文化，所以他們迫切要求一個普遍的啟蒙運動，迫切要求得到他們所急需的和容易接受的文化知識和文藝作品，去提高他們的鬥爭熱情和勝利信心」。《講話》所提出的「中心問題」：為群眾服務和怎樣為群眾服務以及為解決這一問題而提出的主張，全都是從這樣的實際出發的。事實也只能那樣，在那樣的時間、地點、條件下，《講話》所提出的那些理論主張，在當時確實行之有效，取得了成績，所以能夠為人們所肯定，認作正確方向。

後來，實際情況改變了，從抗戰結束到進城之初，到1957年那場剛開始就夭折了的思想解放運動中，不斷有人對《講話》的理論觀點產生懷疑並提

出不同看法。這些不同看法當然都受到高度重視，不過不是當作學術觀點，而是當作政治上的異端乃至敵人，一一痛加批判，嚴厲鎮壓。在這種情況下，《講話》的地位和「真理性」急驟攀升，成為古今中外無與倫比的文藝理論和美學經典的最高圭臬，文化大革命是這一趨勢的頂峰。時至今日，這一切並沒有得到稍微認真的清理。是的，因文藝學術問題而構成的政治事件大都從政治上解決了，而一椿椿冤假錯案的起因，那些動輒引起千萬人參與口誅筆伐的文藝學術問題，那些並非不重要的「學案」，卻依然是一筆筆糊塗賬。這些幾乎全都與《講話》有關，或者說，大都是因觸犯《講話》而起。所以，重新認識、評價《講話》，不僅必要，且是當務之急。

重新認識和評價《講話》，首先要重新認識的，就是上面提到的當年毛澤東特別強調的看問題的角度和方法問題，即「從定義出發」還是「從實際出發」。這裡的「定義」當然指關於文藝的本質特徵和規律的說明；所謂「實際」，就是上引毛澤東所說當時邊區的「不識字，無文化」的群眾。這裡存在著明顯的矛盾，即文藝與它的讀者對象之間的矛盾，對此，魯迅早就看到了也說清楚了：文藝當然應該大眾化，有更多的讀者，「但讀者也應該有相當的程度。首先是識字，其次是有普通的大體的知識，而且思想感情，也須大抵達到相當的水平線。否則，和文藝即不能發生關係。」（《文藝的大眾化》）魯迅也談到解決這一矛盾的途徑，認為不能單靠文藝自身，還有待於教育的普及和社會的進步。他曾多次表示反對那種「俯就」、「迎合」大眾的傾向，稱之為「新幫閒」。顯然，在這個問題上，魯迅所持的是啟蒙主義的「化大眾」的立場。毛澤東和魯迅的看法正相反，他的「從實際出發」，「普及第一」，「喜聞樂見」等等，實際上就是提倡「俯就」，「迎合」，就是「為大眾所化」。——當然，在民族存亡之際，在西北山鄉，為宣傳抗日，動員群眾，要文藝家們發揮所長並有所「俯就」、「迎合」，是可以理解的權宜之計，而且也確實取得了成績，有助於抗戰大業和接著而來的國內戰爭的勝利。

問題在於，1942年延安召開的是文藝座談會，議論的主題是文藝，文藝創作。強調不能從「什麼是文藝」的定義出發固然有理，卻總不能完全置討論的主題即文藝的本質特徵和規律於不顧。但不幸的是，《講話》的問題就正出在這裡──只講一時的實際需要而不顧基本理論乃至常識，以致混淆了文藝與宣傳的本質區別。把非常時期特殊情況下所採取的權宜之計──利用文藝形式從事政治宣傳的作法，當成了正常情況下人類的特殊精神創造活動──真正的文藝創作、文藝運動的最正確、最進步的指導方針、方向。正是這種只講政治需要而不顧文藝特性的實用工具理性，決定了《講話》的全部理論及其結構。在這裡，文藝與宣傳的矛盾是全部問題的關鍵所在；實際上這也就是文藝與政治的關係問題；從理論上看是如此，從歷史上看亦復如此，1942年以降的思想文化批判運動，全都可以歸結到文藝（文化）與政治的關係問題上，也就是魯迅所說的「文藝與政治的歧途」。

3

《講話》的全部理論觀點，可以概括為三論：工具論，結合論，認識（反映）論。下面，是我多年來逐漸形成的粗淺看法。

一、工具論，就是文藝為政治服務，充當政治的工具，成為階級鬥爭的武器。這是三論中最重要的一論，可以說是《講話》的「綱」和立論基礎。值得注意的是，正是這最重要的一論，1979年第四次全國文代會期間，鄧小平和胡喬木都曾發出「不再提」的指示。1980年代初雖有過一場關於「工具論」的大論戰，如今已用不著舊事重提，真正站起來並能用自己的頭腦思考問題而又有基本常識的人，大概都能明白，所謂的「工具論」即「為政治服務」並不是什麼新東西，不過是古已有之的「載道」論的現代白話版。古代的「文以載道」說的是「載孔孟之道」，「為聖人立言」；這裡的「工具論」要求的是載馬列之道，為領袖立言。

　　問題的關鍵還不僅是載什麼道、為什麼服務，更在於這個「載」和「服務」就是錯的。早在文學革命宣導之初，陳獨秀就曾對胡適主張的「言之有物」提出質疑，說「若專求『言之有物』，其流弊將毋同於『文以載道』之說？以文學為手段為器械，必附他物以生存，則文學美術自身獨立存在之價值是否可以輕輕抹殺，豈無研究之餘地？」──這才是問題的實質和關鍵之所在──承不承認「文學藝術自身獨立存在之價值」，這是二十世紀中國文藝紛爭的焦點和根本分歧，《講話》就正是在這裡失足的。

　　陳獨秀1916年10月1日給胡適寫這封信的時候，大概不會想到，二十幾年後竟會有這樣的新方向。1979年鄧小平、胡喬木在決定「不再提」工具論的時候，不知他們是否知道、想到了陳獨秀的上述看法，是否發現延安的文藝方向與五四文學革命的方向正好是相反的。

　　二、結合論，說的是知識份子與工農兵相結合並為工農兵服務的問題。所謂「工農兵」，在當時的陝甘寧邊區，實際上主要指農民，因為那裡的工人和軍人大都是離開土地不久的農民。把「創造歷史」、「推動歷史前進」、「革命的主體」、「最乾淨」之類的讚譽都給了農民，同時卻判定知識份子「最不乾淨」，「最無知」，必須接受農民的教育改造。這樣的看法和說詞既與馬克思主義毫不相干，更違背歷史事實，也不符合常識常理。馬克思恩格斯認為農民階級是落後的、沒落的階級，他們高度評價文藝復興以來那些資產階級知識份子，稱他們為「巨人」。魯迅說得更明白：「由歷史所指示，凡有改革，最初，總是覺悟的知識者的任務。」中國近現代史的史實俱在：從林則徐、魏源放眼看世界到洋務運動、戊戌維新、辛亥革命、五四運動，不都是知識份子為領導為主體嗎？然而，從延安整風到文化大革命，知識份子卻成了改造整肅的對象，那鮮血淋淋的歷史，已為「結合論」的義理是非做出了最有力的判決，好像無需再多說什麼了。然而這只是今天的看法，在歷史上，怎樣對付知識份子的問題，

始終是毛澤東思慮的中心。周揚復出後，就多次談到，「結合」問題才是《講話》和整風的關鍵和根本。

三、認識（反映）論。毛澤東對文藝本身的看法即他的文藝觀，集中反映在《講話》的第二節中，主要包括兩個問題：一、文藝是什麼（從哪裡來）；二、怎樣創作（深入生活、認識生活、反映生活）。因為全都是從認識論的角度著眼和論證的，所以我稱之為「認識（反映）論」。這一論說的也就是當年陳獨秀十分重視的「文學藝術自身獨立存在之價值」，這種價值就表現在它的不同於其他事物的特殊性上，即文藝的特殊本質、特殊規律和特殊功能。不幸得很，在《講話》裡，這些「特殊」全都被「一般」所取代。複雜而難以解說的藝術創作的奧秘，為簡單通俗的關於一般認識過程的描述所代替。普及倒是普及了，連中學生都能說出「源於生活，反映生活」的道理；然而，他們卻由此開始遠離真正的藝術創造和藝術鑒賞。

忘記是誰說的了：許多常識是過了時的偏見、陋見。狄德羅也說過：「人們談論得最多的，每每是他們知道得最少的。」──「太陽從東方昇起」屬於前者，「美是什麼」屬於後者。多年來流傳的「文藝源於生活，反映生活」的理論，就屬於這類被人們視為真理而不斷重複著的似是而非的常識。說它「似是」，是因為「生活」是個廣泛又模糊的大概念，泛指人的生命活動，所有活著的人都在生活之中。所謂「有沒有生活」、「缺乏生活」之類的說法，都是不通的廢話。涉及人的生命活動的一切，如歷史、新聞、調查報告、人事檔案、會議記錄，以及標語、口號、電報等等，也全都「源於生活」，「反映生活」。所以，用「反映生活」，「源於生活」來定義文藝，不但沒有觸及文藝的本質特徵，反而給了外行和懶漢以藉口，阻礙了對文學藝術本質特徵和規律的深入探討。

說它「非」，是因為這裡所說的「生活」是有特指的，指的是工農兵的生活，是「客觀社會生活」，說只有這樣的生活才是「唯一的源泉」，

「不能有第二個源泉」。很清楚，這裡排除了文學藝術家自己的生活感受和思想感情，因而也就堵死了文藝創作的生路。在這段話前後，他反覆強調，說小資產階級知識份子的思想感情與大地主大資產階級相一致，是要不得的，決不能允許他們「自我表現」。可見，這裡的「客觀」與「主觀」、「社會」與「個人」之間的區別與對立非常重要。在那接連不斷的思想文化批判運動中，許多作家藝術家之所以受到批判整肅，大都與此有關——他們無意間或忍不住把「個人」、「主觀」的東西帶進了創作過程並活在了作品裡，因而受了批判，吃盡了苦頭。幾十年後回頭看，這個「活」字非常重要且意味深長：也許正因為有「個人」、「主觀」，也就是「我的」東西進入了創作過程並活在了作品裡，這些作品才能夠經得起時間的檢驗，批而不臭，打而不倒，至今依然活在讀者中間。至於那些遵照《講話》指示專寫「客觀社會生活」而徹底清除「主觀」、「自我」，因而避免了被斥為「唯心主義」、「個人主義」的指控卻墜入公式化概念化的大量作品，卻大都早已被人忘記了。——可見，只知道「源於生活，反映生活」這種並未觸及文藝本質特徵的模糊定義，是難以進入真正的文藝創作和文藝鑑賞境界的。

當年有人根據以上理論，提煉出一個「三結合」創作經驗的公式：

文藝創作＝領導出思想＋群眾出生活＋作家出技巧

我曾批評這一公式，說是對《講話》的曲解、庸俗化。後來才明白，這是對《講話》精神的準確概括。

關於「怎樣寫」的問題，也就是「創作論」，《講話》裡有一段許多文藝界人士都曾熟讀成誦的重要語錄，在這個長排比句裡，有這樣明確的說明，說明文藝創作是怎樣進行的：

……到唯一的最廣大最豐富的源泉中去，觀察、體驗、研究、分析一切人、一切階級、一切群眾、一切生動的生活形式和鬥爭形式，一切文學和藝術的原始材料，然後才有可能進入創作過程。

這裡提到許多「一切」：人、階級、群眾、形式和原料，全都是外在的、客觀的、社會的，沒有內在的、主觀的、精神的。也就是說，沒有創作主體文藝家個人的主觀精神、思想感情、意志性格等等。「徹底唯物」倒是夠徹底了，連馬克思在《費爾巴哈論綱》裡極力強調的感性活動與感性活動對象也沒有，只有客觀、理性的唯物主義認識論。「觀察、體驗」是認識階段的開始，「研究、分析」則是由感性到理性的轉化、深化，經過概括，抽象，達到理性認識——本質、規律、精神、原則、思想、主義等等。「然後才有可能進入創作過程」，這個所謂的「創作過程」也就是伏案寫作的過程，是認識的繼續和結果的反映——形象化的顯現。所以，我稱這種創作論為「認識（反映）論」。當年也有一個公式，傳播這種「三段式」的創作經驗：

文藝創作＝感性—理性—感性
或：形象—思想—形象

對此，我也提出過批評，稱之為「圖解」，也認為是對《講話》的曲解，庸俗化。同樣，後來也明白了，這也是對《講話》精神的準確把握。

說到這裡，可以把有關《講話》理論觀點的看法歸納為三句話：

工具論，否定了文學革命所確立的文學藝術自身獨立存在之價值，使之成為新的革命的「載道」工具。

結合論，剝奪了文學藝術家的獨立人格和自由思想，把他們當做操作載道工具的工匠。

創作論，忽視文藝的審美特性，用唯物主義認識論取代藝術創作的特殊規律，把政治宣傳品的製作方法和過程，當成了文藝的創作方法和過程。

──總括這三點，可稱之為「非文藝的文藝觀」。

4

前面提到，我接受過這一「非文藝的文藝觀」，並用以打倒過兩位詩人。後來，當我對這一理論產生懷疑而提出不同看法的時候，我也被打倒了。不過我並沒有止步和回頭，而是一路「疑」下來，繼續探求從「非文藝」到「是文藝」──文藝的特殊本質和特殊規律究竟是什麼？下面，就是我在這條路上走過的幾個關口和所涉及的基本理論觀點。

如前所述，是反胡風運動攪亂了我的思想，使我從「單純」走向「複雜」，轉而研究胡風的理論，從而接受了他的影響並開始對《講話》產生懷疑。我把胡風的八本論文集與馬恩毛魯的著作對照著讀，發現胡風的理論更接近馬恩魯，而毛的文藝觀與馬恩魯相距甚遠甚至對立。

最先觸動我，在我心裡引起共鳴的，還不是胡風的著作，而是《關於胡風反革命集團的材料》裡的張中曉的一封信。這封寫於1951年8月22日的私人書信裡有幾段議論《講話》的文字：

> 作家與創作對象在創作過程中進行搏鬥，在我覺得，這是真假現實主義的分歧點，但他只說「觀察、體驗、研究、分析」，多冷靜！
> 我討厭「暴露」、「歌頌」這類說法，我覺得，應該換寫為「痛苦」、「歡樂」、「追求」和「夢想」。

讀著這些文字，我是震驚而矛盾的──反革命言論怎麼會在我心裡產生共鳴？顯然，是我早年所受薰陶教育留下的那些東西，那些被判為「封

建主義」、「資產階級」的東西的影響——從《世說新語》到《唐詩記事》、《詞林記事》，從《文心》（夏丏尊、葉聖陶）到《談文學》（朱光潛）、《文藝書簡》（李廣田），這是我最早讀過的文藝啟蒙讀物。這些書裡的文藝和文人，他們的生活與創作，全都是鮮活的生命活動，都是個人的、主觀的、熱情的，想像的，還有天才、靈感、夢想等等。這些都與「觀察、體驗、研究、分析」相距甚遠，卻與張中曉的這幾句話相近。

及至讀了胡風的八本論文集，這種「共鳴」就更強而且深化了。這裡僅舉一例，他有一段話談到生活與創作的關係，說得很精闢，是針對只強調生活重要的論調而發的：

> 一邊是生活「經驗」，一邊是作品，這中間恰恰抽掉了「經驗」生活的作者本人在生活和藝術中間受難（passion）的精神！這是藝術的悲劇。

這段話出自《略論文學無門》一文，說「無門」意在指路，指示走上文藝創作的正路。試把這段話簡化為一個公式：

> 生活經驗—作家受難—藝術作品。

這裡的三項或三段全是主客觀同在，互相結合的，沒有純客觀的生活，也沒有純主觀的感情，自始至終，全都是主客觀相互擁抱、鬥爭而結合、融合的。1982年我曾和胡風談到過創作與生活的關係問題，他說「沒有進入創作過程的客觀社會生活，對於創作來說是沒有意義的。」所以，在上面所引的他的那段話裡，他用的是「生活經驗」且在「經驗」二字上加引號，強調是作家個人的生活感受，人生閱歷，而不是所謂的「客觀社會生活」。魯迅的「為人生」之不同於「反映生活」，道理就在這裡。

　　更為重要的，是中間那個「受難」，特別是passion，表明胡風對藝術創作的性質的看重，嚴肅而又虔誠。在他看來，像魯迅那樣「為人生」的創作精神和態度，就是一種獻身、受難的精神。Passion本意為激情、熱愛，歡樂、痛苦等等，只有在涉及宗教意義時，才有「基督受難」的意思。胡風在這裡雙語並用，突顯基督教涵義，顯然是為了突顯魯迅所說的「創作總根於愛」的深意：文藝創作就是為愛而付出、而獻身、而受難、而犧牲。蔡元培就有過以藝術代宗教的主張，意在使人變得更善良更美好。

　　把我從胡風的這段話裡概括出來的這個公式，與前面提到的從《講話》裡概括出來的公式加以比較，就能看出一個明顯的關鍵性的區別：有沒有人和情。

　　說到這裡，我想起了陳荒煤的一段話來，他在上世紀八十年代初進行反思的時候，說他們（文藝界領導人）當年「做了一件極為愚蠢的事情，把人情、人性、人道主義、感情、靈魂、內心世界等等，一律予以唾棄。到了十年浩劫時期，文藝終於成了無情的文藝，無情的文藝終於毀滅了文藝，這真是無情的悲劇。」（《回憶與探索》）

　　說這話的時候，正是「實踐是檢驗真理的唯一標準」成為熱門話題並促使人們從各個領域進行反思的時期。文藝領域當然也不例外，除上引荒煤的這種個人感慨之外，更有清醒的認識，最有說服力的的是一個共識和一種「現象」。

　　一個共識，說的是文藝界、知識界對中國新文學的發展及其成就的看法，即大家都承認或不得不承認：當代文學的成就遠不如現代文學的成就，也就是說，1949年以前的三十年和以後的三十年相比，差距甚大。前三十年大師多、佳作多，群星燦爛，流派紛呈，雖無「百花齊放」的旗幟，實際上真的是百卉爭豔，各顯其美。那個時期真可與先秦、魏晉、晚明相提並論，確實是中國歷史上又一次「文藝復興」，又一個文化高峰。後三十年則正相反，運動不斷，批判不停，斯文掃地，百花凋零。到「文

革」時期，則「只落得個白茫茫大地真乾淨」，如荒煤所說，「無情文藝終於毀滅了文藝」——如今這種毀滅文藝的「樣板」文藝還在流行，這究竟是一種什麼文藝呢？我只能仿效魯迅說到「三國氣」、「水滸氣」時的說法：如今那些「樣板」貨色還在流傳，是因為那些地方還有「文革氣」之故。——總之，後三十年的文壇凋弊，文人遭殃，全都與《講話》直接相關。事實俱在，稍有良知者都不會再跪著誦經了。

一種現象，說的是「何其芳現象」，這是上世紀八九十年代的熱門話題，發表過不少文章。具體看法雖有不同，但這一「現象」的存在並無異議，連何其芳本人也承認這一事實：他早年因寫出了《畫夢錄》而名噪一時，得了《大公報》的文藝獎。後來參加革命，到了延安，再也沒有寫過好作品了。他自己和別人都把這一「現象」說成是「思想進步、提高了，創作卻落後了，下來了」，並把原因歸結到「形象感」衰退了。對此，我的看法是：這並非何其芳一個人身上獨有的特殊現象，而是幾乎所有從「舊社會」走來的已成名的作家身上的普遍現象。其中只有兩個人情況較複雜，需略加說明：一個是老舍，後來寫出了佳作《茶館》，那是另有原因，這裡無暇細說。二是路翎，非常特殊又特別典型：他後來寫出了《初雪》、《窪地上的戰役》那樣的佳作。寫朝鮮戰爭，卻含有濃濃的情，深深的愛，與《講話》精神相悖，是七月派代表作家，所以大受批判，徹底打倒。受盡折騰，精神失常後，思想也改造好了，寫出了幾十萬字的作品，完全符合《講話》精神，卻不能發表。讀過這些手稿的朋友都扼腕歎息，一個天才就這樣毀了——符合《講話》標準了。

由此可知，「何其芳現象」的造成，並非什麼一般的「思想進步」所致，說具體些，就是堅信並切實執行《講話》所造成。

寫到這裡，不能不再次提到另一個被摧殘的天才，那位只長我一歲的張中曉。他那麼早就看到了《講話》的實質，在寫給胡風的那封信裡坦然寫下他的看法：

這書，也許在延安時期有用，但現在我覺得是不行了。照現在的行情，它能屠殺生靈。

在當時，他說的「屠殺生靈」，顯然是指扼殺創作生機，並無更深的含義。然而，六十年後回頭看，不能不承認：《講話》確實沾有斑斑血跡。（上篇完）

2012年6月於武昌東湖
載《領導者》雜誌總第46期

從《講話》到「文革」（下）
——重讀《在延安文藝座談會上的講話》

　　無產階級文化大革命究竟從何而來？幾十年來眾說紛紜，莫衷一是。有的僅從大躍進失敗後的權力鬥爭著眼，有的看得很遠，追索到史達林、秦始皇那裏。這些看法都有道理，又都顯得不夠充分。又是胡風，那個因堅持不同思想觀點而獲罪並一直被關押在監牢裏的精神界戰士，又一次提出了自己的與眾不同的看法。1979年7月，他剛出獄不久，就在寫給老友熊子民、吳奚如的信裏，談到他對那場浩劫的看法：

> 文化大革命的歷史根源、思想根源是在黨內，在文藝上，就是五四以後的魯迅方向與反魯迅方向的鬥爭。

　　這一看法與毛澤東親自修改的《林彪同志委託江青同志召開的部隊文藝座談會紀要》是一致的，都肯定《講話》與歷次運動，特別是與「文革」之間的因果關係，即：這些運動都是在《講話》精神指導下進行的。當然，這只是事實判斷。至於價值判斷，則看法完全相反。這裏，就試著對照原始資料，對這個問題做一些初步的梳理。關於《講話》對文藝的看法，那種僅從政治著眼的「非文藝的文藝觀」，我在本文上篇裏已經談到。這裏要談的是，其中的「反魯迅的魯迅論」、「反啟蒙的工農兵方向」和「反文明的遊民文化傳統」。

1

延安文藝座談會的召開，會議的議題和有關論爭，特別是毛澤東所作的結論即《講話》，全都與魯迅緊密相關。那以後一直到今天，凡與《講話》的是非功過有關的問題，都必然要涉及魯迅；反之，近年來關於重新認識和評價魯迅的爭議，又大都與《講話》有關。這裏，就從《講話》裏直接針對魯迅的議論說起。

《講話》多次提到魯迅，具體看法集中在結論部分的第四、第五節。第四節在談論文藝批評標準的時候，提到文藝界存在的「缺乏政治常識」的幾個「糊塗觀念」，即「人性論」，「文藝的基本出發點是愛」，「歌頌還是暴露」，「還是雜文時代」和「魯迅筆法」。——這四個問題，實際上全都是魯迅的主張，是當時在延安堅持魯迅啟蒙主義傳統的蕭軍、丁玲、艾青等人的主要觀點。《講話》在抽象頌揚魯迅的同時具體否定魯迅的思想主張，這在當時是為了壓倒蕭軍等人，同時也是後來一直糾纏不清的「真假魯迅」歷史公案的起因。

關於「普遍的人性」和「無緣無故的愛」，這本來是不成其為問題的問題，因為中外古今稍稍嚴肅一些的學術理論，包括馬克思主義和五四新文化，都沒有如此簡單輕率地否定普遍的人性和愛。就是在史達林治下的蘇俄，也有《第四十一》和《一個人的遭遇》那樣表現超越階級的愛情和普遍人性的作品。可見，人性和愛，就在人類文明之中，就在人心之中。否定「共同的人性」和「普遍的愛」，只承認階級差別和階級鬥爭，這是後來的許多理論混亂和社會動亂的思想理論根源。關於階級性問題，魯迅與毛澤東的看法不同，他是在肯定人性的前提下承認階級性的。更重要的是，他在這裏特意點明了「階級性」源於「經濟組織」，即「受支配於」經濟地位、經濟條件。這是長期以來被人們所忽視的一個非常重要的

常識。階級是人們的經濟地位、經濟利益的不同造成的，反映的是人們的物質需求和利害關係。人既有物欲又有人情，物質與精神，靈與肉，獸性與神性，是人性中相互衝突又相互融合的兩面，缺少一面就不成其為人。只承認階級性即經濟支配的一面而否認超階級的人類的共性和人類之愛，無異於只承認物質需求，只承認動物性。這樣「徹底唯物」的「階級觀點」，「以階級鬥爭為綱」，當然要一步步走向文化大革命的深淵。

正是在這些不成其為問題的問題上，顯示出魯迅與毛澤東的根本分歧，不僅是「文藝與政治的歧途」，而且是整個人的不同。魯迅的一生和他的全部作品，始終沒有離開「立人」的啟蒙主義出發點。他早就承認自己的思想「是人道主義與個人主義這兩種思想的消長起伏」（《兩地書二四》）。他也一再確認自己的文學主張是文學革命時期的啟蒙主義（《我怎樣做起小說來》）。作為「精神界之戰士」的領軍人物，他關心的是精神層面的問題——改造國民性（國人的人性），改良這病態的社會，療救不幸的人們的病苦。——說「病態」、「病苦」，就意味著重在療救自身（民族、群體、個人），而不是把一切都歸罪於他人，革他人的命。所以，他的作品是提供給國人的一面面可以照見自己靈魂的鏡子，幫助人們自省、自剖、自新、自立。他對歷史和現實的揭露、批判、嘲諷、激勵，全都是「衷悲而疾視」，「哀其不幸，怒其不爭」，全都是「總根於愛」。作品中的人物，無論是阿Q、閏土、祥林嫂、孔乙己，還是呂緯甫、魏連殳以及涓生和子君，你能分得出正反面，敵我友、歌頌還是暴露嗎？

毛澤東則不同，他關注的是物質層面，是「受支配於經濟」的階級和階級之間的關係，他認為文藝是階級鬥爭的工具，政治宣傳的工具。用這樣的眼光和標準去衡量評判魯迅及其作品，當然會產生誤解和曲解。我所見到的毛澤東有關魯迅的言論，可以說基本上全是誤解和曲解。這裏不說那些大而無當又似是而非的崇高稱謂謚號，只說文藝鑒賞理解方面的謬

誤。首先是雜文，他根本不顧雜文是文學作品，硬說魯迅雜文的形式筆法是沒有言論自由造成的。魯迅的最精彩的雜文大都發表于沒有書報檢查、言論充分自由的北洋時代。就是到了國民黨執政時期，那書報檢查也形同虛設。事實上，魯迅雜文的形式筆法是這種文體的特色，是其藝術性所決定的，與言論自由並無多大關係。而且，魯迅雜文嬉笑怒罵的對象，包括「庸眾」「看客」，並非僅對統治者。毛澤東曾多次談到《阿Q正傳》，而看法全都是錯的，主要有三點：一是對阿Q身份的誤判。小說裏寫的很清楚：阿Q是個無產無業又無家，遊走於城鄉之間靠打零工為生的流浪漢，也就是遊民即流氓無產者。作者本人和當年的評論家及讀者，都這樣看，當作「國人」的代表或象徵。毛澤東則與眾不同，硬說這個無業遊民是農民，是「落後的農民」。二是「不准革命」的問題。小說裏寫得很清楚，阿Q去找假洋鬼子，剛說了「我要投……」，後面的「降革命黨」幾個字還未出口，就被一聲斷喝趕出了大門。「不准革命」是阿Q心裏的自語，別人誰也不知道。至於他被趕出大門的原因，小說裏早有鋪墊：自從他調戲吳媽以後，人們把這個近而立之年的光棍流浪漢看作了色狼，都不讓他進家門。這一切種種與革命何干？毛澤東卻一再談到此事，說阿Q有革命要求總是好的，並一再指責假洋鬼子「不准革命」——顯然，是他把阿Q的內心自語當成了魯迅的客觀描述，並認同阿Q的想法。這就是第三點，也是問題的關鍵：毛澤東對阿Q的革命要求持肯定態度，而魯迅則完全相反，不僅小說本身寫得十分清楚，而且在多篇文章裏表達過對阿Q似的革命和革命黨的否定態度，擔憂它們的再度出現。

從毛澤東對《阿Q正傳》的這些誤解和曲解，可以清楚地看到：他與魯迅對中國歷史和現實的看法和態度，是完全不同甚至是根本對立的。這裏的關鍵是對阿Q所嚮往的遊民造反運動的看法和態度。在這個問題上，魯迅與馬克思的看法倒很接近，只要對照一下馬克思1862年寫的《中國紀事》與魯迅1925年寫的《燈下漫筆》就明白了：馬克思終於看清了所謂的

「太平天國」的真相，說他們只是「醜惡萬狀的破壞」，是「停滯腐朽的社會生活的產物」，不代表任何先進的社會力量。同樣，魯迅筆下的阿Q所嚮往的「革命」，也不過是掠奪財物，擄人妻女，復仇洩憤，無法無天的暴行。值得注意的是，魯迅還特別點明一句：「他（阿Q）的思想其實是樣樣合於聖經賢傳的。」——這就是說，太平軍也好，阿Q所嚮往的「革命」也好，都是專制主義傳統的延續。「暫時做穩了奴隸的時代」與「想做奴隸而不得的時代」——專制與造反，如同一枚硬幣的兩面，花紋不同，價值相等。

對照《湖南農民運動考察報告》，魯毛之間的根本分歧很清楚：是喚醒阿Q們，促使他們自省、自覺、自立、自主，成為新時代的公民；或者，與他們「結合」，跟隨他們造反、打天下、不斷革命……

這是兩個完全不同的魯迅：一個是歷史上確曾有過的那位啟蒙主義文學大師；一個是經過毛澤東改造重塑的民粹主義革命（造反）英雄。他們分別代表著胡風所說的「魯迅方向」與「反魯迅方向」。《講話》最後號召學習魯迅，當然是指他重塑的這個魯迅，還特別挑出魯迅的兩句詩加以曲解，以突顯其民粹主義精神。「橫眉冷對千夫指，俯首甘為孺子牛」，本來都是實有所指的自我嘲諷，在這裏卻被曲解為政治宣言。一代又一代的年輕人，就是念著這兩句被曲解的詩而成為「憤青」，沿著這一方向一步步走向文化大革命的。

魯迅是毛澤東手中的一面旗幟，一把刀子，他一直在打著魯迅的旗幟反對魯迅，用魯迅這把刀子清除魯迅的傳人。

2

1942年召開的延安文藝座談會，就是這齣真假魯迅「雙包案」多幕大戲的開端。1978年復出後的周揚「笑談歷史功過」，著重談了兩點：那次

座談會的起因，會議所解決的關鍵問題即根本精神。他說的都符合歷史事實，只是認識太差，依然固守舊教條而毫無反思。比之于胡風，差距甚遠。這一對老朋友也是老對手，他們都遭受了多年的牢獄之苦，「文革」後重獲自由，在回顧歷史時不約而同地都想到了延安文藝座談會，可見那正是這場災難的源頭。不過，二人之所思大不相同，周揚想到的是毛澤東和他的「結合」論的重要性，胡風想到的卻是魯迅和「魯迅方向」的被篡改、被取代。

　　周揚首先談到那次會議的由來，說是以他為代表的「魯藝派」與丁玲為首的「文抗派」之間圍繞「歌頌還是暴露」問題所發生的爭論，引起了毛澤東的注意，才有了那次座談會的召開，這是事實。對於那場論爭中的兩派，周揚有一句並非不重要的補充：「這兩派本來在上海就有點鬧宗派主義。」——這句話很重要，關乎《講話》思想的來源。稍有文學史知識的人都看得出來，周揚這裏所說的「鬧宗派」，指的是1936年那場圍繞「國防文學」口號所進行的大論爭，史稱「兩個口號之爭」。對於那場論爭，以往的文學史所作的記述和評說都很混亂，都把當時國共兩黨及中共黨內不同路線之間的鬥爭，與文藝思想上的分歧攪在一起，加上「勝王敗寇」的奴性價值觀，所以就一直是一筆混亂不堪的糊塗賬。其實，問題並不那麼複雜，只要排除派系權力糾葛，就文藝思想本身而論，主要就是文藝與政治的歧途，個人與組織的衝突。周揚想用「國防文學」口號統一文壇，實現以他為代表的黨的統一領導。魯迅則堅持文學革命的基本精神：創作自由和人格獨立。周揚信奉的是1926年開始輸入的蘇俄的文藝理論，也就是《講話》所依據的列寧的「齒輪和螺絲釘」論。這套簡單僵硬的蘇式教條，早在1928年的「革命文學」論爭中就被魯迅批判過了。——這裏有一條清晰的歷史線索，一道思想文化傳承發展的軌跡：1928年的「革命文學」——1936年的「國防文學」——1942年的「工農兵方向」。無論是思想理論，還是人員構成，它們都是一脈相承的，都是對以魯迅為代表的

五四啟蒙主義文學革命主張的否定。魯迅離去六年後，毛澤東開始登場，他接過「革命文學」那套從蘇俄搬來的左的洋教條，把它嫁接在土產的遊民文化根系上，造成一種好像很新，實則既土又舊的載道公式。因為能適應戰時邊遠山村政治宣傳的需要，又打著魯迅的旗號，加上「搶救運動」的威力，於是，這種「工農兵方向」就從1943年的延安開始成為新的正統。周揚所說的以丁玲為首的「文抗派」，就是當年的「魯迅派」（又稱「雪峰派」或「胡風派」）；以他為代表的「魯藝派」，就是當年的「周揚派」。

這裏需要做一些補充說明，即中共高層與魯迅及左翼文藝運動的關係。陳獨秀和瞿秋白就不用說了，後來的李立三、張聞天、周恩來、劉少奇，包括潘漢年、李富春，都十分尊重魯迅，因為他們都是真正的現代知識份子，大都曾出國留學，直接參加過五四新文化運動，有的本人就是文藝家，如張聞天不但有創作（小說、詩、劇作），還有翻譯和評論，潘漢年最後坐牢時還在寫小說。所以他們才真正懂得文藝也真正懂得魯迅，因而才尊重並支持魯迅。上面提到的「革命文學」和「兩個口號」之爭，都是在他們的干預下結束的。他們批評了創造社太陽社和周揚等，維護魯迅的正確方向。1936年10月19日魯迅逝世，參與辦理喪事的馮雪峰，就是按照當時的中共總書記兼宣傳部長張聞天的指示進行工作的。那三個以中共中央和中華蘇維埃名義發出的重要文件：為魯迅逝世致許廣平的唁電、致國民黨中央委員會及南京政府電、告全國同胞和世界人士書，全都是張聞天親自擬定的。

在1942年以前的延安，文藝界的情況大體上還基本保持著上海左翼陣營的基本格局，魯迅派與周揚派在不斷爭論中不僅誰也吃不掉誰，且魯迅派顯然佔優勢。當時的延安有許多以魯迅命名的機構，如魯迅青年學校、魯迅劇社、魯迅圖書館、魯迅師範學校、魯迅藝術學院等。魯迅研究會是由張聞天提議成立的，同時成立了由艾思奇、蕭軍、周文、周揚、丁玲等

組成的編委會，編輯了《魯迅小說選集》和《魯迅論文選集》，以及《魯迅研究叢刊》和《阿Q論集》等。從1937年到1942年，每年的10月19日，延安都舉辦大型的有中共領導人參加的魯迅紀念活動。由此可見，1942年以前的延安文化界，是沿著以魯迅為代表的五四新文化運動啟蒙主義方向前進的。

　　1942年的文藝座談會和整風運動，改變了這一切。毛澤東從張聞天和博古的手中接過了掌管意識形態的大權，文藝、新聞、教育全都成為政治的工具和奴僕，即「齒輪和螺絲釘」。——是當年在上海執行這一套而受到魯迅和張聞天批評的周揚，和他當年的下屬，如今是毛澤東的秘書的胡喬木一起，幫助毛澤東完成這次方向轉換的。以往人們所知道的當年延安文藝界的種種盛況，除了秧歌運動以外，大都是1942年以前的，那以後的事實真相，是1980年代以後，才逐漸為人所知。這裏，我要介紹的是當時重慶的民營報紙《新民報》主筆趙超構所寫的《延安一月》，這篇通訊在當時很有影響，而且也得到了毛澤東和周恩來的正面評價。裏面所記述的1944年的延安文化界，與上面提到的1942年以前的狀況大不相同，或曰正好相反。首先是文藝座談會後的延安文藝界對魯迅的態度：

> 延安有許多事情是出乎我們的意料之外的，比如魯迅的作品，我們總以為是應該大受延安人歡迎的了，而事實上則並不流行。……除了有一個「魯迅藝術學院」紀念魯迅之外，除了在高崗先生的書架上看到過一部紅面精裝的魯迅全集之外，我們實在看不到魯迅精神在延安有多大威權。他的辛辣的諷刺，他的博識的雜文並沒有在延安留下種子來。……（他在延安的兩家書店裏尋找魯迅著作），非常奇怪，竟是一本也沒有。

　　與此相對照，他看到了另一種權威：

不管我們喜歡不喜歡，毛澤東目前在延安的權威是絕對的。共產黨的朋友們雖然不屑于提倡英雄主義，他們對於毛氏卻用足了英雄主義的方式宣傳擁護。凡有三人以上的公眾場所，總有「毛主席」的像，所有的工廠學校，都有毛氏的題字。毛澤東的號召、魅力有如神符。

他看得很清楚，兩位偉人都被請上了「神壇」，目的和方式卻大不相同，一是「敬而遠之」；一是宣傳擁護。其實，這種神化毛澤東而虛化魯迅的做法，是前一年開始的，1943年10月19日《解放日報》全文發表毛澤東的《講話》，以代替紀念魯迅，標識著方向的轉換，此後的延安就再沒有紀念魯迅逝世的活動了。——值得注意的是，在抗戰時期和勝利後的重慶和上海，年年紀念魯迅，而且周恩來每次都到會，到會必講話。可見，魯迅在中共高層中的真正知音是陳獨秀、瞿秋白、張聞天和周恩來，而不是毛澤東。

《延安一月》裏涉及文藝界的篇幅不少，他記下了丁玲向他介紹的延安作家的創作情況，說成績最好的是戲劇，其次是通訊報告、速寫之類及時反映現實的作品，最落後的是長篇小說。他還補充說明，這裏所說的戲劇不包括話劇，當時的延安已經沒有真正的話劇，有的主要是秧歌、秦腔和平劇（京戲）。同時他還提到，幾年前張聞天博古主政時延安曾經演出過的劇目，如《雷雨》、《日出》、《北京人》、《霧重慶》、《太平天國》、《李秀成之死》、《欽差大臣》、《馬門教授》、《鐵甲列車》、《新木馬計》、《帶槍的人》等，文藝座談會以後，這些中外名劇全都不見了，只有民族、民間的舊東西了。對此，他也提出了自己的看法，說「這並不是作家的問題，而是「宣傳」與「普及」這種文藝政策所決定的」，並由此概括出他的總體看法：

延安文藝政策的特色，是多數主義、功利主義、通俗第一。一切被
認為「小資產階級性的作品」，儘管寫得好，這裏是不需要的。

這一概括既客觀又準確，抓住了1942年以後的延安文藝新方向的關
鍵：一是強調文藝的宣傳作用；二是排斥知識份子；三是神化毛澤東並虛
化魯迅。三者之中，知識份子問題是關鍵的關鍵，因為宣傳、神化都必須
通過知識份子文藝家。事實上，文藝座談會的召開，就是要用恩威並施的
策略征服知識份子文藝家。周揚在復出後的1978年，多次談到「結合」是
延安文藝座談會和《講話》的「關鍵」和「根本精神」，就是指此而言，
就是知識份子與工農相結合，放棄其啟蒙立場，甘當「齒輪和螺絲釘」。
幾年以後，反思和再啟蒙的思想解放浪潮終於驚醒了周揚，使他悟出「結
合」即「改造」也就是「異化」，甘當「齒輪和螺絲釘」也就是甘當工
具、奴僕。

這個問題確實是《講話》的秘密所在。1945年胡喬木到重慶傳達整風
精神，向舒蕪和胡風解說《講話》內容，就特別重視這個問題，說「毛澤
東同志對於中國革命的偉大貢獻之一，就是把小資產階級革命性同無產階
級革命性區別開來」──這確實非常重要，這是毛澤東既不同於馬克思恩
格斯，又不同于中共其他領導人的獨特之處，他一生的成敗功過是非，幾
乎全都與此緊密相關。不過需要弄明白的是，這裏的「小資產階級」一詞
並不是嚴格意義上的現代社會科學用語，因為它不包括小資產階級中的最
大群體農民，也不包括手工業者和小商販，而是專指知識份子。同樣，這
裏的「無產階級」也不是從事現代工業大生產的工人階級，指的是從事體
力勞動的窮人，也就是「工農兵」。在當時的延安，工人很少，而且多是
剛剛放下鋤頭走近機器的農民，士兵更是武裝起來的農民。所以，在毛澤
東那裏，所謂的「無產階級」、「工農兵」以及「勞動人民」等等，主要
都是指農民。由此可見，區別「小資產階級革命性」與「無產階級革命

性」，也就是區別知識份子的啟蒙使命與農民的造反要求，就是敵視知識份子。在這裏，可以清楚地看到毛澤東與魯迅之間的南轅北轍：作為文藝方向，一個是啟蒙主義，一個是民粹主義。

當年延安的文藝整風，曾樹立有正反兩方面的樣板：受批判的王實味的《野百合花》、《政治家‧藝術家》，丁玲的《三八節有感》、《在醫院中》，都是從愛出發，意在「揭出病苦，引起療救的注意」的啟蒙主義新文學作品。樹為樣板的《東方紅》、《白毛女》、《逼上梁山》，則分明是傳播迷信、復仇、造反這類傳統舊意識的民粹主義宣傳品。——前者是為了「立人」，後者是為了「造反（奪權）」。這不就是胡風所說的「魯迅方向與反魯迅方向的鬥爭」嗎？

延安整風就是這場鬥爭的開端，結果是：王實味成了祭旗的犧牲，丁玲成為反戈一擊的典型，蕭軍則被孤立而邊緣化，周揚接過魯迅這面大旗，開始了「工農兵方向」的艱難征程。

3

在《講話》的結尾處，毛澤東提出一個「首先要認識」的「根本問題」，即「領導中國前進的是革命的根據地，不是任何落後倒退的地方。」顯然，這就是他的「農村包圍城市」文化革命戰略思想，就是說，延安的工農兵方向將去領導大後方的重慶和全中國，成為全中國文藝運動的方向。——從1944年到1976年，他為此奮鬥了三十多年，發動了多次運動，打倒了許多人，批判了無數作品。然而歷史無情，到頭來這一切全都反過來了，那些被打倒的人並未被「掃進歷史拉圾堆」，反而成為文學史、思想史上的重要人物；那些被判為「大毒草」的作品並未被真的批臭，反而成了「重放的鮮花」。王實味、胡風、蕭軍、馮雪峰，這些真正親近過魯迅、也真正懂得魯迅並因此而受難的人，也都重新成為文學研究

和魯迅研究的主要對象。就是周揚，人們也沒有忘記他，不是因為他執行《講話》整人有功，而是因為他晚年的反思、懺悔，終於告別《講話》，擺脫了「異化」。

這裏不能不提到另一個重要人物：胡喬木。從《講話》的製作成文，在延安確立並以「農村包圍城市」的戰略向重慶乃至全國推進，掃除障礙，使工農兵方向成為全國的統一的文藝方向，在這個過程中，胡喬木所起的作用超過了周揚。周揚在前面指揮作戰，胡喬木在後面傳旨，遙控。周揚原來曾從事文藝理論研究和文學翻譯，胡喬木原來學歷史，後來一直做幕僚；職務上，周揚是主管文藝的中宣部副部長，胡喬木是毛澤東的秘書兼中宣部常務副部長。從這裏可以看出，地位和身份遠比專業水平重要，所以「外行領導內行」也就不足為奇了。《講話》新方向的確立和貫徹執行，就是在這樣的體制下進行的。

1944年7月，何其芳和劉白羽奉命來到重慶，向那裏的左翼文化界代表人物傳達延安整風精神，宣講新方向，何其芳還現身說法，報告自己思想改造的經驗和心得。不想這場報告會非但沒有取得預期效果，反而引起了人們的反感和懷疑，他們還記得寫《畫夢錄》時的何其芳，於是就有人說，好快，他已經改造好了，現在來改造我們了；我們革命的時候他在哪里？重慶的作家們所不能接受的是：把文藝等同於宣傳，拋棄五四以來形成的知識份子和學生讀者層，轉而面對「不識字無文化」的服務對象。這中間，他們最難以理解也最反感的，是對知識份子的看法和態度，有人提出質問：魯迅也是小資產階級知識份子，也沒有和工農結合，難道也不乾淨、沒有多少知識嗎？——這些提出不同意見的人，都是左翼文壇的骨幹，他們都沒有參加過延安整風，沒有被「搶救」經歷，是在周恩來領導下的重慶從事文藝工作的。他們所不能接受的這兩點，恰好正是《講話》的核心所在，即對文藝的看法和對知識份子的看法。所以，他們的這種反感和抵制，實際上也就是對《講話》新方向的抵制。

　　何其芳在重慶受挫，並不是一件偶然的孤立事件，在那幾年間（1943—1945），重慶文壇接連發生了好幾件事：一是周恩來身邊的「才子集團」受到延安方面的嚴厲批評，接著是圍繞舒蕪的《論主觀》一文發生的爭論，再就是關於「現實主義」問題的論爭。第一件事很重要卻不見於正式的文學史，後面兩次論爭，所有文學史都有記載，卻都迴避了重慶與延安兩地的重大差別。首先是整個社會環境的不同，延安已經進入戰時半軍事共產主義體制，而重慶依然是混亂卻相對自由的舊社會。延安文藝界有方向轉換，從多元文化轉為統一於工農兵方向。重慶卻還是多元並存格局。在重慶，最主要也是最大的文藝界的組織機構，是中華全國文藝界抗敵協會，簡稱「文協」。其中最重要的部門是總務部（相當於辦公室）、組織部、理論部。自由主義中間派的老舍是總務部主任，國民黨的王平陵是組織部主任，當時人們公認的左派胡風，擔任理論部主任。這不正是「左中右」多元並存格局嗎？這裏還有更值得注意的：一是重慶國民政府出經費卻控制不了文協，邵力子、張道藩、王平陵幾位宣傳要員敵不過一個周恩來，實際上影響文協工作方向的，是周恩來。二是，左翼文壇有那麼多中共黨員，敵不過黨外人士胡風，讓他成為當時文藝批評方面的執牛耳者。很清楚，是魯迅的影響和周恩來的支持，使得胡風站到了這個位置上。

　　說到當年重慶的文藝論爭，要先從「才子集團」受批評一事說起。所謂「周恩來身邊的才子集團」，指的是當年在重慶中共南方局和《新華日報》工作的幾個有才華的年輕中共黨員，喬冠華、胡繩、陳家康等。因為是在周恩來領導之下且受到周的賞識，所以有這一稱謂。「才子」、「集團」當然都是嘲諷、批判性的。當時受到批評的文章包括：于潮（喬冠華）的《感性生活與現實主義》、《方生未死之間》，項黎（胡繩）的《感性生活與理性生活》、《論藝術態度和生活態度》，嘉梨（陳家康）的《生活的三度》等。這些文章都發表在重慶的《新華日報》和左翼刊物《中原》、《群眾》上，時間都在1943年前後，也就是《講話》公開發

表前後。在戰爭進入相持階段，知識份子中出現精神危機的時刻，這幾個從新文化運動戰場上走來的年輕共產黨人，奮起呼喚，要知識份子振作起來，繼承和發揚五四精神，從自己的生活實踐中推進新文化運動，把思想啟蒙、個性解放融入民族解放的大潮。這些文章引起了知識界的注意，茅盾和聞一多也寫文章參加討論。當時就有人把幾篇主要文章彙集成冊，以喬冠華的《方生未死之間》一文的題目為書名，公開出版發行，在大後方和上海、福建、北平各有不同版本，在知識界和青年學生中產生了廣泛影響。1945年福建版的這本書，有史任遠寫的序文，稱這幾篇文章「是我國新文化運動發展的新階段上最佳的收穫」。──這些在大後方和淪陷區得到高度評價的文章，之所以受到延安方面的嚴厲批評，是因為這些文章的基本觀點不符合《講話》精神，特別是，在以下幾個問題上直接與《講話》的觀點相悖：一是對馬克思哲學思想的理解，特別是主客觀之間的關係問題；二是對知識份子的地位和作用的看法；三是對文藝的特殊性的看法。因此，延安中宣部致電董必武，指責他們「未認真研究宣傳毛澤東同志思想，而發表許多自作聰明、錯誤百出的東西」。這一批評並未遏止大後方的這場啟蒙運動，《方生未死之間》一書的不斷印行就是明證。

胡風和喬冠華有很深的友誼，和陳家康更是湖北同鄉，而且是1938年一同隨周恩來從武漢到重慶的。在武漢期間，陳家康是周恩來的秘書兼英文翻譯。喬、陳、胡三人同是左翼陣營的骨幹，常在一起交流思想，研究問題，可以說胡風也是「周恩來身邊的」。事實上，延安中宣部的電報中就點了胡風的《論民族形式問題》一文，因為胡風並非黨員，不便直接批評。喬冠華和陳家康受批評後不再寫文章，卻繼續和胡風交往，繼續那種「自作聰明」的研究和思考，這就有了1944─1945年間發生的關於「主觀」問題和「現實主義」問題的論爭。喬、陳二人都沒有介入論爭，但他們都支持胡風創辦《希望》雜誌，以推動啟蒙運動廣泛開展。胡風為創辦

《希望》而到處籌措資金，最後還是周恩來幫助籌到一筆資金，這才有了《希望》。可見，接連發生的有關論爭，是「才子集團」事件的後續發展，全都與周恩來有關聯。

《希望》創刊號發表了舒蕪的《論主觀》和胡風的《置身在為民主的鬥爭裏面》，引起了爭論，就是所謂「關於「主觀問題」的論爭」。這兩篇文章都與喬冠華、陳家康有關——兩篇文章的主旨和基本論點，都是在進一步闡發《方生未死之間》提出的問題和看法。他們在一起研究馬克思主義經典原著，特別是重新從馬克思本人的德文原作翻譯《費爾巴哈論綱》，並準備為《希望》雜誌編一期紀念馬克思寫作《論綱》100週年的專刊。喬冠華是留學德國的哲學博士，翻譯德文哲學原著當然是最可信的，陳家康精通英文，胡風早年在日本就從日譯本熟讀過這篇最重要的馬克思的新哲學經典。他們發現，馬克思的「新唯物主義」與當時流行的「唯物論」大不相同，《講話》和《實踐論》對於實踐和認識以及藝術創造的理解，也與馬克思的看法有很大距離，所以胡風才敢於堅持自己的理論觀點。重慶畢竟不同於延安，無法像整王實味那樣從政治上下手，組織群眾運動把胡風批倒。於是，就有了胡喬木的出場。

1945年8月28日，毛澤東赴重慶談判，胡喬木隨行始終。10月11日回到延安後，第二天他又乘返航飛機回到重慶。從後來發生的事情可以看出，胡喬木返回重慶，就是為了解決文壇的問題，也就是整頓左翼陣營，排除推行工農兵新方向的障礙。在停留重慶的一個多月裏，他主動找胡風、舒蕪談話，批評他們在理論上違背《講話》精神的唯心論錯誤傾向。和胡風的三次長談，和舒蕪的兩次長談，都未能說服他們。據胡風和舒蕪當年的書信和晚年的回憶，他們都認為胡喬木在哲學和文藝創作方面「理解力有限」，在馬克思與毛澤東之間，嚴守毛的理論，不敢稍有偏離，對馬克思著作卻比較生疏。當時胡喬木是這樣對舒蕪說的：「毛澤東同志指出，什麼是唯物論？就是客觀，什麼是辯證法？就是全面。你的《論主觀》恰恰

就是反對客觀，你的《論中庸》恰恰就是反對全面。」——問題竟然如此簡單明瞭，胡風只好無奈地慨歎：「要他們多懂一點，似乎難得很。」

　　胡喬木此行的另一個任務，是糾正重慶戲劇界的右傾偏向，這又是和胡風及才子集團的問題同一性質而且有牽連的。這就是當年由重慶《新華日報》組織召開的關於兩個劇本的座談會，胡喬木在會上所作的總結發言。他在發言中充分肯定茅盾的《清明前後》，因為它是揭露國民黨政府而直接為政治服務的。與此同時，胡喬木嚴厲批評了夏衍的《芳草天涯》，因為那是寫知識份子的愛情生活的，代表了一種「有害的非政治傾向」。他把當時批評教條主義、公式主義和客觀主義的意見，統統歸屬於這種「非政治傾向」。——把文藝學術問題扯到政治上，顯然，這是在貫徹新方向，運用「政治標準第一」的準則，也是借批評夏衍的劇本，清算「才子集團」和胡風、舒蕪的異端思想。因為論爭中涉及什麼是現實主義的問題，所以後來的文學史稱之為「關於現實主義問題的論爭」。對此，以往的文學史的有關評述，大都不符合歷史真相，對兩個劇本的評價也是顛倒的。當時的報刊和有關人士的晚年回憶都表明：夏衍本人和當時參與演出的戲劇家，大都對胡喬木的批評不服氣，當時兩個戲的上座率表明，觀眾更喜愛《芳草天涯》。二是以今天的眼光看，稍有文學鑑賞力的人都能看出，《清明前後》的概念化與《芳草天涯》的藝術感染力，確實是兩種傾向的代表。《清明前後》是在揭露當局的經濟政策對資本家的危害，配合統戰政策的貫徹。《芳草天涯》則是在寫人，人情、人性，人的感性生活，這正是文學革命的啟蒙主義精神。而這又正是重慶文壇之不同於整風以後的延安文藝界的地方。

　　在這幾年間接連發生的三件事即《方生未死之間》、《希望》和《論主觀》、《芳草天涯》，全都發生在周恩來領導的南方局管轄的左翼陣營，因而周的看法和態度很值得注意。1943年底延安來電批評「才子集團」時，周恩來正在昆明，是董必武處理此事的。喬冠華在口述自傳《那

隨風飄去的日子》裏，談到《方生未死之間》一文引起爭論的往事，說「我負責的說一下，董老並沒有在會議上給我提出來，也沒有在私下和我談過這篇文章有錯誤，這是歷史事實。」周恩來知道這件事以後，表示過對「才子集團」這一稱謂的看法，說同志之間因為興趣愛好相近，觀點一致而接近較多，這是正常的，不應該這樣非議。同樣，對於胡風和他的《希望》，前面提到，周恩來是支持的，就是有人因為對舒蕪和胡風的文章不滿而告到周恩來那裏，在為此而召開的會議上，周也主要是瞭解情況，協調關係，並沒有批評誰。顯然，他是把這些論爭看作不同學術觀點，不同藝術見解之間的「爭鳴」而不加干涉。至於夏衍的《芳草天涯》，周恩來不僅沒有批評過，而且一直是欣賞的。據詩人徐遲回憶，是他和郁風、黃苗子三人一起為《芳草天涯》繪製海報的，當時文藝界人士和觀眾都更喜歡《芳草天涯》，而不是那個直接為政治服務的《清明前後》。從這裏，徐遲還談到另外幾個戲：曹禺的《北京人》和《家》，吳祖光的《風雪夜歸人》，都是觀眾喜愛而受到「非政治傾向」指責的。據徐遲和多位當年在重慶的老作家回憶，周恩來很欣賞《風雪夜歸人》，連看了幾場。他還為受到不公正指責的幾個戲辯護，肯定這些戲的積極意義。

由此可見，在1945年的重慶，周恩來一直沒有改變中共在三十年代的上海和武漢所確立的文藝運動的方向路線。也正因為如此，抗戰時期即上世紀四十年代大後方的文學藝術成就，不僅遠勝過延安地區，而且也是後來幾十年所難以企及的。眾多的名家佳作就不用說了，單說那些後來被批判被湮沒的理論批評：如胡風、朱光潛、劉西渭（李健吾）、李長之、李廣田、呂熒等等，他們那些有藝術鑒賞力的理論批評，遠超過胡喬木、周揚、何其芳、林默涵、李希凡、姚文元們的那些政治批判文章。

所以，胡喬木和何其芳的重慶之行無法完成使命，《講話》的新方向在大後方行不通，是毫不奇怪的，這也為以後的多次大批判運動埋下了伏線。

4

《講話》新方向從1943年正式提出，到1979年「不再提」其中的基本核心理念，前後總共36年。最初的5年，在延安得以順利執行，造成的卻是那裏的文藝運動從繁榮走向蕭條。在同一時期的重慶，卻因為《講話》新方向受到抵制，才有了前面提到的二十世紀四十年代那個幾乎可與「三十年代」比肩的另一個新文藝運動的高峰。從1949年開始，在全國範圍內確立了《講話》作為文藝運動唯一的方針、方向、路線以後，文藝界從此多事，運動一個接著一個，批判接連不斷，受批判和被打倒的人的罪狀，大都與對《講話》的看法和態度有關；毛澤東的「兩個批示」和江青的《在部隊文藝座談會上的講話》，也都是為維護《講話》的絕對權威而發的，他們認為文藝界對《講話》的尊崇還遠遠不夠。江青在她的《講話》裏宣稱，「文革」前的十幾年，文藝戰線一直存在著兩個階級、兩條路線的鬥爭，一條是毛主席的無產階級革命文藝路線，一條是反黨反社會主義的文藝黑線。並列舉了以往受到批判的「黑八論」，作為這條「黑線」的代表理論觀點。

現在看來，毛澤東和江青對文藝界的這一指責，並不是毫無根據的，1949年7月召開的第一次全國文代大會宣佈確立新方向以後，事實上並沒有也不可能一直認真貫徹執行。如前所述，毛澤東對文藝的看法是一種「非文藝的文藝觀」，事實上就是不把文藝當文藝，當做政治宣傳工具，如果遵照執行，那就只能產生公式化概念化的劣質代用品。所以，要繁榮創作，拿出有藝術生命的優秀作品，就不能不突破《講話》裏那些違背藝術規律的哲學常識，因而也就必然要受到批判，被定為「黑」——黑貨、黑論、黑線。——既要繁榮創作，拿出優秀作品，又要遵行《講話》裏那些違背文藝常識的政治要求，實在無法做到，猶如「又要馬兒跑，又要馬

兒不吃草」──文藝界那一波未平一波又起的批判運動，「整風──調整──整風」──整風造成百花凋零，調整以求恢復生機，迴圈起伏，不斷折騰。周揚正是在這樣的波濤起落中成為「兩面派」並被拋棄的。幸而他晚年醒悟，從念念不忘「結合」，到終於悟出了那就是「異化」──按照《講話》的理論，文藝和文藝家都是階級鬥爭這架大機器上的齒輪和螺絲釘；所以，告別《講話》，也就是從非人向人的回歸，從非文藝向文藝的回歸。

　　1949年以後三十年的中國當代文藝運動，就是胡風所說的「魯迅方向與反魯迅方向」這兩種不同的方向路線之間不斷衝突的歷史。新方向一次次強行貫徹又一次次被突破而終於失敗，猶如一齣多幕大戲，全劇和每一幕都圍繞著貫徹《講話》新方向這一中心主題、主要矛盾。1949年7月在北京召開的第一次全國文代大會，就是這齣戲的開端，第一幕。以往把這次大會說成是「勝利的大會，團結的大會」，今天看來，應該說是「改元的大會，改制的大會」──「改元」即改朝換代，確立《講話》的工農兵新方向，肯定解放區文藝的成就和樣板地位，批判以胡風為代表的「小資產階級思想傾向」（實際上是知識份子的五四啟蒙主義傳統）；「改制」即納入組織，收歸國有、黨有，從民間社會的文化團體，變為官辦的翰林院、樂府；作家藝術家都從自由職業者變成了拿工薪的「公家人」，全都「包下來」、「養起來」也「管起來」了。其中最關鍵的，就是確立《講話》的新方向，承認毛澤東在思想文化領域的權威地位。會議的三個主要報告，全都是圍繞著這一中心，從不同方面提出問題進行宣講的。郭沫若的「總報告」的題目是《為建設新中國的人民文藝而奮鬥》，他用「人民文藝」和「反帝反封建」這兩個詞語來標明這種文藝的性質，進而論證毛澤東的新方向的合理性和歷史正統地位。前面提到過，在毛澤東那裏（表面文章以外），「人民」主要指從事體力勞動的工農大眾，也就是「人民大眾」、「人民群眾」，不包括專指知識份子的小資產階級。所以，這裏

的「人民文藝」是不同於以往那種主要在知識份子中的五四新文學的。至於「反帝反封建」這個列寧史達林製造的政治標籤，既不符合中國的歷史和現實，更與五四新文學無關。認真讀一讀《胡適文存》、《魯迅全集》》就明白了，郭沫若這裏所說的「反帝反封建」與五四新文學無關，那時還沒有這個口號。他的說法符合上面提到的趙超構在《延安一月》裏所概括的延安文藝政策的基本精神：宣傳第一，普及第一，不要小資產階級。——荒唐的是，郭沫若卻把這種標籤強加給五四新文學，製造出「五四新文學——革命文學（包括國防文學）——工農兵文藝」的假像，好像這是一條歷史發展軌跡，新文藝傳統，從而表明《講話》新方向是五四文學革命的繼續和發展，因而是正確的也是必然的。——由郭沫若這個文壇老將、三朝元老來做這個報告，是最恰當不過的了，然而也正可以從他身上看清楚這一方向、這條路線的實質。郭沫若一生多變，但萬變不離其宗——聽話：從痛罵蔣介石到擁戴蔣介石，從攻擊魯迅到頌揚魯迅，從學習江青到批判江青；從1928年要做「階級的留聲機」，到1936年表示甘當「黨的喇叭」，如今做這個報告，成為這架革命機器上的主要的「齒輪和螺絲釘」，這一切都不僅僅是他個人的意願，而是民族、時代、階級、黨派等多種社會因素使然。如同以上器物都能發聲、運轉，卻都沒有自己的心臟和大腦，因而也不會有自己的「主觀精神」。郭沫若是一個突出的典型，其人其文具有多種社會文化因素，獨獨沒有五四精神，沒有啟蒙、立人——獨立人格和自由思想，而這又恰恰是和這次文代會的精神相一致的。

　　周揚和茅盾的報告是總報告的補充，分別從不同方面論證新方向的正確和偉大。周揚大談「新的群眾」即解放區的農民的覺悟之高，鬥爭性之強，品質之優良，顯示出「新的國民性」正在形成。他列舉了四十多篇（部）反映工農兵的這種優良品質的作品為證。他的這種「新國民性」的說法，不過是錢杏邨「阿Q時代已經死去」的老調重彈（「大躍進」、「文革」的歷史和眼前的現實告訴我們，阿Q的時代並沒有過去。）周揚

列舉的那些作品大都早已成了過眼雲煙，事實上其中的不小一部分本來就不是藝術，是宣傳品和鄉間民俗娛樂材料。至於他那「學政策、寫政策」的創作經驗，更是早就被人指明是導致公式化概念化的理論謬誤。——當周揚悟出「異化」問題時，應該會反思及此。

茅盾的報告題為《在反動派壓迫下鬥爭和發展的革命文藝》，有了「革命」二字，表明專指左翼陣營，這就可以置那些不符合《講話》新方向的優秀作品於不顧，只挑選符合《講話》精神的作品來代表抗戰以來十年間的文藝成就。他列舉的四部作品：《屈原》、《陞官圖》、《馬凡陀山歌》、《蝦球傳》，全都是符合「政治第一」標準的。然而，事實上它們遠不能代表那個時期的創作成就和創作水平。在片面總結成績的同時，茅盾對那一時期理論上的分歧的概括和評判也是不客觀不公正的。事實上他不過是在重複上文提到的重慶論爭中胡喬木的老調——反對「右傾」即「非政治傾向」，同時為自己辯護，駁斥當年批評《清明前後》概念化的人。明眼人都能看出，茅盾的攻擊矛頭直指胡風，雖然沒有點名。他在報告後面附了三段長長的「附言」，做了「此地無銀三百兩」式的聲明。

這樣三位知識界文藝界的領軍人物所做的如此重要的三個報告，內容竟然如此簡單貧乏，全部只有三條：一種態度：衷心擁護並堅決貫徹《講話》新方向；兩個觀點：文藝必須為政治服務，知識份子必須與工農相結合。——這樣的態度和看法，好像和他們的大師身份不合。然而這畢竟是事實。事實還有另外一面：他們不僅是知名大知識份子、文藝大家，而且還有另一種更重要的身份：都是職業革命家、共產黨員。周揚是公開的黨員且是中央領導成員，就不用說了。現在人們也已知道，郭沫若是並未真正脫黨的特別黨員。茅盾1940年在延安得到毛澤東和周恩來的當面許諾，成為不恢復黨籍的特別黨員。可見，郭茅二人都是可以通天的特別黨員。所以，他們的一切言行並非全都出於個人意願，其中的真假是非善惡功過，也不能全由他們個人負責。1949年以後他們三人的著作幾乎全都沒有

什麼價值，這同樣是「何其芳現象」──「政治」上提高了，藝術卻下來了。由此可見，從第一次文代大會開始定下的文藝界格局，郭、茅、周這套「三駕馬車」，實際上並不是一種文化、文藝上的專業組合，而是一種政治組合。他們全都可以「通天」，加上江青和胡喬木，毛澤東直接控制文藝界，幾十年間文藝界發生的各種事件，所有的批判鬥爭，真的全都是「偉大領袖親自掌握、親自領導、親自指揮的」。

由此，我想到了另外三個人，1917─1918年文學革命興起時的三位先驅和他們那三篇綱領性文章：胡適和他的《文學改良芻議》、陳獨秀和他的《文學革命論》、周作人和他的《人的文學》。當時他們的那種精神、那種氣概、那種風度和境界，與後來的「三架馬車」簡直不可同日而語。他們不是「齒輪和螺絲釘」，不必聽命於領袖，從屬於政治，他們是在以個人身份進行自發自由的學術研究──個人、自由、非政治，這三點非常重要。1917年的三位思想文化先驅與1949年的「三駕馬車」之間的不同，主要就在這裏。人們往往忽略一個非常重要的歷史真相，那就是，新文化運動和文學革命的興起全都源於「非政治」──是先進的知識份子絕望於軍人政治而發動的思想文化啟蒙運動。當年陳獨秀就把與執政的武人打交道比作「秀才遇見了兵（有理說不清）」。所以如胡適所言，他們才「打定二十年不談政治的決心，要在思想文化上替中國政治建築一個革新的基礎。」

時至今日，第一次文代會的那三個報告已無必要再讀，讀時也會索然無味的。文學革命先行者的那三篇真學術論文卻並未過時，讀來依然有現實感。胡適的《文學改良芻議》平實謹慎，雖過於具體，但所攻擊的兩大弊端「文以載道」和「八股」則依舊存在，而且新的「載道」和白話八股更為可厭也更有害。陳獨秀的《文學革命論》勇猛果決，中外古今地猛追痛批「載道妖魔」，雖有過頭之嫌，但他進而質疑「言之有物」，重視文學藝術自身的價值，實為最早觸及文學主體性問題的。周作人的《人的文

學》說到了文學藝術的根本。他從人類文明和文藝復興以來的人文主義思潮，說到耶穌和孔墨的仁愛，揭示文學藝術的本質和本源——人，人的發現、人的覺醒、人的解放，人情、人性、人道主義和個人主義，這些文學藝術最核心、最本質的精神元素，全是《講話》新方向所不取且最忌諱並要徹底清除的。從1942年毛澤東親自主持的那次文藝座談會，到1966年名義上是林彪和江青主持而實際上仍由毛澤東親自操控的又一次文藝座談會，這之間在貫徹新方向的鬥爭中，始終貫穿著一條批「人性」反「人道」的主線。當年和周揚一起致力於貫徹這一方向的陳荒煤，後來在反思中大徹大悟，說他們當年（指「十七年」）「做了一件極為愚蠢的事情：把人情、人性、人道主義、感情、靈魂、內心世界等等，一律予以唾棄。到了十年浩劫時期，文藝終於成了無情的文藝，無情的文藝終於毀滅了文藝，這真是無情的惡夢！」（《回憶與探索》）

5

我也是這場惡夢的親歷者。前面曾把它比作一齣多幕大戲，上面談的第一次文代大會，就是第一幕的開端。大會轟轟烈烈，7月底閉幕，8月初上海《文匯報》就發表了洗群的《關於「可不可以寫小資產階級」問題》一文，引起廣泛注意並在全國展開討論，說明這的確是一個「問題」。緊接著，剛進入1950年，天津的阿壟又發表《論傾向性》一文，依據馬恩原著論證藝術與政治的關係，觸動了另一個敏感問題，招來《人民日報》接連發表陳湧和史篤的文章嚴厲批判，後來又由茅盾發表《目前創作上的一些問題》一文做結論，與周揚的「學政策、寫政策」謬論相呼應，肯定政治就是政策，離開政策就無法反映現實。這兩場討論和批判，為創作上的公式化概念化傾向及理論批評中的教條主義粗暴作風開闢了道路。此後緊接著發動的兩場帶示範性的大規模批判運動，是對電影《武訓傳》的批判

和對小說《我們夫妻之間》的批判。從此，中國文藝界進入了當年陳獨秀所說的「秀才遇見了兵」的困境。

電影《武訓傳》和小說《我們夫妻之間》的出現，和冼群、阿壠的文章的出現一樣，都不是偶然的。這些作者都是身在城市，一直遵照三四十年代左翼陣營的方向走來的，沒有經過延安整風的改造，在這個歷史轉折關頭貿然發聲，於是就在幾個關鍵問題上，與《講話》新方向撞了車，說「撞車」，是因為並非有意作對。——想當年，大軍進城，「農村包圍城市」戰略大獲全勝，於是，「馬上打天下」繼之以「馬上治天下」。於是，槍桿子與筆桿子、農村與城市、工農兵與知識份子之間的關係問題等等，一下子攪在了一起，非常麻煩。不過，對此毛澤東早有定見也早就說清楚了：一、農民起義（實際上是遊民造反）是推動歷史前進的動力；二、一切文化都是政治經濟的反映，因而都有階級性並為一定的階級服務；三、農村與城市相比，只在經濟上落後，在政治上和文化上，農村都比城市先進（見毛澤東1939年11月7日致周揚信）。——加上前面提到的文藝為政治服務和知識份子必須與工農兵相結合，可稱為「五項原則」。這是第一次文代大會確立新方向的具體內容，以後的思想文化批判，大都離不開這五項原則。胡風的「反動文藝思想」，江青所說的「黑八論」，就都是因為不符合這些原則而被定為「反動」、「黑」的。——今天可以實事求是地說了：這些原則全都是錯的，既不符合馬克思主義，也不符合歷史文化發展的實際，而且大大有害于中國的文化和社會的發展。「文革」的爆發和失敗，就是最有力的證明。

有兩件事必須提一下：第一件是，在批判《武訓傳》和《我們夫妻之間》的同時，開展了一次「文藝整風」，重新學習《講話》，批判資產階級和小資產階級思想。這與蕭也牧的小說直接有關。蕭也牧是從老區來的，竟然寫出鄙薄農村生活習慣，嘲諷工農幹部而又同情出身城市的知識份子情調的作品，發表之後還受到普遍好評，這簡直是「忘本」，「挑

戰」——忘記了延安傳統，小資產階級思想向無產階級思想挑戰。為此，蕭也牧受到特別嚴酷的批判，丁玲那篇致蕭也牧的公開信，簡直是在痛斥叛徒。蕭也牧從此坎坷以終。一個很有發展前途的文學天才被毀滅了。其實，那篇小說的可貴之處正在這裏：融「革命」與「啟蒙」於一爐。作者對女主人公的態度是從愛出發的嘲諷和批評。然而這也不行，對人民大眾及其領袖只能歌頌——「偉光正」、「高大全」、「紅光亮」，終至「假大空」而走完全程。1951年的「文藝整風」，就是為了維護這種延安傳統。當時就有人說，這是「延安派」與「地下派」的矛盾，延安派政治上強但並不真懂文藝，地下派真懂文藝而政治上不如延安派。這一看法確有道理，周揚與胡風就是雙方代表，分別代表著不同的方向和路線。後來周揚被劃到黑線一邊，是因為他的動搖和不徹底。

另一件事是，在大批《武訓傳》之後，緊接著大捧《水滸傳》。1952年初，人民文學出版社隆重推出新版《水滸傳》，《人民日報》和《光明日報》專門報導此事，《人民日報》後來還專門發表祝賀短評。在此期間，馮雪峰先後在中央文學講習所和電影局創作講習班開講座，分析評介這部「偉大的農民革命英雄史詩」。同年十月，還有一個中宣部、人民日報和人民文學出版社聯合組成，由聶紺弩任團長的「中央《水滸》調查團」，赴安徽調查施耐庵的生平事績。對此，胡風持反對態度，認為《水滸》是一部壞書，極力維護專制統治，有濫殺無辜，賤視婦女、吃人肉這樣極為野蠻醜惡的內容，魯迅就十分憎惡「水滸氣」。他指責馮雪峰吹捧《水滸》是「用理論原則做交易」——因某種需要而放棄真理。胡風未能阻止「水滸氣」的氾濫。而且在這一年的年底，全國文協在北京專門召開會議批判胡風，《人民日報》和《文藝報》同時發表文章，判定胡風文藝思想是「反馬克思主義」、「反現實主義」的。

就這樣，中國當代文藝運動這齣大戲的第一幕（1949—1952）落下了帷幕。從確立《講話》新方向，排除「地下派」的阻力，向《水滸》尋

根，拔掉胡風這個一直在擋路的「釘子戶」，一切順利。——然而，歷史不容情，今日回頭盤點，冼群和阿壟的論文都是正確的，特別是，阿壟介紹馬克思反對神化革命領袖的主張，簡直是超前預見。1986年，我和陳湧談及此事，陳湧承認那次對阿壟的批評是錯誤的。史篤（蔣天佐）晚年在他的著作中對此也有反思。至於《武訓傳》，雖不能說好也說不上「反動」、「醜惡」；《我們夫妻之間》應該說是一篇好小說。至於那些批判文章和它們所依據的毛澤東的那五項原則，全都站不住腳。其實，當年就已經出現了後來所說的那種「何其芳現象」——新方向及其批評權威站住了，創作水平卻下來了：公式化概念化傾向氾濫，作品千品一律，簡單粗糙，讀者不滿，作者苦惱，編者和領導都著急。這才不得不有所改變，於是也就有了後面的幾幕劇情波瀾起伏的大戲。

6

第二幕開始於1953年，一開始，《文藝報》就發表社論：《克服文藝的落後現象，高度地反映偉大的現實》，同時，《人民日報》發表周揚為蘇聯《旗幟》雜誌寫的專論《社會主義現實主義——中國文學前進的道路》。於是，從理論到體制到方向，全都動起來了，開始從「回延安」轉為「學蘇聯」。在這個時候提出學習蘇聯，實在是恰逢其時，許多矛盾和難題都可以由此找到出路。

說到「學蘇聯」，如今八十歲以上的人當還記得當年那句家喻戶曉的口號：「蘇聯的今天就是我們的明天」。可很少有人會想到，這也是導致文化大革命的重要原因之一：因為蘇聯的「變修」早就開始了，毛澤東也早就敏感到了。——有人把文藝比作時代的晴雨計、風向標，確實有道理。對照一下二十世紀中蘇兩國文藝思想的發展軌跡，就能明白其中的奧秘。十月革命後的蘇聯文藝界，走的是一條從極左開始，然後就轉向不斷

調整，不斷修正因而逐漸寬鬆廣闊的道路。從二十年代的「無產階級文化派」和「拉普」，到三十年代的「社會主義現實主義」，再到五十年代的「解凍文學」，然後又是七十年代的「開放體系」。這中間，好像是20年一次轉折，每次跨過一個關口：從只承認無產階級文化而否定一切人類文化遺產，到承認人類文化遺產並重視本民族的文化傳統；從只知道為政治服務的宣傳職能，到承認並重視文藝的人性、人道和審美特質；從否認並拒絕西方現代藝術的成就，到正視其成就並汲取其精華——可以說，這是一條從文藝上回歸「普世價值」的正道。當然，這不是史達林賜予的，是蘇聯文藝家們不斷鬥爭逼出來的。

相比之下，兩國文藝界所走的道路大不相同又緊密相關：中國文藝界緊跟蘇聯文藝界，亦步亦趨；然而總是差一截，最後乾脆反其道而行。不過，這不是中國文藝家願意這樣，而是自以為精通文藝的毛澤東一意孤行，堅守他那個山村窯洞裏的起點，不肯挪步。前面提到，《講話》來自上海的「革命文學」和「國防文學」理論，這套理論又來自蘇聯的「無產階級文化派」和「拉普」。這套教條在蘇聯受到列寧史達林的批判而被拋棄以後，茅盾、郭沫若、成仿吾等才從日本轉口引進來。魯迅當時已看出問題並給予嘲諷和批判。後來周揚把這套東西帶到了延安，被毛澤東採納並與那裏的民間民俗文化根系嫁接，就構成了這種既是「洋為中用」，又是「古為今用」且具有底層群眾基礎的文化策略。可見，這是一種來自蘇聯卻已經變異了的徹底民族化民間化了的文化體系。從這裏出發，去學習正在調整、修正中的蘇聯文藝，當然會遇到意想不到的麻煩。

最大的麻煩是「相形見絀」和由此引出的後果。那時進來的蘇聯文藝作品和演出活動，大都政治性強，宣傳色彩很濃。儘管如此，沒有相當藝術鑒賞力，沒有見過真藝術精品的人是看不出問題的。在這種情況下，《講話》的教導就被忘到了九霄雲外。紅旗歌舞團那震撼人的聲勢，烏蘭諾娃那輕如浮雲、柔若無骨的舞姿，對比之下，秧歌、腰鼓就太土、太粗

了。在理論方面，一開始，以季莫菲耶夫為代表的蘇聯當代文藝理論家的著作和《文藝報》譯載的那些文藝批評文章，一下子就把周揚們那些解釋《講話》的八股文章比下去了。接著，出版界從蘇維埃轉向俄羅斯，19世紀那些俄國文藝經典——別林斯基、車爾尼雪夫斯基、杜布洛留波夫，以及果戈理、涅克拉索夫、托爾斯泰等人論文學藝術的文章逐漸多起來，有些人就隨著跟進這股「回歸俄羅斯」的文化潮流，向藝術殿堂深處走去。

理論上的發展及其成就，必然也必需體現在創作上，否則就是假的，是八股教條。1949—1979年間的中國當代文學史上能站得住的作品，有不少就產生於這一時期，這是當代文壇的第一個「小陽春」季節；另外兩個「小陽春」分別是1956—1957年間，和1962年前後。這三次創作豐收季節，都是在突破和超越《講話》框框的前提下來到的。——應該注意的是，1953年這個「小陽春」的到來，與文藝界的機構的變化有關，這是學習蘇聯的一個重要方面：撤銷全國文聯，成立文學、戲劇、音樂、美術等各個專門家的協會，改變各大城市的文工團為「藝術劇院」等等，這都是走向專業化、正規化，當然是發展、進步。然而，這種發展和進步，是與《講話》的「普及第一」「喜聞樂見」方針相悖的。蘇聯的「社會主義現實主義」旗幟舉起來了，「工農兵方向」不大提了；蘇聯式的「作家協會」、「藝術劇院」建起來了，「創作組」、「文工團」這些有革命傳統的組織形式不見了。更重要的是，「專業化」、「正規化」、「大洋古」，這都是周揚在延安魯藝時搞「關門提高」的一套，整風中受了嚴厲批判，他也作了深刻檢查，也真的革掉了這一套。如今在「學蘇聯」的潮流中，周揚舊病復發，重搞那一套而且變本加厲，學習社會主義現實主義理論，閱讀經典名著，在文藝界蔚然成風。毛澤東對此很不滿，不同意撤銷全國文聯，因為劉少奇、周恩來、朱德等都同意，而且符合「一邊倒」原則，所以只好同意但提出了交換條件：保留全國文聯。——這是當時曾參加有關會議的中南作家協會主席于黑丁從北京回來後說的，他還談到

1954年發生的批判《紅樓夢研究》事件也與此有關。——有關《紅樓夢》的那場風波好像是突然發生的，由此連帶出了胡風反革命集團案也不乏偶然性。但抓住了關鍵的歷史細節，就會看出究竟來。于黑丁告訴我們，批判《紅樓夢研究》事件的真正起因，是毛澤東對文藝界領導（包括周揚、丁玲）不滿，不喜歡當時正在《文藝報》工作的馮雪峰這個人，他們在學蘇聯時忘了延安傳統，就製造出「小人物」（即後來的「革命小將」）受壓制的假問題。要問毛澤東為什麼不喜歡馮雪峰，主要有三點：一、他瞭解真魯迅，二、他的文藝觀點和胡風相近，三、最重要的是，1946年在重慶的那場論爭中，他偏向胡風且在《新華日報》上發表了一篇文章：《題外的話》，直接批評了「政治標準第一，藝術標準第二」這個經典公式。還有，就在前一年（1953）籌備第二次文代大會時，本來是馮雪峰替周揚起草的大會報告，被毛澤東否定並指定胡喬木重新起草。1980年，秦兆陽給我看了這篇被毛澤東否定因而未能發表的論文。顯然，馮雪峰對公式化概念化的尖銳批評和對典型問題的精闢見解，都超越了《講話》。可見，毛澤東不喜歡馮雪峰，全都與《講話》有關。

　　為了敲打馮雪峰（和周揚以及文藝界），才抓住李希凡那篇文章借題發揮，引出一場「歪批《紅樓》」的鬧劇，又從這裏引出了胡風因誤判形勢而上書，進而演變為「胡風反革命集團」冤案。其實，真正的起因都是毛澤東要維護他的權威，維護他的新方向。他和李希凡對《紅樓夢》所作的那種庸俗社會學的解說，那些沒有讀懂胡風的著作而妄加批判的文章，都是不能令人信服的。政治判決、群眾運動的鼓噪，以及肅清反革命運動的恐怖所造成的萬馬齊瘖局面，全都是表面的、暫時的，無法消除有獨立思考能力的知識份子心中的懷疑。這些懷疑的種子一旦遇到合適的氣候，就會生長發芽，破土而出，1956年的春天，就是這樣的好季節。

7

　　這就是第二幕的又一個從學蘇聯到回延安的大反覆。費孝通把1956年的春夏之交稱為「知識份子的早春天氣」，毛澤東則說那一年是「多事之秋」，一春一秋，各有道理。費孝通說的是從舊社會來的中老年高級知識份子的心情。我這個年青的南下幹部，就沒有那種「乍暖還寒」的感覺，而是覺得陽光燦爛，前程似錦，充滿信心地投入「向科學進軍」、「繁榮文藝事業」的熱潮。從階級鬥爭轉向和平建設這一形勢變化，在人們心裏產生了重要的影響，這就是對個人和知識的重視，自我意識的復甦，「獨立思考」和「真才實學」又有了正面意義。那些圍著領導獻殷勤、打小報告的人受到嘲諷，「積極分子」這一稱謂有了貶義，出現了「應聲蟲」、「萬金油幹部」這些稱號，表明人們的價值觀有了變化。──這些都與蘇聯的影響有關。最突出的例證就是一篇蘇聯小說在中國所引起的巨大反響，所起的巨大作用──尼古拉耶娃的中篇小說《拖拉機站站長和總農藝師》，由時任團中央書記的胡耀邦推薦，在《中國青年》雜誌上連載並出版單行本。一時間，娜斯嘉成為家喻戶曉的人物，成為年輕人學習仿效的榜樣。那是一個有鮮明個性，有獨立精神，追求真理而勇於向保守主義和官僚權勢挑戰的年青知識份子。這個人物與《講話》對知識份子的要求「結合」、「改造」是完全不符合且是對立的。──順便說一句，蘇聯文學裏沒有張思德、雷鋒那樣的人物。從夏伯陽到柯察金到娜斯嘉，都不是「聽話」、「效忠」的傀儡。列寧的「齒輪和螺絲釘」、「黨的文學」的繩索並沒有把蘇聯作家全都綑住，因為列寧和史達林都不敢否定俄羅斯的文化傳統，而尊重人性、富有人道主義精神，正是俄國民族文化的重要特色。──正是這股向俄羅斯回歸，修正史達林的極左路線的「解凍」之風，把娜斯嘉送到了中國，又是胡耀邦，讓她走遍全中國，促成了那場短暫的「文藝復興」運動。

　　時間確實很短，從1956年9月到1957年7月，不足一年，創作和理論都取得了豐碩成果，超過了以前和以後的兩個「小陽春」，實際上是「十七年」文學發展的高峰。創作成就主要反映在小說和報告文學上，主要有以下幾點：一是打破了題材限制，知識份子不僅成為描寫對象，而且成為主要人物；二是拋棄了「歌頌還是暴露」的宣傳模式，有了啟蒙精神、批判意識和文化意蘊；三是藝術表現力明顯提高，具有個性的不同形式風格的出現，突破了「普及第一」、「喜聞樂見」的標準，超越了宣傳和娛樂，有了真正的審美價值。在理論批評方面，從當時爭論的主要問題和觀點分歧中，可以看出兩個關鍵問題和兩條歷史發展線索。兩個關鍵問題是：一、怎樣看待文藝──除了意識形態的共性之外，文學藝術究竟有沒有什麼特殊本質、特殊功能和特殊規律；二、怎樣看待知識份子出身的文藝家，他們在現實中和創作中的地位和作用。兩條歷史線索，就是前面提到的蘇聯的「回歸俄羅斯」，我們的「回歸五四」。

　　這場短暫的文藝繁榮季節的到來，與蘇聯的「解凍文學」潮流的影響直接有關。王蒙的《組織部新來的年輕人》的主人公手裏就拿著蘇聯小說《拖拉機站站長和總農藝師》，劉賓雁的《本報內部消息》的女主人公身上就有娜斯嘉的影子。至於理論方面，那些有爭議的問題和觀點及其論據，也大都與蘇聯及俄羅斯的文學思潮有關。

　　這一切當然與本文的論題緊密相關，也就是「回歸五四」。事實很清楚，上面提到的創作上的成就，都是中國新文學從一開始到三四十年代的特色和傳統，被排斥多年後才恢復的。──這裏應該特別提出的是，被《講話》貶抑的「雜文時代」和「魯迅筆法」的回歸並迅速風行而成為時尚文體，各級報刊紛紛開闢專欄，發表大批雜文佳作，受到廣大讀者的熱烈歡迎。這是那次「文藝復興」中的重要景觀。還有，理論方面的論爭實際上都是在「算舊賬」。表面上看，與蘇聯的「解凍」潮流緊密相關，實際上卻是在結算自己家裏的舊賬──從1928年的「革命文學」到

1942年的「工農兵方向」，又到1945年的重慶論爭、1954年胡風的「三十萬言書」，爭論都是圍繞著前面提到的那兩個關鍵問題：怎樣看待文藝的特殊性，怎樣看待文藝家即知識份子。而這又正是1949年第一次文代大會的三個報告與1917年文學革命先驅者的根本分歧之所在。——毛澤東及其《講話》就是在這裏失足的：不懂文藝卻偏要「外行領導內行」；不能沒有知識份子而又嫉恨知識份子、不斷摧殘知識份子，文藝界成為歷次運動中的「重災區」，原因即在於此。以上所說「百花齊放，百家爭鳴」時期的種種成就，就全都被視為挑戰、反叛，「春色滿園」被說成是「黑雲壓城」。這就是1957年春夏之交從「鳴放」到「反右」的歷史大轉折的原因及其實質。

這確實是一次大轉折，從1949年新政權建立到中共八大，八年來雖有曲折和失誤，總的是在向前走，包括政治上的「政治設計院」、「平反委員會」、「黨天下」和上述文藝上的不同思想觀點，也都是出於善意並符合這一歷史發展趨勢的。事實上，被毛澤東視為「多事之秋」的這一時期，正是二十世紀後半期中國歷史發展「馬鞍形」的頂點，最好的時期，接著一個「反右」，就跌入了一個災難又一個災難，「反右」之罪，罪莫大焉。——在文藝方面，這就是從「學習蘇聯」到「回歸五四」再到「返回延安」。

下面的第三幕、第四幕，就是徹底實現了毛澤東新方向的「大躍進」時期和「文化大革命」時期。前面兩幕戲，主要是為確立新方向掃除障礙，「破」字當頭，一路批判過來。到了「百花齊放，百家爭鳴」時期，以前那些批判都已成過眼雲煙，包括《講話》本身，有識之士也已意識到並說出了「過時」二字。這一切，並沒有任何對毛澤東的不敬之意，反倒是把一切進步變化全都歸功於他，認為正是他的英明偉大，胸懷廣闊，眼光高遠和敢於制定並推行「雙百」方針，才有了這樣的繁榮局面。涉及有關曲折和失誤，也無意責怪或輕視偉大領袖。認為胡風一案應該重新處理，直指毛的過失，也無非「日月之蝕」，無損於他的偉大。但萬沒有

料到，自稱從五四走來又與魯迅心相通的毛澤東，竟然容不得「回歸五四」，容不得那場「文藝復興」，突然變臉，一場「反右」──社會主義政治大革命，使得自以為也「站起來了」的知識份子全趴下去了。於是就有了大不同於前兩幕的第三幕：從「破字當頭」的一路批判，轉為以「立」為主的創作運動和新理論建設，這就是1958年開始的精神領域的「大躍進」──新民歌運動，和緊接著而來的關於「詩歌發展方向」和所謂「兩結合」創作方法的討論。這就是新方向徹底排除了知識份子的抵制和干擾後，毛澤東親自抓的「文藝大躍進」。新民歌運動中產生的那些作品，內容當然是「歌頌」，歌頌大躍進的大好形勢，如毛澤東所說，「從來沒有看到過人民群眾像現在這樣精神振奮，鬥志昂揚，意氣風發」──新民歌傳達的就是這種振奮、昂揚、風發的狂熱，狂熱地夢想天堂，仇恨洋人，迷信救星。毛澤東重視「比興」，這些民歌中比興很多，什麼老黃忠、小羅成，花木蘭、穆桂英、王母娘娘、觀世音，玉皇、龍王、孫悟空等等，應有盡有。被毛澤東所稱道的這些具有「中國作風、中國氣派」，因而為底層群眾「喜聞樂見」的東西，正是魯迅所憎惡的帶有「水滸氣」的「陳腐勞什子」。當年的義和團就是在這些古老的鬼魂的鼓舞下，揮舞著戲臺上的花槍大刀和洋人拼命而慘死在洋槍洋炮下的。大躍進中的他們的子孫後代，再次被這些鬼魂附體，豪情滿懷地「戰天鬥地」，「向地球開戰」，結果卻是更慘的餓殍遍野，慘狀遠超過百年前的義和團。──談「大躍進」，不能忽略「新民歌運動」，談「新民歌運動」，也不能忘記「大躍進」，這二者全都是毛澤東親自發動、親自領導的。物質生產的大躍進是為「超英超美」，在蘇聯之前進入共產主義，確立毛澤東的世界共產主義運動偉大領袖的地位；精神上的大躍進，則是為了證明沒有了知識份子的工農兵文藝新時代的到來，證明毛澤東確實超過秦皇漢武唐宗宋祖成吉思汗，文采風流古今第一人。然而不幸，兩場「躍進」同樣「崛起」即「仆倒」全都失敗了，一場餓死人的悲劇，一場吹牛比賽的鬧劇。

　　至於那兩場討論：關於詩歌發展方向和「兩結合創作方法」問題的討論，當時也曾熱鬧一時，今日看來已經沒有什麼價值，同屬於「外行領導內行」的典型事例。物質生產上不懂科學，硬要糧食高產，鋼鐵翻番；精神生產上不懂藝術規律，規定詩歌怎樣發展，結果是，糧食、鋼鐵和文藝的「衛星上天」全是假的，全是笑話。毛能寫詩填詞，卻並不真正懂得詩的理論，有他致陳毅的那封信為證：把「形象思維」等同於「比興」，說詩要用「比興」即形象思維，散文就可以不用。又說宋詩不如唐詩，就因為不懂得用形象思維。這一連串的常識性錯誤，足以證明他並非詩歌和文藝的「裏手」內行。——說到所謂「兩結合」即「革命現實主義和革命浪漫主義相結合」的創作方法，那不是他的創造，錯了也不能全怪他。所謂的「兩結合創作方法」，是一個來自蘇俄而僅在社會主義各國通行的教條主義辭彙。「現實主義」、「浪漫主義」都是世界通行的常用概念，二者的結合也不奇怪，因為這兩種傾向、風格、因素都是藝術的基本元素。問題是「創作方法」這個概念有問題，因為它被說成是「根本」性質的「方法論」，也就是創作規律。把「現實主義」抬高到這種「創作方法」的地位，否認浪漫主義和其他主義有這種「根本方法」的性質，這顯然是「凡是」馬克思的結果——當年的馬克思重視、主張那時的現實主義，100多年後崇拜他的人仍然崇拜現實主義，這大概也是馬克思始料所未及的。總之，「兩結合」是個糊塗概念，沒有起過好作用，不必管它了。——其實，醉翁之意不在酒，毛澤東提出這兩個問題，開展這兩場討論，並不僅僅是在關心、研究具體的文藝問題，而是有更重大的社會政治意義，即走什麼路、舉什麼旗的問題：新民歌運動和以民謠作為詩歌發展方向，證明工農兵佔領文藝陣地，壓倒並取代了知識份子，是《講話》新方向的偉大勝利；打出「兩結合」新旗幟以取代「社會主義現實主義」，與赫魯雪夫分道揚鑣，在社會主義文藝領域獨領風騷。——但還有更嚴峻的形勢來得更快，把這些鬧劇全擠下了歷史舞臺，這就是大饑荒的到來。

8

近年來，大饑荒的歷史真相已經被越來越多的人知曉，災難的原因和罪責也已經基本清楚。我這裏要說的，是人們還沒有注意到的方面：大饑荒與文化、文藝的關係。1960年前後那場災荒既然主要是「人禍」，那麼，「禍」人者與受禍者當時的精神狀態和事後的認識和態度究竟如何，這是十分重要的。去年放映的電影《1942年》，引起了人們對二十世紀中國的這兩場災難的對比思考。前一場災難發生在戰爭年代且主要是天災，卻驚動了中外媒體，爭相報導，而且戰爭中敵我雙方都有賑災活動。後一場災難發生在和平建設年代，卻主要是「人禍」。上面說到的「大躍進」，包括「文藝大躍進」，那種愚昧無知的狂妄、狂熱，正是造成災難的重要原因。災難來臨時，既無新聞報導，也沒有救濟活動，連逃難的人群也沒有，可以說「這裏的災荒靜悄悄」。人們一家家、一村村，在自己家裏，在自己村裏悄悄死去。這個歷史上不斷因災荒引起戰亂而導致改朝換代的民族，如今變得如此馴順，沒有反抗，連抱怨也沒有。人們相信，是「自然災害」，是「蘇修逼債」，「國家有困難」，「餓死事小，不忠事大」……。多年來大量按照《講話》精神製作出來的宣傳品，宣傳的就是這種感恩效忠，仇恨外族而不知有「我」的所謂「無產階級革命思想」。這種偽劣假冒文藝作品，雖然受到「知識越多越反動」的少數知識份子的批評拒絕，卻被「知識越少越革命」的大眾和青少年所接受，這就是「狼奶」、「洗腦」——災難發生前的狂熱，災難發生時和事後的麻木，全都與這種魯迅斥為「瞞和騙的文藝」緊密相關。

1962年1月，中共召開中央工作會議（即「七千人大會」），糾正「反右傾」和「大躍進」的極左路線，在經濟上從「提前進入共產主義」退回到「包產到戶」，並未涉及1957年的反右運動。然而，在這前後的一年多

時間裏，文藝界接連召開多次會議，進行文藝方面的「調整」，實際上是向「反右」以前的「百花齊放，百家爭鳴」時期回歸。這中間，最值得注意的是1962年2月和3月分別在北京和廣州召開的「紫光閣會議」和「廣州會議」，會議中周恩來和陳毅的講話和插話，都有極為重要的思想理論價值，反映出中共高層在思想文化問題上的原則分歧。周恩來和陳毅都是以黨和國家領導人的身份發出指示的，他們的看法和態度大不同於毛澤東，在當時起了極大的指導和鼓舞作用，也為後來的「文革」災難埋下了禍根。

周恩來的幾次重要講話，主要講了兩個方面的問題，即如何對待文藝問題和如何對待知識份子的問題。他強調要重視「文藝自身」的問題，要尊重「藝術規律」，也就是承認和重視藝術的特殊性。他提出要講「藝術民主」，不能只是領導說了算，搞「一言堂」。談到當時文藝界流行的「五子登科」，即「套框子、抓辮子、扣帽子、挖根子、打棍子」。他認為，關鍵是「套框子」，框子不能沒有，馬克思主義也是框子，是很大很科學的框子；不能用那種不科學的小框子亂套。由此，他提出要「破除迷信，解放思想」。——事實上，這裏說的就是反對教條主義的問題，而反教條主義恰是那些年最犯忌的話題，因為根源就在《講話》這個「框子」。他還談到另一個敏感問題，即如何估價十二年來文藝工作的成就問題，說成績是主要的，有很大的進步。

關於知識份子問題，他主要談了兩點，第一是確認知識份子是精神勞動者，是工人階級的一部分——順便說一句，人們只知道後來鄧小平說過這句話，其實，早在1949年第一次全國文代大會的政治報告裏，周恩來就明確談到過這一看法。第二是強調正確對待知識份子問題的重要性。他明確指出：無論什麼時候，把知識份子歸類到資產階級裏，都是犯了「戰略方針」性的錯誤。他肯定中共「八大」政治報告中對知識份子在社會主義建設中的地位的提法，並重提毛澤東在《關於正確處理人民內部矛盾問題》一文中正面肯定知識份子的那幾句話。——明眼人當能看出，周恩來

在「調整」的歷史轉折中為毛澤東留下轉彎的餘地，像劉少奇說「七分人禍」、「餓死人是要上書的」一樣，是希望毛澤東和全黨一起轉彎，糾正錯誤，彌補過失。不想毛澤東不但不理解他們的善意和苦心，反而以己心度人心，決意報復，拖著全黨和全國人民奔向文化大革命的深淵。

陳毅在廣州會議上的講話也很重要。他在發揮周恩來的「糾左」觀點的同時，還代表黨和政府宣佈為知識份子「脫帽」、「加冕」——摘去「資產階級」的帽子，授予「無產階級」的稱號。陳毅還提到一個重要問題，即五四運動以來，中國知識份子中的大多數，基本上都是和共產黨的方向一致的。——這是一個非常重要的問題，需要補充的是，中共本身就是一個產生於知識份子中間的現代政黨，歷屆領袖中除向忠發外，全都是知識份子。而且都是受過高等教育並有出國留學經歷的大知識份子，只有毛澤東一人是例外。說到中共與知識份子的關係，不能迴避江西時期的殺AB團、延安時期的「搶救運動」和後來那些整知識份子的運動，這些全都與毛澤東有關。所以，在如何對待知識份子的問題上，中共黨內一直存在分歧，也就是周恩來所說的「戰略方針」即「方向路線」上的分歧。上面提到過張聞天在上海時期和周恩來在武漢、重慶時期的歷史真相，這裏要補充的是，當年他們在和左翼、左傾知識份子一起反專制、爭民主的鬥爭中，同時批判了黨內的極左傾向，這有1932年張聞天以「歌特」化名寫的《文藝戰線上的關門主義》，1936年劉少奇化名「莫文華」所寫的《我觀這次文藝論戰的意義》為證，劉少奇的文章也是批判關門主義、宗派主義極左傾向的。

陳毅在這個時候提到這個問題，顯然是和周恩來相呼應，告訴人們，歧視和排斥知識份子不是中共的傳統，是錯誤的極左「戰略方針」。他沒有挑明歷史，針對的是「反右」以後的客觀現實。對此，黨內高層是明白的，也必然會有不同的看法和態度。這在當時已經有了不正常的跡象——周恩來和陳毅如此重要的講話，竟然沒有公開發表，也沒有詳細報導，只是口頭傳達，也沒有正式文件。後來才知道，確實有嚴重分歧，而且毛澤

東對這一分歧沒有講話。──不講話就是明確表示了不滿，對周恩來和陳毅的有關看法不滿。因為從《中國社會各階級分析》到《講話》，毛澤東一向把知識份子歸入資產階級甚至反革命陣營。同時，在對待文藝的看法上，他與周恩來、陳毅的看法也不同，文藝界對周、陳的講話反應那樣強烈，當然會令毛澤東不快。但是，當時主持中央工作的劉少奇和鄧小平支持周恩來、陳毅的這些意見，並把這些意見寫進了不久後召開的人大三次會議的政府工作報告裏。至此，歷史上一直存在的有關「戰略方針」即「方向」「路線」分歧，顯得更加清晰。

「七千人大會」和「廣州會議」分別從物質和精神方面扭轉了「反右」和「大躍進」造成的困難局面。經濟方面實行「三自一包」，市場很快充實起來了；文藝方面有了「文藝八條」，也開始繁榮，進入了又一個「小陽春」季節。──事情本來是簡單明瞭的，只在「自由」二字──「三自一包」，讓農民自由生產；「文藝八條」，讓文藝家自由創作，物質精神都能豐收。這一次文藝界所獲得的自由，在某些方面超過了1956年，理論和創作都有新的突破──徹底突破了《講話》這個早已過時的「小框子」，實現了又一次「回歸五四」。這等於說，毛澤東的經濟建設方針和文藝方向全錯了，以往他對中共高層領導人劉少奇、周恩來、彭德懷、張聞天、陳雲、鄧子恢等人的批評全錯了，他在文藝界發動的那些批判運動也全錯了。當時還沒有「實踐是檢驗真理的唯一標準」之說，人們也沒有想到中共高層會有這樣的分歧和內鬥。毛澤東發出了「千萬不要忘記階級鬥爭」的警告，並提到「要推翻一個政權必先造輿論」。江青和康生搞起了「京劇革命」，柯慶施和張春橋提出了「大寫十三年」，林彪也在軍隊中大搞「突出政治」、「學習雷鋒」、「學習毛主席著作」的活動，這不都是在造輿論嗎？兩種方針路線，代表著兩種歷史潮流，同時在發展在運行。毛澤東的「兩個批示」非常重要，不僅直接否定了廣州會議以來的文藝上的「調整」，而且也觸及到文藝界以往和當前的種種問題。

然而，文藝界的反響並不強烈，為此而進行的整風，有些像走過場。這是一種前所未有的僵持局面——文藝是時代的晴雨計、風向標，中國大地上烏雲密佈，雷聲隆隆，山雨欲來風滿樓。毛澤東文藝紅旗大起大落的第三幕，就是在這種狀況下結束的。

9

接著就是第四幕——「大結局」，也就是文化大革命時期。這四幕戲剛好是「起承轉合」。前面兩幕為確立《講話》新方向而反復較量，第三幕大轉折，新方向得以全面勝利而實際上是徹底失敗，經濟建設和文藝運動雙重失敗。但毛澤東絕不會接受這一事實，決心破釜沉舟，孤注一擲，打一場史無前例的翻身仗。毛澤東確有過人之處，他敢於傲視馬恩列斯，把辯證法歸結為一個「對立統一」規律。文化大革命就是最有力的例證，把如此眾多的相互對立衝突的東西拉在一起相互為用，而且應用得那麼得心應手，令人嘆服。總的名稱就體現了這一點：「無產階級專政下的繼續革命」，不就是「專制十造反」嗎？不就是魯迅在《燈下漫筆》裏說的那種「暫時做穩了奴隸的時代」與「欲做奴隸而不得的時代」的統一嗎？這場「革命」的特徵和實質就是「個人迷信十族群瘋狂」——全劇在迷信的瘋狂和瘋狂的迷信中結束。

「造神」還是「立人」，這就是毛澤東的文藝思想、文藝方向與以魯迅為代表的五四啟蒙主義新文化傳統的根本分歧，我在前面幾節裏所說的「確立《講話》新方向」與「回歸五四」之間的反復較量，其實質就正在這裏；胡風說的「魯迅方向與反魯迅方向的鬥爭」就是指此而言。1942年的延安文藝座談會，是打著魯迅的旗號反對魯迅，演的是「指鹿為馬」。到了1966年的「文化大革命就是好」，「毛澤東文藝思想偉大紅旗萬歲」，演的是「皇帝的新衣」，一切都可以看清楚了。

人們談論「文革」，很少注意到那次在上海召開的文藝座談會，會議的全稱是「林彪同志委託江青同志召開的部隊文藝工作座談會紀要」。現在知道了，從會議的召開到文件的制定，包括加上「林彪同志委託」六個字，全都是毛澤東的作為——特別是經過他三次親筆修改才定稿，可見其重要性。應該把它看成是1942年那個《講話》的姊妹篇。正是這個文件，最能體現文化大革命的目的、性質和意義，也最能顯示這場革命與1942年那次會議及整風運動之間的直接關係。毛澤東大概不會料到，1966年他一手操控的這次文藝座談會及其「紀要」，竟然為後人提供了最有力、最可靠也是最權威的證詞，證明從「指鹿為馬」到「皇帝的新衣」的傳承關係及其實質。

這個「紀要」長達一萬字，而內容並不複雜，實際上不過「興無滅資」四字而已。值得注意的是其中的兩個否定：一是否定中共「八大」和「七千人大會」的精神，重彈「以階級鬥爭為綱」老調。二是否定廣州會議精神，並製造出一個「黑線專政」論，說1949年以後的十幾年裏，文藝界被一條「文藝黑線」專了政。並明確指出了這條黑線的三項內容：資產階級思想、修正主義思想，還有所謂的「三十年代文藝」。在後面的解釋中，他把後二者都說成是資產階級思想——真可謂「歪打正著」，在十九世紀的俄羅斯和當年的中國，資產階級思想當然是引領社會歷史向前發展的先進思想。但有兩點屬於明顯的錯誤：王明和「王明路線」與三十年代文藝無關，與「三十年代文藝」有關的中共領導人是李立三、張聞天、劉少奇、潘漢年等。魯迅既不是光桿司令，也不是反資產階級思想的鬥士，1936年他和斯諾談話時，就明確表示：中國文學沒有一個資產階級文學的發展階段，所以水平才如此之差。——馬克思恩格斯那樣熱情地高度評價歐洲資產階級思想文化，列寧那樣嘲笑「從天上掉下來的無產階級文化」。然而不幸的是，在我們這裏，在上面所說的四幕大戲裏，卻自始至終貫徹著一條「興無滅資」即嚴屬批判資產階級思想文化的主線；從批

判《武訓傳》、批判胡適、反胡風、反右派，到批判《海瑞罷官》、拋出周揚、打倒劉少奇、林彪，全都扯上「資產階級思想」。至於「托派」、「反革命」、「反黨反社會主義」、「叛徒、內奸、工賊」等等罪名，不過是自知思想批判的無理和無力而另外捏造的罪名。如今，這些罪名全都清洗了，冤案全都平反了，奇怪的是，本來是事情起因和案件緣由的「資產階級思想」問題，卻被忽略、迴避、掩蓋了。所謂「撥亂反正」，在文藝上只簡單地把「紅」與「黑」顛倒互換，搶戴紅帽子，繼續跪在毛澤東像前與江青、張春橋、姚文元爭奪毛氏傳人正統地位。如此這般，實在令人不忍言說。當然，像周揚、陳荒煤那樣終於站起身、挺直腰，用自己的頭腦進行反思的老人也不少，可惜他們的聲音傳播得不廣，知之者甚少。

　　《紀要》雖借用了林彪、江青的名義，實際上是毛澤東自己對自己的思想觀點的概括和評價，並開列出五個文件：《新民主主義論》、《在延安文藝座談會上的講話》、《看了〈逼上梁山〉寫給延安平劇院的信》、《關於正確處理人民內部矛盾問題》、《在宣傳工作會議上的講話》。他對這五個文件，有如下重要說明：說它們「是馬克思列寧主義世界觀和文藝理論的新發展」，「全國解放以後文藝界的多次重大鬥爭」，都是在它們的指導下進行的。——我在上面幾節裏所說的也就是這些「重大鬥爭」。現在再來看看它們究竟是什麼世界觀、什麼理論。後兩篇即1957年的兩個講話都屬於「陽謀」即權謀手段，無需論說，只說前三篇。

　　關於《講話》中的「三謬」即「工具論」、「結合論」、「源泉論」的謬誤，我在本文上篇裏已經談過，不再贅述。下面就從《新民主主義論》說起。——近年來出現不少談論這個小冊子的文章，看法大不相同，但有一點卻是共同的：都忽略了一個重要問題，即這是一篇關於文化問題的專論，談的主要是文化。1939年末，周揚籌辦《中國文化》雜誌，請毛澤東為創刊號寫文章，於是就有了這篇《新民主主義的政治和新民主主義的文化》的長篇論文。1940年元月召開的邊區文協代表大會上，中共總書

記兼宣傳部長張聞天作主報告《抗戰以來中華民族的新文化運動與今後任務》。幾天後，毛澤東發表演講，用的還是「新民主主義的政治和新民主主義的文化」這個題目。張聞天的報告與毛澤東的演講有明顯區別，關鍵在張重視民主和知識份子，毛對民主和知識份子都有特殊看法。後來毛的文章更名《新民主主義論》而廣為流傳，張聞天的報告被湮沒三十多年後才重見天日。對比之下，我發現毛澤東的一套說辭幾乎全被歷史否定了，這才凸顯出張聞天的看法的價值。這裏只說《新民主主義論》裏的「三假」，即「假五四」、「假魯迅」、「假新文化」。先說「假五四」——他把新文化運動一刀切斷，否定1916—1918幾年間的新文化運動，只承認1919年5月4日以後的學生運動，說前幾年的新文化運動所倡導的是「舊民主主義文化」，也就是資產階級文化。顯然，這是為了和「十月革命」扯上關係，用「反帝反封建」取代「民主與科學」，排除西方人文主義思潮。把這個「五四」說成是無產階級思想領導的「新民主主義革命」和「新民主主義文化革命」的開端，不用說，後面的「無產階級文化大革命」當然是其發展的必然。這與學術界早就有的那個從1916年開始，高舉「民主與科學」大旗的思想文化啟蒙運動的「五四」大不相同。兩個「五四」留下了完全不同的軌跡：一個是從1919年的火燒趙家樓，到1931年一二九的毆打蔡元培，直到1966年以後的紅衛兵批鬥劉少奇、掃四舊、打死老師，打倒「精神貴族」、「反動學術權威」，直至所有知識份子都成了「臭老九」。另一個是早在毛澤東製造這個「五四」之前已被學界公認的「五四新文化運動」，開始於1916年，在校園裏、報刊上，是非政治非暴力的思想文化啟蒙運動，有二十世紀中國有成就的眾多大師和他們的學術文化成就為證。——一個是知識份子為主體的新文化運動，一個是有政治性的革命群眾運動，二者決不能混同。

關於「假魯迅」，前面第一節已經論及，這裏只談《新民主主義論》裏的不實之詞。一是毛澤東說魯迅在上海受到「國民黨的文化圍剿」，歷

史上並無此事。歷史事實是，國民黨執政時期，對於意識形態的管理既無能又無力，所以才會有那樣熱鬧的局面。當時魯迅既未閉口，也沒有進監獄。他自己說得很清楚，「圍剿」他的是文化界的左右兩派，特別是左翼的極左勢力即太陽社、創造社和國防文學派，也就是郭沫若、周揚、成仿吾等人。至於「共產主義者」、「革命家」、「民族英雄」等等，魯迅生前就最厭惡這類頌揚話，他在為徐懋庸的《打雜集》所寫的序文裏，就借用契訶夫的話表達過他的憎惡（見《且介亭雜文二集》）。

最重要的是，毛澤東所說的「新民主主義的文化」也是假的，假在既不新、更不是民主的。上面說過，《新民主主義論》是一篇關於文化問題的專論，旨在打出「新民主主義文化」的旗號，佔領思想文化陣地。他說這種新文化是「民族的、科學的、大眾的」。乍一看，好像他漏掉了「民主的」一項或有意拒絕民主。其實不然，他把「民主的」放在了「大眾的」一項裏，「大眾的即是民主的」——這句話非常重要，不僅其中反映出「新民主主義文化」的實質，而且是毛澤東的世界觀和整個理論的秘密所在。就在他寫這篇文章的當時，他就對這一說法、這個秘密做了解釋——1939年11月7日，他在寫給周揚的信裏提出了如下看法；一、農村與城市相比，僅在經濟上比城市舊，在政治和文化上，農村都比城市新，說「在當前，新中國恰恰只剩下了農村」。二、農民都是民主主義者，古今中外的農民反抗地主的鬥爭，都屬於民主革命性質。——在馬克思和恩格斯那裏，農民階級是保守落後的，是沒落的階級，他們是天然的皇權主義者。由此可見，毛澤東所說的「大眾的即是民主的」是一種怎樣的民主——不就是魯迅所說的「多數的暴政」嗎？《中國社會各階級分析》和《湖南農民運動考察報告》裏所說的「革命先鋒」，後來歷次運動中出現的「批判的武器」和「武器的批判」，就都是這種加了新包裝的古老的遊民文化。可見，所謂「新民主主義文化」，就是「中國化」、「民族化」、「大眾化」、「喜聞樂見」、「普及第一」，也就是排外的，反智的。

　　《看了〈逼上梁山〉寫給延安平劇院的一封信》，是毛澤東提出的五個文件中唯一的直接說真話的。與上面說的「三假」、「三謬」相比，這個僅200字的「一真」，真在它揭開了謎底——從1942年的延安文藝座談會，到1957年的整風反右，又到這次文化大革命，他究竟要幹什麼？這裏回答得很清楚：「顛倒」，把顛倒的歷史再顛倒過來。在他看來，歷史是人民創造的，但在現實社會和戲劇舞臺上，佔據主要地位的卻是「老爺太太少爺小姐」，因而要把它顛倒過來，也就是「造反」、「翻身」，像《湖南農民運動考察報告》和《阿Q正傳》裏寫的那樣。毛澤東主張那樣的「顛倒」，魯迅則憎惡且擔心那樣的「顛倒」。《燈下漫筆》裏準確而深刻地揭示了這種「暫時做穩了奴隸的時代」與「欲做奴隸而不得的時代」的來回顛倒的實質。他呼籲青年們走出這種「顛倒」，去「創造中國歷史上未曾有過的第三樣時代」，也就是公民社會，憲政時代。——毛澤東的悲劇在於，他的知識和眼界限制了他，《資治通鑑》記載的就是「顛倒」的歷史，《水滸傳》裏的英雄們就憎惡「大頭巾」即讀書人，魯迅筆下的阿Q則既嚮往「顛倒」又最痛惡假洋鬼子和文童。毛澤東的悲劇就是跳不出《資治通鑑》和《水滸傳》，又拒絕魯迅的勸導，一生都在申韓之術和遊民文化中掙扎。

10

　　斷斷續續寫了以上幾節文字，通讀之後意猶未盡，覺得有的問題說的不夠清楚，需要作些補充。但文章已經很長，不能再多說了，就在這裏補充幾點看法。

　　一，「文革」明明是一場政治鬥爭、路線鬥爭、權力鬥爭，為什麼說思想根源「是在文藝上」？因為文藝所包含的比那些鬥爭更廣更深。魯迅就說過，「文藝是國民精神所發的火光，同時也是引導國民精神的前

途的燈光，這是互為因果的。」——「文革」發出的是什麼精神火光？太平軍、義和拳精神、阿Q精神，這是埋藏在中國歷史深處、中國人潛意識裏的邪惡火種。從毛澤東1919年所寫的《民眾的大聯合》到《中國社會各階級分析》、《湖南農民運動考察報告》，到這裏提到的《紀要》，裏面所說的革命思想、鬥爭精神，就是這種國民精神承載和傳播這種精神的文化，就是遊民文化。1938年毛澤東提出「民族形式」和馬克思主義「中國化」，就是用新旗號新包裝復活遊民文化。對《水滸》那樣鍾情，直接把上山入夥等同於參加革命。——《水滸》是遊民文化經典，文學革命之初就被列入「非人的文學」，後來卻成了毛澤東的「人民革命」教科書和「工農兵文藝」的樣版。《水滸》和《三國》都成了傳統文化經典，在民國時期人們都知道：「老不看三國，少不看水滸」，避免狡詐與暴戾也。魯迅就憎惡「三國氣」「水滸氣」，他認為，中國人的人性中最缺乏的是「誠和愛」——誠信和仁愛；這等於說，中國人的人性中太多「狡詐和兇殘」，也就是「三國氣」「水滸氣」。——工農兵文藝和樣板戲反映、歌頌的不就是這種革命精神嗎？——這種遊民文化、遊民意識，是二千年專制與造反輪回並存的精神文化根源和基礎，也是毛澤東「得人心」、獲勝利的重要原因。——時至今日，暴力維穩的和要發動革命的，都還沒有掙脫毛澤東的遊民文化精神枷鎖，不相信魯迅指出的那種如今已普及全球的「第三樣時代」，既無專制又不造反的憲政民主時代。所以，要從文化文藝上掙脫毛澤東加給中國人民的精神枷鎖，以消滅阿Q們想造反的革命衝動。

二，「魯迅方向」與「反魯迅方向」究竟何所指，要義是什麼？「魯迅方向」指的是以魯迅為代表的五四新文化運動和文學革命的方向，「反魯迅方向」指的是毛澤東的「工農兵方向」。前者是啟蒙主義的，引導中國人覺醒、自立，做自己的主人。後者實際上是欺蒙主義，也就是魯迅說的「瞞和騙的文藝」，製造個人迷信，鼓吹階級鬥爭。從《不能走那條

路》到《金光大道》；從《誰是最可愛的人》到《奇襲白虎團》，幾千萬
餓殍和白白犧牲的戰士的生命，用無可辯駁的事實證明了這種文藝確實是
「瞞和騙」的精神鴉片。

毛澤東自稱他的五個文件是「文藝理論」，實際上裏面很少與文藝有
關的學理。我在前面提到了文學革命時期的三篇重要論文，即胡適的《文
學改良芻議》、陳獨秀的《文學革命論》、周作人的《人的文學》——周
作人後來墮落了，但不能以人廢言，何況這篇文章是經過魯迅修改定稿
的，代表了新文學倡導者的共同主張。這裏我再補充兩篇文章，一篇是梁
啟超寫於1902年的《小說與群治之關係》；一篇是魯迅寫於1925年的《論
睜了眼看》，加在一起也是五篇。把這五篇為中國新文學指引方向的啟蒙
主義文學論文與毛氏自稱為文藝理論的五個文件對比思考，當能分出真假
是非來，有道是，「不怕不識貨，就怕貨比貨」。

三，「文革」既然已被徹底否定，確認是一場「災難」、「浩劫」，
作為「文革」的主要理論依據的《講話》等，卻依然被視為經典，以致演
出百人抄經的醜劇，這到底是怎麼回事？是繼續效忠，還是真的不懂——
不懂本文所說的兩個關鍵問題？正是出於這樣的困惑，我這個混跡文壇六
十多年的80後老朽才忍不住要說話。一些像我這樣的老人常在一起議論這
些問題，看法比較接近。我們擔心的是，否定「文革」而不否定導致「文
革」的思想理論，豈不是自欺欺人？毛澤東本質上是個民粹主義者，排
外、反智，逆向消滅腦體差別，為此而實行愚民政策，製造個人迷信。文
藝是製造迷信、挑起仇恨的最好的工具。從《東方紅》、《白毛女》、
《逼上梁山》到「樣板戲」及其「根本任務論」、「三突出」，不都是為
了「瞞和騙」嗎？——天天擔心「文革」又來，卻把製造「文革」災難的
邪說謬論奉為圭臬，豈非咄咄怪事！

為此，我寫下了我的看法和想法，中心意思是：不認清毛澤東思想理
論的民粹主義和遊民文化實質，就不能真正消除「文革」復辟的危險；不

揭穿《講話》的謬誤，就會誘使愛好文藝的人誤入歧途而浪費生命，去製造那種「幫忙」「幫閒」的文學贗品。

經濟領域早已無人為「三面紅旗」唱讚歌，文藝界的「指鹿為馬」和「皇帝的新衣」何時落幕？但願在我離去之前能看到那一天──告別毛澤東，真正回歸五四，回歸陳獨秀、胡適、魯迅的五四，不是毛澤東那個五四。

2013年7月2日於武昌東湖

Do歷史1 PC0349

回歸五四：苦難的歷程

作　　者／姜　弘
主　　編／蔡登山
責任編輯／王奕文
圖文排版／陳彥廷
封面設計／王嵩賀

出版策劃／獨立作家
發 行 人／宋政坤
法律顧問／毛國樑　律師
製作發行／秀威資訊科技股份有限公司
　　　　　地址：114 台北市內湖區瑞光路76巷65號1樓
　　　　　電話：+886-2-2796-3638　傳真：+886-2-2796-1377
　　　　　服務信箱：service@showwe.com.tw
展售門市／國家書店【松江門市】
　　　　　地址：104 台北市中山區松江路209號1樓
　　　　　電話：+886-2-2518-0207　傳真：+886-2-2518-0778
網路訂購／秀威網路書店：https://store.showwe.tw
　　　　　國家網路書店：https://www.govbooks.com.tw

出版日期／2013年10月　BOD一版　定價／560元

獨立 作家
Independent Author

寫自己的故事，唱自己的歌

回歸五四：苦難的歷程 / 姜弘著. -- 一版. -- 臺北市：
獨立作家, 2013.10
　　面；　　公分
　　BOD版
　　ISBN　978-986-89853-4-6(平裝)

　　1. 五四新文學運動

820.9082　　　　　　　　　　　　　　102016684

國家圖書館出版品預行編目

讀者回函卡

感謝您購買本書，為提升服務品質，請填妥以下資料，將讀者回函卡直接寄回或傳真本公司，收到您的寶貴意見後，我們會收藏記錄及檢討，謝謝！如您需要了解本公司最新出版書目、購書優惠或企劃活動，歡迎您上網查詢或下載相關資料：http:// www.showwe.com.tw

您購買的書名：_____

出生日期：_____年_____月_____日

學歷：□高中 (含) 以下　　□大專　　□研究所 (含) 以上

職業：□製造業　□金融業　□資訊業　□軍警　□傳播業　□自由業
　　　□服務業　□公務員　□教職　　□學生　□家管　□其它_____

購書地點：□網路書店　□實體書店　□書展　□郵購　□贈閱　□其他

您從何得知本書的消息？

　□網路書店　□實體書店　□網路搜尋　□電子報　□書訊　□雜誌
　□傳播媒體　□親友推薦　□網站推薦　□部落格　□其他_____

您對本書的評價：（請填代號　1.非常滿意　2.滿意　3.尚可　4.再改進）

　封面設計____　版面編排____　內容____　文／譯筆____　價格____

讀完書後您覺得：

　□很有收穫　□有收穫　□收穫不多　□沒收穫

對我們的建議：_____

_____

_____

_____

11466
台北市內湖區瑞光路 76 巷 65 號 1 樓
獨立作家讀者服務部　　　收

....

（請沿線對折寄回，謝謝！）

姓　　名：＿＿＿＿＿＿＿＿　年齡：＿＿＿＿　性別：□女　□男

郵遞區號：□□□□□

地　　址：＿＿＿＿＿＿＿＿＿＿＿＿＿＿＿＿＿＿＿＿＿＿

聯絡電話：(日) ＿＿＿＿＿＿＿＿＿＿　(夜) ＿＿＿＿＿＿＿＿＿＿＿

E-mail：＿＿＿＿＿＿＿＿＿＿＿＿＿＿＿＿＿＿＿＿＿＿